桐树岭

tong shu ling

乔铁汉/著

中国出版集团

现代出版社

图书在版编目（CIP）数据

桐树岭 / 乔铁汉著. -- 北京 ：现代出版社,2016.8

ISBN 978-7-5143-4677-0

Ⅰ．①桐… Ⅱ．①乔… Ⅲ．①长篇小说－中国－当代
Ⅳ．①I247.5

中国版本图书馆CIP数据核字(2016)第198451号

桐树岭

作　　者	乔铁汉	
责任编辑	李　鹏　陈世忠	
出版发行	现代出版社	
地　　址	北京市安定门外安华里504号	
邮政编码	100011	
电　　话	010-64267325　010-64245264（兼传真）	
网　　址	www.1980xd.com	
电子邮箱	xiandai@vip.sina.com	
印　　刷	北京一鑫印务有限责任公司	
开　　本	787×1092　1/16	
印　　张	21	
版　　次	2016年8月第1版　2022年7月第2次印刷	
书　　号	ISBN 978-7-5143-4677-0	
定　　价	49.80元	

引 子

　　那年的中秋节可真是个喜庆的日子。桐树岭乡的好多家都选择这天做子女新婚的吉日，花好、月圆，正是人们企盼的。作为副乡长，在乡村里绝对是很体面的大官，栗红章在众星捧月般的款待中，不知不觉地喝多了。从中午到傍晚，那简直就是马拉松式的酒席。

　　不是人们描写的那种皓月当空的十五之夜，月亮像一个顽皮的儿童，穿行在飘移着的块块云朵之间，一会儿微笑着跳出来，一会儿又诡异地躲起来。

　　忽有忽无的月光洒在副乡长栗红章身上，隐隐约约、惨白昏淡，把他和眼前的千亩萝卜园融合成一体。不知是年龄问题，抑或是情绪问题，他越来越不胜酒力了。特别是近期，他记不清是第几次喝成这个样子，这成了他的"新常态"。他不止一次发誓不再招惹酒，可是坐在酒席上，满桌子人都抬举他，又是敬又是碰，来者不能拒，结果醉倒的往往是他。不过，现在的栗红章已经不再是愣头儿青鲁莽小伙子，喝多了就会躲在人少的地方，或者偏僻无人的地方。和过去截然不同，那时喝多了就专找热闹的地方，要么去别人的酒场搅局，要么在人多的地方胡说乱侃。为此，他闹出许多笑料，也曾歪打正着地当过奇兵，成也好败也罢，酒醒后他都觉得十分丢人。现在，他学会了装哑巴，学会了沉默，特像一位有过错的人在静寂中反省自己。

　　栗红章面前的这片萝卜地，全部种着国外品种的萝卜，个个长得小炮弹似的。据说，这种萝卜在国外很有市场，人们把它当成水果吃。乡里对这种萝卜相当珍爱，把它当成了摇钱树，有看护员、保育员、技术顾问。这些萝卜的确很争气，像仪仗队队员一样整整齐齐地长在地里，横看成行、竖看成排、斜看成线，精神抖擞地接受着人们的检阅。

不知什么时候，栗红章看着这些萝卜，竟然悲伤地落泪了。他想，萝卜这种东西个个都有自己的地盘，一个萝卜一个坑，你不犯我我不犯你，自由自在地生存着。有时候，一个人连这些萝卜都不如，房价涨得买不起，只能串着屋檐住，弄不好哪天得罪了房东，就会被连人带铺盖扔出门外。

他想到了过往的一切，就情不自禁地哭了，他把头尽力往怀里低下去，怕被人发现无法解释，毕竟，他曾经那么幸运……

一

三十几年前，栗红章为了一句话，让伙伴们打断了鼻梁骨。过后，他自己也觉得不屈，懵懵懂懂地怎么撂了这么一句不上档次的话呢？

栗红章这一茬孩子出生的那个时候，农村对生孩子管得还不那么严。只要有能耐，只管生，于是有的家庭的孩子几乎不隔年，夏天天热，许多庭院里赤肚孩子们不高不低好几个，跟一群猪娃差不多。每家都好几个孩子，全村庄的小伙伴们就成群结队。栗寨人不是不金贵孩子们，主要是多得顾不上拾掇他们，反正不冻着饿着就行。村里人也不把孩子们的名字正经叫，认为有叫有应就好。比如栗海献大家就叫献献，栗淑芳就叫芳芳，栗松州就叫州州，那么栗红章自然而然就非章章莫属了。偌大一个栗寨，好几千口人，你若在村口问谁叫栗红章，人们会摇头说不知道，若问谁叫章章，几乎大人小孩都会告诉你，从这里往西，下个坡拐个弯儿，第四家里的那个孩子就是。

章章被锋锋、伟伟、良良他们打塌了鼻子满脸是血的事情，不大一会儿就传遍了栗寨。等打人者、挨打者的家人都赶到现场时，无关紧要只是看热闹的人们早就把这里围得水泄不通。章章的爷爷很早以前当过村农会副主席，练就了一副发号施令的亮嗓门，他一声"让开"就在好几层的包围圈中划开了一条路。爷

爷、爹爹、妈妈、叔叔鱼贯进入了现场，只见章章满脸是血，两只鼻孔已被谁用带刺的那种野菜塞上。那几个打他的孩子并没有离开，他们若无其事地站在那里，完全是一副好汉做事好汉当的架势。他们等待着处罚，也不在乎章章妈妈刘玉环哭喊着"章章犯了什么法，遭龟孙子这种欺负"，龟孙就是龟孙。还是章章爷爷见多识广，很冷静很大气地叫停了哭声和骂声。他问那几个孩子为什么要把章章揍成这样，他做错了啥事还是骂了人。爷爷清楚，章章身材矮小，主动和别人打架肯定不可能，一定是有什么原因得罪了这几个孩子。叫锋锋的孩子看着伟伟，伟伟看看良良，良良再看看锋锋，都没有说话，好像面对这么一位理智老人，他们几个小屁孩理屈词穷了似的。还是锋锋开了口："老农会爷爷，还是让章章自己说吧。"全寨人都这么称呼章章爷爷，这种虽已过时了的称呼，老人却没有觉得过时，相反他认为这个称呼是光荣历史的纪念，常喊常新。章章的鼻子已经不再血流如注了，只是脸肿得厉害，胖了许多。爷爷问他做了什么坏事，还是说了什么错话。章章犹豫了一下，就点着头告诉老人，说自己说了错话。爷爷不愧是老农会，说出的话儿很有干部味儿。爷爷说章章，做了错事、说了错话，错已经犯了，只要肯认错，以后知错就改，那还是好孩子嘛！在爷爷的鼓励下，在爹妈叔叔们期待中，章章说："我个子小，常常受他们几个的气，总想着啥时候能借别人的力量好好教训一下这几个家伙。刚才我们几人说抗日游击队的故事，他们几个说他们当游击队队员是好样的，我就说，要是日本鬼子再侵略中国，谁不当汉奸是小舅！就为这句话，他们照死里打我！"爷爷问那几个孩子就为这打了章章，锋锋、伟伟、良良这下来了劲儿，异口同声地说就是为这句话。爷爷大声说："打得对，要换成我，打断你腿呢！没一点气节，你没听说小日本折腾咱栗寨的事？该打！"老农会让人们都走开，孩子们打架有啥好看的！人们散了，锋锋、伟伟、良良都被家里人拉着、架着、骂着弄走了。他们都觉得怪对不起老农会这一家人，毕竟孩子家说了句缺乏思考的话，就被打断了鼻梁骨，人家不仅没有追究，还批评了自家章章。没等大家提治疗费的事，老农会就说："孩子家打打肉皮松，再说了孩子们皮是猪皮子，就是筋骨也好得快，不几天就长好了！"人们唯一能接受的是，栗寨当年曾被小日本鬼子烧杀奸淫折腾得够呛，全村人恨死小鬼子了，而今这个章章还不懂事地说了当汉奸的话，挨打不是自找的嘛。

为了这次挨揍，章章家花了好几十块钱，几乎是全家一年的积蓄，自己还经

受了正骨时比死还难受的疼痛，爷爷专门对他进行了严厉的忆苦思甜的教育。此外，栗寨的调皮鬼们还会不定时地挖苦他，甚至叫他汉奸。

这一切，他刻骨铭心，没齿也难忘怀。以至于好多年后，栗寨村的所有人都把这件事忘记了的时候，他还耿耿于怀。也许，就为这句话，就为这件事，让他心里埋下了一颗干一番大事的种子。

因为他知道，要在栗寨树一个属于自己的高大形象，他已经和别的伙伴们不处在同一起跑线。起码在那些提起往事就咬牙切齿、就声泪俱下的苦大仇深的人们眼里，他属于老农会干部家中的忤逆后代。尽管他年龄还小，还处于口无遮拦的时段；尽管他是家庭出身清白、社会关系净板那种，曾让他免去了许多麻烦，但人们还是给他画了一个记号，若要换到地富反坏右家庭出身，恐怕会株连前几辈子的人呢。不过，他还是有麻烦的。那年五七高中招生，就有人扒了他的豁子，说他有当汉奸的言语，结果他失去了报考和被推荐的资格。

岁月流逝，随着爷爷去世，还有很多苦大仇深者去世，对他那种蔑视的眼光似乎才远离了。再后，连那些旧时候当过土匪、干过保长、真正当过汉奸的人都不再受人歧视了，但他还是自责得轻松不起来。他常问自己，那时候为什么要说那么一句话？

这句话让他自卑、压抑，让他变得温顺和勤快，让他对吃苦受累习以为常。终于有一天，这句话，次生的逆来顺受，又让他受益。十七岁那年，锋锋和伟伟为了当兵的事，闹得成了仇人。那岁月，能穿上绿军装，走出栗寨，成为解放军战士，几乎是每位有志青年的远大理想和最好选择。名额有限，栗寨仅分配一个名额，而锋锋和伟伟都符合条件。从明争到暗斗，一直发展到亲友都参战，小字报不过瘾就写告状信。结果两人谁都没有走成，章章走了，农会干部的后代、为人忠厚、吃苦耐劳，几句评语白纸黑字岂有不入伍之理。

到了部队，章章才明白了没有文化就是睁眼瞎，有进步的机会也要丧失，虽然他第一年就当了炊事班副班长，第二年就是班长，第三年就是代理司务长，但仅有小学文化，连那些吃过他猪头、猪脚的营长、连长们，只能摇摇头，痛惜地说："栗红章，真可惜，太可惜了。"临转业前一年，他入了党，算是对他行伍生涯的一个肯定。

做梦都没有想到，就是这个党员，回到栗寨竟成了其他年轻人羡慕、为之垂涎的对象。村支部共有五名党员，最大的八十三岁，最小的五十七岁。老支书对

发展党员要求很严，看不惯现在的年轻人的头发、装扮，甚至走路快了也成为缺点。快八年了，栗寨没有发展一名党员，老支书身体不好，一方面向公社汇报要培养年轻人接班，一方面就是发现不了好的苗子。这其中倒是发展了一个，他的侄子栗林森，谁知这孩子竟然不争气，喜欢上了做生意，整天东奔西跑，今天发送煤炭，明天倒卖水果，在老支书眼里他净干些"投机倒把"的事。更严重的是，栗林森生意场上结识了一个外地妇女，还有投靠人家做上门女婿的打算。老支书说早知道这发展他干啥呢！栗红章转业那年的夏天，八十四岁的老支书死了。老支书弥留之际还说："七十三、八十四，阎王不叫自己去，唯一的遗憾就是没有安排好接班人，到马克思那里报到恐怕还得写一份检讨。"公社对栗寨的支部班子很了解，老支书死后，剩下的四个党员，没有干支书的料，一概树不起旗杆。就在公社为栗寨村班子束手无策的时候，栗红章回到了村里。有人说他太嫩，有人说他没有农村工作经验，栗红章最担心村里人旧事重提，再拿他小时候当汉奸的言论说事，其实大家没一个人揭他的短处，或许大家都忘了那年的事。公社那年变成了乡，乡里以是骡子是马拉出来遛遛的理由，任命栗红章当村支书，这是栗寨村支部的第三任支部书记，年轻的转业军人。

栗红章上任开始，对村里的事很有信心，心想在千军万马的军营里还混得人模人样，不是文化低，说不定弄个排长连长干干呢！相比之下，栗寨算什么，虽然有几千口人，可那都是什么素质，有几个见过世面？他想起老支书当年，栗寨的广播站没有播音员，老支书明知自己不识几个字，读报很困难，不是把字词念得颠三倒四，就是筋断骨头折。那时兴在开始说话前先读一段毛主席语录，叫最高指示。有一天，有个生产队菜地里进了贼，群众过冬萝卜让贼薅走了将近一亩，群众急，老支书更急，打开扩音器就说："最高指示，昨夜里有人偷萝卜，日娘偷了快一亩……"报纸上登了一则好人好事，介绍某某某公社有一个好社员，爱护公物，无私无畏，与偷盗生产队饲养场的坏人做斗争。文章上说："那天半夜，有人进了饲养场，抱起小马驹就要偷走，正好被社员碰到了……"老支书硬是把小马驹读成了"小马狗"。那年月反帝反修，报纸上常登帝国主义把矛头针对社会主义中国。老支书在广播上说，"帝国主义把矛头针对着社会主义中国"，接着又解释说："社员们，他们真狠毒呀，矛头针是一种最先进的武器，比原子弹还厉害！"有群众笑他，他就骂群众少见多怪，太没文化了。就那种水平，在支书位上一干就是几十年，而且四平八稳。想着老支书，章章就心里热乎

乎的，手心里也来了汗。他相信自己一定能干好，相信乡党委没有看走眼，选择他是最明智的。

那阵子兴起发展村办企业，上边号召，乡里督察，任命通知里就带着使命，栗红章心里毛了。群雁高飞头雁领，俗话说，村看村，户看户，群众看的是干部，干部看的是党员，党员看的是支部。栗红章在部队代理过司务长，知道部队上对副食品的消费很厉害。他算了一笔账，如果把一个师的副食品都供应了，那么就可以带动栗寨的群众致富。他脑子一热就给老连长打了电话，老连长已经是团政治处的主任了。栗红章一报姓名，老连长就想起了那个文化不高挺会来事的代理司务长，过年过节没少吃人家送到家里的猪头猪蹄，很热情地应对着老部下的电话。那天老连长喝了酒，正在兴奋，听栗红章有和部队打交道的想法，就夸他不愧是军地两用人才，太好了，太棒了。栗红章并不知道电话那端的人是喝高了酒，发表了一通云天雾地的高谈阔论，就得了圣旨一样地欢天喜地。他把这个打算和部队首长的承诺当天就向两委会作了通报。那么好的渠道，那么高的效益，真的让村两委会的干部们先动了心，会上就把栗寨的种养加工公司的名称确定下来。种的是大棚菜，反季节销售，主供部队；养的是鸡鸭，禽蛋主要销往部队；加工业主要是利用栗寨丘陵上的荆条资源，让群众编荆条筐子，既可以用来盛禽蛋、蔬菜，还可以当家什销往市场。

那天夜里，栗红章想了一晚上，心里翻江倒海，激动不已，他觉得有生以来从没有这样兴奋过。回到家里，躺在床上没一点睡意。他重新穿好衣服从床上爬起来，拿把椅子坐在院子里。月亮早已升到了半空，很柔和的半圆月，如同一张女孩子的脸庞，正妩媚地向他微笑，仿佛在鼓励他去抓紧实施一项宏伟工程。他妈并没有睡，这几天都在为章章的婚事操心，前几天有人提了一桩媒，女方是一所小学的教师，两个年轻人见过面后就没了进展。妈妈以为章章为了婚事发愁而不能入眠，就拉开门劝他，说并不是一棵树上才能吊死人，小学老师不行，再找工厂工人，有什么大不了的。章章说，妈你错了，我是在赏月呢。前几年在部队站岗，一见到月亮，我就会想起咱栗寨，现在反过来了，我见到月亮就想念部队，在月光下训练，在月光下站岗，那种感觉真的很棒。果然，章章用乡愁和思恋军旅生活的几句话，就轻易地把妈打发走了。章章没有文化，就缺少了诗人的灵感。然而，他很快就现实起来：既然自己有了这么一个发展栗寨经济的构想，并且得到了两委班子同仁的喝彩，那么何不把这件事向乡党委汇报呢？怎样汇

报，怎样才能打动乡党委书记的心，必须要有一个好的谈话切口，就是部队首长说的那种氛围。栗红章全身心融入淡淡月色中，或者说融入轻柔妙曼的遐思中，当然这期间有当年挨打的情景、在部队的情景，最主要的是日后飞黄腾达的情景。

二

以村支书的名义找乡党委书记汇报工作，那是二十三年前的事。栗红章跨进了乡机关大院，很快就引起了那些机关工作人员的重视，这个一身军服的人，不是分配进机关的新人吧？刚好赶上机关点名散场，人们在院子里、在楼道上，端茶杯的停住喝水，抽烟的长长吐出一溜灰白烟雾，拿报纸的半遮着面，其实都把那种好奇的目光送给他。栗红章临出家门专门换了这身衣服，心想到乡政府去见大领导，总不能过于邋遢，总不能还没上场就输了戏。对于异样的目光，他没有觉得奇怪。在部队时，连队的营房里突然出现一位家属或者陌生人，大家也会那样，尤其是从天而降一般地冒出来一位姑娘，大家还禁不住长长地吸一口空气呢！栗红章并不懂乡机关的规矩，只是听别人说过，乡机关的任何会议都是领导最后进会场，散会后先出会场，那是气派和风度。于是，他就站在机关院子里观察，等着乡领导的出现。在当兵前，他见过的最大的官就是管委会的一个副主任，相当于后来的副乡长。那时候副主任包片，就是负责栗寨附近三四个村的工作。每天带三五个机关干部，骑着摩托车到村里来，进了村直接把摩托车放在老支书家。他们是来催缴乡统筹粮的，本来应该跟群众直接见面，然而他们就是不到村部去，那里常常"炸场"。栗寨人先是把有人闹赌场或公安抓赌叫炸场，后来凡是在集体场所有人搅得事情开展不下去，统称炸场。栗寨村几千口人，总有那么一些钉子，弄得村两委会够呛，要不是老支书年龄大、辈分高、资格老，早

撂挑子了。那些钉子户公开说老支书呀，要不是给你留面子，我们就只缴爱国粮，村提留乡统筹绝对不缴，他们都给老百姓办了啥球事呢？那年磨蹭着总算是完成了乡统筹任务，为了体现关心群众，乡里为完成乡统筹的村送电影。就是在栗寨的电影晚会上，这个副乡长代表乡党委、政府讲了一次话，那天晚上这个副乡长是就着电灯念了讲话稿。栗红章当时想，当个领导真的派气，讲个话都不用动脑子，把秘书写好的稿子在会场上念念就完成任务了。此外，在副乡长讲话前，老支书那么大年龄了，还一副毕恭毕敬的样子，把副乡长当成了需要搀扶的老人，请人家讲话还要说欢迎乡长作指示。那时候的栗红章很是看不惯，觉得老支书没有种，怵他个球呢！等到自己当了支书，正逢青黄不接的初春，庄稼刚刚泛青，离收获的季节还早。当然没有了摊粮派款任务，不用包片驻村。虽然自己比起老支书有了那么一种暂不用乞求村民、巴结乡里的尊严，但也缺少了关键时刻能够站出来的熟人啊。他看着乡机关的人发呆，乡机关的人对新来的着军装的家伙，也给予一种异样的考量。唯一值得安慰的方面，那就是这里的机关干部没有把他认作上访群众，他听说机关的人最讨厌的就是上访人，给这种人的眼光是冒火般的、敌视的，没事找什么事呢，一个秩序井然、平平静静的机关，让这些叫喊"不公平"、"冤枉啊"的人一搅和，聊天的、打牌的只好炸场，否则他们很快就叫嚷"乡长们，老爷们，你们没人管俺这事，俺可就往上走了"。这时就有人站出来管，还说人民政府就是为人民办事的。乡机关的人办法多，有人说那是经验丰富。他们劝说群众吃豆要等到豆烂，有剩饭没剩事，这事一定要办理！机关干部联系实际，哪怕是使用缓兵之计，哪怕有些问题只有书记乡长们才能解决，一般干部站出来，煞有介事地登记下来，还让上访人签上名字，听候回音。往往都是这样，说几句好听的话，这些上访人就会信以为真，就会转怒为喜，甚至还会饱含真情地道一声谢谢。栗红章听说得很多，但他确实没有经历过。

想着就禁不住讨厌起眼下的机关。这时，一个穿西装的年轻人向他走过来，问他是不是找张乡长。他说不是，那人问他到底是找谁？他不认得张乡长，可能是找张乡长的另有其人。他听村委会的主任讲，乡里有副乡长以上干部二十五个，姓张的就有七个。正乡长姓张，大家都不叫他张乡长，而叫他大乡长或者老一。其余的张乡长、张委员、张主任科员，统统都叫张乡长。村主任告诉他地方上和部队不一样，在部队有明显的正副之分，到地方上人都不想带副字。前几年有一个转业军人分配到乡办公室工作，他并不懂得这里的规矩，到各位领导办公

室传递公文，把副职们都带了个副字，导致大家心里别扭，那年年终考核，这个转业军人得了好几十张不称职票。乡里的领导干部，好多都安排有子女在七所八站，得罪一人很可能就得罪了一个群体。那位转业军人并没有多少不对，然而他还是服了软，还是违心地承认了自己不对，还是分别找领导汇报了思想，并立竿见影地改了口。栗红章觉得自己很有意思，刚当上不几天村支书，就学到了很多东西。当着这个穿西装年轻人的面，他很想卖弄一下，说自己今天是找大书记的。然而话到了嘴边，突然想起了那个叫柳茂存的乡干部，此刻说出他来更恰当。于是，他就说找柳茂存。其实，他跟柳茂存也不是很熟悉，只知道柳茂存是乡党委的办公室副主任。刚才还说在乡里不认识一个干部，脑子里就冒出了柳茂存，组建栗寨村支部，就是由柳茂存宣读的乡党委文件，只不过人家念完文件就骑着摩托车回乡了。穿西装的年轻人在乡机关大院里，两只手做成了大喇叭喊着"柳茂存，来客了"，声音很滑稽。

柳茂存领着栗红章见了大书记。大书记的办公室在二楼东头，迎着门的墙壁上有好大一幅书法作品，字很大，栗红章认字不多也可以念下来："农业发展我发展，我与农村共兴衰。李凤梧书。"栗红章当即就认定大书记叫李凤梧。柳茂存的话更印证了这一点。柳茂存说："李书记，栗寨的书记栗红章，新官上任三把火，很快就有了引导群众致富的思路，他想向您汇报汇报。"李书记正在小笔记本上写着字，听了柳茂存介绍，把笔和纸一推，站起来伸了只手给栗红章，微笑着说："欢迎欢迎！你是栗什么章吧？"尽管大书记没有把自己的名字说完整，但他还是感动万分的，一个日理万机的领导，能记住一个新任村支书名字的一大部分，真让人感到幸福。他笑着应和："对，栗红章！"大书记说："红章，坐坐。"

书记把眼光转向柳茂存，说："茂存，你咋这么不会弄事呢！快给红章倒杯茶呀。"凭着一种直观，栗红章觉得大书记不十分待见柳茂存。书记说，"红章，你说说你的思路吧。"栗红章大着胆子喝了一口茶，两只手把茶杯捧着说："好。根据咱栗寨的现实情况，我跟部队首长联系了一下……"栗红章目不转睛地看着大书记，见他又拿起了笔，在那个小本子上专心致志地写着什么，全然忘记了一位支书正在向他汇报一个大的构想，那是整整一个晚上的心血描绘的构想。栗红章觉得好没劲儿，大书记把自己当成了什么，是桌子、椅子，还是墙角那把熏黑了的铝合金水壶？他停了下来，大书记并没停，还在写着，柳茂存真的

很会圆场，他拿起茶壶先给大书记添了点儿，再给栗红章杯里倒，实际大书记就没喝根本用不着倒。或许，这是一种巧妙的提醒。大约过了三分钟，大书记说："红章，完了？挺好嘛，思路清晰，可操作性强，大胆干吧！"栗红章心里说，你玩猴吧，才刚刚开了个头，怎么就汇报完了呢，然而他只是说了两个字："快了。"大书记对柳茂存说，"柳主任呀，我觉得栗寨这次是动了真格的，整个构想肯定很宏伟的，他讲了几句我就听得入了神，要不是时间关系，我还想让红章在党委扩大会上讲讲呢！是这样吧，你和红章到党委办公室，好好聊聊，尽快形成个栗寨种养加一体化的文字材料。就在乡里打印吧！"柳茂存像鸡啄米一般地点着头，点一下说一个是字。大书记再次伸手与栗红章握，这是在逐客。栗红章脸上很平和，心里早已怒火中烧了。

他胡编乱诌地说着，柳茂存匆忙整理着，好像对栗寨新支书云天雾地一般的打算十分感兴趣。上午十点多的时候，柳茂存整理了足有十几页稿纸的材料，很有成就地说带栗红章到机要室，也属于打字室，出了办公室的门，柳茂存迟疑了一下，好像什么东西忘记带了，让栗红章先去三楼往东拐，最东头那两间房子，挂有牌子。栗红章感觉到柳茂存有什么心事，只好自己去了，心里还嘀咕着乡里的干部心事重重的，就不能简单点儿放松自己的心情？他观察着周围环境，乡政府的办公楼看得出原先只有两层，后来人员增加了，就在原来的基础上加高了一层。十点多的乡政府办公楼，安静得像大医院的太平间，可能是点过名以后，大家都"放羊"了。栗寨人把散会、收工都叫放羊。过去几人包一个片，乡领导带队都到村里去催促摊粮派款、刮宫引产了，名义上是下乡包村，实际上到村支书或主任家，先是"K十五"来一阵，接下来几个小菜两瓶酒"五经魁首"吆喝起来，最后还能吃上支书夫人亲手擀的绿豆面条。栗红章当兵前，很羡慕老支书家的生活，每天门庭若市，村里的代销点好像是人家自己的，拿东西只需签个字，到年底从提留款里实报实销。村干部有利可图，当个啥就像办个小企业那样财源滚滚，免不了成了争夺的目标。那些不太安分且有点能耐的人就觊觎起村干部的位子。找茬子、找毛病，组织村民越级告状，要不就抵制上缴村提留款，闹得村干部惶惶不安，也搅得乡干部不好意思。如今，乡干部还不到包村的关键阶段，但每天八点上班点名不可免去，毕竟是一级政府的机关，点名会上依然安排工作，还要求大家转变作风，不得增加村里负担，避免引起上访告状。机关干部们也有对策，接受任务后迅速化整为零，碰头汇报成果时，个个讲得成效显著，好

像做了大量艰苦细致的工作似的。其实，他们大多回到了自己家里，或者坐上了酒桌、牌桌，晚上还有人请到 KTV 去"爱拼才会赢"，只不过没有进村干部家扰民而已。

栗红章走上三楼，就听到三楼上有声音，立即就有了踏实感。往东头越走越有信心，机要室好像有人在轻轻地唱着歌。到了窗前，他产生犹豫，是一个女孩子在唱，而且还那么深情。

"天上的星星流泪，地上的玫瑰枯萎，冷风吹，冷风吹，只要有你陪……"

耐心地听了好大一会儿，栗红章终于听准了几句，什么"虫儿飞，虫儿飞，你在思念谁"，还有"虫儿飞，花儿睡，一双一对才美"。又是一阵子，栗红章心里很矛盾，人家女孩子不停地唱，一遍又一遍，自己老这样等着也不是办法，闯进去吧，又显得没有教养。矛盾归矛盾，还得有解决的办法，栗红章轻轻地敲窗子，示意有工作任务了，歌声是否可以暂停下来。果然，他轻轻地敲打两下，不仅歌声停了，机要室的门也开了，而且一张白皙的脸随之露了出来。显然，这女孩唱歌时还动情地流了泪。是的，"不怕天黑，只怕心碎"，歌词都那么煽情，岂有不伤感之理。

栗红章很友好地向女孩说明来意。女孩接过十几张稿子，扫了一眼就说："又是这狗东西写的，只会给老姑奶添忙！"姑娘好像很不高兴，当着他的面发泄开了。栗红章很平静，知道这女孩是对柳茂存有意见。这年头，谁都觉得很亏，嫌自己多干活少领钱，女孩们也不例外，别看机关的人，比起村民们，那觉悟也高不了多少。尽管姑娘不很满意，然而还是打开了打字机。乒乒乓乓地敲了起来。敲了一行字，这姑娘好像对栗红章有了兴趣，问他是刚来报到上班的不是？栗红章没有听到，在想柳茂存为什么临阵脱逃了呢？"喂，问你呢！"姑娘瞪着他。栗红章"哦"了一声，对姑娘来了一句"对不起"的抱歉话。姑娘说："你是今天报到上班的转业兵？"栗红章听到这话，心里就不平衡，再加上刚才大书记那种玩猴的表演，更加不满。他心里想，同是转业军人，有门子就可以安排工作，没门子只好回家种地。越想越生气，就说了一句，"大书记大乡长要是俺舅，那我今天就能报到上班！可惜了，他们连大舅二舅也不是！"听了栗红章的话，这姑娘像一只充满了气的皮球，被谁使劲儿摔了一下，腾地从座位上跳起来，把桌上的稿纸扔了一地，还指着栗红章说："你狗胆不小，还骂人，你滚蛋出去！"栗红章一头雾水，仅仅是一句话，为什么惹来一场责骂呢？

当他意识到自己把话说砸了的时候，心里的那片天空已经布上了乌云，很沉重很沉重。那姑娘的脸阴沉着，很难看。她好像面对一个势不两立的仇人，不等对方开口解释，就已经悻悻离去。刚才还流泪唱着"虫儿飞、虫儿飞"的女孩，真的飞走了，真的是"不管累不累，也不管东南西北"。栗红章很沮丧，像触动了最脏最臭最倒霉的东西，很后悔心血来潮到乡里来汇报。他想哭，又没有眼泪，想让刚才发生的事情灰飞烟灭，又知道不可能。他只好硬着头皮找到了柳茂存的办公室，见面就说我做错事说错话了，得罪了打字员，那材料打不成了。没想到柳茂存不但没有责怪栗红章办事唐突，反而骂女打字员神经病，不知好歹。虽然柳茂存的话令栗红章很费解，却无意间给了他很多安慰，起码他觉得是打字员的喜怒无常，她问了不该问的话才导致自己说了不该说的话。

这时候，栗红章才知道，乡里的大书记李凤梧是知识分子，很有工作热情，对七所八站和各行政村要求很严，听下级汇报总是提出很尖锐的问题，弄得下级汇报工作前闪后躲、吞吞吐吐。后来乡里就出台了一条规定，凡到乡里汇报工作一律要打印成文字材料。乡政府机要室就成了文印部，打印材料要付款，要记账，从那时起，乡里就多出了一个打字员。办公室为了巴结书记，就招来了大书记的外甥女杨小桃。栗红章终于明白了，他说的舅也好，大舅子也好，都涉及杨小桃。冷静下来想想，这次全怪他说话随便，无意间伤害了女打字员，还为自己今后跟大书记打交道设置了障碍。

栗红章很后悔，很自责，觉得自己水平比少年儿童还低，根本不配当一个村的支书。

那天下午，栗红章脑子里像一腔糨糊，昏昏沉沉的。什么时候吃的饭，又怎么回到乡政府的，他竟然做梦一样。柳茂存在乡机关算是个大忙人，起码在栗红章的眼里、心里是这样的。乡党政领导开会的开会、下村的下村，迎来送往的事情都落在了柳茂存肩上。接电话、批转文件、应对零星的来访者，还有安排应对上级来乡检查，他根据县里来的局委领导级别，对口通知党委、政府的相关领导回乡陪客。这天，除了正常业务，柳茂存还腾出一定时间来安抚栗红章。栗红章并不知道，他这天出现在乡里，对书记乡长日后的工作来说，是一场及时雨，是难得的旱地甘霖。因为，正值春耕时节，除了农业生产，又新增加一项带领农民群众致富的工作，就是发展企业，有人为它起了个名字叫乡镇企业。文件上说，在群众的温饱问题解决之后，就要为农民群众的钱袋子着想。乡镇企业是振

兴农村经济的必由之路。李书记、张乡长在县里的乡镇企业大会上，已经把栗寨的思路向领导吹了风。同时，李书记特意给乡里打了电话，令柳茂存抓紧把文字材料打印出来。至于机要员兼打字员临阵脱逃一事，没等柳茂存提及，书记说文印环节上没问题，他已经批评杨小桃了，让她马上回乡，中午加班也要把材料打印好。原来，杨小桃借着栗红章那句话，搭上哪个站所的车就进了县城，或者还告了状。下午三点多的时候，柳茂存告诉栗红章，可以放心地回栗寨了，材料已经打印出来，等啥时间书记乡长阅批后，说不定还有意外惊喜呢！栗红章简直不相信材料打印好了这个事实，更不敢去想日后还会有什么惊喜。他问那女的心情好了？不生气了？柳茂存诡秘地看着他，说这女孩性子就像秋天的云彩，瞬息万变，现在正得意地唱呢。栗红章这会儿相信了，说上午就唱了，好像有什么心思？柳茂存说，城里的女孩子，开朗、敏感、冲动、多疑、眼高……怎么说她呢！栗红章仿佛觉得，柳茂存和杨小桃有故事，本来也就是，偌大一个机关大院，点名后只剩下那么几个人，门岗老马、办公室看电话的老金，柳茂存、杨小桃。栗红章不便再多说什么，他心里只想办一件事，而且必须办，但这事还不能告诉柳茂存。

栗红章告辞了柳茂存后，出了乡政府大门仅走了十多步，又重新进了乡政府大院。他径直往三楼东头机要室去，那位叫杨小桃的女孩还在，继续唱着她的那首歌，虫儿飞。他敲了门，室内并没有反应，只有歌声飘出来："天上的星星流泪，地上的玫瑰枯萎。"杨小桃唱得很专注，很动情，使得他栗红章不好意思再打搅。他站在那里，从窗帘的间隙往里看，此刻，他像一尊守护神，更像一位偷窥者。好在这个时段没有人，否则，他的举动多么猥琐和不体面。

初春的天色说黑就黑，转眼间楼道里就浑然一色了。栗红章终于鼓足勇气，用力敲门。杨小桃说："你是人还是鬼，是人进来，是鬼滚开！"她好像专对一个人说的，这种话换给同事、领导、陌生人都是不合适的，栗红章猜她此刻可能是等谁，弄不好就是等柳茂存的。或者，刚才，她已经听到了敲门声，只是使性子故意不搭理罢了。栗红章在外面说："小杨，我是栗红章啊！来打扰你一下。"杨小桃一本正经起来，说："材料已经打好，我也交上差了。你一个大男人家，黑灯瞎火地来找一个女孩儿干啥？还打扰呢，会的还不少！""我是来向你赔不是的，今天上午……"栗红章话没说完就被杨小桃挡住了。"今天上午？赔啥不是哩，是我不对，我已经挨了李凤梧书记的批评，我算是没吃麸子还挨了

磨棍，倒霉清了！"杨小桃鸡子拉肚一样，说了一大串。且不说她的表述是否准确，栗红章觉得她带着刺儿的话并没有太多的气在里边，于是就更大胆地说："小杨，以后栗寨村还有好多事央你的，比如打个报告一类的，少不了麻烦你。今天上午的事，你千万别往心里搁。我栗红章也是有情有义之人，决不会忘记乡里每个人的好处！"门开了，杨小桃一身洁白，有点农村的某些场合才出现的色彩。栗红章被这闪电一般的开门惊呆了，想了一下午的台词竟然戛然全无。"我真的很待见有情有义的男人，请进屋里来吧。"灯亮了，灯光下的杨小桃真的像一个成熟的大白桃。栗红章这时反倒没有了勇气，他说，"我只是向你承认一下错误，我真的没有别的意思，无意中说了那关于舅的粗话。""你不是男人啊！已经说过了，上午的事不怪你！"杨小桃这句话一说出来，无意中增添了栗红章的胆量。他乖乖地走进了机要室，不好意思地看着杨小桃。这天的栗红章，的确像个帅气的军人，英姿飒爽，站军姿一样待在那里。这一刻，县城里出来的杨小桃，所谓见多识广的城里人，面对这样一位帅小伙子，竟然六神无主了。他们对视着，相互欣赏着异性最令人入神的亮点。还是杨小桃大方，她顷刻就从那种窒息一般的状态中走出来，为栗红章让座。而栗红章很不好意思地说自己该走了，他自己都感到了言不由衷。杨小桃平静下来，说天也不早了，离栗寨还有七八里，你趁天还有点光线走吧。栗红章说："谢谢你小杨，日后有时间到咱栗寨去，吃点儿咱家的红薯面条、红柿甜馍。"杨小桃点点头承诺了。

这一刻以后，栗红章如同恢复了元气，觉得今天到乡政府一趟挺有收获，觉得发展栗寨经济的信心又足了。他一路上十分轻快，不时地在脑子里泛出杨小桃脸蛋的红白，耳边还荡漾出她那轻柔美妙的歌声。

有福不在忙，这句农村人说俗套了的老话，竟然在栗红章那里应验了。

三

　　栗红章再次踏进乡政府大门时，就多出了好几个熟人。不仅柳茂存、门岗马合有，还有大书记李凤梧及她的外甥女杨小桃。他是接到通知来乡里的，通知是写在乡政府便笺纸上的那种，要求他上午九点前到乡党政办公室找柳主任，说有重要的工作任务。重要工作任务这几个字的下面还重重地画了一条黑杠，栗红章明白那是告诉他不可大意更不可不来。柳茂存告诉他，上次那个材料经大书记向上级汇报后，立马引起了县里领导的重视。县里领导要求涉农部门给予大力支持，金融部门要破除旧的观念，大胆贷款给正要起步的村街，对发展前景好的企业给予无息贷款的扶持。为了搭上这班车，大书记为栗寨经济发展想了几句话：远抓加工贸易、中抓瓜果畜禽、近抓烟叶蔬菜，立足北汝实际，开拓军地市场、靠农副产品起步，攀省厅地局高亲，搭上乡镇企业快班车，勇于加入国际国内大循环……大书记的境界很高，提出的几句话墨水味很浓，弄得他栗红章脑袋很大，竟说不出大书记的话到底魅力表现在哪里，只是附和着说："好，真好，好得很，准能赢戏！"柳茂存又和他交流了很多，既像审讯他打开部队销路是否属实，又像小报记者寻找问题刨根兜底，使他十分不愉快。好在经过柳茂存的添油加醋，办公室说那叫润色，一份争取项目资金的材料总算在十一点钟透明了。接下来是进文印机要室，柳茂存说三楼这一关由栗红章亲自去过。

　　原本心平气和、平静如初的栗红章，经柳茂存一句诙谐话的挑逗，心脏一下子加快了跳动。世上有一夫当关万夫莫开的说法，农村把贫困过不去年叫年关，军事上把抵挡敌人进犯的阵地叫关隘，都是让人难以逾越的障碍啊！为什么把杨小桃这儿叫一关呢？这天前，他曾听柳茂存讲了一点关于杨小桃的事。杨小桃原先是县磷肥厂的合同工。谁都知道，磷肥厂和水泥厂差不了多少，都是玩石头块

子的，偌大的磷矿石、石灰石在球磨机里轰隆隆地被粉碎，然后经过加工加热，一个变成灰色的磷肥进了庄稼地，一个变成灰色的水泥进入了建材市场。在工厂的加工环节，工人们都是在粉尘弥漫、灰土飞扬的环境中度过的，每个工艺流程都充斥着污染。杨小桃能够进县办厂，曾让多少人羡慕和忌妒，谁不说她有个当官的舅幸福死了。的确，杨小桃曾经幸福过，那是刚进厂时，端着不锈钢饭盒到集体食堂打饭，每次都可选择两个可口的菜，再者是每月十号，能领到虽为数不多但足够她花费的工资。然而，两个月后，她就感到腻烦了，或者说是一种失望。她开始受不了这里的粉尘污染，有几个老工人得的肺病让她害怕；更受不了这里的噪声污染，球磨机里石块发出的声嘶力竭的呼喊，让她常常在噩梦中惊醒。最让她难过的是这里的环境，工厂竟然设在叫虎狼爬的山岗上，前不着村，后不着店，买个小东西还要进县城，有个头痛脑热也要进县城。特别是已经到了女大当嫁的年龄，由于在这么个崇山秃岭上，条件好的男孩一打听她在磷肥厂上班，手一挥就让打住了。她为了健康、为了生活、为了婚姻哭了，哭过以后就开始请病假。之后，杨小桃就来到了舅当大书记的乡机关，当上了机要打字员。那是办公室主任为她命的名，理由是彰显身份重要，社会上都知道打字员是工人，机要员最起码是以工代干，或者是招聘干部呢！

这天的三楼很静，既没有机关工作人员的喧哗，也没有杨小桃如痴如醉的歌声。杨小桃是大书记的亲戚，大家都抬举她也嫉恨她，一个并不是大中专毕业的合同工，转眼间变魔术般地就成了机要员，每天大家见面时寒暄过后就各自为战了。大伙炸场似的一走，杨小桃名副其实地就成了孤家寡人，有时候找个人聊聊天都成了一种奢侈。

比起第一天也是第一次单独到乡政府来，栗红章的心理成熟多了，包括再次往三楼东头这个叫机要打字室的地方，也没有了拘束和如履薄冰的谨小慎微。毕竟不打不相识，栗红章心里认为这个叫杨小桃的姑娘就是不错，不仅有水灵灵成熟桃子的外观，还有香喷喷成熟桃子的气息，她那会交流的双眼、沁人肺腑的歌声，无处不是诱惑啊！反正，他是很乐意来找杨小桃的，除了需要她为栗寨打印材料，还有很多潜在的东西，到底那是什么东西，栗红章自己也说不清道不明。

机要打字室肯定有人，栗红章已经听到了窸窣的声音。他走近后那很像老鼠在啃纸的声响马上停下来，接着就听到杨小桃说："请进！"见到栗红章，杨小桃显得很振奋，随之又说："稀客呀！""三天两头来乡政府，几次来打搅你，

咋能算稀客。"比起杨小桃的灵口利齿，栗红章觉得自己很笨拙，话也不知怎么说了。杨小桃说："坐吧，吃点瓜子！"栗红章这才知道刚才的声音是嗑瓜子，暗自觉得很好笑，他想起了老鼠啃纸。

杨小桃闲的时候，空虚得心里发慌。一旦有事情做，她还真有股子拼命三郎的劲头，二十多页稿纸上的东西，三下五去二就乒乓完了。因为材料还需柳茂存校对把关，他们就有了聊天的机会。这个时候，栗红章突然想起了柳茂存交代的事情。他把十元钱现金掏出来放在杨小桃面前，说这是打印费。乡政府办公室有规定，凡下属单位和个人到乡政府打印材料，都要付现金，机关内部单位要签名记账。公开讲这是增收节支的措施，实际是为了限制无休止的打印，避免动辄增添杨小桃的劳动量。这项规定实施以后，按理说杨小桃就有了特权，就有了寻租权力的机会。她可以决定你付费与否，付多少免多少也由着她。关系好的，带来小礼物的，她就免费，还很仁义地说："磨磨指头罢了，谁没个亲戚朋友！"老实巴交的村里人，有时候还会挨她的宰。看见栗红章的那张十元钞票，杨小桃笑了，说："不够，掏十张吧！"栗红章很窘，脸肯定刷地变了颜色，十张还真难为他的。就嗫嚅着说："先收下，欠的我下次带过来，要不先打个条子。"杨小桃笑得更灿烂，说："你这人真有点傻帽，本小姐今天对你全免费，有情有义的话日后请我到县城唱卡拉OK！"

杨小桃和栗红章对面坐着，中间的椅子上放着那包吃了三分之一的葵花子，气氛更加轻松。杨小桃把那张十元钞票塞进了栗红章的衣袋，说："小意思，咱能当这个家！"栗红章反倒不好意思，连忙说："这多不好，明摆着叫你犯错误。""犯啥错误，屁一样的小事！乡机关的人下到村里，吃吃喝喝拿拿，有的男人到了村里，见好看女人就走不动了，就占人家便宜。还有的驻村干部，对妇女孕检热衷得不得了，就是解解眼馋。多着呢！"杨小桃感觉自己跑了调，又说："想起来这些事就气不打一处来！"栗红章参军前和转业后，就知道很多乡驻村干部的事，听着杨小桃的议论便不足为怪了。杨小桃又把话转到自己身上，说在乡里自己也称得上"皇亲国戚"，可一年到头又有多少好处呢？文印收费这个事，收多收少全在月底交乡财政了，自己连一点油水都没有，为啥不用它送人情呢！杨小桃说，自己虽不是什么金枝玉叶，但也绝对不是稗谷杂草，在这乡里受着折磨，多么像判了无期徒刑的人。栗红章听着杨小桃的话，除了点头、摇头，就是说"太谦虚了"，除此，他还真的没有更好的言辞，尽管逢上了好言安

慰巴结杨小桃的最佳时机。他的思绪完全受着杨小桃的支配，情绪全部被杨小桃所牵制。唯一逾越氛围的是，他对杨小桃的皇亲国戚、金枝玉叶的表述不敢苟同。

柳茂存派人把涂抹得如同地图一般的清样送来了。杨小桃在开始改正清样时，很晦涩地问栗红章想不想听她的故事，小说一样、电视剧一样的故事。栗红章点点头，说"太想了"。这三个字竟然使杨小桃心花怒放，她终于明朗直白地告诉栗红章："不愧是军人，真的是男子汉，是爷儿们！"

他们约好，县里召开三级干部会时，栗红章请杨小桃唱卡拉 OK，杨小桃给他讲自己的小说和电视剧。

四

参加了县里的三级干部会议，栗红章认识到了自己的落后，主要是思想不够解放、胆子不够大、眼光不够长远，也没有其他村干部喷得美……总之，他觉得自己保守、狭隘、窝囊得十分可怜。

除了在事业上的失落和沮丧之外，能支撑他昂首阔步、无所畏惧的，是他认识了一个从里到表的杨小桃，和之前听柳茂存介绍的杨小桃大相径庭。

杨小桃现在的家在北汝县城西南隅杨门堂街 616 号，那是新中国成立前的兵工厂所在地，新中国成立后那里先后更名为建国机械厂、跃进农机厂、北汝县标准件厂，说不确切哪一年变成了居民区。凡在这里生活的人们，清一色享受着吃商品粮和城市户口的待遇。唯有杨小桃在这里居住，而没有城里户口，也没有商品粮待遇。这个居民区一百三十多户人家，只知道这个大院有一个叫小桃的姑娘，出落得像刚挂红色的鲜桃，却不知道这鲜桃来自何处。当然，早已跨过了以阶级斗争为纲的年代，人的出身、人的成分不再引起人们的重视，于是就忽略了

这姑娘的过往历史。直到那年人口普查，大家才知道这个好看的姑娘，虽生活在这里，却没有这儿的户口，无不惊诧、叹息："原来这姑娘是黑人黑户！"也是从那个时候开始，人们对杨小桃的身世才加倍地关注起来，上学、升学、招工，一切都顺顺当当，而杨家只是极普通的工人家庭，且杨小桃的父亲杨众一患病卧床不起，杨小桃的母亲还是一个聋哑人。人们不仅怀疑杨家夫妻的生育能力，还对他们的生存能力大打折扣。然而，他们千真万确养育了一个如花似玉的姑娘，而且日子过得比其他邻里同事并不差，或者还要好许多。其实，这一家的神秘，这一家的被人不经意的忽视，又被人好奇地重视，缘由就是因为这一家的男主人卧床、女主人聋哑，没有向世人宣泄的本领，没有了与人抗争的能力，就在人们心目中无足轻重了。之所以杨小桃吸引人们眼球的时候，人们关心起这一家，理由也很浅显，一是杨小桃长得水灵且有出息，不定什么时候还会派上用场；二是那些有男孩该说对象的家庭，那些春心萌动的青年男生，免不了产生觊觎之心。

换一种表述，如果杨小桃的母亲像一般的家庭主妇一样，坐在大院里东家长西家短地议论，或者娘家多么优越、亲戚家多少荣耀地表白，那么也许又是一种情景，起码对这一家不会有任何歧视和疑惑。就是因为信息渠道不畅、世俗一套与她们家格格不入，才引起了人们对他们一家说三道四，甚至贬低和中伤。最多的猜测就是关于杨小桃，说她八成是在某医院花钱买来的有母无父的那种孩子，最后认定这姑娘百分之百是捡来的，生下来就有缺陷的那种弃婴。

对于杨小桃上学、招工那么轻松自然，那么水到渠成，也有过街谈巷议，汇总起来也是两条：一是小桃人长得俏，从小就许了人家，像旧时候的童养媳，婆家条件好全包了；二是小桃美人胚子，如今个人条件好的女孩能呼风唤雨，这社会兴漂亮女孩嘛！

社会就是这样，自然界不时刮风下雨，人世间免不了造谣生事。殊不知，杨小桃的外公曾是北汝地区威震八方的解放军独立团团长，新中国成立后曾当过行署专员。杨小桃的三个舅，全是农民户口，大舅李凤麟是农业技术员，二舅李凤祥是生产队队长，三舅李凤梧曾是大队团支部书记，唯有母亲李凤娇在县办工厂上班。令人想不到的是，外公那年主动提出保留厅局级待遇，带着全家回到了故乡，两年后就长眠在家乡小泰山。三舅李凤梧完全是借着高考的力，从小泰山考入了省会大学，毕业后分到了北汝县。他身上没有父辈封妻荫子的影子，充满了艰苦奋斗的经历，为此，他对父亲有着不可名状的抱怨，也萌发着与父亲相反的

感恩报德的意识。对于残疾的姐夫和姐姐，他觉得是自己难忘的痛。当年姐和姐夫省吃俭用，为他求学筹措资金，那些历历在目的往事，都成了他知恩图报的行为基础。不是为了他而加班加点，姐夫也不会从脚手架上摔下来，姐姐也不会六月天奔跑百十里加班拉原料，半桶井凉水激得她有口难言。等到李凤梧大学毕业，当了乡团委书记，当了乡长，才把姐家随外公外婆落户到小泰山的杨小桃办了"农转非"。小桃心地善良，有一股子外公外婆忠厚实在的遗传基因，在伺候身体有病的父母方面，尽心尽孝，但她毕竟在农村时间长了，对县城里的人际关系，对社会上的复杂性都缺乏应对办法。由于杨小桃的率真和简单，无形影响了当书记舅舅的威望，也给一些人造成了可乘之机，甚至还在乡机关留下了一连串笑料和闲言碎语。舅舅对杨小桃很宽容，理由是她在父母那里尽孝，等于替舅舅默默地偿还人情债务。有一个原则，他潜移默化地教育小桃，不要依仗舅舅的地位，要学会交往人，学会干事情，自己的事情自己处理。这个原则是在去县磷肥厂时已经立下的，作为舅舅，他没有过多地想磷肥厂的艰辛和粉尘，那么多的工人，相当一部分的干部子女，都一日复一日地工作，享受着企业职工带来的快乐，一个女孩子，厂长总不会安排她到球磨车间、熟料车间吧，大不了看个仓库，坐个磅房。当那一天姐姐张嘴啊啊啊，泪花滚落个不停的时候，当舅的才意识到外甥女的确是因在磷肥厂的缘故，一桩婚姻竟然成了外甥女痛苦的往事。

是那次出差到县卫生局，杨小桃陪同事到那里开一个证明，人家说是外调材料。返厂的班车上，同事告诉杨小桃一件事，让她脸上热辣辣的，觉得很不好意思。然而她也没有果断地推辞，就在这之后的两天假期里，她和同事一起进了卫生局王主任的家。王主任是个白而胖的中年妇女，据说是干部家庭出身，说话走路都很干部的。王主任有个儿子在县医院做 X 光，因那年在给一个农村女孩透胸时，利用人家无知说透视是要脱光衣服的。那次，他对农村女孩动了手脚。由于女孩拼命反抗，王主任的儿子最终因"未遂"而被判了缓刑。实际上，都知道这个刑也是动用人际关系、掏了封口费、买通了有关人员改判的。尽管如此，主任的儿子也付出了名誉和事业的双重代价，县医院出了流氓大夫，那影响相当致命，一段时间妇女们宁愿到其他医院透视，也要回避这个科室。这样的恶果，当然需要将他扫地出门，要不一颗老鼠屎就会坏了一锅粥。后来，王主任的儿子到了县机砖厂，那是个男劳力最集中的地方，只是离县城多少远了点儿。原本已经把他调进了就在县城的毛纺厂，因为这个地方女工较多，怕这孩子再闹出点事

来，毕竟有前车之鉴。王主任原意把孩子调出县医院作为权宜之计，孩子毕竟在黄河医大进修过放射学，加上几年的业务实践，应该算得上有一技之长。时下社会风气有毛病，当官的吃香喝辣，有特权，有灰色收入，有一技之长的，也不可低估，有吃请的，有塞红包的，熟人朋友来了可以"开个小差"、"偷渡"、"走私"。有了钱也就有了地位，虽然钱尚不是万能，但没有钱又万万不能。王主任安慰儿子暂且屈曲，以屈求伸啊。自王主任儿子婚事泡汤后，王主任放出的话很有意思，说浪子回头金不换，不信春风唤不回，俺一定要娶回一个更漂亮、有公职的女孩。很奇怪，这社会说不上来是怎么了，男人不坏女人不爱，王主任家儿子自从退婚，那些黄花大闺女就像采蜜的辛勤工蜂，摩肩接踵飞到花上。但王主任要求孩子很严，交朋友可以，搁实事不行。对外，王主任也很谦虚，说现今的女孩子很开通、很善良，对咱家是一种安抚。有人说她儿子换了一个又一个，到底选中哪个了？王主任说："没有上眼的。再多也只能往事如烟。"人们不理解地看着她，王主任解释说："咱宁吃鲜桃一个，决不吃烂杏一筐。看看，来找咱孩子的，哪个不像站街的、包间的烂货！"

杨小桃被王主任目测中了，并不知道她家孩子的底细，同时也没有找婆家的思想准备，就表现得矜持迟钝。就因为这点，王主任听说后更是心花怒放，竟说咱就是要找这样的女孩子，正经女孩子呀！杨小桃就是在这种背景下，和同事一块儿进入了王主任家，这是一个两层小楼的院落，小楼从大门进去，庭院里、窗台上、小楼顶都生长着花草，尽管不属于万紫千红的季节，但这里却绿意盎然、花香扑鼻。杨小桃过去听人家说县城里好多干部家都养花种草，为的是下班后排遣工作中的郁闷和烦恼。但小舅家不是这样，他大学毕业孑然一身进入北汝县，据说女朋友给他下了通牒，不混个处级干部就各奔东西，为此，小舅至今形单影只，没有属于自己的家，肯定也没有这花香四溢的洞天了。杨小桃家有些寒酸，外公家虽属官宦但才美不外现，日子过得十分简朴，没有花草鱼虫这些小资味道。跨进这个小院子的时候，她就很不适应，不喜欢这种环境，很快就产生了一种腻烦的感觉，要不是为了给王主任一家理智上的尊重，一定会扭过头离开这个庭院的。她的别扭、不悦，表现出来的是腼腆、羞涩和沉默不语。同事在不停地转换着话题，有夸她的，有询问的，很显然是在引诱她开口说话，然而杨小桃此刻却像得了急病顿时语塞。她不想说，烦这里。在乡下的时候，杨小桃有时候就很另类，让别人意想不到的表现时有发生，那些老爷爷老奶奶说她像外公。杨

小桃不高兴别人在称赞外公时，往往会说，要不是一根筋，李专员还能干大。虽然她不知道一根筋是什么意思，只是隐隐约约地觉得这一根筋不是什么好评价，起码是一种毛病。她不愿意别人说她像外公，当即反驳说，我哪像外公？这次她没有反驳顶撞同事，人总是要面子的，但冷冰冰的场面也足够让同事和王主任尴尬。终于，场面得到了缓和，王主任递给小桃一杯水，小桃微笑着起身接住，然后很礼貌地说了声"谢谢阿姨"。这句谢谢的话，杨小桃也是不久前学会的。

坐在杨小桃对面的栗红章，不知道为什么胃酸往上翻涌，感觉又咸又涩，时而又感到空气十分压抑，急需要深深地吸上一口气，再重重地吐出来。他在一种云天雾地的感觉中，间歇地清醒过来片刻，清醒时就用两只眼睛专注地看着杨小桃，像孩提时期的自己遥望着深邃的夜空，并无目的地寻找着不知名字的星星。汝滨公园西北隅的草坪上，有一群男女正在举行什么集体活动，栗红章听不懂"派对和Party"是什么意思。那群人忘情地跳着喝着唱着，微风徐徐吹来，烤串味、啤酒味里夹杂着歌声："打开你心中的每一扇窗，穿越你心中的那一道墙，让我们站在同一个地方，一起去大声唱，去把阳光分享……"栗红章很需要换换空气，并不只是因为烤肉和啤酒的刺激。但他又觉得还不是时候，于是又痴呆似的看着杨小桃。此刻的杨小桃十分美丽，在昏淡的路灯映照下，那两只眼睛简直招魂摄魄似的，流泻着一种绵绵缠缠的甘甜。杨小桃几乎让栗红章喝了迷魂汤，觉得这个世界上，唯有杨小桃最好，当然属于他就更好。栗红章心里问自己，这是恋爱吗？他叹了一口气，问杨小桃，"那天你们就好了？"杨小桃很平静地说，"你听嘛！"

那天，王主任家似乎早有准备，或许这样的干部家庭就根本不用准备。杨小桃曾听磷肥厂的同班工人说，厂长家日子过得富裕，除了有很多钱放在银行外，平时家里总是放三五千的钱零用。那时，杨小桃不相信，像听人吹大话，自己的外公曾经当过大官，临去世总共才有一万八千元的存款，存在村里的基金会里，几乎打了水漂。眼见为实，耳听为虚，谁有钱谁花，咱不羡慕不忌妒。杨小桃平时对那些暴富的人、有钱的人看不顺眼，并不是因为自家贫穷就有了逆反心理。她总觉得与那些有钱人家格格不入，农村人说的不是一路人。那天临出门，王主任的儿子塞给小桃一个小包，鼓鼓囊囊的，几乎要把小包撑破。小伙子说让她拿上，高兴买啥就买啥，不够时言一声。杨小桃本来就不情愿到别人家里来，当时心里矛盾着来了，刚刚对这一家有一丝好感，竟让这个鼓着的小包，还有那句想

买啥就买啥的话搅得好感荡然无存。她没有钱，且家里需要钱，但她讨厌在这种方式下得到，别说八字没一撇，即使日后订了婚，这种钱和人的交易也不应该有。当年在乡下时，杨小桃就为此拒绝了一桩婚事，之后就变得对个人婚事麻木了。也许，她的外公就留给她这么一些精神遗产吧！杨小桃觉得，遇到自己相中的人，再穷也不嫌弃，哪怕家徒四壁、一贫如洗也要嫁。这一次，她把那只小包扔在沙发上，小伙子再次拿着给她，她干脆就以跑作为拒绝。同事很会说话，说今后就成一家人了，谦虚啥呢，别不好意思啦！王主任很有水平，说那包迟早要给你，今天不拿就算了，之后再说吧！杨小桃总算在这么一种氛围中逃了出来。大街上的空气真的让人痛快，离开王主任家她决心永远也不踏这个门，令人压抑、令人窒息！几分钟后，同事追上了杨小桃，埋怨她这么不近人情，换了她，肯定不客气，一定要来个韩信点兵多多益善。同事比杨小桃大三岁，儿子都已经上了学前班，言谈举止要成熟很多，完全是一副见多识广、曾经沧海的做派。她批评小桃说，女人就是这个阶段才值钱，要这个时候多摆摆谱，该要的就要，等过了门，那时想要也要不来了。杨小桃没有搭理她，觉得同事不仅不是同事，连人都不是，她简直就是西游记里的妖魔鬼怪！本来这件事在小桃的拒绝下，就自然地告一段落了，就是这个妖魔鬼怪，把杨小桃的个人信息、生活习惯、居家环境都泄露给了王主任家。致使发生了震惊北汝县的挟持案，那之后，作孽的都得到了应有的下场，那个妖魔鬼怪也钻了监眼。在那场撕心裂肺的折磨中，那些为虎作伥的人们，源源不断地到杨家求婚、求情，说既然生米已经做成熟饭，就成全他们吧。这孩子之所以做出这种事情，主要是因为太喜欢你们小桃了。杨小桃闭门在家，当时只有一句话："谁要再提这事我就死给你们看！"有不少人糊涂地叹惜说："何苦呢，硬撑下去名利双丢，吃亏的只能是你杨小桃！"还有的办案人员也主张私了，说男方情愿加倍赔偿，精神的物质的都有，精神方面明媒正娶杨小桃，物质上首饰金银要多少给多少，八抬大轿迎娶，歌舞团演唱一星期……杨小桃被激怒了，骂前来说情者是狗，说："你们家的闺女嫁过去多好啊，滚远点儿！"过了几个月，杨小桃就从磷肥厂调到了乡里。那时候，人们并不知道大书记是杨小桃的舅舅。王主任家还放风说，杨小桃调到哪里都逃不出她的手心，这个乡的办公室副主任柳茂存是她家姑爷，是王梅后来丈夫和前妻的女婿。真的奇怪，柳茂存利用工作便利，又来做说客，起初拿几包瓜子让小桃"劳逸结合"，后又说县城王主任一家有诚意，退一步海阔天空。忍无可忍时，杨小

桃只好爆料自己是书记的外甥女。没有了柳茂存的干扰，却引来了"皇亲国戚"的蔑视和人们的疏远。

突然，栗红章"啊"的一声尖叫，像是夜间被蝎子猛然蜇了一下。他这才明白柳茂存对杨小桃的态度，原来有这么个原因。杨小桃不知什么时候，泪水已经从眼眶里爬出来，在月光里忽闪呢。对杨小桃的遭遇，栗红章从爱莫能助到相见恨晚，他觉得月光里的杨小桃，泪水流淌的杨小桃，就是他喜欢的那个女人，就是值得他义无反顾去爱怜的那个女人。他真想抱住她，然后把她抱紧，希望她变成一只小白兔，精心呵护她。然而，他只是冲动却没有行动，他怕杨小桃拒绝，从而再次伤害她。杨小桃擦了擦泪，揉揉眼说："这社会，狗眼看人低，巴结当官的，狗咬拎篮的。在磷肥厂，有几个从乡下招来的女孩子，为了转正，心甘情愿地任厂长、车间主任糟蹋。有的女人也不自重，没有骨气。反过来说，下层人只有任人摆弄才是出路，胳膊永远扭不过大腿！"栗红章点点头，这时他想起了上小学时说的那句话，使他挨打的那句话，顿时再次感到羞愧，感到脸上发烫。"我舅要是县委书记，他们还敢那么放肆对待我吗？"夜深了，滨河公园里的人也越来越少了，但那群过什么"派对、Party"的男女好像不在乎这些，依旧如火如荼地唱着喝着跳着，偶尔还发出一两声尖厉的叫喊。"忘掉昨天的疲惫沧桑，把痛苦留给夜晚收藏，当黎明敲响每一个沉睡的梦乡，让我们去迎接新的希望……"那群男女唱的歌，带动了杨小桃也随之唱起来，栗红章不会唱，觉得自己很傻帽儿。突然，杨小桃问栗红章："你愿意我成为你的女朋友，还是让我作为你的妹妹？"杨小桃比栗红章精明一些，开化一些，毕竟在城里，在县磷肥厂生活过。栗红章虽说在部队几年，可那里军纪如山，士兵是不可以和地方女孩子谈恋爱的，对男女恋爱之事一窍不通的他，竟然被杨小桃的问话弄乱了阵脚，他当然愿意小桃成为女朋友，求之不得啊，然而此刻又莫名地碍口了。他结结巴巴地说："我不想让你当妹子！"杨小桃笑了，假嗔着说："那你也不同意我跟你好了？"栗红章说："不是！"月光里，杨小桃的眼睛由明到暗，再由暗到明，直接感染着栗红章的情绪。是幸福的现实还是温馨的梦幻，栗红章好像被杨小桃灌醉了酒，顺从地、被动地、幸福地、麻木地感受着这个夜晚。他们真真切切地好上了。栗红章无论怎么端详，都觉得杨小桃顺眼，都觉得她应该是自己当下的女朋友和不久后的妻子。

五

　　二十一年前，栗红章和杨小桃在北汝县民政局办理了结婚手续。正当准备结婚典礼的时候，栗红章的母亲刘玉环突然站出来反对。本来在张罗儿子婚事上积极主动的人，突然来了一个一百八十度的大转变，让村里的左邻右舍，让栗家的七姑八姨，包括栗红章本人都感到十分意外。刘玉环不是那种不计后果的女人，她在处理筹办章章婚事又突然叫停的问题上，表现得有分有寸。她只是告诉人们，结婚是人生一个大事，毛毛草草会让孩子们遗憾一辈子，不舍得花钱到头来会被人骂老鳖一的。章章表态他和小桃誓死不遗憾，也不怕人议论老鳖一。刘玉环态度很坚决，你们不遗憾我们遗憾，你们不怕骂，我们怕。刘玉环的我们当然是代表章章的父亲栗建社。这么一种叫停的理由，的确让栗寨的父老乡亲们叹息一番，不错不错，钱是硬通货，办事不花钱那就是不像话，再说人家一个乡政府干部，哪能轻易就嫁到荒山秃岭？

　　其实，刘玉环的紧急刹车，是因为莫名飞进家里的一件东西。那天晚上，喜气洋洋的栗家，风风火火为儿子筹办婚事的刘玉环，正端着饭趁着月光狼吞虎咽时，一个乒乓球一般的东西恰好坠落进她的碗里。中秋时节，飞来之物击中热饭，虽然没有烫伤她。但这件不速之物，却无情地击伤了她那颗相当自尊的心。儿子没当村支书时，她就是栗寨的女强人，是大伙默认的编外妇女队长，何况如今她又成了村支部书记的母亲，在邻里眼中她无异于电视剧里的太后，举足轻重的重量级人物啊！那飞来之物是一封裹着卵石的信件，操作者是从墙外扔进来的，怕信件飘落在不被人注意的地方，就用了卵石配重。刘玉环识字，展开一读，拿信的一双手开始发抖，原本稳健站立的两条腿也几乎软得失去了支撑力。

尊敬的栗书记及令尊令堂大人，你们辛苦了！我们是玉皇大帝派下凡的天兵天将，来无踪去无影，来也匆匆去也匆匆，还有公务在身，不便面会了。我们留给你们一书，乃属天机，俗话说天机不可泄露，念及你们前世积德行善，特意打招呼给你一家，以免日后遭丧门星之祸。杨小桃为西岳华山之妖狐，因触犯戒规，千年前遭刑身亡，孰料该妖苦心修炼，获非凡本领，得以死而复生。经查，该妖潜行数年，隐身乡里，今现身北汝县。因本性难易，擅勾引良家男子，多次怀孕，均因人妖异类，加上该妖有化胎之奇术，貌似平民女子，实乃骚货情种。据悉不日将嫁入栗门，祸害栗寨。如若不信，今夜十二点钟，寨西凹老天窑狐叫为证。如若固执成婚，将现血光之灾，继而家破人亡。呜呼悲哉！妖灾人祸，避之还及，望栗家自重……

　　刘玉环文化不深，尚有初中学历，对之乎者也略知一二，虽出生在新社会，历经破四旧立四新，对迷信神鬼趋而远之，然而近年出现的一些现象，在科学角度也难以解释，因此对神鬼的说法就没有大的抵触。何况这一封天书写得条理清楚，劝诫中肯，并无恶意。刘玉环起初就怀疑这一桩婚事，咱一个农民，医院里的小护士，供销社站柜台的女孩子都瞧不起，原本想找个工人就算是造化，没想到竟然得到一位如花似玉的乡政府干部。她曾经问自己，世界上有这么便宜的事情吗，有做梦一样的美事吗？在将信将疑中她见到了杨小桃，那种家常、那种自然、那种亲切深深地化解了她的疑虑。她坚信自己一家几代人积德行善终于有了好报，于是开始催促儿子抓紧办理婚事。那时，她心里只有一种信念，抓紧把小桃娶进家门，免得夜长梦多，现在的女孩子思想很活，见异思迁再正常不过了！杨小桃和章章好了的事情，曾在栗寨产生过振奋人心的效果，一时间"你看看人家章章"成了各家各户艳羡的一句流行语，栗红章家更是扬眉吐气。然而这种骄傲和自豪竟是那样脆弱，那样短暂。果然不出刘玉环的多虑，真的应验了那句便宜没好货的名言。好在这个婚礼还没举行，一切都还来得及补救，为了面子，刘玉环以婚事仓促办不排场的理由，使这场正轰轰烈烈筹备着的事情戛然打住。

　　栗母刘玉环本来就是个强硬人物。当年在娘家身为姑娘时曾当妇女队长，因为新中国成立前家庭贫寒，两个叔叔还被国民党军队抓了壮丁，爷爷也因饥饿丢了性命，这种苦大仇深的人家，经奶奶在忆苦思甜大会上鼻涕一把泪一把地诉说，这个家立马就在全村红了起来。很无奈，全家人对在大队、小队弄个一官半

职并不感兴趣，都谦虚地说不是当干部的料。恰好生产队选队委，缺了个妇女队长，也不知是任人唯贤，还是其他原因，刘玉环竟然高票当选。会上表态，刘玉环直筒子几句话："选上就当，做人不能牵着不走，打着倒退，我保证当好！"她的表态无意中刺激了两个哥哥，他们不约而同地瞪了她一眼，眼神好像批评她黄毛丫头，不知天高地厚！哥哥们也没想到，妹妹这一当就风生水起，名扬乡里。铁姑娘、巾帼英雄之外，还有让刘家门风扫地的一件大事。多少年后嫁到了栗家，刘玉环的确很受压抑。娘家旧社会苦大仇深，自己根正苗红，嫁到栗家就显得小巫见大巫了，公爹不算怪，农会主席当年曾威震八方啊！她出于多重原因，不得不改掉自己凡事爱当家做主的任性劲儿，装迟钝，睁只眼闭只眼。加上自己男人是个老实蛋子，一切都由着公爹。一直到老农会主席过世，她才复苏过来。儿子当兵她荣耀，当了支书她风光，似乎还要演一出垂帘听政的现代戏呢。儿子的婚事，她更是要在村里体面一番。对于这突如其来的信件，她特别在意。此时儿子栗红章出差卖群众的蔬菜集装箱，在没有查证的情况下，她自作主张叫停了办理婚事的活动。她计划着按照信中的位置和时间，夜间去聆听狐叫的声音。尽管什么也没有听到，这些年野生动物遭枪杀、遭毒害，没死的也逃之夭夭了，但她依旧不甘心。

栗红章从他母亲身上继承的东西不多，但那种不到黄河心不死的犟劲儿却保留得相当完好，只是流露出来的形式不同。刘玉环是心到口到誓言伴随着行动，是一种明摆着的犟；章章则是一旦接受某种事物，靠的是意志去挺去做，是一种潜在的犟。犟劲从一定意义上讲实际是一种坚持和执着，从汉语各类词典上查找，并没有哪本说犟是贬义词。至于后来派生出犟筋、犟驴等词，只能是在某些语言环境中含有贬义。栗红章的父亲很顺从，一生没干出一件可以为自己树碑立传的事情，当有人问栗建社怎么样，得到最多的评价便是："那是个好人。"栗家的事本来应该由男人去操劳，算是担当，然而他根本不知道从什么方面动手，如何去干。于是，凡是栗家出现某些动向，栗建社就如同一株墙头草和不停摇摆的风向标。

在农村，结婚的概念就是举办场热闹的仪式，拜天地、敬大神，由于政治运动的震慑，人们在最起眼的神位上挂上了伟人的照片。只要向伟人鞠过三个躬，就可入洞房，就算是合法的夫妻了。后来发展到仪式现场，由主持人检验结婚证，之后宣布手续合法。单从农村习俗的角度来看，栗红章和杨小桃的婚事，还

有相当长的路程，难怪有人乘机来了这么阴毒的一招。

当然，栗红章和杨小桃，根本就不知道结婚这样的男女私事，还会出现阴差阳错的情况，还会出现官场政治斗争才可能有的明枪暗箭。他们经历的岁月有限，还没有人世间防备不测的复杂心理。

年轻人的信念就如同强大的动力，就像水中行驶的船，风鼓起了帆。带着结婚办喜事的兴奋，栗红章信心十足地外出销售村里的集装箱蔬菜。出发时他耳闻目睹了栗寨群众担心蔬菜卖不出烂掉，半年多的心血、几百元的投入打水漂，从而抱怨、咒骂，个别人甚至在情绪冲动下，口无遮拦地冒出了许多令常人难以接受的恶语。栗红章在强大的动力下，似乎很理解那些识字不多的乡亲们，成竹在胸地坦然处之。他坚信自己一定能把好事办好，在凯旋的日子，在群众的赞誉中，把心仪的杨小桃娶到家里。他盘算着，这次出征，回到原部队找到那位首长，区区几千箱菜经不住三下五去二地购买，到那时就让那些怨声载道的群众转怒为喜吧，老百姓就是这样，他们既想发财过好日子，又不愿意投入和冒一点风险。早些年化肥还不被人们普遍接受，对那些比白砂糖还要好看的东西产生了许多疑虑，上级政府的工作员，在村里的扩音器里一遍一遍地宣传，说为了提高产量，一靠种子，二靠化肥，每家都分配一些先在自家田里搞实验。即使工作员在喇叭里几乎要磨破嘴皮，群众却丝毫没有被打动：你有你的千条计，我有我的老主意，那白雪一样的家伙不敢用！公社派驻栗寨的工作员，中心工作就是搞化肥施用实验，没有一户勇敢地站出来响应，党员也没有带这个头。在栗寨，贫下中农占绝大多数，他们根红苗正，不担心别人攻击他们蓄意颠覆无产阶级专政，很放肆地和工作组叫板，说："坚决不用这种像白砂糖一样的玩意儿。"工作员们不仅无奈，还遭到公社的批评，终于有人同情他们，为他们出谋划策说，栗寨不是有八九户地富反坏右"五类"家庭嘛，为什么不强迫他们去实验，等果真没有问题，丰收了，再让贫下中农大面积推广。工作员们接受了这个建议，很轻松地取得了进展，没料到这个措施还得到了公社的表彰，作为一条先进经验在县里推广。到了麦收的季节，施用化肥的那九户人家，麦穗齐整得像接受检阅的部队，相比之下那些没施化肥的地块，麦穗小得如同受饥挨饿营养不足的婴儿。测产的办法老一套，地块的四角和中心，穗数、粒数和千粒重，结果那九家保守地算账，增产将近五成。多少年后的栗寨人，虽然西装革履了，但思想却没有大的转变。栗红章面对那些说三道四、指桑骂槐的群众，表现得十分克制和理性，他知

道如果自己站出来批驳他们，有足够的理由让他们张口结舌，可那只是逞一时之能、解一时之气。过后的反弹将会更加厉害。如果加大了对立情绪，以后的事情将更加难办，群众可不管你什么政策、什么产业化，他们要的是实惠，要的是兑现。他们不会考虑村支书的付出，很轻松地认为村支书的油布衫你披着，一切努力都是应该的！栗红章很委屈，认为自己何苦呢？不少村支书一干就是十多年，村里没有什么发展，甚至没有增添一砖一瓦，不照样在位上？他除了操心栗寨发展规划，还打报告争取农业项目支持，请反季节蔬菜种植技术员，村里没有积累，他转业的那么一点安置费都垫上了。他心里在骂，一群没良心的家伙，我栗红章又熬眼、又费心、还花钱，不是为你们？不是为了想让你们日子慢慢好起来？他宽慰自己说，世间许多事情都是有好心没好报的，好心可能当作驴肝肺，如果计较很多肺早气炸了，自己是支部书记，入党时发誓要奋斗终生，应该有比群众高一百倍的觉悟和境界。出了村子，他心里那些不快和别扭竟然像一片飘浮在天空的云朵，很快就远遁了，取而代之的是美丽无比、通情达理的杨小桃。一想到即将来临的婚期，他眼前就一片光亮，条条道路似乎开阔又平坦、蓝天白云似乎美妙又神奇。转念想到母亲刘玉环的态度转变，立即再乌云密布起来。好在，婚姻是他和小桃两个人的事，只要他两人亲密无间，又担忧什么呢！这次，他的旅程全然不同于过去探家返部队，路上，杨小桃像一部精彩的电视连续剧，这一集刚结束就巴望着下一集的播放，中间还不许夹任何拉杂的广告，时间和路程就是在这种状态下进行。他在喜悦中，再次光临了这座"把驻地当故乡"的城市。除了心情不同于昔日外，现实也给他开了一个玩笑。没有找到部队，也没有了那位首长的信息，他心里乱糟糟的，并不是自己唐突，是坚信自己的部队永远也不会被裁掉，那是一支有着光荣历史的钢铁之旅。然而，事实就像一个巨人伸出巴掌无情地扇过来，他终于清醒了，变化才是永恒的真理。他失望地把那两箱蔬菜放在了那个熟悉而又陌生的营房门口。这里现在是一所叫作夏威夷的双语学校，进出的人络绎不绝，人们几乎全以警惕审视的目光看他。他开始感到失落，昔日神气昂扬的记忆已经遥远了，脑子也随之变得乱七八糟，为什么这种少头没脑、有首无尾的事情总让自己摊上呢？出村之前，他之所以空前理智，就是因为自己有部队做坚强后盾，无往不胜无坚不摧也可以用在他自己身上。可事实呢？另外，之所以乡领导重用他、栗寨人高看他，也是因为他参军多年的这段经历。而如今，出水才看两腿泥的决心和信心，在这座双拥模范城市里被彻底地瓦解了。沮丧中，

他心里产生了好几个假设，然后这些假设连一分钟都难以挺过就完蛋了。他又想起了杨小桃，顿时来了劲头和希望。栗红章在那座城市的火车站花了五元钱给杨小桃打了个长途，汇报了自己的遭遇，几乎是声泪俱下。电话那端表现得十分阳光，让受奚落一般的栗红章体验了一种阴雨绵绵之中的春和景明是多么宜人。杨小桃说，天无绝人之路，天上也不会掉蒸馍，小孩子不经过酷暑严冬不会成人，蚕宝宝没有三眠四脱皮就不会产茧，哭丧着脸没出路，痛哭流涕更没出路，连出息都没有！杨小桃停顿了一下，感觉栗红章情绪稳定了，接着说："向后转，回来吧，栗寨那一百多亩蔬菜，撑死了不过五千多纸箱菜，简直就是小菜一碟，不值得为此发愁，不必动用皇亲国戚，本姑娘轻松搞定！"栗红章初结识杨小桃时，觉得这姑娘很内向，别人也可能看到了她的弱点，就在一边歪曲事情真相，扭曲她的人格。别人说她皇亲国戚，是看不惯当官人的亲戚安排到好的岗位，说她吃了别人拿了别人是损害她。这时她自称皇亲国戚，那是对流言蜚语的反唇相讥。至于说几句粗话，栗红章求之不得，这是熟不拘礼、彼此亲近的表现。

杨小桃就是这样一个人，自己想干的事，纵然面对刀山火海、千难万险，都不可能阻止她，粉身碎骨、飞蛾扑灯无所畏惧；不想干的，你软硬兼施不管用，千方百计也白搭，婚姻方面更是如此，有的家庭即使有十万金山、楼花雪片，不稀罕，你可以征服我的身体，却战胜不了我的心！栗红章还在返程中，杨小桃已经帮他卖掉了三千箱鲜菜。县磷肥厂杨小桃最熟，让厂长买走一千五百箱，厂长嗔怪地说杨小桃是在搞摊派。杨小桃笑了，说就算吧，还补充说一个月内付不了现金就让群众拉磷肥抵账。杨小桃给社队企业局局长打了电话，说栗寨是全县多种经营标兵，下一步要上几个蔬菜深加工企业，眼下出现情况，支持一下会柳暗花明，不支持谷贱伤农，这个村的前途就完了。社队企业局局长曾是煤矿矿长，说话也很直，让局办公室主任当天就去拉一千箱，一手交钱一手提货。杨小桃简直是心花怒放。

栗红章回到乡里，向乡长汇报了大棚蔬菜的情况，根本没提到部队找人不遇的事，无偿送给乡机关一百箱菜。乡长随即表态购买一千箱，用于与社会各界的感情联络。春节将临，拿印有山南乡栗寨村多种经营合作社蔬菜集装箱送礼，既体面风光，又扩大影响。乡长真的不是白当的，他无形中又支持了李凤梧书记的亲戚。

忙碌了几天，喜忧参半，之后又福从天降，栗红章很充实。栗红章满怀喜悦地回到栗寨，却找不到自己的父亲和母亲。

六

当深更半夜在寨西找到聆听狐叫的父母时，栗红章像一只装满气的皮球被刀截了一个洞，一下子瘫软了下来。做梦都不会想到，他一心一意为大家谋利益时，竟有人在他背后下毒手，非弄个祸起萧墙不可。新社会这么多年了，又经历过"文化大革命"，还有人敢拿牛鬼蛇神这一套迷惑人。他最难接受的就是自己的父母，父亲不说，他本身就是个脑子懒得生锈不会转圈的人，母亲刘玉环当年还当过叱咤风云的妇女队长，却也信这一套！见面时，虽是深夜，看不清他们的面部表情，但栗红章还是感到了他们中间的生涩，感到了沟通的障碍。他想，这一切可能也属于堡垒最容易从内部攻破的那种情形吧！

一向对儿子包容、支持的栗母刘玉环，突然间来了个态度大转变，特别是离家出差这两天，原本完全可以化解的矛盾问题，竟然进一步发酵，让栗红章异常难过，莫非外人不怀好意地施展一点阴谋诡计，就能让堂堂的支部书记家发生地震，发生海啸？从地球上开始有栗红章这个人到如今，栗红章差不多还没有对抗过母亲，母亲那声音、那巴掌都是他最长见识的手段和暴力，即使有些对立和厌烦，也掩埋得很深很深。他是母亲的独子，母亲是他的靠山；过往的岁月里，母亲是翱翔的鹰，他充其量是一只雏鸡。那都是过去，那都是栗红章懦弱的发育过程。如今，他当了村支书，他谈了女朋友，他已经有了准妻子，这次要叛逆了，有决心有信心，有理由有胆魄，似乎杨小桃让他吞下了熊心虎胆。栗红章说："妈，你这是中了哪门子邪啦？不能太偏听偏信别人的闲话了，有些人唯恐别人家日子过得太平，有些人是吃不着葡萄说因为葡萄太酸，自己得不到的也不想让别人得到。"栗红章眼前出现了好几个人的影子，乡党委办的柳茂存、卫生局的王主任，还有那个Ｘ光室性侵女孩子的王虎，尽管他只认得柳茂存一个人，但

显现在他印象中的全部是牛头马面一类的家伙。刘玉环说话很直接："无风不起浪，没有窟窿不生蛆。人在事中迷，你这孩子还年轻，虽然当了支书，但在有些方面你连一般群众都不如！妈是过来人，经历得多了，听的见的就更多了，哪个犯了错的女孩子肯承认自己有过错事！有的实在遮羞不住了，就说自己是受害者，都骂男人是畜生，是色狼，是拱了白菜的猪！"栗红章不让步、不示弱，说："妈，看来你中毒深了，我的药已经解不了你的毒。但我丑话说到前边，无论天塌下来，无论栗寨山崩地裂，我要定杨小桃了，日子不改变！"刘玉环也很强势，再次展现出当年妇女队长的风采。她说："你不嫌丢人，我嫌；你不嫌恶心，我嫌！说起来大队支书娶媳妇，咋着也要纯净大闺女，娶进一个二混头、二茬子，让栗家人抬不起头！"栗红章心想，你刘玉环不是一次两次见过杨小桃，哪一次你不夸小桃百里挑一，哪一回不吹牛说打着灯笼也难找？既然你翻脸不认人，就不要怪我忤逆不孝了！栗红章火气更大了，说："说小桃二茬子，纯是放狗屁！为了证明清白，我和小桃到医院检查过了，完好无损，完美无缺！"为了赌气，为了面子，栗红章有生以来第一次这么勇敢地为一个女人担当。夜里的顺沟风吹拂着荒草和荆棘，还发出呼呼的声音，有些瘆人。他们一家此刻特像三尊祖坟上的石碑，纹丝不动地任凭夜风不停地掠过。他们忘记了时间，也忘记了在野外的寨西凹小沟里。尤其是刘玉环和栗红章，他们此刻仿佛根本就不是母子，而是势不两立的对头。有时候，为了证明自己有理有据，还言不由衷地说出一些惊人之语。刘玉环说："男女之事，多数都是女的作怪，相人比畜，就拿公狗母狗来说，母狗不摆尾，公狗不跳墙。""那绝对不一定，"栗红章说，"前几天县城才枪毙了一个强奸犯，他一人不到一年就拦路强奸二十多人，老的少的齐搓。那一次，还判了好几个强奸犯十多年徒刑，他们对犯罪事实供认不讳，他们伤害的女人没有一个甘心情愿，根本不存在母狗摆尾的问题！"栗红章临时组合了一个事实，企图让刘玉环口服心服。哪知，刘玉环根本就没把栗红章的例子当回事，寸步不让地说："你不要拐弯抹角，举再多例子也白搭，你趁早死了这条心，我反正不同意，换成二家旁人的妈也不会同意让自己孩子戴个绿帽，咱还是书记家庭！"栗红章知道事情到了这一步，再费口舌也解决不了问题，母亲就是铁石心肠、茅坑石头那种人，然而又不甘心，便开始放低嗓音说："按常理说书记家的母亲肯定不同于一般老百姓，头脑长在自己脖子上就是思考问题的，更应该看透有些阴谋诡计。别说有人编造一串谣言，就是谁制造一个现场，咱也该

仔细掂量掂量。要是轻信了别人的话，过后，造谣的坏人还会笑话中计的人是笨蛋。有狐狸叫唤吗？连个狐狸毛也没有，书记的爹妈合起来就是这种水平！"栗红章把糊涂父亲也一并批了，之后，发出了很奇怪的笑声。

夜半的寨西凹空旷缥缈，顺沟风吹拂野草荆棘的窸窣声似乎都变成了人的抽泣，栗红章对父母的质问竟然产生了微微颤抖的回声。"你们听见狐叫了吗？狐叫了吗？叫了吗……"刘玉环此刻十分不耐烦，说不来是因为畏惧、心虚，还是其他原因，她说："没有狐叫不等于没有狐，不承认自己办过肮脏事的人不一定没有肮脏过！"栗红章简直要被母亲不阴不阳的话引爆了，他心里说真想和你这种人弄个你死我活，起码也要一刀两断。然而，他深深地吸了一口气，随即又把带火药的气吐了出来，轻描淡写而又针锋相对地说："清者自清。老百姓都明白耳听是虚，眼见为实。捕风捉影，损害别人的事许多人都会干。活在世上的人，谁也没有把人维持完，有时候坚持正义也会得罪人，就会遭到暗算。世界上没有无缘无故的爱，也没有无缘无故的恨。任何事情，都有水落石出的时候，冤假错案还能得到平反昭雪呢！"

刘玉环没有再说什么，面对被自己惯坏了的儿子，如今已羽毛丰满的儿子，显得十分无奈。她望望天空，冬天的夜空很厚重、很广阔、很神秘，星星们也像农闲时的村民，耐不住家庭的寂寞，都来到街上溜达，拉扯家常，谈论八卦，满天都像一张张开口说话的嘴，十分张扬。短暂的沉默之后，刘玉环要离开这儿回家了，没有向谁打招呼，也没有说回家的话，她既像自言自语，又像教训儿子似的说："男女那种事，真的像夜空一样复杂，难说清啊！不像瓦缸里的米和面，谁要挖一碗一瓢就明显少了，留下一个坑。男女的事过后又不少啥，啥凭据呢！"

栗红章对母亲这几句话反感极了，那不是明明在说杨小桃被人挖了米和面嘛！栗红章也模仿着刘玉环的样子，既像是对自己说话，又像说给别人听。"唉，这世界也真的培养了这么一个怪人，明知山有虎，偏向虎山行。明知前方有大坑，就是睁着眼往里跳，一切都不顾了，连自己妈的好心话也听不进去。这种人真的该死，该杀该剐该活剥！或许，这个人早就想好了，就算杨小桃是坏女人，是妓女，决不会嫌弃。这个人是宁娶妓女为妻，决不娶妻为妓女。这个婚他是结定了！"

刘玉环说："这个人发疯了，不要脸了。结个鬼婚！"说着就扑通一声蹲到

地上，大放悲声哭天唤地。她是不顾忌一切了，不嫌地上鸡屎狗粪，也不嫌被人耻笑。尽管他们进村时还遇到几个打麻将刚散场的人，尽管哭声可以飘进栗寨的许多家庭。栗红章被母亲响彻栗寨的哭闹惊住了，他一下子清醒过来。母亲的哭闹，会引起全体栗寨人的注意和好奇，如果大家都开始对某件事引起关注和好奇，那可不是一件美妙的事。乡下人娶个城里人，农民娶个合同工，栗寨人就好像发现日头打西边出来似的，何况他栗红章，草根布衣干个烂村干部，只不过是野地的菠菜，怎么可能娶一个机关干部？还是乡党委书记的外甥女，像讲童话故事！栗寨很穷，但这里说是非捣疙瘩却很有特色，对他们自己感到新鲜的事特别爱打听，有股子打破砂锅问到底的劲头。就连那些无踪无影、无边无际的传言，他们也会想象着编出一个吸引人的损害人的故事。他能够娶上杨小桃，杨小桃能开口许诺跟他，连他自己都感到喜出望外，真相信自家祖坟选对了风水。一般情况下，男女门不当户不对，都少不了过一道坎儿。不说一棵白菜被猪拱，就会说女的残疾，或者是缺个心眼儿，最后再指责女方失过身，必须把一个好端端的女人编造成个问题女人。现实的压力，使栗红章敢与父母为敌，却不敢与全社会抗争。栗红章终于抱起了母亲，说："妈，算你赢了，别再哭了行不行！"

　　刘玉环不再哭闹，木呆呆地站着，僵尸、泥塑，都很像。然而，她真的赢了。栗红章家恢复了平静，刚才几乎要苏醒过来的栗寨终于又沉睡了下来。村东头那只叫小黑的藏獒粗犷吠声传了过来，很特殊，像对着麦克风，紧接着村里村外打鸣的公鸡竞赛似的唱起来，栗寨此时已经属于旧时的五更了。

七

　　栗母刘玉环获胜了，却高兴不起来，或者说此刻的她并不比失败好受。刘玉环也曾有过一段往事，回想起来就心酸肚疼，多少年过去了，纵然自己在心里发

着毒誓要忘掉那时的一切，然而那段往事就像善于跟踪人的恶魔，始终挥之不去，有时她在夜梦里惊醒，常常是泪流满面，婚后，好在这个栗建社为人忠厚，不了解她的过去，也没过问过她的过去。每次惊醒她就那么一句话，说自己魇住了，就打发住了栗建社，而好心的栗建社还告诉她，书上说睡觉时手在胸口或被子厚了压住胸口容易做噩梦，一定要小心啊！说完，他们各自进入自己的梦乡，实际上她只是假装无事一般地闭眼假寐，惊魂总是难以平静下来。

那时候，她并不叫刘玉环，而是叫刘月环。叫刘月环的她，曾经是天不怕地不怕敢作敢为的范儿。当偌大的家庭没人愿意站出来当生产队队长时，她竟意外地被几百社员的生产队推选出来，几乎满票当选。家庭在选举时投她的票是为她捧场，怕她稀里哗啦不几票失去面子，于是自家人当然也投了她的票。当成为既定事实，要刘月环走马上任时，全家人又反对起来。原因是那时的风云变幻莫测，大批判搞得人们胆战心惊，生产队队长恰好在风口浪尖，稍有不慎就会招致麻烦。刘月环才不管那么多，自己家贫苦农民出身，奶奶在忆苦思甜会议上痛说了自己两个孩子被抓了壮丁的苦难史，引起了广大社员们的一致同情，刘家地位一下子提高了，大家信任才推选你，选上了哪有推辞之理。她的表态斩钉截铁，赢得了热烈掌声，更增添了勇气和信心。那时候有"三夏"、"三秋"和冬春，有以农业学大寨为主题的农田水利基本建设，刘王庄生产队自刘月环当了队长，"三夏"缴售爱国粮，"三秋"备战备荒为人民，冬季深翻土地，春季春耕生产，样样走到了全大队的前列。到公社讲用，到县上发言，刘月环成了北汝县先进人物。已经进入青春岁月，不少人到刘家提亲，都被她辞掉，不是对方条件不好，有县里的工人、有部队上的军人，还有家庭富裕的民办教师，在外人心目中都是打着灯笼也难找的。刘月环那时相中了一个人，大队党支部副书记兼团支部书记王少坡。她不能说，也不敢说，怕家里大人们骂她，也怕街坊邻居看不起她。王少坡是个结了婚的人，已经有一个小男孩了。刘月环她们大队早年叫四王店大队，历史上这儿也称为四王集、四王街，曾经是乡公所所在地，和其他大队相比，四王店的名气大多了。四王店大队下辖四个自然村，共五个生产队，四个自然村是董王庄村、刘王庄村、赵王庄村和周王庄村，除了赵王庄村分成两个生产队外，其他三个自然村各为一个生产队。不像有些乡政府所在地的大村，分成好几个生产队，以阿拉伯数字排序，每逢召开社员大会，大队秘书就在喇叭上大声点名，一队、二队、三队……好气派。因为赵王庄村人口多，大队部设在那

里，后来就改四王店为赵王庄大队了。赵王庄大队开社员大会，一般都把主会场安排到赵王庄学校的操场上，点名很简洁：赵王北、赵王南、刘王、董王、周王。每逢呼唤刘王，刘月环就大声答应："刘王来了！"好像她就是刘王。有时搞得会场一千多人哄堂大笑，刘月环就生气地吼："笑什么笑！"日子一久，人们习惯了，看见她就想到刘王，有时候她出现在其他生产队的地盘上，人们就会说刘王来了。只有刘王庄的人叫她月环，说叫月环比叫队长更亲热。

赵王庄大队人口不多，却占据着很大的地盘，旧社会这四个自然村都有着引以为豪的历史，自东汉以来，不同年代分别出现过至少一位名人。据说清末民初，赵王庄的赵云天、刘王庄的刘兴年、董王庄的董尚武、周王庄的周安邦都代理过北汝县的县长，不管执政长短，都算是任过县太爷，出县太爷的村庄，人们都会高看一眼。只是到了后来，人们说这几个村分别出过伪县长，好像有些贬低的意思。由于地理位置的关系，这四个自然村很容易相互照应，互为中心，邻村恰巧拱卫，历史上又为战略要地。抗战岁月，这里曾为抗日根据地，自然走出一批国家干部。每个自然村都希望把大队部放在自己生产队。争论中，有人说北汝县政府的牌子是俺村×××背到了县城，应该放俺村，有人说俺村××当年是县大队的副队长，要不是牺牲了，至少能当县武装部的部长，应该把大队放俺村；刘王庄的人说当年皮司令的纵队司令部就驻扎在俺村，说明俺村的风水最好……争执到最后，来了个社员大会投票公决，最后由于赵王庄人口多，就占了上风。刘王庄距赵王庄足有七华里，开个会、办个证明都需要步行，后来虽然有了自行车，但昔日打游击的地方免不了路不直不平。这可能也是争设大队部的又一条客观原因。

刘月环刚当队长的时候，常常夜里开会，两个哥哥轮流送她到大队，等散会了一同回家。一个女孩子深更半夜走路，总让家人担心，特别是青稞子太深，村与村还这么远。日子久了，两个哥哥都有些厌倦，尤其是嫂子们开始说风凉话，有时候明明骂自己男人，暗指刘月环给家里添麻烦。两个哥哥渐渐都对接送妹妹的事不积极了，都推说有事脱不了身。刘月环本来就不同意两个哥哥娇惯自己，每次都推辞不让接送自己，说又没老虎又没狼，怕啥呢？就在这种情况下，那天夜间散会后，她一个人回刘王庄，夜深人静天上又没有月亮，真的有些害怕。就是那个晚上，王少坡要送她，她虽然心里求之不得，但还是婉言谢绝他，深更半夜，一男一女两个人同行，碰到熟人怎么解释，有些事情是说不清道不明的。王

少坡态度很坚决，那种行端影直的言辞，说服了刘月环。他们保持着距离，一前一后地走着，仿佛两个陌生人，谁也没有说话。一直到了刘王庄，已经看见饲养室牛棚的灯光了，王少坡这才摆摆手，意思是你回吧，再见。这天晚上以后，刘月环也不再推辞，送就送吧，不是什么了不起的事。王少坡的家在董王庄，和刘王庄相距也大约七华里。刘月环心里想，自己开完会回家睡觉了，可王少坡还要再走七八里才能到家，多么不好意思，心里总会产生一种感激之情。日子久了，刘月环知道王少坡虽然仅大她两岁，但早已成家，还有一个两三岁的儿子。她有时候还想，假如哪天，王少坡的老婆曲解了他们，闹一场那多不好。瞬间又想，哪会呢，世上的人之所以为人就因为有理智，王少坡只是像哥哥一样关心爱护她，一点过分的言行都没有过，庸人才自扰呢！后来，她干脆称王少坡为王哥，提醒他早点回去，嫂子在家等他呢。他与她就是工作关系、同事关系，或者还夹杂一丝丝的友谊，别的什么都没有。再往后，刘月环脑子里闪过一个奇怪的念头：王少坡这么年轻，还这么能干，模样又十分帅气，他为什么那么早就成家了呢？想到这里，她就羡慕起王少坡的老婆，嫁了一个好男人。

王少坡的确是一个好男人。上小学时，他每天放学都帮助残疾老汉董根柱提水，常受到学校表彰，加上学习成绩好，五好学生每学期都有他。上四年级那年，他到县城弹棉花的路上，在马路边捡到一个报纸包包，里边全是钱。他拐到县里一个单位，把这个纸包交了上去。那时，他并不知道这个单位就是县委，也不知道这个包包是县委机关的司务长丢的。那钱不算多，一百零三元，但它是县委机关一个月的伙食费。那一年，王少坡被评为全县优秀少年，县委、团县委百十号人敲锣打鼓来到他家，把一幅"拾金不昧好少年"的匾额挂在大门上。从那以后，王少坡就做好事上了瘾，他说不寻点好事做觉得少点啥。从好孩子到好青年，他从助人为乐到见义勇为，那次为救落水同学，差点连自己搭进去。就因为他是好青年，于是在初中刚毕业就被公社选为通讯员，也被大队支书赵永柱择为女婿，让他虚报年龄提前结了婚。公社机关的同事不理解，问他结婚啥感觉，王少坡说没有感觉，像做梦一样。在公社那段日子，王少坡入了党，也有了孩子，人可说是双喜临门。后来，老支书多次到公社找书记，说他年纪大身体不好，要王少坡回去接替他。当然这是冠冕堂皇的理由，更重要的是担心王少坡在公社时间长了，人心野了，会飞跑的。不是空穴来风，县里选团干部，曾经考察过王少坡，助人为乐、拾金不昧、见义勇为，材料就总结了十多页。王少坡选择

了回到大队，一直到老支书过世，也没当上支部书记。原因是，历来的大队支部书记都由赵王庄的党员担任，这个村是两个生产队，周王庄、董王庄、刘王庄的党员最多能当大队副支书或大队副大队长。王少坡虽然是老支书的女婿，老支书在位时他也不能破例，老支书还没有兑现诺言，就匆匆忙忙地见了马克思。老支书有病，好长一段时间，曾推荐自己的侄子当支书，并说侄子不当他不咽气。赵王庄大队支部书记一直空缺，公社来人召开党员会议，本意是让王少坡主持工作，机会适当时再予任命。哪知大队长和大队秘书（会计）跳了出来，和公社对着干，他们的理由是支部书记没了，大队长还活着，按照以往及公社的惯例，公社书记出了问题，就该由公社社长顶替。公社拿大队没有办法，只好对王少坡说抱歉一类的话予以安慰了。农村的事比一般人想象的复杂得多，别看那些大队干部识字不多，学问不深，心眼比筛子网眼还多。大队长从此对王少坡倍加警惕，大队的经济开支、经济来源统统不过底，只有他和秘书两人商量才算。党员开会，大队长说他虽然不是党员，却早就具备了党员标准，非列席参加不可。在日常生产生活中，大队长设法拉拢党员靠拢自己远离王少坡，还拿河水洗船，用公家的钱物讨好人，使那些家中有困难的党员感激涕零，发誓坚决拥护大队长执政。不得志的王少坡，在大队感到了压抑和孤单，在他周围，只有董王庄、周王庄、刘王庄的党员还对他抱有希望，但这三个生产队的党员数加起来还没有赵王庄的党员多，老支书执政时，着力发展赵王庄的先进分子入党，其他三个生产队基本没有发展。那几个生产队的党员几乎都是在部队入的党，王少坡虽不是军人，他是在公社入的党。他艰难地团结着每一个党员，每一个生产队队长和大队队委，对刘月环的关爱，也完全出于这样一种心理。

这种心理，随着时间的流逝，在刘月环那里产生了偏移。她把点点滴滴的小事都累积在心里，她把每一次和王少坡的接触、哪怕是沉默无语的同行，都融化在自己纯净的感情里，越是王少坡和她保持一定距离，她越是对王少坡产生好感。有时候，刘月环一看见王少坡就想起那种治棉铃虫用的毒药。生产队一个小媳妇因为和男人拌嘴，一气之下喝进嘴里半瓶这种毒药，很短时间就要了命。她觉得自己也喝了这种毒药，也到了不可救药的地步，只不过是一点一滴的慢性中毒，毒药就是王少坡。她曾在梦中梦见好多次王少坡，王少坡说待见她，不待见自己的妻子，醒后她异常亢奋。之后见到王少坡居然有了很奇妙的感觉，觉得王少坡这瓶毒药是上苍赐予她的，她乐意喝下去而且无怨无悔。刘月环感到底气最

足的就是自己有能耐战胜王少坡的老婆，那是一个男人婆一样的家伙，凭什么一个好男人让她长久地折磨？有一回，刘月环试探了一下王少坡，说董王庄老百姓说你家女人很贤惠，长得也蛮不错。哪知王少坡用了两个字"胡扯"作为回答，之后他表现得很沉闷，眼圈儿也红了起来，不好意思地转过身去。那次，刘月环见到了一个好男人的眼泪。她第一次为一个男人擦泪，王少坡不让，连忙躲开了。她也拒绝他送她回家，说习惯走夜路了啥也不怕。他还是送了她，她也送了他，从刘王庄到董王庄。那以后，他们俩拉大锯一样，你送我我送你，其中还兴许有依依不舍的成分。无数次地这样把时间消耗在路上，真的是感动了懵懵懂懂的上帝，那天夜里来了一场雷阵雨，凶猛啊，厉害啊，把他们震慑住了。也就是那天夜里，偎依在一起钻在董王庙的两人，在刘月环的请求下，终于发生了那种苟合之事。刘月环说就一次，王少坡说最多一次，还说那是要遭报应的。

王少坡的话竟然成了谶语，真的是有报应到来。刘月环怀孕了，发现时已经身体变笨。刘月环提了一个要求，要王少坡离婚，不然她就带着身孕跳井自杀。好男人很紧张，被刘月环的话吓哭了，他真的没有勇气面对这么一个情况，他也没有勇气向妻子提出离婚的事。王少坡之所以好，好就好在谨小慎微墨守成规，好就好在不敢有任何的叛逆行为。刘月环不知道好男人的心里多么无助，再次提出嫁给他的要求。就在那天，好男人终于喝下了一瓶叫氧化乐果的液体。好男人走了，是几天后在董王庙后的山坡上，一个放羊老人发现了他。刘月环没有去送他，风言风语已经有段日子了。赵王庄大队的几个生产队，都知道是一个叫刘月环的生产队队长害死了王少坡，这种情况下，即使她有两个胆也不敢去送她心爱的男人。刘月环是个讲义气的女人，她还是寻机会跪到了王少坡的坟前，说："少坡，老天在上，我爱你，无心害你，你咋这么糊涂呢！"

那以后，刘月环就辞去了队长职务，并改成了刘玉环，每逢有人问起刘月环，她就会理直气壮地说，刘月环是我亲姐！确实很管用，嫁到栗寨，也有人想打听刘月环的风流事，因为刘玉环是她妹妹，人们只好闭嘴无言。至于有人说她能干，是因为她曾夸口说，当年姐当生产队队长，好多主意是她出的，她比生产队队长还生产队队长！

一想起好人王少坡的死，刘玉环就害怕，就心里嘭嘭跳动。刘玉环很放心不下的事，终于发生了。黎明，一股浓烈的农药味钻进了她的鼻子。栗红章果真是服了毒，只剩下微弱的呼吸，咽喉处抽筋似的偶尔翕动一下。刘玉环在送栗红章

到医院抢救的路上，对人说因为群众的集装箱菜卖得不好，对不起父老乡亲孩子才喝了毒，把他们家发生纠纷的事只字未提。果然骗住了大伙，人们怜惜地说："菜卖不动，那不能怨章章，这孩子事业心责任感也太强了！"村民大多都是这样，当他们对卖菜要求迫切时，急得一分钟都不愿耽搁，一旦出现了什么情况，比如自然灾害或人命关天的大事，似乎一点儿也不急了，甚至反过来还会说一些十分理性的话。那个早晨开始，人们原谅了栗红章，认为换到谁身上，把几千箱的蔬菜卖出去，都不是容易的事，换换人，百分之百不如章章呢！他们对发过牢骚、说过风凉话的人，也给予重重的谴责："不就是那屁点儿菜吗？怕卖不出去就自己吃呀，烂在家里该值多少，小气死了，搁住急得像生孩子一阵不得一阵？嘟噜、骂人，这下出了人命，还指望啥呢，还骂个球？"人们都希望栗红章能被救活，因为他救活了，这方百姓的菜才有出路，当初还签有合同书呢，人要死了，该追究谁？这天的栗寨，家家户户都关注着栗红章这件事，同情、祈祷、企盼，他们都想让章章平安无事。

栗红章进入乡卫生院急救室的时间是早上八点十分，那时的医生护士正在查房，称得上医疗队伍阵容整齐。患者一方的代表是杨小桃，刘玉环让人抬栗红章进医院的同时，她径直跑到乡政府，把发生的事告诉了杨小桃。对外人，刘玉环强调说，咱章章可是被蔬菜卖不出去急得走了绝路，抢救的事全靠小桃了，咱是为公呀！杨小桃很生栗红章的气，大男人家，怎么能逃避矛盾呢！早告诉你我已帮你把主要问题解决了，剩下的就算不上问题，你怎么想的呢？见杨小桃亲自出马，医院里的院长、业务副院长不敢怠慢，他们都是医生出身，白大褂穿好后就上了阵，其他人也围绕住这个临时工作重心。院长副院长当时的帽子都握在乡党委，这种表现明摆着是想让杨小桃告诉她舅，医院的领导很优秀也很忠心。其实，院长慧眼独具，不仅政治上敏锐，医术上也相当可以，当年作为主治医师，他参与的数次抢救无一例失败。院长认定栗红章中毒的程度轻微，并没达到毒性发作的地步，虽然他表现得十分重视和紧张，但内心深处十分轻松。院长简短询问了患者服毒的大致时间、发现时间，就让家属们、村民们坐在急救室外休息。

栗红章神志清醒，身边发生的事情，医生和刘玉环、杨小桃的对话，他听得清清楚楚，特别是刘玉环说的后半夜服毒的，鸡叫后服毒的，快天明时服毒的，不确定的时间，使他禁不住要笑出来。只是他不敢笑、不能笑，他要让人相信，他栗红章是条汉子，是流血不流泪的种，是可以忍受痛苦的人。栗红章是早上七

点多喝的毒，之前喝下了半壶白开水，那半斤装的药瓶里仅剩一两多的药液。他想以此教训一下妈妈刘玉环，让她感受一下以死抗争是多么壮烈。他喝的是敌敌畏，是秋天杀灭蚊子跳蚤时买的，几个月了，但气味依旧刺鼻，十多分钟就被刘玉环察觉。从栗寨到乡医院，他是在一辆拖拉机上躺着，知道刘玉环还编造了他为群众的事寻了短见的谎言，从这方面他又十分感谢妈妈。

栗红章得救了，他本人表现得依然平静。杨小桃怪嗔地说："俺以后不理你了，堂堂军人怎么是懦夫呢，逛逛阴曹地府，可长见识了吧？"刘玉环借给章章掖被子的机会，靠近儿子的耳朵说："孩子，你妈依你了，咋办都行，坚决不反对了，让用心不良的人阴谋不得逞！"门外还有好几家种菜的，隔着病房门说："章章，俺们看着你长大的，你是好孩子、好支书，千万别为菜的事想不开。人只要好好的，还愁卖不出菜！"

章章完全有力气回答父老乡亲，请他们放心，如今的栗红章已经今非昔比，他会珍惜自己的，不仅为了自己，还有杨小桃，还有爱他的他爱的许多人。然而，他只是闭着眼，心想此时只有昏迷不醒，才是对大家最恰切的应对和表达。反正输点液体对人体或许还有益处，他知道不少当官的有病没病每年总要输几次液体呢。

栗红章静静地躺着，耳畔不住传来村民们发自肺腑的祝愿和宽谅声。

八

二十年前的那个腊月二十八日，栗寨村像提前两天过年似的，欢歌笑语、锣鼓喧天。这天是村支书栗红章成婚的日子。

农村是一个让人捉摸不透的地方，即使放在穷乡僻壤，放在家境拮据之家，也会举全家之力，尽可能把一场婚礼办得体体面面，不能走过去让人戳脊梁啊！

普通人家尚且如此，何况栗红章是一村之首领，还娶回一个机关干部，即使他本人不愿铺排，光他赤肚子一块长大的锋锋、良良、伟伟、安安、建建们也会撺掇他办一个风光体面的婚庆大典，否则太令全寨人失望。于是，那个二十八不到就已经张灯结彩、热闹非凡了。本来，栗寨这个地方的风俗颇具特色，传统的文化娱乐活动早成为四邻八村的习俗，每年的正月初一到十五，"出社"引来方圆好几十里的亲戚朋友。人永远是耐不住寂寞的动物，玩乐仿佛是他们潜在的天性之一，不仅白天，还有夜里，无非在农村没有"夜总会"这种机构罢了。

刘玉环天还不亮就成了"俘虏"，一同被捉的还有栗建社。

栗寨有个传统，谁家办喜事，大伙都来捧场，给主家父母抹花脸，或者把驴枷板戴在人身上，弄辆大车像驴一样拉着游街，越对办喜事家的父母下手，玩耍越是过分，越是彰显这家人在街坊邻里中的威望。刘玉环的儿子章章是村支书，在寨上是最高级别，又娶了乡政府的女干部，若是一般性地抹个花脸，那显然力度不够，把他们老两口装扮成拉车的驴或骡，让他们拉胶轮车大街小巷走一遭，岂不是更有意思。栗寨婚庆史上曾不乏这种玩法，被玩的人都乐意，街坊邻里闹着玩，是高看厚爱的表现，谁叫我们家娶了一个好媳妇呢！何况刘玉环又是栗寨人说的最能戳出的女人，别人家有喜事她总是带头大开玩戒，栗寨传统的玩法使用外，邻村的玩法她也试，有时候还对传统的、外村的玩法进行改良，只要能逗得寨里人开心兴奋就好。这次轮到她自己了，寨里人心照不宣，一定要请君入瓮。刘玉环对村里人有所防备，心想自己是玩人的人能不戒备？她计划着这一天，早点起床把该做的事提前完成，然后就躲避一下，等到拜天地拜高堂时再突然出现。万万没有想到，她刚刚开了大门，就被寨上的十几个男男女女逮个正着。任她千乞万求，这些人就是不依，说好不容易才盼到这一天，蹲了大半夜才抓住了对象，不会轻易放过她的。刘玉环说她还有好多事要安排，有的还要自己亲自动手，耽误了事显得栗寨全村不会办事。这十多个抓获她的人异口同声地说："我们听你吩咐，办啥事干啥活你只管言声！"刘玉环那表情是一脸的无奈，又无力说什么，过去她也曾这样对付别的街坊。就因为刘玉环能变着法子玩耍，在寨上留下了"胡辣汤"的好名声，称赞她就是人们心中敢想敢干、心直口快的那种好人。

对于栗寨抹黑脸、拉驴车的玩法，那些初来乍到栗寨的人曾提出反面意见，认为栗寨人太原始、太土气、太不开化，乡里的驻村干部也曾提出过移风易俗。

　　然而，除此并没有更先进、更文明的玩法来取而代之，有几家喜事办得冷冷清清，像遇到什么不好的事一样沉闷，加上有几家婚后接二连三地出情况，还有一对结婚不到半年就办了离婚。人们便怀念起传统的闹婚礼的玩法，一致认为那是给新婚夫妇送吉祥送如意，给办喜事家庭送福祉的游戏。在游戏面前，人人平等，谁也不能责怪，参与的人多了，就证明这家在寨子里团结人、威信高，否则，那就落下一个不揭人、不待见人的名声。在平素，刘玉环就是这样要求街坊邻居的，她常常把办喜事的人家折腾得死去活来，人家连连求饶她也不开口放过。起初，往新媳妇公婆脸上抹锅底黑，轻轻一洗就完事了，好像是便宜了人家。后来，黑色鞋油、棕色鞋油抹开了，把人弄得像纯正非洲人或南美人，清洗着也十分不容易。还有戴围脖、套枷板、拉驴车，化了妆、驾上辕，街上游行，简直是体罚。然而，大家乐意，就没有人再贬低和指责了。

　　这回，终于轮到刘玉环了，人们提前就放出口风，一定要让刘玉环"美美"，让老栗家好好尝尝娶儿媳的滋味。十几个人押着刘玉环、栗建社，如同抓获了重大案犯那样得意洋洋，而爱说爱动的刘玉环十分像不安分的俘虏，时刻都在找寻逃跑的机会。那几个抓人者中，栗青林半开玩笑地教导起刘玉环来："嫂子，要是哥的那家伙长到你裤裆里，你可真是大爷们儿！可惜了，这辈子你只好当婆子不能当公公了，既然你是婆子，就该让公公多出出头，不能光听见母鸡叫鸣呀！"刘玉环说："老弟，你说得不对，你哥的那家伙换给我了，现代医学发达，做个手术不费啥事，有时间你也给弟妹换一换，光兴你们当爷们儿？老栗，老栗，栗建社，你瞌睡个啥？"栗建社揉着眼，人们押着他，他竟不由自主地打起瞌睡，听到刘玉环叫他，连忙揉着眼说："你说的是哪回事？"刘玉环禁不住笑了，栗青林以及同行的十来号人也都笑了。在大伙还乐着的时候，刘玉环说了一件事，也算是一个请求，说她娘家二叔、三叔昨天从台湾回刘王庄了，今天章章的婚礼他们都要参加，要是来了，找不到主家，多不好。青林和那几位示了眼神，他们竟然不约而同地说："放心吧，有人照客呢！"青林说："嫂子和哥听好了，我们去一个既秘密又新鲜的地方，在没有人打搅的环境里给你俩好好打扮打扮，然后咱就回来参加章章的典礼。"栗建社一向屁都不放一个，更不会说话了，这会儿，突然开了腔，问青林把他们往哪里弄。青林笑了，说："不远，五分钟时间就到。"刘玉环急得头上冒汗，但一想到自己昔日对待别人也是这样，就不再费口舌了。青林说："咱们今天都不是闲人，章章是大伙的书记，他的事

自然就是大伙的事。咱今天说好，既然大家都有事，在不耽误事的情况下，都不许着急，急也没用！"刘玉环连忙说，"急啥呢，都安排停当了不用急。"她知道青林是指她在着急，就故意压低声音慢条斯理地说，"急也是白急。"

出了栗寨，他们上了一辆早就停在那里的三轮车。栗寨这几年，拖拉机、三轮车发展了好几辆，车主们闲了搞运输、接送人，农忙时往地里送肥料、从地里拉粮食，比过去的架子车洋气多了、省劲多了。坐上三轮车，刘玉环知道是往战备洞去。栗寨西一公里，有座青石山，人们叫葫芦山，山的形状酷似一只成熟的葫芦。刘玉环不知道这些家伙们到底玩什么花招，到那地方干什么，这时，远远地听到娶亲的队伍出村的礼炮，刘玉环只能虚拟着那边的情况。章章已经坐在那辆吉普车内，车头引擎盖上套着一大朵红花，吉普车后是六辆金蛙机动三轮车。夹毡的、放炮的、掂包的都站在车上。这种阵势，比起城里边有些逊色，放在乡下那可是相当排场的。那咱毕竟是在乡里、村里办事，真的够意思了，特别是在栗寨，开天辟地这种声势数第一的。想着，刘玉环心窝里顿时暖洋洋的，很欣慰，虽说这会儿自己没能亲眼看到，没有亲自送儿子上车，还是很乐意的。

刘玉环、栗建社被带到了战备洞里，这儿是当年为反帝反修而构筑的一个秘密洞，据说这里可以驻扎一个营的部队。这几年，国际国内形势变得和平了，这好多石洞都不再有人站岗放哨了，随之而来的是好多栗寨村内外的农民开始在这里办起了养殖场、食用菌场。走到这里，很容易让人想到陕北的窑洞，真的让刘玉环感到新鲜。在里边摆放了许多农具的窑洞里，那十多人你一把我一把为刘玉环、栗建社化起妆来，几分钟时间，刘玉环看到的栗建社成了舞台上的包公，那个黑那个花，她欲笑不能啊，她相信自己的脸或许更黑更花，因为自己是他们主攻的目标。

化了妆出来，一辆畜力车已经备好，驾辕的驴套，拉捎的驴套，都已分配好了。让他们没想到的，这里还为他俩每人准备了一个罩嘴的竹笼头，那是担心牲口啃庄稼才戴的。这些年，栗寨很少再有这么完备的东西了，没想到这战备洞里的人家，还农具展似地存放着这些古董。

让刘玉环放心的是，杨小桃没有把自己出门的地点放在娘家，说城里离栗寨太远，要起五更才能中午赶回来，万一县城堵车，耽误了时辰那多不好。栗寨人通常都请人看时辰，栗红章拜天地的时间看在了中午十一点五十分。杨小桃在乡政府所在地的供销社旅店登记了一个房间，让栗寨的迎亲队伍直接到这里，既移

风易俗，又节约了时间。为了让栗红章满意，杨小桃还专门让县磷肥厂厂长的专车开到栗寨，让栗红章扬眉吐气地娶一回媳妇，当然，杨小桃也应该坐在这台车上，她可不想坐那些蹦得好高的三轮车。没过门就时时处处替婆家着想，过了门就更给婆家卖命了，刘玉环脑子里突然冒出了十多年前的那次赶庙会。那会场闹闹嚷嚷，人来人去，挤得让人出不来气。有个算命的，气喘吁吁地追上她们母子俩，说要给章章算一卦。刘玉环听人说庙会上骗子多，小偷多，稍微大意就会受损失，死活不让算。这算命的十分虔诚，说自从看到这孩子，就觉得他与众不同，值得为他算算，他还说追了好几里呢，刚才眼看就追上了，过了一辆小车，人们只顾让车，就挤扛起来，就跟丢了。这回总算追上了，觉得这孩子有福相，哪怕算一卦不掏钱呢。不过，这孩子以后飞黄腾达了，可别忘了我"穿山甲"呀！这人怎么起了个动物名字，怪成这，更不敢让他算了。她拉孩子要走，算命的解释说，之所以外号叫穿山甲，是有本事料理人间和阴间的事。刘玉环脑子很乱，她既然挣不脱，就要求算命的快点算别绕弯儿。算命的问了章章的生辰八字，就掐指头计算起来，之后就说："这孩子，有福气，长大找个好亲戚；不愁吃，不愁穿，三十岁前当大官；眉毛长，人中宽，好看闺女往家钻！"刘玉环不相信，这年头许多人都靠拍马屁过活，再不就假充为人消灾赚钱。她正要带章章躲开，那人又说："本来此卦不要钱，百元好卦给十元；要是十元不舍花，半夜梦见穿山甲！"那时候的十元钱，能买两条凡立丁料子的裤子，就这样打了水漂。刘玉环忘不了那次上当，这一辈子都铭记在心。她曾经憎恨这个外号叫穿山甲的算命先生。但是又经常忆起他，比如章章学习进步时、参军时、入党时，还有遇上往家里钻的杨小桃时，当然还有章章迎娶杨小桃这个隆重的日子。这会儿，虽然刘玉环、栗建社没有自由，浩浩荡荡的迎亲队伍他们都没有看到，但他们却毫无怨言，时兴闹着玩，没人闹着玩是丢人的事，自己儿子娶亲少看一眼不算啥，况且热闹、派气的场面是给外人看的。专门软禁他们的青林一伙，已经发誓等新媳妇进村的礼炮响起来，他们就快速回村，再给全村一个新惊喜，公婆变魔术变成了叫驴和草驴。

栗寨有史以来最有品位的车队，在栗寨老百姓羡慕甚至嫉妒的目光中，向乡政府的方向去了。谁都想不到，耀武扬威的娶亲队伍，没到供销社招待所，远远地就被前面的阵势比输了。那里碰巧也有一个像是娶亲的车队，清一色的是红色桑塔纳轿车，整整十辆，意思是十全十美。桑塔纳轿车在当时百姓的心中，是见过的最漂亮的轿车，县委书记坐的就是这玩意儿。

栗红章并没有被眼前的情景所震动，莫非这一家娶的女人也借用了招待所的房子，借娶不借嫁，民房是不可借的，于是凑巧都到了这里。管他呢，你再威风只是你自己的，再威风也只能娶一个媳妇！大路朝天，各走一边，他吩咐自己的人马放炮、开车都要小心，别伤了人撞了车。

真的很没面子，这十辆车说是来娶杨小桃的。听人说，这家的公公是副县级干部，婆婆是卫生局的主任。听了这些，栗红章跳动过速的心倒是一下子平静了下来，心想这家人是在耍无赖，是在有意搅局啊！再一想，我们是办了手续的，受法律保护，要不咱就到派出所讲理去。派出所就在供销社招待所斜对面，所长是刚从公安局派下来的侦查员，刚上任就到栗寨去过，栗红章认识。栗红章觉得先不急于找派出所，而是先办自己的事。他和锋锋、伟伟、军军在人堆里挤着往里边进，突然看见了乡党办的柳茂存副主任，在众目睽睽之下他没工夫跟他打招呼，本来就不该跟这个为虎作伥的人打招呼。他们径直走到了 207 房间，这里倒很静，可以很清楚地听到里面的说话声。一个女人在开导杨小桃，意思是让她再想想清楚，这么好的家庭，这么优越的条件，何去何从要抓紧抉择，过了这个村可就没有这个店了。

他没有听到杨小桃的话，或许她已经说得十分清楚明白，不需要再说什么了。门外的放炮声更响亮了，城里人拿着三眼火铳，那家伙真响得能震聋人耳朵，相比之下，栗寨的八响雷成了小儿科。

县城和乡下规矩一样，紧锣密鼓地燃放鞭炮，那是如同战时催征的号角，它告诉人们，时间不早了，该出发上路了。这时，栗红章听到房间里那个女的说："小桃，你是聪明孩子，人生好比一盘棋，一步走错定全局，你要是跟了那个栗寨的，那可是永无出头之日。要是现在跟我走，放心吧，家里你当家，一切任你意，想当点儿啥，咱县委也有人！"

栗红章实在听不下去了，推门进去，不由分说地批驳那女人："有你这种扒别人媒的吗？小桃已经有人，已经有合法手续了，你还想违法抢亲？这可不是旧社会，不是谁有钱有势就可以胡作非为的时候！""半路杀出个程咬金，你这愣头儿青是谁，敢在这里放肆！"

在栗红章、锋锋、伟伟身后，突然横出两个长头发留胡子戴墨镜的家伙，杀气腾腾地向栗红章挥起拳头。栗红章当过兵，面对这种情况并不惊慌，很轻松地

闪过了拳头，说："还动武是不是？"锋锋、伟伟挤到他们前面，护住了栗红章。这握拳头的见没打住栗红章，就朝锋锋、伟伟打过去，一阵拳脚，伟伟被打倒在地了。锋锋叫嚷着："抓歹徒！抓歹徒！我去报案！"那俩家伙又轻松地将锋锋拿下，这时那女的说："小黑儿，算了，咱走！"招待所二楼过道里又增加了好多人，外边迎亲炮声也顿时消停了。

派出所来人了，那个新上任的所长带队，老远就问："王姨，到底又咋了，不是说五分钟就离开嘛？"栗红章在房间里听到了所长喊王姨，知道他们是熟人，五分钟这句话令栗红章十分恼火，原来这帮人的闹事是经派出所认可的！其实，这十辆车，这一拨人，专程来闹出点动静，那就是告诉人们，王主任一家从未放弃对杨小桃的争取，也就是为取保候审的儿子提供更多的判缓、免判的理由。栗红章从没亲眼见过竟有这样让人作呕让人难以接受的人和事。

派出所所长打发走了王主任和两个打手，充当好人地走进房间，劝栗红章不要计较，该咋办咋办，办正事要紧。还说，那群人在城里横惯了，欺负乡下人也不看地方，我派出所的民警难道是吃闲饭的！栗红章没有吭声，也没正眼看两边落好的所长，扶起锋锋和伟伟，让他们组织抓紧放炮。很快，八响雷砰砰叭叭响起来，这才是栗寨人放的，是正儿八经娶亲的礼炮。

那边，在战备洞等待的人们，都着急了，这里山高看不到太阳，人们也没有拿钟表，只知道时间不早了，却不知到底中午到了没有。他们说好，听到炮声就回寨。然而，就是没有放炮声，也不知因为什么耽误着。大家侧耳听着，不允许任何人说话。时间像是滚锅，熬煎着有心事的人们，终于，在焦急的等待中，人们听到了栗寨上空响起的礼炮。

摆脱那群人的干扰，栗红章感到轻松和愉快，终于可以按照之前的构想，把杨小桃抱起来，一直到那辆吉普车上。杨小桃好像还受着刚才的影响，脸上布满了阴郁，感染得整个房间都十分沉闷。栗红章要抱她，她委婉地说省点劲儿吧。栗红章顿时又觉得泄气，回头看看锋锋和伟伟，才二十多分钟光景，伟伟的双眼便开始发肿发青，再青点就成了准熊猫眼；伟伟的头顶还在流血，前额头殷红殷红。栗红章想起了刚才那俩家伙在动手打人时，一个大声叫嚷着"送你个熊猫眼"，一个吆喝着给你个"丹顶鹤"。城里的人打架也有名堂，难怪年轻人总结的"大村的孩子，小村的狗"，大村的孩子爱打架斗殴欺负人，小村的狗没见识见人就咬。本来一场热热闹闹的新婚，如今被弄得如此狼狈，栗红章心里五味杂

陈，觉得这桩喜事竟是这样变味。由于年轻人抱团时的冲动，娶亲方案就减少了许多程序，也节省了好几个人。本来应该有年长的来引导，女方要安排伴娘，男方要安排女迎宾，这天他们全没有安排。还是锋锋把杂活一肩挑了，他发话说："章章，牵住小桃的手，咱们出发吧！"

<h1 style="text-align:center">九</h1>

刘玉环、栗建社和那群押解他们的人，在寨西路口早早就下了车，等待身后那驾马车，然后才能闪亮登场。最心急的是刘玉环夫妇俩，栗寨每一声炸响的鞭炮，都像炸在他们心里，他们是栗红章的爹妈，孩子娶媳妇，马上要进家门了，他们却在一旁，恐怕对不起天对不起地，更对不起办喜事的孩子吧？真想骂这几个限制他们自由的人，可又开不了口，开了口骂罢人就永远收不回来，日后怎么和别人闹着玩呢？刘玉环心里像着了火，烧啊燎啊的令她几乎窒息过去。

也许是路近的原因，三轮车并没有比那辆多人推拉的马车快多少，马车紧跟着就到了。刘玉环、栗建社很配合地被套进车里，一人驾辕、一个拉套，他们还戴上了牲口该戴的所有的笼头、眼罩和枷板，连身后的粪兜也没有省去。马车轱辘辘地行走着，几分钟就进了没有寨门的栗寨。

突然，从栗家方向跑过来两个人，上气不接下气地嚷嚷着："姐，姐，咋弄成这样子了？"一身驴打扮的刘玉环慌忙拉下眼罩，看着娘家弟弟和侄子，鸡啄米似地点着头，示意让他们继续说。刘玉环和栗建社由于全副驴装，根本不能讲话。弟弟告诉她，二叔刘碳、三叔刘碾从台湾回来了，给姐带的有黄金首饰，还有一块能换咱九块的美元，给姐夫、外甥带的还有港衫、傻瓜照相机呢。刘玉环啊啊叫着，示意让给她松绑，解开勒着嘴巴的嚼子。一拨人刚才还谈笑风生，当刘玉环要求他们松绑时，一个个都像被点了穴，木呆呆地把眼睛死死地盯着他们

的头儿栗青林。这时的栗青林，很淡定的样子，装作什么都没听见看见，他不打算就这么轻易地便宜了刘玉环。栗寨的规矩简直有点让人不敢相信，从好多年前的旧社会，到新社会的初级社、高级社、人民公社，其中斗私批修、批判封建势力，可总改变不了人们苦中作乐的传统。乐得越疯狂、闹得越热火，那才叫痛快和过瘾。栗红章是刘玉环的独子，是栗家的掌中宝贝，又娶了乡干部，一切都远远超过一般群众，那按理热闹得也应超普通人家好几倍。青林他们才不管什么客人从台湾来，还是从美国来呢！

进到寨里，特别是将到栗红章家门口时，原本玩马车正要显摆的青林一伙，全被眼前的盛况惊呆了。原本不怎么整齐的街道和农家院子，在欢乐的社火班的点缀下，变得方方正正的。特别是一辆挨一辆的轿车、吉普车、三轮车，装扮得小小的栗寨出奇壮观。栗寨所谓最有见识的人，就是玩大场面、闹得最欢的领头人，同时也是很识时务的人，就是栗青林。然而，在这种场合下，也不得不感到天昏地转，他有生以来还没见过这种阵势呢。他怕把事情弄得出大情况，那将如何收拾，原来想台湾回家探亲的两个老兵，能有多威风。没想到这么多车，只有乡以上政府才有这种玩意儿，况且一个富乡的政府最多有一辆啊。那么这么多小吉普，还有县政府才有的小轿车，恐怕来头远不止两个台湾回故乡探亲的人能造的势。他觉得不对劲儿。在晕头晕脑中，他亲自为刘玉环、栗建社卸套。

打扮得跟骡马一样的刘玉环和栗建社，在客人匪夷所思的神情里，拜见了传说中的两个叔叔。时间和空间真是个怪物，几十年光景竟让父亲刘大套、二叔刘磙、三叔刘碾这亲兄弟变得不像同父同母。刘玉环的父亲一生从没穿过西服，脸上一年四季都像镀着一层永不褪色的红铜，那双大手粗糙得像搓衣板，两只一年也洗不上十多次的脚足可以穿四五码的解放鞋。而眼前的这两个叔叔，脸皮如同漂过白又搽了胭脂，脸上的皱纹也十分细致，手和脚虽然也有青筋暴露，但都和普通人一样的大小。栗寨的腊月天寒地冻，几乎所有人都披挂着厚厚的棉衣，蓝色、绿色和黑色、红色成了主调。而这两个从台湾岛回来的叔叔，好像自打被抓了壮丁，就练出了不怕冷的身板。他们一个穿着卡其色的西服，一个穿着浅灰色的休闲装，而且他们都披着过了膝的风衣，最让栗寨人饱眼的是他们头顶的土黄色太阳帽，那么薄，既不能挡风寒又不能遮太阳，那不是明摆着在标新立异吗？刘玉环自看见他们那一会儿起，就觉得全寨看热闹的人都像参观怪物一样。两个叔叔身后还跟着十多个机关干部打扮的人，俩叔像被人家押解着差不多。刘玉环心里

十分不快，别人家的娘家人在关键时刻出来捧场，可这两个叔叔简直是闹场拆台。

栗寨上空炸雷般的炮声回荡着，那些玩社火的班子重新开始又一轮的表演，人们随着一连串的鞭响，前拥后呼地把杨小桃和栗红章送进了贴上红色婚联的院子内。时间临近中午，几分钟后就是拜天地的最佳时辰。因为是村支书结婚，因为是娶一个乡政府干部，人们一致同意把拜天地的仪式安排在栗家门外，那里足可以站二百多号人，而且错落有致的地形还可以容纳更多的凑热闹的人。

刘玉环很在意拜天地的事情，时辰不可多得，更不能错过。于是，她面对两位长辈，显得心不在焉。她这会儿才深刻地体会到电影上、小说里所表现的久别亲人相逢、亲切拥抱、泪水纵横、泣不成声的描绘，都是假的，是为了感动读者和观众的。刘玉环想，自己只是听奶奶忆苦思甜时讲述了被抓壮丁的叔叔，不知他们在水深火热之中是死是活，所有的悲伤已经远去了，全然不指望他们能活着回来。对于他们的衣锦还乡，似乎成了上天赐给的久远而陌生的礼物，有也可无也罢，是十分的无所谓。为了不失礼节，她还是唤着二叔、三叔跟他们打着招呼。而从小离家的两个叔叔，他们从没见过有把人装扮成拉车的"牲畜"，在纳闷中很冷淡地和"牲畜"应和着。

栗寨的每家都是这样，办理喜事要把记账的桌子放到家门口，记录着参加婚宴的客人和礼金。

站在刘磙、刘碾左右的机关干部打扮的人，这会儿好像沉不住气，或者他们看不惯刘玉环的态度，不管怎样那是你离散多年的亲人！他们中有一人说："刘总，我们去登记一下，你的外孙成亲，是大喜事，也应该让我们分享一下吧。"他的话一出口，还有六七个人都点头赞成，并且纷纷掏出已经备好的"信封"。机关干部们行礼，并不像农村人，要么就把赤裸裸的票子数得发声，要么就用红纸包严实，上面端端正正地写上自己的名字。虽然钱不多，但那是心意，况且日后自家有事，还需要人家还礼。机关的人，好多都是河水洗船，他们把一沓子钱装进牛皮纸信封，信封上有单位的名称和地址，甚至联系电话。这几个人的慷慨大方都是做给从台湾回来的刘氏两兄弟看的，他们把奉迎二刘当成有效的招商引资活动，因此积极而殷勤，唯恐哪方面不周。

对刘玉环的冷漠看不顺眼的，还有她的弟弟刘月亮。刘月亮对两位叔叔很尊敬的，不仅是两位叔叔为他一家带回了昂贵的礼品，还在其他方面给了帮助。不是叔叔回家探亲，哪会有那么多的县乡级领导到他们家，问寒问暖、送衣送粮，

多少年了，这可是头一次，明明是托两位叔叔的福。对于姐姐的态度，刘月亮很是生气。他走近姐姐说："姐，你是咋的了，看见了叔叔们像看见了仇人。你是不是昨天受风寒发烧发迷了？"刘玉环说："我看不惯打扮得怪模怪样的人，活生生的假洋鬼子！""姐，你不知道，这两个叔叔如今混得都不错，在台湾那边还很风光，开着工厂和农场哩。要不是咱叔们，会有那么多县领导、局领导、乡镇领导往咱家里跑。今天，他们也是看在叔们的面子上，才来你家贺喜送礼的！"

果然，那几个登记了礼金的人，拐回来向刘磙和刘碾道别。他们的意思是说，不在这里添麻烦了。两位被称为刘经理、刘总的人面对态度异常的侄女，很纠结，既不能开口留住客人，也不好意思让客人不吃不喝就走人。刘玉环虽说有些讨厌两位叔叔的打扮，可听了弟弟的话后，心里还是有了小小的转变。刘玉环看到叔叔们为难的表情，就向前一步，很客气地说："你们都是我叔的朋友，来我家也是我家的贵客，不吃饭说啥也不能走。我知道你们当领导的大鱼大肉见多了，酒席坐得多了，可我们农家虽然是粗茶淡饭薄酒，那是心情呀！"

刘玉环的一番话，让两位叔叔喜上眉梢。刘月亮借机说："二叔三叔，你俩不要别扭，我姐今天打扮得不人不牲口的，见了你们都不好意思，都有点失态了。她前不多久还惦念着不知两位叔叔什么才回乡，人家其他村的到台湾的人都回家探亲上坟了。"刘月亮安慰住了两位叔叔，其实，刘玉环留客的那番话，已经使叔叔们转忧为喜了。看到姐姐态度的转变，刘月亮感到自己这会儿十分风光。他还有个任务，就是代表两位叔叔送礼。二叔的企业生意好，交给他一千美元，三叔的农场每年日子都紧巴巴的，拿出了五百美元。钱揣在刘月亮身上，他小心翼翼的，害怕不小心弄丢，那可是相当于人民币一万五的大数，长这么大还没有今天这么怀揣万贯过。那天两位叔叔回到刘王庄，也只是给他们每人两百美元的见面礼，就那已经使他欣喜若狂了。对于叔叔对刘玉环的偏心，月亮也能理解，毕竟刘玉环是刘家唯一的千金，而男孩子砖头瓦片般的还有五六个。物以稀为贵，人也是一样。刘月亮登记了两位叔叔的礼，栗寨村章章的街坊邻居差不多都是十元、三十元地记在账单上，当记账的见到一千美元、五百美元进账，惊恐得不敢相信。刘月亮仅仅是个使者，然而记账的也给了他钦羡的目光，意思是看人家多么幸运，有这么两个了不得的叔叔。

婚礼仪式开始前，刘玉环央求似地对栗青林说："死鬼青林，你总不能让你

哥你嫂驴一样地站到人前和神前呀！先松绑、先让我们脸上洗干净，过了这一会儿，哪怕加倍地抹花脸，多拉几圈马车，我们都心甘情愿。"青林说："你说错了，仪式上才正要你俩，过了这一会儿，人都散场了，那有啥意思？不中，不中！"

栗寨人相当简约。他们在墙上贴了对联，留出一块空间，那空间就成了人们意念中的天地之神。在距对联和神大约一米的地方，一大张红纸一二三四有序地写着结婚仪式的议程，到时只需要主持人唱读就行了。

十

栗寨人把办理喜庆等大事的主持人叫执事，等同于县城和镇里人称呼的司仪。栗寨的执事不拿话筒，但说出的声音却有点儿聒耳，凭着那副后天练成的嗓门，在村里相当吃香。

终于到了算命先生确定的最佳时辰。早在心里倒计时的执事，像一只高高站立的公鸡，脖子习惯性地打一个弯，憋了足足一大口气，平时不那么显眼的青筋一根根暴露出来，然后气流从口腔里"嘎哇"一声喷涌而出。

随着执事公鸡般地啼叫，猛烈的鞭炮，攒动的人头，持续的欢呼，栗红章家门口比开锅还要沸腾奔放。刚才执事的啼叫，是告诉人们各就各位。这里虽然没有舞台，但众人包围中的刘玉环和栗建社、杨小桃和栗红章，还有即将出场讲话的人们，照样显示了闪亮登场的舞台效果。

主持人不愧是放羊出身，他不仅具备公鸡打鸣的全套本事，还有牧羊中练出了撼动群羊的高音。他唱读着："栗寨栗红章、乡政府杨小桃新婚典礼现在开始。第一项，鸣……"

突然，栗红章家对门的土坪上，一声大喊："先停一停！"循着喊声，一位

中年妇女站了出来，这微胖的妇女一下子吸引了在场几百人的目光。这中年妇女穿一件米黄色的风衣，没扣扣子的风衣里露出果绿色的大毛衣，毛衣下边便是咖啡色的高腰皮靴，她刚把遮了半个脸的湖蓝色口罩取开，口罩拉绳还在一只耳朵上挂着。人们对这个从天而降的女子产生了兴趣，这身另类打扮至少是县城女人才有的，那么，在今天这种场合下，女人半路上杀出来，是什么意思。或许是杨小桃娘家的人，或许是娘家那方的亲戚，或许是乡党委书记李凤梧派来的代表。

栗寨人已经知道李书记是杨小桃的小舅，这天没来。杨小桃娘家也没来人送，前几天就有人议论，杨小桃嫁了一个土包子，娘家人、娘家亲戚没有人满意的，小舅嫌丢脸，到省城散心去了，杨小桃只好租了一间旅馆房嫁了自己。栗寨人考虑别人事情时，并不缺乏想象力，他们把李书记参加省委中青班培训，想象为回避杨小桃的婚期，想象成了到大城市散心。对杨小桃娘家的议论就更失之千里了，人家父母长年卧病，而且近期有所加重，杨小桃为了不影响父母，不打搅亲戚朋友，自己作主在乡供销社旅馆租房出嫁，并不存在嫁土包子和娘家人对立的问题。

"你们栗寨村今天是办什么事，竟然把牲口都赶到人群里，站在人面前，是冒充人还是为了拉车方便？"这中年时髦女人，真的是徒有外表，说出话来不仅嗓子眼粗，大腔大口，骂人也不选择个地方。栗寨看热闹的几百人，刚才还瞎猜乱想，听了这女人的几句话，一下子反应过来了。这女人是来闹场的！

栗寨的事情常常都是这样，当一件事情进行时，从来没有人预料到会冒出什么节外生枝的事来，一旦半路上出了岔子，一个个都丧失了应变能力，只会推诿和观望，执事也不例外，当一个陌生女人的出现，打破惯例给典礼带来负能量时，执事也表现得如同聋哑人一样，什么鸡鸣，什么牧羊高音，都走远了。栗寨的事情常常令人难以捉摸，出现非正常情况时，若有人站出来，无所顾忌地呐喊一声，大伙才会突然醒悟甚至团结一致共同应对突发问题。只是这种见义勇为者太少，而事后诸葛亮、雨后送伞者比比皆是，他们不论成功或失败，过后照样吹大话，一个个都像救世主一样。

栗红章为一村之最，他结婚有人闹场，这不仅是让栗家丢人，更是让全栗寨村父老乡亲丢人。好狗咬不出村，强龙也不压地头蛇，可这女人她有多大来头？这回最先出来说话的是栗青林，他今天是大伙推荐出来的头头，要带领大家把今天的喜事办得风风光光、开开心心。当然，栗青林办宅基地，超生的儿子要上户

口，好多事都用得着人家栗红章。好钢用在刀刃上，关键时刻方显本色。

青林站了出来，大声喝斥："哪里来的疯子女人，竟敢来俺栗寨耍疯撒泼？还不快快滚蛋，滚得越远越好！"栗寨人很齐心，跟着青林喊："疯女人，滚蛋！"

这种喊声山呼海啸一般，然而，却没有压倒隆隆炮声，陌生女人后边闪电般地跳出十多个男青年，个个虎背熊腰，一人拿一只火铳，肆无忌惮地点燃着，爆响着。铳声过后，这十多个发型怪异、衣着另类的人齐声叫喊起来："啊哈，小栗寨村反了不是，刚才那个叫喊着让你姑奶滚蛋的，有种你再叫唤一遍！还有跟着这杂种起哄的人，你们喊呀！"异口同声的恐吓，好像提前背好的台词。"倭瓜，葫芦，还有芥菜你们几个，算了算了，人家人多势众，不叫说咱就走，要不非吃了咱们不可！"那陌生女人说。栗寨人觉得真怪，这十多个男子汉，咋有几个起了蔬菜名字？栗寨人有砖头、瓦片、坷垃，还没有叫倭瓜、芥菜的。人们好奇地看着这几个叫瓜菜名字的人。陌生女子的话好像是火上浇油，一下子又点燃了那些瓜菜。他们又一齐喝道："要说，有话一定要说，才不管他们黄道吉日、吉祥时辰呢！谁再作怪，看不把他们一锅烩！"栗寨人知道如今城里的人，都学着香港仔们当"黑社会"，据说相当吓人，谁招惹了他们，晚上就不得安生，砖头石块就会飞到家中房顶，再不你在路上走着，突然就有人蒙面堵了去路。栗寨人只是听说，还没有真正见识，面对这十多个瓜菜为名的家伙，便估摸着这些人是不是"黑社会"呢？

刚才到乡里招待所娶亲的锋锋和伟伟，因为挨了打，不到半天，两人就成了熊猫眼、丹顶鹤。他们只能站在一边，静观事态变化，觉得这些不速之客早有准备，弄不好栗寨要出麻烦了。最让他们心里不踏实的，就是这个陌生女子非同一般，新来的派出所所长喊她"姨"。还有，刚才打人的那几个，这会儿竟不在栗寨这十多个人中。放在平时，锋锋、伟伟、军军等号召力要比栗青林大得多，可这会儿在复杂的场面中，这些人的作用丝毫也没有了。不仅他们，整个栗寨人，整个结婚典礼现场，开始了空无人烟的死寂。好像这一切，都掌控在陌生女子和她带来的人手中。

"王姨，给您的麦克风，沉住气讲讲。你看，栗寨人都在静候着您的演讲呢！""蔓菁，不用了吧，那多张扬。"陌生女子推让着，又说出了一种瓜菜的名字。"用吧，省嗓子。"蔓菁说。

　　新娘杨小桃已经知道这个王梅从乡供销社招待所，绕一个弯子又跟着来到了栗寨，她是不到黄河心不死呀。出于一种自卫的本能，杨小桃鼓足勇气，大声说："少死皮不要脸地来破坏人家的婚事，就凭你这种作派，好闺女不会也不敢嫁到你家的，死了这条心吧！"杨小桃的话，开门见山，一下子使现场的气氛来了个大转弯。

　　谁知，这陌生女子不仅没有因杨小桃的话生气，相反还笑了起来。陌生女子说："小桃，你憨了，我咋能当众让你丢人呢，你和王虎的事成不成，毕竟咱有情有义一场，放心吧！我今天来栗寨，是想让大家认识一个人，见识一段二十几年前的真相。俗话说，冤有头，债有主，血债要用血来还！"陌生女子口若悬河，她的台词更是背得滚瓜烂熟。

　　打扮成驴模样的刘玉环，慢慢发现了形势的不对劲儿，她用力思考着、回忆着、勾沉着这个似曾相识的女子。终于，她想起了这个时髦装扮的女人，可能就是王少坡的妻子赵望梅，可她为什么又叫王梅呢？刘玉环感觉着要有更坏的情况发生，但在这糟糕的情况发生之前，她只能保持沉默，除此，实在没有更妥帖的应对办法了。

　　麦克风功率很大，好像是当年会战汝河滩时用过的那种。陌生女子王梅说："今天人办婚事，为什么还有骡子、驴站在主要位置？栗寨真是不同于寻常村啊！驴都成精了……"

　　"妈的，哪来的贱货，狗都不如，狗都知道好狗咬不出村呢！给你一分钟时间，有话就说，有屁就放，说完滚远点！别耽误了你爷成亲的大好时辰！"刘玉环生来就是这样一个人，她就是不愿意逆来顺受，不愿意人往她眼里揉煤渣，更不愿意别人当众作践她。刚才想好不理睬这只母老虎，待她咬够了就没劲儿了，况且，跟这种人较真，那只能是两败俱伤，弄不好使自己陷入丢人现眼的被动地步。她按捺着自己，暗自说不要轻易发作。谁知，心直口快的她，栗寨人说的麦秸秆脾气，说燃烧就"呼"地点着了。

　　"请注意啦！栗寨又有人作死了！"那些叫瓜菜名字的男子，变戏法般地每人都拿出一只话筒，"呜哩哇啦"地威吓着刘玉环。

　　那陌生女人又说开了："好，既然草驴开始叫唤了。那我就承认你这头驴是一个人，是人你就耐心听着，千万不要再发驴脾气了！"

　　女人说，她叫王梅，向栗寨的父老乡亲们检举揭发一个坏女人。坏女人叫刘

月环，那是在山北乡刘王庄的名字。二十多年前，这个女人勾引了一个年轻有为的村干部，设毒计让年轻干部下了水。之后又逼迫村干部离婚娶她为妻，这个年轻村干部很优秀，曾是团县委重点培养的苗子。他不仅结了婚，而且有了聪明可爱的孩子。年轻干部不想当负心汉，不愿拆散这个温暖的家。这刘月环就以死相逼，后又诱骗年轻干部同归于尽，所谓殉情。后来，那个年轻优秀干部死了，这个不要脸的刘月环却没有死。她丢尽了刘家的人，她妈为此上吊自杀。这不要脸的刘月环，在山北根本找不到有人敢要的婆家，就改了名，嫁给山南乡一个踢一百脚也放不出响屁的本分人。她原想，嫁到外乡就永远保住了那天大的秘密，谁知呢，恰巧又被我王梅逮住了。这女人就是栗建社的老婆刘玉环……

见王梅还要继续揭底，刘玉环又忍不住了。她用了最能保护自己的话予以反击说："原来你就是那个包办嫁给一个年轻干部的赵望梅，我早就听我姐刘月环说过，那女人是赵王庄大队老支书的闺女，好吃懒做，小母老虎，出口伤人，果然名不虚传啊！你改名为王梅，就没人认识了，为了嫁个领导干部，你改名换姓，连儿子也跟着改名，不嫌丢人，还来栗寨显摆。当年，谁不知道你嫁王少坡是有其名无其实，是占住茅厕不拉屎！我姐和王少坡本来是情投意合的，两相情愿的，就是因为你这个丧门星，逼死了王少坡，也逼疯了我姐刘月环。我正要找你为我姐报仇呢，你竟敢送上门……"刘玉环拿出欲拼命的样子。她这一番反击，让栗寨人真的认为有一个刘月环，还有一个妹妹刘玉环，她们是无辜的。

王梅的声音通过喇叭传出来，震耳欲聋。她说："刘月环，你别以为你改了名就不是刘月环了，别忘了你的户籍档案上有这方面的记录！"

王梅把上一代人的纠葛，很快转到杨小桃身上。说杨小桃原来是她家的儿媳，因为冒出个栗红章，不仅毁了她家的好事，还让儿子背上了负心汉的罪名。

"胡说！胡说八道！"杨小桃气得哭着说。

然而，喇叭的声音，高远悠长："小桃，好孩子，咱今天能不能不和栗家拜天地？看他家那个穷酸样！要不，我们先走，改日再到乡里接你！"

一阵放铳的"嗵嗵"声，震荡着栗寨这个几千人的村落，仿佛告诉栗寨人，美丽的杨小桃，原本有个住在县城的婆家。

桑塔纳车队走了，格外气派，简直就是一道美丽的流动风景。

十　一

　　许多事情都与自然界的东西有类似之处，栗寨支书栗红章的婚礼遭受冲击一事，跟栗寨河涨山水的情形一样，来势汹涌、泥沙俱下，冲刷得两岸多处地段坍塌，树木连根拔掉，然而雨停之后，水面很快又恢复了往日的平静。待王梅一帮人离开栗寨，这里的秩序很快正常起来，或者说现场的一切都要比原来预想的还要好，那些前来帮忙的、行礼的、做客的，更积极、更主动、更配合，使这场受到冲击的婚礼变得更有章法。

　　台湾回乡的贵宾、有所企求的客人，主要是停放在栗家门外的众多车辆，让栗家蓬荜生辉，平添了许多信心。还有那些积极捧场的村民，事后还骂王梅一帮人遭天谴，他们相互让座、彬彬有礼，无形中安抚着栗红章一家受伤的心。

　　执事隔上几分钟，就要喊一阵话，告诉大伙宴席进行的阶段。敬酒、谢厨、碰杯、寒暄、谢客、送客，每个环节都紧紧相扣，而且入乡随俗、按部就班。栗建社、刘玉环表情平静，似乎什么事情都没发生过，栗红章、杨小桃面带笑容，站在客人面前，完全是恩爱有加、天作之合的新人。人们祝福着，栗家答谢着，其乐融融，俨然栗寨史上最体面的婚礼。

　　就在客人离场之后，刘玉环"扑通"一声晕倒在地，面色苍白，人事不省。栗青林一家还没离开，他们还在筹划着晚上迎接道喜客人和闹新房的事情，别看青林一家在王梅大闹时像被霜打的萝卜叶那样垂头丧气，待这帮人出村之后，立马又恢复了元气，满腔热情地做着为栗支书增光添彩的事情。青林老婆看见刘玉环倒地，并没有为之惊慌，相反十分镇定，她说："大家都别害怕，玉环没事的，办喜事这种事情常发生。人一高兴，忘了休息，累倒了，这叫喜气扑人。"栗青林眼睛瞪得核桃一样，严厉地问妻子："你敢保证没事？用不用喊栗砭石来

瞧瞧？"栗砭石是栗寨的老中医，治病有两下子。青林媳妇笑了，杀鸡不用牛刀，看我的。说着，青林媳妇蹲下，抱住刘玉环的头，用拇指和食指使劲儿地掐住刘玉环鼻子和嘴中间，她说那是人中穴。两分钟后，刘玉环"哇"的一声大叫，口中吐着白沫。又过了一分钟，刘玉环号啕大哭，青林媳妇说："老伙计，咱办喜事哩，可不兴哭！"刘玉环说："谁家办喜事，你别弄错了！"青林媳妇说："刘玉环，老伙计，你睡了五分钟可迷糊了，说胡话了！""你才糊涂呢，你青林媳妇两眼猪粪，我不是刘玉环，我是刘月环，我就是要哭，就是要闹，刘玉环家办喜事为什么不通知她姐我，我刘月环只有这一个外甥，人生娶媳妇是一件大事！不通知我，我还是知道了，刘玉环，你不够意思，怕您姐名声不好影响你！"

已经散了场的人们，除了外村的、外乡的、台湾回来的，栗寨的村民大多都拐了回来。青林媳妇劝大家都回去吧，玉环没事的，是她姐刘月环附体了。村里人虽然听说过附体一事，多数没有亲眼见过，因此，都不肯离开。

刘玉环说："我叫刘月环，可高兴啦，来栗寨妹子家中串亲戚，虽然没坐桌，但也不饥，外甥结婚我高兴死了。只是，我日他娘的来晚了一步，让那个丧门星赵望梅来闹了场，不要紧，过一会儿用谷秆点火熏熏，一把火就把这女人带来的腥臊味赶走了！"

人们静静地听着看着，每个人都屏住了气。刘玉环说："俺妹子玉环今天受了这么大的委屈，弄得栗寨人从此还会把她当坏人，我实在是看不惯，就直奔栗寨来了，我刘月环敢作敢为，当年我和赵望梅的事，不能叫我妹子顶包。我也是死了快三十来年的人，做鬼也快熬成副县级鬼了，人老脸不值钱，鬼也一样。当着咱栗寨老百姓的面，我就把过去的事说给大家听。"

刘玉环满脸的泪水和鼻涕，说话也变了腔调，时而用半生不熟的普通话，更多的是栗寨这一带的话，她说当年赵王庄大队支书的闺女赵望梅，相中了董王庄生产队的王少坡。王少坡全然不知，他那时已经当了公社的团委书记，县团委还要抽调他去工作，那是很有前程的小伙子。赵望梅没有能力、没有胆量、也没有机会接近王少坡，只能在家里怄气害病。那种时候，社办厂、供销社好几个吃商品粮、二公粮的姑娘，不仅长得好，还有文化，都千方百计地追王少坡，根本轮不住那身土腥味的赵望梅。虽然赵望梅笨头笨脑，只会在家里闹，但她的父亲是老支书，比老狐狸还要精明，县里公社里都有名望。就是他借口培养青年干部，

硬是把王少坡从金光大道上拖回来。赵支书有天在大队干部会散场后，把王少坡留下，赶上吃饭时又领到自己家中，处处显示出对重点培养对象的爱护。而王少坡既然回到大队，面对一个在全县都有名气的老支书，不能不表现出谦逊和礼貌，不能不对老支书言听计从。在赵家，他们谈得很开心，俨然赵支书为他设计出的是一条比康庄大道还要宽阔的阳光通道。一个信心、一种力量、一阵兴奋，王少坡在赵家喝了酒。平时不喝酒的王少坡那天喝了好多，平时谨言慎行的王少坡那次说了好多话。他醉了，他什么都不知道了，他那次差不多醉成一具只有呼吸的尸体。等王少坡觉得自己还活着的时候，睁开眼，发现自己躺在赵望梅的床上，而且自己一丝不挂，身边还有个什么也没穿的赵望梅。令他生气的是，本来赵望梅情绪很平静，呆呆地望着窗户，发现他醒来时，赵望梅竟然"呜呜"地哭起来，哭声引来了老支书和夫人。

夫人开口就骂："王少坡，你个畜生，披着人皮的畜生。俺请你到家吃饭，没想到你竟打了俺家望梅的主意，吃了俺望梅的豆腐！"

"别骂别骂！"赵支书很沉着冷静地和着事，说："年轻人没有不冲动的，冲动了就容易犯错。少坡，你有啥想法早给叔说呀，看你，弄得多不好看。"

王少坡看看他们，有好多想说的话，竟然在嘴里化解成一股股咸涩的水，咕咚一下全咽进肚里。

没有多久，王少坡就成了赵支书的女婿，赵望梅如愿以偿地嫁到了董王庄。不过，这种靠诈、骗获得的婚姻，根本谈不上甜蜜，全部是苦涩的东西，就像那天王少坡咽下的苦涩，经过发酵，不断地酝酿放大，成了他们之间源源不断的痛苦。

在久而久之的接触中，王少坡跟我刘月环好了，很纯真、很清白，但很醇香、很甜蜜，我从没想到有这么好的男人会降临到我的身边，比书上说的白马王子还要优秀。王少坡给我抄了一段《林海雪原》中少剑坡写给白茹的诗："万马军中一小丫，颜似露润月季花；体灵赛鸟鸟亦笨，歌声比琴琴声哑。"那以后，我们常在一起，我唱歌，他拉琴，真的很幸福。

终于，我们有了结婚、出逃的念头，要是不能结婚，我们就私奔。结果，我们的努力都白费了。我们就选择了去死，想到遥远的天国，一定有我们俩合适的位置，一定有我们无比温馨的家。

我们俩喝下了打棉花虫子的1059。

　　赵望梅离了男人不行，口口声声说爱王少坡，可王少坡死后不久，她就改名王梅，嫁给了战场上子弹把生殖器打坏了的军转领导。一个半文盲的女人，花钱买了一张大专文凭，居然招工聘干，当了局办主任。而王少坡留下的那个孩子，也姓起了军转领导的姓，把王欢改成李虎，而且培养成了混社会的人。李虎长大后，知道了自己是王少坡的儿子，又改成王虎。

　　刘玉环哭得很痛，但还在诉说着。突然，她顿了一下，像是忠告似地说："玉环，你姐我可老实告诉你，人活着可不能耳根儿软，不能听信谣言，那小桃可是好孩子，赵望梅家孩子有想法，想占有她，目的达不到，就演了出儿狐狸不吃酸葡萄的戏，千万别上当！你家现在多好，红章当了支书，小桃在机关当干部，咱两位叔叔都从台湾回来探亲，给你有金有银还有美元，你多幸福！可惜你姐我只能在九泉底下，在遥远的天国旁观了。有机会，你到咱老家沟里烧点纸钱，我和王少坡现在的日子很清贫，下年阴历十月一，别忘了烧啊！"

　　刘玉环突然不哭不闹了，青林媳妇马上喊起来："玉环、玉环，你好点了吧！"她继续掐着刘玉环的人中。刘玉环这时睁大了眼，开始说话："刚才，我姐刘月环来了，非要带我走呢！"

　　刘玉环恢复了正常。栗寨人渐渐散去了，留下的还要准备晚上的活动。人们说：今天真的很长见识，见到了鬼附人体，还听了一个很美的爱情故事！

十　二

　　刚刚安静下来的栗寨，傍晚的时候，迎来了一场大雪，纷纷扬扬，铺天盖地。

　　这一天遭受到平生最复杂、最离奇、最匪夷所思、最伤人肺腑的事件的栗红章，脑子里乱哄哄的、思绪像一大团乱七八糟的麻，无主题、无轨道、无方向，

一会儿天，一会儿地，一会儿人间，一会儿阴曹地府，他完全失去了自己。人逢喜事精神爽，可栗红章这桩喜事竟让他得了重病一般，不仅爽不起来，而且身心都十分疲惫。

过去下雪的日子，他总是想起部队，想起辽宁那位战友的话。战友是一位足球迷，他说在老家东北，每逢下雪，他们几个人就会到街上买回来两盘狗肉，再买几瓶烧刀子，然后坐在家里，打开足球频道，吃着、喝着、看着、聊着，不停地为进球喝彩，为临门一脚打偏而叹息。栗红章和战友们在一个下雪的休息日，学着东北战友的做法，喝酒、吃肉、看足球，把东北战友乐得掉泪。他说，人生中，最快乐的就是："下大雪，吃狗肉，喝烧酒，看足球了！"除此，下雪天总给人许多乐趣，人们打雪仗、滚雪球、堆雪人，享受着天人合一的美好。部队拉练时遇到下雪，还会加练雪中五公里跑的项目。当时觉得并没有什么让人兴奋的地方，多少年过去了，再回想那时雪中的情形，真的让人感慨万千。

在没有雪的日子，栗寨就像一个小世界，人、动物、树木、房子、庄稼地，远方的山峦，脚下的流水，其间有牛羊的叫声、人们的呐喊，大队扩音器里播放着温情的歌，还有家家户户升起的袅袅炊烟……下雪的日子就是另一种景象，特别是下大雪，持续地下着，天地相连，白茫茫的一片，似乎栗寨连同周边的山岭、河流也被雪天吞没了。仔细想一想，在偌大的世界，栗寨的确不算什么，沧海一粟啊。

这是一场大雪，几十年不遇。不仅在茫茫雪天不见了栗寨，而且也让不少人失去了自我，栗红章便是其中之一。尽管栗红章毫无自我地坐在那里，但鹅毛一般的雪花还是给了他一些灵感。比如，让洁白的大雪覆盖住人间的肮脏，让纷飞的大雪带给栗寨更多的纯真。这时他的脑子里又出现了拿话筒的王梅和那些叫蔬菜瓜果名字的年轻人，还有装神弄鬼自我解嘲的母亲刘玉环。他仿佛被社会中的乱象挤压着，很难受，连呼吸都不是那么顺畅。栗红章下意识地用力吸了一口气，然后慢慢地吐出来。这时，他闻到了一股酒味，是那种醇厚、幽香、绵柔的汉陵老酒味。他来了点精神，好像是一个久病的人突然间回光返照。他想喝酒，和伟伟、良良、建建他们一块儿喝，酒是一种很有灵气的东西，可以压邪气、驱寒气、壮骨气、添胆气。这时候，栗红章觉得酒最好、最亲，总之，他太想喝了。

栗红章有酒，有好多瓶各种品牌的酒，当年在部队当司务长，每次宴会后他

都会留下一两瓶，那完全就是栗寨农民意识的反映。他想，既然当不了什么官，也不可能发什么财，弄几瓶酒回到老家大家坐一块儿品尝品尝，那起码也是一种炫耀，起码可以告诉人们，栗红章曾经有过吃香喝辣的日子。

不管面对恶势力，伟伟、良良这些栗寨人多么卑微、无力，多么经不起盘腾，但刀光剑影后的酒席上，"熊猫眼"、"丹顶鹤"显然是战斗英雄，他们被安排到最重要的位置上。栗寨的老人们训斥年青一代，说他们色厉内荏，说他们是贼来镶糠、贼走耍枪的假光棍。非常适合这天发生的事。人坐齐了，两桌子，每桌十人，栗红章的祝酒词很简短，说大家是一块儿长大的，风雨同舟二十多年，同甘共苦一万多天，今天大家受累了受惊了，大家在风雪夜里，聚到一起喝酒，要用开心的酒压倒不开心的过去，要用飘香的酒驱散不香甜的一天，祝愿各个一起长大的伙计忘掉过去、享受现在吧！栗红章先喝为敬，一口气喝完了六杯酒，然后开始逐个敬酒。

人说酒是粮食精，越喝越年轻；还说酒是龟孙，谁喝谁晕；实际上酒能成事，也能坏事。栗红章原意是让一场大雪中的一次大醉，使人们永远忘记栗寨历史上奇耻大辱的一场婚礼，但是他想错了。酒后，有的人哭，有的人闹，有的深藏不露者竟现了原形。

康康说了一段贬低栗红章的话，伟伟竟然迎合着，好像是一场双簧表演。那年，栗红章说要当汉奸从而挨了打的事，作为引子，引出了渔翁得利捡漏盆当兵的事，引出了为了巴结乡党委书记李凤梧，娶了人家外甥女。之后，喝酒者们像讨论问题一样，讨论起杨小桃，王梅的话、白狐狸的传言，都成为根据，最后总结说：便宜没好货，好货不便宜。说杨小桃是国家干部，栗红章只是一个草根农民，这种门不当户不对的婚姻，其中没有问题才出怪呢！栗红章敬大家一圈，每人碰一杯，算上先喝为敬的那六杯，就差不多了。后来，还不时地抓呀、替啊地又好几杯下肚，就趴在桌子上打起鼾来。栗红章是一半清醒一半醉，他趴下就是要听听大家酒后的真言，果然，大家没有辜负他，说了一大堆他并不爱听的话。他没有想到，这些当年的小伙伴们，在他当支书后发誓同生共死的人们，竟然这么世俗。他们都已经结婚，有的孩子都上了学前班了，似乎全部门当户对，伟伟当民办教师，找了个邻村村长家的女儿；良良家里穷，只好找了山北乡油坊庄的一个瘸腿裁缝；刚刚个子低，就找了个"斜子炮"斜眼姑娘……栗红章想，日他娘，难道这就是人们所说的天作之合！

栗红章觉得自己身子很轻，好像要飞起来似的。他不知道自己处在什么地方，生活在哪个年代，这里是层层的浅山和丘陵，有狭窄的小路，路边长着野草和零碎的野花。

他和杨小桃同行，似乎又觉得小桃是路遇的人，既然不那么熟悉，就各走各的。他很清楚面前是一条"人"字形的道路，交叉处正好在山口，两条路岔开伸向山里。他们走上了左边的那条路，缓缓的坡度使他们走不动，更走不快。左顾右盼中，他发现右边那条路延伸的方向有一个村庄，村东头有一户人家的房屋格外壮观，是一户有钱人家的住宅。这时的杨小桃并没有他那种东张西望的雅兴，弯着腰撅着屁股专心行走。走着走着，栗红章听到一阵枪响，接着就有人呼喊"鬼子进村了，快跑呀！"不知道那些穿黄军服，端枪猫腰的鬼子兵看到他没有，他已经清楚地看见了这些进入人字路的日本兵。栗红章一阵寒噤，他害怕极了。这时，他忘记了杨小桃，即使没忘记也顾不上了，自个儿逃命要紧，不然让日本兵抓住那可是只死不能活的事。他心里一急，就飞了起来，飞到那个村子东头的大户人家，进了那家院子，不由分说就直奔那座小阁楼。小阁楼一共三层，楼里正有人说话，语气平和，没有一点大难临头的氛围。这是保长的家，保长还兼着维持会的会长，都是日本人封的官。阁楼里一楼是保长的卧室，二楼、三楼住着大姑娘和二姑娘，栗红章不知为什么没人拦他，容他从一楼陡陡的楼梯上到了二楼。二楼客厅里有三个女人，一个正在梳头，很文静端庄，十足的大家闺秀，梳头女孩微笑着向他打了招呼，没有示意让他坐下，也没有赶他出去。栗红章顿时来了安全感，觉得保长家就是最安全的，还有这么漂亮的姑娘相陪，简直躲进了温馨的港湾。他观察着另外两个女人，一个很任性很幼稚的女孩，正往三楼上，在楼梯口还给了梳头女一个鬼脸。这女孩不用问就是梳头女的妹妹二姑娘，二姑娘身边穿碎花衣服的女子很朴素，小心翼翼的，栗红章猜想这女的肯定是用人，专门伺候俩姑娘的。

栗红章想着用一句什么合适的话与大姑娘搭话，又觉得没有恰切的。他本意是凭着自己的甜言蜜语获取姑娘的芳心，不仅能躲过日本兵追赶这一劫，还有可能成为保长的女婿。然而，没有能切中要害的话，时间长了，人家还不把他当成贼赶出去？正尴尬着，保长家院子里闹嚷起来。栗红章从阁楼的偏窗往下看，五六个鬼子兵坚持要上阁楼搜查，尽管保长还有会长这顶帽子，也没能阻挡住鬼子兵搜查阁楼的行动。栗红章想，这保长兼会长怎么笨成这，连姑娘的住处都不

能免于搜查，还有什么安全感可言呢？保长兼会长还有什么尊严和脸面呢？

栗红章听到甚至看到了往上攀爬的鬼子兵，此时，大姑娘、二姑娘和用人都消失了。他自己只好迅速往三楼爬，心想千万不能让保长和日本兵发现，不论他们中的哪一方发现了，他都要被抓审最后被杀。他登上三楼，看到了不远处有好多平台，都可以跳过去逃命。他开始跳向平台，这时他竟然再次飞了起来，飞得很高很快，把保长家留在了很远的地方。他还在飞，努力寻找更安全的归宿。

栗红章在一阵敲门声中醒来，那位文静端庄的姑娘的形象硬是不肯离去，而且使他感到了甜蜜和温馨。他觉得梦中保长家的大姑娘很美，比起来，杨小桃又算个什么？从那时起，他对杨小桃曾经刻骨铭心的爱、不离不弃的信念，开始有些动摇了。

十 三

栗寨的新春佳节依旧是在砰砰叭叭的鞭炮声中开启的。热闹的氛围一直持续到正月十七，这是一种风俗。

这是十九年前的春天，如果说栗寨冬天是一幅水墨画的话，那么春节一过，这幅水墨画就不知被谁涂上了油彩，逐步转换成壮观的油画。栗寨那条比小溪也宽不了多少的河，静静地流着，在小河拐弯的老鸹嘴处，已经有不少女人在洗衣，不时还有人哼着昔日的歌。顺着小河往上游望去，小山顶上已经开始泛绿，脏兮兮的羊群像风雨中的乌云缓缓地滚动着，偶尔还会传来一两声伴随响鞭的吆喝。他没有心思去欣赏栗寨初春的景色，天天置身其中，觉得栗寨的一切都是那样平凡，那样没有特色。这时，他心里有一种沉重的感觉，这种沉重不亚于洗衣女人身边的那些大石头。正月初四，他又到县里参加了三级干部会议，县里这次的经济发展调子很高，提出了乡镇企业是振兴农村经济的必由之

路。这次虽然没让栗寨发言，但县委书记武钢生长达二十五页的讲话中，十三次提到栗寨，并且强调要打造栗寨模式。受宠的感觉并不好受，仅仅是因为那些集装箱蔬菜，仅仅是因为台湾回乡探亲的叔外公，栗红章想这些换到任何地方，都会这样，或者比栗寨更加出色。在内心深处，他十分感激，又说不出来。他觉得上级领导对栗寨、对他都是偏爱有加，想着想着他就羞愧起来，羞愧过后便感到一种压力逼着他。

栗红章在沉重的压力下，产生了好几种发展栗寨的想法，他想到了每小瓶二块五的矿泉水，看着羊群就想到了畜牧业，洗衣者的歌声中又飘出了旅游观光。当然，最让他信心百倍的还是建设台湾工业园。相比之下，杨小桃舅舅李凤梧大书记的发展思路显得有些狭小。但他不能明说，表面上还要装出服帖遵命的样子，大书记的认识一旦形成，在山南乡里绝对不允许有杂音，就是所谓的完善、拔高也只能出于他的自觉自愿，否则那是不可能的。栗红章早就领教过，到乡机关办事，只要大书记在，你就不能不向他汇报，只有他批准你找副书记或乡长了，他才不会计较，否则他会不高兴的。在大书记那里，乡长、副书记等班子成员，只有服从。他提出远抓苹果近抓烟，塑料大棚富山南，泡桐加工最赚钱的思路，都是在参观了灵宝寺河山、许昌襄城县、山东寿光县和曹县以后形成的，当时乡长把资源状况、气候条件、土壤环境分别对照，把因地制宜几个字夹在李大书记的思路里，竟然惹得两人从此都有了戒心和芥蒂。好在矛盾并没有公开，在上级遴选中青年干部时，李凤梧被上级重视，派他到省委党校中青班学习了。

栗红章在三级干部会议上，听了李凤梧书记的发言，明显感到从省中青班结业之后，他发言的内容更加洋气了。把塑料大棚的发展讲成"白色革命"，把振兴农村经济说成新的改革进程。并没有跟栗寨商量，李书记在会上讲以栗寨大棚温室蔬菜为依托，迅速在山南乡掀起一场以塑料大棚为主的白色革命；抓住台湾回乡探亲者和栗寨有特殊关系的契机，在栗寨、东洼等村建设台湾工业园；以朱寨的烟草种植为基础，建设万亩优质烟叶基地，以栗寨苹果为中心，在周边推广林果业，誓把山南乡建设成北汝县的寺河山。此外，李书记还讲了很多产业化、现代农业等东西，赢得了全场一阵又一阵的掌声。栗红章虽然没有走上台面，但坐在台下依然感到压力很大。干吧，需要大量投入，刚刚吃饱穿暖的栗寨人拿不出多少钱，村里乡里也仅仅能够维持自身运转，话说起来容易，事做起来很难。现在好多领导都喜欢下属说大的假的空的，还赞扬他们有魄力，是改革开放的弄

潮人。李书记获得了大会的喝彩，无疑再次引起县领导的高看。但是，他在栗红章心里，形象在变低、面貌在变丑，若不是有杨小桃这层关系，他肯定不会任他给栗寨加忙添乱。栗寨种了一茬大棚菜，已经让栗红章领教了老百姓的厉害。他在杨小桃舅舅那里，勉强接受了头绪混乱的蓝图，不接受又能怎样呢。他感到自己非常像无意间吞进肚里一只苍蝇，胃里肚里不停地有东西在蠕动，想吐又吐不出来。这种时候，他必须装出一副心情舒畅的表情，因为在下面干个支书、村长，需要上级的支持，他们要不喜欢你，那么什么事也难以做成。

在观看女人洗衣、远望羊群滚动时，他的心开始逐渐平静下来。本来就是这样，上级希望下级听话，不喜欢你任性。不论谁当乡里书记、乡长，社会都在发展，群众都要千方百计发家致富，路子对了，百姓就会少遭折腾，脱离实际了，百姓就跟着出力花钱而没收入。大不了等乡里领导调走了、离职了，群众在一边骂几句那年怎么怎么，迟了，不顶吃不顶喝的。突然，栗红章脑海里翻腾出一件事。他一个战友在县城开饭店，很快当了小老板，租了一座小楼起名望岳大酒店。酒店生意不错，常有县领导进餐，渐渐交了不少领导朋友。时间久了，彼此就熟悉了，说话随便起来。一个领导建议他进一批蛇，特色菜就是烧白蛇。他接受了，因为他拉大旗做虎皮，节省了保护费，也减少了应付各方面烦人的检查、抽查，对这位领导的报答，只好表现在采纳建议上。蛇很贵，他进百十条就占了不少投资。蛇宴、特色菜公布之后，除了这位喜欢吃蛇的领导外，几乎无人问津。同时，蛇还属于国家保护的野生动物，执法部门要查、要没收、要放生。地区嫌县里执法力度不够，就亲自出马。很快，又罚又收，这位酒店老板从此一蹶不振。栗红章战友喝醉了酒，就说："领导的话不听不行，全听了也不行，认识他们很方便，摆脱他们很困难的。"栗红章觉得非常有理，因此，对李大书记的话，只能听一些违背一些了。

栗红章在县三级干部会上学了一个词，叫"加压紧逼"，意思是在发展农村乡镇企业的问题上不断地施加压力，像篮球比赛防守一样盯紧不放松。其实，这些话是说给先进地区的，比如他们栗寨，塑料大棚反季蔬菜，大面积栽下苹果树，又有台商投资办企业。没有这一切，谁没事了来管你，树典型、学先进，是一种工作方法，换谁当领导都用这战术。想着想着，栗红章心平气顺了，这一切都是自己弄成的，始作俑者就是自己，就因为这些，他赢得过掌声，得到了上级重视，栗寨也成了先进，收获颇丰，光大大小小的锦旗、奖状就挂了一面墙。还

有，那美丽的杨小桃也是随此而来，这场爱情更是应运而生。

总之，栗红章知道，他不能退却。他说李书记的发言是："抬死猫上树。"李书记的回答很简单，为了振兴一方经济，只能抬死猫上树了，这是一项措施，是一种激励机制。但是，李书记铿锵有力的话却没有给栗红章多少信心和鼓励，相反产生了很反感的效果。可能李书记的有些话，对那些机关干部会产生积极作用，有人会当即表态说，李书记的话站得高、意义深远，可操作性强，对指导经济发展将产生重要影响。栗红章心里想的是，你说的屁都不是，屁还臭一阵呢，但口头上还是说，抬上树吧，是死猫就活该。说着，他看李书记盯着他的脸，只好回应了一个笑，是那种极虚伪的笑。

离开李书记，应该说离开妻舅，栗红章转身就回到栗寨，站在小河边看人洗衣、看山头泛绿、听女人唱歌、听山上牧羊人的响鞭。在各种问题的交织中，在多层矛盾的挤压下，特别是在婚礼那天遭人羞辱后，栗红章学会了克制、学会了适应，更为重要的是学会了自我调节。他内心尽管十分矛盾，有时十分沮丧和痛苦，但流露出的竟然是大义凛然、乐观向上、泰山压顶不弯腰的成熟和坚毅。他想，人活着就是要有点精神、有点斗志，多为群众办点实事、办点好事，说出来的话要掷地有声，表了态的事就要抓出成效。

寨门口搭在小河上的桥上，有人在说话，他们并没有发现不远处的栗红章。这桥已经有年代了，过去曾是吊桥，是全寨人生命财产安全的保护神，是进寨的重要关口。现在，没了战乱，没了土匪，吊桥早换成了石桥，拉车的、挑担的、三轮车、拖拉机无拘无束地打此通行。看到了桥，栗红章就想，假如没有这座桥，过河就麻烦了。小时候，他读过一段毛主席语录，"我们的任务是过河，但不解决桥和船的问题，过河就是一句空话"。毛主席说的话转到发展经济上也很精准，当前栗寨要发展经济，要开办企业，要发展农业产业化，投资就像建桥一样重要，不解决钱的问题，发展就是吹牛，就是刮风。栗红章想到了钱的问题，就迅速回到寨里，他要和每个有点门路的人商量解决问题的办法和出路。当然，台湾工业园的钱不是问题，二位外公已经有安排，除此之外，栗红章还要搞属于自己的，他不想再让人议论他，说他离了亲戚就一筹莫展，就寸步难行。他最忌讳的就是别人小看他，说他吃的软饭，说他离开杨小桃、离开李书记门儿都没有。

他心里打着赌，告诉自己要做个男子汉，日他妈的让那些狗眼看人低的家伙

们明白，栗红章大爷走的是自己的路，端的是大伙给的碗，吃的是自家的饭，一定赌赢这口气！

他要找老红军栗孟春，商量去北京引进资金或项目的事。栗孟春当年过老山界时，给一位首长牵过马，听说这位首长现在是部长，赫赫有名的部长。

十　四

杨小桃天亮起床的时候，栗家的其他人都还在睡梦中。初春的夜很长，尤其是栗寨这个偏僻的农家山寨，静谧得如同进入了另一个世界，远方的狗叫和雄鸡的长啼，都增添着山村的诗情画意，不由得让人觉得栗寨的夜晚无比悠长。杨小桃没有梦，不会做梦，睡不着觉时就不睡，可以闭着眼想事。她不愿把不属于自己的事硬往自己心里装，觉得那太累。对于栗红章新婚以来的表现，她不是没有察觉，而是心里明明白白。她谅解栗红章，一个男人有点儿脾气和个性是正常的，面对一些羞辱和伤害，还表现出一副无所谓的样子，那是在作秀，会作秀的人是十分可怕的。人的心理转变都有一个过程，要摆脱那种负面的阴影需要时间。杨小桃知道王梅一伙给栗家造成的伤害，给自己造成的影响都不是一时一刻可以消失的，因此，她要给栗红章、给栗家，甚至给更多的人足够的时间，让时光擦掉那些伤心的记忆吧！

杨小桃新婚之后，见到人们时无不面带笑容，她告诉自己，过往的东西不代表现实，自己心里不快自己独自承受，不应该把它展示给那些素不相识的街坊邻居和亲戚朋友。在独处的时候，她沉默得像冻结了自己，过后觉得跟自己过不去那是一种失败。于是，当春节喜庆的鞭炮声响起时，她就格外地振作。春节过后，杨小桃就像掀开了新的篇章，早起晚睡，多干少说。家务活儿像承包给了她，那些家务之外的，只要她能干的，就义无反顾。她从进了这个家门起，就把

机关工作的形象忘得一干二净，心里告诫自己，自己就是一个农家媳妇。从小在农村中成长，学会了农村人的吃苦耐劳，即使后来参加了工作，她依然在骨子里保持着那些潜在的艰苦奋斗精神，在栗家轻而易举地就得到激活。对于劳作，她情愿，至于栗红章对她的态度，也能理解，因此，杨小桃表现得十分成熟和淡定。

有时候，杨小桃对栗红章的表现也在无奈中极为恼火。泼妇王梅到栗寨闹婚礼，按理说只能闹得栗红章和她更加亲密，可栗红章竟从那时开始对她的态度变得不冷不热，好像她是带着一种危害性极强的病毒走入栗家。栗红章就像对待一个发热病人，时时处处疏远她，千方百计隔离她。好几次，杨小桃就想斥责他，王梅说的事，哪一件是对他保密的，哪一件是见不得人的。但她没有，她担心适得其反，既然自己已经走进栗寨，那么就死心塌地继续走。杨小桃早给自己定位，自己不属于那种五湖四海型的女人，她只要有一个安定的落脚之处，就不想那么多事情了。因此，她想通过自己的努力，让全家人、全栗寨人给她一个公正的评价，到时栗红章即使是一块顽石，也会有所改变。

的确，杨小桃的判断有一定道理。栗红章一点儿也不恨杨小桃，只是过去那种狂热的爱，不顾一切的爱从结婚那天突然间莫名其妙地荡然无存了。是王梅（赵望梅）一伙的闹场，还是闹新房时醉汉们的胡言乱语，深层次刺激了他，使他从精神到肉体都发生着变化？他暗自问自己，答案也十分模糊。总之，他面对杨小桃时，就有一种涩巴巴、冷生生的感觉，既然回避不了，就得面对。有一天，他把和杨小桃在一起做了一个比喻，像上学时交作业。那时，他成绩不好，每逢做作业就发愁，老师要求交作业，他总是紧张得一头汗水。畏难啊！

杨小桃就像一位老师，每天晚上都设法为他出作业题，年轻人要求最强烈的事情，曾经在过去是求之不得的事情，到了水到渠成的时候，反倒变得通道受阻了。在如火如荼般追逐杨小桃时，栗红章曾经动了许多脑子，差不多天天晚上都想着如何吃上一口桃子的事情，所想的招数不停地变换着，而且都能得到自己的肯定，然而到了第二天，他夜间的设想通道又被自己所否定，有的设想连自己都觉得拿不出手，害羞啊！那时候，他觉得自己晚上就是一个准魔鬼，天黑下来就像幽灵在运动，一旦天亮了，太阳升起来了，那幽灵就消失得无影无踪。

有一天黑夜里，他想了整整三个小时，那是从凌晨三点钟梦见杨小桃，并且和她发生了男女之事，弄得他在从未有过的兴奋快乐中醒来，就开始琢磨了。他

的裤头湿淋淋、黏糊糊的，本来梦中进入杨小桃身体的东西，却完完全全地留在了自己身上，唯一慰藉他的是一种真实的情境。杨小桃羞涩的忸怩，半推半就地接受了他酣畅淋漓的发泄，梦中给了他人生第一次。他把这个梦境，认真地整理过，自认为是一段令人振奋的故事。他要把故事讲给杨小桃，不论她爱听不爱听，都要讲，哪怕讲完了故事，杨小桃说他是流氓，不停地打他骂他都行，讲出来了就不窝囊。他给自己鼓劲儿，快三十岁的人了，兵都当了，仗也打过，牺牲还不怕呢，难道怕一个黄毛丫头。

他真有点怕，怕杨小桃一旦恼了，不理他了，那就得不偿失了。到了乡里，办完了栗寨的事，他主人公似地进了机要文印室，一样的笑脸，一样的柔情，只有栗红章觉得别扭，不好意思啊。杨小桃猜出他梦中占了便宜时，还会饶了他？栗红章感到脸上发热，身上没劲儿，感冒了似的。杨小桃看得出来，栗红章有啥话要说，又碍于脸面无法启齿，就说："章章，你今天咋像变了个人，大闺女似的，当兵人的血气跑哪里去了？"栗红章不好意思地说："桃子，你弄错了。我想起了一件事，无非自己有同样的经历，就觉得脸红，实际是屁也算不上的事，属于那种一厢情愿的。""啥事，还一厢情愿？"杨小桃反倒来了兴致。栗红章说："不说了，没啥意思。"他推辞着。杨小桃假装生气了，说："章章，你放着排场不排场，叫你说话，你倒像噎住了！"栗红章说，我说出来你别生气。栗红章假借他的好朋友伟伟，和盘托出了他的梦境。他还准备发一些感慨时，杨小桃说："下不为例，以后不许讲这些乌七八糟的故事。你们男人就存在许多劣根性的东西，吃了饭没事干，尽想些占女人便宜的事！"虽然杨小桃表面是批评伟伟的，但栗红章脸上发烫，比直接挨了批评还要难受。

杨小桃的态度令栗红章很不满，觉得她不近人情，洁身自好是优点，保持清醒是长处，但要分人分场合。一个和你谈了半年多恋爱的人，不能亲近你、进入你，那就有点太冷血了吧！有一阵子，栗红章产生了魔鬼心理，《一千零一夜》上的一个魔鬼，希望早点有人救他，就想，一千年内有人救他，就报答，两千年内有人救他，也报答，要是三千年以后有人救他，他一定要吃掉救他的人。栗红章想，杨小桃如果一而再地玩假正经，他就坚决地离开她。谁知，心理和现实有时候矛盾、碰撞，有时候还竟然那么和谐一致，顺心如意。杨小桃在后来的接触中，并没有冷漠，也没有假正经，偶尔也说一些略带颜色的段子。

正因为这些段子，栗红章才给杨小桃讲了栗寨的一对夫妻的事。他说，有对

夫妻，特别喜欢男女之事，好像有瘾一样，几乎每天都不消停。有天夜里，由于动作太大，惊醒了七岁的男孩。男孩突然坐了起来，质问他们弄啥？这男的不好意思，就说：孩子，快睡，我在给你妈治病哩。那孩子果然相信了，重新入睡。后来，这件事不知被谁传了出来，栗寨人都知道了，再后来，凡是男人想找女人做爱，只需说咱治治病吧，就形成默契。栗红章这家伙，那次讲完这个段子，趁势还说："小桃，我真的想对你说治病这句话！"杨小桃一巴掌打在栗红章肩上，说，"嫁到你家后再治病吧！"

新婚那天，栗红章醉成烂泥。第二天夜里，杨小桃有意，没提治病，只是问栗寨哪一家夫妻制造了治病的故事。栗红章明知其意，故假装不明白，应付说："随后有时间，我领你见识他们一下。"

想起杨小桃也用治病来借代，栗红章的压力就很大，从此有了交作业的压力，成人的作业题比孩提时老师布置的作业更让他负担沉重。他只有应付，而最能摆上桌面的理由，就是全力发展栗寨经济。

杨小桃心知肚明，觉得栗红章心理上百分之百出了故障。她暗暗劝自己不生气，不能生气，要用实际行动重新唤回他。她只是说："章章，你放心，我的心比栗寨河的水还要清，清得见底、清得能照见人影！"

十　五

农历的正月，对于北汝县来说，是一个颇为讲究的月份。悠久的传统文化、风俗习惯，让每家每户的日程排得满满当当。这种烦琐没人嫌弃，这时的忙碌，反倒让人们感到格外乐意。这里是仰韶文化的发祥地，奔流不息的北汝河曾是中华民族的摇篮之一，她不仅孕育了璀璨的东方文化，也为人类的文明进步奠定了丰厚的基础。尽管这里发生过沧桑巨变，也出现过人口迁徙动荡，然而那些非物

质的文化遗产却牢牢地影响着人们的行为，起码历经千变万化后，万变不离其宗。过节的氛围体现在礼品和贡品的筹备上，家境分贫富，地位有高低，但礼品和贡品每家必备，那种对亲情、对神灵、对祖先的虔敬都是一样的。辞旧迎新，感恩过去一年诸位的佑护，祈祷新年里诸神带来更多吉祥，因此，这些纯朴的想法，全集中在初一这天去落实。家家户户都把煮熟的饺子、做好的肉菜端到家中最中间的桌子上，然后燃起香，端起酒，鞠躬或叩首，默默地献上新春寄语。这一切完后，便开始年饭。过了年的初二起，串亲访友，纵情地畅饮，几乎这些天，能买起酒的家中都行酒令、划拳猜枚，闹得热火朝天。接下来便是社火表演，一直闹到十五、十六，从正月十七开始，人们高涨的情绪，开始回落，一直落到恢复平静。不同于其他地区的，是十七、十八的上坟祭祖。很有道理，那些整年累月在外工作、背井离乡干事业的人们，过了十五、十六，就要离家了，他们一年中不一定能回乡一趟，于是大家都把上坟的活动看得更为重要，那是怀着虔诚的心，跪在祖宗坟上，献上由衷的敬畏之心啊。这一系列活动，差不多都是因人制宜、因地制宜，陆陆续续地将占满整个正月。

山北那两位从台湾回乡的刘磉、刘碾，把返台的日程定在正月十九，因此，往年相对平静的刘王庄村，这年的初一和十五都显得热闹非凡，二刘拿出一万块钱让村里放焰火。这场焰火惊动了四邻八村，也让二刘神乎其神起来。

抚今追昔，他们禁不住潸然泪下。过去，他们家靠租种别人家的地过活，虽然老父亲勤奋耕作，老母亲俭朴持家，但日子仍然过不上来，常常吃了上顿没有下顿。一九四二年闹年成，他们的一个妹妹活活地饿死了。如今，刘王庄的人们日子说不上富裕，也不算贫穷，特别是他们大哥刘套的子孙们日子过得在村里数一数二。这都是祖先的功德，是神明的光耀啊。再想想他们自己，能在晚年衣锦还乡，受到社会各界人士的高看，多么荣耀和自豪啊！吃水不忘打井人，人再风光也不可忘记根本。刘磉、刘碾虽改名刘其昌、刘其泰了，但故土是北汝县刘王庄，那里有祖先的坟茔，那里埋葬着生他们养他们的父母，面对家乡的天地，他们永远是刘磉和刘碾。

初一那一天，刘磉、刘碾把返台湾前的安排告诉侄子们和亲戚们，特别强调了要上坟祭祖这件事。当年他们在家乡时，每年的正月十七或十八，都要跟着爷爷、爹爹，端着可怜兮兮的贡品，带上铁锨，到祖坟上烧香磕头，燃放鞭炮，还为各个坟头添土。那时的场面很热闹，让人感到温馨，从而难以忘怀。那时候，

父亲虽不识字，但还是念念有词，感谢祖先关照，祈求来年赐福。而今，刘家的人丁兴旺，再上起坟来更是一番景象。算起来，二刘已经是当年爷爷的岁数了，理应带头把上坟祭祖活动弄好，年后一走，尚不知何日才能再返故土，更不知还能不能再次为祖先敬香祭拜。想着想着，刘其昌又一次伤心落泪，刘其泰也随之沉默起来。

当两位叔叔拿出一万元作为经费，让刘月亮牵头筹措上坟祭祖一事时，刘月亮说，俩叔到了台湾，只学会掏钱，你们以为钱就能把啥事都办好！他是想让俩叔说说想法，告不告诉组长，要是不和组长商量商量，他会不高兴的。俩叔回故乡，当然没有忘记给邻里送点小礼品。组长穿上港衫就眉飞色舞地称赞刘磋、刘碾会来事，还没有隔了组长。农村人的见识有限，一点小礼品就能让他们感激涕零。

刘其昌忽然想起了栗红章，就让刘月亮抓紧派人到栗寨去一趟，请栗红章来商量点儿重要的事情。

栗红章接受了《祭祖文》的写作任务，觉得叔外公们十分虚荣。

虚荣心这种东西如同一种传播性极强而又十分难隔离的病毒，不论人身份贵贱，不论人身处何地，不论人知识深浅，几乎或多或少没有不被感染的。

刘磋、刘碾两兄弟虽离乡四十载，或者在海峡彼岸混得人模人样，改名刘其昌、刘其泰，名字古朴而典雅，回乡的行头颇有洋味，但还是难以脱俗，尤其虚荣和面子简直成了生命中的第一重要。在准备举行刘家上坟祭祖活动时，他们让栗红章在山南乡找一个文章写得好的人，为山北乡刘王庄刘家写一篇《祭祖文》。栗红章接受任务时就很抵触，心想你们山北有"高人"、"文曲星"，写一篇在坟头上念的东西，真的值得花那么大工夫、下那么大气力吗？刘其昌说担心写得不好让人笑话，毕竟我们兄弟俩少小离家，走南闯北一辈子，在祖坟上念的东西质量不高不仅有伤大雅，还会影响祖坟上的风水效果。当栗红章请来了师范学校退休在栗寨的栗清升先生，写完文章要离开刘家时，刘其昌先是送给栗老师一件港衫，接着千叮咛万嘱咐，不让说栗老师来此写过文章。当即，弄得栗清升老师十分不好意思，然而栗老师毕竟曾经沧海，一下子明白了刘其昌的心情，就说让他放心，他写的文章不署自己名字的事情多了。

栗红章开始对自己的两位叔外公产生了丝丝很小看的想法，认为他们既浅薄又虚荣，用栗寨人的话说就是打肿脸充胖子。但他表面上依然毕恭毕敬，言听计

从，拍着胸膛表态让两位外公放心，这件事沤烂肚里也不会说出来。

刘其昌得意地唱读着《祭祖文》：

巍巍伏牛，峥嵘岘山；泛泛北汝，碧波闪闪；万年文明，华夏摇篮；仰韶文化，光耀龙山；夏商西周，春秋战国；秦亡汉兴，壮美河山；我祖刘氏；功德无边；缠绵历史，并非如烟；历尽风霜，跨渡劫难；刘氏一族，勇往直前；战争硝烟，家国弥漫；驱赶倭贼，八年抗战；可叹内乱，骨肉离散；海峡之隔，音讯全断；年有四十，乡音难改；昼思夜梦，乡愁炊烟；美丽家乡，两山一川；游子泪光，刘王庄现；盼望今生，亲人相见；祈祷家人，福祉无边；遥祝父母，身体康健；无奈岁月，难遂人愿；一衣带水，令人遗憾；斗移星转，世事变迁；冬去春来，游子回还；祭祀祖宗，奉上心愿；刘氏兴旺，万代相传；海峡两岸，共谋发展；千里明月，同一片天；愿我刘家，造福元元；圆梦中华，一马当先；炎黄后代，万众共勉。

读着《祭祖文》，刘其昌脑海里便勾勒着祭祖扫墓那天的情景。蔚蓝的天空中，悬挂着几朵白云，正月里和煦的阳光尽洒刘王庄的山上山下、村里村外，人们聚集在刘氏祖坟那块山环水抱的明堂里，指点着议论着隆重的典礼上激动人心的祭文。可能从此以后，人们都会深刻记忆着刘氏二兄弟衣锦还乡、造福乡里的伟大壮举。想着想着，刘其昌的思绪就跨越了几十年、穿越了海峡两岸。他很兴奋。

刘其昌、刘其泰最初只是想在刘家近亲那里显摆一下自己的文化素养，就让起草了这么一篇祭文。因为他们回刘王庄后出手大方，探望尚在世的老邻居，给学校捐款购买桌椅，拿出一万元放焰火，赢得了刘王庄村民的信任。要不是他们显摆，人们把这哥俩早忘记了，以为他们早死了，谁会想到他们还能活着回来，竟然还成了全村最富有、阔绰、大气的人。对他的祭祖上坟，当然要积极参与，再说刘王庄的刘姓本来就是一家，最初迁来的刘家弟兄仨，后来又变成了小弟兄十二个，再后来，第三代就有了五十四个。什么时候迁来的，已经多少代了，说清楚的人恐怕很少很少，据说有本《刘氏祖谱》上比较全面。刘王庄村到了后来，并非全部姓刘了，城市疏散人口、"文化大革命"、上山下乡、招上门女婿等，让这个纯刘姓的村子，变得只是刘姓为主了。遇到刘氏集体活动，一般情况

下几百口刘王庄人，百分之七十的村民都响应，那是在维护刘家的尊严，彰显刘王庄村刘家的地位。

正当刘其昌认真筹办祭奠上坟活动时，组长慌慌张张地跑来叫停。虽然刘王庄近千人口，但在赵王庄村委会，它只是一个村民组，因此村长只是组长，人们称他队长。多少年了，人们总是忘不掉人民公社时的大队、生产队，觉得那种名字正宗，改成村、组不习惯。队长叫刘其华，和其昌都带一个其字，似乎贴近了许多。刘其华说："你们离家几十年，好不容易回家上坟祭祖，全村人都参与，为你们捧场，也是咱刘家的荣耀啊。你们看看，现在的祭奠活动都升级了，黄帝、炎帝祭奠，原来只有几十人，现在成千上万人，电视台还现场直播，中央都来人念文章了。咱们刘王庄的刘家，也算是名门望族，把活动搞热闹点，也是应该的。"听了这话，刘氏两兄弟觉得也是，就点头同意了，还连连表示感谢。

就在刘王庄组安排活动的时候，赵王庄村委会来了七个领导，几乎两委班子成员都来了。他们很认真地叫停了组里的活动。说这项活动很重要，一个村民组是承担不了的，应该由大队来组织、来办理。没想到，这一件小事，竟引起了大队的参与，真的令刘氏兄弟意想不到，令他们大有受宠若惊的喜悦。要不是因为他们，多少年来谁关心过刘家的上坟祭奠之事呢？

村两委会对祭文很重视，本来要做润色，一读觉得水平不低，就从村学校里找来两位语文教师修改。村支书说："要站在全村的高度，把祭祀活动的规格拔高一些。"当时，赵王庄村老支书已寿终正寝，接任的是赵老支书的侄子赵望州，一个望字把望梅、望林这些老支书的子女连在了一起。赵望州比老支书要灵活得多，遇事不仅会变通，而且事罢还会善后。因此，赵望州在赵王庄村就有了会弄事的名声。刘王庄上坟祭祖，因为有两位从台湾回乡探亲的老人参与，引起组里、村里的重视，这在老支书时期绝对不可能。改革开放后有一年，赵王庄村历史反革命分子赵云天死了，他的子女四个当时都在省、地的部门任职，感慨父亲生不逢时，命运多舛，就想通过一个纪念活动寄托子女的哀思。在赵王庄这个几千口人的大村里，比赵云天更反动的人找不到，他是三青团员、CC特务、国民党北汝县长。赵云天燕京大学毕业，开明大度，处事平稳，在北汝县有不错的口碑。新中国成立后当了教师，指点江山、臧否人物的习性没改，有些言论引起了学校校长、公社干部的不满，就在他历史反革命的基础上，又戴了顶右派分子的帽子，双料阶级敌人在赵王庄格外引人关切，批斗会场场少不了他。赵云天就

像一棵老松树，风吹雨打，刀劈斧砍，就是不倒下。本来，他和老支书赵永柱是五服之内的叔侄，因为他新中国成立前是伪县长，新中国成立后又是公立教师，生活一直过在支书上边。有人议论说，他们俩的名字犯冲，永柱永远支撑着云天，云天永远都在永柱上头。于是，老支书就命令五类分子改名，赵云天不服，说："我人生光明磊落，行不改名，坐不改姓，坚决不改。"赵永柱就吼："你顽固不化！"于是，叔侄俩结了仇。赵云天虽生不逢时，然而天无绝人之路，上苍似乎总是眷顾他和家人。恢复高考后，两个儿子两个女儿两年内都考上大学，后又陆陆续续进了省直、地直单位，而老支书家就没有那么好，虽然赵望梅嫁了老军人，改名王梅后还当了局办主任，而赵望松、赵望林、赵望庄几弟兄，只能在县里即将倒闭的企业里当工人。在赵云天后代刻石立碑的时候，老支书为他们戴上了"反攻倒算"的罪名，又分别给他们的单位写信告发。那一次，赵云天的子女们和老支书弄得很僵，发誓永远也不会再招惹极左思想根深蒂固的地方了。

发展经济、引进资金、打通关系、建设新农村的浪潮兴起，昔日最先进的赵王庄村，开始落后。老支书看不惯请客送礼这一套，也不愿低三下四求人，挂在嘴边的一句话，说了一遍又一遍："我们共产党决不央求国民党的后代，我们走社会主义的路，决不接受资本主义的钱！"山北乡的村办企业如雨后春笋，唯独赵王庄村还是传统农业，乡里开始不再忌讳地批评老支书，开导他换脑筋。老支书不服气，咽不下这口气，当了几十年先进，竟然败下阵。他生病了，卧床了，还是不服气，直到弥留之际，才让侄子赵望州顶替了自己。赵望州没有拨乱反正的意思，只有感恩的情怀。他刻骨铭心地牢记叔叔让他接班时的话，叔说，孩子，你要当书记了，别忘了你叔几十年风风雨雨是怎样过来的，不容易啊。我一心一意，把身家性命都交给组织和群众了，从来不敢怠慢，也不敢有私心杂念，就那也并不是全村人都满意。你要学叔的精神，守住赵王庄这块社会主义阵地。不论世事怎么样变化，都要坚持走你叔走过的路，千万不能当赫鲁晓夫，也不能让咱村改变颜色。叔的话听起来很不合时宜，但赵望州不仅能耐心听下去，而且还能毫不含糊地牢记在心。他知道，要不是叔的安排，他将不会有在村里出人头地的机会。但他当了支书以后，又觉得只守阵地，不多做事，不为村民办好事，照样得不到群众的拥护。于是，他利用一切机会，向发展经济先进的村取经，向所有能为赵王庄谋福祉的人靠近。他上任初，就参加过县里的一个发展乡镇企业的会议，那次会上，他走近了栗红章，很积极主动，还有几分虔诚。他和栗红章

的经历很接近，参过军，在部队入的党，转业回来当了村支部书记，不同的是，好像栗寨村没有人争着干支书，而赵王庄是老支书握权不放，到了生命的最后一刻才传位给他。栗红章的想法得到村民拥护，山南乡领导也支持。而他赵望州，还在叔父的影响下想问题办事情，仿佛他行走时根本离不开叔父的幽灵似的。他羡慕栗红章，县委都推荐他为退伍拔尖人才。交谈中，他知道了栗红章的外婆家是赵王庄村刘王庄组的。他感到很意外，刘王庄组的外甥竟然出类拔萃，赵王庄村一直与刘王庄组关系僵硬，最不服管理的要数刘王庄组，矛盾冲突不断，遇到贯彻上级精神，或者村里安排任务，岔子就层出不穷，尤其在刘王庄组那里，很难推动。老支书为此很伤脑筋，也想方设法对付，以致矛盾不断升级，情绪一直对立。赵望州清楚，村支书是全村的带头人，不能落下任何一个村民组，刘王庄组与村关系紧张，叔是有责任的，不能只埋怨刘王庄人不服从领导。刚接任时，他虽有缓和矛盾的愿望，在行动上并没做出多少表现，回避得多，面对得少。那次，他听栗红章说过刘王庄，只是微笑着掩饰了其中的许多东西，也没有过多地深入交流。

这次刘家上坟祭祖，赵望州认定是一次最好的缓和矛盾的时机，同时还有一箭双雕的可能，据说刘家两兄弟在台湾混得很风光。他听说近年以来，不少台商在大陆投资办厂，带动了一方经济发展。他的钢一定要用在刀刃上，一定要把这次活动办好，让全村各村民组的男女老少看到他赵望州的胸怀、抱负、决心、信心和雄才大略。

十 六

新婚夫妇栗红章和杨小桃，从婚礼那天就开始了同床异梦的日子。

不论栗红章还是杨小桃，都有自己阳光灿烂的时候。栗红章是离开栗寨，和

别人一块儿外出招商引资，那时候县里提出的口号是结高贵、攀高亲，栽下梧桐树，引来金凤凰，哪怕有一线的希望，他都会全力以赴。紧张的活动，让他忘却烦恼忧愁，点滴的成就，都使他心花怒放。栗红章离家的日子，杨小桃不仅没有什么缺失，相反还有自由自在的感觉，心胸也随之开朗。她可以在栗寨河的边上，端上一盆该洗的衣服，边洗边和村里的女人们聊天，更多的是听她们讲一些村里发生的事情。那种时候，她享受的是人们的高看和尊重，感到栗寨的天空湛蓝、白云悠悠、河水静静地流动，在河边的青草间觅食的小鸟飞来蹿去，不远处的山坡上不时传来吆喝羊群的声音，杨小桃觉得栗寨真好，好得令她心旷神怡。

过了"破五"，许多事情按栗寨的风俗可以开始了。初六是"六六大顺"，自然是好日子，栗红章和村会计带领栗寨村民栗孟春踏上了去北京的列车，他们要去找一位老首长。当栗红章参加了县三级干部会议回村，会场的氛围和领导的鼓励令他热血沸腾，特别是乡里李书记给他升温加压的一番话，虽然他觉得栗寨的实际情况上级并不熟悉，属于瞎指挥，但他还是要立足栗寨；克服困难也要真抓实干，开辟出一片新天地，让栗寨人过上好的日子。他打听着栗寨每一个在外工作人员的情况，还动员全体村民出主意想办法，只要是对村里发展经济有帮助的建议、意见、线索，他统统不放过。栗红章想自己虽然有建设台湾工业园区的优势，两位外公一再表态让他放心，但他认为吊在一棵树上路子太窄，多开辟一条途径，岂不更好。他找老红军栗孟春聊天，没有嫌弃老人的老实巴交，相反很抬举老人，相信老人肯定会认得不少中央领导，只要有一个领导帮助栗寨，批个条子写个信，栗寨的前景就光明无限了。果然，栗孟春说出了一位领导，这个领导"文化大革命"前就已经是中央一个部门的一把手了，"文化大革命"后复出，就任一个很大部的部长。栗孟春回忆说，他当年是红军部队的饲养员，过老山界时给首长牵过马，并且一直跟首长关系密切，新中国成立后他因伤病转业时，首长还一再挽留他。后来发生了"文化大革命"，就再也没有和老首长联系过。栗红章脑子听得发热，认为这无疑是一条重要的门路。既然知道老首长已经复出，相信通过栗孟春的老关系，一定能为栗寨的发展帮上忙。写信太慢，打电话不知道号码，那干脆就直接进京登门拜访吧。栗红章凭经验，觉得一个县里的干部尚能为家乡建学校拨款十多万，一个在省直部门工作的领导动动嘴就能把工厂建到家乡，那么老首长的职务那么高，咳嗽一声也会改变栗寨穷困面貌的。栗红章信心十足，情绪高涨，当即安排两委会成员每人拿出土特产一份，以记账的

形式先欠着，之后有了钱再偿还。要说，这些东西并不值钱，红薯、粉条、玉米糁子、绿豆、芝麻合起来也最多二百多块。栗红章问栗孟春这些东西小气不小气，栗孟春说："我相信老首长家里不会缺东西，拿不拿东西都行，只不过带点东西老远去了，是一种心情，人家也不稀罕东西。"栗红章想想有道理，说："拿点东西去了，说明咱山里人知道啥，懂得人情世故。"为集体办事，一路花销当然要由村里负担，他们就带上了村会计。其实，不仅村会计，连村主任，甚至村两委所有人，都有进京的愿望，北京是所有人向往的地方，人一生能去北京一趟，在栗寨人心里无疑是最美的梦。这个村会计叫栗章锁，高中毕业没考上大学，能写文章，让他进京有栗红章的另外打算，招商引资毕竟是件大事，不管成效如何，单这个行动就足以成为一条经验。即使将来写出一条消息，在县广播站播出，那也够风光的。

火车上窗明几净，不时有晃动着的阳光射进来，让人感到温暖和舒畅。栗红章觉得这种时候格外轻快，就像当年上学时放假一样，不用按时到校，也不用费心思去做作业，更不用看老师鄙夷的目光。去北京不论几天，起码这几天他不用应对杨小桃，杨小桃也不会要求他去"治病"。

北京好大，高楼大厦像栗寨的山那样高大，一片又一片的。他们三人下了车，一个个都像惊呆了的瘟鸡，少气无力的。虽然栗红章当过兵，在外好多年，可他很少走出军营，况且部队所在的仅是一座地级市。回到地方，在村支部会上，他是一把手，大家都尊重他，说话算数，办事大家捧场。到乡里、县里，由于有领导支持，也被别人高看和重视。可一到北京，他一下子明白过来，县、乡、村竟是那么不值得一提，连自己都看不起自己，那还有谁在乎这三个瘟鸡呢？难怪车站内外的人们都像看猴子表演一样轻蔑地打量着他们。特别是在出站口，人家一定要验他们的票，村会计说了声在我们那里下车不用检票，人家眼一瞪，很生气地说："这里是北京！"栗红章过去对说普通话的人十分景仰，觉得普通话柔和悦耳，这会儿才领教了普通话的另一面，原来普通话竟是这么厉害，比磨刀声还要难听。

他们三人在火车上做了安排，火车到北京站是上午十点多，简单吃点饭，就打车去找老首长，两个小时办完事，就找个地方住下来。轻易不出门，既然到了北京，一定要到天安门前照个相，再去纪念堂看看毛主席，至于万里长城去不去都行，那不过尽是大块砖头罢了。他们计划三天多时间就返回栗寨。人这种动物

很矛盾的，在家时，都想好好出来逛逛，世界这么大，光待在家里多么无聊，大丈夫四海为家，一旦离开家，又觉得世界不过如此，时时刻刻又恋着家。栗红章在家时，觉得离开家、离开杨小桃，就能逃避交作业的窘境，真的离开了，又觉得外边并不是久留之地。

北京真大，充满了新鲜和陌生，让所有人为之好奇，栗红章一行更不例外。他们对北京见闻的惊奇，没出火车站已经开始了，他们竟然多次异口同声地发出惊叹，多次得到鄙视的目光和善意的制止。"这里要讲公德！""这是首都北京！"弄得他们很不好意思又十分憋屈，禁不住升腾出美好的乡愁。然而，眨眼工夫，他们又忘乎所以了。他们三人有共同语言，说起话来随便轻松，乡下人说话永远有底气，似乎旁若无人。他们习惯了大喊大叫的环境，高声喊人去干活儿，吵着闹着要待遇，吆喝自家的孩子，驱赶鸡鸭回窝，抽打牛羊入圈，动不动就发牢骚骂大街，声音再大，甚至架个小喇叭，只要不指名道姓，照样没人制止。这就是栗寨，空气中弥漫着无拘无束、自由涣散的味道。到了北京，栗红章他们忘了身处何处，依旧像在栗寨那样随便。在村里，村支书一言九鼎，可以让全村人立定、稍息，出了门，在三人团队中，栗红章依然是领导核心，只要他不认为不好，三人就都觉得没有问题，就照样肆无忌惮。

他们先是讨论到哪里寻找老首长，北京那么大，机关那么多，大街小巷那样稠密，找人像大海捞针一般。在家时，他们只是冲动，没有静下心来考虑这些问题，甚至脑子一热把北京当成了栗寨村，当成了北汝县城，觉得打听一个人应该没问题，尤其是赫赫有名的大首长。到了节骨眼上，他们都发现了自己的粗心。栗孟春没有发言，皱着眉头，一会儿突然眼睛一亮说："据说大领导们都住在天安门以北，从一个什么门进去，表面看去是国家机关，其实里面就是大干部们的家。"

栗章锁跟栗孟春开玩笑说，咱们去找老首长，会不会人家把咱赶出来，说不认识什么栗孟春。栗孟春说，不可能，老首长平易近人，当年待手下比子女还亲呢。他们从长安街西往东走着，一路上谈笑风生，让路人都十分羡慕，有几个人紧随着他们，似乎怕听不到他们聊天似的。这种情况更滋长了他们瞎吹乱侃的兴趣。栗章锁平时就表现得"小聪明"，村里的逸闻趣事就爱收集，然后经他一编一改，就流传得颇有味道。他问栗孟春大首长是否打仗之余，和许多女兵都有故事？一向老实的栗孟春真的被问得压力倍增，说实话那时候领导形象都很高大，

没有什么闲言碎语，于是就说，我反正真的没见过，真奇怪，人闲着无事，总是爱说男女方面的事，我不打听也没见过。栗红章这会儿没心情打听这事，他在想万一找不到老首长的家怎么办？找到了人家不让进门怎么办？进了门说些什么呢？

说话间到了那个八字敞开的大门口，这里华丽的大门上，漆像刚刷过的，大门两旁的墙上工工整整地写着标语，两位威武的哨兵一动不动地站在那里。这时，正好有两辆黑色的轿车驶入，顷刻又有一辆白色的轿车驶出，没有一个行人。栗红章说，憨子到这里都知道进不去，这里是重要的机关，绝对不是家属院。栗孟春和栗章锁点点头，好像在这个庄严肃穆的地方，随便说话会亵渎什么神灵似的。

他们默默地绕过了这个大门，继续朝前边走。离他们不远的地方，依然是那两位听他们说话的人，简直像影子似的。栗红章心里想，这俩人如果好奇情有可原，若是特工，那他们就是有眼无珠了，几个农民笨手笨脚的，能办什么坏事？突然，栗章锁受惊了似地大声喊起来："啊——天安门、天安门！"路上正匆匆赶路的人，也被栗章锁的喊声惊呆了，禁不住停下脚步，把目光指向他们。栗红章很不好意思地看了看受惊的人们，然后责备栗章锁说，"大家都有眼睛，看见了别声张，大惊小怪让别人咋评价咱们！"天安门，雄伟壮丽，栗红章和栗章锁在电视上、书上、报纸上看到过，栗孟春以前虽然来过，仍陌生得跟从没见过一样，几十年了，年轻时的印象已经淡忘殆尽。出发前、路上曾信誓旦旦在天安门前照相的他们，此刻竟没一人提照相的事。或许大家都认为事办完之后再照，背着东西、掂着行李，照个相也不雅观。他们看到许多人都喜气洋洋的样子，举着相机咔嚓咔嚓地照着，十分诱人。也有人走过来拦住他们，那是广场照相服务部的工作人员，说："照一张吧，来北京一趟要留个影嘛。"栗红章说，拿着东西不方便，明天再照吧。那人不甘心，说这更自然、真实，更出效果。他们三个继续走自己的，步子还不断加快，用"先不照"三个字回绝了那人。过了天安门，一条小街让他们为之兴奋，这街叫南池子，车来人往，川流不息。栗红章想，弄不好这条街就是目的地，柳暗花明让他高兴起来。"叔，这条路？"栗红章问。"有点面熟，有点像！"栗孟春的表情告诉他俩，这地方似曾相识。栗红章说："孟春叔年纪大了，说话问路不方便，章锁年轻精神，多问问路。"他们继续顺着街往北走，凡遇到像家属院一类的大门口，特别是有军警站岗的地方，他们无

一漏过地打听询问。每次问路，总引起别人的警觉，都感到这三个人真怪，来北京找人，为什么连地址都不知道？

从中午到下午，又从下午到傍晚，他们并没有找到老首长的家。南池子这条枣红涂料粉刷的街道上，已经次第亮起了灯，那些匆匆赶路的小轿车的近光灯不时地照住他们。茫茫大城市，繁华北京城，真的给他们出了一道难题，他们悔恨自己的莽撞、唐突和幼稚，把这一趟想得过于简单。累了、饿了，那家"八旗面馆"的霓虹灯闪烁着，像不停招手似的，深深地诱惑了他们。栗红章说："再难的事情，不能为难自己，人是铁饭是钢，先进去吃点儿喝点儿，吃了饭铆足劲儿找！"他们走进了迎门墙上写着"请讲普通话"的八旗面馆。

一般人进了饭店都是要吃饭消费，店里的服务员都殷勤地接待，栗红章他们在北汝县各个饭店都会受到贵宾样的欢迎。这天，当他们背着粮食提着行李进来时，不仅没有人问候，还得到了一声喝斥："干什么的？"这个八旗饭店还真的看人下菜碟，不把外地人当客人啊。栗章锁先开口说："干什么的，噎哩！"习惯了把吃饭叫"噎"，就脱口而出，他并不知道北京的饭店里那时候并不知道"噎"的意思。的确，八旗饭店的服务员把这几个人来"噎"，当成了闹事，就反问你们"噎"什么。栗红章指示栗章锁说普通话，人家门口规定要讲普通话的。栗章锁就改口用南腔北调的话讲起来，放在往常，栗寨村有外地人来访，栗章锁真的能应付几句，村里人还说他的普通话洋气、地道。可到了普通话的发源地，栗章锁反而张口结舌了，说出来的话比打战还别扭。人家姑娘问他们"噎"什么，他回答"馍馍"，又说"米米"也行。问话人本身带有成见，听到栗章锁要"摸摸"、"蜜蜜"，就立马向老板报告说，有几个流氓闹事。一会儿工夫，老板来了，还带来几位穿制服的人。他们不分青红皂白，就把三个人推推搡搡地弄上了一辆汽车。栗红章急了，问为什么要抓人，我们只是来"噎"的，又不是闹事的！老板更恼火了，说前几天还来了几个醉汉，把我的店"噎"得乱七八糟。

他们被带到了派出所，才知道马上要开大型会议，对胡言乱语者、衣衫不整者严格审查。看了他们的身份证，又让他们交代进京目的，之后，民警开始打电话与北汝县公安局联系。长途电话打了几个小时，或者他们太忙了，一个又一个电话竟没有北汝的。栗红章他们三人在饥饿、寒冷中一个个少气没力地睡着了。天快亮的时候，民警联系上了北汝县警方。这时，三个人相继冻醒了，都静静地

关注着电话。黎明时分，繁华喧闹的北京也寂静下来，民警使用免提讲的话，双方的对话内容十分清晰。京方民警告诉北汝方："你们县有三个人到北京的饭店里寻衅滋事，语言粗俗下流，我们把他们带到派出所审查了。他们的身份证号分别是××××××。"北汝县警方义愤填膺，干脆利落地回复说："对这种人不能心慈手软，你们先'嘚'，等回来我们再狠狠地'嘚'他们。"

北京的派出所民警被逗乐了，放了电话，语气亲切了许多，问栗红章他们，"在你们北汝县，是不是习惯用'嘚'字，它是不是一个多功能动词，比如吃饭、玩耍、打人都叫'嘚'？"三人异口同声地说是啊，没错。

闹了场误会，坏事变成了好事，他们和这位民警交上了朋友。还诚心邀请民警及家人到北汝做客，洗温泉、看怪坡、逛寺院、赏汝瓷、吃粉皮、喝羊肉汤……他们忘了饥饿、寒冷，也忘了刚刚经历的羞辱，兴高采烈地介绍着家乡的名胜古迹、风土人情。

这位民警很好，说自己的父亲在北京市民政部门工作，他随后帮忙把土特产品送到首长家，只让栗章锁代替栗孟春写了封问候老首长的信，留下准确的通信地址。民警告诉他们，种种原因，老首长的住处并不好找，还是返回吧，事情他一定办妥。民警清点了他们的土特产，还写了一张收到条子，说有问题他负责到底。

这也算是最好的办法了。天亮时，三个人轻松愉快地出了派出所，南池子的街道上车还不多，有不少跑步的老人，穿得很单薄，却满头大汗。

天安门广场上挤满了人，他们等待着升国旗的庄严时刻。而他们三人，心照不宣地把看升国旗的时间寄托到下次进京。

栗红章此时心潮澎湃，告诉他俩，等栗寨村经济发展好了，村子富了，一定带着村里的人来北京看升国旗，吃北京烤鸭。

十 七

栗红章四天后从北京回到栗寨时，竟然产生了一些很奇怪的念想。他觉得年后的栗寨很清新，这里的人们很亲切，并不是"草色遥看近却无"的气息，而是从陌生、冷漠都市的体验中倍感乡愁的美好，就连进到自己家，见到妻子杨小桃，也觉得她变了，比几天前美丽可爱了。

杨小桃理了发，头发朝几个方向蓬勃向上，十分夸张，那是农村人所谓的爆炸头。这种发型前几年在城市里很流行，后来又登陆县城，实际上杨小桃做成这种发型时，在城镇已经过时，而栗寨人则惊叹着小桃的头发洋气。栗红章回家看见杨小桃的第一眼，就觉得清新靓丽，洋气大方，就像一个看见新成熟桃子的人，禁不住口水泉涌了。这个时候，栗红章似乎忘却了新婚那天的羞辱，淡化了已逝岁月中杨小桃的遭遇，甚至把荣辱得失毁誉都抛到了九霄云外。他似乎轻快了许多，如释重负般地挺进到了全新的领地，领地很开阔，书写着许多幸福快乐等字样，最打动他心扉的是冥冥中的那副楹联：退一步海阔天空，让三分路通道平。他觉得从结婚那天起，自己所想的做的都过于偏执，那种冷战的做法无疑像拿一把小刀在凌迟无辜的妻子，太对不住杨小桃了。顷刻，他内心深处涌动着负罪感，愧疚使他产生着对杨小桃新的爱怜。他开始产生着怪怪的想法，这种想法又让血管里的血不停地加热。这种加热过程，他曾经多次出现过，一天前在北京的那家旅馆，面对那位素不相识的女人，就有过。是治安联防队的出现，才遏止了这个过程，才让他几乎沸腾的血又冷却下来。他们由于钱的问题，住进那家惠安招待所，是手里拿了一沓子住宿卡片的女人在广场的路灯下瞄住了他们，介绍说惠安招待所是一家既优惠又安全的旅馆，说三位想一想，祖国的首都北京，是一个倡导"五讲四美三热爱"的地方，最重视诚信，因此请放心入住，这招待

所敢与同等旅馆比优惠，敢于同等优惠的旅馆比价格。他们动摇了，原本坐在候车室过夜的念头，被这位拉客的女人瓦解了。他们神使鬼差地跟着这女人，像温驯的老山羊，踏进了惠安招待所。三个人住进了楼顶临时搭建的油毡简易房里，确实不贵，三人六十元一宿，两张双层床，被褥属于谈不上洁净也说不上肮脏的那种。这是在三楼顶又加盖了半层六间单面房，其他五间已经住上人，而且橙黄的电灯光下窗口偶尔还晃动着人影。楼顶本来是七间的，仅盖了六间，另一间空了出来，通了水龙头，摆放了一个洗刷池，洗刷池的右边有一个低矮的池子，虽然是寒冷的季节，但依旧有呛鼻的腥臊味飘出。这里应该就是所谓的卫生间了。栗红章心想，这楼顶的客房比栗寨的猪圈鸡窝也高级不了多少，但他又不便说出来，那两位都是跟着书记闯荡的，吃不好住不好，那是领导的无能啊。栗寨人出门住不起旅店的例子多了，他们就用好店一宿来自我安慰。栗红章也用这句话为自己解嘲，好在老红军栗孟春对待遇没有过多讲究，就都迎合着村支书，说蛮好的，比在火车站里干坐硬熬好几百倍。好像习惯了那种熬夜日子，他们九点钟熄了灯就是睡不着，睡不着就东拉西扯地聊天，兴奋了就哈哈笑个不停，几次惊动了左邻右舍的旅客，他们虽然没有说什么，但使劲儿地敲击木板墙的举动，足以显示了他们的不满。这种隔墙只能起遮羞避风作用，对声音一点儿办法也没有。其实隔壁警告栗寨三个人说话影响了他们，而他们打呼噜、咬牙、放屁的声音，又何尝不影响别人呢？特别是左边那间房里，有个人和他女伴同居一室，九点刚过就做起那事，女人不高雅地发着声，那种节奏让栗红章他们不能不触景生情，随之兴奋不已。栗红章觉得这天夜里是他人生中最奇怪的夜晚，不知道是睡梦还是清醒，反正是在脑子和心脏的翻江倒海中，打发着虚幻和企盼中的时间。环境渐渐地安静下来，脑子里乱麻一样的栗红章，被一阵敲击过后的叫嚷惊动了。接着有人在呼喊，请各位醒一醒，接受检查啦！在男子严厉的呼喊声里，惠安招待所里嘈杂一片，有些接近农村的傍晚，羊群回圈，鸡鸭上架，乱哄哄的没有了节制。待有人敲击栗红章三人住室时，左右两旁房间已经空了，折腾最凶的房间此刻最沉寂。栗红章他们三人也被带到了楼下一间较大的房间里，在这里他们见到了那位介绍他们入住的女人。这女人介绍他们入住后，还专门带着两位服务员来过，问他们需要不需要服务，还说了几个项目。栗红章看了一眼栗孟春，见他躺在床上面朝墙壁，丝毫不为所动的姿态，又看了一眼会计栗章锁，那是一副既好奇又期待的表情。栗红章是党支部书记，绝对不可以带着村民出来伤风败俗，

又是在首都北京，别说手中没钱，就是有钱也不能带这个头啊。他在有贼心没贼
胆的纠结中，坚决拒绝了这几个女人。那女的很生气，骂他们耽误了事，还骂栗
红章不是男人：出门不玩女人装什么假正经。过后，当隔壁房间发出男欢女爱声
音时，栗红章他们也随之受到感染，但万没想到拒绝那些女人竟是正确选择。大
厅中间蹲着五个男人和三个女人，女的都用双手捂着脸，似乎怕别人认出了她
们。那五个男子挺有意思，像死猪不怕开水烫，每人都噙着一支烟，不时地猛
吸一口然后吐出一团灯光下呈灰色的烟雾，流露出一种曾经沧海的沉着表情。那
些穿着治安员服装的人，当众轮流盘问着每一个人，显然是不让一个卖淫嫖娼者
蒙混过关。栗红章突然明白过来，那些女人们实际跟这些治安人员是一伙，女人
勾引人上钩，男治安人员来收鱼。他不禁心里惊了一下，抽搐得相当厉害。大约
过了三十多分钟，他们在接受了这些治安员的教育之后，由于没有什么问题，就
让回到各自的房间。据隔壁那些之后才回房的人说："真他妈晦气，今晚花的
钱可以到五星级饭店睡一晚上了！"栗红章没住过五星级饭店，但知道那里房价很
高，一小张床一晚上最少要掏五百元。虽然躺在床上，虽然这里已恢复了安静，
但栗红章却没有一点儿睡意。他听到村会计栗章锁不停地翻身，床吱吱咯咯地响
着。栗红章把这天发生的事情过电影一样播放了一遍又一遍，尤其是那位道貌岸
然的治安员的话，真的"振聋发聩"："你们这些人，没一点良心，家有老婆，
她们因为你们出门在外而牵肠挂肚、带孩子看家门、伺候老人还得干家务，可你
们出门还不安生，采野花摘野果，偷吃腥味。坏良心啊！"栗红章心里明白，这
年头做坏事的总是装得很正经，弄住的则大多是上当受骗者，自己只差那么一点
儿呀。那晚上，老红军栗孟春说了几句话，也很使他上心，这个一向老实忠厚的
人，竟说了他想象不到的话。栗孟春说："好多男人思想犯浑，出门胡弄，你想
想，花着钱玩女人，那些女人有几个干净？哪个不是公共汽车，不停地有人上
下，脏着呢，不定身上染有啥病，传染上了一辈子也治不好！再说，她们打扮得
妖冶，像鬼一样夜间行动，长相根本说不上美。男女既然成为夫妻，就应该互相
尊重，相互忠诚，妻子再丑也比公共汽车一样的女人漂亮，起码净板得多！好多
男人不知足，这山望着那山高，吃着碗里看着锅里。唉——"想着这些话，栗红
章很惭愧，他觉得自己脑子出了问题，愧对了杨小桃。于是，他设计了好几套方
案，一定从回家起，和杨小桃过真正的夫妻生活。不能再让她受冷落，不能再像
那些刚打过恶仗的国家，战后又进入漫长的冷战。

　　杨小桃好像早已适应了栗红章的冷漠，该做的事情不言不语地做着，对于栗红章的从北京回来，并没有表现出多少热情和喜悦，对栗红章突如其来的殷勤，却保持着一种警觉和疑惑。自结婚以来，他们并没有多少默契，不像有些年轻夫妇，随便说点啥事就发出信号并做出回应，最没文化的女人也会对在街头聊天的男人说，"你可别忘了吃小锅饭啊"，"该给车子打气了。"如果硬找栗红章和杨小桃的暗号，那只有一种，就是讲栗寨那对夫妻对孩子说，我们是在治病的这个典故。有几次，杨小桃对栗红章说，她打听到"治病"那对夫妻的真名真姓了。而每逢这种情况下，栗红章总是表现得不屑一顾，或者批评杨小桃没意思，弄得杨小桃毫无面子、羞愧难当。面子对于人有时候比生命还金贵，死要面子活受罪，就是说宁可死、宁可受罪，也要维护面子，哪怕面子可怜得并不值得用生命来换。杨小桃被深深地刺激着，这种刺激可能终生也难以消失。栗红章或许没有伤害或打击杨小桃的原意，只是为了避免那种"作业"而措辞不当、防卫过度。本来在其他家庭不成问题的事情，偏偏在这对爱得发疯过，后来面子受到羞辱的夫妻那里，变得难以谅解。北京归来的晚上，栗红章实在找不到更合适的话题作为切口，就只好说那对夫妻干那事惊动了小孩，解释说他们在治病，这是发生在栗寨的真事。这本来是他们之间心照不宣、心知肚明的暗示，这天却发生了比战争更为严重的结果。

　　当栗红章心潮澎湃地坐在杨小桃旁边，喜笑颜开地说他要讲一个原装全盘的"治病"故事时，杨小桃却冰冷地问："今天是咋回事，太阳为啥从西边出来了？"栗红章说："今天老天高兴，把晚霞当朝霞了，你不是刚看过琼瑶的《彩霞满天》嘛，我就有彩霞满天那股劲儿！"杨小桃见栗红章开始接近她，先是用手推了他一把，后是往床里边挪挪身体，好像在躲避一个发烧的禽流感患者。栗红章想，往常我当了一名怕学习的坏学生，每天都在回避着不交作业，好不容易学好了，想变成热爱学习的好学生，可老师却拒绝收作业，这多么像一盆冷水欲浇灭一团热火！栗红章不太乐意了，假嗔地说："抬举你了，别放着排场不排场！"杨小桃轻蔑地看着栗红章说："嘿，栗红章是在施舍，是在发放救济款啊！告诉你，杨小桃可不是五保户，也不是贫困户！"栗红章觉得杨小桃太过分，当然不能放纵她，大男子的做派就表露了再来："我也不是国库、粮站，救济不了谁。再说前三十年自给自足过得很好，后三十年自产自销也不是不能过！""好啊，本姑娘前二十四年能洁身自好，后二十四年也能独善其身。任何

侵略者都是纸老虎,发啥飙!"到了这个火候,两人如果有一人退让一步,或许就相安无事。可为了男人的面子,栗红章有些像恼羞成怒的狗熊,吼了起来。"你洁身自好,恬不知耻,我恶心!""栗红章,我告诉你,你损谁都行,损我就不行,本姑娘不是低贱之人,你恶心我,我还恶心你呢!土得像钻地里的蚯蚓,以后咱谁也别理谁!"这时,栗红章脑子里又放了电影,新婚那天王梅一帮人闹场,喝喜酒晚上村里人的议论,以及梦见一个富家姑娘喜欢上他,这些细节都浮上屏幕。他说:"杨小桃,我宁肯吃烂杏,也不啃鲜桃。记住了,我会有出头之日的,太阳会照上我家大门!"杨小桃根本不示弱,说:"我相信,我支持,我成全!"栗红章的心好像被呼啸而来的机枪子弹射中,在杨小桃那种冷漠的排句之后,感到自己受到了有生以来最致命的伤害。他选好了自己今后夜间宿营之地,或许永远避免了交作业的那份负担,同时也相信好强的杨小桃再不会勉其所难了。他没有再说什么,只是在心里发了一个誓,就拉起一条被子,躺进沙发里。

十 八

　　那年的正月十二,栗红章拥有了人生以来第一件奢侈品,那是一部真正属于自己的摩托罗拉手机,人们都惊喜地称"大哥大",那是他从北京回栗寨的第二天,也是受邀参加山北乡经济发展大会的前一天购买的。栗红章开始与杨小桃开展真正意义上的冷战后,思想上就萌生了要出人头地的念头。这种念头也是他和两个南方人接触中,潜移默化传染上的。第一个男方人是浙江苍南的,栗红章那年还在部队管理伙食,苍南那个年轻小伙子因为提供海鲜产品而来到部队。那小伙子长得矮小瘦弱,皮肤黝黑,然而就是因为西装革履,就让人产生了好感。特别是第一次做生意,他说看到队伍上的官和兵那么直爽,就想即

使亏本，也要把最好的海产品便宜价给部队。此外，他还通过栗红章给团里的所有干部每人一箱墨鱼干。栗红章算了笔账，按照当时海产品的市价，这小伙子至少要赔进去千把元。然而，做了亏本买卖的浙江苍南小伙子，没有丝毫的沮丧，相反临走时还满面春风地送给栗红章一块东方双狮手表、一双温州皮鞋和一张名片：浙江苍南工贸有限公司经理金永盛……他们从此成了朋友，金永盛每次到这座城市来，都会有转变展示给他。通过那张名片，几年来部队上购买了他大量的海鲜品、对讲机等物品。栗红章还把他介绍给了地方上的朋友。金永盛是精明的生意人，十分像活跃在松林里的小松鼠，攀高登低、无所不至地到处奔忙。金永盛作为地方教育局局长的朋友，也是海鲜牵的线，每到一所学校都推销质优价廉的作业本，那时一本学生作业本两毛钱，金永盛卖给学校只要七分钱，但只是签订合同，一月后供货付款。所有的学校校长都支持签合同，他们以七分钱的价格签十万本，每本挣一毛钱，那么轻松挣到万元，同时又向学生提供了便宜的作业本。金永盛签过合同后，就让那些晕乎乎的校长们买海鲜，说是给教职工搞福利。至于日后作业本的事情怎么落实暂且不说，仅卖海鲜这一项足足让金永盛盆满钵溢。日子久了，栗红章和金永盛无话不谈。金永盛告诉他，第一次来部队做生意，本钱全是借的，就连那身西装都是借朋友的。金永盛说，一个人要想做成大事，包装十分重要，这社会都看人下菜碟，你如果打扮贫穷，谁还敢和你打交道？难怪金永盛脖子里挂着拴狗链一样的金项链，大把大把地花钱，手表换一块又一块。栗红章曾假设自己有朝一日做生意，也学着金永盛。另一个人是在广州通往湛江的火车上认识的，那人叫洪惠州，是做电子生意的。那天，栗红章玩了一次大方，登上那列车，认准座位号，就学着金永盛的样子，把一包烟和一个打火机放在茶几上，然后取出一张《羊城晚报》煞有介事地读起来。他坚信此时的栗红章，够酷够派头的，茶几上放的烟是部队所在地最流行的"国色天香"牌香烟。当时有两种香烟很流行，一种叫"汝河大桥"，另一种就叫"国色天香"，汝河大桥较次，但吸者甚众，国色天香就比较上档次了，县级干部通常吸的就是这种。栗红章为了减少开支，通常两种烟都带，自己一般情况只抽汝河大桥，国色天香就一定要派上用场。坐上火车，他觉得正是显示档次的时候，国色天香往那里一放，相信人们一定会对他刮目相看。那份报纸是他在候车室捡的，一般时候他不读报，没有养成阅读习惯。捡张报纸是为了以备所需，比如铺地上坐坐总比坐水泥地板文

雅。他读着报纸上关于汽车的广告，目光不自觉地转移到对面那个男人身上。这是个风格与金永盛完全不同的小伙子，二十岁左右的样子，皮肤细白的脸上泛着轻淡的红润，他微笑着看着窗外，似乎对站台上的事物有浓厚的兴趣，一看就知道这是一个聪明的青年人。列车离开广州站，车内的音乐响起，之后又传来列车播音员亲切甜润的提示，告诉旅客前方的站名。栗红章放下报纸，不约而同地和那青年交换了目光，并点头问候。那人递过一张名片，算是做了详细介绍。栗红章拿起"国色天香"用手指从烟盒底部一弹，一支过滤嘴烟便露出一截，这是一种既卫生又礼貌的递烟方式。洪惠州笑着点了点头，说了声"谢谢"，就抽出了那支烟，很老练地点燃抽了起来，表现尤其优雅。本来栗红章没有烟瘾，吸烟只是一种故作姿态。他也点燃一支，接着就与洪惠州交流起香烟文化来。洪惠州抽烟的动作很斯文，不像有些烟民或者猛吸或者长长地吸一大口，然后吐出一团青中泛白的烟雾，让人怀疑他们嗜烟上瘾。只见他轻而匀地吸着，像品茶一般，边品边思索着，之后把烟从嘴里拿开，把烟灰弹进那只烟灰缸里。十多分钟后，他们都把烟蒂放进缸里，继续聊着对烟的感觉。当栗红章津津乐道地颂扬"国色天香"时，洪惠州拿出了一包万宝路让他抽。栗红章平生第一次抽这种烟，烟丝黄黑而不腻。他做出一副老烟民的模样，使劲儿抽起来。有些壮，北方人说劲儿大，栗红章禁不住咳起来。而洪惠州同样抽着，并没有不适的表现，他安慰着栗红章，说他刚开始抽这种烟时，也觉得不舒服，吸一段时间就轻松接受了。洪惠州说三个五、云斯顿、希尔顿、南洋双喜都是这个味儿，感觉很壮，但焦油含量并不高，只是给人一种威严的印象。栗红章开始厌恶洪惠州的口若悬河了，天南地北的卷烟厂，卷烟的原料和配方，他好像都了如指掌。因为自己见识少的原因，栗红章不愿在公共场所让人瞧不起，如果换在熟人多的地方，他一定会寻找个理由来驳斥一下洪惠州，但在这举目无亲的车厢里，他懒得去招惹洪惠州，他再优秀，又损害不了自己啊。栗红章身上带有浓重的栗寨意识，虽然栗寨闭塞，但他们从不承认自己的孤陋寡闻，相反，他们吹毛求疵地找到外面人的缺点和毛病，经过发酵和夸张，宣扬人家不如自己。那年北汝县标准件厂的总工孟宪河来栗寨劳动锻炼，人家是哈工大的毕业生，栗寨人就考试人家，叫人家背诵《愚公移山》，孟宪河不能完整地背下来，就被栗寨人讽刺为知识不多的人，从此根本瞧不起他。栗红章很想过上受人尊重的生活，时时处处地希望人们对他高看一眼厚爱一层，因此对那些

压他风头的人总是抵触，并找理由降低人家而抬高自己。这方面，似乎受到了栗寨狭窄文化熏陶，或者说青出于蓝而胜于蓝。洪惠州说到三五、红双喜香烟是在海上生产，轮船里安装有卷烟生产线，合同签订后，送货船启航时还是原料，到了目的地，一箱箱的卷烟就造好了。栗红章听得津津有味，像幼儿园的小朋友听阿姨讲故事。为了显示自己并不迷信，并不容易上当中毒，几次想打断他的话，提问几个问题。由于洪惠州语言太连贯了，没有给栗红章钻牛角尖的机会。末了，栗红章云天雾地地编了一个烟库的谎话。他发现好多个座位上的人都被洪惠州的见多识广吸引了，这个场合，洪惠州就像太阳，他栗红章大不了能算上一颗月亮。他不甘心，就说他们栗寨是一个战略要地，战争年代皮司令的司令部就在他们村，村西边有一座特大型的仓库，里边存放着几十种香烟，大多是国外品牌，英国、美国、古巴、索马里、印度等国的最多，南洋兄弟公司的也有，其实这里存的烟中，一部分是地下卷烟厂生产的，以假充真、以次充好，都卖给外地了。我们村西的山洞都是当年备战备荒时修的军事设施，后来废弃了，有人就在这里秘密生产卷烟。卷烟的烟叶选用十几个地区的，云贵高原的、中越边境的，云贵的烟叶显橙黄色、中越边境的橙朱色，生产外烟多用中越边境的烟叶。栗红章的一番胡抢乱侃，收到了很大效果，原来把洪惠州看作太阳的人，一下子又转换了态度，把栗红章看成了研究香烟文化的真正专家。其实，栗红章知道的鸡零狗碎的常识，是听乡烟站的人无意中说出来的。从香烟消费又聊到消费观念，洪惠州的一番话，让他十分佩服。短暂的兴奋之后，栗红章又陷入那种"月亮"状态。洪惠州说，珠三角一带，或者岭南大部分地区，一般买东西都讲究品质，并不在乎价格，因此在我们这里假货、劣质货基本没有市场，大众对假冒产品的制售者恨之入骨，谁家发现伪劣东西，很可能马上就倒闭掉了。我到过北方有些地区，那里的人不讲究品质，倒是很看重牌子，好牌子多数是作为礼品送人的，收礼的人一般只看牌子，这就给造假售假者可钻的空子。慢慢就形成了恶性循环，而且扩展到更多产品。有的一条商业街，家家卖两种东西，真的和假的。店老板看到有人进店，开口就问要贵的还是要贱的，是自己用还是送礼？假酒案、假烟案、假药案在我们这里很少发生，多发生在那些中西部地区。我们这里的人舍得花钱，理念就是今天消费一万元，明天进账一万五，能花能挣才算本事，我们爱唱那首歌，《爱拼才会赢》！洪惠州很兴奋，聊起喝早茶时，对栗红章说，有机会到广州，我请你喝

茶，花明楼、粤明苑、越秀宫都不错，挺有名。那次，栗红章像是进修了一门经济学课程，觉得自己的境界有了提升。

多少年过去了，金永盛、洪惠州一直像茫茫大海里的航标灯，在遇到困惑、迷失、十字口的情况时，他俩都会提醒他。他们活得潇洒、神气、受人尊重，很有地位。金永盛在歌厅里最拿手两首歌《擦干吧，伤心的泪》、《敢问路在何方》，洪惠州说他们都爱唱《爱拼才会赢》。南方这两位偶遇的人，给他的是积极、勇气和正能量；而转业回到山南乡栗寨，见的听的接触的，都像一缕缕细麻绳在束缚他，使他的心胸慢慢收窄。北京的受到冷落，杨小桃的冷战，刺激了他，无意间助燃了他那团即将熄灭的火苗。他面对杨小桃，在心里发了誓之后，想起了要冲破牢笼，要拼出个新自己，要走自己的路。他花了一万多块，买了一个直板的"大哥大"，又花了两千五，买了一个BP机。设想着皮带上挂个BP机，手里握个卡丹路大哥大包，BP机一响，拿手机拨号后说："您好！"那将是另一方洞天！

西装革履，手机BP机卡丹路包，高仓健发型，栗红章变了。一副不想过平淡日子的样子，他并不是做给杨小桃看的，理发的含义很简单，他一定要"从头开始"！杨小桃此刻并不是对立面，只是那些北汝县人的一员，他要走出栗寨走出北汝县。尽管不针对杨小桃，但实际情况却直接刺激了杨小桃。躲在家中看说明书，抠弄大哥大和BP机，发出铃声和提示音，能不让杨小桃第一个听到？杨小桃视而不见、听而不闻，反让栗红章十分尴尬。在栗寨村委会，为了引起众人注意，栗红章几次关机、开机，让BP机发出铃声。并没有人呼叫他，但他还是十分认真地查看着空白的屏幕，以引起别人的重视。很快，在散会以后，人们就围拢他，谈论起大哥大和BP机，每个人都表现出对栗红章的佩服和敬重。

十 九

　　栗红章心里总觉得栗孟春是颗福星，村里人对他的看法肯定不对。

　　栗寨村有两个人在村里、在家里地位都很低，尤其在家，包产到户以后，家里最脏最累的活儿由他们干，有什么差错还要归罪他们，可能是习惯了这种逆来顺受的日子，他们似乎都没有怨言。两个人一个是反革命分子栗锁柱，新中国成立前干过土匪，跟着土匪头子当保镖，新中国成立后土匪头子被人民政府镇压了，据说保镖有立功表现就保住了性命。栗锁柱家门口左侧的砖墙上，白石灰糊了一块一尺见方的平面，上面用黑笔写了六条《守法公约》。无论谁走到栗寨很容易划清阶级阵线，很自觉地同这家的人划清界限。栗锁柱家里的人看到了这块石灰墙，特别是黑字，就像看见了阎王殿里的黑白无常。时间长了，栗锁柱的脸就仿佛是《守法公约》，那块《守法公约》也成了栗锁柱，令家里人禁不住厌烦。栗锁柱是个聪明人，有自知之明，他知道是自己的历史给家人带来了一连串的不幸和痛苦。儿女上学后，要讲出身；加入共青团，家庭社会关系要清白，这些都干扰了他们。更重要的是儿女们到了成家的年龄，一打听门口有《守法公约》，介绍对象只有开始就注定没有结果。儿女们恼怒他，心里骂着都因为这老家伙的问题，表面上也看不起他，希望哪次批斗会让人批死算了。栗锁柱后悔当初没有被人民政府枪毙，是他的聪明误了儿女们呀！新中国成立以后，他们干过土匪的人统统被关押在县政府后边那个小院里，县大队的解放军看守着。土匪过惯了无拘无束的生活，这个小院哪能关住他们的心。于是就有人串联着越狱，就看土匪头子的态度了。起初，土匪头子因为早就死心，就等哪一天上刑场了，表现得举棋不定，还是栗锁柱鼓动他下决心越狱，说越狱兴许可以保住不掉脑袋。就是在这种情况下，后院里才开始准备越狱，

而且做了十分周密的部署，时间、信号、声东击西、掩护年老体弱等都有预案。后院里的六十多号人，有些被称为老谋深算，有的被称作智多星，还有货真价实的军师，然而他们到死都不知道，偌大一场行动，科学周密的安排，竟被一个十七岁的小马仔出卖了。栗锁柱抓住一个机会，把后院要越狱的情况报告给了县大队。于是，经过上级特批，后院六十多号人提前执行死刑，有的本来有可能保住性命的，由于添加一条暴动越狱的罪行，都挨了枪子。而栗锁柱本来应该枪毙，由于他的立功行为，反而保住了脑袋，侥幸能活下来的只有他一个人。当年，想起这件事，他十分得意，认为自己是最聪明最有本事的人，既然没死，他决心顽强地活着。没想到，等儿女长大了，跟着他遭了那么多的罪，他认定这是一种报应。村里人待他的态度，与家里人对他的表情，真的让他产生了死的念头。这种时候，他仿佛能听到县政府后院里当年冤死者的嘲笑声，那些人依旧英姿飒爽，叫着他的名字说，小聪明，与其活得那么累，受着没完没了的罪，还不如跟随我们，做六尺雄鬼照样笑傲江湖。这种时候，他连死的勇气都没有了，到了那边，冤死的家伙们还不活剥了自己！于是，在夹缝中，也是在歧视下，他栗锁柱还是选择了活下去。

另一个是栗孟春。他是一个老红军，是一个全村公认的好人，当年想家的念头下，就离开了部队。那时还年轻，坚信自己靠双手能支撑起一个家，能让父母安享晚年。因此，对退伍金、对介绍信一类东西看得很淡，只有家乡才是他的追求。栗孟春的介绍信在途中丢了，丢得糊里糊涂，当时并不知道那是让地方适当安排工作的证件；也不知道有机会再补一张，后来的各种运动一波接一波，冲刷得他不再有其他想法。他在农村那种安逸、呆板的环境中生存着。一直到了后来，看到别人家的子女，千方百计钻窟窿打洞地托关系找门子，到县城里找工作，当个公家的人员十分光彩，栗孟春才后悔自己当年为什么那么傻、那么笨蛋。栗孟春这才想起自己的老红军身份，几十年过去了，他找到乡里，乡里又推到县里，县政府、县民政局的人口径一致，而且找不到毛病。人家说："你说你是老红军，你说你的首长还发表过文章《老山界》，你说孩子们课本上的《老山界》、《大雪山》、《金色的鱼钩》等你都经历过，我们信，但有什么证据呢。现在的社会，解放思想，广开言路，许多骗子乘机吹自己多么牛。当然，我们不怀疑你老栗，但怎么能说服大家呢？真假难辨时，你让我们相信谁？"栗孟春人老实，表现得很木讷，虽然没有当面和政府部门的人反驳，心里却充满了愤懑。

儿女们到了成家立业的年龄，家里贫困，又找不到工作，他们不认为自己努力不够，努力了也许考上大学、中专，工作问题照样可以解决，他们把没干上公职全怨父亲栗孟春，认为他的一念之差让本来可以在城市生活的一家人沦落到了贫穷落后的栗寨。栗孟春本来就是踏实本分、只干不说的那种人，任凭别人怎么小看他，他依旧我行我素，表现得十分无所谓的样子。真正把他当成老红军的人，那就是栗红章。

那次进京，虽然一事无成，但是自那以后，栗孟春仿佛阳光了许多。当年在长征途中的人和事，枪炮声仿佛在激励他振作，他也坚信被人看不起的日子很快就会结束。

栗寨人对栗红章、栗孟春、栗章锁的北京之行，本身就有很多微词。这次进京一趟无功而返，连首长的面都没见上，更让寨里人对栗孟春的人生产生疑问，不少人觉得什么老山界给首长牵马、爬雪山过草地、经六盘山战直罗镇，都是栗孟春编出来的，从而更对他不屑一顾了。过去，寨里的孩子们让栗孟春讲红军长征的故事，孩子家长们都很乐意，认为是在接受革命传统教育。自打他们三人北京返寨后，家长不仅不支持孩子们听栗孟春讲故事，还批评孩子们说，别听他瞎吹了，看他那种窝囊样子，像参加过长征的人吗？孩子们竟然回答，不像！

栗孟春从小离家，中年返故乡，在外地的几十年，说话夹杂着天南地北的味道，有人笑话他南腔北调，弄得他连话也不敢大大方方地讲，时间久了，人就显得十分木讷。寨上人很崇拜说普通话的人，不知什么原因都十分排斥栗孟春这种各地语音兼而有之的人。他们议论最多，并且达成共识的是：参加过长征，跟过大首长的人，一个个都灵活机敏，一个个都当了大官，要是真有那样的经历，栗孟春为什么在家戳牛屁股眼儿，说个话也不知主题是啥！

栗孟春心里给自己的人生总结了一句话，人生就像一盘棋，一步走错定全局！他要不思念故乡年老的父母，留在城里，栗寨人还敢这样小看他吗？家里人还敢这样排斥他吗？虽然心里很矛盾，但是，栗孟春从来没有后悔过，路是自己走的，走对走错是一念之间的事，况且人生几十年，呼呼啦啦就到了尽头，有啥可后悔的。

从北京回来后，家里人没吃一口北京烤鸭，连最便宜的北京果脯也没见到一颗，对栗孟春更加失望，农村人想的事情简单又纯朴、琐碎又天真。因此，他们

把栗孟春进京看成了一次博弈，可能会赢得全家人从此吃香喝辣，富贵荣华，最起码可以带回老首长赠送的礼品吧。这一切，都落了空，他们就开始把栗孟春当成一个输得家徒四壁的赌徒。乡里的中心小学请栗孟春讲长征故事，老婆却让他在家挖猪圈的粪土。争执一阵子，栗孟春终于到了学校，谁知正讲得神采飞扬，不知从哪里钻出来的栗孟春老婆，旋风一般地冲上讲台，拉住栗孟春脖子上的红领巾，像牵一只猴子那样把栗孟春拽了出来。这还不到底，老婆还边走边骂："这老笨蛋还出来瞎显摆，有你这样的红军吗？家里穷，孩子们没地位，一家人都窝在家里，难道想让学生们都学你这个窝囊蛋吗！"

栗孟春很生气，但咽了口唾沫，按捺住自己没有发火。

就是这一天，栗孟春收到了北京××信箱的来信，还有三百元的汇款。农村人收到邮品都是很间接的。邮递员不是送到收件人家里，即使挂号邮品也只是送到村部或代销店。栗寨村部有人值班，还有架在村部房顶上的四只高音喇叭，有什么事情，通过喇叭就解决问题了。这天的喇叭声格外响亮："栗孟春注意了，请你抓紧到大队来一趟（村和大队，在农村永远都是可以互相替代的，村民都很认可），北京的挂号信，北京的汇款单，不会写字要带上你的私章！"

响彻栗寨的播音，一直重复了五遍。全村人几乎都听到了，这个通知竟然像闪电一样突然，对栗孟春一家简直是喜从天降。

栗章锁深情地为栗孟春读信，激动得手都在抖动。

孟春同志：

近来可好？三十多年未见，十分想念，昔日的小栗子如今已过花甲之年，该称老栗了。我也年近古稀，头发差不多全白了，但起居正常、工作劲头不减，有句话说老牛自知夕阳短，不用扬鞭自奋蹄，有生的岁月还要加倍努力，用实际行动填补近十年造成的损失。你和村支书专程来京找我，令我感动，没有见上面，十分遗憾，期待有机会再相聚吧！

你们捎的农产品悉数收到，感谢之余我要批评你两句。咱们在艰苦卓绝的战争岁月相识，在革命的大家庭里相依为命、风雨同舟、同舟共济，咱们一块过老山界、爬雪山过草地，没有粮食时咱们吃草根树皮，最困难时把皮带皮鞋都煮了吃。还有那匹叫"闪电"的枣红马，那是你最喜欢的，你把它称为伙计，喂它遛它跟它说话，你从没打过骂过它，除了首长工作需要骑它外，你从不舍得让它驮

其他人。过了草地后，没有吃的时，有关会议上商量研究要杀掉马时，你哭了，后来居然和马一块儿失踪了。当找到你和马时，你不知道从哪个老百姓家弄来了两斤黄豆和三斤地瓜干。问你时，你说是借的；问借哪家的，你又说不出来。于是，你受了处分，还要你如数奉还这些东西。不拿群众一针一线是铁的纪律呀！"闪电"还是成了部队的食物，你当时哭得死去活来，眼睛红肿得像金鱼眼泡。历历往事记忆犹新，可歌可泣呀！老栗，经历了千辛万苦，咱们到了陕北，后来又夺取了全国的胜利。想想看，咱们能够取得胜利，能够战胜任何艰难险阻，靠的什么？靠革命意志、靠大公无私、靠铁的纪律。我现在的收入比你高很多，各种物资的供应都很充足。你来京拿东西送我，我怎能忍心收下，你们那地方比较闭塞落后，经济欠发达，但你那份好心我领受了。至于东西，我折算了钱已经寄给你，望对这一切谅解。

我告诉你一个好消息，今年的中央一号文件，主要是关于农业、农村、农民的，针对各地不同情况，因地制宜地提出了惠农措施，对粮食生产、畜牧业、农产品加工业、乡村办企业等，都有支持的意见。下一步，各地方政府还要提出具体的实施方案，望你们村干部要多学、多研究，从小事做起，一步一个脚印地去干，我相信你们栗寨一定能够致富的。

孟春同志，你还记得那个朱黎明吗？就是那个很调皮，总想偷着骑枣红马的那个警卫班长。他现在是中国农业银行一个分行的行长，我已经跟他沟通过，也把你的联系方式告诉了他。他还开玩笑说，当年小栗子不让他骑马，如今小栗子的忙坚决不帮。哈哈，我把他的地址、名片随信给你，有需要时联系他。

前几天，江西有几个老乡来京，讲了他们脱贫致富的计划，很实际的。你们栗寨有山有水，也可以从发展养殖业开始，土鸡的市场很好，且价钱也很划算。发展规模养殖需要一定的投资，你们可以利用政策的优惠措施，抓住机遇，或许比江西老乡发展得还要好。发展农业经济，一靠投入，二靠科技。只要项目好，投入方面你就赖住朱黎明，就像当年他赖着你要骑马一样，投入问题就可以迎刃而解。科技方面，国家正研究推出科技星火规划，那当然有些长远了。近期，你们需要什么科技服务，除了县上、乡里的服务外，尽管告诉我，我帮你们协调办理。

孟春，俗话说，树老根多，人老话多，给老战友写信就更是信口开河了。

欢迎你再次来北京，但给我记好了，来北京见我时千万不能带东西，否则我

不认你。明天还要到秦皇岛去，时间是早上七点。现在已是深夜，暂且先写这些吧，闲时再叙！

　　此致

敬礼！

老战友陆×于北京

一九九×年×月×日

　　中央首长和栗孟春真的是战友，这个消息像天大的喜讯一样，很快就从栗寨村山南乡传到了北汝县的领导机关。不仅如此，这则喜讯似乎还插有翅膀，不停地飞，从鹰山地区到省城机关，它似乎在告诉大家：栗寨这个地方不简单啊！

　　栗寨人从这天开始，不再认为栗孟春和栗锁柱是一样的人，栗孟春家人也开始转变态度，对他刮目相看了。

二 十

　　刘磙、刘碾按照老规矩，在离开家乡之前为父母乃至祖先们上坟祭祀，本来是一件极普通平常的事情，没有想到引起了刘王庄组和赵王庄行政村当官者的重视，要提高规格，成为行政村的一项活动，着实让二刘感激涕零。他们这趟回家乡省亲，领略到了老家人的厚道、热情，上坟祭祖的事更进一步证明了这一点。他们心里很宽慰，很温暖。

　　当这件事又引起山北乡政府高度重视后，原定的正月十七日的上坟祭祀，只能再择日进行了。这下完全打乱了刘磙、刘碾的行程安排，他们本来确定十七日上坟、十八日参加山南乡栗寨台湾工业园奠基仪式，之后就飞往海峡彼岸。他们

被老家人的热情震撼了，这种事放在台湾，才没人过问呢，你祭你的，关别人什么事？不要说地方乡镇，就连社区也没有人关心你的这些私事。他们知道，家乡的组、村、乡政府，是抬举他们，在百忙中派领导干部参加刘家的上坟祭祖活动，给了他们莫大的面子呀！虽然乡里把"刘家上坟祭祖活动"和"乡振兴农村经济动员大会"定在一天，比他们原定的日期推迟一天，他们不仅没有怨言，还十分感激地方政府的重视和捧场呢！

刘磜、刘碾不知道，山北乡政府之所以要参与刘家的私事，完全是事出有因。二刘是山北乡人，却要在山南乡建设"台湾工业园"，而山北乡为什么就坐看别人抢了先机呢！不说县领导批评山北乡领导干部见事迟、行动慢，就连他们自己，也感到脸上无光，这么好的机会为什么自己就没抓住呢，还口口声声走出去招商引资，商机来了自己干什么去了？从山南乡栗寨村建设"台湾工业园"的消息传出之日，乡党委、政府就给赵王庄村下了一道不成文的命令：对于二刘的各种活动，给予关心、支持、帮助，尽可能予以方便，千方百计感动他们，争取让他们开口为家乡经济建设和社会发展做点贡献。赵望州的做法，既是发自内心的原因，也有上级的意图，他必须和乡党委、政府保持高度一致。在赵望州向乡里汇报刘氏上坟祭祖的活动时，乡政府领导当即拍板承揽了这一活动，彻底让赵望州的计划落了空。

山北乡要参与刘氏家庭的活动，这让栗红章十分纠结，他埋怨两位叔外公太张扬，俗话说无利不起早，人家山北乡的领导是吃干饭的吗？人家在百忙中参加一个家庭活动，那是有想法的！栗红章和两位叔外公斗气，主要原因是担心他们答应在栗寨建设"台湾工业园"的事因此而受到影响。

事情的发展居然像一辆下陡坡而制动失灵的车辆，刘氏一家、一组、一村竟然完全控制不了局势，后来，连山北乡政府也只能成为旁观者了。正当山北乡党委、政府紧锣密鼓筹备"一祭一会"时，接到了县委的通知，县领导杨柳声不仅要出席乡里的振兴经济动员大会，还要带队参与刘氏家族的祭祖上坟活动。县里打给乡政府的电话，强调了两层意思：一是虽然只派政协副主席参加会议和祭拜，但他代表的是县四大班子；二是刘氏二兄弟来自台湾，这些年发展得不错，有一定的实力，能为故乡的经济发展带来活力，要当成"一个中心两个基本点"的大事来对待。言外还批评了乡村两级对政策领会不到位，最起码的常识都不遵守，外事无小事，事事要请示，台胞回乡举办活动，理应提前向县领导部门汇报啊！

　　为此，乡里着了急，不是因为举行大会，大会有一定的程式化，首先传达上级会议精神，其次由乡长作上年工作总结和本年部署的报告，再次安排几个先进村组作典型发言，接下来宣读表彰决定并发奖，乡里经济困难，只能批发一些玻璃镜用红漆写上字作为奖品，最后乡党委书记讲话，主持人一般都宣布是作重要讲话。县里来领导了，就安排在最后作指示。这件事不用怎么准备，大不了给县政协副主席写一个应景性的讲话稿，肯定山北乡的成绩，表扬山北人的干劲，预祝山北乡新的一年再上新台阶。

　　为难的事就是刘氏的上坟祭祖，赵王庄村及刘王庄组这些年并不稳定，越级上访的事情常常发生，上级领导到基层检查工作，搞调查研究，山北乡一般都不安排刘王庄村，那群众呼啦一下都可以把领导的小车围得水泄不通，并且说话很不讲究，常常指着领导鼻尖大批官僚主义，激怒的上级绝不说赵王庄怎么不好，而是直接训斥乡党委书记，说你们山北乡不稳定，乡党委驾驭全局的能力差。作为乡一级的领导，他们辛辛苦苦为的啥？受到表扬、受到肯定，进入上级视线，日后就有机会进步。因此，长期以来，赵王庄大队也是乡党委心中的痛，换句话说是深深的忌讳。虽然到了刘氏上坟这种时候，村支部已经改选，围堵的问题明显少了，村民们开始把精力用在赚钱打工方面，不是惊天动地的大事，不是扒房卖地的事，几乎就组织不起来群众了。乡里现在最头痛的，还有上坟祭祖活动中领导的讲话稿，这次是祭文。县里领导很强调水平，而反映水平高低的硬件就是讲话，出门讲话相互攀比。你讲话有张有弛有抑扬顿挫，我也重视遣词造句排比夸张，你有掌声我也要有喝彩。于是，四大班子成员都不示弱，在讲话上精益求精，对讲稿严格要求。县政协副主席杨柳声尤为突出，过去当乡长、书记时，讲话虽然粗俗，虽然中心不突出，每逢讲话就忘了时间，滔滔不绝全是工作上的事，唯恐各村组理解不了而落实不力，但他是一把手，与会者不想听也得听，再烦也得忍耐，工农干部嘛。他自己有时也解嘲说，日他妈咱干事中，讲大道理不沾弦。后来到了县里，当了个人大副主任，乡里的那一套使不上，讲话要念讲稿，他不习惯，就脱稿，常常犯文不对题的毛病。因此，那年换届，有人提出他文化不高，讲话没水平，就因此被换了位置，人大常委会副主任变成政协副主席。他不服气，说谁水平高，念稿子谁不会，稿子写得好，自然就读得有掌声。北汝县人最爱引用的一句话，人贵有自知之明，恰恰用在杨柳声身上相反，他没有一点自知之明。当年念稿子，也闹出不少笑话，或许别人说他水平低就来

自这些。那年县人大会议上，主席团让杨柳声主持一个预备会，所谓预备会，其实跟正式会议差不多，只不过是与会人员中有人表决，有人旁观，列席人员一个不少。大会秘书组为了方便领导，把会议组织得更有声色，把主持词写得面面俱到。比如，在"各位代表"后面画个括号，里边填上（稍微停顿），意思很明确，让主持人稍停，然后再念。再比如在一段精彩的话之后，括号里写道："环顾四周，估计有掌声，待掌声停止再念。"面对四百多名人大代表，三百多政协委员和一百多县直单位列席人员。杨柳声副主任竟然把括号里的内容一字不落地念了出来，在庄严肃穆的大会上，引爆了一阵又一阵揶揄的笑声。会后，县委书记武钢生批评他，他埋怨工作人员画蛇添足，说"不用的话为什么要写在稿纸上？我这根本不算笑话，前几年有的领导把××县委稿纸都念了出来呢！"换岗之后，杨柳声在沉沦中冷静了许多，反思了自己的过去，从而面对每次会议上的讲话发言都慎重起来，决心让人们重新认识他。对于刘家上坟祭祖，他作为分管招商引资的副县级领导，在县委政府大员们外出考察的时候，县委武书记点名让他代表四大班子出席活动，当然要高度重视。给山北乡打电话，他的口气就硬邦邦的，电话那端是乡党委书记，不能不客气，说这次到山北乡参加"一会一祭"，都是县委书记亲自安排的，乡里在准备讲话稿和祭文时，一定要站在县委的高度，千万不能以对待一个政协副主席的态度准备呀！乡党委书记很客气，说山北乡党委政府一定站在全县的高度，以讲政治的态度，以发展经济的强度，认真对待杨主席的出席。杨柳声知道，党委书记们个个能说会道，应对各种事件的本领十分过硬，表态的话更是无可挑剔。尽管这样，他还是不放心，又让政协办公室打电话给山北乡政府，把"外事无小事，事事要请示，人人要重视"一番话讲给工作人员，强调说一定要不打折扣地转告给乡领导，末尾还一再表明，这是县委的意见。

乡党委、政府不敢怠慢，"一会一祭"活动是与上级保持一致的体现，活动举办的质量直接展现着驾驭全局的水平，别看它是一种形式，而形式也像人的脸面，两鬓苍苍十指黑和筚路蓝缕的人，永远没有高富帅感染力强。乡党委、政府以及下属站所、学校语文教师三十多号人，挑灯加班，针对这篇祭祖文稿，字斟句酌不说，还要考虑杨柳声主席的个人因素，大家都在心里抱怨着这事十分别扭，却又要装出心甘情愿的样子。好在，祭文已经有刘氏二兄弟的初稿，村委会安排人又弄个二稿，乡政府办公室在县里通知杨柳声主席参会前，已经形成了三

稿，只是角度还停留在乡级。要站在县级的高度，这在座的三十多人，还需要进一步润色。乡人武部部长是个转业军人，说话像开炮，他说这种会议就是拿大炮打蚊子，哪兴县领导为家庭上坟讲话，弄得很严肃的场面一下子笑声哄堂。第二天天亮时，稿子也随着"透明"了，恰好这时，杨柳声问祭文稿子的事，还说要给自己留时间修改、熟悉。他在官场没有白混，那种云天雾地的官腔，真的让乡里领导起鸡皮疙瘩，还修改呢！不过官腔之外，还真的有一条信息，杨柳声给山北乡的三级干部会增加了一项内容，那就是邀请山南乡栗寨村支部书记栗红章与会做经验介绍，当年杨柳声在山南乡任武装部部长时送走的栗红章。山北乡的书记、乡长在县三级干部会上见过栗红章，人家在会上发言，他们在下面听，当时他们就佩服这位发展农村经济的支部书记，盼望着有一天带着各村的支部书记、村主任到山南乡栗寨村参观取经。能把栗红章请来，他们求之不得，禁不住心里热乎乎的，觉得杨柳声这次还真的弄到点子上了。

二十一

在县委武钢生书记和风水先生"山北高人"的对比中，杨柳声倾向于信任"山北高人"。好多时候，杨柳声也扪心自问，自己是一名几十年党龄的党员，是无神论者，当年的入党申请书里曾明确表示，可为什么理想信念会发生动摇呢？是因为社会上非无产阶级思想的影响力、穿透力太强大，还是自身的免疫力、抵抗力下降了？总之，他已经习惯于遇事就找"山北高人"帮忙，遇到麻烦或困惑时，"山北高人"就成了支撑点和保护伞，起码，很多事实和自身的经历都告诉他，冥冥中有许多东西是难以解释的，有些被定为迷信的东西，恰恰关键时使人柳暗花明；有些很科学而明白着的东西，又常常使人进入误区，甚至落入陷阱。这种情况下，你固执地坚持，还是听信"高人"指点？杨柳声尽管交往

"山北高人"，但他表现得十分隐蔽，像电视剧里的地下工作者。

　　"一会一祭"活动确定在正月二十日，完全是采纳了"山北高人"的建言，"山北高人"说这天是招财童子诞生日。对"山北高人"的信任和依赖，杨柳声就像一位慢性病患者，从轻到重，一步步地发展到病入膏肓、无可救药的地步。按道理说，经历了破旧立新和"文化大革命"，人们对迷信那一套早已不那么相信，然而随着改革开放，人们的精神境界又有提高，况且我们的干部大多为无神论者，对时间安排应持科学态度，可是他们不知为什么却十分信任那些看相的、算命的术士。本来，杨柳声当过兵上过战场，对神啊鬼啊的根本不信，对那些靠看风水、看黄道吉日混饭的那些人不屑一顾。他在山南乡当武装部部长时，还因为在民主生活会上，批评乡党委书记搞封建迷信，不信科学信术士，逢事都选黄道吉日，还说三六九往上走，共产党员不应该这样。就因为他的批评党委书记的话，本来就不算什么大的意见，结果虽然乡党委书记没有明显的反常态度，对民主生活会上出现的情况淡定自若，但是得罪了乡党政班子十几号人，他们竟在一旁说杨柳声是脑子短路，神经出了毛病。军队转业干部的性格直爽、说话嘹亮、行动快捷，与地方上干部存在着明显的不同风格。他没有把换届前的民主生活会看重，或许是欠缺经验，再后来竟因班子杂音被驱逐出山南乡。那时，组织上对他不错，虽然换了地方，理由却不是因为团结问题，是工作需要，对他的评价是很有个性，能够胜任副书记岗位，他果然成了山北乡的党委副书记。由于山北乡已有两位副书记，乡党委书记分工会议上，把政法信访这一块交给他。在这里，杨柳声觉得还算开心，虽然乡财政比山南乡差一点，但作为领导干部并没有少收入，谁都知道庙院再穷，穷不了方丈。他很快打消了那种顾虑，别人议论他从富乡到了穷乡，表面上升职了，实质上并不比原来的职务好多少，山南乡的干部容易进步，到了山北只有慢慢熬吧！杨柳声到了山北，很快就融进这片民风淳朴的环境里。只是这里的乡党委书记更迷信风水，凡出行、做事，无不选择黄道吉日。杨柳声并不是只会走直路的人，到了山北乡，不再说什么反对封建迷信一类的言论了。相反，有天一位名片上印着易学研究会副会长字样的人，很冒昧地闯进了他的办公室，进了门就"哼呀嗨哟"地发着感叹，说桌子摆放不对，床放的方向不行，连室内摆放的几盆鲜花也成了是非之物。放在往常，他一定会把这家伙赶出去，但这人已经声明他是书记于道宽的朋友，只是路过，顺便认识一下新来的杨书记，只能赔着笑脸点头称是。实际上，他心里早就骂开了，牛

鬼蛇神装腔作势，说东道西骗人钱财。突然间，他觉得自己几个月时间就换了个人似的，能看破红尘了，能包容了，他给了那人十元钱，还特地要了他的名片，称他为大师。杨柳声答应过几天找人把鲜花换掉，把桌子换个角度，把床掉个头。易经研究会的那个副会长走了，出了门又拐回来，说过几天再给杨书记看看官路上的事，说完才真正离开了。杨柳声一个人静坐时，觉得社会真像一个染坊，不管你初来时是什么颜色，但一进到这里边，不想变色也不容易。他又感叹社会的穿透力杀伤力，像他这样被人称为钢铁一样的家伙，竟能被射穿而负伤。同时，他又十分得意，相信由于易学研究会副会长的原因，乡党委书记于道宽从此会彻底改变对他的疑虑。杨柳声和乡政府各所站的接触中，发现山北乡的所站负责人很有意思，比如林业工作站长叫艾华林、野生动物保护站长郎八子、粮食管理所长庄满仓、水利站长马进水、农业站长董爱农、民政所长焦海峰、教育办主任谢江海、党办主任魏海潮、农机站长麦海波、卫生院长尚永健……个个好名字，人武部长常拥军、宣统委员张长号、组织委员董正义，似乎名字和职务都与生俱来。书记于道宽的名字也够威武，就是官路并不宽，在书记这个位置上干了八年，老是进不了上级的光圈。他在苦闷无助中，无意地在一次朋友聚会上认识了县易经研究会的副会长，听副会长如此这般地一番指点，似乎心胸豁然开朗。心中有秘密的人，表现出的一般是稳重和敬业，于道宽恪守副会长"守密"的教诲，选择恰当的机会，对乡七所八站的负责人做了调整，还对乡机关大院的布局做了整改，增设了花坛、蓄水池、假山，乡里以创建省级文明单位为由，目的是为机关干部职工增加工资收入，投入了、花钱了，大家心里还十分熨帖。《北汝晚报》为此还刊发了文章"树文明新形象、建花园式机关"，北汝电视台播出了专访于道宽的节目：鸟语花香春意闹，车水马龙创业潮。想不到易学研究会副会长的随意谋划，让山北乡这个死气沉沉的地方，一鸣惊人，成为北汝县精神文明建设的一个窗口，从此参观学习者接踵而至，不再沉默。杨柳声到山北乡的第二年春天，北汝县换届，于道宽众望所归地当上了副县长。那个乡长顺位晋升并没有奢望，听天由命地熬着。那位易学研究会副会长曾对杨柳声说，人的命运有一定的规律，当你兴旺发达时，无论什么力量都不可阻挡，当你气数不到时，眼看大功告成也可能功亏一篑。正当杨柳声看不惯易学副会长时，乡党委书记于道宽得到提拔、乡长接任书记，最让他自己惊喜的是，他在没动用一刀一枪的消极状态中，竟然当上了乡长。他是第三副书记，按惯例论资排辈，无论如何也轮不住

他当乡长，前边的那两个副书记就像两座大山，他难以逾越。但他幸运的是，第一副书记和第二副书记为了乡长的位置明争暗斗，结果一个文件调整到县直单位，这次应了那句俗话"下雨站在当院淋（轮）着了"。提拔了于道宽，紧跟着班子成员几乎人人受益。易经研究会副会长说，这主要是他的功劳。副会长在争了头功之后，马上谦虚地说，这都是祖国古代灿烂文化的功劳，当年文王拘而演周易，那是文化结晶啊。你看，具体到咱山北乡，多灵验啊。由于大家高兴，那天欢送于道宽时就专门安排了酒席，邀请了副会长做客。大家都开心，纷纷给副会长敬酒，每人三杯，一圈下来副会长起码半斤酒下肚。谁知说话口满的他，竟然经不起折腾，很快就进入了第三种境界。人们总结喝酒人有四种境界，第一种境界慎言少语，第二种豪言壮语，第三种胡言乱语，第四种不言不语。副会长口无遮拦，但三句话不离本行。大讲他的辉煌经历，开讲时，人员整齐，副会长讲了一个远在四川的事。有一次，他流浪一样地以看风水为幌子的游山玩水活动，无意中他在青羊宫为几个人看了相，还为他们家的风水布局做了调整，没想到一星期内他的名气就在成都市传开了。青羊宫烧香祷告的人不少，有些晋完香还寻找"山北高人"。那段时间的成都，疯传着"山北高人"的神奇。副会长醉眼迷离但语调高亢，旁若无人地说，有些人，你说黄河人，他不知道，你说北汝人，他会惊讶地问北汝是哪里；若说"山北高人"，他们会毫不含糊地说，知道知道，那可是算人命运指点风水的高手！副会长说，他一生就在成都的日子活得风光，几乎天天都有人请吃请喝。最风光的是那天他被请到了很大的一个部队招待所，远远望去这座大楼像一座山，为点式，五个角朝向四面八方。有个领导全家都住在这里，领导在一个位置上已经六年，再不升迁以后就可能没有机会了。他们让"山北高人"看看风水，如何才能使仕途更顺畅。进了家，才知道这绝不是一般人家，虽然住的是公房，但那层楼的一个角都归他们，而且还有人站岗。既然叫"山北高人"，到了这里就必须显示高人之处，否则他将在成都一天也待不下去，还要丢大人的。副会长很早就在意这座又高又大又另类的庞然大物，虽然四通八达，但也有与风水不协调的地方。进入这位大校家，他发现这里不仅摆设之物考究，而且布局也讲究条理，充满上扬之气，肯定是哪位术士早已指点过。干所谓易学这一行的，特别是风水先生，靠的是三寸不烂之舌和脑袋的快速应变能力，对自己的观点一般都能自圆其说。出于敬畏和礼貌，副会长简要评述了大校家的摆设、布局，说没有违反大的气场规则，可做一些个别调整。说着从帆布

大包里拿出罗盘仪和一本少皮缺页的黄书，罗盘仪放在大吊灯底下，书本捧在手里，煞有介事的样子让大校家里人感到神秘。接下来，副会长这个"山北高人"对着大校一屋人高谈阔论说，你居这座大楼威武，如泰岳撼而不动，但这个四通八达之地存在着设计上的不足，它过分强调西方文化中的显赫和大气，忽略了传统文化中的环境陪衬，冒犯了中国风水文化中的大忌。五条大道条条笔直，越直越像支支利箭，这叫万箭穿心之势。若不是主家有将军之福，冥冥中还有贵人相助，自身气场有拔箭之术，那么三年前就转业地方了。大校坐不住了，"山北高人"说到了他的心里，三年前不是出现抗灾和边防等事，他的确就转业了。"山北高人"知道自己已经开锯见末，便大放厥词起来。他让大校一家马上从这座大楼里搬走，保证来年春暖花开之时，大校将成为将军。大校及夫人喜上眉梢，不仅封个千元红包给"山北高人"，还把军大衣、绒衣、毛衣送了一包。

副会长脸很红，酒精正在发挥着作用，见一桌子领导干部都目不转睛看着他，钦佩地听他讲着"成都往事"。副会长从挂在椅子上的军大衣里取出半本印着×××部队的便笺，说这电话号码就是大校亲自写的，他次年春天果真当上了将军。这时，杨柳声才明白过来，天气马上转暖了，人们都脱了棉衣，可副会长还披着那件崭新军大衣，身上冒汗了也不脱下，原来这是一件"文物"和"名片"。

饭店里的客人大都离去了，连坐在一旁的服务员都开始接二连三地打起哈欠。副会长这才把话题转到了山北乡，他说山北乡领导的升迁，是他的法术发挥了作用。副会长真的是醉而不迷，话虽多但把握分寸。人多时他天南地北，人少了他开始书归正传。

山北乡几位升了职、换了合适岗位的班子成员，显然格外兴奋，尽管酒喝了不少，每个人都有些昏和飘了，但仍然没有离开的意思。他们都十分关心自己的事，都想知道副会长使用了什么法术，让过去死水一潭的山北乡班子，很快就变得欢畅奔流了。

副会长让服务员退下，说需要时随时喊她。服务员出去后，他又站在门口左顾右盼，之后掩上门，讲起他这次的辉煌。

他说，于道宽书记姓于，于者鱼也，于书记是"干沟鱼"，大家想想，干沟里怎么能生长大鱼呢？还于道宽呢，官路再宽、仕途再顺，犯毛病就是得不到重用，人的名字是父母给起的，上了户口咱改着不容易，等长大成人再改名字，免

不了别人撇嘴说闲话。办法呢，就是从意形声等方面改造、调整。于书记本来前三年那次就该当副县长了，正是这干沟鱼，无论如何就长不大，干沟里的泥鳅、麻虾成不了气候，更何况当官就是鲤鱼跳龙门。要让干沟鱼变成大鱼、变成鲸、变成龙，必须要让环境变成海、变成洋，最起码要有江河湖水。于书记该成就大事，他手下的海峰、江海、海潮、海波围绕在身边，别看他们仅管七所八站，但那可是四海啊！"四海养于（鱼）"，于书记能不升任副县长？在场者听得出副会长文化不深，讲的理论牵强附会，可于书记果然很快升迁了，而且还给在座的几人创造了机会，那副会长即便说得狗屁不是，那又有何妨呢？事实胜于雄辩呀！

说到山北乡机关大院的风水，副会长说，"天机不可泄露"，说得过多有些功力就会减弱，甚至还会彻底失灵。再说了，我说多了，言多有失，难免引起误会，隔行如隔山，不懂的人会说我喷壶，有文化的说我信口雌黄，有修养的会说我大放厥词。少说两句吧，机关院子原先的那块"进士石碑"断为两截，还被放在井坛上，我让人竖到新修的水池边，水如镜，天天照进士，那么就能"进而为仕"。原先的倒下的进士，只是被人脚踩的仕途……

那次，尽管副会长醉了酒，语无伦次，然而，他的一席话让人受启发、受益，起码杨柳声从此转变了对待"封建迷信"的态度。

光阴似箭，岁月如流，在斗转星移中，八九年光景就消逝了。杨柳声已经从乡党委书记晋升为县人大副主任，后又因故转换为政协副主席，有人说是平调，多数人说是暗降。有人议论说他讲话水平不高，杨柳声不服气，说他们知道个球！值得一提的是副会长这个"山北高人"已经离开山北乡，在北汝县城买了独院，建筑得如同庙院一般，他俨然方丈一样每天忙碌地接待着那些有愿相求的香客。副会长发达了，但在县内外仍被称为"山北高人"，只是过去走街串巷，陌生地方还要摆地摊，现在动辄就有小车接送。这应了北汝县最流行的话，"你筋斗翻得高也照样参加奥运会"，副会长像和面团用了发酵粉一样，迅速膨胀发达，成了北汝县乃至更大范围算命看风水的佼佼者，也是方术行业最显贵最富有的人。不过，副会长交了大官不忘小官，交了新朋友不忘老朋友。于道宽进了省城，还常为烦心事找副会长帮忙，这让业内方家羡慕之极。像杨柳声这些干部更是副会长家的常客，说是喝茶聊天，实为问卜前程或其他，虽说改革开放多年，算命看风水相当流行，但带干部二字，尤其是党员干部，仍相当的隐秘处之。虽

有小车，一般都停得很远，像要立牌坊的人们一样小心翼翼。

山北乡举办的"一会一祭"活动，人家定的日子是正月十九日，杨柳声同意并向县委武钢生书记汇报过的。改在正月二十日那是他请教"山北高人"后更正的。他向武钢生书记请示说，由于下边准备不充分，时间往后挪了一天。"山北高人"那天忙，他们聊得不多，给了他一张纸条，上面是会议时间和四句打油诗。"正月二十日，招财童子光临。"打油诗很通俗，"当初懵懂副县当，官运惨淡荧火光；而今时来运又转，乡村企业谱华章"。"山北高人"对他耳语一句，说华章内有玄机，千万不可泄露，否则将一事无成！他捉摸了一天一夜，文化不深，对打油诗的理解只限于字面。猛然间他脑子里像雷鸣前的闪电，心里也随之亮了一下，他想起了栗红章，难道"红章"不是带颜色的章吗？那"红章"肯定就是"华章"了。红章的背景，红章的台湾外公，还有妻舅，或许就是他的"四海养鱼"呢！

邀请栗红章参加山北乡的大会，安排他在会上传授经验，不仅在乡一级会议上别开生面，更重要的是让与会的村组长们开开眼界、长长见识。杨柳声心里也琢磨自己的华章，尽管面对人们的抱怨，说他一拖再拖乡里的活动时间，质疑说"三六九往上走"，多好的日子，为什么偏偏改在正月二十日这个平常的日子呢？

二十二

县委书记武钢生对山北乡变更"一会一祭"活动时间，心里很纠结。他最讨厌朝令夕改的作风，偌大一个会议，好几百人参加，随便推迟会议时间，造成的不良影响有时候并不好消除。特别是在他提出转变干部作风首先从转变会风抓起之后，再出现这种事情显得十分不严肃。这次，他虽然心里不得劲儿，但并没有

发火。他印象中，杨柳声这个人比较踏实，不是那种玩花样的人，再者，他自从抓了转变会风之后，"四大班子"个别领导似乎就不适应，虽然没有公开提什么意见，但那种消极的态度就足以证明一切。武钢生很清楚基层干部的实际，你放权给他们，就会肆无忌惮，如果把权力收回来，就缺失了工作积极性。包括到下属单位开会。

按照常理，乡一级召开会议不需要县委书记、县长批准。分内的事，应该办的事，根据自己的工作实际，通过会议动员、部署、组织各级的领导和责任人，把工作任务落到实处。后来，有的乡镇领导为了扩大影响，就请和自己要好的县一级干部，来到会场作指示，以此显示会议的规格。这种并不是经验的做法，新闻媒体发酵后，就成了一种常态，好像请了上一级领导讲话，就是谦虚和敬畏上级的表现，反之就有可能被怀疑目空一切。再后来，县委书记发现有些县级领导到乡里参加会议，讲话不够严谨，甚至发出让基层干部费解的言论，费解和猜测如同政出多门，往往产生十分消极的影响。于是，县四大班子扩大会议上，县委书记就限制乱到下级出席会议、乱参加各种庆典活动讲了话。讲话大约四十分钟，举了两个发生在本县四大班子领导在下级会议上出洋相的例子。武钢生说，四大班子在座的每一位领导，到了乡里，到了下属单位，一举一动，绝不只代表你自己，而是一个整体和一级组织。你说话不经意间掉了板、有失水准，那在基层干部群众心目中就是这一届县领导水平不高。你把事办得不好，或者砸了锅，老百姓就会议论这届领导办事不中。武钢生语气很重，完全是一副下决心整顿作风的姿态，这在你好我好大家都好的年月，民主生活会上只是轻描淡写，提意见就是总结别人优点的常态里，这个讲话当场博得一阵又一阵的掌声。武钢生在掌声的刺激下更加兴奋，他讲着讲着几乎要骂人，骂那些得意忘形的家伙，骂个别纸醉金迷的人，说他们在灯红酒绿中，忘记了今夕何夕，忘记了自己何许人也，这些人在老百姓那里作威作福，过着声色犬马的生活，完全忘记了自己是党员干部，忘记了当领导的宗旨任务。县委书记虽然言辞激烈，但对讲话的度把握得很好。又一阵掌声后，他语气缓和，恰似激流险滩后进入平缓地带的河流。他说，有的同志出发点是好的，但有些时间掌握得不好。比如，那天，咱们有个县领导兄弟，受邀到下属一个部门参加人家的总结表彰会，并答应在会上发表讲话。这本来是好事，无可厚非。会议确定是下午三点开始，既然你下午要参加会议，中午就不该喝酒，即使喝也应该严格控制酒量。为了迎接上级领导，下属单位精心策划，把人家二级单位的人员都通知到会，本来下午三点的会议，基层的干部职工两点整就到齐了，两点半就端端正正地坐在会议室里，十分虔诚地等待着。可是因为这位领导喝到了高兴处，就说酒逢知己千杯少，多喝几杯不算啥。当秘书提醒下午要参加会议时，这领导伙计说，轻车熟路，多表扬少批评，不用打稿就能讲半小时。等到他到会场时，已经是下午三点半了。这领导进会场时还雄赳赳气昂昂，完全是一副没有醉酒的状态。坐到主席台上后，下属单位负责人经过请示他，会议才正式开始。这时，这位县领导终于放松下来，先是趴在主席台的桌子上，接着又打起鼾来。为了方便领导做重要讲话，那只麦克风提前放在他面前，而且早已调试好。没人能想到，这只麦克风很清晰地播放了领导高亢悠长而又起伏的鼾声。本来较为庄严肃穆的会场，像炸了锅似的，爆发出掌声、喝倒彩声和叫嚷声。下属单位负责人很礼貌地晃了晃领导，鼾声中断了，但一分钟过后，又变得更加雄壮，像酷暑天大雨来临前的闷雷。基层有不少老同志，他们虽然职务较低、级别不高，甚至干了一辈子工作还只是个工人，但他们饱经风霜，见识过人世间的许多场合，最看不惯当前有些风气，总想发泄，就是没有机会。这天下午，他们有了用武之地，先是在会场议论说，领导喝醉了，表现更是不像话，多么像坏蛋二流子。还有人骂，说眼下的有些领导，好事不会干，喝酒一个顶几个，一口一瓶油，一顿一头牛，党的优良传统和作风都让这些家伙败坏得精光。由于主席台上秩序不好，下面秩序再乱，主持人也不好意思批评台下的表现。轮到县领导讲话了，他还趴在桌子上，麦克风依旧扩散着他忘乎所以的鼾声。该单位领导很尊重上级，亲自走过去，推了推县领导的胳膊。虽然鼾声停止了，但他的话更加离谱，县领导很不高兴地说，刚过了一关，怎么又轮到我了。麦克风把他的话原原本本地传给台上台下，引起了好一阵子蔑视的掌声。武钢生讲到这里，观察了一下，见大家津津有味地听着，就追加了一句说：真丢人现眼呀！县委书记好像对眼下的风气深恶痛绝，也好像对下面的情况了如指掌。在这次会议上，他又举了一个喝酒出洋相的例子。他说，有一位老兄，也是咱们县四大班子的，有一天上午参加了一个乡的招商引资动员会，在乡里的恳切要求下，留下来在乡里一家饭店吃午饭。这老兄知道自己酒风不好，容易喝过了量，就一再强调吃午饭可以，不吃大家会不高兴，只吃午饭不喝酒。哪知，午饭气氛很好，乡里陪客的七八个，大家先是恭维县领导讲话很符合这个乡的乡情，指出的措施如果落实到位，一定能收到很好的招商引资效果。七嘴八舌

中，有一位副乡长说，招商引资需要的是热情好客，没有酒就不算宴席。听说领导外出招商，一次喝了二斤多，让港商大开眼界，一高兴事就办妥了。这副乡长说，今中午少喝一点，见证一下奇迹。在座的乡干部个个都像特工，他们对县里哪个领导喝什么牌子的酒、酒量多大，吸什么烟、烟瘾多大全部清清楚楚。这位领导喜欢喝"心酒"，因为他欣赏酒瓶上的广告：喝心酒心心相印。乡里经济虽然困难，但在接待上级方面，还是十分慷慨的，他们早已准备好了心酒。这个副乡长说他会变魔术，会变酒，其他人便跟着起哄，说能变出酒咱就喝，变不出来你跑步进县城买酒。果然，这个副乡长把一个玉米棒子变成了一瓶心酒。大家就开心地喝起来，还说玉米棒子遍地都是，又不值几个钱，尽情喝吧，喝完再变。县级领导他不是不知道变酒是假，想让他就范是真，但他为了喝几杯，硬是放着明白装糊涂。从中午喝到太阳下山，掌灯时分还在继续。这位领导那天喝得很多，乡里人说喝透了。喝透的人胡言乱语，说自己再喝两斤也不会醉，死皮赖脸地不想起场，还要副乡长再变几瓶。那天晚上，这个乡所在地有家办喜事，不少群众都见识了我们这位大干部的丑态，老百姓很少见县里的官，称县里的官为大干部。这大干部出了饭店门，不论街上多少人，站着就方便起来。他虽然喝多了，但神志还没有完全不清，还知道靠在那棵小树上，一来借树靠着免得摔倒，二来也遮点丑态。谁知，县领导靠的树不大，有人的胳膊那么粗，在方便之后，束皮带时，把小树和腰束在了一起。本来就摇晃着走不动的领导，这下就更走不动了。他朦胧中觉得有人抱着腰不让他走，于是就大声批评着，已经说好不喝了，为什么还搂着抱着不让走呢！那是个整饬纪律的会议，也是北汝县最高级别的会议，相当严肃，竟然爆发出难得的笑声。武钢生没有制止大家的笑，自己却没有笑脸，继续说着。他说，上级领导到下属单位参加活动，人家请你吃饭、喝酒是一种尊重，是出于礼貌，并不是非喝不行。北汝县流行着三句话，用在喝酒上非常合适，第一句是"让人是一种礼貌"。人家不让不合适，你自己应该分清场所，同时也要以礼相待，可以婉言谢绝，也可以象征性地应付一下，最起码要做到量力而行。有些县级干部好像胃里缺酒，经不起下级礼让，逢让就喝，喝了就醉，让人看不起，忘了人家只是让你，而不是真心实意陪你大吃大喝！第二句是"猴不上树猛敲锣"，下属和领导坐在一起吃喝，为了加深感情，为了大家都开心快乐，劝领导喝酒是常有的事。起初你坚持不喝，人家就想着法子激发你的酒兴，一个法子不行再换一个，换来换去你就喝了，而且喝得很高。大家都见过

玩猴吧，那猴子总是不愿按照耍猴人的意志行动，那耍猴人就使劲儿地敲锣，时间一长，猴子就开始表演了。第三句是"抬死猫上树"。酒是个怪物，是水和酒精勾兑成的，因而它也和水一样，既能载舟又能覆舟，它能使人兴奋，活血壮胆成就大事，更能使人中毒，上瘾生病危害性命。酒量大小，是根据人的体质决定的，有的人一杯酒就能导致发病，有的人百杯千杯根本不会醉。我们有的领导，本来就不能喝酒，但经不起别人劝，觉得喝点不会有问题，喝了就出问题，让人当死猫抬上树的。武钢生就酒的问题讲了一个小时，很精彩。过去会议上不停地出去拉屎撒尿或者出去接打电话的，再不就坐在会议桌上翻弄笔记本胡写乱画的，都一改常态专心致志地听讲。县委书记武钢生又批评了一通到下属单位讲话大放厥词的县级领导。他说，我们有位领导到一个局参加表彰会，本来是总结成绩、鼓动干劲的，可这位同仁为了炫耀自己的知识水平，就把女同志分成两类，说出身于干部家庭的都是大家闺秀，还指名道姓地说有十三位大家闺秀，明眼人一看就看得很清楚，不一样的。他把剩下的称为小家碧玉，还说小家碧玉就像城市中的工人子女、农村里的贫下中农家庭出身的女孩子。一个单位，只有大家闺秀不行，干事业还需要小家碧玉，只有小家碧玉也不行，树形象要有大家闺秀支撑门面。两种人相辅相成、同心同德，这个单位才有希望。女同志多了是好事，团结起来就有干劲和力量，不团结就像繁体字的奸字，那就是由于女的太多。武钢生提高了嗓门，说领导是鼓舞士气的，你这种胡言乱语不是在拨弄是非吗？也许这位领导的原意不是这，但讲话太随意了，就出轨跑调了。后来这个单位的女同志分成两大派，大家闺秀这一派很孤立，而为数很多的小家碧玉就成了一道长城不可逾越……武钢生还讲了个别领导曲解政策、政出多门的例子。

县委书记早年当过学校校长，三句话不离本行。那次会上，他说，我们要求学校老师要认真备课，目的是要求他们上课认真讲课，不得跑题，不得浪费课时。今后，北汝县县级领导下去讲话，要认真准备。会后，县委办还下发了有关文件，对县级领导讲话、出席活动作了规定。

有不少县级领导都是基层出身，不拿稿子还能讲得条条是道，尽管难免语无伦次。拿起稿子来，反倒是念得十分别扭，甚至把提醒注意的东西也念了出来。杨柳声就深受其害。人往高处走，杨柳声为了挽回失去的，他每到下级出席会议或活动，都主动向县委书记请示，而且把讲话内容尽力弄得短小精悍。

到山北乡参加"一会一祭"活动，他事先向书记做过汇报，时间、讲话内容也大致向书记讲过。他感觉书记对他很重视，尽管职务是政协副主席，实际上按副县长对待他。抓招商引资、抓乡村企业的事差不多都让他代表县里讲话。对于变更时间，县委书记有些不满，只是没有批评他，同意得很勉强。

书记说得不无道理："上面千条线，下面一根针，时间推一天，谁知会有什么意想不到的事情呢！"

二十三

十六年前的那个正月二十日，栗红章上午八点准时来到了山北乡政府所在地——山北集村。这里各家各户张灯结彩、大小门店标语满墙，行道树干披上金装，豪言壮语的横幅跨越街道，五颜六色的气球高高飘扬，再仔细观察，就会看到那些破旧的临街房和不雅外观的作坊以及农家门口低矮的厕所，千篇一律地被刷上姜黄色的涂料，给人焕然一新的印象。栗红章听妈妈说过，山北乡有个传统很独特，每逢过年，初一、十五这些日子过后，整个正月的后半月，人们便会相约来到山北集或其他比较繁华的村街串亲访友、观赏社火、看露天电影。人们希望新的一年的每天都能像初一、十五那样红火美好，让好日子悄悄地延续到全年。因此，对于山北集的盛装艳抹，栗红章没有觉得反常。

栗红章很兴奋，他是应县领导之邀，前来向大会作报告的。山北乡大张旗鼓地举办"一会一祭"活动，他觉得有些夸张，尤其是各级领导都要参与外公家的上坟祭祖活动，作为亲戚的他，更是感到很不好意思。但是，在发展经济振兴农村的大潮中，这种活动又体现了某种创意。作为特邀嘉宾，他不知道山北乡的人，特别是那些村支书、村长们，对乡里举行"一会一祭"活动并不热心，却对栗红章介绍发展经验有一种期待，他们按要求已经提前一个小时进入了会场。虽

然栗红章当支书时间不长，但县里的会议上已经多次登台发言了，称得上广播上有声、报纸上有名、电视上有影，特别是近期他上北京、下广州，招商、引资、圈地、建厂，被传说得十分神奇。

相比之下，对于出席会议的县领导杨柳声，人们似乎习以为常而没有太多的兴趣。掏出一句心里话，村组的人们，十分不情愿听县里来的领导讲话，他们知道的天下事真多，可以列举的例子很多，于是到下面讲话往往长篇大论。他们自认为基层干部需要多接受一些先进的东西，需要多领会一些发展理念，往往误解了下面只喜欢干实事者的真心需求。山北乡的干部群众，虽然日子过得穷，但精神十分富裕，他们谈古论今，似乎都在大学历史系和政治系待过一样。他们对会议的简短而突出中心有强烈要求，很推崇一个游击队司令，认为现在的领导干部讲话不如游击队司令的水平。由于反感那种长而无益的会议，开一次漫长的会议，山北人就编一段顺口溜，时间长了，这顺口溜就流传得家喻户晓。不欢迎杨柳声，是他当年当乡长开始的。村组长们都会说："天不怕地不怕，就怕杨柳声来讲话，吹牛皮刮大风，就像杨乡长来补充。"在乡里就讲话像缠裹脚一样的杨柳声，官运却十分畅通，他从乡长到书记，又到县里当了领导。等后来再受邀回乡讲话时，比过去更加高谈阔论，他大讲要大力发展商品生产，积极参与国际国内大循环。有干部问他，大循环要有出口创汇产品，可我们只会烧砖烧瓦种庄稼，怎么参与国际国内循环呢？杨柳声说："我们现在就是要克服消极情绪，从精神上振作起来，用信心和勇气来参加国际国内大循环。"有个副乡长说："光有信心、有勇气，没有货怎么循环，不能让人笑话我们吹牛说大话。"杨柳声批评说："只有落后的领导，没有落后的群众，没有出口创汇产品，我们可以慢慢制造，可没有国际国内大循环的思想，那可是最可怕的。你这个副乡长还没有群众觉悟高，你看，有几个群众提这么落后的问题呢。现在，最关键的是换脑子，要是不换脑子就要换干部了。"副乡长当面认错，过后说杨柳声就是个喷壶！挨了批评的这个副乡长，这会儿又想起老百姓称颂的那个游击队队长开会讲话的事情来，心里骂着杨柳声，堂堂县领导，连不识几个大字的人的水平都没有，真的，山北乡的许多人都知道游击队黄司令的事，说黄司令召开会议，最多不过五分钟，但特别能解决问题。有一次动员大家去伏击日本鬼子，队伍集合后，请黄司令讲话。黄司令说："人都到齐了吗？"大伙说："齐了！"他说："那好，我讲三句话，一是大家听好了，今天要办一件大事；二是今中午每人发两块锅盔

馍，一块袁大头，大家回去歇一会儿；三是伙计们提起精神，下午四点钟集合，到大峪沟打老日，不听指挥、开小差的统统枪毙！"

人们多么希望山北乡的领导学学游击队司令的干练，少说套话、官话、废话。可是他们总是一次次失望，即使那些放出话开短会的会议经过领导的重要指示，也让人累得像龙吸了骨头。山北乡的干部群众害怕开会，尤其是重大会议。这个正月二十的大会，人们的情绪与以往有所不同，变过去的反感为期待了。虽然由于改时间打乱了大家的安排，过了正月十五、十六日，大家就开始了忙碌，一年之计在于春，好的开端就是成功的一半，但是大家还是很乐意参加会议，完全因为栗红章。人怕出名猪怕壮，栗红章在北汝县出名后，他的身世就像人肉搜索似的，正面的、负面的情况便随之而来。他外婆家在山北刘王庄，当年那桩男女殉情的往事，刘月环刘玉环的角色转换，小时候为了一句话挨打、参军转业攀上了山南乡党委书记的外甥女、婚礼现场遭到闹场、叔外公要在栗寨建台湾工业园、北京招商结识了大领导……总之，加油添醋的传闻，把栗红章渲染成了一尊庞然怪物，一位让人先睹为快的神秘家伙。

与会者有三五一伙议论"一会一祭"活动的，有传播栗红章传奇故事的，目的很简单，都是为了消磨会前难熬的时光。他们没有料到的是，原定上午九点钟召开的大会，突然宣布改到了十点。村组的头头脑脑不怕纪律处分，他们炸锅似的叫嚷着基层干部玩泥土，上级领导玩下级，似乎他们知道一再推迟会议，原因都出在县里。他们不埋怨乡里的现任领导干部，这一届的党委书记、乡长不是那种只开会、只吹大话、不抓落实的人，他们虽然调门不高，但几件事都抓到了点子上，抓到了群众心窝里。修复水利工程、推广立体种植模式、引进适宜的新品种，这两年开始发挥了效益。但和其他有工业项目的兄弟乡镇比较，国民生产总值还处于落后行列，县委书记急、县长着急，有些恨铁不成钢的样子，就让熟悉山北乡情况的杨柳声来这里死包死打。

有了"大哥大"的栗红章，完全被杨柳声牢牢控制，没有杨柳声的电话通知，他就在山北乡政府附近的商店里转悠。杨柳声这样做是经过再三考虑的，他要让山北乡的乡村干部知道，当年他培养过栗红章，而今在北汝县崭露头角的栗红章，依然是他手中一张好牌。

被"山北高人"推迟了一天的"山北乡经济发展动员会"，果真应验了武钢生的话，一天是一天的事，错过一天后什么事件都可能发生。地委书记年后突然

不打招呼对好几个县进行了视察，发现了不少问题，批评了好几个县的书记、县长。这些情况是在地委的每日电讯刊发出来之后，北汝县委书记武钢生才知道的，一向自认为自己政治嗅觉灵敏，这才稍稍承认了信息的迟钝，同时也为侥幸躲过地委书记暗访和批评而窃喜。武钢生曾在地委任过职，很快给一个至今还在地委当差的部下打了电话，算是放了一个暗线，地委书记一旦有往北汝县来的动态，就会第一时间得到情报。县委书记们也怕，帽子、前程都握在地委书记手里，况且该地委书记田盛禾常提一些冷僻的问题，有的牵涉国计民生，有的则云里雾里。他上次到北汝县视察酒厂，问在场的陪同人员每槽酒有多少斤。北汝县生产古都御酒，经委主任说起酿酒口若悬河，竟不知道一槽酒多少斤。其他在场的更不知道，当着上级的面，要是不懂装懂地乱侃胡诌，少不了被批评得狗血喷头，不作声地以钦佩、期待、虔诚的目光看着上级，或许能不受批评，或许让上级感到遇到了谦虚有礼貌的下属。大家只好选择了沉默。那以后县委书记教育下属做工作要细致。各地都一样，在上级调研时，都尽力表现出热烈欢迎和热情接待，但内心里却十分不情愿。对于地委书记一改常态的做法，县委书记武钢生只能像防备飞砖一样小心翼翼地应付着。过去，地委书记下县调研总是提前一星期打招呼，一行几辆车多少人、准备到哪些地方、由哪些人介绍情况，都有明确要求。县委、县政府两办有章可循地准备着。对地委书记要去的地方，提前做出安排，他要视察温室大棚，提前让农民不要采摘，把硕果累累的景象留给上级领导看。他要视察敬老院，那么就集中打扫卫生，给老人提前发放新衣服，每间房子里要放几盘水果，还教老人们见了一溜小车停下来，列队鼓掌，一齐喊首长好。对于上级检查畜牧业的发展，北汝县就选择山南乡，把分散在一家一户的羊或牛以每天每只（头）二十元的费用，租赁到山坡村，介绍说这是两个以公司加农户形式建立的大型养殖场，养牛场有牛一千头，养羊场有羊三千只，自然受到了地委书记的高度赞扬，之后还在地区日报上连载。最叫响的是每年冬天春天的农田水利基本建设，他们拿出当年车拉人挑的场面，让所有参观者为之感动。总之，武钢生书记对有准备的检查总能应付自如，并且别出心裁地准备一套参观路线图，介绍沿途的亮点。他觉得提前通知的检查，就如同开卷考试，只要认真对待，就有圆满的得分，就会得到喝彩或褒奖；至于上级不打招呼的到来，就跟一位学习不扎实的学生一样，面对闭卷考题往往出差错，甚至考出不及格的成绩。

对于近期地委书记突然不定题目的视察，武钢生要求他的四大班子人人守土

有责，谁的孩子谁抱走，不允许出现任何闪失，对于杨柳声所包的山北乡关键时期更换开会时间，他批评了几句后勉强同意。哪里知道，恰好就在这一天，卧底打来电话，说地委书记要来北汝县，让他们有所准备。不过，地委办公室十分够意思，明确通知今天地委书记的目标是北汝县山北乡的"一会一祭"活动。武钢生打电话告诉杨柳声，会议推迟一天就有可能惹下麻烦，一个乡里的"一会一祭"为什么要引来地委书记呢，乡里的规格、乡里的水平、乡里人的觉悟实在不能让人放心。杨柳声听着电话，头脑一下子像爆炸了似的，朝四面八方迅速地扩大。武钢生知道现在的干部，平时耀武扬威，遇到事情就像迷了路的人，或者像遭霜冻的红薯叶耷拉着脑袋。他问杨柳声："杨主席，你服不服？不服气？"杨柳声一贯姿态就是人恶我不惹，菜贵我不吃，于是很诚恳地说："书记，你批评得那么厉害，我不是没对急嘛？"为此，会议推迟一个半小时，县里的秘书为杨柳声的讲稿做了紧急修改，增添了一些吹捧全地区形势的数字和奉承话。

武钢生书记说："柳声，只能这样了，看你发挥吧！"杨柳声迎合着说："临阵擦枪，不快也光，我使出吃奶劲儿拼了！"

二十四

北汝县山北乡处在丘陵和群山之中，有人说穷山恶水出刁民，旧社会这里曾是有名的土匪窝。山北乡很穷，漫山遍野的石头，缺少可耕作的土壤。有年一个诗人在这里锻炼，他背诵了一首郭小川的诗：要问哪里的石头最多，要数拍石头公社，要把石头做成馍，保证这里的人们一万年也不会挨饿……当时，好多贫下中农都说这诗明明是说山北乡的。

山北乡又是一个富有传奇故事的地方，古代就有王莽追刘秀的传说，三国两晋南北朝时，也有隐士在此建书院讲学，唐宋元明清时这里有过战争，后来由于

民贫就产生了许多刀客……前几年还突然冒出了大剧院。

地委田书记的突然视察，武钢生多么希望这片神奇的地方，再上演一个奇迹。

山北乡"全乡经济发展动员会"的规格、水平、层次、氛围，出乎了上上下下所有人的预料，这次地委书记的来袭，曾令县、乡、村三级怨声载道，使杨柳声为之尴尬，也让想出风头的栗红章感到茫然。尽管田盛禾书记再三解释他这次来不是什么出其不意的检查，主要是不扰民不影响下边的秩序。

田盛禾心里很纳闷，如此隆重的场面，难道是为了应付上级而准备的？从赵王庄村刘王庄组祭拜现场临时拉过来的社火队伍精神抖擞地表演着节目，举着彩旗的中小学生，以及铺天盖地关于振兴山北经济的标语横幅，展现给人的是蓬勃进取的场面。

走进会场，更让田盛禾为之惊喜。这个会场，是山北影剧院，一座很气派的地标性建筑，这在贫困地区简直就是传说。他的确不知道，有一年上级拨给山北乡一笔扶贫款，搞一个养羊项目。乡里那年争创文化先进乡，硬件必须有一座文化大院，乡里那时仅有从农民交公粮中提取统筹款，给那些自收自支编制的人员发工资还不够，要想当先进创优秀，就需要做点技术含量高的活儿。那时山北乡还叫山北公社，书记是一位即将退休的老转业军人，一心一意想在最后阶段给山北公社的广大干群留点什么纪念。免得像他前任书记，追悼会大家都不愿参加，山北公社机关内外提起他，语气都带着火药味，说这家伙当书记好几年，干部职工、广大教师福利不增还减，公社机关一砖一瓦也没添，一草一木也没栽，占着茅厕不拉屎。前车可鉴，继任的这位公社书记以购买种羊为名，把一百多万元中的三十万电汇给北方牧业有限公司，把七十万元放在财政账户上。然后以建造羊舍的名义，公开招标选择施工单位。按照上级扶贫开发部门的要求，扶贫款中六十万购种羊，四十万建羊舍，当年的年底组织验收。那位公社书记做成了两件事，一是建成了"山北大剧场"，获取了文化先进公社的荣誉称号，还得到了八万元的以奖代补款。另一件是"万头山羊"项目通过了验收。验收那天公社机关的七所八站一百多人，分包十七个大队，每个大队至少要组织四百只山羊到山坡上吃草。山北公社三十个大队，临山的十七个大队，被确定为项目区，当年只有三个大队购买种羊各五百只，其他十四个大队每大队购山羊五十只，满打满算共二千多只羊，那万只山羊基地项目一旦被上级发现了，一是退回项目款，二是

涉事的干部要受到追究。在山北公社，这个事包得相当严实，除了书记、主任掌握全面情况，其他人员、"万只山羊项目区"的干部群众只知道他们在做项目，政策规定一概不知。那天上午点名，公社书记、主任召开机关会议，让大家蹲在各自的大队，配合验收，当即发给每人一百个白色塑料雨衣、二十元生活补助费，要求每个大队至少要有一百名群众上山割草，为了配合电视台拍摄节目，一律穿白色雨衣，戴白色手套。那天，山北公社的"万只山羊项目区"满山遍野山羊奔腾，验收组到了三个大队，那是公社货真价实的项目点，一致评价山北公社项目抓得最实、山羊数量达标，羊舍建得符合标准。那年春节，山北公社请来了县以上好几个剧团，相继在"山北大剧院"唱大戏，老百姓高兴了，说这个公社书记还行，是个弄家儿。第二年春天，县审计局发现了问题，认为建羊舍款不应该变相挪作他用。欲下达整改通知、罚款通知时，"山北大剧院"变魔术般地成了"山羊交易市场"。原来，聪明的公社书记早就预料到那些做梦都想进步的副职，会通过告状来推翻正职，于是早有准备。那块"山北大剧院"大匾的背面是"山羊交易市场"，剧院里的水泥座位横向摆放是看节目、开大会的座位，竖着摆放则成为农贸市场的一排排摊位。文化部门检查、畜牧部门检查都符合要求，审计部门面对山北公社"只生产不交易不足以促进项目发展"的理由，竟然为难起来。后来在主管副县长的协调下，审计部门罚款两万五，理由是"山羊流失严重"，实际情况是审计部门的三十多名员工急需用罚款补发工资。

"山北大剧院"上空蓝天白云，彩色气球和红色条幅悠悠飘荡，显示出露天剧场的豪放大气、威武雄壮。当地委田书记、县委武书记带领五六十人进入会场时，与会三级干部、山北乡五个唢呐班和三个排鼓队给予他们以掌声、鼓乐声，表示了最热烈的欢迎。地委书记表示自己下基层检查访问，今天不上台、不讲话。县委书记说座位牌已放好，一千多名干部群众还殷切希望大领导作指示呢！杨柳声也说，准备就绪，只欠上级这阵东风啊！

地委田书记坚持坐在了台下，县委武书记只好相依而坐，几十米远的舞台上依稀可见地委书记、秘书长、县委书记的名字座牌，不是一批制成的，大小、颜色显示着很大的差异。虽然两级的主要领导没有登台，但那几个名字依然庄严肃穆。上级领导坐镇的会议一改过去嘻嘻哈哈的场面，使在座的一千多号人一下子变成石料场里无声无息的卵石，真有种一鸟入林百鸟绝音的味道。主席台上原本安排的三排座席，只稀拉拉地坐了九个人，而且无一不显示出一种六神无主的表

情。会议议程开始进行，基层会议是沿袭地区、县级的，条件虽然差一点，摆设的东西质量不高，但简陋中透出乡村的粗犷和淳朴，照样给人鼓劲加油的力量。

舞台上下的会标除外，两侧的巨幅对联照抄了县三级干部会议的那副，其他设在会场两边的那些标语、对联、横幅，无一不来自县里会场。县委武书记感到这个会场并没有新意，完全是克隆县里的。而地委田书记却被深深打动，一个山区乡、贫困乡，当他们下决心改变面貌时，动作很给力，动员会组织得这么周密认真。看来"一会一祭"活动，一定能收到好的效果。时间受限，要为"一祭"活动让路，于是县委武书记暗自通知杨柳声，会议要紧凑，要拣稠的捞，不要一字不漏地念稿子。

受邀介绍经验的栗红章，第五位讲话，当挂着BP机、手握"大哥大"的他满怀豪情地向大家鞠躬时，博得了与会者猛烈的掌声。他讲了三条：一是因地制宜调整农产品结构，大力发展设施农业。本来栗寨村种植反季节蔬菜，百分之二十的农户赚了钱，百分之五十的农户略有赢利，稍好于种庄稼，百分之三十的农户由于管理不到位赔了钱。而栗红章介绍说，百分之八十的棚户，亩收入八千元，基本上实现了一年脱贫致富。他还留有余地地说，有百分之十的棚户盲目悲观，不重视管理，虽然挣得不多，但就那也比种粮食收入高得多。在掌声中，栗红章的手机响了，掌声过后会场上便能清晰地听到他打电话的声音，是答应来年提供大棚菜一万箱。一边压断电话，一边既自言自语，一边又似乎在显摆地说了句："看看这，真扯淡，这么早就要订下一万箱蔬菜！"在掌声中，栗红章讲了第二条，要敢于攀高亲结高贵，走出去海阔天空。他讲了自己和老红军栗孟春一道进京拜访老首长的事，这次毫无成就的北京之行，被他讲得收获很大，见识了大首长的谦虚家常，并答应为栗寨帮忙。又一阵掌声过后，栗红章讲了第三条，落实县委三级干部会议精神，乘势而上，动工建设台湾工业园。他把叔外公的想法讲了出来，很让与会者信服，都知道回乡祭祖的刘氏兄弟是他妈的亲叔叔，投资给栗寨在情理之中。栗红章讲话不长，掌声不断。

武钢生最担心的是杨柳声，念稿子有时候念错不说，还在有些段落中间停下来发挥一番，随心所欲，有多次讲的内容适得其反，或者让听讲的人不知其所云。如果杨柳声砸了锅，当着地委书记的面，绝不是一个人的一次小失误，那是北汝县砸了锅，更是县委书记砸了锅。武钢生觉得自己的心脏正在缩小，从一个甜瓜慢慢地缩小成一个小枣，而且还在不停地缩小，他要窒息了。

　　"请杨柳声主席作重要讲话"，随着主持人宣布最后一项议程之后，台下爆发出一阵又一阵响亮的掌声。台下有人议论，"今天又要到村委会领取补助了，下午两点能讲完就算今天咱们烧高香了。""不怕天，不怕地，就怕杨柳声作指示"，武钢生早就听到过这种说法，今天更是担惊受怕。

　　杨柳声今天很精神，不愧为当兵出身，讲话前站起来，面向观众主要是地、县委两位书记，端端正正地行了个军礼。杨柳声说，时间关系，我讲三句话，不算指示，不当之处敬请上级领导和与会同志批评指正。杨柳声的第一句话：高举一面旗帜，以实际行动落实以经济建设为中心的思想。作为基层干部，要做到为官一任，致富一方，想方设法抓经济。做官不能带领老百姓致富，就是失职渎职，就是占了厕所不解手。山北乡是山区乡，要发扬老愚公精神，抓苹果、抓烟叶、抓石料、抓养殖、抓药材，我不信多少鸭子赶不到河里！第二句话：努力办好两件事。一是打好农村经济发展组合拳，各村组在谋划发展上，要有战略眼光，要站得高看得远，干着眼前的、顾及长远的，打拳不仅要打猴拳、醉拳、太极拳、大红拳、小红拳，还要练好组合拳。不管遇到什么对手，无论面临多少困难，出一拳要有一拳的作用，每一招一式都要打出成效。二是要学会大合唱。经济发展，特别是农村经济发展，不能你吹你的号、我唱我的调，虽然有大目标，但尿不到一个壶里也是不行的。因此，每个干部既要做经济发展的先行者、主力军，还要做维护团结的带头人、明白人。要求大家学学山北乡传说中的那个游击司令，"谁不齐心协力打鬼子日他娘"，谁不同心同德谋发展就是鳖孙！第三句话，要唱好三首歌，希望大家把它用到实际工作上。第一首歌是《国际歌》，那里面讲从来就没有救世主，也不靠神仙皇帝，要创造人类的世界，全靠我们自己。今天乡里与各村签了目标责任书，上面主要是经济指标，有人当即就有畏难情绪。我们党员干部的作用是什么，就是"下定决心，不怕牺牲，排除万难去争取胜利"。我们要高唱国际歌，谁的任务谁完成，不等不靠，脚踏实地干吧，目标一定能实现！第二首歌是《不能心太软》，有人见困难就躲，遇到矛盾就绕，是绝对不能允许的，就像歌中唱的不能把苦和累自己一人承担。要层层立下军令状，完不成任务不行，手腕不能软，心不能软，完不成任务就挥泪斩马谡。第三支歌是《敢问路在何方》，发展农村经济，发展乡镇企业，我们都是摸着石头过河，过去只会面对黄土背朝天，祖祖辈辈修理地球，对商品经济、对设施农业、对办工厂企业一窍不通，今后我们都要解放思想，敢想敢干，拼了命也要干成

事，地上没有路，大家你踩我蹬路就出来了，歌唱得多好，路在脚下！我讲完了。

没有人能想到，杨柳声今天讲得这么短小这么说到点子上。县委书记正想向地委书记讲杨柳声是转业军人，难免说话不太讲究，有时还说粗话。但地委书记却站起来，使劲儿地拍起手来。地委书记不在乡里吃饭，也不参加另一个活动了，他接到电话，邻县出现了突发事件，省里来了人，他不能不出面陪同。临行，他讲了三个想不到：想不到山北乡发展经济的劲头这样足，想不到北汝县的领导讲话这么生动感人，想不到栗红章介绍的经验这么宝贵！

地委书记田盛禾的车队将要驶出山北乡时，一群衣衫不整，似乎还蓬头垢面的男女老少，打着横幅，或举着牌子，挡住了道路。横幅上写着"抓烟叶抓水泥灰飞烟灭，提书记提村长只提亲戚"，"书记爱打球，乡长会吹牛，走了个喷壶，调来个臊狐"，"光说不做，办事不公；穷山恶水，贪官滋生"。武钢生出面，说服老百姓让开路，有什么问题现场解决。这群人是早上就被关在学校教室里的上访老户和精神病人，乡党委书记刚才还把此做法作为经验向县委书记汇报呢，这突然冒出来的事多么像一个巴掌狠狠地甩在乡党委书记的脸上，捎带着又扇在了县委书记脸上。地委田书记没有下车，路开通后他摇下玻璃挥挥手，脸色十分阴郁、十分难看，笑得不仅勉强，而且充满讽刺。

这时，县委武书记的脸上发烫，脸色一定也不好看，很可能像煮熟的猪肝，在家里生气时，妻子就说他脸色同猪肝一样。他在地委书记告别开窗的刹那间，说这是有人搞恶作剧，在造影响，查清真相马上向领导汇报。或者，地委书记谅解了，或者，地委书记正生气。武钢生心事重重的，恨不得把工作人员叫到跟前好好批评一通。本来多么好的形势，让地委书记赞不绝口，都叫这伙闹事的"丐帮"给破坏了。

尽管如此，县委书记并没有发火，只是对台胞祭拜上坟的事情做了交代，说："要善始善终，把今天的'一会一祭'活动办好。"杨柳声及乡干部异口同声回答："请书记放心！"县委书记的车，沿着地委书记走的那条路，向前冲去，人们猜想着他可能要追上地委书记，表态刚才的恶作剧今后是不会再发生的。武钢生在关注、平抚上级情绪方面十分细心，在长期的工作实践中，他悟出这么一个道理：工作再努力，业绩再突出，民众反映再好，都不如在上级那里留下好的印象。好的印象对一个人来讲十分重要，能够一俊遮百丑，可以让杂音得

到净化。

正月的天变化是不大的，可这年的正月二十这一天，正举办"一会一祭"活动的山北乡，上午还是晴朗的，临近中午时便开始阴沉起来，十分像地委田书记那张脸。人们可能大都在心理上没受到什么影响，觉得这是一种天人融通的反应。"一会"是人的活动，需要晴天去陪衬；而"一祭"呢，是怀古追远发人沉思的事情，上苍以沉重的表情，更能使人们进入庄严肃穆的情境。栗红章和大多数人一样，一切都轻松自如。而最为憋气的是杨柳声，一心一意想展示一番的关键时刻，却在自己辖区内出现了令人难堪的恶作剧。

这时，在山北乡西北方向响起了闷雷般的声音，那是赵王庄村刘王庄组的人们在放雷子。他们早就在等候县、乡领导的到来了，不仅响声震天，而且火光闪烁，极像夏秋季雷伴雨来临时的景象。农村人想得不多，但干起来是胆大包天，尤其这个曾驻扎过军队兵工厂的赵王庄村刘王庄组，对火药的使用游刃有余。他们可以把装汽油的大桶填上枪药，"嗵"的一声把几十枚手雷一般的爆竹送上半空，任其发出山摇地动的巨响。等人的时候，他们不甘寂寞，一个个地燃放着，跟"猴不上树猛敲锣"有异曲同工的效果。阵阵巨响，终于迎来了祭奠的各级干部。

其实，即使在大会上不通知，与会者中大多数都会到赵王庄大队刘王庄组参加活动的，山北乡的村支书们有一个心照不宣、约定俗成的规则，逢庙会、逢村里有重大活动，都会邀请兄弟村的书记、主任前来观摩捧场。刘家的祭祀活动既然已升格到县里领导参加，那肯定是一件大事，可以记入村志的大事，理应让同仁们莅临做客。除了县政协杨柳声一行十多人、地县电视台报社几十人、乡机关几乎倾巢出动，加上散会后整体到刘王庄来的村组长们，阵容称得上十分庞大。

人们早早地赶到了刘氏祖坟上，刘王庄村民组现有近千口人，整个村子就像一个烙馍的平底锅的锅底，四周是地图等高线一般的层层梯田，梯田之间也有几处宽敞的坪地。刘家祖坟就处在离村二三里路的一个坪地，坪地背面是继续升高蔓延的梯田，梯田里生长着郁郁苍苍的松柏树。据说当年包产到户时，刘家把自家的地里植上了树，一来让祖坟展现一种生机，说明刘家后代人丁像树木一样繁茂；二来是有个阴阳先生指点的，说要植上六排青松翠柏，后辈的子孙能当上高于老百姓六级的大官。农村人为了有个好的前程，为了子孙后代能兴旺发达，特别相信风水先生的话。据说，他们曾经请"山北高人"来印证一下，但由于人微

言轻，人家说了句眼下太忙去不了，就回绝了他们。但他们就按前一位先生的指点，栽下了六排松柏，好像这里的土壤适应松柏成长，十多年时间已经形成林子了，远远望去就像一条绿色之龙盘踞在那里。站在刘家祖坟往下望，刘王庄自然村前那刘家河像一条银色的腰带伸展着，正月的河水很清，不时闪着亮光。稍有点风水知识的人，很容易发现刘家祖坟的位置颇为讲究，这块坪地在"等高图"上面积最大，而且背后有层层梯田环绕，前方不远处小河流淌，祖坟前还有开阔之地。刘家如今有人发迹了，人们才看到了祖坟风水优越，甚至还有人点赞刘家祖先瞻前顾后、志存高远，很早就选择了一片能福荫后代的莹地。真实情况并非如此，刘家好几代以耕种为业，日子中下等，新中国成立后，划成分他们家被划为贫农。"文化大革命"期间的忆苦思甜大会上，刘磙、刘碾的母亲和大哥刘套，还痛哭流涕地诉说自己家两个人被抓了壮丁的悲惨遭遇，赵王庄大队、刘王庄生产队没人不知道这是苦大仇深的一家。后来，农业学大寨，冬闲时人们上山修梯田，就把刘家祖坟变成了当前的模样。如果要感谢看风水人的话，那这人就是全刘王庄的百姓，他们成就了当下的这一切；一定要寻找风水高人的话，那风水高人就是轰轰烈烈的农业学大寨运动。然而，没有人记载这些丰功伟业，糊糊涂涂地承认了风水师的法力。

刘家祖坟的宽阔明堂，其间放着好几个黑箱子状的音箱、讲台、祭礼场、观众席被一杆杆旗子隔离得十分清晰。让安排会场者没有料到的是，刘王庄的梯田里、树权上早就成了观众席位，他们不按要求反而都找到了最佳的位置。人真多，刘王庄人说场面真壮观啊，有年部队在这里搞攻山头演习，据说一个军分区的陆军都参加了，也没有这次的热闹啊。可能是农闲时节，人们闲着无聊，不如饱饱眼福，长长见识。有不少人喜欢在更近的地方看热闹，甚至有的农民专门挤在摄像机镜头前，上上电视很风光的。一旦镜头对准他们，连续几天就惦记着，电视节目什么时候播放，他们提前就一动不动地盯上屏幕了。这次，最受人关注的有两个人，一个是县政协副主席杨柳声，他代表县里来念祭祀文章，人说之乎者也可能会让杨柳声出尽洋相；另一个就是刘王庄村民组的外甥栗红章，不仅他是发展经济的后起之秀，是优秀党支部书记，而且他还是刘月环的儿子，人们一直都忘不了那年的一对殉情的男女，这种人的儿子会是什么样子呢？至于从台湾返乡的刘磙、刘碾，日子一长，那种对待外星人般的好奇就淡化了许多，人们觉得这两个人除了穿奇装异服、说普通话之外，没有更多值得羡慕之处了。这种心

理状态是山北人多数的心理状态，他们认为自己穷，但穷得有骨气，不偷不抢不贪不占，属于真正意义上的"君子固穷"，大多数都是这样，谁也不笑话谁。对于年轻人的超出撅肚棉袄以外的装束，他们就接受不了，骂他们烧包，总是在其他方面寻找他们的缺点和毛病。对刘氏二兄弟的台湾返乡，由起初的好奇到接触他们再到看淡他们，和对待年轻人、对待新事物有着同样的态度。当刘磜、刘碾得意洋洋地认为他们的回乡造成这么隆重场面的时候，赵王庄村及刘王庄组人们的态度早已出乎他们的想象了。尽管他们欣喜，尽管他们拿出台湾产的长寿牌香烟，大方地放在桌子上请老乡们品尝的时候，虽然很穷的老百姓，却摸出自己的许昌老黄皮，津津有味地吸起来。

刘氏祭祖上坟活动终于在乡长的主持下开始了。喧天的锣鼓、震耳的鞭炮回响在刘王庄这一块山坳里和梯田上，伴随着扩音器播放的《百鸟朝凤》，山呼水啸似的回荡着。

"一祭"活动的议程很简单，山北乡乡长在鸣炮奏乐之后，第二项是宣布参加祭祀活动的县、乡领导和来宾，山里群众没见过多少大领导，乡领导就是大官，县里的政协副主席就是最大的官了，因此，他们无论站得远近都很虔敬地把巴掌拍得很响，那是一种礼貌啊。掌声过后，就是杨柳声副主席致祭文了。简直像川剧的变脸，刚才在乡里的会议上，杨柳声还是一身暗灰色的西装，到了这里，他换了个人似的，一身黑色的立领中式服装，和那几只音箱十分一致。杨柳声站在主祭台上，目光向四面八方迅速地扫射了一圈，然后弯下腰向前后左右深深地鞠了四个躬。在祭祀现场人员及梯田里围观观众的掌声里，那几只预先摆设好的黑色音箱里传出了深沉悠扬的民歌《小白菜》的旋律。同时，浑厚润和的男声开始朗诵《祭祖文》。

时维农历，正月二十，刘氏族人，茔前跪拜，族外各界，荟萃前来，更有名流，云集梯田，炮乐齐鸣，撼天动地，列祖列宗，仙驾齐驱，见此盛况，当感慰藉。西汉东汉，三国西蜀，刘氏先人，丰功伟业，香火旺盛，蓬勃延续，祖先福荫，若尔后裔，海峡两岸，手足兄弟，少小离去，无忘故里，衣锦还乡，专此祭祀，情真意切，感动各级，乡村筹办，县级主祭，呜呼幸焉，全县唯一，山林扬臂，河渠报喜。当今之时，改革开放，发展企业，振兴经济，县乡村组，团结一致，抓住机遇，共谋大计，刘氏后代，其昌磜子，其泰碾子，双星二子，不忘根

基，造福桑梓，引进项目，营造园区，乡里称颂，久远福祉，泽被故里，功德无量，千秋铭记。祖先荣耀，神灵鼓励，繁荣之日，重来祭祀。全体鞠躬，先人尚飨。

北汝县　杨柳声率县乡村组及各界宾朋祭拜

不论外姓之人参与刘家祭祖扫墓合不合当地规矩，人们都被眼前的声势场面弄得情绪高涨，便在惊喜中默认了这一切。直到祭文的最后，音乐停下来之时，人们才明白了，杨柳声的主祭实际上就是另类的假唱。那是为了应对庄重严肃的场合，特意制作的配乐朗诵。但没有人计较这一切，反而觉得别开生面，让山区的群众看到了县城的文化原来是这样丰富多彩！

人们没有见到刘月环，只是看到了刘玉环和栗建社赠送的花圈。人们见到了传说中的栗红章，似乎那个别着BP机、拿着大哥大的英俊男子就是《宝莲灯》里的沉香。那时县电视台正热播《宝莲灯》，于是人们就喜欢以此类比。杨柳声在读《祭祖文》时，整个场面秩序井然，唯一有伤大雅的就是栗红章的BP机像秋天的蟋蟀，耐不住寒冷似的焦躁地响着。栗红章一会儿看BP机，一会儿打电话，旁若无人似的，换个时候，人们可能会反感这种行为，没修养、没规矩、为所欲为、自私自利，然而在这天的祭奠现场，人们不仅没有不满情绪，相反还纷纷投去钦佩的目光，似乎在说，看人家，多么气派！只是对栗红章在鸣炮奏乐之后，独自遛到放鞭炮、雷子的地方，捡起了几个未炸碎的纸筒，装在了那个卡丹路大哥大包里，人们心里嘀咕他是少儿时的耍心未退，还是另有所图？

最让人意想不到的，赵王庄村及刘王庄组的人们，在隆重的祭奠现场看到了县卫生局的干部赵望梅，人们只是称她望梅，并不清楚人家现在的身份是王梅。她代表卫生局、红十字会送来了花圈花篮。她除了和杨柳声握手寒暄外，完全以来宾的身份，恭敬地站在祭拜队伍中。

没见刘月环，也没见到栗红章的新媳妇杨小桃，人们在关心之余，又议论了许多。当然，没有不透风的墙、没有永久的秘密，刘月环的传说、杨小桃的故事，像山上的风一样吹拂在赵王庄、刘王庄，添油加醋增加了很多酸溜溜的细节。

其实，人们似乎都忘记了流行多年的规矩，上坟祭祖只是男人的事情，女人是不参加的，况且这又是刘月环娘家的事情。

当人们都在想着自己心事的时候，栗红章心里正酝酿着一个产业，它与千家

万户有关，与厂矿企业、行政事业单位都有关。

二十五

十六年前的那个正月二十二日，栗红章做了件令人脸红的事情，确切地说是宴席上的两句话，使他一下子成了县内外的名人。

那是北汝县举行"一园一区"奠基典礼的日子。不仅地委田盛禾书记、专员车轩等要员来到了北汝，而且省委副书记、副省长等也专程被邀剪彩。那天，北汝县城乡各地都像过年一样，处处披上了节日的盛装。

山南乡栗寨村的"台湾工业园"，占地三百亩，拟引进台资一亿二千万元；山北乡赵王庄村的"恒春产业区"占地二百亩，拟投资八千万元。在工业基础相对薄弱的浅山丘陵县，这是十分惊人的项目，很值得几十万人载歌载舞地庆祝。这是一个好的开端，也是最说明问题的示范引路。省、地领导终于找到了先进典型，有心酝酿发酵，将它们培育成全省经济发展的标兵。那天，除了领导和媒体，计委、经委、商业厅、供销社、煤炭厅、石油公司、银行、信用社的主要负责人也随队前来。很自然，省直部门的领导出动让地、县相关部门的领导为之精神焕发，对他们来说这也是最好的上通下联的机会。在"一园一区"典礼筹备中，地、县、领导都提出了抓住机遇，向上汇报，加大宣传力度，扩大剪彩成果。如何汇报、典礼议程、汇报材料都经过了再三的推敲和研究。

那天的场面隆重热烈，各项议程无懈可击，秦可副省长的讲话鼓舞人心，其间栗红章的发言得到省委、省政府领导的赏识。栗红章这段时间常外出开会学习，有时间也读报看书，特别是乡党委书记，就是妻舅常常把省委党校及萧山农村的经验案例讲给他，潜移默化地让他政策层次有了提升。栗红章那天拾人牙慧地说了句发展乡村企业、实现农业产业化是农村经济振兴的优选之策和必由之

路。这些话地委书记田盛禾、县委书记武钢生可以说脱口而出，只是带有方向性的词语经他们嘴说出来是否合适，那时人的思想依旧受着束缚，说话是讲教条的，而栗红章就无须顾虑那么多，讲错了无非是上级批评，反正也开除不了公职。哪知，那天的省委副书记，特别是副省长秦可就偏偏相中了栗红章的发言，当即表态让媒体围绕优选之策和必由之路做系列报道。

当然，中午的宴会上，领导忘不了这个村支书，有头脑、有理论、会干事的村支书。原本没有安排乡以下干部参加的宴席上，突然增加了栗红章这张土啦吧唧的面孔。栗红章有生以来没有经历过这种场面，偌大的宴会厅，上有水晶灯照耀，大大的圆桌中央还放着绚烂的红杜鹃，桌子在缓缓地旋转着，美艳照人的服务小姐身着清一色的制服，每上一样东西都礼貌地报告着菜品和面点的雅号。栗红章感到自己要昏厥了，真的很后悔到此受这种洋罪。

他坐的是主桌，除了贵宾刘其昌、刘其泰，那上面最低职务就是县委书记武钢生。县政协副主席杨柳声坐在次席，山南乡党委书记李凤梧、山北乡党委书记黄次会作为东道主的地方要员，仅仅坐在临近宴会厅门口的角落里。栗红章发自肺腑的最强音就是不愿意坐在这里，并不是他和哪个人关系不融洽，即使融洽也不情愿夹在陌生面孔之间。他觉得很难受，胃里往外翻东西，真的是不喝酒就已经醉了。

县委书记武钢生致了简短的祝酒词后，宴会正式开始了。栗红章认真地观察着酒桌上的每个人，又环顾宴会厅看了看其他几张桌子。他发现宴会厅的气氛十分紧张、严肃，或者说十分的死板、压抑，其他几张桌子上的人，平素都是不小的官员，到了基层统统都是指手画脚、耀武扬威的范儿，这天竟变得一个个像刚做成的蜡像，虽然都堆着笑脸，但笑脸十分勉强。看着看着，栗红章有了自信，心情也随之云开雾散。

主桌开始敬酒了，省委副书记、副省长、省长助理等很客气地一一向台胞、向在座的各位敬酒，同时号召全体宴会厅的人员共同举杯，为"台湾工业园"、"恒春产业区"的胜利奠基干杯。

从地委田书记开始，按照北汝县路数逐个敬酒，他先敬省委、政府领导，再敬省直部门领导，接下来是台胞刘其昌、刘其泰，至于武钢生、栗红章也一视同仁。栗红章观察得很细致，省直单位一个女的戴着眼镜，很牛的，地委田书记敬酒她只是闻了闻就放下了。秦可副省长称呼她"燕姑，喝一杯吧"，她才斯文地

呷进嘴里，然后慢慢咽下。还有个男的，个子挺高，有大将的气概，然而别人喝三杯，他只喝两杯，剩下一杯说啥都不喝，还是省委副书记说"之叔，不能拖欠一杯啊"，他才喝了下去。

大领导们喝酒的气氛跟民间没有多少不同，情绪好时，氛围就出来了，他们也有很多劝酒的招数。不同于民间的，就是用普通话、语调柔和、言词妥帖。其实，栗红章他们也很会劝酒的，来了客人或领导，酒席上栗红章就十分活跃，而且有一股子韧劲。比如，他想让田书记喝酒，就恭恭敬敬地端三杯酒，先介绍说这三杯酒在栗寨代表福禄寿，喝完了预示着这三项全得到了。为了吉利，许多领导都会喝净的。如果遇到推辞，栗红章就原地不动，虔诚地说："激动的心，颤抖的手，领导不喝，红章不走！"果然见效。

半个多小时的劝酒，地区、县里都尽了地主之谊，连杨柳声、李凤梧、黄次会也表示过了。栗红章觉得该轻松了，因为开始吃饭大家就没那么多繁文缛节了。这时，秦可副省长说了句，让栗寨这位年轻有为的支书给大家敬个酒，以后到省里办事，各部门都要关照啊。全场鼓起掌来，栗红章心里想这是在抬死猫上树呀。他一蹶站了起来，让服务员给他斟满六杯，他斗胆大声说："各位领导，面对你们，我就是野地的菠菜不在畦！但恭敬不如从命，省长既然抬举我，我就来个先喝为敬，我先喝六杯，之后给每人端三杯，算是祝各位领导三星高照！"栗红章玩了个楼上楼，两只手一只手里三杯酒，唧唧两下，六杯酒就进了肚里。秦省长说，"喝酒看工作，北汝县有人才啊！"又是掌声，整个宴会厅简直成了栗红章的气场，每个人都在观看他的表演。敬首长、敬叔外公，然后一个部门一个部门地敬。到了那个女的跟前，栗红章很礼貌地说："奶奶，你喝三杯吧！"那女领导很不好意思地说，"我喝三杯，但你必须告诉我为什么这样称呼我。"栗红章说，"刚才省长还称你'燕姑'，我不该叫你奶奶！"整个宴会厅爆发出雷鸣般的笑声。到了那个高个子男领导面前，栗红章说："爷爷，喝三杯吧！"那男的还犹豫着，栗红章说："喝吧，别再让领导催你，刚才省委领导还称你叔，我叫你爷爷没错吧！"又是哄堂大笑。

人们都心照不宣，省计委的那位女副主任叫郑燕谷，农业银行的副行长叫金之述。而不知情的栗红章竟闹了笑话，引爆了宴会厅的热闹气氛。

无论栗红章说的话、办的事多么幼稚可笑，作为领导干部集中的地方，应该以严肃为主调的，不应该出现嘲弄、大笑这种情况。在哄堂大笑余音尚在时，地

委田书记就批评起来，说："栗红章是农村干部，对上级的名字不熟悉，虽然称呼不正确，但他表现出了起码的敬畏之心。在座的要学会包容、学会体谅，决不能看不起基层同志，更不许嘲笑他们，发现哪个散布这件事，要坚决追究。"语气虽然不那么严厉，但会场上还是马上静了下来，给了栗红章很大宽慰。

其实，好多事适得其反，栗红章闹的笑话很快成了饭桌酒场上流行的段子。

农村里传播小道消息只是你传我、我传你，十分缓慢，而机关干部们传播小道消息就像宽带，一传一大片。栗红章称"奶奶"和"爷爷"的笑话，几天光景就覆盖了北汝县内外。

二十六

栗寨村"台湾工业园"项目进入了圈地垒围墙阶段后，栗红章马上启动了他曾为之激动不已的工业项目。这年头，人们图吉利，剪彩开业、工程开工、红事白事、节日庆典都把鸣炮放鞭作为必须议程，他初步调查了营销鞭炮的公司，每年北汝县鞭炮销售达一千多万元，而且还以很快的速度递增着。如果在栗寨建一个花炮厂，利用废弃的军事设施当车间，在国内最大的鞭炮生产省份找一两家合作伙伴，节省了长途运输的成本，业务还可以辐射至周边几个县、市，那一定是桩格外赢利的生意。那时，栗红章还不会说产业这个词，只知道生意两个字。

坐在村部里的栗红章，静静地盘算着、酝酿着，他觉得借助眼下这么好的形势，把栗寨的各种生意做起来，挣了钱，让栗寨人过上好日子。想到这里，他脑子就有了一种冲动，就坐不住了，他神使鬼差地出了村部，抄小路登上了栗寨的制高点——香炉顶。

栗寨村很像一个大蒸笼里的扣碗，笼圈就是那层层叠叠的山丘，扣碗和笼圈之间有很多平展的地块，为这里人丰衣足食提供了前提条件。扣碗里有肉有菜，

风调雨顺时，那丰满的碗里全是肉，即使赶上旱涝不均的时候，碗里也至少有蒸菜馒头。于是，这块地方就让外人有了觊觎之心，力量强大的就设法强行攻占，势单力薄的就千方百计投靠。这里历史上叫栗家村，为了防御恶人侵略，栗家村在周边筑了又高又厚的防护墙，还修了环村栗水河，后来就名副其实地叫起栗寨。物质和文化竟是那么密切相关，自从变为栗寨后，这里人就开始把自己封闭起来，唯我独尊，懒得求人。这里有吃有喝又安全，外村人遇到天灾人祸，多到栗寨投亲靠友避难，再度滋长了栗寨人优越感的同时，独特山寨文化也在逐步形成，以至于新中国成立后栗寨经济发展一直慢于其他地方。虽然在新形势推动下，栗寨人开展了走出去请进来、学先进赶先进的一系列活动，但只是停留在一种被动的搞形式上，真正因地制宜有所作为，他们没有一个人这样想过。然而，一旦有人在某件事上有了名或得了利，大家都会说这事我很早就琢磨过，只是让这家伙超了车。建设台湾工业园这件事，原来的位置在偏东南方向，由于栗建渠、栗套轩和栗九斤几家不同意，非要让增加赔偿款才行。他们的地里种上了小麦，按道理麦苗还没有返青，冬天又不怎么管理，只是种子和少量底肥的投入，打足算满一亩地也不过二十块钱，人家一亩地每年赔一千元在当时已经算是一个让人吃惊的数字了，为了二十元，让刘其昌弟兄俩大为不满。这时，有村民提出我们的地一亩地只要八百元，并且连片三百亩是一个组的。就这样，台湾工业园就换到了这个地方。那几家本来是村里有名的会过日子的能人，本想使一下劲儿几千元就到手了，谁知，到头来煮熟的鸭子也飞了。栗寨人虽然对外的印象普通极了，多年来并没有培养出一个像样的人物，但他们在寨内却个个霸王一般。他们懂得敬畏，连最没文化的人也教育孩子"胆大心细才能笑傲江湖"。他们所谓胆大，就是敢作敢为，大不了就是一条命，二十年后就再次托生；所谓心细，就是凡事要看主流，要讲原则，就是不偷不抢不反社会不反党。栗寨建设台湾工业园，他们都知道是全县的一件大事，还听说省里还要来领导奠基剪彩。于是都表现得十分配合，俨然一群实实在在的顺民。栗寨人就是这样，大凡大喊大叫要搞破坏的，往往都是不会办事的好人，生气了就闹闹，出出气就舒坦了。不像那些城府很深、表面配合、内心对抗的家伙，他们服服帖帖时，村里村外都风平浪静，然而已经孕育一场风雨。果然，就在台湾工业园奠基的次日，那书写着"北汝县栗寨台湾工业园"几个大字的标牌就不见了，换上去的竟是"此地有争议，谁占谁生气，不服试一试"。

这些，栗红章根本没有料到，还说"突然爆发的事件，让人一头雾水"。关于土地方面，在农村的确是一件最让人头痛的问题，那本来都是国家的、集体的，可是经过历次变更、历届班子，本该越来越理顺的却被弄得公私不分、矛盾突出，几乎要变成个别人的摇钱树。只要规划百亩以上的园区，就会出现许多意想不到的情况，农村干部对上拍胸口承诺发誓，到了村民那里就麻烦得头痛。农村工作两台戏，计划生育和土地，栗红章对此十分明白。但他纳闷的是，办工业是带领群众致富奔小康，几百亩土地只是占了一小部分，竟出现了这么大的麻烦。在下山的小路上，他用好事多磨这个词安慰自己。

毕竟，工业园建设并不是一天两天的小事，即使耽搁十天八天也影响不了大局。他在烦恼之余，就先开始了另一个立竿见影项目的实施。他要建设北汝县栗寨花炮厂，自己出资建厂房，湖南醴陵、江西萍乡当年有几个新兵蛋子就在他的班上，关系还算铁。作为班长和后来的司务长，这几个兵得到过他的呵护。三十年河东三十年河西，现在他需要这些战友的时候，没想到他们还深情地呼唤他老班长。醴陵那个兵复员后分配到了安检局，正分管那些遍地开花的鞭炮企业，听说老班长想发展这个项目，就满口答应为他联系一家有实力、有眼光、愿意到外地建厂的企业，还许诺在湘复员战友都尽尽心，让老班长到醴陵吃好喝好心情好。江西萍乡那位战友，现在是萍乡市政府接待办的主任，电话上说让老班长一行登庐山看鄱阳湖、游井冈山喝四特美酒，还强调说让老班长一定把嫂夫人带上。江西老表挺会开玩笑，他说栗红章来考察花炮厂，如果不带嫂夫人，那么一定要安排他"打花炮"。栗红章说带上不就妥了嘛，但千万不能让四特酒把她灌晕啊！

栗红章跟杨小桃两人正在冷战，都想用实际行动告诉对方："谁离了谁都行，或许日子过得还更有意义。"当新兵蛋子们提出要求时，栗红章不假思索就答应了，答应之后犯了难。在部队上好歹也是他们的班长、司务长，栗红章不想在战友们面前窘得太很，一直以来把面子看得比生命都不轻。想来想去，苦思冥想，甚至还产生过向杨小桃低头的念头，但最后脑子里闪了一下，想到了咋咋呼呼的栗阳阳。他找到了妇联主任郝静云，说想出门演场戏，必须请一个演员同行。妇联主任摸不着头脑地问，栗寨又没有演员，请谁，豫剧、曲剧？栗红章说电视剧，他自己演男一号，阳阳演女一号，男一号的女朋友，请阳阳只是出出场。阳阳是妇联主任郝静云的大女儿，栗红章这个突如其来的请求，让老练成熟

能说会道的妇联主任为难了。她说阳阳不合适，一个闺女家充当这个角色，让人传出去多不好，再说你栗红章已经有了杨小桃，难道还要吃着碗里看着锅里！妇联主任不同意，当年阳阳要跟栗红章，弄得没打住狐狸惹得一身臊味。后来为了栗红章这份感情，她推掉一个又一个亲事，这闺女就像一团不熄灭的火，为栗红章旺盛地燃烧着，假若这次出去真的冒充那一位，等于是火上添油啊。过来的女人都清楚，女人的痴迷，迷恋一个男人，就像得了慢性病，难以治愈呀。栗红章讲了他这次去江西、湖南的任务，也如实说出了近期和杨小桃貌合神离的事情，还把战友电话上讲的话一五一十地告诉了妇联主任。妇联主任虽有动摇，但仍然没有同意。这时，栗阳阳不知从哪里钻了出来，说你们讲的我都听见了，这个女一号我当，一定当，一定当好！

妇联主任不支持栗阳阳参与栗红章的外出活动，除了栗阳阳铁心跟栗红章好的问题外，还有一件难以启齿的隐情。这隐情与栗九斤家有关，因之导致了栗红章的多项工作受到来自多方面的阻挠。栗建渠、栗套轩当年跟栗九斤学拳，是拜过神灵的师徒关系，"苍天为鉴，徒弟愿为师傅赴汤蹈火"的誓言，无不表现在大小事都保持高度一致上。平心而论，栗九斤和栗红章一家既无家仇，又无私恨，只是因儿子婚姻不顺而嫉恨罢了。栗九斤的儿子栗少元，喜欢栗阳阳，单相思就像一剂毒药，深深地毒害着这颗幼稚的心。栗九斤家境不错，按道理栗少元完全可以娶一位像样的姑娘进门，甚至比栗阳阳各方面条件都要好。可是，这栗少元脑残了似的只同意栗阳阳，常发酒疯宣示爱阳阳，有天喝多了，抱住栗阳阳家门口的老榆树亲起来，嘴里念叨着："阳阳，我终于抱你了，你不理我，我就要告诉你，我就是今天死了，也要尝尝你这盘黄花菜！"影响真的很大，连栗阳阳都羞愧难当。郝静云知道栗少元这么一闹，让人传播开来直接伤害的是自家阳阳，就请在场的人到家喝了一场酒，让各位全当没看见这场闹剧。那时，尽管栗红章已经娶了杨小桃，但对于栗九斤家托人上门说媒，栗阳阳一口否决，说在栗寨扎孤女坟也不会跟栗少元。栗九斤家失望了，觉得在栗寨非常没面子，正在查找原因，邮局送到一封信，拆开一看竟是四句打油诗，帮助他们总结失败的原因。打油诗是：少元阳阳本青梅，两小无猜似竹马；正因杀出栗红章，搅得鸳鸯各一旁！栗九斤之前听到传闻，只因栗红章比阳阳大十岁，根本不相信这是事实。他全家多方侦探，没有发现阳阳还有其他秘密，就让人上门提亲说媒。妇联主任表示没有意见，两家门当户对比较合适，还回复说只要阳阳同意，她坚决支

持。阳阳不同意，又说不出原因，其中必有隐情，栗九斤一家从此开始对栗红章不满起来，认定他是一个吃着碗里看着锅里的家伙。这封匿名来信就像点燃炸药的火。栗九斤、栗建渠、栗套轩三家联合起来对付村支部，矛头指向栗红章。这一切，只有郝静云知道个中原因，又无法向栗红章说明。

栗阳阳决定的事情，纵然妇联主任个性刚强，还有过人的狡辩能力，都不能把她说服。之前，妇联主任有意打消栗阳阳嫁栗红章的念头，还故意当着阳阳的面，夸奖杨小桃的优秀、能干等，哪知栗阳阳回击得非常有力。她说，若把她放在那个位置，一定比杨小桃表现得更加出色。之后，栗阳阳当着妈妈的面痛哭起来，哭诉自己连表现的机会都没有，她怎么能善罢甘休呢！

栗寨村子大，虽然不算富裕，但也不至于让人饥寒交迫。长期以来，寨外的女人想嫁进来，寨里的姑娘不愿嫁出去，栗姓通婚就司空见惯。不论栗阳阳嫁给栗红章，还是跟栗少元，都合乎栗寨规矩，也不存在伦理问题。栗寨好多栗姓人之间早出了五服，已经没有了血缘上的亲近。栗红章请栗阳阳前往南方，除了应对南方战友的邀请，还有故意让杨小桃明白并不是一棵树上可以吊死人的道理。至于栗阳阳的内心世界，栗红章并不那么了解，或者即使了解了全部，他也不会和栗阳阳生活在一起的。他要走出栗寨，就不能在栗寨这个扣碗里婆婆妈妈、犹豫不定、徘徊不前。

出栗寨不到半天，栗红章就收到了杨小桃的电话。杨小桃说："红章，看来我杨小桃是多余的。不过我想告诉你，当初你认识我时，为什么不说有个女孩叫阳阳呢？或许你说了，我们就不会有今天的苦涩。不过还好，我们之间井水没犯河水，还不晚……"

栗红章突然感到，玩笑有些大了，就有了想解释一下的念头，可是他没有想好更完美的措辞，只好说："不是，不是那回事……"

电话那端早已挂断了，他自己的大哥大里已经只剩下"嘟嘟"的忙音。

二十七

刘玉环心里窝了一句话，好久都没有说出来。她曾告诫自己，这种不利于家庭和睦的话，宁可沤烂在肚里，宁可烂得生蛆都不能说。

自从栗红章带人去了趟北京，回来后她发现家里的天要变了。那天她无意中获取了一个信息，对天发誓她绝对不是故意的，她半夜见儿子儿媳屋里的灯亮着，以为年轻人淘气还没睡觉，就蹑手蹑脚来到他们窗下。原以为年轻淘气是件好事，她早就想着抱孙子呢！哪知，天呀，栗红章想做那事，这死杨小桃竟然不让。俗话说，嫁鸡随鸡嫁狗随狗，你已经嫁给红章了，还卖什么关子设什么坎，八成这闺女真的有情况。刘玉环很讨厌杨小桃录音机里的那首歌，啥是千年的野狐，多少年依然孤独，骚的不轻，嫁到栗寨还玩什么神样鬼样。嫁给人家了就别嫌人家球长毛短，结婚前眼让驴球打瞎了。刘玉环很生气，已经对杨小桃开始有好感的她，一下子又回到了原点。当年，她就是认定杨小桃不是人，就是狐狸精，迷住了红章的心窍。那时，栗寨之所以传出了许多关于狐狸精的闲言碎语，除了赵望梅的势力之外，确实另有原委。红章转业回村，一副英姿焕发的模样，的确让村内外不少女孩子为之动心。村妇联主任家的女孩栗阳阳就是其中一位，虽然她小红章一轮，十来岁的差距当时在农村是个可怕的数字，人们会异口同声地惊叹这大得吓人。可栗阳阳不计较这些，公开表态说年龄不是问题，婚姻法从不限制年龄，谁规定的只有同龄人才能结婚？无所谓！就是这个无所谓和方方面面的强烈攻势，让刘玉环两口子首先表态坚决认栗阳阳为儿媳。后来，栗红章为了躲开栗阳阳，才神使鬼差地和杨小桃好上了。当时，杨小桃恋上栗红章，被人传为皇后娘娘下嫁多尔衮，电视上正播放电视剧《大玉儿》。关于栗阳阳的故事，杨小桃在乡里也听说了，只是当看到栗红章那副虔诚忠厚的样子时，把栗红

章的往事都看成了过眼烟云和一阵轻风。杨小桃经过头脑的炼狱，最后决定嫁给栗红章，她是认真的，或者说对自己是严酷的。然而，一场闹剧就让栗家惊惶失措，就让栗红章精神受到重创，关于那一段被伤害的往事，她毫不保留地告诉过栗红章，让栗红章增添点儿免疫力，这么一场闹剧竟产生了比原子弹还大的摧毁力，杨小桃对栗红章感到失望，怀疑他是否属于铮铮铁骨的汉子。于是，杨小桃蕴藏在内心里的对栗红章的信心、激情、热恋，从那天夜里开始，慢慢地发生着动摇和改变。栗红章北京返回那夜，杨小桃正处在月经来潮时，退一步说即使不是生理上的原因，她也绝对不会迎合的，最多在十分被动中接受栗红章的爱抚。这些生长在心里的东西，外人难以察觉，刘玉环、栗建社这些粗枝大叶之人，永远也不会体谅。

刘玉环也在寻找一个机会，想和杨小桃谈谈心，毕竟她已嫁入栗门，调教是十分必要的，树不修不直嘛。就在栗红章带着栗寨党员干部五六人浩浩荡荡去参观秋收起义旧址，杨小桃向刘玉环提出想回乡机关住一段时间的请求时，刘玉环抓住了这个机会。

栗红章带人去江西、湖南是早有安排的，当他那天在"台湾工业园"奠基典礼上说了几句话，得到省领导充分肯定时，这种想法的落实才更为坚决了。那天，他发言说，乡镇企业是振兴农村经济必由之路，作为栗寨人，一定要树立信心，虽然村小、底子薄，但坚信星星之火可以燎原。栗寨人一定发扬红军的长征精神，要让乡镇企业这面旗帜高高飘扬，在新的长征路上夺取新的胜利。他要带人去参观学习，除了党员干部还有村妇联主任，其中还有那个栗阳阳。就因为栗阳阳的冒出，彻底引爆了火药味很浓的栗家。你栗红章要翻盘，要展开攻势，我杨小桃也不会示弱，谁都不是好欺负的。待栗寨参观学习队伍出发，杨小桃就提出了她的要求。

杨小桃对刘玉环说："红章出了远门，带了那么多各种各样的人，一时半会儿肯定回不来，咱家里暂时也没啥关紧事，我想在乡政府住一段时间。"看刘玉环并没有露出难看的表情，就接着说："一是方便工作，开春乡里很忙，上报材料，争取项目，这些都是正常工作之外要干的活儿，作为打字员、机要员，我应该随时在机关待命。二是在家我好多事都搭不上手，还要给您添麻烦，我离开一阵子，也好让您清静清静。"

刘玉环眼睛睁得很大，像要抵架的公牛，"哎"地叹了口气说："没啥不

中，只是你和红章之间有些事应该说说，光怄气那不中，时间长了，保不住就出现大的情况，到那时多不好！"

杨小桃说："我知道。"

刘玉环说："红章这回带人出门，完全是工作，不是游山玩水！"

杨小桃说："我知道，庐山韶山井冈山，洪湖洞庭鄱阳湖，岳阳楼花明楼滕王阁，转转看看也正常。"

刘玉环说："出门前他没跟你说？"

杨小桃说："没有，也不用。"

刘玉环脸上的表情由阴郁变得稍微放晴，抱怨着红章这孩子越来越不像话，离家外出为什么不向老婆打个招呼，世上哪有这种男人。在痛骂了栗红章几句之后，刘玉环又很讲究地往杨小桃身上划了责任。她说："小桃呀，不过有些事你也有不对的地方，咱都是过来的女人，我才跟你交交心。俗话说，夫妻之间没有隔夜的仇恨，好多事三哄两哄，睡一晚上疙瘩就消了！"

杨小桃被刘玉环这几句话说得脸上发红，这简直是不要脸女人才能撂出的话，她叫了声妈，试图让她转移话题。哪知，刘玉环不愧是妇女队长、女强人，天不怕地不怕地接着说，"男人到女人那里，不就是有时候蛮不讲理，是时候不是时候就要做事，女人在这种时候千万不敢使性子，迎合他一顺百顺，顶住了可能后果严重。咱栗寨好几对夫妻就是这方面不和谐，最后闹到法院。"

杨小桃很委屈，心想这死老太太什么时候干了听别人房的丑事，还有脸劝导人！你儿子不管别人死活，平时一副冷冰冰的面孔，想干事也不转变态度，人毕竟不是畜生啊！杨小桃本想解释一下那天夜里自身的原因，但刘玉环很强势地接着训导。

刘玉环说："相人比畜，你看那街上的狗，不分场合不看时辰，追的赶的就粘到了一起。还有公鸡，追母鸡时十分疯狂，不完成那事不到底呀。话说回来，人不同于畜生，是要分场合和时间的，天黑了，小两口在一起，那就是发疯的机会。咱栗寨西头的栗银钟身高六尺，像黑铁塔一样壮实，娶了个媳妇最多四尺，一把骨头不超过七十斤。人们都担心结婚当天就要压死人哩，谁知人家很甜蜜，扑扑腾腾一连生了三个孩子，再没有恁好啦。"

杨小桃找了个间隙才把话说出来："那天我身上来了，红章他……"

"谁说身上来了就不敢做事？要是有爱，死神面前也不怕。"刘玉环简直不

讲道理了，她就是要杨小桃承认自己错了才会罢休。杨小桃到底是接受过教育，尤其是外公一家对她的熏陶，在就要发火的情况下能够马上冷静下来。她想，自己已经和栗红章冷战多日了，要是再和刘玉环发生不愉快，那么等于自己把自己弄到了绝路上。她无心和刘玉环争辩，于是，面对她这种蛮横态度，只好忍耐一下，说："知道了。"

刘玉环不同意杨小桃到乡机关住，说一个结过婚的女人，独自连续住在家以外的地方，别人会说闲话的。杨小桃回答说："不怕，人都长着嘴，嘴是圆的舌头是扁的，想咋说咋说，哪个人前不说人，谁人背后无人说，清者自清！"

杨小桃这一番话原本无意，可刘玉环却受不住了，她觉得是在挖苦自己，杨小桃嫁过来几月了，闲言碎语能不钻进她耳朵里一些，再说赵望梅人还在、心不死，千方百计地搞破坏。刘玉环怀疑杨小桃已经中了毒，而且毒得不轻，就说："说闲话的人别有用心，不得好死！"

杨小桃执意要离家，刘玉环知道挽留不住，就说："别让人笑话咱们家，本来好好的，弄成这个样子啦！"

二月的天很短，太阳在栗寨西山上作了简短逗留，就悄无声息地躲到了山后。杨小桃出了栗寨，一阵微风吹到脸上，顿时感到了释放重压后的轻松。她心里告诉自己，栗寨挺好的，自己千万不要把路走得过死，一定要让栗寨人说，小桃是个漂亮又善良的女孩，少了她是一种损失。

那天夜里，杨小桃失眠了。她后悔嫁到栗寨这一遭，否则她一个人的日子清静而且自由，真正是活的自己。而今，寄予厚望的栗红章，竟然半路上改变了主意，当了叛徒。她并没指望栗红章会给她带来多少幸福和甜蜜，只是希望他保持着一颗纯朴的心，对她好，不离不弃不厌烦。而现在，栗红章对她从厌烦开始，已经开始走向离弃。杨小桃的脑海里又涌现了栗寨的许多脸谱，主要是往革命根据地附近考察的人们，当然最耀眼最刺激她的还是那个发誓要在栗寨扎大姑娘坟的栗阳阳，说不定此刻她还正倥着栗红章撒娇呢！

杨小桃想着想着就禁不住落泪了，她又想起了《白狐》上的主题歌，就起身寻找那张碟子。她要用歌声驱走在栗家带来的晦气和不快。可是，明明放在档案柜里的碟子，可怎么也找不到。她只好重新倒在床上，闭上眼睛，强制自己不再想任何问题，要努力睡好觉，身体是自己的！但还是睡不着。她这会儿又开始在脑子里放映白天刘玉环的一幕。如果说此前认为刘玉环直爽善良的话，那她真该

打自己的嘴巴，自己真的是幼稚得过分了。刘玉环白天的言行完全印证了她的历史，当闺女时已经征服过赵望梅，原因就是她有毒辣、拼命、拉得下脸的本性。刘玉环对她举的公狗、公鸡的例子，想起来就让她脸上发烫，她完全是在指桑骂槐，是在骂人侮辱人。

杨小桃心里对栗家的人已经心灰意冷，只是她不愿把事情做得太绝，因此没有说一句摆不上桌面的话。想到栗家，就想到了那美丽的村寨，恬静的小院，以及幻想着欢歌笑语的小屋。她清醒了许多，突然想起那个碟子放在栗家那间所谓的婚房了，栗红章和她冷战开始，那《白狐》的歌声就成了她的勇气和依赖。她想，天亮就去取回那盘属于她自己的碟子。

远处已经传来雄鸡的啼鸣声，乡政府所在的集镇尽管严禁养鸡，但还是有不少居民偷偷地圈养着。鸡是一种信息传递很及时的动物，只要有一家的鸡叫，其他家的鸡就不甘示弱、不甘落后地跟着叫起来。

凌晨两点半，杨小桃迷迷糊糊地睡着了。

栗寨村各家各户公鸡啼鸣的时候，刘玉环还在辗转反侧，脑子里像涨潮一样地翻腾着。她曾经为了自己的儿子原谅过杨小桃，现在同样为了儿子她痛恨起杨小桃。杨小桃简直就是一只不受管教的骚狐狸，花样多点子多，赵望梅家的孩子不好，欺负过她，这中间她不一定没有责任，母狗不摆尾，公狗不跳墙。想到这里，刘玉环自己都感到很羞愧，当年山北乡赵王庄村赵望梅的远亲近邻也曾这样骂过她刘月环，硬把那桩风流生死恋的责任划给她。白天，杨小桃要离家时，她本来要说句让她受点伤害的话，话到嘴边又咽了回去。她想骂杨小桃"人怕没脸树怕没皮，别把别人当傻瓜，再笨的人也有清醒的时候，再狡猾的狐狸也有露尾巴的时候"，这句话迟早要送给她杨小桃，不能让这个为所欲为的野狐狸太得意。这时，她家后院啥家伙在声嘶力竭地叫着。

二八月是很有情趣的季节。农村人很直白地说二八月"狗走窝子猫叫春"，街上的大狗小狗不顾脸皮地追着异性，那些猫啊狗啊由于得不到满足，疯狂地伏在墙头、屋顶上歇斯底里地嚎叫着。刘玉环仔细听了听，这叫声既不是狗也不是猫发出的，很像在呼唤着人的名字。

那东西还在嚎叫，刘玉环模拟着："玉环——"不是，"月环——"不像，"红章——"更不是，"建社——"百分之百不是。最后，她觉得那叫声是在唤"小桃——，小桃——！"他妈的，真的太放肆了，野家伙竟然登门了。

刘玉环唤醒栗建社，手持农具，像去年到寨西山沟寻找狐狸一样。他们循着叫声，发现是源自羊垴上，栗寨人把院子后面的山岗称为羊垴。开了门，顺着小路往自家羊垴走去。他们看到一个比羊小比猫大的白色家伙，正朝着他们家院子呼叫："小桃——，小桃——。"当他们加快步伐，猫着腰去抓时，那白色的东西闪了一下，像闪电一样马上无影无踪了。那东西很可能是一只大母猫，是在呼叫异性。那声音可以理解为"嗷——嗷——"。但刘玉环认定是在叫"小桃"，也固执地认为那百分之百是一只白狐。平时，她对栗红章屋里播放"千年的狐"一类歌曲，就认为不太对劲儿，这会儿不全都应验了？那只白狐来喊叫小桃了。从羊垴上下来，天已经将近亮了，模模糊糊地可以看见百米内的电杆子和树木。

正满脑子白狐和杨小桃时，刘玉环和栗建社隐隐约约地看到家门口站着杨小桃，头发瞬间全部竖了起来。等他们看清确实是杨小桃时，就更加疑神疑鬼起来。刘玉环、栗建社如同两尊怒目滚滚的门神，坚决不允许杨小桃走进院子。杨小桃起初莫名其妙，慢慢地悟出了道理："他们是在赶我杨小桃离开的！"

杨小桃十分生气，忿忿地离开了，脚步迈得太重，以致家门口的刘玉环和栗建社清晰地感到了震动。

这时，刘玉环终于把那句窝在肚子里的话说了出来。不管杨小桃是否听清，也不管她是否真正的理解。反正刘玉环说出后，自己就宽慰了许多。

天亮之后，栗寨人知道栗红章家出了情况，不让杨小桃进家，栗红章又带栗阳阳去了井冈山，这些细节不能不让不善思索的人们浮想联翩。

二十八

火车到长沙站的时候，恰好赶上了一场小雨。雨雾中的霓虹灯似乎有一种神奇的力量，引导栗阳阳很快地进入了陌生世界，她平生没有到过这么远的地方，

根本没有见过雨中闪烁着的五颜六色的灯，怀疑自己是否在做梦。这趟车是开往广州的，上上下下的人挤得几乎密不透风。虽然妈妈紧贴着她，但她还是要拉紧栗红章，她觉得自己是在执行任务，执行的是无比神圣的使命，从懂事起，她就盼望着有这么一天、这么一个时刻。正当她对这一刻信心消失殆尽的时候，像是神灵发了慈悲一般降临给她一个机会，让她重新拾起那份信念。她十分珍惜这个机会，尽管说是演戏，但她却产生了假戏成真的幻觉。栗红章的胳膊就是她的目标，牢牢抓住不松就是任务。她知道，栗红章让她来这一趟，目的是填补一下暂时的空缺，并没有让她紧跟不舍或者形影不离。栗红章突然发力快走几步，下意识甩开她的手，没想到她紧跟着加快步伐，比刚才还要亲密无间。出站口隔着铁栅栏站了许多人，有的翘首远望，有的把写着接某人的牌子高高举起，还有人把打印着某会议字样的八开纸端端正正地放在胸前，更多的是那些宾馆、招待所、旅行社的工作人员，大声叫喊着，让栗阳阳在刚才迷蒙的感觉中又增加了新的眩晕。她心里呼唤着自己，要自己坚强地挺住，不要拖了栗红章的后腿。

有几张笑脸正好迎着出站口，他们没拿话筒，没举牌子，一眼就认出了栗红章。他们迎上来，围住了栗红章，没等栗红章介绍，就指着栗阳阳说："这位是嫂子？"栗红章正要点头，栗阳阳抢先说："是，是，真是慧眼呀！"栗红章一行，只是带了一些栗寨的粉皮、粉面和青瓷"来福石"，被接站人七手八脚装到了车上。栗红章一行五人，人家竟来了六辆汽车。那个叫红峰的，陪栗红章、栗阳阳坐上第一台长长的车，让其他三人每人坐一辆。栗阳阳在书店的识字卡片上看过，第一辆车叫林肯，第二辆叫奔驰，第三辆叫宝马，第四辆叫皇冠……出了停车场，车队在街灯下的雨雾里穿梭着，沙沙地发出有节奏的响声，近光灯亮着的六台车十分风光。栗阳阳竟有了梦境中的幸福感，觉得自己此时此刻享受到了最高贵的新娘子待遇。在北汝县，门第高贵的人家，接娶新娘车队大不了是桑塔纳，而自己此刻坐在栗红章身旁，不是新娘胜似新娘啊。

湖南人也有喝早茶的习惯，当红峰安排栗寨客人喝早茶时，栗阳阳觉得很搞笑，心想在栗寨通常是没人喝茶的，即使个别人喝茶，一般都要放在午饭后，而这湖南人怎么睡起来就喝茶呢？她怀疑这几个接站人是不是没休息好，把次序弄颠倒了。到了那个三湘大厦她才知道，这里的早茶原来就是早餐。有刀有叉有勺子，就是没有筷子；餐具有杯子、有小盆，碗上还带着把柄；早餐整整齐齐地摆放了几十米长，其间有锅、有煲，还有桶……栗阳阳开始妄自菲薄地想，这顿饭

弄不好还要出洋相呢！她静悄悄地躲在栗红章、栗章锁身后，仔细观看他们的一举一动。他们拿盘，她跟着拿盘，他们打什么食品、菜品，她就模仿着，以至有些她平素不喜欢的东西也打进了盘子。早茶她并没喝到茶，只是喝了几杯咖啡，那种苦涩的东西她第一次喝，觉得乐意接受这种味道，而且喝了这种东西，她觉得自己似乎从迷茫中清醒了许多，也一下自信了起来。她开始跟红峰交谈，完全是一副嫂子的状态。她通过红峰，认真了浏阳的万少青、司机张水欣，认识了江西萍乡的司机魏新河、王建新。早茶中，南方这几个家伙似乎早就填饱了肚子，像猫咪一样舔了几口就好了。只有栗寨这五位，一盘子东西远远不够，全都打了第二盘。不同的是，栗阳阳打第二盘属于象征性的。他们出发时有约，不管到哪里，一定要顾伴儿。栗章锁好像饿了好多天，终于遇到了可口的饭菜，吃得好香，嘴巴像表演数来宝似的。村企业办副主任栗来法，目不转睛地盯着盘子，一言不发地大口吃着。栗红章吃着说着，仿佛他们几个回到了昔日的部队，聊得十分开心。

他们几个把这几天的安排告诉老班长，既像征求意见，又像下达通知。栗红章明白入乡随俗、尊重东道主的道理，但还是提出以参观厂家、联合办厂为主。几个南方战友笑着说："老班长，放心吧，咱们在吃喝玩中就把事情办妥当了。"

一切正如栗红章几个战友安排的，早茶后他们先开车到橘子洲。好像尚不是旅游旺季，或者是他们到景区的时间太早，橘子洲景区还处在冷冷清清的状态。站在那块写着橘子洲字样的大石头旁，红峰喊过来一个导游，说让她给远方的客人们讲一讲。栗阳阳觉得南方人真的有点过分了，就这么一块像河坝一样的巴掌之地，根本就不用讲解，花这种钱多么冤枉。导游从石头上的三个字讲起，说这是毛主席那首著名的词里挑出来的，是真迹。栗章锁、栗阳阳都学过那首词，"独立寒秋，湘江北去，橘子洲头……"他们差点禁不住背诵起来。特别是栗阳阳，当年她代表学校参加县里组织的诵读比赛，读的就是这首词，还获得了优秀奖。有了导游的添油加醋，把巴掌大的橘子洲描绘得活色生香。什么神鹰翱翔、龙宫神女化成金鱼、橘树成精等故事都被导游信口说出，把本来浮躁无知的栗寨人深深地打动了。起初，他们几乎都有一种念头，那就是看不起这个景区，栗寨村随便找一个地方都美得让人发呆，都要比这个地方秀致许多。这时，导游指着一块地方说："正是有世纪伟人在此驻足，在此吟诵了优美词作，才让这片滩涂

变成了旅游热土。刘禹锡有一名篇叫《陋室铭》，开头写着山不在高有仙则名；水不在深有龙则灵……湖南的景区除了那些鬼斧神工、自然天成的景点外，还有许多因人因文而备受世人关注的景点，它们照样吸引着来自国内外的游客，这就是文化的力量。"导游似乎摸到了他们的脉搏，打探到了他们的内心世界，使一向口无遮拦的栗阳阳、栗章锁等只能假装哑巴了。大家像听故事一样，跟随着专讲故事的导游，在橘子洲这块并不起眼的地方溜达了近一个半小时。离开这里的时候，栗寨人还有些兴趣未艾呢。特别是栗阳阳，还产生了下次来一定选择深秋，那时候肯定像伟人词里描绘的"万山红遍、层林尽染"。红峰见阳阳落在后头，就笑了笑说："嫂子，留点遗憾，下次再见啊！"栗阳阳不好意思地红着脸说："谢谢你！"

阳阳想到日后再来时，心情就像出太阳的日子，晴朗朗的十分惬意。但还是这个意思，出自红峰之口，阳阳心里就像阴风怒号、浊浪排空，禁不住沉重起来。特别是这次只是一位不会演戏而勇敢上场的票友，那种复杂的心绪更令她压抑。于是，在通往岳麓书院的路上，栗阳阳一点儿也提不起精神来，好在这段路大家分别乘车，栗红章只顾和红峰叙旧，来不及观察她的神情变化。

车队在一个停车场依次停下来。这个停车场很大，栗寨人都会感到，足有两个栗寨中心学校的操场那么大，期间画满了许许多多的箭头和黄白线。已经有不少车停在那里，还有陆续赶来的大小车辆等待进入。栗红章和红峰等其他五辆车的人全下来，才慢腾腾地下了车。阳阳只是一个配角，她紧跟他们。凌晨的雨雾混搭天气已经过去，天已经放晴，一轮太阳正挂在天空。不知道什么原因，到了这里，红峰才向来宾们介绍作陪人员。红峰很幽默，先介绍自己："湖南醴陵市安检局科长邵红峰。"接下来指着那位个头很高、皮肤白里透红的人，"湖南省怀化市接待办副主任万少青"，"湖南省石油公司科长方高阳"，"湖南人民欢迎来自中原栗寨和江西萍乡的朋友们！"红峰分几句话，介绍了接待人员并表达了欢迎之情。到了这时，阳阳才知道红峰姓邵不姓红，她刚才还一句一个红主任呢！江西那几个人，邵红峰只是介绍了一个："江西省萍乡市接待办主任张建安，有请！"张建安个子不高，但属于那种精品男人，浑身上下很成比例，黑黝黝的皮肤十分光亮，两只眼睛跃动着智慧的光芒。他说："大家都好，张建安向您介绍来自江西的几位。樟树酒厂业务副厂长陈樟宁。"张建安稍停顿，让陈樟宁向大家环顾招手后，说："江西萍乡市工业办主任李子云。"李子云补充说：

"副主任，主持工作。"栗寨的人发现，尚有几名女的站在那里。聪明的张建安补充说："还有家眷，来自江西，等午饭时湖南湘妹子们到齐时再一并介绍吧，免得出差错！"大家禁不住笑了起来。

出了停车场，那位漂亮的美女导游就开始介绍岳麓山了，她说因为岳麓书院扬名天下，名人志士多会于此，就成就了这座文化名山。山上植物繁茂、动物出没，春来鸟语花香、秋来万紫千红、夏有凉风习习、冬有瑞雪飘零。导游看了看那几个掉队的江西人，稍微停顿了一下说，"你们北方的树种相比之下比较少，大多为榆树、槐树、杨树、柳树、泡桐等乡土品种。这岳麓山上的树木花草，差不多可以成为一个天然植物博览园了！"她介绍着，不管别人是否有兴趣听。"女贞、银杏、樟树、椤木、枫香，名木应有尽有，桃花、迎春、玉兰、腊梅、丹桂、百合、芙蓉、蔷薇漫山遍野。"

说着话，就到了庙院建筑一样的大门前。映入人们眼帘的是那副楹联：惟楚有材，于斯为盛。其他人不论，单说栗寨这五个人，没有一人能讲出这楹联的确切意思。栗章锁一向以知识渊博著称，站在这里竟然觉得自己低矮和渺小。好在这不是考试，那导游笑着告诉大家，这八个字告诉我们，此地是华夏大地人才辈出、文化灿烂的地方。栗章锁会意地点着头，一副遇到文化知音的表情。关于岳麓山风光，导游小姐概括为八大景：柳塘烟晓、碧沼观鱼、花墩坐月、竹林冬翠。导游像一个大鼓书的说书人，正讲得起劲儿，见大伙有了兴致，突然卖个关子，说："等到了具体观景点，我们再一一细讲。"

导游把大家领进了岳麓书院的大门，只见她手中握一把门票，和验票人嘀咕了句什么话，那男的并没验票，就打开栏杆。导游一手擎着"三湘神游"的旗子，拿票的手挥动着，示意让人快进，嘴时念叨着一、二、三、四……她那副严肃认真的样子，完全是做给验票人看的。这年月，干什么行业的都有绝活，别看小小门票，里面却有许多学问。

导游说岳麓书院古时候就是全国的最高学府之一，近现代北大、清华、联大、湖南大学、湖南理工大学都曾在这里办学。宋代张轼在这里办学，朱熹、程颢、程颐等都到此做客座教授，可见这里是理学的推广机构。这里的建筑分教学、藏书、祭祀、园林、纪念五大格局。对于导游滔滔不绝的讲解，栗寨人像耳旁刮风，听不懂，也记不住。不光这个团队，其他的也是如此，导游叽里呱啦地讲着，腰间的音箱把声音扩出来，随着空气扩散了。

大家最热衷的有两个地方，一个是祭祀区，这里人头攒动，香烟缭绕，一派繁荣景象。妇联主任先买了高香，导游说在这里许愿十分灵验，栗红章十分在意这个场面，猜想着她是在为团队祈祷平安，还是为栗寨人祈福，最有可能是为女儿吧，许愿阳阳婚姻完美、人生幸福。正在想入非非，湖南、江西的这十多个人，几乎都挤在人群中进香祷告。栗红章像一个编外人员，被冷落在一旁，并没有人劝他许愿，战友们都知道，老班长不信这一套。

除了进香祷告、默默许愿外，人们觉得更重要的，就发生在纪念馆的门外。那里有好几张长桌，桌前坐着几个面黄肌瘦的老人，天气不热却不停地摇着扇子，打扮得像诸葛孔明似的，真有点儿道骨仙风的模样。导游说，最近从武当山、龙虎山、崂山过来几名老道，他们绝对都是高手。他们的桌子上放着上百支签，每支签都对应着一个天机袋，你要询问的东西打开就能看到。大家不妨试一试，每人一次十元钱。邵红峰拿出两张五十元钞票。为栗寨客人每人买一支签，栗红章、栗阳阳、妇联主任、栗章锁、栗来法依次抽取。

栗红章一行曾在北汝县庙会上遇到过算命先生，或抽签、或看卦、或相面，都跟岳麓山的玩法不同。这里不愧为文化名山、理学之乡，那种端庄、肃穆和神秘足以让人进入一种不信不可的境地。他们拿着自己的签，换回一个属于自己的信封，里面装着所谓的天机。信封印制得十分讲究，正面是隶书"天机不可泄露"，背面有一段文字，可能是要求抽签者对待"天机"的正确态度。

最先打开信封的是栗章锁，他认真地品味着那首打油诗般的文字：为仆多主乖巧运，两段婚姻欲断魂；算盘如意握重金，有朝一日全倾盆。看完，他重新装回信封，由于属于天机，为了保密和灵验，要求抽签者看后交回。

栗阳阳的是：清明雨后出远门，路上同伴娘最亲；姑娘若问姻缘事，青梅竹马同龄人。栗阳阳眉头一皱，心里骂着屁天机，瞎抢乱扯！她把天机和信封分开扔在桌上，表现得不恭不敬。

妇联主任的几句话：女身男心坐官场，子女绕膝天伦亲；可叹难圆丈母命，竹篮打水湿淋淋。妇女主任脸色突变，红白色刹那变成蜡黄。

栗来法若无其事地看完，四句话好像是淡而无味的东西：有名无实瞎抓狂，糊里糊涂走四方；命里注定配角运，尽为他人做嫁妆。

栗红章的"天机"牢牢握着，既不想打开，又不愿不看就交回去。正犹豫着，红峰突然夺了过去，说："天机不可泄露，不妨咱公开一次！"邵红峰大声

唱读着："人虽木讷桃花运，婚姻搅动两辈人；狐仙有缘进家门，风雨飘摇见真心！"红峰边念边察看栗寨几位客人的表情，有的似乎无动于衷，有的一副惊讶面孔，花一般的栗阳阳此刻像霜冻过后的菜叶子，红峰早已发现了这个抽签看命活动已经惹出了麻烦，这些客人只是重视所谓的天机，没有领会"天机"信袋一面的郑重声明。他只好在老班长"天机"上找个切口，借机劝解几位不要在意"大师"的所谓天机。红峰读着"天机"袋上的文字，"无论好运与坏运，不必高兴或气馁，福报享尽即为坏运，坏运过去即为好运，多行善事才是好运的根本。"读完，红峰微笑着补充了一句他认为最关键的话："每天活动在湖南各景点的术士，不少于一千人，他们靠什么生活呢？就是靠信口开河和骗人说谎，谁要听信他们，那就是标准的吃亏上当！"

红峰说这句话显然迟了一步，除了栗红章，其他几位都在心里说：如果抽签不准，那你为什么主动付钱让抽呢；如果只是术士在骗人说谎，岳麓书院怎么能称得上文化中心呢；如果……他们此刻根本不相信红峰，更加相信属于个人的"天机"。

从表面上看，红峰的一番话起了作用，实际上，栗寨几位客人，特别是栗阳阳，已经被"天机"深深地打动了。此刻，她心里波涛汹涌、难以平静，一向直爽天真的她，再也不想在这么多人面前演戏了。她要找个机会，现出原形，当货真价实的栗阳阳。

二十九

栗寨老百姓说话特别形象，刘其昌、刘其泰飞回台湾的次日，一百万元的款项便到了栗寨村的账上，当农村信用社通知办款时，人们议论说，如今汇款比火箭还快，前几年汇个款像上年纪的人走路，慢腾腾的。

这一百万元是用来建筑工业园围墙的。其实，这笔钱没有到账，围墙建筑已经开工。栗红章湖南、江西出差前，围墙已垒好二百米还多。施工方为了承揽工程，签约带资进场，先干活后付工钱。

栗红章离开栗寨的当天夜里，已经垒好的二百多米围墙被人推倒一半以上，还打伤了施工队的三名看场子工人。由于联系不上栗红章，这个事又影响不良，事关重大，村主任栗明伟（就是伟伟）直接报告了乡党委书记李凤梧。李凤梧马上通知了山南派出所，要求他们立即行动，抓紧破案，挽回不良影响。台湾工业园的建设，是栗寨也是山南乡的重大工程项目，被列为北汝县年度的十件大事，省、地主要领导都光临奠基仪式，这样的工程遭到破坏，产生的负面影响是巨大的。李凤梧站到了讲政治、讲发展的高度，十分重视这起案件，因此在通知了派出所的同时，自己亲自带人到达现场。三个看场人两个人被打成了熊猫眼，一个头上开了瓢。开瓢的需要到乡医院包扎，留下的两个熊猫眼向李凤梧和办案民警叙述了事情经过。由于这三个看场人都是外地民工，栗寨村的人几乎全不认识。他们只听到半夜来了十五六个人，几盏电灯被他们砸瞎火了，只能看到他们全部是黑衣服白手套。这群人说他们是栗寨的群众，是栗九斤、栗建渠的哥们儿，由于栗红章办了坏良心的事，勾引走了栗少元的媳妇，今夜就是敲山震虎给他来个警告，不仅要把围墙推倒，以后谁再敢进场干活都没有好果子吃！熊猫眼中的一个说，这群人推了墙，临走还打了他们三个人，并且警告他们，说谁敢报案下次可不像这次手下留情。

根据这些线索，派出所民警感到这个案子并非这么简单，起码不一定是栗九斤安排人干的。但是为了破案，他们还必须找到栗九斤、栗建渠等，查查他们是否有作案时间。

派出所办案民警马不停蹄地进了栗寨村，他们在村主任伟伟的带领下，先到栗九斤家。栗九斤家大门紧闭，一把大号铁将军锁挂在两扇门中间，完全是全家人外出的迹象。找到栗建渠家，大门没有锁，里面的门闩上着。敲了好一阵子，出来一位老太太，手里拿着一把菜刀，开门后抡了起来，抡着还骂骂咧咧的。老太婆说，咋的，昨晚把人快打死了，今天还要来再打不是，我儿子建渠受了伤，进医院了，我是他妈，我今天跟你们拼啦！办案民警向老太太解释着，让老人消消气，说警察是为百姓办案的，就是要抓打人凶手的。老人不再挥舞菜刀了，她很不方便地找了个旮旯蹲下，也没有让民警坐凳子的意思，伟伟介绍说，老太太

几年前得的青光眼，视力越来越差。老太太不等伟伟说完，就插了一句"成瞎子了"。老太太说夜黑来了十几个刀客，朝家里扔了好大一阵子砖头瓦片，后来就翻墙砸门进来，指名道姓要俺栗建渠的命。问他们是干什么的，是谁叫他们这样做的，他们说是绿林好汉，专打不听话的坏蛋。他们说栗建渠不听栗红章的话，阻碍台湾工业园建设，说着就动手打建渠，一直到把人放倒还不停止，全家人跪在地上哭着求饶，这伙人还是不停手。老太太站起来，循着声音摸办案民警，禁不住哭起来，说警察同志，俺一家与栗红章无冤无仇，他咋这样恨俺，找人对俺建渠下毒手哩……

到了这里，办案民警已经感到了问题的严重。他们迅速又赶到栗套轩家，栗套轩家大门开着，家里有小孩在哭泣。院子里一片狼藉，打斗的痕迹明显，地上还看得见残留的血迹。

辖区里发生这么复杂的案件，影响极为恶劣，纸是包不住火的，这件事不可能不传播出去。一旦传播出去，对公安派出所来说，对乡党委、政府来说，都是一件十分不光彩，甚至相当丑陋的事情。此时此刻，派出所马上沟通了乡党委书记李凤梧，主要听取他的意见。李凤梧指导思想很明确，要派出所抓紧向上级公安部门报告。

对于乡党委、政府来说，出现了不稳定情况，上级主要追究群众上访的问题，对于刑事案件则另当别论。李凤梧从政多年，经受过不少大小事件的磨砺，积累了相当多的工作经验。他在让派出所向上汇报刑事案件的同时，集合乡综治办、信访办、维稳办的全体人员，要求他们全力以赴排查此案的遗留问题，坚决杜绝次生的信访案件发生。除此之外，李凤梧马上给县委书记武钢生打了电话。他先汇报了台湾工业园的建设情况，主要是到账资金和围墙建筑，趁着武书记赞赏的兴奋劲儿，顺势汇报了这起刑事案件。武书记当即表态，要公安部门全力破案，也表示通知信访部门做好受害人的情绪稳定工作。

事情的发展正如李凤梧设想的。上午十点钟，栗寨村几个遭袭家庭，并集合了他们的亲戚朋友，抬着伤员，打着白色条幅，浩浩荡荡地行进到了县委大门口。"严惩幕后黑手栗红章"、"强烈要求县委领导严厉打击流氓犯罪分子栗红章"、"栗红章身为村支书强占民女天理不容……"白底黑字的巨幅条幛，把名扬全县的先进分子栗红章渲染得罪债累累、体无完肤。这几家之所以绕过乡政府，直接闹访到县委大门口，原因众所周知，栗红章的媳妇在乡政府工作，其亲

舅又是当下乡里的一把手，是亲三分向，这几家人一致认为乡政府不是说理告状的地方。

多亏李凤梧早有预案，县委已有防备，县乡接待人员很快把上访队伍分散开来，分别告诉他们，这是一起有预谋的刑事案件，公安部门正全力组织破案。县委接访的干部还向上访群众保证，这起案子侦破结束，不管涉及谁都不会姑息迁就，包括栗红章，该法办坚决法办。待上访人员情绪稳定后，县里接访的人员还安慰他们，要他们耐心等待、相信组织，等事实查清后，会公开整个案件，政法部门决不会冤枉一个好人，也不会放过任何坏人。

上访队伍一个小时不到就被瓦解了，尽管还有人呐喊着说要是不抓紧破案，不能给受害人讨回说法，他们就到地区、到省里上访，不到黄河心不死，不达目的誓不休……越是叫喊得厉害，越是强弩之末，他们特像老房子着火，着得又猛又快，灭得也很迅速。当街叫嚷不仅是发泄内心的不满，而且主要是顾全面子，农村人的虚荣心比市民们更为严重。

栗九斤一家是这次受伤害的重点。他们家眼看着栗阳阳跟着栗红章到南方旅游，还带上最支持少元和阳阳成亲的郝静云，这不明摆着釜底抽薪嘛。面对着这么残酷的实际，栗九斤一家确实有了破釜沉舟的计划，他们要对抗栗红章，凡事都跟他唱对台戏，让他体会一下破坏别人幸福的后果。栗九斤串连了栗建渠、栗套轩等亲朋好友，先从舆论开始，把栗寨这几家作为着火点，坚信星星之火可以燎原。当然，栗九斤他们也清楚公开和栗红章斗，是斗不过的，人家媳妇在乡政府，人家妻舅又是乡里的一把手，凭他们几个加起来还达不到高中水平的农民，肯定是栗红章的手下败将。但栗少元认为的夺妻之恨，栗九斤认为的破坏自家的事，早已在胸中燃起熊熊烈火，顾不上考虑后果了。他们要拼、要杀，纵然是鸡蛋碰石头，他们也在所不惜。他们写给上级的告状信，反映栗红章思想反动、作风下流、道德败坏。其中举了三个例子，思想反动揭发他小时候就发表汉奸言论，作风下流指的是他们在北京调戏饭店小姐被公安拘留，道德败坏主要反映他搞婚外恋，破坏别人幸福家庭，利用职权霸占女青年栗阳阳。告状信写得入木三分，把栗红章骂成了资深汉奸和地痞流氓。他们最困惑的是，谁把他们的周密部署泄露出去，招致了这次的飞来横祸，还株连了亲朋好友。正当他们次日要自村到县采取行动时，栗红章的人捷足先登了，把他们几家打得鸡飞狗跳，近乎血洗。借着这次被打劫，加上旧仇，他们把上访信、小条幅，又穿插上新的内容，

临时在县城文印部赶制出了横幅条幛，给县城大街添加了一道闹访风景。

栗九斤一家没一个人想到，他的亲朋好友几十人也没一人想到，这场洗劫或者这个刑事案件的发展，完全出乎他们的预测。他们浩浩荡荡涌进县城以后，半天时间，已经出现三种外力干预他们的行动。如果把他们比作栗寨河水的话，在他们流动的前方新筑起三道坚固的河坝，严密有力地拦截着、防范着，使河水只能静静地滞留在坝前。

首先要栗九斤家庭及亲朋好友撤离县委大门口的是综治办、县信访局及维稳办的七八名干部，他们强调打家劫舍、破坏工业园建设的事是一起十分严重的刑事案件，公安部门已经立案查处，再继续在县委门口大喊大叫、举白条幅游行，就属于冲击党政机关、扰乱工作秩序，将按寻衅滋事处理。县里的干部很有人情味，他们电话通知医院，要救护车拉几名伤员住院。挑头闹事的就是躺在担架上的几个人，他们一旦被救护车拉走，集体上访就会到此结束。栗九斤肯定不同意，但他只是说不麻烦县里领导了，该走时一定撤走，保证不冲击县委，也不扰乱秩序。

第二拨做工作让他们撤离的是乡政府的人，他们态度谦和，说话感人。说怎么能出这种恶劣的事，九斤、建渠、套轩都是实在人，让实在人挨打，真该遭天谴！乡里干部边说边骂打人者，见栗九斤他们态度缓和后，又讲了台湾工业园围墙被推倒、看场人被打伤的事，说县里已派刑警队认真摸排犯罪嫌疑人呢。据说先调查群众，逐户调查，着重了解平常哪些人有犯罪动机，说过破坏建设的话，干过阻拦施工的事。不吃盐不发渴，栗九斤当即心里就发毛了，按照以上几条，他肯定属于被查对象。乡里人并没有让他们马上撤离，只埋怨他们闹这么大动静，又连累亲戚朋友又花钱，在乡里完全可以解决呀，乡派出所的民警完全有能力破这个案！放在以往，栗九斤肯定要呛乡干部们几句，说他们官官相护，可这次却没有，因为破坏围墙的案如果不破，栗九斤他们几个就洗不清，他们不止一次地干扰工业园的建设，有问题在身怎么敢造次呢？栗九斤、栗建渠、栗套轩的三个担架并在一排，很搞笑。栗九斤心事重重，对县委门口的人员做了分工后，就让人把他们送往医院。假装伤情严重，鉴定个伤情，更能加速案件的侦破，更有理由给各级领导施加压力。等到办案民警拿着遗留在袭击受害者现场的三节棍，来询问是否听到有人呼喊"叫驴"这个名字时，栗九斤便意识到案情已经出现了重大突破。他的确听到有人让"叫驴"快撤的话。这么重要的线索，可他第

一次和民警见面为什么没说呢，他反省着自己，由于当时只是痛恨栗红章，就把关于栗红章的事讲了好多，而其他的只字未提。

第三道河坝的出现，是那天下午两点多。栗九斤正为案件有重大突破而兴奋的时候，病房里来了三张陌生面孔，那种陌生是令人生畏的冰冷。他们开门见山，说是来私了这个案子的。他们让栗九斤之外的其他人统统出去回避，说单独跟九斤老兄聊聊天。栗九斤看见这几个彪形人就有点儿发怵，看到这仨人把一捆人民币往病床上一扔，就心里发悸犯寒。他们给了栗九斤两条路让选择，一是收下钱，撤诉，私了，就说是误会；二是不要钱，公办，继续闹。这仨人最后说，如果不私了，弟兄们大不了住半月四十天，接下来要发生的事情可由不得大家了。栗九斤忌讳了这仨人，又忌讳起他的亲戚朋友，尤其是隔壁病床上躺着的栗建渠和栗套轩。正当栗九斤神不守舍、顾虑重重时，这仨人似乎看出了问题所在，说九斤兄不要担心，那俩人的养伤钱另有安排。

有些事情很有意思，受害人上访，公事公办他们讨价还价，一副不屈不挠的大无畏作派，一旦出现了冷冰冰的面孔要私了，问题反倒由复杂变得十分简单了。

那天傍晚，北汝县委门口的上访者一个不留地全走光了，看热闹的旁观者议论说这家的问题由于闹得凶，当天就解决了。人们并不知道其间发生了什么事，出现了哪些情况。

栗九斤他们几个把上访渠道做了修改，他们到纪检部门上访，要求查处村支部书记栗红章。

当他们几家人从纪委出来时，竟然闹鬼似的见到了郝静云和栗阳阳。郝静云一把夺过栗九斤手中的告状材料，骂着说："九斤呀九斤，你是猪脑子，还是脑子进水了。你告人家栗红章干啥？人家咋着咱了？"

栗阳阳看见了栗少元，说："少元，你跟他们起什么哄？咱走！"栗少元紧跟着栗阳阳，这条路他们都熟悉，路的尽头便是他们共同的母校北汝高中。

掌灯了。北汝的大街小巷次第亮起了灯，像一条条纵的横的直线，交织着、会集着、闪烁着，十分壮观。路灯下的栗寨人，慢腾腾走着，像败下阵的残兵……

三　十

　　栗阳阳名如其人，她身上的阳刚之气远远超出了正常女性，不仅让周围的女孩子望其兴叹，也让不少男孩子见而生畏。上高中时，她和栗少元一块行走十几公里才能到校，其间要翻山越岭，穿好几个村庄，栗少元作为男孩根本保护不了栗阳阳，相反栗阳阳还要为他打气撑腰，三个寒暑过后，栗少元就产生了依赖症。他真的离不开栗阳阳，像一个缺少母爱的人，渴望着有女性的关爱。在学校里，栗少元挨打受气，都是栗阳阳出面摆平。栗阳阳在高中就落下"假小子"的名声，高中有阵子流行琼瑶热，《彩霞满天》、《梦的衣裳》、《冰儿》等，学生们争着传阅，之后就在男女同学间产生了互动，奇怪的是没有哪个男的敢对栗阳阳动心，或者说男生们有的有心没胆，对栗阳阳追求最执着的是纤弱的栗少元，他表现出的缱绻缠绵栗阳阳看在眼里、反感在心上。她不喜欢栗少元，觉得他身上缺少男人的阳刚之气，她也不喜欢同龄的男孩子，觉得他们一个个都那么幼稚。后来，年龄大点了，她竟喜欢上了栗红章，同村的那个转业军人，尽管他年龄大她好多，尽管她知道他有了杨小桃，但那种感觉和执着，却从没改变过。

　　栗红章担任栗寨村支书以后，接触了栗阳阳和栗少元这两个回乡高中生，经历过几件事后，认为栗阳阳不仅阳刚，更重要的是善良、义气和勇敢，对栗少元的印象是聪明、好学和内敛。他曾想等村里最吃紧的几件大事落实好，一定要把村团委建起来，革命事业要代代相传，汝河后浪推前浪，总不能像老支书那样狭隘，一生只发展过两个党员，一个是女儿，一个是侄子，要不是有几个参军回来的党员，肯定连党支部也建不起来。

　　栗阳阳跟随栗红章湖南、江西招商，母亲郝静云亲自监督，还有村秘书栗章锁、企业办副主任栗来法，本来阳光灿烂的心情都被栗九斤这一群无用之人搅得

乌云密布。她是背着思想包袱出征的，然而出了栗寨，这无形的包袱就被她甩在了脑后。她喜欢干脆利落，尽管心里不那么阳光，但她还是以大局为重，以使命为重，她是来配合栗红章的，是来演戏的。她从下了火车开始，就全力以赴地扮演着那个人，尽可能紧贴栗红章，唯恐让南方朋友看出破绽。她并不顾忌郝静云、栗章锁和栗来法，想怎么就任他们的意。人的情绪简直就是一个怪物，就像高空的云，变幻无穷。栗阳阳自从抽了那个签，看了所谓的天机之后，立马联想到栗少元一家，思想上就产生了大的波动。在栗红章那里，栗阳阳表现着最正面的东西，阳刚、正义、勇敢、义气，但她的另一面，包括栗寨人说的"二球"、"撒泼"、"一根筋"等，栗红章并未见识过。郝静云发现了一些苗头，赶上栗阳阳，拉了拉她的衣襟说："阳阳，要知道你出来是干啥的，千万不敢任性！"阳阳回答她说："知道，知道！"

"午饭就在这里"，过了芙蓉大桥，一座大楼矗立在车队面前，楼的顶、腰、大门口三个重要部位显示着夺目的同样字迹的五个字，万少青指着楼说："三湘大酒店，也是目前长沙最有档次的饭店。"万少青说，这五个字是从毛主席手稿中集字拼出来的，苍劲有力、行草结合、浑然一体，虽出于集字，但宛若一气呵成。万少青俨然一位书法大家，向初学者传授书法的常识，让人十分钦佩。

三湘大酒店颇具湖南特色，不仅硬件摆设、房间装饰、服务员服饰，而且音乐、闭路电视画面，都流露出浓浓的三湘情愫。在他们这个超大的房间里，有一样东西不是湖南的，那就是酒水，邵红峰解释，他跟张建安约好的，第一餐要体现湖南江西两省战友的热情，菜就用湘菜，酒水用四特酒。不等红峰讲完，栗红章就用"很好"两字给予了肯定。张建安补充一句说，今天要品的四特酒不是市面上的那种，我们都叫它小特供四特。

经过整整一上午的磨合，客主双方就彼此熟悉了，俗话说熟不拘礼，邵红峰一声招呼，大家都呼呼啦啦地就位了。坐在栗红章左边的栗阳阳，显得十分开心，这让有些担心的郝静云踏实了许多。一场热闹的午餐随着送菜人旱冰鞋的滑动，就拉开了序幕。张建安眼睛眨了一下，似乎暗示了什么眼神，江西来的三位女迎宾立马站起来，变魔术般地每人手里拿一瓶"四特内供酒"。她们彬彬有礼地单臂拿酒，另一只胳膊背在身后，每到一位客人跟前，都弯下腰热情地说："请品尝江西四特酒！"这让栗阳阳感动万分，觉得江西女子不仅漂亮，而且显

得十分有文化。仔细观察，这几个人的服装竟然都是青花瓷的图案。张建安说，中国地大物博，文化灿烂，历史悠久，地域差异很大，喝酒的方式也不同，尽管倒了一大杯，但各位不要害怕，我们都随意喝，各尽所能吧！说得大家都拍手称好，栗寨几位也如释重负。敬酒开始，邵红峰、张建安、万少青、张水欣、陈漳宁、李子云相继站立敬酒。之后是一阵品尝菜肴，长沙鱼、毛氏红烧肉、常德腊肉、邵阳辣子鸡、张家界野菜、湘西山珍……紧接着，湖南"辣妹子"、江西"青花瓷"，交替轮流登场，虽然几番敬酒，但人们杯子里仍有半杯以上。

栗阳阳没有征得栗红章同意，蹭地站了起来，说："南方朋友细致热情，精明有素质，但喝酒的成效不大。我一个北方人，怀着满腔感激之情，给大家敬酒了，粗鲁之处，还请各位包涵。"栗阳阳从服务小姐手中夺过酒瓶，"咕咕咚咚"先把自己的玻璃大杯倒满，然后说："本人栗阳阳今天就先喝为敬了，希望各位南方朋友把我的微薄面子拾起来！"栗阳阳说完仰起头，把玻璃杯里的好几两酒一口气喝下，把一桌子二十多人都惊呆了。郝静云喊着"不敢阳阳"，已经晚了。栗阳阳虽然直爽、阳刚，有男人的性格，但是喝酒方面却没有男人的海量，平时基本不沾酒。她的一番话，是在寨里的酒桌上学来的。她父亲喝酒，且是栗寨一带出名的酒仙，外号"南侠"，是北汝南部侠客的意思。

栗阳阳敬邵红峰，说感谢他盛情款待，红峰推辞说喝不了，阳阳又倒了一小杯酒，说陪他喝。轮到张建安，栗阳阳说，感谢江西朋友拿出这么好的琼浆玉液，又说酒乡人有量的，张建安不好意思让栗阳阳陪就仰脖子喝干了。万少青本想谦虚几句，栗阳阳说："激动的心，颤抖的手，你不喝我不走！"弄得酒量一般的万少青艰难地咽了一杯。到张水欣跟前，栗阳阳说，乡镇干部平时喝酒就是工作，喝干吧。果然，张乡长没有推辞，一口气喝尽了杯中的酒，陈漳宁说自己心脏不好，栗阳阳说酒治百病，喝吧。陈漳宁要妻子替，栗阳阳说，替酒可以，但要加码。她让陈漳宁妻子多喝了一小杯，说是替人喝酒的代价。李子云喝酒不干脆，栗阳阳说酒是粮食精，越喝越年轻，推着人家杯子要他喝。轮到女的时，栗阳阳一个不饶，把那些家眷们弄得毫无对策。酒端到这时，本来就该暂停了，栗阳阳却高调宣布，今天她端酒，要体现公开公正，亲戚朋友不迁就，都得喝。很明显，栗阳阳已经有情况了。可是，谁也劝不下她。栗红章不想喝，怕酒多出丑，就犹豫着不喝。栗阳阳不依不饶，又是给自己倒了酒，要和栗红章碰，赢得了南方朋友们一阵喝彩。这次，又是栗阳阳先喝了，到了栗章锁、栗来法那里，

他们都饮尽了杯里的酒。最后是郝静云，栗阳阳说郝主任喝干吧。郝静云说："憨子，你喝多了，你不知道妈不会喝！"栗阳阳马上回击："不会喝学喝，不能喝强喝，水气东西！"她学着父亲常说的话。

栗阳阳很体面地端完了酒，然而从此她便飘飘欲仙了。酒席正在进行中，栗阳阳开始搅场了。她的眼前好像有雾，看那些女人就像看美丽的花儿，同时又觉得自己跟人家比不上，自己又丑又土。于是就哭了起来，有几个"青花瓷"过来劝她，她说自己是高兴，是激动的泪水。"辣妹子"劝她坐在沙发上休息，她却说小看她，小看农村人。人们只好任她的意，不再搭理她。哪知，这时的栗阳阳完全失去了理智，也忘记了自己的使命。她号啕着告诉人们，栗红章骗了大家，她不是栗红章的女人，栗红章的女人叫杨小桃，是一个美丽漂亮的狐狸精……

后来，三湘酒店里再发生了什么事情，栗阳阳一丁点儿印象也没有了。等她清醒过来时，知道自己正躺在宾馆的房间里，妈妈郝静云正在收拾着狼藉一片的房间。她吐了，桌子上、椅子上、床上、窗台上……郝静云见她醒了说："丢死人了，闹腾了半夜，明天咋见人呢！"栗阳阳依稀回忆起昨天中午的一些事，觉得自己办了件很粗野的事情，不仅对不起栗红章，而且更对不起他南方的那些好意的战友。既然事情已无法挽回了，她也不想再和南方朋友们见面，她想尽快离开这里。

栗阳阳开始和妈妈讨论村里的事情，想用实际行动回报栗红章。她说自己想通了，男女之间不光是婚姻，还有友情；不光是收获，还有舍得。她觉得一切都不能埋怨栗红章，有时候是自毁前程，自己堵了自己的退路。

栗阳阳和郝静云，趁着蒙蒙夜色，抬手拦住一辆的士，半个多小时就到了长沙车站。车站依旧是车水马龙，人声鼎沸，似乎这里并没有昼夜之分。栗阳阳下意识地看了看车站高楼上悬挂的那个时钟，是凌晨三点多。

凌晨的风很清爽，栗阳阳深深地吸了一口长沙的空气，又缓缓地长长地吐出了带着酒精味的郁闷晦气。此刻，她觉得自己换了一个人，和来湖南前的栗阳阳不同。她觉得仅一天时间，自己真变得成熟了。

……她把两天来发生的全部经过，托盘倒给了栗少元，并让他传递给栗九斤。她再三强调说，栗红章没有私心杂念，人家一心一意为了栗寨。栗少元像一个办错事的学生，面对老师，低着头、红着脸，一言不发。

三十一

栗红章不喜欢读书，特别是厚一点儿的更读不进去。记得在部队时，他们连队的阅览室里订有《解放军文艺》，什么小说、散文、诗歌，三五十页那么厚，他倒喜欢读。他记得《拉岱大桥》、《索伦河谷的枪声》、《高山下的花环》等都是那时读过的，那些小说曾使他兴奋不已，热血沸腾。有一期的杂志上，他读到一句话，不知道是谁说的，只是因为说得好，就牢牢地记在心里。那句话的大致意思是生活总会在最深的绝望里，遇见最美的风景。由于理解能力有限，他那时觉得这话和人们通常说的天无绝人之路差不多，也跟"山重水复疑无路，柳暗花明又一村"相似，只是更简练、更洋气罢了。

随着年龄的增加和阅历的丰富，他对那句话感悟就越来越深刻。虽然在不同地方不同阶段的工作、生活、学习中总是遇到很多不愉快，有时甚至很难堪，但过后总是能得到有效的平抚，吃到苦头过后，甜美的东西便随之而来。就像小时候得病，医生开的药又涩又苦，他每次都闹着哭着坚决不喝，大人们就把勺子里放点白糖来诱惑说，喝吧乖，喝完给你吃蜜蜜，苦涩后的香甜确实使他感到很幸福。无非现实中的苦涩就是麻烦、纠结、痛苦、繁忙、烦躁，过后的甜蜜就是领导鼓励、同事努力、政策优惠、事业成功。远的不说，就说眼前。他和杨小桃出现了状况，台湾工业园建设遇到了阻力，联营花炮厂麻烦很多，当时他很苦恼、难过、痛楚，后来由于工作充实，各项事业出现良好转机，并且趋于成功，他一次又一次地得到上级表扬或奖励。如果没有苦涩，哪有香甜呢？

他能参加地区的"三级半"会议特别知足。这是苍天有眼，天道酬勤，各级领导关心支持的结果，是对他这阶段受苦受累受委屈的最好奖赏。他带队到湖南、江西引进鞭炮生产企业，虽然带着成功凯旋，但是他一点都不喜悦。栗阳阳

在酒桌上闹得乌烟瘴气，又和她母亲郝静云不辞而别，弄得那么多人为之尴尬，又让他栗红章在战友面前出了洋相。多亏是几个战友精心帮忙鼎力相助，这个项目才圆满签订协议。回到栗寨，似乎这里刚刚发生了"政变"，台湾工业园的围墙被人推倒几百米，村委会大门口贴了他许多小字报，自家大门口竟被人摆上了花圈和柳幡，村里人见他好像有意地躲闪似的。据伟伟反映，多亏郝静云、栗阳阳提前回村，要不然还不知道要闹出什么名堂呢！那些天，家里不太平，栗母刘玉环硬是把发生的这一切全归结到"狐狸精"杨小桃身上，为此还得了一场病，几乎精神失常，弄得栗建社忙得里里外外陀螺似的转个不停。村子里的事更是不可开交，一年之计在于春，计划生育要搞集中活动、乡镇企业要大干快上、土地联产承包后的遗留问题要解决、许多村民的宅基地要放线，他是村支书，家有千口主事一人。栗寨村没有底子，干事要花钱，企业开工、上级检查、工作组驻村、通电通水修路建厂房，钱到账的很少，其他大部分都要靠他筹措。虽然通过栗孟春打通了农行的关系，但大家借贷的担保问题依然压力很大。好几次，他难为得想哭，又哭不出来，在部队培养的流血流汗不流泪的硬骨头精神支撑他提醒他，使他坚持下来。个别时候，他也想念杨小桃，觉得杨小桃要还在，他的处境一定会好过许多。他在磨难中、忏悔中煎熬着。这还不算，栗寨人对他人品的怀疑，又给他添了很多忙。农村人尤其是上年纪的人，他们对问题不假思索，就信以为真。村里人流传着他抛弃杨小桃，看上栗阳阳，带阳阳外出游山玩水，在南方出了丑，还说他北京出差耍流氓被公安局拘留。栗寨人听风就是雨，几乎把他视为瘟神。最无聊的还有人提他小时候的事，说他从小就有当汉奸变节的念头。

他终于度过了艰难的日子，栗阳阳一人当关发挥了很大的作用，栗少元、栗九斤、栗建渠、栗套轩等，都成为栗寨村各项工作的支持者和带头人。人们说，虽然有时候是祸不单行，但更多时候是好事连连。栗寨村那阵子就应验了好事连连的老话，刘其昌为建设台湾工业园围墙，汇款一百万，建厂房的钱马上到位，农业银行为支持温室发展，提供无息贷款一百万元，扶持养鸭户三十万元，农业局旱作农业实验拨款十万元，湖南醴陵市东声鞭炮集团有限公司为联营栗陵鞭炮厂投资八十万元……

如火如荼的场景、日新月异的栗寨，不仅增添了老百姓的信心，而且提高了村两委会的凝聚力，特别是一下子提升了栗红章的威信。栗寨村成了山南乡、北汝县、鹰山地区最亮丽的风景。

他作为地委经济工作大会的特邀代表之一，来参加这个所谓的"三级半"会议，虽然没有上台发言，但栗寨的先进事迹、栗寨的招商引资项目、栗寨的发展模式，都被上级领导的讲话稿中多次提到。他感到光荣、兴奋、甜美，很幸福地享受着"三级半"会议提供的美好氛围。

散会了，但他似乎意犹未尽，居然留了下来。

坐在那个椭圆形的水池里，静静地望着墙壁上被四个小天使护卫着的女神，栗红章有些发呆。他不知道这女神叫什么名字，不知道她的国界，反正只知道她很美丽，安放在这个叫银滩流沙的洗浴中心，更加多姿多彩，令他这个见识不多的人一下子进入了绚丽斑斓的想象王国。

他不知道自己怎么懵懵懂懂地当上了一个乡的副乡长，那不是山南乡，也不是山北乡，是一个他从没来过的乡。由于陌生，他到这里以后很失落，有那种背井离乡的惆怅。这种地位的变化许多人求之不得，可他却觉得像被发配到边缘地带。他对这种突然的职位变化适应不了，认为副乡长远远没有当栗寨支部书记痛快、过瘾、潇洒。他为此哭了，哭得几乎窒息，许多人劝他、宽慰他，他还是痛苦不已。

忽然有人唤醒了他。是洗浴中心的工作人员。原来，他竟然在水池中，不知不觉地睡着了。

梦是心头想，好多人都这样解释梦，他认为这个梦并不是他想过的。那又是什么呢？他想起来前几年看过的一本《女朋友》杂志，上面有篇关于梦的文章，说梦是客观环境中的某些事物在人大脑里的反映。他认可这种说法。不知为什么，他这次到鹰山地区开会，许多事情都让他有梦可做，果然，他做了好多梦，甚至在浴池里也会做。

栗红章到了6888房间，磁卡钥匙到他手里好像认生，只会亮红灯，绿灯就是不会亮，还是路过的服务员用她手中的那个片子帮他打开的门。他在这个房间已经住了三个夜晚，据说这个星级酒店在鹰山地区是最好的，每个床位一天要六百元的房费。他平生第一次住这样豪华的房间，不光这些，三天来他品香茗吃佳肴，坐下有人服务，讨论有领导表扬，简直要心花怒放。他是来参加地区的"三级半"干部会议的，不知谁给这个会议起了这样一个名字，倒是十分贴切，地、县、乡是三级，加上部分所谓明星村的，就是"三级半"了。三天的会议，栗红章收到了三个手提袋的文件，有讨论稿，有正式文件，看到许多与会者把讨

论稿、发言提纲一类的东西都假装不小心忘在会议室时，他真想把这些东西捡起来，可惜呀，这比他小时候包书皮的纸还要好。那天下午，会议结束，绝大多数的人都慌慌张张地离开，完全像久别家乡的人，归心似箭，迫切地回家团圆。而栗红章恰恰相反，他还想在这里再住一晚，尽管酒店的工作人员一再强调，为了服务好会议，对那些因事走不了的与会人员，再提供一夜的住宿方便，前提是次日早八点前必须退房。栗红章可能不知道，房门钥匙的磁卡已经过期，只显红灯不显绿灯，就是提醒你抓紧退房。当栗红章稍稍冷静下来的时候，就发现了城乡的差别，文化人和老粗的差别，那就是同样的出发点和落脚点，过程是不一样的，处理方式存在着优雅和粗鲁的区别。城里人会很客气地先礼后兵，从而达到目的又不让你心里不快；乡里人先咋咋呼呼，说出一连串让你尽快离去的难听话，目的也能达到，但着实让人心里冒火。换到农村乡镇的招待所，服务员会说："会都散了，还赖着不走，别忘了早点退房，晚退了要罚款啊！"城市里把你的磁卡钥匙弄得没了磁，让多待一夜的客人不方便又说不出口。

栗红章想着刚才那个令自己落泪的怪梦，马上归结到了地区下发的那份文件上，《关于从年产值百亿元县亿元乡超千万元村选拔领导干部的通知》，其中就有鼓舞人心的话，说从工农业总产值超千万元的行政村选拔乡科级干部，主要是把优秀村支部书记、村主任提拔到乡镇任副乡镇长。当然，关于乡干部选拔、县干部提拔问题，有很大篇幅，栗红章并不那么关心。这个会议是年初那个三级干部会议的后续，好像是当初下达的经济指标太小，不符合上级的精神，与兄弟地区有不小差距。因此这个"三级半"会议的会标就是"换脑子、超常规、跳跃式、大跨步发展鹰山地区经济，紧逼加压奖优罚劣会议"。

会议在讨论时，北汝县有个叫田力才的乡党委书记，提了几条"要搞实的，不弄虚的、顺乎自然不搞劳民伤财"这方面的意见，指出有的行政村统计数字重复计算，他举例子说，一棵树本来值一百元，伐掉、锯成板、做成家具的过程中，每个环节都把一百元算上，这样一棵树成为家具进入市场，产值可能就达到几千元。列席讨论的地委书记听不下去，打断田力才的发言，问他任什么职，干过什么业绩。接着就批评起来，田盛禾说，有些领导干部自己不懂经济，还要指手画脚，就像一个不会凫水的人，站在岸上吆喝游泳的人姿势不好一样。有些人，你在球场上当裁判，把运动员一个个都罚出场外，要你这个裁判有何用？地委书记的几句话，把本来你一言我一语的讨论会，弄得万马齐喑。这还不够，地委书记

最后说，近期就要送一批干部去省委党校学习，把懂经济会管理的优秀干部提拔到重要岗位。等到讨论文件时，与会者没有任何杂音，一致拥护，并说地委指标实际可靠、措施英明得力，具有很强的指导性和操作性，实现目标任务没有悬念。于是，包括不怎么懂政策的栗红章，心里也暖洋洋的，觉得前程十分广阔。

这次会议，他成了上级领导树立的标兵人物，也成了"三级半"会议上的陌生人注目的焦点。栗红章心里说，咱要不干出点名堂，怎么能对得起抬高自己的上级领导呢！他心里一热，栗寨的事情就涌现在眼前，困难、问题随之出现，但他觉得，拼上命也要把困难、问题解决好，要让栗寨这面旗帜高高飘扬。散会时，李凤梧书记要他蹭车回北汝县，他找了个借口说还要找一找田书记，就留了下来。

栗红章之所以在鹰山市多待一天，主要是想让村主任担点应负的责任，培养他独立工作的能力，栗红章参加会议多了，就学了好多话，那都是行之有效的经验之谈。比如说，千斤重担大家挑，人人头上有指标，众人拾柴火焰高。过去一年多的栗寨，似乎两委会班子多数人都在凉快地方坐着，而忙得像陀螺的只有他和班子的几个人。前不久的湖南、江西之行，战友们劝他多待几天，他说不行事太多。战友们都笑话他笨，说他不会用人，还说伟大领袖毛主席一生没有摸过枪，可他却指挥千军万马打江山。栗红章后来想想也是，自己一个人纵然浑身是铁也打不了多少钉子。他们栗寨村人多事杂，简直如同农村庙会什么买卖都有，大事小事甚至不算事的事，都要找支书。栗红章有时候也发问："屁大的事情，你们找组长、找找村主任或秘书（村会计）不就办了？"村民说："屁大的事也是事，咱栗寨只有你最当家，人家都说自己是跑龙套的，千锤打锣，一锤定音。人家都推搡俺，把俺当皮球踢，你披着油布衫儿，我们只能找你啦！"栗红章心里说：如今这官场像得了传染病，一个小小村子里的跳蚤官，都被传染成滑头了，都怕担当，怕麻烦事扎手。上级逢会都批评那些不干事的人，可为什么还是治不住病呢？他有时候也想，可能怨自己太犯贱，把不该管的也管了，他早就想让伟伟他们几个当当家了，栗寨村是大家的，不是他栗红章一个人的，栗寨村离了谁都行，那个干了几十年的老支书叹息死后没人能接住班，谁知他死后栗红章比他干得要好无数倍。如果老支书九泉之下有知，一定会羞愧万分的！栗红章不敢说自己干得好的话，因为栗九斤曾在气头上骂街说："栗寨村的发展是必然的，换谁都要一样，就像有公鸡叫天明，把公鸡杀光了天照样明！"

三十二

　　地委在新一年的春节刚过，就兑现了上年政策，对县级干部、乡级干部奖罚到了位。杨柳声从县政协副主席改任县委副书记，李凤梧提拔为北汝县副县长。一个月之后，栗红章被任命为山南乡副乡长，他的副乡长后面加了个括号，注明主管乡镇企业。

　　这个消息传到栗寨，本来是喜庆的事情，却让平静的村庄掀起了惊涛骇浪。栗寨村民一致同意，要组织集体上访，坚决不同意栗红章当副乡长，要不就天天到山南乡去闹。老百姓的理由很简单，经栗红章手借了那么多账，都以栗寨村集体名义担保，全体村民都是担保人，栗寨村还成立了"企业发展互助储金会"，不少家庭的血汗钱都存在里面或用在企业上了，台湾工业园的占地补偿一年一兑现，如果换个人不认前账，玩起死狗咋办？村民的顾虑不能说没有道理，经栗红章投入企业的资金已经几千万了，虽说已经见到了回头钱，但离还清贷款、借款却遥遥无期，栗红章一拍屁股走了，自己吃香喝辣当大官了，可老实巴交的百姓们咋办，到时候无人管时哭天无泪啊！

　　老百姓阻止栗红章进步的事，在北汝县实属第一例。一个地方出了干部，是这个地方的荣耀，也是村民的福气，可栗寨这个改革开放的先进村，村民们的觉悟为什么这样呢！杨柳声、李凤梧都替栗红章着急，栗红章更像是热锅里的蚂蚁。

　　这时候，村里出现了两个人，坚决支持栗红章，反对人们到上级闹事，一个竟是栗阳阳。她说，红章提拔了，又不是永别了，或是出了什么不好的事，你们怕啥！他人还在山南乡，大家有事找他，他会努力去办，而且会办得更好，因为权力大了，办事更容易。再说了，经他手用的钱，笔笔都有着落，飞不了拿不

走，担什么心？君子要成人之美，人生的机会不多，大家想想，几十年了，咱栗寨出过人物吗？出一个大家还想把他害死，摸摸良心，咱这样对得起人家吗？还有，栗红章在村里干这两三年，呕心沥血、一心一意，对不起谁了？

对于栗阳阳的话，大家感到十分在理，但还是有所顾忌，担心自己的钱打水漂，要求栗红章立个字据，不管官升到哪一级，栗寨人的债权债务他永远负责。栗红章答应了，但人们还是觉得不够牢靠。

直到另一个人出现，这场风波才开始平息下来。这个人是栗林森，老支书的侄子。他做生意、打煤窑发了点财，就开始觊觎村里的事了。在他看来，栗寨村不仅是酒席上的大扣碗，还是一棵常青不衰的摇钱树。他学着外村富人的做法，给每户百姓送上一桶调和油，再送上一袋面粉，外加三百块钱红包。他想借着栗红章提拔，村两委会换届，争取当选村里一把手。他游说党员们，看望选民们，信誓旦旦、言之凿凿，承诺栗红章答应的事他一定接着办，栗红章欠大伙的资金他一定接着还，栗红章绘的蓝图他要接着绘。栗林森的表态，十分像动人的"誓词"，赢得了栗寨人的信任，也缓解了栗红章和群众的矛盾。

经过这场风波，县委改变了栗红章的任用方向。不知什么原因，栗红章也百思不得其解，一向把自己视为拔尖人才、不可多得的基层干部的张乡长，在李凤梧升职由他担任党委书记之后，竟三番五次地到县委，请求把栗红章调离山南乡。

那阵子，栗红章就像一条风雨中颠簸的船，眼看靠岸了，又突然遇到一个旋涡。栗寨的事情正在平息，县安检局又指出栗陵鞭炮厂的安全隐患问题，税务局又来查偷税漏税，环保局要求五氧化二矾厂立即停产，就连平时最热情帮助他们填写统计报表的单位，也拿着《统计法》前来罚款……山南乡新来的副乡长已经到位，栗红章尚没有去向，而栗林森已经征服了村民，尤其是党员干部，实际上已经取代了他。

他在一个月后，终于被安排到了偏远的地方。有些老话真的不是白说的，他果然在即将进入中年的时候，应验了那句老生常谈的话。山不转水转，栗红章做梦都没有想到他竟然成了田力才的下属，到田力才为乡党委书记的桐树岭乡任副乡长。和别的副乡长不同的是，他身上有很多限制，单从名誉上说就与众不同，叫主管乡镇企业副乡长。

他认识田力才还是在上年那个"三级半"会议上，当时田力才因为说了几句

乡村企业统计口径的问题，并没有多大毛病，却得到了地委书记的严厉批评。会上，尽管田力才发现了苗头不对，迅速来了个态度大转变，哭哭啼啼地向县委书记承认着错误，恳求县委书记到地委书记那里说说好话。要按地委田书记的原意，田力才必须立即停职检讨，然后安排地区纪检监察部门对田力才的乡财务进行审查。经过多方做工作，田力才从八万人口的宝寨镇被调整到三万人口的桐树岭乡。当时社会上流传着这么一个顺口溜"大镇到小乡，因为嘴发狂；如果不服气，马上查你账！"田力才表面服气，内心却充满了怨恨，他酒后发泄说官大一级压死人啊！

田力才好像很不待见栗红章，对他十分冷淡，尽管也和他握手，说了句欢迎栗乡长的话，但握手的深度只能算碰了手指，那句欢迎的话带着不小的嘲讽味。田力才似乎自言自语地说：桐树岭乡没有乡镇企业，分来个主管乡镇企业的副乡长干啥呢！

田力才依然很直，直得像炮筒子，在分工会议上，当着党委、政府班子十多人的面，说："我不管你啥乡镇企业副乡长，反正分到我这里，就得听我的，咱乡没有企业，主要是大农业，栗红章副乡长协助王春翔副乡长抓农业生产和农村稳定吧。"短暂的几天，栗红章发现了桐树岭乡的一些秘密，乡党委书记田力才与乡长杨东升关系不好，属于那种面和心不和的关系。田力才管大方向，杨东升管财政开支，田力才安排的事情，杨东升要无条件执行，说是和党委保持一致，杨东升的有些开支计划田力才总是提出疑问或者打打折扣。杨东升一肚子不高兴，但表现在脸上的却是诚恳接受的样子。栗红章有次搭田力才书记的小车开会，听到书记对王春翔说，杨乡长就是个模糊蛋，脑子一点儿不清醒。从那时起，栗红章就很注意和杨乡长保持距离。

相比之下，田力才书记和副乡长王春翔的关系挺铁的，什么原因栗红章无法打听，也就无从知晓了。乡里一共三台小汽车，书记坐的是一辆烧机油的伏尔加轿车，乡长坐着江苏仪征轿车，另外一辆是老掉牙的北京吉普车，会议上讲的是大家下乡上山时用，等于说其他十多位副乡级领导共享这辆旧吉普。王春翔抓农业生产和农村稳定，事情比较多，因此抓住吉普一坐就是好几天，其他副职虽有想法却拿不到桌面上，人家王乡长的确需要车。既然坐不上车，大家就纷纷打消了坐车的念头。久而久之，吉普车就成了王春翔副乡长的专车。王春翔趾高气扬地坐车，渐渐地把办公室派车这个环节也省了，有事无事都要求司机待命。当栗

红章出现后，情况稍有些变化，平时栗红章跟随王春翔下乡顺理成章地乘车，司机特意强调不论王春翔坐不坐车，前边那个位要留着，王春翔副乡长喜欢那个位。栗红章心里说，王春翔真是个傻瓜，在部队上，都知道那是个勤务兵、警卫员位，说点不好听的，那个位置有时候就是挡枪子儿的。栗红章像一个新兵蛋子，老老实实地服侍着王春翔这个老兵，相处得也算可以。

王春翔也是农村支部书记出身，家住在深山区的大谷山，算得上土生土长的大谷人。王春翔十八岁接了大伯的班，当上了村支部书记，一干就是二十多年。论资历称得上全乡第一，那些老点的都被年轻人挤掉了。王春翔运气好，正有人要推翻他时，就赶上了上级要从支部书记中选拔干部，别看四十出头了，超过了组织上规定的年龄，但最终还是被录用了。他弟弟叫王夏翔，比王春翔小十二岁，前几年在小煤窑的瓦斯爆炸事故中死了。弟弟死后，王春翔不让弟媳嫁人，悄悄地履行着弟弟的责任和义务。在上级选拔干部时，资深的支部书记王春翔对自己的年龄提出了异议，强调当年的王夏翔就是他，两人的名字没错，只是年龄弄错了。王夏翔的妻子也出了份证明，证明户口本的确弄混淆了。王春翔借着那些年户口年龄管理粗放，轻松地把自己改小了十二岁。王春翔在村里倚老卖老，一手遮天，打宅子、分土地、发放福利统统一人说了算。于是，那些想占便宜的、不想吃亏的，就投他所好，想方设法贿赂他。从那时起，王春翔便开始胡作非为，计划生育孕检，其实可以放手让计生专干去办，让妇联主任去办，他说为了落实政策自己必须亲自上。过后，他醉酒了胡言乱语，说自己看妇女孕检是撑死眼饿死球，一下子暴露了真实想法。那以后，开始有女的献上身体。为了各取所需，大谷乡谷泉村的留守女人，不论老少，几乎都成了王春翔的菜。他觉得很风光，心里盘算着还有哪几个更漂亮，还没拾进自己篮子里。他有个远房外甥女叫马聪芳，人称小聪，男人在县热电厂当工人，每星期只能回家一次。王春翔看上了小聪，有天夜里进了小聪家，由于是叔伯舅，小聪没有什么防备。王春翔抱住小聪亲吻时，小聪拼命地说自己是小聪啊。王春翔那晚可能喝高了酒，把小聪听成了"小葱"，就说："你是小葱，是韭菜我也要拽一把！"玩火者必自焚，作恶多端者必遭报应，不知道为了哪个村妇，王春翔被打掉了两颗牙。之后，谷泉村开始流传要推翻王春翔的舆论。恰在这时，县委开始选拔优秀村支书的活动，意义很积极，就是要改变村支书干好干坏一个样的现状。一般人的思维，王春翔作恶多，一定会有人站出来阻止他的进步。但谷泉人很冷静，他们暂时推翻

不了王春翔，那么依靠上级的政策要他离开，然后选一个心地善良的人出来当村支书。组织部门考核时，谷泉人都只说王春翔的好，说他当乡干部肯定称职，抓农业、抓畜牧不背包。王春翔并不是只做坏事不干好事的那种人，谷泉村那个寡妇老太的儿子考上了大学，学费、路费等，王春翔全包了。功夫不负有心人，谷泉村唯一的重点大学毕业生，进入了国家机关，他很早就发誓要报春翔叔的大恩大德。王春翔心里明白，即使在选拔干部过程中有点小问题，也不要紧的。咱有人！

栗红章跟随王春翔到村组督导农村工作，就像一个新手跟老中医学号脉，学开药方子，认真地听、努力地记、慢慢地理解和消化。王春翔讲了许多过关斩将的事迹，关于他那些败走麦城的事情是县里的企业局副局长讲的。王春翔得到乡党委书记的赏识和支持，在好多工作上更放手去干，许多疑难问题得到了解决，助长了他的蛮横作风。有些政府行为王春翔应该向杨东升乡长汇报，起码要征求人家的意见，可他在这个环节上常常自作主张。特别是栗红章协助他工作之后，王春翔变得更加肆无忌惮了。他在乡机关的非正式会议上说，书记、乡长每人一台车，应该的，农业这条线两个副乡长抓，给农业这条线一台车也应该。其他副职听到他这番话苦笑着摇摇头，心里骂他太霸道了吧。王春翔把那台牌号为7484的吉普车牢牢地掌握着，连栗红章也只是蹭车。事情很奇怪，王春翔的父亲去世不久，妻子接着就卧床不起。乡里有人就议论是车牌不好，7484就是妻死爸死。这种议论在桐树岭很流行，只不过王春翔不知道罢了。

那个春天真忙，白天抓春耕生产，主要是麦田中期管理、烟叶移栽、棉花种植，山区群众还种了很大面积的红薯。天旱得很，好久没有下过透雨，浇灌问题增加了许多协调难度。在户不让户、组不让组、村不让村争水的情况下，王春翔、栗红章自然成了主要协调人。到了夜里，乡里还分配给他们计划生育的引流产指标、罚款上环指标。恰恰那几天，王春翔家里有事要天天回家，回家还要带车。据说大谷乡谷泉村的现任书记和王春翔关系紧张，很看不惯王春翔。而王春翔又不示弱，每次回村要带上小车，进村还不停地按喇叭，他就是要告诉那个村支书，"我王春翔回来了，还坐着小汽车，我是乡级领导！"那个村支书就安排捉王春翔的奸，之后，把他和弟媳的事说了出来。王春翔的弟媳也是个刺头人物，她越是人多的地方越是骂村里有些人咸吃萝卜淡操心，议论个球呢，别说和春翔混了，等嫂子过世后，还要嫁给王乡长呢！王春翔后来常常回家，并不只是给病

中的妻子送药，到弟媳家过夜才是主要的。

那天夜里，终于出现了一桩惊天动地的事情，由于王春翔不在，7484也带走了。栗红章只好带领着农业线的七八个人夜间下村抓计生对象。他自己没有夜间抓人的经历，心里对王春翔乡长的做法很佩服。就定下规矩，这次行动按过去的办法做。他们抓的对象是桐树岭乡严家沟村的严俊民妻子，有人举报她无证怀孕已经六个月，属于大月份，目前躲在后院窑洞里。本来这次行动，负责人是王春翔，栗红章只是协助他工作。王春翔当着书记乡长的面，满口答应一定把这点事拿下，保证圆满完成任务。可出了乡政府院子，王春翔就改变了态度，他把晚上参与行动的七个人集中起来，既是讲话又是开导栗红章。他说："栗乡长，你跟我实习已经半个多月了，不能永远这样呀，该出手时就出手，要不年终考核业绩就不好计算。你说是你领导的，别人说那是王春翔领导的，那多不好意思。今晚的行动，我就放手给你，由你亲自带队，夜深人静，把对象抓回来，业绩不就出来了。再者，这七个兵个个都有夜袭的经验，撬门别锁、翻墙进院全套不背包，不听指挥告诉我！"栗红章说："王乡长，你是盒子，我没弄过这事，还是你带队吧！"这时，王春翔的大哥大响了，声音很响亮，里边有个女的口气很大，说王春翔今晚要不回来，永远就不要回来了！栗红章猜想这个女人可能就是王春翔兄弟媳妇，因为他妻子有病卧床，少气无力肯定不会大声叫嚷，再说了他妻子根本没有电话可打。王春翔急得像火燎屁股，说："梁站长，你当一回队长，今晚这个小分队由你亲自带队，栗乡长当一回见习领导。还按咱们以前的惯例，速战速决，出了问题我负责！"王春翔说完，坐上7484吉普车走了。望着远去的车的两个红色尾灯，梁队长开始发泄："日娘，光说哩，深更半夜，车没车、灯没车，黑灯瞎火人生路不熟，虽说白天踩了点儿，那黑夜和白天会一样？"骂完，梁队长见没人呼应，就吩咐其他几位出发。栗红章作为副乡长，享受的待遇是坐在梁队长的摩托车上，其他人各骑各的自行车。没有月亮的夜，星星特别多，只是地上黑乎乎的，八个人的车队，像沉沉夜色里的一股旋风。栗红章脑子里涌现出了《敌后武工队》书中的情节，他定位自己带的队伍，并不是八路军武工队，倒是像汉奸刘魁胜领的那个夜袭队。

严家沟这条沟早已不深了，只能是老严沟的一个沟岔。主沟又宽又深，现在是一座水库。严俊民的家依山傍水，前院是平房，后院是窑洞。据说这是一座老宅，关于宅院还有很多故事，与当年八路军、解放军都有关系。为此，严家沟村

的大部分都迁到了严家沟新村。而严俊民家却依然住在这里，靠山吃山靠水吃水，打鱼采药、两条游船，日子过得挺小康。沟里人见识浅，对严俊民一家看不惯，希望上级下决心扒掉这个院子。严俊民的爷爷当年是八路军的交通员，后来当上了严家沟的农会主席。之所以没有马上搬走，并不是因为他倚老卖老，也不是严俊民强势，是省军区有个退休首长说过要保存县大队办公旧址。严家沟解放那年，农会主席的妻子、儿子都壮烈牺牲了，严俊民三十多岁才娶上媳妇，多年没有生儿育女。后来生意发了财，妻子又生了女孩，接着又怀上了，村里有人盼他家断子绝孙，恨他们日子红火，就举报严妻计划外怀孕的事。老农会主席觉悟高，事事处处模范带头，就是在计划生育问题上，他要当一回落后分子，因为太想抱重孙了。

小分队果然如王春翔所说，身手非凡，蹭蹭几声，七条黑影成功越墙进入严家。似乎严家早有防备，随着七人落地，看家的狗拼命地叫着、反扑着，接着严家院子的电灯齐亮，严俊民的爷爷、严俊民，还有严俊民生意合伙人呐喊着打非法闯民宅者。乱哄哄闹嚷嚷的声音，令栗红章十分紧张，他担心会发生什么事，害怕制造一场血案。院子里的搏击声、叫喊声，以及呻吟声，都像冲他而来。他拨了王春翔的大哥大，很清晰地告诉他电话关机，让他用其他方式联系。这时，栗红章还算清醒，在这种时候他应该立即制止，不能让事态朝更严重的方向发展。他爬上一棵老槐树，站在树杈上大声喊叫："梁队长，梁队长，马上停止行动，马上停止行动，不许动武，不许动武……"

三十三

栗红章在严俊民家院子里被血淋淋的场面吓呆了，偌大的一个农家院子里，横七竖八地躺倒着十多个不住呻吟的人。他参军六七年，见过人受伤，见过人群

殴，但真的没见过这种惨状。他脑子简直成了一团麻，怎么也理不出个头绪，还是梁队长提醒他，要他打120。栗红章打120的时候，居然想到了很有必要打110报个警。接下来的一切，都属于电影、电视片里描写的东西了。警车、警笛、救护车、吵吵嚷嚷的人们。

不知什么原因，最先到达的是那辆前挡风玻璃上靠着"新闻采访"白牌红字的面包车，这是北汝县电视台驻桐树岭乡记者站的专车。他们果真兑现了"第一时间到达现场，向全县人民报道最新的故事"的广告词承诺。栗红章见过新闻工作者，那时他是被正面报道的，是全县、全地区树立的标兵，好风光的。可这阵子，他也不知道自己是触犯了党纪还是国法，抑或是伤害了民心。总之，这不是什么好事。面对镁光灯忽闪下的镜头，他感到寒森森的，腿脚也十分绵软。拿话筒那个女记者，穿一件被子一般的棉军大衣，话筒从袖口露出一匝那么长，像一柄匕首逼着他讲话。女记者在不算寒冷的夜里，穿一件十分夸张的大衣，还围一条宽厚的围巾，把自己包裹得严严实实，两只眼睛在灯光下眨巴着。她问栗红章："请问，你是乡里的领导吗？今晚的行为是乡里的统一部署吗？"栗红章完全没有听懂女记者的问话，他在想，如果群殴的双方都穿着和记者一样的服装，或许就不会有人流血呢。那女记者显然对栗红章的迟钝很不乐意，提高嗓门说："你好！我是北汝电视台的记者柳小月，采访你几个问题……"两辆车身上有着红十字标志的救护车来了，车顶的灯变换着红蓝黄三种颜色，警车喇叭同时响着。栗红章顾不上那些记者，投入抢救伤员的行动，他觉得此刻最重要的就是把流血事件造成的损失降到最低。警车来了，警察对现场认真地拍照，记录了几位受伤者的名字。

栗红章懵懵懂懂地随车来到了县医院，慌乱中听到要血，他就伸出胳膊告诉医生自己是B型血，还说自己体质好，在部队献血每次都不少于500毫升。由于劳累、加上抽血，栗红章竟然倒下了。等他醒来时，已是上午九点多了。阳光从病房的窗玻璃透射过来，整个房间亮堂堂的。病房里那个十八吋的电视机开着，正播报着北汝新闻，栗红章一个激灵，脑子顿时格外清醒。男主播在一条春耕消息之后，说现在播送刚刚收到的消息："记者柳小月报道，我县桐树岭乡严家沟发生一起血案，副乡长带队夜闯民宅、干群互殴致十多人流血，其中三人伤势严重……"栗红章感到头脑发晕，电视台接下来的节目他全然不知了。

临近中午，栗红章在王春翔的呼唤下，重新清醒过来。田力才、杨东升、王

春翔，还有好几名副乡级干部出现在病房里，他们个个面部表情严肃，没有一点儿安慰的意思。王春翔率先开了腔："栗乡长，咋回事呢！我刚离开，连夜到县水利局联系光明渠供水的事，你们就戳出这么大的窟窿。好在乡田书记、杨乡长反应快，立即安排乡机关全体人员到医院献血，这才把失血过多的那几个人抢救了过来！"田力才咳嗽了一声，说："王乡长，现在最关紧的是抓紧活动电视台，不要让他们再播这条新闻了，也不要再做跟踪报道，这他妈的是啥事！"杨乡长正要说什么，栗红章的电话响了，是杨柳声副书记打来的，看来他也看到了那条电视新闻。栗红章当着这几个乡领导的面，像立功赎罪似的乞求杨柳声说："杨书记，我摊上了这么一件事，您能不能让电视台停止播放这条新闻，要不然影响整个乡的名声！"杨柳声没说行或不行，安慰栗红章要冷静对待这件事。接着，田力才的电话响了，是杨柳声打的，告诉他积极做好善后工作，至于电视台那边，已让他们停播了这条新闻。田力才在病房里跟杨东升耳语了几秒钟，然后对几位班子成员说："下午召开党政班子会议，专题讨论这个突发事件的善后工作。"司马主任满头大汗地走了进来，他气喘吁吁地说："田书记、杨乡长，我把来献血的三十个人安排到马记牛肉馆了，吃牛肉补血啊！还有，刚才把栗红章乡长的床位费也结了。关于会议的事，我听到了，立马就通知，下午三点整，乡党委会议室。"田力才、杨东升都没有吭声。这群来自桐树岭乡的党政领导一窝蜂一样，几乎结成一团走出了这个病房，本来在后边的王春翔，怕掉队似的快走几步，贴紧田力才像要报告什么新情况。栗红章忽然想起他刚才当众说的话，觉得王春翔副乡长的确不是一盏省油的灯啊，他一句话就把责任全推到了别人身上，而且能得到田书记的认可。想着想着，栗红章就后悔自己不该当什么乡镇企业副乡长，要是在栗寨还当支部书记，根本不可能受这种冤枉气，书记嫌弃、乡长不待见，连副乡长王春翔也只是把他当作挡箭牌和出气筒。既然床位已经退了，栗红章就在那伙人离开后不久，也离开了这里。他头脑里很乱，头很沉，这时他想到了理发，不管怎样，事情已经发生了，是祸躲不过，他要坚强地应对。或许，理过发，情绪好了，对事情的解决有帮助，对自己下一步有好处，一切从头开始嘛！

党委办公室墙上挂着三面锦旗、两面镜子，那是县里给的荣誉，另一面墙上挂着"入党誓词"，每年乡里的新党员都在这里宣誓，栗红章对面的那道墙，挂着"乡党委民主生活会制度"和"党政联席会制度"。他想，这个紧急会议应该

算是党政联席会吧，因为第一次参加这样的会议，他只是瞎猜乱想，不仅心里没数，而且浑身都不自然。

党政班子合起来十九位领导，武装部部长既不在党委，也不在政府，但所有会议都列席。

田力才、杨东升、王春翔、司马鹏最后进入会议室。这个会议由杨东升乡长主持，他讲了会议议程：第一，由副乡长王春翔介绍突发事件的过程；第二，由乡镇企业副乡长栗红章讲述群殴过程；第三，司马鹏主任通报善后工作进展；第四，乡党委书记田力才做重要讲话。王春翔把在县医院病房那一番话重新讲了一遍，只是比第一遍讲得更真切，就赞美起书记、乡长得知情况，英明果断地组织了输血队伍、建立了应急机制、让严家沟两委会全部参与疏导严家的工作，王春翔最后说，目前事态正在向好的方面扭转，伤员伤势稳定，重伤员已脱离生命危险，只是老农会主席严石柱情绪激动，无法控制。栗红章觉得王春翔的发言可以分成两部分，第一部分是吹牛，第二部分是拍马。即使这种情况介绍，在座的各位也听得很认真，还煞有介事地在笔记本上记着。杨东升在询问了王春翔是否说完后，开始进入第二项议程，由栗红章讲述群殴现场的情况。栗红章眼睛一亮，想起了抽血后瞌睡时做的梦，杨小桃到医院里看他，说她得知情况后就来了，告诉栗红章，要他记住，杨小桃永远在支持他，无论何时何地！杨小桃提醒他头发太乱，该理发了，大不了一切从头开始！联席会上，栗红章隐约地觉得他身后站着杨小桃、李凤梧和杨柳声等，鼓励他要挺住。栗红章很谦虚地说了几句，说自己刚上班不久，就给乡党委政府添了麻烦、捅了娄子，感到很对不起大家。接下来，他就如实地讲了那天晚上的情况、王春翔那天的表态，还说梁队长他们几个可以证明。杨乡长催促他讲现场情况，他说，现场的情况，群殴在院内，他在外头，不很清楚。田书记顿时就发脾气了，质问他去严家沟干什么事，带的什么队？他无言可答，王春翔这时趁机说："我是副乡长，你栗红章也是副乡长呀，咱们都披着一样的油布衫呀。我去办别的事了，你不该和大家在一起吗？"会场开始有些议论，但声音都很低。田力才看来是气不打一处来，本来他对上级派乡镇企业副乡长就很抵触，对上一次提拔县级干部落选就耿耿于怀，加上栗红章又出了这么大的影响恶劣的事，简直气得要爆炸了。他批评栗红章行政不作为，为什么发现斗殴矛头而不去制止呢？栗红章像是遭受着批斗，一肚子的委屈说不出来，田力才根本不允许他去辩解。按照田力才的想法，栗红章必须承担领导责

任，必须承认自己作为副乡长十分不称职。会议在斥责和热议声里转入了第三项议程，司马主任把善后的事情汇报得头头是道。等到田力才作所谓的重要讲话时，大家都正襟危坐地听着，不时地记着笔记，唯独栗红章点头或低头傻傻地坐着，眼睛盯着墙上那个《乡党委民主生活会制度》。田力才讲话中断了，让司马主任马上给栗红章取个记录本。强调说，这是规矩，好记性顶不住烂笔头，要学会开会的规矩。栗红章脸上好烫，像被谁打了几个耳光。

田力才讲了这个突发事件的严重性，分析了事件发生的原因，划分了责任，批评了栗红章的过失。关于善后问题，他主要强调了化解矛盾、消除影响，把农会主席的事作为重中之重。假如农会主席要上访到地区、到省委，那就是更严重的政治问题。田力才说，栗红章的问题很严重，只有把这件事做好了，才有可能得到大家的谅解，才有可能受到上级最轻的追究。

会议就要结束的时候，县公安局的一辆警车驶进了机关院子。警察快速来到了党政班子开会的地方。栗红章立即出了一身冷汗，这突然间要追究刑事责任简直是晴天霹雳。然而，马上他就知道了，警察是来传讯王春翔的，他参与了聚众赌博。原来，在出事的时候，他正坐在牌局上呢。直到这时，人们才明白王春翔刚才是在说谎，是在欺骗大家。他们早就看不惯王春翔的那种作派，私下里诅咒这家伙应该去死，但鉴于田力才对他厚爱有加，只好忍受他的拙劣表演了。

王春翔被带走，似乎没有影响一点儿会议的气氛，散会后田力才把栗红章留下，继续强调老农会主席的事。他说："红章，这件事换成我是你，我就……"田力才见栗红章在笔记本上艰难地记着什么，就说，"不用记，心里记住就行了！"其实，栗红章拿笔在本子上写着"桐树岭乡"几个字，他是在假装认真记录，根本就不知道如何记笔记。他发现，党政联席会议上，别看那么多人都记着笔记，至少有一半以上是装模作样。栗红章左邻的段副乡长，记了半天只写了一行半字，半行明明写着"羴、蟲、犇"，与会议内容大相径庭；右邻的荆部长记的是一首歌词"愿她柔软的鞭子轻轻地抽在我身上"。栗红章放下笔，合起本子，全神贯注地听田力才出点子。田力才说："这个事的症结就在老农会主席严石柱身上，他不告状，这个事就容易摆平，他要不到底，栗红章你可要受到追究。我要是你栗红章，三条出路：一是不服气，跟他对抗到底，豁上了，或许他看你死猪不怕开水烫，就会让步；二是带上家里人，找着严石柱，就说俺一家老小的命都握在你严主席手里，你狠狠心，我们一家就死给你，你松松手，俺一家

给你磕头了；三是拿上五千块钱，再买些营养品看望严石柱，到他那里把钱和东西放下，然后给人家叩首赔礼，说爷，孙子我栗红章错了，您打我吧，出出气给我留一条出路吧！"

栗红章怎么也不敢相信，乡党委田力才书记竟然给自己出了这么样的点子，是真心实意，还是讽刺挖苦？人在屋檐下，不能不低头。他不论心里多么反感，但嘴里接连说："谢谢田书记，我选一条，一定选一条！"

田力才夹着文件夹走了，留下栗红章一人，仿佛留下的是一张过期了的废旧报纸。而此刻的栗红章，已经恢复了精神，他觉得自己凭着诚意，一定能让严石柱为此事停访息诉。

三十四

桐树岭乡政府大院几天没有王春翔"嘎嘎"的笑声，大家觉得缺少了什么似的，就像农村的黎明习惯了公鸡的啼鸣。他的笑声十分像"鸹鸹鸡"叫，谷泉村每天傍晚都有大量的"鸹鸹鸡"栖息，那种争枝头争窝居的吵嚷格外扰民。那鸟其实是黑老鸹，谷泉人不知什么原因要称它们为鸡。王春翔从当生产队队长开始，就有一副亮嗓子，笑起来就有些像"鸹鸹鸡"。

王春翔接受公安调查，走时全然没有了往日的威风，自然就把那辆吉普车留在了乡机关的后院里。乡政府办公楼的背面窗户，对后院的一切一目了然。人们并没有闲心去观察那辆吉普车，而是用心观察那"仪征"和"伏尔加"，只要这两台车不在，大家就获得了自由，既可以找个下村的借口回家，还可以休闲地找个房间打打双升。再不就找个地方喝点小酒。桐树岭乡是从大乡划出来的小乡，办公楼建成后，其他配套的设施尚未开建，一些干部的家属就吃住在办公楼里，因此，这里的乱象就不言而喻了。个别乡政府副职的家属，闲来没事喜欢聚在一

起议论乡里新近发生的事情。议论到严家沟的流血事件，这些家属们竟然说，栗红章来乡没有几天，戳了天一样大的窟窿，这回等着受审判吧！田力才并不十分了解这些家属的素质，还以深入实际的名义，常到几家吃饭，他喜欢吃张副乡长家属的手擀红薯面条，自然对张嫂大加赞扬。张嫂头脑一发热，就称田书记为亲兄弟。那天张嫂讨好田力才说："要不是出了这档子事，咱桐树岭乡一派好形势，都怪这个丧门星，县里咋派个这不会干活儿的人来呢？"田力才刚开始只是摆摆手，示意张嫂不要背后议论人。张嫂好像嘴痒似的，每次田力才来吃手擀面，就评头论足地议论别人，夸田力才是好书记，说杨东升人品好就是显得有点儿死性，王春翔是个玩家，又出了事被警察带走，俺老张材料不大，他可是实心实意的人。后来，又重点议论起田力才不怎么待见的栗红章。这次，田力才说出了心里话。他说："有些干部，放在那位置，根本不顶用，三个也不顶一个。这年月，混日子的人多了，占着茅厕不拉屎，又拿他们没办法。哎，不要再议论了，谁也拿不掉他们，膻不膻那是块羊肉啊！"田力才这一番感慨本来没有伤害栗红章的意思，他是一揽子说的。哪知到了张嫂这里，就改变了原味。后来，机关楼里就对栗红章有很多不尊重的议论。起码，家属们都认为田力才书记不待见栗红章，说栗红章是不膻的羊肉。这句话很快就在桐树岭乡得到了推广。比如，有些村民到乡里告状，说村支书、村主任不给村民办事，整天就是喝酒打牌。乡里的接访者就解释说："村主任是你们选出来的，村支书是党员选出来的，膻不膻那是块羊肉啊！"村民心里不服，但退一步一想也的确如此，就容忍了不膻的羊肉。

栗红章对羊肉的事一点儿也不知情，为摆平严家沟的事正呕心沥血、跑前跑后呢！栗红章为了方便和严石柱沟通，有可能的话为严家提供点儿服务，一旦严石柱同意出院回家，吉普车的作用就大了。严石柱坐乡里的小吉普回家，是十分风光体面的事情啊！栗红章经书记、乡长批准，要带闲置了几天的吉普车进县城，可是找不到司机，等找到了司机，司机又要他打电话给王春翔，说王乡长有交代，只有他同意了才能动车。栗红章知道这个司机是王春翔弟媳妇的亲侄子，不便说难听的话，就拨打王春翔的大哥大。栗红章本来想说，要是王春翔死了，这吉普车也要跟他一起火葬。话到嘴边又咽了回去。打不通王春翔的电话，栗红章就直拨田力才，田力才这回动了怒，说一个副乡长就管不了一个临时工司机，就说书记发话了，不听话就辞退他。司机从扩音里听到了事情的严重性，就推

说车里没油，等车加了油上了路已经临近上午十一点。路上遇见一个乡机关的棉花办副主任，那人原以为是王春翔坐的车，就打招呼让司机停车，一见不是王春翔，竟然对司机说："是栗乡长有事，你们快去吧！"接着，他趴到司机的脸上，小声说："快去吧，膻不膻他是块羊肉。"两人都笑了。

栗红章第一次单独乘车，已经感悟到位微人轻的严重性，由于王春翔不在车上，或者说车上坐的不是王春翔，那么司机就不是司机，而是老爷。司机脸黑丧着、吊着，像庙里泥塑的判官，也像那些面对欠账者的讨债人。栗红章坐在车上，比在地上跑步还要累，特别是这个司机开开停停，有次停车小便，竟用了十分钟时间。栗红章心里有些发火，想着要放在当兵时，或者放在栗寨，看不下车修理你舅子孩子。然而，他忍了，脑子里有很多事要思考，见了严石柱老人怎么开口，遇到围攻怎么办，是否找杨柳声、李凤梧帮助一下……

十一点三刻，北京吉普终于驶进了县医院，司机叼上一支烟，用车上点烟器燃着了烟，一句话也没说，仿佛驾驶着一辆空车。放在王春翔坐车的时候，他不仅跳下车为王春翔开车门还伸手做出搀扶的样子，之后帮助取下车里的东西。这会儿，伺候王春翔的那一套全省了。栗红章右手拎着一箱健力宝、左手提着一篮鲜鸡蛋，朝病房走去。为了争取主动，殴斗的双方不论伤势轻重，即使有些已经痊愈，没有一个出院的。那天，乡里的梁队长手下几个伤势比较重，其中一人失血过多休克多时，一个手腕几乎断掉、一个脑震荡昏迷不醒，严俊民那一方因为有所准备，仅严石柱老人因摔倒而腿骨骨折，严俊民眼眶在拳击下成了熊猫眼，另一人呻吟着说头痛，由于一方是普通村民，叫着嚷着要住院、要上访、要讨回公道；由于一方是政府部门，努力在消除不良影响，根本不敢提出惩处凶手、包赔损失这方面的事。应该说，在静悄悄的医院里，双方都在思考着如何更加主动、占据有利位置。这种夜间发生的事情，谁先动的手，谁致人伤害，警察在调查取证过程中，遇到了相当多的麻烦。在这种状态中，赤脚的不怕穿鞋的，弱势群众就变得特别强势。

敲开那间骨外特护房间，里面正在念着上诉书，一位打着石膏裹腿的老人躺着听一个年轻人朗读，还有三个人在帮助改稿。栗红章推猜那躺着的老人一定是严石柱，其他几位中可能有严俊民。除了不识字的严石柱外，其他人手里都拿着上诉书。栗红章的出现，短暂地叫停了朗读。栗红章自我介绍后，很虔诚地称呼着严爷爷。而病房的气氛马上变得异常紧张，严石柱竟然咆哮着让栗红章滚出

去，要那几个人把健力宝、鸡蛋扔出去。还骂着，这是黄鼠狼给鸡拜年没安好心，趁早滚远点儿。栗红章活了三十多年，第一次遭受这样的屈辱，情绪差点失控。就是因为退伍后的多次挫折、多次磨砺，教会了他关键时刻的克制。他没有对抗，相反微笑着说："严爷爷，别生气，我专门来道歉的，常言说杀人不过头点地，出手不打赔礼人，您消消气，俗话说怒伤肝气损肺啊！"老人由于刚才的冲动，开始猛烈地咳嗽起来，尽管眼睛依然瞪得很圆很圆，但明显没有了刚才的怒不可遏。

"给他一份材料，我严石柱明人不做暗事，告状尊重实事求是！"严石柱稳定下来后，居然让给栗红章一份材料。

栗红章看那材料是打印的，字体工整、大小有序、惊叹号连篇。题目是：李乡长带队夜闯民宅、大打出手致多人受伤。内容更是执一面之词，把夜间捉对象描绘成当年的鬼子进村，副乡长似乎是汉奸为虎作伥。栗红章越看越生气，心里骂着这些家伙狗嘴里吐不出象牙，真能无中生有诬人清白。严石柱还不停地骂着："你们这些乡领导、七所八站的人，吃着国家的俸禄，整天净干些偷鸡摸狗的事情，夜半三更，多像祸害百姓的夜袭队。我严石柱是老了，放到年轻时，早跟你们这些孬蛋拼了，拼一个够本，拼两个赚一个，大不了一命抵一命！"

栗红章自进了这间病房，就开始受到侮辱和伤害，弄得连普通人的尊严都没有。他有点沉不住气了，竟然想到士可杀不可辱的话，产生了宁可重回栗寨当农民，也不受这种窝囊气的念头。他不愿再低三下四地央求严石柱，就让他信马由缰，告到哪里都行。不过，他不想让人给他改名换姓。他很严厉地说："你们该告随便告，但我行不改名，坐不改姓，我姓栗，叫红章，而不是姓李，也不叫红昌。从今天起，我栗红章就不干乡政府了，还回我老家栗寨，在家里坐等发落！"

说完，栗红章拂袖离开。当他走到护士站门口时，有个在病房里拿着材料的年轻人追了上来，说："栗乡长，你别恼火，石柱爷让你拐回去，他想问你几句话。"栗红章说："我不去，既然要上访，就撑住他，大不了不干这受气的副乡长！"很快，又走来一个人，态度很诚恳，栗红章在这种情况下，不情愿地跟他们一起走进了那间病房。

严石柱态度转了个大弯，很和蔼地说："红章，你家是山南栗寨的？"栗红章说是。严石柱又问，你听说过一个叫栗松年的人没有？栗红章说："那是我爷爷。"严石柱眼眶里顿时放出一道亮光，说："你爹叫栗建舍，后来改成建

社？"栗红章说不错。

哪知，严石柱说："孩子，你爷爷严石柱我刚才从你那犟劲中，看见了我松年哥的样子，果然你就是他的后人。俊民，记住，红章以后就是你亲哥，今天把告状信全毁了，该出院出院，问题不能全赖在乡政府身上，咱们也有不对的地方。"

严石柱接下来讲了他和栗松年当年在一起打游击的事情，还动情地说栗松年有次救了他的命。

群殴导致的流血冲突，这一震惊北汝县的事件，就这样妥当地平息了，矛盾化解得完美无缺。包括田力才在内，根本没有料到严、栗两家的革命友谊，几十年后竟然能帮助桐树岭乡干部群众化干戈为玉帛。桐树岭乡政府的多数人都认为这件事的摆平不可思议，特别让人惊奇。从张嫂嘴里传播的消息，说这次矛盾的化解，是栗红章的妻舅李凤梧活动的结果，栗红章无非是一块不膻的羊肉。

栗红章听到了议论，感到十分无奈，鉴于这件大事的圆满平息，觉得那种空穴来风般的议论是多么的微不足道。

三十五

当王春翔"鸹鸹鸡"般的笑声再度从桐树岭乡政府大院响起的时候，春季计划生育的高潮已经过去。新的一项工作拉开了帷幕，上面千条线，下面一根针，真真切切，实实在在。由于上年冬季棉花收购情况不好，桐树岭乡挨了北汝县委的批评，乡党委政府在有关会议上表态知耻而后勇，在三夏前再打一场棉花收购工作攻坚战。平心而论，桐树岭乡棉花种植面积很小，群众种植少量的棉花是为了自家使用，因棉花收购价格偏低，谷贱伤农，群众不愿种植。县委、县政府两办发文，主要参照往年种植面积和上交任务，下达了收购计划。田力才和杨东升

一起找到县委、政府领导，阐述了桐树岭乡的实际情况，说把全乡所有的棉花收光收净也达不到那么高的数字，打死也完不成收购任务。县里领导也很客气，说任务下达了，要努力去行动，至于最终结果还要遵循实事求是原则，先开展工作吧。上年年底，收购工作告一段落，虽然《北汝晚报》每天都报道收购进度，但对落后的乡镇并没有提出批评。原以为已经锣罢鼓罢了的桐树岭乡，终于没能幸免于批评，还要乡领导在大会上表态发言。没有办法，因为北汝县的棉花收购工作拖了鹰山地区的后腿，县委领导在地委会议上作了表态发言，按照一级压一级、级级抓落实的一贯做法，桐树岭应该躺枪。作为各级政府、各位国家工作人员，他们对支援国家建设、支持国家棉纺企业复苏都保持正确的态度，爱国热情和劲头都是十足的。只是，实际情况让他们有苦难言，既然取消了种植计划，群众肯定随行就市地选择种植作物的品种，政府的指导性计划发挥的作用十分有限。

田力才、杨东升受了批评，作了表态发言，并没有什么不良情绪，毕竟没有给予党政纪处分，也不会影响进步。他们回到乡里，就把这项任务交给了农业口，王春翔成了第一责任人，栗红章是第二责任人。由于严家沟流血事件的意外解决，乡里除了包赔严俊民一家五千元医药费外，还答复给革命烈士后代办理二胎生育证，乡里的伤员乡里负责治愈和安抚，王春翔、栗红章均没有受到追究。王春翔聚众赌博一事，受到了六千元罚款处理，罚了不打，就没有受到党政纪处理。加上流血事件的侥幸过关，王春翔认为这就是"大难不死必有后福"的兆头，于是在乡里更加趾高气扬。他把乡机关参与收购棉花的三十七人，编成两支突击队，第一队他任队长，负责七个行政村的收购，第二队栗红章任队长，负责六个行政村。王春翔表态，要进门入户，地毯式做工作，集束炸弹式找准突破口，哪怕拆被子、拆褥子，也要把收购任务完成。王春翔当年当村长、当支书的武断和粗野，在这项艰难的工作中又使用开了。尽管田力才、杨东升及全乡机关人员都认为王春翔不切实际，是在耍花样、摆花架子，然而在田力才的带领下，还是给予了热烈掌声。

王春翔坐在吉普车里，车后跟着一群骑摩托车、骑自行车的人们。栗红章的第二队虽然不那么威风八面，但也是摩托带队、自行车随后，不亚于走出据点的夜袭队。这当然是每天上午的景象，到了下午，特别是晚上，人们讨论起工作进展时，那种威风劲儿似乎没有了。

　　那时，桐树岭机关里时兴对诗句，或者更准确地说是流行编打油诗。酒场、牌场规定，凡输方必须用"好、大、小、多、少"编五句诗，然后由大家评定能否过关，过关了就免酒一杯或免贴纸条一张。

　　这种玩法的兴起，与王春翔那个酸段子有密切关系。旱情最严重的那几天，王春翔带队到干旱的石头岭村驻村，夜里睡不着觉，就要求每个人讲一段趣事。一共七八个男人，都是过来人，王春翔要求带点儿色最好。大家来了兴趣，一致要求王春翔先讲。王春翔得到抬举乐呵呵的，就忘乎所以地"鸹鸹鸡"先叫响，之后轻咳两声就开始了。他说，谷泉村有个老秀才，一辈子生了五个闺女，没有男孩。到了闺女们长大后，个个都找到了婆家，其中有两个女儿找到了富人家，但富人家的孩子智商低下，人们说不识数。大年初二，兴女儿女婿到老丈人家串亲。为了准确给五个女婿的水平定位，老秀才就把酒席摆好，几个女婿入席，女儿帮忙包饺子、做菜肴。老秀才让女婿们听好了，说每个人都仔细观察房间里的东西，然后用"好、大、小、多、少"吟几句诗。从大排小，老秀才让大女婿先吟。大女婿看见老丈人的床上放着一床被子，顿时就有了句子。他说，老岳父家被子老是好，伸开大，叠住小，夜间盖得多，白天盖得少。老秀才点点头，让二女婿吟，二女婿把屋子作为对象，说岳丈家屋子老是好，屋顶大，窗户小，家人住得多，外人住得少。老秀才点头认可。老三、老四一个用竹篮、一个用酒桌吟了句子，老秀才虽感到牵强，但还是勉强通过。轮到老五，他没有素材，满头大汗，这时老丈母娘端着饭菜走了过来。屋里生着火，虽是春节，但丈母娘还是脱得较单，忙着做饭的人不嫌冷。老五女婿见老丈母娘的胸脯鼓鼓的，走动起来颤抖着十分刺激，就编了五句话：丈母娘的奶子老是好，根处大，梢处小，闺女们吃得多，老丈人吃得少。老秀才骂着让他滚，差一点没有气晕……其他几位也讲了，但没有王春翔的段子精彩。

　　后来，桐树岭乡从机关到村组，都流行着用五个字编句子。关于那辆吉普车，也被一个站长编成了段子：桐树岭吉普车老是好，车篷大，轮子小，春翔坐得多，红章坐得少。

　　王春翔坐车的那种潇洒，表态的那种随意曾让人普遍感到厌恶，然而，他开展群众工作时方式方法，以及出人意料的结果，又令人没有理由不佩服。他带领的那个小分队，半天一个村地突击着，进村先贴标语、喊口号，再到学校给中小学生发传单《致学生家长的一封信》，让学生们饱含热泪，以爱国精神武装头

脑，然后回到家中做家长工作，"棉花白，白生生，我是当代活雷锋；爱祖国，爱工厂，交售棉花最高尚；我家乡，桐树岭，各项工作打先锋；我的家，心最红，多缴棉花不当熊！"学校停课，学生放假，两天后拿着收购单报到。在村里，开党团员、村组干部会议，王春翔主讲，当年支援解放军、志愿军，全国人民齐动员，有的家庭把新被子都拆了，现在国家企业暂时困难，棉花收不上来，工厂要停产，应该发扬当年精神……王春翔要求在场人员记住几句话："村看村，户看户，群众看的是干部，干部看的是党团员，党团员看的是支部！"要求支部带头，"一级做给一级看，一级领着一级干，完成任务是英雄，完不成任务是笨蛋！"果然，每到一村，工作扎实，方法简练，基本上都是半天多时间，应交尽交，还有拆被褥交棉花的新婚人家。人们都没有怨言，一个政策，人人平等，人家都拆被子了，咱拆个棉袄又有什么吃亏的呢？

相比之下，栗红章的小分队就成效不大。田力才在乡机关点名后的会议上，说："不比不知道，一比吓一跳，原来人与人的差距竟然这么大。同是一件事，花费一样的人力物力，其结果却令人难以想象。平时大家议论王春翔乡长坐车多，批评人多，笑声嘹亮，我看车该人家多坐，不少人该挨他批评，笑声应该嘹亮。因为人家工作干得好，思路清晰，措施得力，比一般人强。如果大家都把工作做得像王春翔乡长那样，大家都会开心大笑，笑比哭强。栗红章乡长要学学王乡长的方法，加大力度、加快进度，争取半月内改变落后状况，全面完成任务。"

栗红章使用正统的方法，摆事实、讲道理，拜访老党员、慰问贫困户、鼓励大家交棉花，收效甚微。乡点名会议之后，栗红章小分队搬来王春翔小分队的经验，所到行政村，空气顿时紧张起来。许多群众闭门不出，大门上挂上铁将军。到学校开展工作这招显了灵，孩子们回家哭闹着，的确收了一些棉花，进度大大加快。正当栗红章小分队节节取胜的时候，北汝县电视台来到了村子里，采访了上交棉花的农民。当天就播出了这么一条消息："上缴爱国棉是好事，强行停课太不应该。记者柳小月桐树岭乡报道……"又是柳小月，她为什么老是拔气门针呢？栗红章沮丧地问自己。第二天，他全当没有看到电视报道，继续加大工作力度，党员、干部、学生，一级抓一级。哪知，第二天晚上的新闻报道让他受到了县里批评。柳小月报道，桐树岭乡收棉花手段粗暴，学生停课不改正，变本加厉拆棉被，搅得鸳鸯各一旁……电视画面上有一家为了上交棉花，把新媳妇陪嫁的

被子拆了，新媳妇哭着不过了，婆家人坚持要拆。同期声是：这个幸福的家庭，为此出现了矛盾，本来团结奋进的新农村，开始笼罩上不稳定的阴影。

县里的严厉批评，乡里的不停埋怨，使栗红章这块不膻的羊肉再次无所适从。王春翔安慰栗红章说，农村工作就应该速战速决，等老百姓反应过来时，战斗已经结束了，等电视台的人赶到，战场早就打扫干净了。农村的事，不仅要干得好，还要干得巧，不仅哄住老百姓，还要应付小记者。栗红章心里充满了委屈，根本听不进王春翔的这些经验介绍。栗红章脑子里翻腾着栗寨人爱说的话："偷牛逮住拔橛的！"王春翔偷了牛，栗红章只拔了拴牛的桩子，可拿桩子的人成了盗牛者。

栗红章在反省着自己，越反省越感到委屈。这时候，他又想起了栗寨，十分留恋那种得心应手的支部书记生涯。

三十六

十三年前的夏天，县委组织部对田力才的德能勤绩诸方面做了全面考察，据说是上级要选拔一批中青年干部。尽管田力才不喜欢什么乡镇企业，甚至有很大的抵触情绪，但在关键时候的重要问题上，他却表现出了超人的敏锐性和灵活性。吃一堑长一智，这不只是因为那年在"三级半"会议上吃了苦头，自那次地委田书记批评他不会游泳却在岸上对凫水者指手画脚等劈头盖脸地训斥之后，表面上他做了深刻检讨，但那只是权宜之计，光棍不吃眼前亏，过了那段艰难时光，他从大乡调到了小乡，对发展乡镇企业依旧耿耿于怀，甚至记录了许多收集到的数据，证明不具备条件的地方发展企业可能导致劳民伤财。在心里，他始终与地委田书记对抗着，觉得地委书记没有因地制宜，缺乏实事求是精神，提出的大跨度、跳跃式发展是新时期的盲目冲动，是形式主义的东西。但他不敢在公开

场所说，他不想再遭受到更多的磨难了。但在上级派来栗红章专职发展乡镇企业问题上，他表现得消极被动，甚至是不配合。只不过他不那么直白，口头上强调条件不成熟，等条件成熟了一定大干快上，他把栗红章安排在王春翔手下，按一个所站长去使用。冷静下来时，田力才也发现了自己对栗红章的不公，可又寻不到弥补、纠正的时机。春天的一次会议上，县委副书记杨柳声曾给桐树岭乡介绍了一个工业项目，因为投资的问题没能落实。那是桐木加工项目，山东方面提供技术和设备，桐树岭乡负责征地和厂房建设。经过测算，乡政府需投资五十多万元，贷款吧，没有人担保，银行、信用社虽然当着县领导的面表态放口子，可到了具体事情上，哪一项都不会减免，而且吃、喝、洗、送，每一关都让乡里人累得吐血脱皮。到了办事员那里，田力才也不是乡党委书记、杨东升也不是乡长，一下子都变成了营业所的普通客户。最终山东那边说桐树岭投资环境太差，乡政府工作效率太低，几句话就让田力才他们白跑了几个月。不论事情成功与否，田力才在发展企业上毕竟有了行动，为此还得到了县委县政府的通报表扬。

田力才很早就属于组织部门的培养对象，但错过了好几次机会，如今李凤梧都提拔了，他却从财政富乡来到了贫困乡，是因为自己那张缺乏遮拦的嘴啊。李凤梧由于发展了乡镇企业而受益，而他田力才因为发表了自己的看法而受害，都是乡镇企业惹的祸。他针对桐树岭的情况，费了好多脑筋，既不想发展了企业而留下很多债务，也不想因为没有发展企业而受到上级冷落。终于有一天，他发现了严家沟那一带是一块风水宝地，湖光山色、鸟语花香、鱼翔浅底、林木繁茂，严家沟水库左岸那座红墙碧瓦的姜公庙，人来人往、香客不断，给幽静的严家沟平添了文化的生机活力。田力才酝酿着一个千秋实业——严家沟风景旅游度假区。

尚未拿出初步意见，开发建设还属于研讨之事，田力才先把这个想法透露给杨柳声和李凤梧，还在随意的交谈中把栗红章负责这个项目的安排报告给了两位县级领导。这在乡镇企业突击上马之后的平静阶段，能上这么一个综合性的项目，无疑是一件提振精神的事情。时间不长，地区、县里的领导讲话中，便出现了开发建设严家沟风景旅游度假区的内容。

田力才上大学时，学的是水环境专业，第二学位是建筑规划设计，虽然毕业后从政，但许多同学仍在业务部门。为了彰显他的才智、决心和信心，半月时间，一张旅游度假村蓝图便挂在了乡政府会议室的墙上。

栗红章从那阵子开始，又有了份独立自主的工作。田力才成为考察对象，不能说全仗这个项目，但起码与这个项目有关，而他对栗红章的启用，也得到杨柳声、李凤梧的好感。栗红章在看了那张设计图后，竟然想起了严俊民家那个保留下来的院子，就建议再增加一个"革命遗址展览馆"或"青少年教育示范基地"。田力才很高兴地答应了，还称赞栗红章考虑得全面。可能到了这时，田力才想承认栗红章是个人才，严家沟那么严重而复杂的流血事件，那么圆满地得以解决，收棉花干群关系紧张，县里并没有给予任何处分……或者说，栗红章说不定是桐树岭乡的一名福将呢！

进入六月，桐树岭乡传统的三夏工作开始了。这时的三夏，早已与过去的三夏大不相同。虽然夏收夏种夏征仍然存在，但行政的手段已经不适用，农民懂得麦田蜡熟适收，并且早在收割前已经抢时套种，至于缴爱国粮，早成为自觉行动。过去乡干部下村收统筹款、提留款的问题，随着县里开展的机构改革工作已经解决了。老的问题解决了，新的问题重新出现。这些年的农业机械化进展快，耕牛几乎从农家退出，农民家庭用上煤球和液化气后，秸秆没人用了，化肥代替了农家肥，秸秆沤粪也成了历史。于是，农民就在夏收后偷偷把秸秆烧掉，造成了大气污染的新源头。乡干部的主要精力都花费在秸秆禁烧这件事上，栗红章也不例外，他已经在夜间巡查一星期多了。而农民们也像打游击一样，趁乡干部不备，突然燃起一堆火，之后就借着夜色逃走了。

开发严家沟旅游度假区，无异于建造一个无烟工厂、无公害企业，田力才铁了心要搞好这个项目。此前，他曾经随地区的中青年后备干部培训班成员，到江苏考察学习，大家惊叹盛泽镇的繁荣，感悟华西村的成功，而他最感兴趣的则是昆山县的周庄乡。当苏州各地都大力发展村镇工业时，周庄明显落后了，其他乡镇扒了旧房建厂房，扒了村庄建工厂，而周庄人舍不得那些水乡风情的古老建筑，后来竟然成为旅游胜地。落后到了极致即是先进，这句话不知谁说的，有些符合周庄的实际，曾受到诟病的周庄，年旅游业的收入远远超过那些工业发达乡镇的财政数字。田力才不是在与地委、县委作对，而可能因大学水环境专业的知识武装，使他产生了对生态环境敬畏的牢固思想，他害怕滚滚黑烟下笔直的烟囱，他担心多少年后付出沉重的代价。

在好多次的农村经济振兴大会上，县领导讲话中批评的有些人不思进取、左顾右盼、瞻前顾后、前怕狼后怕虎，简直是在批评他。有时候，他也感到自己就

不是那种冲锋陷阵的将领，而是坐办公室当秘书的料子。关于旅游度假区的开发，他虽然下了决心，并向上汇报了思路，规划图也上了墙，表面上看他是劲头十足。但实际上，他随之产生了许多顾虑，开发需要投入大量资金，而桐树岭又没有投资的能力，严家沟群众的工作十分难做，这些都不亚于一场攻坚战。他推出栗红章，一是人尽其能，上级派栗红章来桐树岭，就是让他抓乡镇企业这一块的，恰好对口；二是物尽其效，严家沟不好治理，不知为什么老农会主席和乡领导的观点总有抵触，严家沟的开发利用处处受阻，栗红章不知什么原因，竟得到了严石柱的赏识，对开发利用严家沟十分有利；三是缓和了与上级的紧张关系，田力才无论从学历、资历哪方面，都比李凤梧有优势，而李凤梧被提拔，他当然难以服气，表现在工作上，他和杨柳声争执、和李凤梧争辩、刁难栗红章就是给他们颜色看。总之，田力才在许多问题的处理上，都圆滑了许多。

三夏中的麦秸禁烧，上级制定了处罚意见，烧得轻则罚款，重的要处理乡干部，尤其对乡镇党政一把手更严格，出现大面积烧荒的要一票否决。田力才经过多年努力，也可以说多年修炼，终于得到了上级的考核，面临着提升的大好形势。尽管桐树岭经济不发展，群众生活不改善，绝对免不了他的职务，但麦田里的秸秆着了火，形成了小燎原，那十拿九稳地要受到追究。他不想在关键时候掉链子，就把严防死守麦田烧荒摆上了首要位置。栗红章作为严家沟旅游度假区开发建设委员会的副主任兼办公室主任，照样被田力才派到麦田里。他分包的村是平川地带，距严家沟足足有二十多公里的路。

严家沟旅游度假区的开发，牢牢地吸引了栗红章的心，他有他的活法，他要在没有王春翔的灯光下，干出自己的业绩来，让桐树岭的干部群众知道他这块羊肉有膻味。即使奔跑在麦田里，他仍然惦记着严家沟那边的事情。严家沟水库四十年前竣工，设计库容一千一百万方，是一座中型水库。由于人为的原因和区划的变动，至今仍没有进行竣工验收，管理部门也没有确定。据说当年竣工时间是十一月底，流域机构派了六名专家到严家沟进行竣工验收。十二月的严家沟已经进入冬季，农民们已经穿上了厚厚的棉衣，而专家们来自安徽南部，没有做好御寒准备，是冒风霜作业。即将验收完毕时，有个高工不小心落入水中，多亏水位不深，高工很快被救了出来。当时的北汝县水利局有人在现场服务，为了一件棉大衣的报销问题，和验收组发生了不愉快，验收草草收场。后来，在通报库容时，专家们一口认定该水库没有达到设计要求。原本的移民问题、管理权限问

题、岁修经费问题，都作为遗留问题挂了起来。再后来，为了发挥水库的功效，不规范的会议上把管理权交给了桐树岭乡，桐树岭乡为此成立了严家沟水库管理所，乡水管站站长兼所长。管理所是乡政府七所八站中最肥的单位，虽然县上没有直管，但由于它是在册的水利工程，每年省里、地区都戴帽下达有养护经费。除此，百顷水面管理所也承包出去，让大量的养殖户网箱养鱼、散养甲鱼，县体委还在这里挂牌成立了水上运动学校。有了利润的水库，诱发了原住民和管理所的矛盾，严家沟村和乡政府的不协调问题也由此而生。那些年，乡里到村里收统筹款，村民坚决不缴，理由就是水库淹了他们的地，水库的效益与群众不相干，这本身很不公平，群众拿什么缴统筹！久而久之，愈行愈远，矛盾日积月累更为复杂。自从乡里成立了综合开发委员会后，水库管理所所长成为一般成员、严家沟村支书、村主任、老农会主席也成为委员会成员，矛盾的化解开始朝着积极的方面转化。这件事，管理所所长很不舒服，他倚老卖老地警告栗红章，说水库的水深得很，那可不是闹着玩的，出了问题他不再负责。栗红章听说，过去水库淹死了人，死者家属就把尸体抬到水管站的院子里，哭闹着要求包赔。水管站靠着水库有款项进账，因此完全有能力打发死者家属，哭闹的问题轻易就可以得到解决。栗红章根本不在乎管理所所长的威胁，觉得这家伙玩的就是小儿科，无非是不想交权罢了。栗红章在栗寨当支书时，栗寨河那马尿一般的流量，还常出现淹死人的问题，因为宣传到位，警示牌五十米一块，出了死人问题就诉诸法律，死人一方往往败诉，这时他们会哀求村两委会发发慈悲，给他们补助一点安葬费或者救济金。水管站站长兼管理所所长根本没把栗红章放在眼里，直呼红章，似乎管理所高高在上。栗红章心里想，日娘你是不见棺材不掉泪，哪天老子当住家，第一个免职的就是这个水管站站长。奇怪的事情三天两头出现，原本安放坚固的警示标语竟然神不知鬼不觉地失踪，过去严禁钓鱼的禁令也被管理所开禁了。栗红章好在还安排了一条防线，严石柱一家全力配合着他。

尽管如此，栗红章在麦田里常常防不胜防，禁烧工作尽管严防死守，还是在他短暂的瞌睡时出现意想不到的火堆。最终有一天，地区环保局督查队在桐树岭乡栗红章所分包的区域，发现了十一堆火。第二天的鹰山地区报纸上，彩色的图片刊登了出来，那熊熊大火在报纸上格外显眼，燃烧麦秸的事，也让田力才、杨东升受了处分，当然对栗红章的处分更严厉，是暂停职务，行政记大过。

刚刚回暖的和田力才的关系，刚刚开始的综合开发工作，就这样不得不停滞

下来。栗红章回到桐树岭乡政府，觉得人们看他的表情是那么怪异，使他感到了这里的清冷和陌生。他想回家看看，离开栗寨毕竟半年有余了。

<h1 style="text-align:center">三十七</h1>

停职的失落，令栗红章陷入一片茫然。冥冥之中，他想到了杨小桃。桐树岭乡的人们都对他表现得那样冷漠，好像他们崇拜的永远是人的职位，而不是人的品格。当年，他狼狈地走进乡政府大院，举目无亲，人们几乎把他当成了上访群众，而恰在此时，杨小桃接纳了他，在他的乘胜追击和不懈努力下，黄粱美梦竟然成真。起初，他考虑过很多事情，主要是一个女人的历史，古人说得好，宁娶妓女为妻，不娶妻为妓女，况且杨小桃并不是坏女人，只不过她是那种遭遇过不幸的人。自从婚礼那天，那个叫王梅的女人大闹典礼现场，把很多十分正常的东西搅得不正常了，把很多非常简单的东西闹得复杂起来。那以后，他不仅恨王梅，还捎带着恨起杨小桃来。或者，杨小桃根本就不该进入他的生活。在众多的反省中，栗红章可能有少量的自责，骂自己对不起杨小桃，甚至骂自己坏了良心。那次去湖南、江西，喝了大量的酒后，他竟迫切地思念起杨小桃，给山南乡政府打电话，值班人训斥他三更半夜打什么电话，还说他太不正经了，夜里打电话给一个女人，不是想挨揍嘛！栗红章过后很后悔，为什么不对那个值班人说清楚，自己是栗红章，是杨小桃的老公呢！

停职开始，栗红章觉得自己的大哥大有些多余，或者说是添麻烦的家伙。栗红章到桐树岭乡当副乡长时，大哥大已经改名为手机了，许多乡干部都有那玩意儿，而且他们手中的手机都比栗红章的好。第一次坐王春翔吉普车下村，王春翔就轻蔑地说，你的电话像对讲机一样，又笨又不实惠。栗红章当即脸上发热，简直想钻进地缝里。他没有换掉它，因为这款芬兰产的诺基亚曾经风光过，让他在

山南乡、山北乡显过威风。再说，手机到底有多少用途，百分之八十的电话是闹着玩的，一不小心，几百元的话费就被人家掏走了。从此，他养成了夜间关机的习惯。秸秆禁烧巡查那几天，就因为关机的习惯，害得他被停止职务。王春翔埋怨他，说要是不关机，鹰山地区环保局的人进北汝县我们就通知你，绝对不会出现这种被动局面。手机就是千里眼、顺风耳，就是消息树，就是气象站，王春翔类比得特别到位。

出了乡机关，栗红章觉得自己的手机格外亲切，它伴随着自己，不离不弃，不因自己的停职而装聋作哑。乡政府大门往东南方向走，那里就是桐树岭汽车站。他打算乘车到县城，然后再转车回栗寨。停职的人虽不是免职、撤职，但在机关职工、农村群众心目中，跟免职、撤职完全一样，反正是有了问题、出了差错才受到处理的。既然没有了职务，那就变成了闲散人员，你去哪里，你干什么，别人就不屑一顾。

刚站到"桐树岭汽车站"的标牌下，栗红章怀里的大哥大响了。他心里突然噤了一下，感到一丝不愉快。他虽然开着机，是为了方便那些熟悉的号码，陌生号码有的是专门捣乱的。前一天他就接了一个号码，对方冷笑着问他是栗红章吗，他回答是，那边"噌"地挂断了。一会儿，又一个陌生号码出现，问他是不是升职了。日他娘的明知道老子停了职，这鳖孙才这样问。栗红章还算冷静，说我升职不升职关你什么事，你该吃你的红薯只管吃吧！那人又问，你是否属兔？栗红章挂了电话。那边不到一分钟，再次打过来，又换了个号码，栗红章接了，那边说，知道你属兔的，官运就像兔子尾巴那么短！栗红章很生气，但十分无奈，只能恨自己不该接这些电话。

电话铃执着地响着，好长好长，栗红章充耳不闻，或者挂断。可是还是那个号码，不知疲倦地跳跃着、聒噪着。栗红章烦躁地接了，是杨小桃打过来的。她说，这是新手机打出的第一个电话，给谁都不合适，就给了你栗红章。栗红章顿时心里暖洋洋的，觉得在患难的时候能得到一句问候，是多么幸福。杨小桃说，顺便告诉他一件事，她已经不在山南乡工作了，调动到了县企业局，还干老本行，坐办公室。栗红章不觉得突然，认为那是迟早的事。她舅当了副县长，分管乡镇企业，那她到企业局不就属于顺理成章的事嘛。尽管这样想，他还是表示了祝贺，说大好事，可喜可贺。杨小桃还说，如果不嫌弃，想和他约个时间，到北汝植物园里见个面，不会吵闹，请放心。栗红章觉得杨小桃补充的那七个字很有

意思，是担心他不敢赴约啊。他求之不得，在离开栗寨后，在工作的挫折中，他唯一感到温暖的就是有杨小桃，别看他们之间出现了状况。他趁热打铁，说就三个小时后吧。北汝植物园是他和杨小桃确定终身的地方，牡丹仙子作证、李时珍塑像作证，栗红章发誓说终生爱杨小桃。栗红章觉得自己恢复了常态，热血开始沸腾。在热血冲动中，他令自己马上再返回乡机关。他想带给杨小桃一件东西，那是刚入夏时乡政府搞的降温福利，一台扬子牌电扇、十斤白糖、两包茶叶。也许，这是在桐树岭乡的第一次也是最后一次福利了。接理说应把这些东西捎回栗寨孝敬父母，可是栗寨的窑洞冬暖夏凉，不需要电扇，两位老人同患糖尿病不敢沾糖类，他们都不习惯喝茶叶，说味道太怪。看来，这些东西非杨小桃莫属了。

植物园比前些年广阔了许多，昔日那些低矮的小楼房早不见了踪影，取而代之的是五彩斑斓的名贵花卉。站在植物园主题雕像旁，朝南看去，红墙碧瓦的高层建筑简直要插入云端，整整齐齐的威武壮观。栗红章使劲儿回忆着，当年杨小桃家的那个小区，好像就在这些高楼大厦的位置，如今小区不在了，杨家两位老人肯定也迁走了。想到这些，栗红章觉得有愧，无论怎么说，他毕竟是杨家的女婿，一个女婿半个儿子，在没有离婚的时候，这份责任和义务就应该承担。最后一次去杨家是一年前，尽管他单独一人去的，可杨家父母并没有怀疑什么，只是以为小桃可能工作太忙，就没有问他们的事。现在，他即使想悔过自新，想取悦杨小桃而找老人献点儿殷勤，但上哪儿去寻找杨家呢？退一步，就是知道杨家在哪里，怎么好意思厚着脸皮登杨家大门呢？当年对着杨家二老，表态一生要对小桃好，可事实呢？栗红章此刻羞愧不已，仿佛自己在不停地抽打自己。

杨小桃来了，飘逸的长发两侧分别挂着黄色和绿色两只蝴蝶夹，脖子上系着一条红色的丝巾。白色的连衣裙下，一双过膝的靴子，在她身上体现着三个不同的季节，完全是四线城市里最时髦的妆扮。她永远像一只美丽的白狐，脚步轻盈，怕踩死路上的蚂蚁。看见栗红章，杨小桃笑了，说了声："还是那样守时，还是过去的傻帽儿！"栗红章不知道说什么好，呆呆地张了口又合上，尴尬地笑了笑。

栗红章来到植物园后，想了很多事，特别是那台风扇、茶叶和糖，说不定还会带来什么不愉快呢？杨小桃要是拒绝了呢？待杨小桃出现后，他反倒轻松多了，那些设想，纯粹是庸人自扰啊。

岁月能让人庸俗，这句话他是在南昌火车站的一本黄页书上看到的，当时觉

得有味道，就使劲儿记忆了下来。可是这句话用在杨小桃身上，似乎就不那么恰当了。栗红章只要和杨小桃有十天的分离，再见面就有一种新奇的感觉，或者是一种微妙的变化。就是这种新奇和微妙，让栗红章和杨小桃之间的"防电墙"越发明显，心理上似乎越走越远。他有时候也在想，莫非杨小桃就不是真人，而是一种精灵，为什么她的举止总与常人不同呢？特别是这次见面后的笑，纯真得就像他们之间什么都没有发生过，就像画板上尚未着水彩的底稿。他们第一次到这里幽会，杨小桃给他的印象即是如此。

杨小桃递给栗红章一张照片，说："世事真难预料，在山南乡政府五六年，临走时交了一个知心朋友。"栗红章看到，照片上的两个人竟是杨小桃和栗阳阳，她们偎依着，相互支撑着，笑得很甜美，身后是大片的桃林，正盛开着灿烂的桃花。栗红章说："这是栗寨北山那片果林吧，桃花开得真的很烂漫。"杨小桃笑了笑，说："栗红章，你仔细看看，这不是真正的桃花，是杏花，是那种叫仰韶杏上开的！"栗红章顿时觉得自己脸红了，同时想起了那片林子，是栗寨六组的村民们贷款种植的，这已经是第三个花季了，桃三杏四梨五年，应该进入挂果的树龄了。还在思考北山硕果累累好年景的栗红章，被杨小桃拍了一下，顿时精力集中起来。杨小桃说："照片虽然很清楚，人家说分辨率超过千万像素，但仍然分不清桃花杏花，这两个人分得清吧？"栗红章说："那是。"杨小桃告诉他，栗阳阳是一个很单纯、很阳光的女孩，名如其人。只是两个阳字叠加起来，就有点太过分了，到了栗少元那里，她俨然是夏天的太阳，而栗少元十分像一块冰棒，几乎要烤化他。

栗红章不知道杨小桃此时说这些干什么，对别人的事为什么这么上心？他担心杨小桃突然会说出一些不着边际的话，或者人们的瞎胡猜测，其实他知道栗阳阳的心思或者根本不在栗少元那里。他自己的心思，绝对不在栗阳阳那里，后来发生了许多事，弄得他似乎没有了心思。没心思的人，最担心别人说他心思重重。

杨小桃告诉栗红章，阳阳结婚前，专门跑到乡政府，让杨小桃做伴娘。杨小桃起初很反感她，认为阳阳是黄鼠狼给鸡拜年——没安好心，就一口回绝。阳阳当即哭了，讲了湖南、江西那几天的事，讲了她对栗红章的倾心、热心和死心。她说一厢情愿的事情竟是那么别扭，强扭的瓜是那么苦涩。爱一个人不能害一个人，她回到栗寨就暗下决心，用自己的行动为栗红章出点绵薄之力。她知道了栗

九斤三家对抗栗红章，主要是因为怀疑他搅黄了阳阳和少元的婚事，就登门承诺栗少元，让他们家择日订婚成婚。栗少元和阳阳成婚的日子，杨小桃回了趟栗寨，风光八面地当着伴娘，人们说栗红章媳妇实在漂亮，有点儿喧宾夺主。当然，这事发生在栗红章当了副乡长后，远在桐树岭，既听不到喜庆的礼炮，也没看到新娘和伴娘在栗寨的闪亮场景。

不知为了什么，栗红章感到十分安慰，杨小桃在栗阳阳的婚礼上出现，寨上人说不定还认为是他栗红章的精心策划呢！在没有正式离婚前，起码人们都会这样认为，杨小桃是代表栗红章出的场，有意识告诫那些惹是生非者，阳阳和红章并没有任何伤害家庭的关系，更何况栗红章和杨小桃的战争、杨小桃和栗家的战争，只是箭在弦上，并没有硝烟弥漫。

杨小桃掏出一把钥匙，递给栗红章。栗红章莫名其妙地看着她，有点不敢接的意思。"拿上它，我有话要说。栗红章，掏心里话，我过去一年多看见你就反胃、就想吐，我恶心一个男人的自私、狭隘和偏见。你以为疏远了我，就树立了你的尊严，就保护了你的名誉。其实，你错了，错得难以修改。不是为了面子，我不会有任何保留的。既然当初选择嫁你，是一个错误，那么就算离了你还是一个错误，那又有何妨呢！"杨小桃越说越激动，她自己似乎要把握不住自己了。她开始哽咽地继续说，一只手捶打着栗红章的肩膀。"你不是个男子汉，是个怂包，要不是阳阳找我说了一个下午，这辈子都不会再搭理你！"

杨小桃也有语无伦次的时候，骂着栗红章突然就停了，刚才还有点恨之入骨、咬牙切齿，接着就变得慈悲为怀、和风细雨了。她说："红章，睁开眼看看，啥年月了，你的那种打扮，跟街头耍猴人的行头有多大区别。打听打听，现在当副乡长的人，哪个在县城没有家，你呢？"……杨小桃的问话，字字句句都让栗红章心里不安。"还打内仗、还冷战呢？你指啥靠啥呢。按说，我不该过多去左右你，只是出于一种同情，劝劝，你也可以把刚才我的话当成一阵风。"

栗红章身边携带着电扇、茶叶和塑料袋里的糖，坐在植物园里，十分像是一个过客在此短暂休息。他更像一个罪人，正在接受着组织的批判。他此时觉得自己不是一个人，而是一件没人待见的废旧物品。在杨小桃停顿的刹那间，栗红章给自己不停地定位。

"这钥匙给你，男人的劣根性告诉我，不能把你举到天上，良知教诲我，也不可把你踩在脚下。"杨小桃告诉栗红章，父母亲所在的家属区被开发，按政策

赔偿一大一小两套房子，小的就给了杨小桃，那是六十四平方米的小套。杨小桃郑重其事地说："我父母并不知道他们闺女的遭遇，还说把小套给红章和我。我当时就哭了，哭残疾的父母心地多么健康和善良。栗红章，说好了，你可以随时开门住宿，但你没有产权。表现好了可以住，表现不好交钥匙走人！"杨小桃告诉栗红章，她这次调动的理由，就是照顾年迈而残疾的父母，她亏欠两位老人的太多了。她要尽职尽责、尽忠尽孝。言外之意，就是说栗红章要好自为之，不要有其他的觊觎之心。

杨小桃走了，像夏日的一阵风，翩翩而暖暖。栗红章感到了丝丝慰藉，比起在桐树岭车站的忧伤，此刻简直幸福死了。他把电扇、茶叶和糖带进了那套房子里。这里已安放了简易的沙发和单人木床。顿时栗红章心里又难过起来，觉得十分对不起杨小桃、对不起杨家父母，也对不起这套窗明几净的房屋。

三十八

站在杨小桃的那套房子里，栗红章凝视着角落里的那台电扇，觉得此时的电扇很像自己，没通电没运转时电扇木呆呆的、静悄悄的，房子里孤独的栗红章傻乎乎的。这一切，本来都不存在，是自己一步步弄到了这种境地，栗红章知道好多事是无法完全复原的，那些伤痕、那些缝隙，即使拿时光去治疗、去弥补，也不会毫无印迹。此时的栗红章，不是文章中写的百感交集，而是麻木得几乎没了知觉。接下来，他觉得自己根本就是一截木桩，一米七五高，竖在那里比屋角的电扇要威武许多。

客厅北边的那个大窗正对着植物园，远远望去，有不少人在那里游玩，也有人站在甬道上练习着发音，农村人说是吊嗓。栗红章马上想起了那天晚上杨小桃唱的那首歌："忘掉昨天的疲惫沧桑，把痛苦留给夜晚收藏，当黎明敲响每一个

沉睡的梦乡，让我们去迎接新的希望，再次创造辉煌……让我们站在同一个地方，一起去唱，去把阳光分享……"想起这首歌，就忘不了那个夜晚。栗红章顿时觉得那美好的时光，永远地流逝了，而且再也追寻不到。他心里很沉重，很难过。

栗红章的手机响了，又是一个陌生号码。他麻木地接听了这个电话，是严家沟严俊民打来的。严俊民问他在哪里，爷爷想说几句话。严石柱告诉他，这次燃烧秸秆的事，全是水库管理所的人捣的蛋，他们阻挠严家沟综合开发，就设法使绊子。他们先是举报有人烧秸秆污染环境，等到鹰山地区环保局巡查队来到时，故意点燃了准备好的麦草堆。当然，这些人熟悉地区追究责任的文件，只要一把火把你烧走了，开发的事情就随着停下来，他们的利益就保住了。严石柱老人劝栗红章想开点，不要被歪风邪气击垮，他会如实到县里反映严家沟水库的情况，不能让坏人得意，让好人受气。

栗红章一下子又从木头变成了人，心里暖和和的。他坚信村子里的人要比机关里的人厚道，起码看人不那么势利，就像严家沟人、栗寨人，人在受苦受累或者落难时，能得到同情，能得到问候，是多么令人激动啊。刹那间他又产生了回栗寨的念头，该回去看看了。起初，他不想回栗寨，担心栗寨人提一些要求他不能解决，毕竟到桐树岭乡只是当了一名副乡长，而且排名最靠后，能当家办什么事呢。特别是任职以后，接二连三地出差错，自己还顾不住自己呢，咋好意思再管别人的事呢？他心里也清楚，栗寨那些有求于他的人，都是要求并不怎么高的人，无非是大棚菜卖不出去了，或者家庭作坊的产品滞销了，求他动用关系帮点忙。他答应过他们，他们也十分信得过他。不知什么原因，当初阻拦他离开栗寨、提出了那些要求、逼迫他承诺才停止上访的人们，大半年过去了，并没有给他找任何麻烦。他之所以没有回栗寨，实在是怕遇上麻烦。岁月有时候也能化解矛盾解决问题，栗红章想，或许现在的栗寨人，并不需要他帮什么忙，也不会给他找什么麻烦了。即使有麻烦，他也绝不回避。当副乡长以来，面对挫折，栗红章确实产生过回栗寨的念头，哪怕当个村支部副书记也情愿。

他回到栗寨时，太阳正挂在西山头那棵老榆树上，火红的晚霞把栗寨映照得红彤彤的。河水静静地流淌，河畔上谁家的鸭群正扑扑腾腾地奔跑着，东北边山坡上的果林里不时传来拖拉机"咚咚"的加油声。村里的大喇叭响了，先是播出一段《打靶归来》的歌声，接着传出栗林森的声音："各小组的社员请注意，大

家抓紧到学校广场集合，一律穿上迷彩服，集中训练一小时。对于不按时到达者，罚款十元！"

栗林森连播好几遍，唯恐哪个人迟到或缺席。栗红章想，栗林森真是怪，人民公社早已撤销多年了，张口闭口仍称社员。其实，不光是栗林森，老支书活着时也这么称呼，好像这种称呼亲切感人似的。早道听途说如今的栗寨，在新一届支部班子带领下，精神面貌又有了新的改观，两委会对村民的管理快达到军事化的程度了。栗红章离开栗寨了，就不愿过多打听村里的事情，同时也相信几千口人的村子，在经济分散经营的状态中，军事化管理是不可能的。进了村，听到了广播，栗红章有了兴致，他想躲在学校附近，看看栗林森是如何集中训练的。

栗寨中心学校是山南乡除乡实验学校之外的另一所乡直属学校，不知哪位乡领导在讲话中强调了中心学校的地位，规格定为副股级，这在讲究级别的现实生活里，校长当然就是副村级领导干部了。尽管学校独立于村，但实际是根本摆脱不了的。比如村里要召开群众大会需占用学校操场，那学校的体育课肯定要迅速调整，学校每时每刻都需要村两委会支持。教师节的赞助、教师家庭的宅基地、学校扩大地盘、学校周边环境等等，离了村里的支持，那简直就是寸步难行。那年有个年轻校长，实行封闭式管理，较以往有所独立，教学质量、教学秩序、校风校纪发生了改善，许多方面的业绩都超出了乡实验学校的水平。只是向两委会汇报少了，就遭受了村两委会诟病，骂这个校长翘尾巴，不知道天高地厚，接着就出现个别农民到操场开垦种菜、在通道上挖壕断路的情况。这个校长在一个学年没到头的时候，被调离了栗寨学校。校长含泪告辞，离别感言弄得在座教师们潸然落泪，他说："想干事、会干事的人，还要学会世俗，还要学会违心，还要向非正义者低头，否则你纵然有天大本领，也将一事无成！"后来，哪位校长履新，都像古时上任的官员，要如数拜访土豪绅士，不仅自己的官位稳定，还争取了许多土地，于是学校的面积达到了一百多亩。学校拥有四百米跑道，中间还煞有介事地建了一个足球场，不过足球场没有种草，而是分割成好几个篮球场，有年县里的农民运动会竟选中栗寨中心学校运动场。当然，这些情况都发生在栗红章当村支书之前。

操场一端停放着几辆吉普车，清一色刚喷过迷彩漆，车的引擎盖上红色的五角星中间有两个汉字，距离稍远看不清是哪两个字，反正肯定不是"八一"二字。栗红章想，可能是"栗寨"吧，或者是"栗"字看成"西木"这两个字。栗

红章不禁想起一件事，那是在杨东升乡长到鹰山地委党校专题培训时，王春翔曾跟他商量说，吉普车像喝油一样，十分费钱，还经常出现毛病，并且夏天没有凉风，坐着很受罪。不如把它卖个好价钱，再添点钱买辆二手桑塔纳。栗红章当时不敢表态，推说卖车的事大，杨乡长不知道恐怕不合适。王春翔眼一瞪，像发情的公牛，吼着说，这事已经跟田力才书记打过招呼了，人家才是当家人呢！王春翔还说，王春翔、栗红章两个副乡长合起来，应该能顶一个杨乡长吧！就这样，几天以后，王春翔就坐上了天蓝色的桑塔纳。在桐树岭乡，坐上桑塔纳十分牛。几天后，王春翔似乎听到了什么不好的议论，就把桑塔纳送给了田力才，换了田力才的伏尔加坐。至于吉普车卖了多少钱，买桑塔纳花了多少钱，他栗红章一概不知。那时候，王春翔每年掌握有全乡的抗旱柴油几百吨，做点手脚就能换成钱。栗红章听到操场上已经开始鸣炮，震天雷的炸响打住了他的回忆，他对自己说，"弄不好这吉普车里还有桐树岭那辆呢！先不想这些，看栗寨怎样搞军事化吧。"

人们像涨山水那样，从四面八方涌过来，很快流到低洼的学校操场。大约二十分钟时间，学校操场上就集合了九个方队。远远看去，方队前面红旗招展，分别写着"栗寨第一营、第二营、第三营、女子营、双枪老太营、少年营"。栗红章想，这可能是全村的近三千口人，组成了两个团，每团三个营。栗林森这些年在外地做生意，长了不少见识，练就了造声势、搞形式的功夫，难怪社会上不少人都说："栗寨村，出能人，前面提拔一大喷，后边来了栗林森；栗林森，真会玩，组建两个迷彩团，军号哒哒响连天……"栗林森为了让栗寨名扬北汝县，不仅在发展乡镇企业上继续过去的辉煌，更注重对外宣传和塑造形象。他组织的军训、阅兵活动，据说有两个目的，一是近日要上马一个小焦化厂，上级来人开业剪彩，仪式上要进行阅兵表演；二是十二月是栗林森上任一周年，美其名曰新班子成立一周年，要举行盛大活动，除了邀请邻村的社火队伍助兴，本村要展示一下新的精神风貌。

训练开始了，栗章锁站在一辆吉普车上喊话说："各营请注意，今天我们要拿出十分的努力，比赛一下各营的军容风纪，以实际行动向栗林森书记汇报，坚决不辜负我们身上的军装。"接下来，他的吉普车在各营的方阵前走了一遭，让司机开到了栗林森的车前，向一身迷彩装的栗林森报告说："报告栗书记，受阅六个营准备完毕，请您请示！"栗林森拿着手提话筒说："阅兵开始！"学校的

大喇叭里播出了《运动员进行曲》。栗林森的吉普车开到每个方阵跟前，模仿着上级检阅时的问候说："同志们好！"方阵回答："书记好！"栗林森又说："大家辛苦了！"方阵这时的回答有所创新："发展栗寨，造福人民……"九个方阵都是这样地重复着。

栗林森看望过方阵之后，九辆吉普车分别开到了方阵前边。这时，村两委会班子成员都站到了体育场的小看台上，等待着一个个方队的走过。哨声响起，"一二一、一二一"的声音顿时成了栗寨中心学校操场上的主旋律。

栗红章行伍出身，接受过较为严格的军训，当然眼光高远，面对这九个溃不成军的方队，几乎要笑出眼泪。然而，刚想笑，又要求自己忍住。眼前的是一队队农民，年轻力壮的大都外出打工，留在家中的多是身体状况有问题的，他们能走出矫健的步子吗？队伍横不平、竖不直，常常出现掉了鞋的、弯腰绑鞋绳的。

太阳渐渐地全部躲进了栗寨山头的西边，刚才还红了半个天际的晚霞，也开始慢慢地扩散开来。栗寨中心学校的大操场上，还有两个方队等待着检阅。这时，关在教室里的学生们已到了放学时间，他们虽没有走出校门，但树上、墙上、大门口都出现了顽皮的孩子们。他们的怪叫、傻笑十分有意思，特别是有的孩子还肆无忌惮地说："×他娘的，队伍还没有学生们整齐，还穿着军装，特别像电影上、电视上打了败仗的军队。"

孩子们的闹声很大，似乎是在抗议着村两委会剥夺了他们的自由。

栗红章觉得自己离村的这段日子，自己已经落伍，已经不适应这样的环境了。他心里沉甸甸的，觉得不该在遇到挫折时就想入非非。这时，他又告诉自己，组织上把自己从农民提拔成干部，要是不努力工作，要是不能有所担当，就是没有良心，就是愧对组织。

他一人在操场对面的东坡上，一直等天黑下来人们都散开了，才悄悄地往自己家走去。

三十九

全县和栗红章同一天停职的乡级领导干部十一人，基本上全为副乡长、党委委员，最多的一个乡三名副乡长，如果把这种情况拿自然灾害作比，十分像山体滑坡和道路塌方。县委书记武钢生既感到情况的严重性，又感到这么多人出问题有些蹊跷。他作了一些调查，发现自从县里出台秸秆禁烧政策追究领导人责任以来，凡乡党政班子团结上出了问题的，违犯禁烧令的就多。有一条规定是，凡发现点燃五堆以上秸秆的，责任人要写出深刻检查；凡发现十堆以上的，责任人要停职检查。那天停职的十一位乡级领导，分别在三个乡镇，而这三个乡镇都存在着严重的信访问题。武钢生想，如果有人想借政策的刀杀人的话，是完全有可能的。这十一位乡级干部全是分包行政村的，在他们分包的地块里，基本上都是点燃了十一堆、十二堆的火。环保局巡逻队的摄像机全部取的有物证。停职的干部面对事实，全部有口难辩，只能埋怨自己倒霉。武钢生虽然发现了政策的漏洞，但不能马上让人修订政策，也不能批评环保部门制订方案的片面性。现在的好多工作就是这样，管得太严就影响积极性和创造性，放开手脚让部门出台政策，又难免有片面性和偏激行为。他过去曾到一个地方调研，就发现了一个现象，有个生产队的群众占公家便宜问题很严重，大队就派人暗地盯梢，结果发现有个别群众对队长有意见，专门制造偷盗假象，把粮食从仓库抛洒到队长家门口，然后天亮后纠集不明真相的人们，去抓贼捉偷，直到把队长抹黑得下台才肯罢休。

武钢生想，禁烧令规定十堆以上处理责任人，恰好出事的乡就刚刚超出规定一些，而且这些着火点不是一家责任田，个别还隔几家点一堆。如果真的是农民点秸秆，他抓住机会肯定要把自家地里的烧完。这种蓄意一把火烧掉别人前程的人，真是心胸狭窄、办事太狠毒了。这种现象不制止，任其泛滥下去，还要酿出

更大的祸患。仅这一次的一百多堆火，鹰山地区环保局就罚北汝县财政十几万元，那是一堆一千元，财政强行划拨的硬政策。夏季禁烧只是小战斗，还没几天就出这么大的问题，如果放到秋季大战役，那绝不是闹着玩的事啊！

武钢生边思考这个事情，边翻阅桌上那一摞信件，这些年反映问题、上访告状的信件太多，每天都能收到上百封书信、几十条短信。看着看着，他被一封信吸引了，觉得这封信很有意思。是桐树岭乡水管站一名匿名老职工反映他们站长张洪昭，指示部下违犯县委县政府关于秸秆禁烧的规定，夜间放火烧麦秸的事，信中把哪些职工参与，补助多少钱，在哪些地方烧了多少堆写得十分清楚，最后还一再强调，此事他们做得严密，以为万无一失，却不知站上老同志知道得一清二楚，最让武钢生觉得有意思的是，这位老职工最后还补充了一句，说职工放火的事，还可以找严家沟老农会主席严石柱作证。

武钢生认为，这封反映情况的信绝不是空穴来风，之所以不署名是担心打击报复，小领导给职工穿小鞋的情况不是没有。反映情况的老职工提到严石柱可以作证，更说明故意纵火一事的可靠性、真实性。正当武钢生思考如何处置这封匿名信的时候，有人敲门，县政法委书记江平军和公安局局长刘斯明找他汇报一个刑事案件。借这个机会，就把这封匿名信交给他们去处理。刘斯明为了得到武钢生的赞赏，当即通知刑侦队队长和消防科连夜行动，突击审查张洪昭和所有涉案人员。

俗话说，为人不做亏心事，半夜不怕鬼敲门。做了陷害人勾当的张洪昭，在公安人员敲他家门的时候，已经吓得打战了。到了乡水管站以后，公安人员问知不知道为什么夜里喊他，当即他就老老实实地说知道。接下来，他就一五一十地交代了安排职工放火的全过程，口供跟那封匿名信反映的情况十分吻合。公安人员让浑身打战的张洪昭看了口供，要他签上"看过，和我说的一致"几个字，还让他用中指在红印油里蘸过，按上指印。那夜，几名放火的水管站职工，把站长的指示、得到的好处、在哪里放火，都交代得点滴不留。只几个小时，这个纵火烧秸秆案件就办成了铁案。至于纵火的动机是什么，站上那几名职工的口供很一致，都说不知道，也没有问站长。张洪昭为了争取宽大处理，就直截了当地说："放火就是想让栗红章下台，他多次在乡党政会上提议开发严家沟旅游区，如果把水库也开发了，那我们的小金库就永远没有了！"

桐树岭乡燃烧秸秆的不是群众，而是有人蓄意捣乱，构成了典型的刑事案

件。按照县委武书记的意见，把其他几起十堆以上的也追查一下，公安局查后，发现跟桐树岭的情况异曲同工。通过这几个案例，武钢生发现了干部队伍中问题的复杂性和严重性，同时也找到了为避免上级通报的最好借口。他向地委相关部门反映了北汝县的这几起刑事案件，要求取消对北汝县的罚款和通报批评。既然承认这些行为是刑事案件，那么这些问题就不能按禁烧工作不力处理干部，也不能给相关单位下达罚款通知。

栗红章又一次化险为夷了。他十分兴奋，这次更加感谢组织的英明，也感谢组织在他最困难的时候拉了他一把。栗红章虽然不善表达，但他却有着一颗感恩之心，他决心恢复工作之后，加倍地努力工作，再苦再累也不计较，以实际行动报答组织的关怀。

栗红章很快就回到了桐树岭乡政府，这让全乡上下都感到震惊。机关里曾有人议论他妻舅是副县长，当时人们都以为在开玩笑，这回不得不相信了。这天栗红章也觉得奇怪，机关同志除了水管站缺几个人，其他人都在，这和以往田书记只要离开，这里就炸场似的散去，空空的办公楼仅剩下张乡长家属和几个到她家蹭饭的人。这天人们好像在议论乡水管站刚发生的事，见了栗红章并没有回避，有点故意讨好他的意思。

田书记、杨乡长、王春翔副乡长天不亮就到县公安局去了，桐树岭乡的干部职工纵火陷害人的事情，毕竟让他们格外没面子。这件事假如继续追下去，恐怕还会追出新的情况，王春翔心里着急，田力才心里也不好受。好在公安局局长刘斯明和田力才是大学校友，两个人在多年职务晋升上有共同语言，彼此间的沟通主要是说风凉话，他们对李凤梧的升迁都有意见，认为李凤梧是兔子行了旺运。事实正是这样，他们两人在校时，是学生会干部、是团委干部，而他李凤梧只是一个小小的学习委员，而今人家已经当了副县长，而他们还在科级干部的位置上踏步，田力才还从大乡调到了小乡。

出于多方面原因，刘斯明给桐树岭乡几个领导很大的面子。同意对他们的水管站站长罚款处理。为了体现司法公正，刘斯明把案件批给桐树岭派出所继续侦办。这样，水管站站长张洪昭只在公安局的拘留所待了几个小时，就坐上乡里的小车回到了乡机关。

田力才是个聪明透顶的人，进到乡机关，看到大家交头接耳的状态，就知道这件丑事包是包不住的。他必须做一些技术处理。田力才先是召开了党政班子会

议，重点讨论了禁酒问题，并要求党政办公室一天内拟出文件《桐树乡党委政府关于严禁工作人员工作日饮酒的意见》。接下来，在机关工作人员例会上，田力才先通报了水管站几位职工下班后喝酒、酗酒闹事、纵火烧群众秸秆的事，对张洪昭及几个职工提出了严厉批评。田力才最后说，为了严肃纪律，树立良好的干部形象，乡党委、政府拟下发严格的禁酒令，要求干部职工以身作则，确保政令畅通。他希望水管站全体同志以此为戒，深刻反省，举一反三，努力工作，亡羊补牢，以优异的工作业绩将功补过。田力才讲完，与会人员在王春翔的带动下，给予热烈掌声。

栗红章十分迷茫，觉得这天的会议方式怪怪的，觉得田力才设了个圈，把桐树岭机关的干部职工都罩了进去。他又觉得王春翔的表现也很特别，他的风头出得太大太强，完全压住了杨东升乡长。

恢复了职务，栗红章心里很阳光，对于那些暂时迷茫的东西，并不那么放在心上。他脑子里，仍然是严家沟风景区建设的事。在机关例会结束后，栗红章神使鬼差地来到了严家沟村，他没有忘每次都先去问候一下严石柱大爷，那位像石柱一般庄严的老人近段时间竟成了他的精神支柱。严家的大门锁着，一家人都干什么去了？他顺着那条小路，绕到了紫云山顶，那儿有一块很大的石头。平常是一位放羊老人的床。据说，当年这块石头旁还有一棵枣树，人们都叫它消息树。遇到特殊情况，这里就发布消息给村里人，村里人就是观看枣树上飘带的颜色和位置，来判断出了什么情况。而今，那棵枣树没有了，和平年代不需要什么消息，大炼钢铁那年就被人砍了。

站在大石头旁，居高临下，夏日的水库静静的绿水微微泛着波光，其间水库管理所的小船游动着驶向一方方的网箱，网箱是管理所的小金库，也是他们赖以向外界拓展关系的重要武器。水库的左右岸边，搭建着许多花花绿绿的小帐篷，帐篷前不远处坐着静心垂钓的人们，男的女的都有，他们和旅游者结成的驴友一样，大家都互称钓友。目光再扩展一些，还能看到一些农户的家庭饭店，有的叫"鲜鱼港"，有的叫"一鱼三吃店"，还有的叫"山光水色度假区"，名字十分夸张，而且花里胡哨。这些年，城里人、外乡人都慕名到此游玩，这些小饭店就越来越多。水库管理所原本下决心治理过，想不到这些小饭店的发展势头越发强劲，多是严家沟的人，他们都在自家当年开的荒地、梯田里建饭店，比水库管理所的人底气还要足。严家沟的人口气强硬，说你管理所占谁的地，水库占谁的家

园，还赶我们走！栗红章对村民的思想很了解，他们之所以占一块地开发个所谓的饭店，营业不营业，挣钱多少对他们都不重要，他们听说这一带要建设旅游观光度假区，占地的目的是想得到补偿。你要我们搬走，一是要给我们指一条生活出路，二是要包赔我们的"饭店"，当下的村民，早已被经济利益武装了头脑，才不管你规划、前景呢。我们要的是现钱。栗红章感到最压头的就是这些违章建筑，它们就像一个个难解的结。夏天的严家沟绿树掩映，郁郁葱葱地连成一片，十分像美丽壮观的绿洲。在绿洲的边缘，那条黄色的道路旁，隐隐约约地看得到严石柱爷爷家的半截。战争岁月，人们为了自身安全，都把房子建在山里边，严石柱家便成了前沿阵地。和平年代，人们为了方便，一家家在修水库时都提出要搬到靠近集市的地方。这些年生态旅游业要兴起了，人们的眼光又投到了湖边山前，都懂得湖光山色的珍贵。严石柱爷爷永远都像一尊擎天石柱，朴实无华、勇于担当。栗红章敬重他，就像小时候敬重自己的爷爷。有时候，栗红章总爱拿严爷爷和老红军栗孟春比，觉得他们身上都存在着崇高的品德和伟大的精神。

看到严家的院子，就想起严爷爷，想起严爷爷，栗孟春的话就再次在耳边响起。前一天夜里，尽管他神不知鬼不觉地进了栗寨，偷偷摸摸地观看了所谓的阅兵排练，然后又借着夜色回到了自己家，然而老红军栗孟春还是发现了他。栗孟春叫开了他家的门，一向谨言慎行的老红军，那夜足足和他聊了两个小时。栗寨村和桐树岭乡虽然属一个县，但一个在西南，一个在东北，相距近一百里路，栗红章自从离开栗寨，工作没有顺当过，特别专注努力，根本不敢想家，加上回一趟家很不容易，没有直达的车。他向栗孟春检讨着自己，说等乡里工作轻车熟路了，就多回家看看，和村里的老人们多说说话。栗孟春语重心长地告诉他，自打栗林森在村里站稳脚跟后，就变得专横跋扈，群众的意见建议一点也听不进去，原来承诺要办的七件实事一件也没有落实。他热衷于到乡政府、县直部门拉关系，各项先进、各种荣誉得的不少，各企业的安全情况、运营情况他不管不问，只要企业定期拿钱给村两委会，就能得到他的夸奖。最近，他又搞什么阅兵，把自己摆上了司令的位置。栗孟春很担心，栗林森会毁了栗寨，会把栗寨弄得债台高筑。

栗红章也很担心，栗寨那些企业里不仅有国家的钱、银行的钱、外公投的钱，还有群众一点一滴积蓄的血汗钱。他曾有心放弃副乡长的职务，放弃这份俸禄，重回栗寨……然而，根本不现实，山南乡的党委书记已经跟栗林森拜了把

子，本来就不待见他栗红章，现在更不待见而且还要防备他了。

"栗乡长，红章！"是严石柱爷爷在喊叫他，很谦虚地称他乡长，很亲切地唤他红章。栗红章心里简直是热血沸腾，顷刻觉得桐树岭乡也很美，也是一个有无限风光、远大前程的地方，组织上待他很好，他一定不辜负组织的重托！他朝严爷爷走去，仿佛是奔向一座巍峨的青山。

四　十

栗红章从参军开始，他就有了报效祖国的愿望，复员回乡当了村支书，几年后又当了副乡长，他更不忘国家的培养和组织上的重用。他从没有一句对社会的怨言，觉得自己生活得很幸福。遇到麻烦，遇到困难，工作上的也好，个人婚姻上的也好，他觉得是自己处理得不好，不能怪罪任何组织和个人。

他觉得，田力才整天抱怨组织、敲鸡骂狗、踢盆摔罐，说自己得不到提拔是因为社会风气不好，他完全没有必要这样。组织上前不久还考核过他，据说有一个文件专门照顾多年在乡里工作的党委书记，只要连续干够六年党委书记的，享受副县级干部的待遇。田力才却说那是安慰人的，新中国成立初期老革命根据地还有副部级农民呢，光享受待遇那算个球！桐树岭乡纵火案发生后不久，组织上安排田力才到地委党校中青班培训一个月。回乡以后，田力才态度就有了大的转变，不再骂组织部门，不再胡言乱语，传达会议精神时开始称李凤梧为李县长，不轻蔑地说李凤梧、杨柳声怎么怎么，他的觉悟明显提高，有敬畏之心了。栗红章也学会了观察，也学会了收集信息。人们说，县委已经正式下文，年底前要从优秀乡党委书记中选拔实职副县级干部。田力才的表现可以证实传说决不是刮风，而是千真万确的。

政治上要求进步的干部，关键时刻都十分敏感，也格外谨慎，他们不想出现

任何纰漏，也不愿因出现问题让人抓住把柄。特别是对位置的觊觎，对权力的崇拜，出现了相互嫉妒的非正常心理泛滥的现实面前，他们宁可不干工作，也会做到不求有功，但求无过，更求稳定。田力才也不例外。从党校回来之后，他就暂停了好几项工作，严家沟风景旅游度假区开发工作暂停、几个行政村的换届工作暂停、筹备建设乡中心小学的工作暂停等。他的理由让人很宽慰，主要是起点太低、眼光不长远，暂停是为了进一步推敲论证，蓄积力量把这些好事办得更好。从他嘴里，完全是称赞这些项目，做大这些项目，高度重视这些项目。

田力才强调了几项要全力以赴、一刻也不能放松的工作。像计划生育、信访稳定这些有一票否决政策的，还有"三秋"工作，离"三秋"还有一个多月时间，他就开始安排了，主要是提前部署玉米秸秆禁烧这台重头戏。对日常工作，田力才只强调安全、稳定，他用一句俗话要求大家，说谁的责任谁承担，谁的孩子谁抱走，出了问题严厉追究，上级摘我的帽，我就砸你的碗！田力才还不忘强调团结问题，说团结出形象，团结出生产力，团结出干部，团结出幸福，一个班子、一个部门、一个地方如果团结出了问题，那么大家都要遭殃，什么事情都办不成！

栗红章觉得，自从田力才书记从青班归来后，讲话很有水平，他学到了很多东西。桐树岭乡的几项重点工作有条不紊地进行着，按道理说田力才应该放宽心等待上级提拔，因为按资历、论学历、讲水平他都是同级干部中的佼佼者，已经胜券在握。栗红章观察到，田力才这段时间最勤奋、最敬业，对哪怕是一点小小的不利苗头，都及时处理。田力才说小心无大错；善于捕捉细节，发现事情的蛛丝马迹，才能防患于未然。最让栗红章佩服的，是一次扩大的党政联席会议上，田力才发表的简短讲话。那天，乡烟棉办的陈景明和王留兴因为看主任、副主任下棋，观点不一致，发生口角，导致互殴。表面上看是小事引起的，其实际情况是他们积怨好久。乡烟棉办在丘陵为主的农业乡是高高在上的单位，跟水管站一样拥有很多特权。乡财政收入的一半来自烟叶税，百分之五来自棉花，是桐树岭财政的半壁河山。烟棉办有小金库，田力才、杨东升都清楚，但他们却睁只眼闭只眼，不然这些人就会丧失积极性，烟叶大量流失到外地，乡里财政收入就会大量减少。桐树岭地处鸡鸣闻三县的岬角地带，周边全是优质烟田，那些橙一橙二、橘一橘二的高等次烟叶都产在这一带。烟棉办主任就在每年的收购季节，做一些小动作，吸引外地烟农到桐树岭烟站售烟，他提前与烟站协商好，超出任务

的多余部分要奖励给烟棉办。由于烟站隶属于县烟草局、烟棉办属于乡政府，各有各的政策措施，当然都追求经济效益最大化。体制的因素，就给乡烟棉办提供了法律边缘的小金库。烟棉办主任人称"老油条"，他把小金库的收入在过年过节的关键时期，送出一小部分给乡里的书记、乡长和主管副乡长，一部分买成礼品撒胡椒面一样给了乡机关的所有人。在赢得大家喝彩的时候，把最多的一部分按贡献大小分给烟棉办工作人员。陈景明和王留兴就是为了五百元的差别发生了矛盾，陈景明对此事耿耿于怀，早就想借机发泄。看两位主任下棋时，王留兴说了一些讨好主任的话，引起了陈景明的不满。陈景明骂王留兴舔屁股沟，舔到好处上瘾了。王留兴也不是省油的灯，两人先骂后打，两个主任各有所偏向，也不便拉架。拉偏架的责任更大，弄不好还要被牵扯进去，他俩嘴上喊叫着，一直到王留兴见了血才停下来。

这场风波很快被田力才知道了，他要把这次风波作为转变工作作风的活教材，也作为敲山震虎、举一反三的最佳机会。乡党政机关也不是一片净土，你你我我的存在着很多问题，假如哪一天爆发了，那也绝不是一般的小事。乡里迅速召开了党政班子扩大会议，再次扩大到七所八站和机关全体人员。为了防止影响扩散，这次没有扩大到行政村两委会。田力才在会上并没有批评陈、王二人打架斗殴的事，主要是批评烟棉办在工作时间下棋，为了一丁点小事还使看棋者斗气，影响极为不好。田力才说，从现在起，各单位各位同志一定要牢记，我们干工作是为什么，我们的工资哪里来，我们的形象该不该塑造好？田力才说，水管站、烟棉办两个大单位相继出事，你们是标兵、是先进，如果各单位都向你们学习，桐树岭乡还像话吗……田力才在批评之后，马上语重心长地说："大家能在一起工作，是一种缘分，是应该珍惜的相逢。静下心想想，我们的同志之间，谁跟谁有仇有冤？谁把谁家孩子扔井里了？没有，绝对没有！我总结过，凡是争争吵吵的，不外乎两点，一财二利。这些东西生不带来，死不带去。你想出名很容易，身上捆上炸药，跑到一个大广场引爆，全世界马上就知道你了！你想发财，急了你去抢银行抢运钞车！当然，这些话都是气话大话，瞎说，谁也没有那本事。为了争个先进，当个啥官，就忘了根本；为了蝇头小利，就拼个你死我活或者相互忌恨，划算吗？"田力才的批评，深入浅出，会场上鸦雀无声，人人聚精会神。田力才最后强调了三方面：一是大事讲原则，小事讲风格。二是上班时间要以工作为重，不可做与工作无关的任何事情。三是不要串门，不要在背后议论

人。他要求全体同志振奋精神，踏实工作，以优异的业绩向国庆节献礼！

掌声像春雷一般响起来，田力才又一次赢得了乡机关同志的赞赏。栗红章想，自己来到桐树岭乡，经历了这么多事，接触到了这么有水平的领导，是一种造化。

在散会的时候，乡党政办主任顺便发了一个通知，《关于举办桐树岭乡庆十一文艺汇演的通知》，是一份红头文件，很庄重，其中讲了几条注意事项，无外乎节目内容思想健康，有利于干事创业，对增加凝聚力、有创意的予以加分。

栗红章在严家沟风景区开发停止后，主要工作是配合王春翔做计划生育工作，处理春季集中活动以来的遗留问题。

栗红章开始对桐树岭乡有了亲切感，觉得这里是一片神奇的山岭，也是干事创业的热土。

四十一

国庆节前一个多月，桐树岭乡的庆十一文艺演出举行了一场彩排。提前一星期，七所八站便围绕演出忙碌着，这是田力才授意的活动，大家都格外重视。

栗红章第一次参加乡镇机关的文艺演出活动，十分新鲜。他觉得地方和部队的差异不是一般的大，地方的人即使提足了精神，也看上去改不掉少气无力、邋邋遢遢的状态，战士们参加集体活动，走路虎虎生风，唱歌山呼海啸。他作为观众，换了一个角度，又觉得这里的人们很好玩，很容易让人开心。栗红章听机关同志说，当年田力才被县委调桐树岭乡时，很不乐意，说话总是怪怪的。有次在大会上讲话，他说，别人说桐树岭穷山恶水刁民多，我看不是，他们不了解情况。我认为桐树岭乡资源丰富、潜力很大。先说自然资源，这里山岭纵横、沟壑相连，新中国成立前是打游击的好地方。我们要把它开发成旅游观光区、影视外

景基地，一定会生意红火。再说人力资源，仅拿机关为例，我们在座的可以当演员的太多了，智取威虎山中的栾平、座山雕，铁道游击队里的鲁汉，沙家浜里的刁小三，平原游击队里的夜袭队，地道战里的唐丙会……敢走出去，个个都是明星。说机关穷也不对，我看那几辆偏三轮摩托、吉普车卖给制片厂当道具，准能卖个好价钱……

对于田力才的这番幽默言论，平时不觉得有多么风趣，到了文艺汇演的时候，就体会到田力才眼力精准。栗红章看到那些跃跃欲试准备闪亮登场的人们，不看表演便要笑出泪花。

机关餐厅里临时搭建的舞台上，彩灯闪烁，追光灯聚焦在舞台正中，主持人手握话筒，宣布了彩排开始。主持人是桐树岭乡中学的音乐教师，毕业于鹰山地区艺术学校，落落大方，颇具艺术家的台风。她按照乡党政办主任的要求，正式开始后的第一项就是介绍到会的乡党政领导，这位主任很严肃地说，假如桐树岭是一个地区、一个县，那么田书记、杨乡长就都是大干部，因此这个议程就要按上边的规矩进行。主持人参加过大型演出，对各级领导的重要地位有充分认识。她很认真地介绍着桐树岭乡党委书记、人大主席团主席田力才；桐树岭乡党委副书记、乡人民政府乡长杨东升……掌声之后，节目正式开始。第一个节目，合唱《歌唱祖国》，这是乡老干部支部选送的，八名老人很努力地唱着，只可惜他们张大缺了牙的口，或露着谢了顶的头，没有伴奏没有扩音，那种热情奔放的劲头丝毫没有唱出效果。尽管如此，田力才第一个鼓掌，点燃了现场的热烈氛围。第二个节目是教育办的流行歌曲联唱，《粉红色的回忆》、《采花》、《康定情歌》、《洗衣歌》，几位学校教师的表演，是这场彩排的最高水平，由于田力才爱听梆子戏，对流行歌曲没有兴趣，他的鼓掌是礼节性的，整个现场的掌声就不够热烈。第三个节目是三句半，乡武装部的四个小伙子悉数登场，《桐树岭不简单》因为是自己创作的，引起了大家的兴致。四个人有的背锣、有的拿镲、有的敲锣，最后一个背了只吉他，他们打破常规，没有从幕后出场，而是分别从观众席前面翻筋斗、蹦跳着上了场。三句半的词似乎没有经过推敲，但以颂扬为主：桐树岭来不简单，三万百姓来参战，人民喜欢田书记，齐称赞！一黄一白烟叶棉，每亩可产五千元，小康路上喜事多，不简单！党委政府十多员，描绘蓝图亮了剑，穷山恶水不可怕，只等闲！书记乡长不简单，千钧重担挑在肩，要问经济咋发展，翻两番！……田力才很开心，掌声随着爆场。第四个节目是水管站的

大合唱《西边太阳升起来》，这是根据电影"铁道游击队"主题曲《西边的太阳就要落山了》改编而成。合唱中夹进了两段朗诵，朗诵时要求舞台上的灯光暗淡下来，慢慢地转亮。朗诵者普通话不标准，多为典型的桐树岭声调："在北汝的最西部，有一个西山顶村，那里风景如画，人杰地灵，一个有志青年就出生在那里，他当年以全县第一名的成绩考上了大学，又作为优秀干部回北汝县锻炼，主席说过他们就像早晨八九点钟的太阳，他就是我们最尊敬的田力才书记！"灯光全亮，台上高唱："西边的太阳就要升起来，严家湖上静悄悄，朗诵段心中话儿，唱起动人的歌谣。栽苹果、种棉花、鱼儿肥、烟叶黄，要把桐树岭建成美丽的鱼米乡！"又是一阵热烈的掌声，掌声过后再次朗诵，合唱。演出达到了空前的高潮，舞台上下呈现着喜悦、昂扬的气氛。第五个节目是计生办的小品《献血故事》，表现了一名产妇在计生办出现大出血，工作人员踊跃献血的情节。一个扮演田书记的小伙，模仿着田力才的做派前来献血，一下子又引爆了全场的欢呼声。烟棉办的节目是《黄白对话》，第六个出场，这个节目别开生面，六个男的身着黄色服装，扮演着烟叶，四个女的身穿洁白的连衣裙，是棉花姑娘。节目采用拟人的手法，通过烟叶、棉花之口，歌颂了乡党委、政府决策的英明。

节目正在进行中，突然那个叫老牛的门卫闯了进来，几乎失声地喊叫着："快去吧！不好了，王乡长那边出大事啦！"

这时，大家才发现乡里的第三把手王春翔没在演出现场。田力才问栗红章，王乡长在哪里。栗红章如实回答说："王乡长在乡计生办，他说要突击办个信访案，他说不需要那么多人，就让我离开他来观看彩排了。"不知道到底出了什么大事，一向器重王春翔的田力才，脸一下子变得难看极了，用霜打了的茄子比喻似乎最为恰当。

桐树岭乡计生办在乡政府西北边，这几年靠罚款建了一座三层楼房，远远看去绿树成荫的院子里矗立着一座白色的别致楼房，很有诗情画意，与乡机关大楼相比，多了许多幽雅。栗红章真的不知道为什么，这里抓计划生育的分管领导，和山南乡那边一样，不仅在乡机关有专用办公室，而且在计生办还要安排一套带套间的房子；而且他们一般都会寄宿在这里。桐树岭计生办共有三十一个工作人员，二十五个女的，多数都是十八岁到二十五岁的未婚女孩，最高学历为县卫生学校毕业，还有几个初中没有毕业，任务很简单，孕检、陪上级调研、通知会议；六个男的主要是执法，他们对抓获外逃的、被人举报偷生的很有经验，罚没

收入全靠他们。

王春翔一年前曾抓过计生办，原来那位主管领导得病住院，田力才就让他兼抓这项工作。他就装修了一个带套间的办公室，夜间不回家时就住在这里。他喜欢跟这边的女孩们打牌，这边的女孩也喜欢听他讲鬼故事，特别是狐仙闯男宅、风流女鬼夜游的故事。后来乡里安排了主管领导，他仍然不交钥匙，说遗留问题解决完再说。在王春翔主管计生办的时候，梨树坪村有一对夫妇，生过两胎后男方结扎，之后人家就外出打工了。梨树坪村人口不多，派性严重，在许多事情上都水火不容。这对夫妇外出后，有人举报他们生育了三胎。这对夫妇不服气，说已经结扎过，怎么能生三胎。接着就有人写信说他们假结扎，乡计生办医生做了假手术，如果不处理这件事，他们就要上访，要求上级查处这件事。梨树坪人闹事时，正值田力才部署了抓信访、抓计生案件、抓秸秆禁烧等重点工作后，为了平息上访群众怒气，按照举报人提供的线索，乡计生执法队全体出动，在黄河北一个砖瓦厂抓获了这对夫妻。计生办并没有发现这对夫妻的第三个孩子，证据不足既不能说人家假结扎，也不能说人家超生三胎。事情很奇怪，乡计生办做结扎手术的医生，半年前带了计生办一个小姑娘私奔了，一点消息都没有。形势逼人，责任重大，王春翔想了一个办法，要这家的男人化验精子。要人家男的到厕所，想办法弄出点精子，化验化验，没问题就放他们走。王春翔说，乡党委、政府不会冤枉一个好人，也不会放过一个违反政策的人。那男人可能心虚，或许人家不愿意那样做，说到厕所里弄不成。王春翔到院子里转了一下，看到关押孕妇的那半间房子门开着，就生出了一个点子。通常执法队抓住对象，都要锁进楼梯间改造成的半间房子里，罚款到位后才放人。王春翔让执法队员带这对夫妇过来，说你们弄不出东西，我就不信，年纪轻轻的，难道就不干那事。今天你们俩就进这间禁闭室，有了结果再出来。见女方有几分姿色，王春翔就产生了慈善之心，说看你们俩都是老实人，嫌这里不方便，可以到我办公室套间去。这对夫妻不很开放，不像有些农村人，当院敢把衣服扒下来。但为了过关，他们进了那半间房子。女的提出让王春翔离开，王春翔答应了。当他们完成任务时，发现王春翔没有离开，而是专心致志地观看了他们的全部过程。梨树坪这个女的很刚烈，觉得受到了欺骗，自己受到了奇耻大辱，当计生执法队打开禁闭室铁栅栏门的时候，这女的竟然冲上二楼，"嗵"地跳了下来。

王春翔慌了，计生执法队员慌了，整个院子里的人都像热锅里的蚂蚁，乱跑

乱窜、鬼哭狼嚎……

　　田力才最担心的事竟然没有发生，那女的居然没有死，只是身体几个部位的软组织挫伤，头部有轻微的脑震荡。乡里的车送他们夫妻俩住进了县人民医院，王春翔从烟棉办、水管站筹措了两万块钱，让他们做医疗费。后边的工作由王春翔的司机出头，女的说不想看见那个卤猪肉脸的男人。乡司法所的彭军是王春翔的表侄，一边讲法律、一边威胁，最终达成了协议：乡计生办不再追究他们三胎的事情，如果实属存在假结扎，自己采取补救措施；乡里补贴他们三万元，作为误工补偿。

　　这件本来要惊动千家万户的事情，可能影响田力才前程的突发事件，就这样平静地解决了。

　　夜深了，临近中秋的月亮特别秀美，栗红章觉得多么像杨小桃的脸庞。他有些惆怅，月亮和人脸一样，都是他可望不可即的东西。

四十二

　　王春翔病了，病得很奇怪，全身犯病，并不是疼，是痒，他说痒得钻心，痒得想发疯。紧接着，便卧床不起了。田力才和杨东升商量了一下，就在机关会议上宣布，王春翔乡长所管的工作，水管站例外，其他全盘移交给栗红章副乡长负责。他很别扭，同样都是副乡长，为什么王春翔就是王乡长，而他栗红章就是栗红章副乡长呢？

　　机关会议前，田力才已经向栗红章讲了关于水管站的事，说眼下他们正在争取一个项目，严家沟水库的输水洞堵塞成死洞，一滴水也放不出来，水管站站长张洪昭的一个表舅在省厅的水库科，利用这层关系，在争取上级拨款，因为这个事是王乡长带队跑的，虽然王乡长病了，但这件事还要以他的名义继续办。栗红

章心知肚明，他们都担心栗红章主管了水管站，极有可能提出调整站长，把张洪昭换掉，一是曾出现过矛盾摩擦，二是张洪昭安排人故意点燃麦秸，几乎要烧毁栗红章的前程。当场，栗红章嘴上虽然没说，但心里在想，原来这帮人小肚鸡肠，即使抓了这一块，他抓的只是工作，而不是人，只要干得好，就是过去曾打过架也不妨啊！

栗红章见到过好多男人生病住院，没有一个像王春翔这样贪生怕死的，也没有一个像王春翔这样泪流满面的。平日专横霸道、玩弄心计的大男人，突如其来的一场怪病竟使他改变了面孔和作派。栗红章想，可能他太热爱这个世界，太留恋目前的幸福生活，太舍不得他工作的环境，太离不开他爱的女人，才表现得缺乏视死如归的气概了。

从张洪昭那里，栗红章知道了王春翔的心事。自从王春翔生病后，尤其是大医院确诊他肺癌晚期后，张洪昭就和栗红章拉近了距离，是他主动贴近了栗红章，说水管站这一块儿的工作迟早属于栗乡长，那是板上钉钉儿的事了。后来，张洪昭来到乡政府，请栗红章到水管站指导工作。自从麦田纵火那个案子发生后，栗红章受到牵连，但他并没有意料到这是有人在中间作梗，是要置他于免职的境地，后来这件事终于大白于天下，该追究的尽管尚未到位，但他的冤情总算彻底洗刷了。他并没有对水管站张洪昭等几个人产生怨恨。当年在栗寨时，有人假冒他名义夜间血洗栗九斤等几家，他曾为此被好多人仇恨过，事情亮底后，对立双方还成了最可信任的朋友。桐树岭乡是比栗寨村更大的社会，这里人员的复杂、人的奸诈、关系的交织，都是栗寨望之不及的。之所以他忠厚地充当着老黄牛的角色，并不是他的无知和麻木，他是经过解放军这座大熔炉里冶炼出来的，在个人和事业的孰重孰轻上，他肯定要选择以事业为重。他对个人恩怨看得很轻，有时候明知道别人把他说成不膻的羊肉，他虽然很别扭、很生气，但长长地深呼吸后，悄悄地忍受住了。对于张洪昭的邀请，他承诺得也很爽快，本来他就不属于斯文人，加之人家态度诚恳，杀人不过头点地，人人都有不清醒的时候嘛！那天不全是邀请他指导工作，主要是请他吃一顿"便饭"。那次他才发现水管站不仅有小金库，还有小伙房。

在张洪昭的安排下，那个中午站上工作人员都诚恳地为栗红章敬了酒。盛情难却，他说自己不能喝，还是没有抵挡住大家的攻势，应对一遍他至少把四两白酒灌进肚子里。饭后，站上的职工们很有眼色，一个个都离开了，只剩下站长张

洪昭和他。

张洪昭把饭厅的门掩上后，就禁不住抽泣起来。栗红章以为他酒量小，几杯酒就醉，醉了就哭闹，平时就遇到过不少这样的人。栗红章说："张站长，喝多了吧？要不我给你倒点开水喝？"张洪昭说："栗乡长，不瞒你说，我这人酒量还算可以，半斤八两根本不会醉！我是心里不美气，觉得对你有愧，酒不醉人人自醉啊！"栗红章酒后言词更加慷慨，说："咱弟兄们在一个乡工作，就像一家人在一个锅里搅稀稠，不存在愧不愧的！我来桐树岭前咱们不认识，来后又没有冤仇，我觉得你人挺仗义、够哥们儿。"栗红章这些话，有虚夸的成分，张洪昭已经做了害他的事，路人皆知，他却故意装作毫不知情。栗红章没有想到，他这几句话说出后，张洪昭更加冲动。张洪昭"扑通"跪在了他面前，声泪俱下地说："栗乡长，老兄，是义气害了我呀！"

张洪昭说，他听信王春翔这老奸贼的话，说不把栗红章弄下台，水管站一定要变天，不仅管不了严家沟水库，这个站长恐怕也要换人。张洪昭又说，王春翔说把栗红章弄翻后，腾出个副乡位置，肯定会从站所长里边选拔，到那时，他会说服田力才、杨东升……见栗红章只听他说话，没丝毫反应，张洪昭开始声泪俱下地说："栗乡长，俗话说人为财死、鸟为食亡，我当时真的被他说动了心。想到要失去站长位置，失去流油的严家沟水库，真的恨你！再想一想王乡长帮我当副乡长，脑子一下子大了。最终我晕头晕脑地答应用放火的办法，让县里按规定查办你！栗乡长，对不起。我平时总觉得王乡长对我不错，关心、爱护，有事帮我说话，就有报答他的想法。没想到这一回，我和他狼狈为奸，坑害了一个好人！我给你磕头了。"栗红章没想到，这家伙真的在地上"嘭嘭"地磕起头来，连忙拉住了他。

这时，门外有脚步声。栗红章知道，这是有人在偷听他们说话。他早就听说过，水管站的几个人，分好几股梢，张洪昭势力最大，围绕他转的有三个人，这次烧秸秆把实力全部暴露，还有两个田力才安排的，两个杨东升安排的，他们之间面和心不和。堡垒最容易从内部攻破，栗红章在部队学军事懂得这个道理，他相信写匿名信告发张洪昭的人就在水管站。多次受挫折的栗红章故意拉大嗓门淡定地说："事情早过去了，不要太自责，再说了，乡里现在干事创业的劲头正足，要听田书记的话，人要以大局为重，大事讲原则，小事讲风格。我觉得水管站弟兄们的素质都很高，我以后会多来和大家聊天、喷话。"栗红章说的几句

话，就是演戏的台词，让那些书记、乡长的线人听的。

他们之后又谈了半个小时，全说些无关紧要的话，见张洪昭已经恢复正常了，栗红章提出要回乡机关，这时，手机响了，王春翔打来的电话，说他在乡卫生院等他有事。

这是王春翔重病以来第三次单独约见他，第一次是在北汝县人民医院病房。那次的王春翔好像压力没有那么大，或许是医生们并没有向他公开病情，他只是通过医生和家属说话时的诡秘表情，发现了某些尚不能言表的"天机"。他很认真地告诉栗红章，他可能要休息一段时间，他分管的这一块儿工作，他会向书记、乡长建议由栗红章负责。他这次没说那么多，强调病情稍见回头，就到乡里去了，有什么事情可以通过电话沟通。

第二次是他从省会的医院回到北汝后，情绪十分不好，见到栗红章并没有说多少话，工作上的事情讲得也很少，只是不停地擦着眼泪。他说，又是发烧又是发痒，这种怪病没有听说过，这只是表面的现象，省会的大医院说他这种病是内脏出了问题转移到大脑后，才能现出这种症状，专家对他的病作了会诊，最老的那位专家组组长说，他的这个病新中国成立以来全国一共发现过三例。那两例从发病到上路，仅有二十五天时间。人家专家们还说，他王春翔的病只是与他们有不少共同之处，或许会恢复健康，但愿例外吧。在治疗问题上，专家们的意见很一致，让他乐观对待，向好处努力。就是这个意见，让本来信心满满的王春翔，一下子变成泄了气的皮球，瘫软得路也走不动了。再次住进县医院，他躺在病床上，说等着那一天。王春翔哭了一阵子，向栗红章提了一个要求，说他有一个三四岁的儿子，特别聪明，很想认给栗红章当干儿子，让栗红章想一想。栗红章还是第一次遇到这种认干亲的事，不禁脸上发起烫来，别人只知道他有妻子，还是副县长的外甥女，却不知他们中间已经有了状况，即使没有状况，人家杨小桃也未必会答应这种事。栗红章说想想再说吧，关系好不在于亲戚与否！王春翔说，话可以那样说，实际上到底不一样，他坚持让栗红章回家商量后尽快回答他。

在县医院躺了两天后，王春翔又多少恢复了一些，觉得每天接受的仍是常规性治疗，在乡卫生院住着也一样，于是就转到了桐树岭卫生院。栗红章接到王春翔电话，心里马上收缩了一下，他最害怕王春翔追问认干亲的事情。

桐树岭乡卫生院历史上是军队的野战医院，几十年过去了，这里早已没有军

医的影子了，水平稍高的医生千方百计地离开了这里。这里条件实在太差，还是几十年前的几排瓦房，年久失修还维持着旧痕新疤，大门两边早已过时的标语依然可以看得见。这里稍有发展的就是后院的两排三间平房，为了争创县级文明单位和老干部工作先进乡，前年乡财政拿钱建了三间老干部病房和三间传染病隔离房。王春翔就住在老干部病房，这几间病房建成后，实际上老干部住得很少，多数时间成了乡里现职干部的疗养处。乡卫生院大病不会治，病号都转走了，小病不用住院，病房形同虚设。

王春翔正在对小护士讲着黑白无常的事，那只没有扎针的手正握着小护士的手。平时，栗红章十分讨厌王春翔对女孩子们动手动脚，这会儿他倒能够接受了，一个行将就木的人，再享受享受人间的温存，那不算什么。王春翔在男女问题上的确不一般，好多女孩子都识他的戏。栗红章有一回跟他到县城一家饭店吃饭，有个小姑娘有些姿色，好像是刚当服务员，王春翔问小姑娘姓啥，小姑娘回答姓张，王春翔笑着说，你就是老张的闺女，那小姑娘乐了，说你认识俺爸，王春翔点点头说肯定认识，那以后，小姑娘还到桐树岭找他办事，称他老王。王春翔和计生办几个女孩子关系也不一般，乡机关同事不敢得罪他，只敢在一边骂那几个女孩"瓢"。在男女事情上，彭军尽管是他的亲戚，也多次在一旁骂他非得艾滋病不可，因为彭军的妻子早就是王春翔的菜了。

见栗红章进来，王春翔说："栗乡长，坐吧！"他的手并没有和小护士分开，好像是一种治疗上的需要。小护士很知趣，见来了人就推说那边还有个病人需要拔针，就离开了老干部病房，还彬彬有礼地跟栗红章打着招呼。

这次见面，不是栗红章安慰王春翔，而是王春翔安慰栗红章。他说："栗乡长啊，咱们打了一年多交道了，彼此都熟悉了才交交心，咱俩都很直，你是军人，我是老粗，都是张飞卖铁钉——人硬货更硬。桐树岭乡，别看它小得像弹子，但复杂得却像弄乱的蚕丝，卖姜卖蒜的，轱辘锅钉秤的弄啥的没有？因此，在这里当干部，一定要有大心胸，千万不能小心眼，要不非气死不可！你像这次水管站张洪昭放火的事，你跟他前世无冤后世无仇，想一把火把你烧掉，他自己肯定有想法。这家伙仗着杨东升的靠山，谁都不怕！"栗红章已经听出来他是把这次纵火的幕后黑手嫁祸给杨乡长，田书记看不起杨乡长，王春翔跟着瞎起哄。栗红章心里嘀咕着，你一个病入膏肓的人，活不了几天了，还不知道珍惜时间多积点德，免得到了那边下油锅。

王春翔看栗红章对纵火这件事并不恼火，就说："你的态度很端正，跟无耻小人计较划不来。信福音堂的老婆们都会说，叫我生气我不气，我要生气中诡计，很对，别生气！"栗红章知道，自从王春翔得病后，他那个弟媳就开始进教堂为他祈福了，啥老婆们！

栗红章害怕他再绕到认干亲的话题上，就无话找话地说："王乡长，老兄，你的能耐、你的为人、你的精神都是我一生学习的榜样，按你的年龄，还能再升几级职务，可年纪轻轻就……"栗红章也不知道就字后边说什么好，"就死了、就不行了、就撂倒了、就见马克思了……"他想了很多，最后选择了"得了不好的病"，说完还是觉得让他不舒服。谁知道，王春翔这种人就是那好打别的种，他说："想开了，人生不过就是一部电视连续剧，活得岁数小只要活得自在，就像精彩短小的片子，反过来你活得很大岁数，人们嫌弃，自己受罪，就像泡沫片子，观众还嫌臭长呢！"栗红章说对得很，人生就像电视剧。见栗红章服了，王春翔又说："我这一生，也吃了、也喝了、也玩了，啥没见识过！"栗红章说，"你才四十多岁，寿限太说不过去，至少应该将就到五六十。"王春翔瞪了他一眼，驴脾气又犯了，说："你知道个球！我原名叫王翔春，我弟弟叫翔夏，他小了我十几岁。我把翔春改成了春翔，把年龄换成了翔夏的。你看着我四十多，其实离六十不远，为了得到提拔，当工人还必须三十五岁以下，我不改就去球了。到了这种时候，我告诉你，你就是出卖我也不怕！"栗红章想，乡里人谁不知道你的秘密，光你改年龄就有好几个版本，揭发你轮不到现在。

栗红章有些话可能刺激了王春翔，使这个爱逞能的家伙一下子来了精神，他笑话栗红章是个晕鸡，对乡里的工作一窍不通。干啥啥出事，几乎没有能干成的。栗红章很冷静，很谦虚，只要不说认干亲的事，骂我两句也扯淡，反正你骂也骂不了几回了！

王春翔批评栗红章不会审时度势，这是做工作事半功倍的关键。他举了一个实例，每年的秸秆禁烧，把人累得死去活来，还一不小心就受处分、被罚款，挨批评。王春翔说，这件事动动脑子就行了。现在秸秆问题无法解决，人不烧柴禾，牲口不吃，沤粪没人干，放着占地方，老百姓偷偷摸摸非烧不可，烧不净他们不到底，迟早就是烧，很像人憋屎憋尿找厕所，有厕所就进去，没厕所就乱屙尿，活人不能叫憋死啊，早解出来早安生。现在的各级干部都坐在办公楼里，像消防队等待报警电话，然后才开始履行职责，如果乡干部对起初烧秸秆的视而不

见，或者放开几天，等火烧连营时，上级发现了，追究责任，先下手的已经烧完了，追查谁，谁烧的，无证据啊，上级重视后，你再烧，人家有录像机、有照相机，有时候还使用卫星定位，能不查处吗？王春翔洋洋得意，栗红章听得津津有味。

他们的谈话，好几个小时，期间小护士来换了好几瓶液体。栗红章怕王春翔累得加重病情，就让他休息。王春翔说，有几句话不说给你，我去地下报到也不放心。王春翔像个负责任的老师，一笔一画地教着学生写字，唯恐哪一撇一点写错了地方……他告诫栗红章，去掉军人的耿直，学会顺应形势，该巴结领导时要巴结，因为巴结人也是工作，请客送礼是人之常情啊，不要不好意思，人都是要先当孙子后当爷，先当媳妇后熬成婆子，人在屋檐下，不得不低头，臭硬死别只能自毁前程。他还说，新闻单位的人不能小看，他们能把稻草说成金条，也能把蟒蛇说成蚯蚓。他说栗红章来桐树岭后，发生了几件事都是县里新闻记者做的负面报道，影响一个地方的形象，要记住，你就是英雄、模范，如果没人报道、没人宣传、没人鼓吹，你就是一尊泥塑！其他方面的注意事项，王春翔分别提醒了他。

天逐渐黑了下来，微弱灯光下的王春翔显得很赢弱，很可怜。这个时候，栗红章觉得王春翔很不错，起码善良之心还未泯灭，他脑子里出现了一句老话：鸟之将死，其鸣也哀……

四十三

栗红章主管乡农业工作的第一个"三秋"，在有秩有序、安安稳稳中进行着，这年的禁烧工作力度加强了，上级追究的力度也加强了，在各种措施和手段齐使用的情况下，时常可以看到抓获烧秸秆者、处理各级干部的报道，相比之下，往日问题最严重的桐树岭，竟然没有受到批评，更没有受到追究。

桐树岭乡在一片欢声笑语、歌舞升平的氛围中，作为经济穷乡、人口小乡、农业大乡，分管农业线的栗红章自然功不可没，人们一向视为不膻的羊肉，居然是一位福将。栗红章心里很感激那位已经靠注射杜冷丁止痛的王春翔，是他那些摆不上桌面的理论和不那么恰切的实例，使他省悟了好多，他觉得自己开窍了。

正在等待那个时机的田力才，自己形容自己的状况是喝口水都怕噎住喉咙，走路都得摸住屁股，比文人讲的如履薄冰还要小心翼翼。他开始以新的目光打量栗红章，后悔自己过去对人家有过头的偏见；他盼望着年底快点来临，武钢生已经答应他，材料报上去了，不会超过十二月份的！他在自己的工作日记上，每过一天，就画上一道红线，写上"平安无事"四个字。田力才小时候，因为家庭贫寒，常常吃不饱饭，一件衣服磨破了只能到过年才能换新的，那时候他盼望着过年，嫌日子过得太慢，后来他大学毕业当了官，日子过得很舒畅，他就觉得日子像流水一样，这一段时间，他担心夜长梦多，又产生了度日如年的感觉。

和田力才一样压力重重的，还有抓农业生产的栗红章，他为秋种的事煎熬得饭无味茶不香，心里像一块巨型石头压迫着，或许是夏季雨水下过了量，七月下旬和八月上旬是关键的汛期，桐树岭乡干部群众最担惊受怕的就是这二十天，连续的降雨使河满库平，严家沟水库已经达到了警戒水位。之后，老天似乎也是有意调控一年的降水总量，从八月底开始，就一点儿雨水指标也没下达了，虽然雨季的主汛期桐树岭乡几乎遭受涝灾，但这些岭地坡耕地土壤瘠薄，涵养水分的能力很差，经太阳轻轻一晒，水分几乎就蒸发光了。

崇山峻岭环抱中的桐树岭乡有独特的小气候，既十年九旱，又旱涝不均，天帮忙人努力才能丰收，处于靠天吃饭的状态中，老实巴交的农民们遇到旱情严重时，车拉水肩挑水，盆盆罐罐齐上阵，飞篮撑竿上战场，最古老的抗旱工具尽数出征，实在抗不动了，人们便虔诚地烧香祷告，恳请老天赐一场救命的神水。他们念叨着救救这一方百姓吧，朴素地把抗旱救灾的希望寄托在上苍身上，然而，干旱还在继续，天气例外地反常，九月的太阳依旧火辣辣地照着大地，烘烤得桐树岭一带要冒烟起火。这种情况延续着，一直到了机不可失的播种时节。农谚说，秋分种高山，寒露种平川，秋分过了，仍不见雨，而且旱情还在加重。桐树岭乡的群众到了寒露这个节气，只好采用最古老的方法种麦了，他们把麦种播在干燥的土壤里，等什么时候有了水分，才能看到麦芽，这叫"寄种"。随旱情的

持续加重，这场旱灾已经危及人畜饮水困难了，人们把唯一的希望都寄托在了严家沟水库。然而，偌大一座水库，竟然在最要命的节骨眼上，放不出水！栗红章本来就十分焦躁的心里，几乎要冒烟着火了。

桐树岭乡境内唯一的水利枢纽工程就是那座"大跃进"后期修的严家沟水库，当年建大坝时完全是人工手段，输水洞是在坝底一角预埋了十几节大口径涵管，为了夯实坝基，集中了桐树岭乡及相邻乡的羊群轮番踩压，比轧路机辗过的密实度还要高。这座水库也是北汝县的重点水库之一，建水库的初衷是灌溉、饮用、蓄水、拦洪为主，有条件时，在不影响主体功能发挥的情况下，可以兼顾水产养殖。设计这座水库时，县水利局的专家们查阅了大量水文资料，按一百年不遇设计，五百年不遇校核。水库刚修好那阵子，渠道成网、纵横交织，有效灌溉面积十六万亩，四个乡镇的二十万人受益。后来，水渠及配套设施损毁严重，人们开始大量掘井取地下水灌溉，水库的作用和地位随之降低到了不被人重视的地步。再后来，这座年久失修的水库就自然下放到了桐树岭乡，由原先的造福四个乡退化成灌溉一个乡的三万亩土地。若不是这次特大旱灾，人们依然没把严家沟水库作为水利设施，雨季河平库满时，人们不缺水也不惜水，水管站这些年尝到了甜头，把水产养殖放在了第一位，担心水位太深水面太大淹没了养鱼的网箱，或者冲走了水底的鳖，就时常放一根虹吸大管越过坝顶拼命地排水。为了水产品不从输水洞里游走，他们自作主张用混凝土和超大块石填平了输水洞，严家沟的群众看到溢洪道平展，就在此位置建起了"蒙古包"，还在溢洪道上游砌了一条拦水墙，水位和网箱持平时，水管站就用虹吸管抽，平时输水洞作用不发挥，堵死了并没有被人发现。张洪昭那次还洋洋得意地向栗红章吹嘘，说他们已经把水库改造成了聚宝盆，一根虹吸管就能解决问题，这叫宏观控制、微观调节。由于当时栗红章不主管水管站，农田也不需浇灌，对这一切就视而不见、充耳不闻。现在，他站在大坝上，面对着求水救命的群众，面对着严石柱大爷疾恶如仇的锋利目光，栗红章发怒了，要求水管站张洪昭马上向田书记汇报，不惜一切代价为群众放水。栗红章不主管水管站，在王春翔病重以后，水管站张洪昭有情况直接请示田力才。栗红章清醒地发现，即使马上要他分管水管站，面对这种现状，也是放不出多少水的。

旱魔肆虐，已经到了百年不遇的程度，北汝大部分都受到了旱灾，县委书记武钢生、副书记杨柳声等，全部成了抗旱救灾的主角，北汝电视台不时地报道着

他们深入田间地头、井边渠旁察看灾情的画面。

人们都在忙碌着抗旱救灾，全县人民几乎全力以赴，正在这时，乡里通知田力才、杨东升到县委礼堂开会，以为上级要进一步部署抗旱救灾工作，作为重灾区的桐树岭乡，他们抓紧收集了灌溉情况、人员出动情况、人畜吃水的困难情况，以及灾情造成的损失和急需救灾资金和物资的数量。经验告诉田力才，这种突然通知的会议，领导是要听取情况汇报的。

人的挫折是多方面的，精神上的、身体上的、政治上的、经济上的，只要超出了自己的愿望和意料，打击都是沉重的，有些竟是致命的。田力才完全没有料到，这个会议是关于县委几名干部的职位调整。虽然他们的调整看起来与田力才无关，但间接地像一根棍棒重重地向他袭来，致命地击中了他。这个会议上，地委组织部宣布，武钢生不再担任北汝县委书记、常委、委员，另有任用；杨柳声不再担任北汝县委副书记、常委、委员，担任北汝县人民政府正县级顾问；李凤梧任北汝县委副书记……

田力才脑子一片空白，耳旁像一群蜜蜂在嗡嗡地狂飞，武钢生的调整意味着他原来的计划已经废除，他所有表态都成为刮风。李凤梧原本在他田力才之后，已经后来居上，而且遥遥领先了。等他冷静下来后，台上武钢生的离别感言已经讲完，新任县委书记孟繁文正发表热情洋溢的履新表态。新任县委书记一侧坐着挂职锻炼的副书记汪群，正玩世不恭地笑着，雪白的牙齿外露着。不知什么原因，杨柳声这天竟没有出席。

回到家中，田力才少气无力的如同生了病，看到自己老婆肖白妮正和人专心打着麻将，更加生气。这时，他听到肖白妮大声说："洗牌、洗牌，重新洗牌……"一肚子本想借机发泄一下，是"洗牌"两个字让他平静了下来，人事变动，待提拔的人又不知推到猴年马月了，北汝县的政坛也正在重新洗牌。他过去几个月之所以度日如年，就是因为担心地委对县一级的干部调整，地委田乘禾履新省环保局局长，新来的地委书记肯定要对下属班子做相应调整，这一点田力才是有思想准备的。但他万万没有料到，这种调整来得这么快、这么不合时宜、这么残酷无情，眼下自然灾害正在要人民群众的命呢！

田力才病了，据说很严重，县、地区、省里的专家诊断后都下不了结论，最后建议他到北京的大医院再做诊断。

一场久违的雨终于降临北汝县，这次桐树岭乡成了降雨中心。往年的秋雨都

很缠绵，下得不大但连续不断，这年的十分反常，不仅猛烈，而且伴着电闪雷鸣。严家沟水库抗旱时送不出水，老百姓不需要水时，那根虹吸管却在使劲儿地排水。严家沟下游的老百姓对乡水管站恨得骂娘，为祈雨烧香的群众，在雷鸣电闪的时候，开始烧香祷告，请老天惩罚水管站的坏蛋，让雷劈了他们！

雨后天晴，一切又进入了按部就班的常态，这样的日子一晃就是两个月，期间栗红章认为最忙的一天就是迎接新任县委书记孟繁文来桐树岭视察。作为以农业经济为主的桐树岭乡，主管农业的副乡长栗红章肯定要从头到尾陪同的，孟繁文询问了田力才的病情，夸奖桐树岭乡干部在艰苦环境中干得很出色，希望杨东升在田力才恢复健康前挑起重担，再接再厉圆满完成全年的各项工作任务。孟书记重点视察了严家沟水库，翻阅了秘书带来的景区开发资料，栗红章觉得新书记对开发景区很有兴趣。那天，栗红章认识了和孟书记同行的副书记汪群，觉得他的牙齿很白很白。

又是春节，人们都在忙着过年的事，栗红章学着巴结上司，他问张洪昭往年都送什么礼物给田书记，张洪昭不假思索，说一条猪腿两条烟三十斤鱼十个鳖，还有五百块钱。猪腿钱、鱼鳖水管站准备，两条烟五百元现金烟站准备。王春翔时期高高在上，根本没把其他领导和机关同志放在眼里，弄得大家心里窝火。栗红章在部队上干过司务长，在团结人上自有想法。他宣布，书记乡长礼物一样，其他副乡长的礼品折半，乡机关一般同志每人五斤鱼，水管站站长本来想打折扣，但他马上考虑到，很可能年后水管站这一块工作该归栗红章了，也就没说什么勉强同意了。这春节，桐树岭乡的干部职工对栗红章有了新态度，他们不再嘀咕不膻的羊肉，而是在一旁也亲切地称呼栗乡长或红章乡长。

往田力才家送礼，栗红章是第一次，自己都觉得生疏得连脚步都不平稳了。田力才家是一个独院，在旺盛小区第三排的中间，这里的房子一个模样。因为这个原因，到这里送礼的人们一般都小心翼翼地唯恐闹出丑事。前几年有人夜里送礼到田力才家，敲错了门，当邻家人接过礼品热情沏茶时，客人问田力才书记今晚不在家。那家人正在忙乎，突然停下来，很不高兴地说他家在西隔壁。客人不好意思地提起礼物就走，这家人很恼火地说："以后再送礼别敲我家门，我们恶心那些赃物！"

栗红章有张洪昭、陈景明带路，很放心地进到田力才家，田力才老婆肖白妮正在院子里忙着，听见栗红章叫一声嫂子，知道不是外人，就顺手接过他们的猪

腿。肖白妮熟不拘礼，虽然栗红章第一次来家，还是很随便地说："一年下收三十多个猪腿，吃不完又不敢拿出去卖，只好都炼成脂油，慢慢吃吧！"栗红章不会应酬，随着肖白妮说："是是！"肖白妮又说："家里买了五个大缸，全都盛脂油了，能吃到十年八年以后！"肖白妮是在呛栗红章，但他却听不出来，只是觉得田力才老婆粗鲁，同时觉得田力才并不清廉。

四十四

十二年前的那个春天，栗红章学会了发信息，用汉语拼音拼出汉字写上几句话，按一下键，就发出了。这原本十分简单的操作，好多人都会，而且有人已经使用几年了，但来自村支部书记的副乡长栗红章，却感到十分惊喜。

那个春天，很漫长、很枯燥、很拴人，但他却不敢向别人讲，怕不小心戳出什么窟窿。年轻人跟着他，把他视为指挥官，很像在坚守阵地，必须严阵以待、严防死守。他和他带的十多个人，在这个"丁"字路口，已经驻扎了三十五天了，没有上级的通知，他们不敢撤离。还要坚守多少天，谁心里都没有底。他们不是学防疫的，不知道要隔离的是什么病人，只知道外地人一个也不能放进来，本地人有发热症状的，一律送到乡卫生院专门设置的小院里。听传达精神的领导讲，这种传染病叫"萨斯"，是一种十分可怕的病毒，在不少地区就因为人感染了这种病毒，不治而亡，隔离不及时还危害健康人。农村老百姓都害怕这种病，机关工厂里的人也不例外，前些年似乎失踪了的口罩、手套一下子火了起来。为了人们健康，各地都像当年防备日本鬼子那样，设起岗哨、拉起防线，好多路口都用粗壮的绳子拦着，两端拴在大树上，不让车和人随便通过。

年轻人们，特别是那两个新来的中专生，在没有"敌情"时，就坐在帐篷里收发信息，有时候还乐得笑出了声。栗红章觉得好玩，但不会玩，有时候发现自

己手机屏幕上冒出个信封一样的符号，却总是打不开，按不对键就把信封按跑了，他不便向年轻人请教，怕他们笑他老帽儿。只好自己偷偷地摸索，偷偷地观察年轻人怎样按键。好多天过去了，他终于收到了一条天气预报。后来，他没有目的地发出了一条信息，两个字："好的！"那天，他兴奋了好几个小时。

自从学会收发信息，栗红章便觉得自己很充实，很有味道，对站岗放哨的兴趣也增加了。有一天，他收到了一条短信，觉得很文气。短信说："海明威说过，每个人都不是一座孤岛，一个人必须是这世界上最坚固的岛屿，然后才能成为大陆的一部分……"他莫名其妙，又不甘心，就发了一句"海明威是哪个村的"。很快手机的灯就跳跃起来，回他的信是："对牛弹琴。"栗红章真想骂对方两句，但骂人的那句话的第一个字不会写，弄成别字肯定遭人笑话，就忍气吞声地没发，但他牢牢记住了那个号码。

隔了一天，那个号码的短信又来了，很关心他似的："你幸福吗？心里苦闷吗？"他听别人讲过，声讯台里好多嗲声嗲气的女声，勾引男人夜间打电话，费用超高，个别值夜班的男人一次消费公家五六千块。他觉得这个号码很可疑，他没有回，也不敢回。那个号码很执着，不计较你回不回信，也不计较你多么冷血。"嘟"地又来信了："男人与女人就像岛屿对岛屿，既要相望，又能相守，还要耐住寂寞。一味地依赖或者攀附，这样的岛屿都是要被海水淹没的……"

栗红章沉不住气了，尽管他文化不高、学问不深，他嗅也能嗅出这条信的意思。好像发信人了解过他的现状，信息是专门发给他的，依赖是指他离不了杨小桃，攀附是说他巴结妻舅李凤梧。他想回击两句，又不知道话怎样说才得体，反正一个副乡长说话要讲水平，文不对题不行，胡言乱语也不行。他选择沉默，听人说沉默是金。

这种沉默只是挺了一天多，由于那个号码的信息没有再出现，栗红章便感到了失落。毕竟，在这种单调的值班中，能收到一两条短信，哪怕让他费解、让他猜测，他都会十分乐意。看到其他几位值班的部下，他们"嘟"地来了信息，便会微笑着抓紧回复一条，然后再精力集中地等待着对方的来信。这种时候，栗红章就开始后悔自己选择沉默是决策失当，就开始反省自己。他在《解放军文艺》上还记住了一位文学家说过的话，意思是沉默啊沉默，不在沉默中爆发，便会在沉默中灭亡。他当初应当选择爆发，不应当选择走向灭亡的沉默。他心里骂着，有文化的人专骗老实人，沉默是金并不是一条通道啊！有时候沉默让你死得冤屈

呀！反省着，他就在心里暗暗下了决心，如果那个号码的信息再来，不管什么情况下，他都要立即回应人家。随着他学会了接收信息和转发信息，那些垃圾一般的信息还真的不少，许多根本不应该回，有些明摆着是发错对象了，有些分明是声讯台的。

他简直像一个失恋的大男孩，闷闷不乐又不甘心地煎熬着自己，等待着沉默中灭亡后的重生。第三天傍晚的时候，那个号码出现了，栗红章喜出望外地阅读着，自己觉得读这个号码的短信比读县里下达的文件还要努力。"一个调皮的男孩，终于鼓起勇气和他喜欢的女孩说话：'你喜欢什么样的男孩啊？'女孩想了想说：'投缘的吧！'男孩听了很难过，想了半天说：'非得头圆，扁点儿行不？'女孩笑了。"

这条短信让栗红章百思不得其解，什么意思呢？是考试我的智商，还是拿我当猴耍？回一条吧，自己既不能回一条简明扼要一看就懂的，也不能发一条流行多日陈词滥调的。他马上想到头天一个朋友发给他的谜语，到现在他还没有找谜底。于是，他把那条信息翻了出来，又翻出转发键，"叽"的一声就发出了。他的谜语很短："两人对头站，脱了衣服干，为了一条缝，累出一身汗。你知道他们在干什么活吗？"栗红章紧张又焦急地等待着回复，他是在关注人家对他信息的评价。

"嘟"的一声，回信了。"你不要把男人的粗野用来对待一个陌生人，今后有信息则发，没有就不必勉强，这种体现男人劣根性的东西我讨厌、我嗤之以鼻！"栗红章像被谁当头一棒，一下子击晕了。他好大工夫都处在一种忏悔状态，个别时候竟觉得自己做了件十分愚钝的事情。栗红章此时十分像一尊石雕，一动不动地蹲在树桩做成的木墩上。不知道过了几十分钟还是一小时多，栗红章终于想起了一个补救的办法，再发一条信息给人家。前天，有个人把一条垃圾信息错发给他，之后又发了一条承认错误的道歉信息。他想把这条信转发过去，或许会收到一定的效果。他发出信息之后，就迫不及待地等对方谅解他的回复。可是，他失望了，一个小时过去，他并没等来回复，心里更加失落甚至难过。完蛋了，彻底完蛋了，人家不谅解啊！栗红章的情绪几乎跌落到了冰点。

那天的晚饭因为精神不爽吃得不香，吓得炊事员慌忙道歉，说栗乡长，是汤不好？是馍不好？还是菜没味？见栗红章没回答，炊事员赶紧说，要不我再做，栗红章被炊事员弄得有些不好意思，说不是饭不好，可能是我在帐篷外边风吹得

有些着凉，休息一下就好了。炊事员是实在人，没想那么多事，就钻进伙房，不大一会儿，就端着一碗姜葱酸汤出来了。栗红章根本没有心思喝什么汤，炊事员端来了，他只好佯装着有病，就"咕咕咚咚"喝起来。这时手机"嘟"的一声，那个号码出现了，对他来说，十分像旱田里来了一场及时雨。他自己觉得像快要枯死的庄稼苗，遇雨后马上激灵地打起了精神。栗红章这会儿脑子也反应灵敏了，他应付炊事员老王说："王师傅，你这碗酸辣汤是祖传秘方吧，我喝了半碗就治住病了，这半碗就不用喝了！"王师傅听栗红章这么一说，也不知怎么回答好了，说："好多人都说这汤治病，其实就是葱姜和醋，加水煮开，少放一点小磨香油。"栗红章不等王师傅说完，就离开了伙房，他的心思跑到手机上了。

"今天采访一家占道经营的企业，没想到这家企业有那么坚挺的后台，县委主管文化广电的领导狠狠地批评了我们。在情绪低落中，看到了你的信息，不必自责，知道你是转发别人的东西，只是想告诉你，你我不应该那么庸俗，我们发一些相对高雅的信息，那不更好吗？原谅你，栗乡长！"读完信息，栗红章才知道自己交往了一位新闻工作者，是一位比较高雅的记者。他高兴极了，几乎要跳跃起来。这一切，旁观者特别清楚，从情绪低落到情绪高涨，这么大的落差简直令人难以理解。他们议论着炊事员王师傅是否往酸辣汤里放了兴奋剂，让栗乡长的荷尔蒙一下子挥发了出来。这天夜间的值班，栗红章亲自坐镇，似乎没有了往日的瞌睡。

尽管如此，他们这个哨位还是出了纰漏。北汝县电视台柳小月、辛杰报道，一对在保定打工的北汝籍夫妇，昨晚回到北汝县桐树岭乡，该夫妇有发热症状，在保定市某医院观察时突然蒸发。后与相关方面联系，发现他们已回到老家，现已被我县卫生部门强行隔离观察。在这段叙述之后，记者柳小月说："这种事关人民生命安全的大事，为什么没有引起各级的重视呢？尤其是上级要求地毯式设卡、各路口设岗的情况下，还会出现这类问题呢！通常说守土有责、恪尽职守，可我们的工作人员、领导干部的责任、职守到了哪里？"就是这么一个电视报道，县纪检委二室、监察局三科和检察院反渎职局的联合调查组，专门找到了栗红章的三岔路口了解情况，做了详细笔录。据记者反映，这对夫妇很可能是从这个路口潜回老家的。栗红章解释说，自己当晚亲自带队，几乎通夜未睡，没有发现任何可疑对象，也没有任何车辆打此通过。

刚恢复常态的栗红章，又被这一对夫妇的回乡弄得心里不安。他再一次发

现，冥冥之中有什么东西在干扰着自己，确切地说是在抹黑自己，想来想去，越发觉得那个叫柳小月的记者就是自己的对头，每次不好的报道都出自这个人那里。记者的话，联合调查组都相信，那种杀伤力是多么强大。他想给那个号码发个信，问问是否认识柳小月，能否通融通融，以后不能老是找茬。这个念头刚有，马上就被自己否决了，他觉得不能随便给人找麻烦，毕竟还没有任何关系。退一步说，即便人家真的想和你沟通，你不会发信息，发过去的不合人家口味，不仅事倍功半，还要前功尽弃呢。

栗红章下决心趁着防非典站岗放哨这段时间，把收发信息当成功课去学，不会就变着法子问这几个中专毕业生，世上无难事，只要肯登攀！

联合调查组还在继续调查取证，栗红章心里不停地起毛，担心上边追查，那对夫妇的老家毕竟离他的岗哨最近，只要不翻紫云山，不趟严家沟河，这个三岔路口是必经之路啊！在他情绪不稳的时候，那个号码的信息来了："工作不要太累，生活要懂得体会，健康真的很宝贵，是非恩怨看得无所谓，亲情友情才最可贵，爱情更让人陶醉，失败并非不对，成功或许太累，平凡也是安慰，呵呵！希望你开心快乐！"他很快回复了过去，这次是他自己写的话，虽然拼写得很慢，几乎还急出了汗，但是自己的真情实感："收到信息，内心的感激无法言表，千言万语尽在不言中，我把它汇成一句话，祝您工作顺利、心情愉快！"短信发出后，他好一阵子都沉浸在一种自豪中，自己会编发短信了，并且知道对重要的人要用"您"字。

四十五

不仅仅北汝县如此，整个北方防非典就像一场轰轰烈烈的人民战争，使这偌大区域内的每个人神经都紧绷绷的，包括许多医学院校毕业的医生护士们，都把

非典视为猛虎，从而都谈虎色变。人们虽不知非典的真实身份为何物，但早已被非典这个名字吓得如同惊弓之鸟。桐树岭乡那对远途返乡的年轻夫妻的突然出现，被人炒得如同瘟神降临，把整个北汝县都搅动得惶惶不安。他们虽常年在外，但对家乡的大小通道、曲折小径了如指掌，当他们发现家乡的各个路口都有"重兵"把守时，不想招惹那么多麻烦，就连夜绕到紫云山榆树岭的后坡，连滚带爬地回到家中。本以为夜半三更没人碰到，孰料老家似乎动用了特殊的监视机制，他们还是被告发继而被活捉了。由于沿途劳累、缺乏休息，加上夜间翻山越岭、热身子遇到顺沟风，感冒就发生了。到县城隔离区量过体温，医生都吓呆了，就认定他们符合非典患者特征。他们打工的地方是传染区，又发着高烧，人们不能不高度紧张，仿佛遭遇了洪水猛兽。把这么危重的非典病人放进桐树岭，肯定是岗哨形同虚设，执勤人员无疑属玩忽职守，北汝县纪检监察机关决定以失职渎职立案，彻查相关人员的责任。

外人的慌乱，正好中这对夫妻的意，觉得家乡人太大惊小怪、小题大做了。他们故意挑逗挑逗那些视他们为瘟神的人，就外紧内松地装重病。当那几个全身包裹防辐射的电视台记者采访时，他俩有意隐瞒了翻后山的情节，谎称所到路口全部开放，并没有见到有人值班。他们的胡言乱语让记者们信以为真，觉得这个反面素材来得太是时候，太给力了，就以"危难关头岗哨失职形同虚设，带病夫妻顺利通过信步闲庭"为题，精心制作了新闻节目。《北汝晚报》以此为素材发表了述评，呼吁全县干群，要以人民的生命安全为重，吸取桐树岭乡的沉痛教训，痛定思痛，举一反三，切实在日后更艰巨的抗击非典中牢记使命、恪尽职守、守土有责……

新闻发布后，人们街谈巷议、义愤填膺，几乎被人们遗忘了的桐树岭乡，一下子成为人们诟病的焦点。第二天，这对夫妻要求解除隔离，他们已经不发烧不咳嗽了。这时他们才把真实情况披露了出来，他们打工的城市没有发生一例非典，他们连夜回来是为了给去世的老人上坟。

一场虚惊，让全县人如临大敌，使桐树岭乡主要责任人栗红章感到了官帽摇摇欲坠。

联合调查组撤离时，还找到栗红章谈了话，警告他问题的确存在，上岗时间收发信息影响值班质量，一定要加以整改。他们要栗红章把整改报告写好送县委1004房间，还反复说这是个意外，太侥幸了。

无论怎么警告，这次平安无事令栗红章紧缩的心脏一下子轻松起来，他简直是心花怒放了。这时，久违的那个号码的信息捷足先登，紧接着又来了好几个，不同号码不同内容，几乎都与抗击非典有关。人这种高级动物，由于感情丰富，既虚伪地显摆高雅，又真实地不时犯贱。栗红章刚向调查组表态认真整改，保证自己以身作则、模范带头，值班时间不看信息、不写信息、不发信息。他马上又旧病复发。

他收到几条信息，是与抗击非典有关，他走马观花地看了看，就给那个号码发了回信。王春翔传授给他的经验，就有结交记者这一项，他觉得有道理。他在信息中选择着，最终发的是：有朋友相诉是种安慰，有朋友鼓励是种力量，有朋友忠告是种关心，有朋友想念是种幸福！祝您工作愉快，事业有成！

只是在信息的字里行间察觉了用这个号码的是位记者，但不知这位记者是过来人还是小萝莉。栗红章只能选择一条中性的，既没有铿锵有力，也没有缠绵柔情，能表达心意就达到目的。回复很简短：谢谢！

五月上旬的桐树岭乡，忽冷忽热几乎没有稳定过，像那些不靠谱的顽童，表现好一会儿，正要被大人夸奖，突然就又做了坏事。中旬开始，雨下个不停，正是小麦扬花灌浆的关键阶段，好像故意跟农业唱对台戏似的。这一年的"一喷三防"工作，虽然上上下下都调子很高，但抗击非典却重重地压倒它。哪个干部不懂得，"一喷三防"抓得不好，大不了就是夏粮减产，农民减收，处理不了人。抗击非典就完全不同了，一旦出现问题，哪怕是极微小的，就会招来不可预料的麻烦，弄不好就要丢掉官帽或丢掉铁饭碗，辛辛苦苦参加工作，扒扒攀攀弄个职务，失去了可是哭天无泪的大事啊。因此，对"一喷三防"就流于形式，上级喊下级应，行动不积极也不要紧，上报防治面积可以做虚假文章。

五月下旬的老天十分帮忙，终于知趣地放晴了，而且一晴就是七八天。气温随着阳光的照射逐渐升高，夏天的景色越来越浓了。人们终于在这个时候接到了上级的通知，抗击非典已经取得了全面胜利，各地的岗哨可以撤掉了。

栗红章终于可以从提心吊胆的状态中走出来，可以不分时间、场合与那位从未谋面的记者交流了。他自己隐约地感到，伴随着自然气候的变暖，与那位电视台记者的感情也在不停地升温。从起初的小心翼翼，发展到随心所欲，他再也没有受到指责。

他珍藏着记者的所有信息，完全是为了工作需要，交往久了，成为朋友，在

关键时候一定会派上用场。不仅王春翔这样说，而且他也是这样想。电视台好多记者只会到处收集素材，找基层的缺点和不足，一般很少有颂扬的。记者所有正面报道的全是县级领导的正常活动。乡里只能通过关系得到宣传的机会，于是，为了让上级领导看到基层的干事创业镜头，是要费尽周折的。乡司法所一个女孩谈了个朋友是电视台的，乡政府有重要活动就让女孩出面，坐上乡里的车到电视台找男朋友帮忙，请权威记者到来。田书记、杨乡长、王春翔都把那女孩看得很高。

那记者的信息总是迷恋着栗红章：夜幕有了星星，显得迷人；大海有了涛声，显得渊博；冬季有了雪花，让人倍感浪漫；朋友中有了你，让我无比荣幸！

这本来是一条经过无数人的垃圾信息，栗红章却捧为至宝，还给记者回信：我感到十分荣幸，谢谢您！

记者发来的信息是：祝您天天拥有蓬勃的激情，雄壮的豪情，执着的热情，洒脱的表情，爽朗的神情，愉快的心情，来收获神话般的爱情！这一条如同声讯台一般调情的短信，栗红章回复说：谢您鼓励，我会努力的！

那个记者很忙，但没有忘记栗红章：虽偶尔有点小忙，但时常把你挂在心上，"三夏"到来时节，愿您心情舒畅；曾经疏漏的问候，伴随祝福一起补上，所有的思念和牵挂，凝聚在这条短信上：三夏快乐！栗红章受宠若惊，回短信：我一定不辜负您的问候，努力把桐树岭乡的"三夏"工作全面搞好！

在记者短信的操控下，栗红章幸福而懵懂地应对着。由于他的纯真不时地得到对方的赞赏，渐渐地，信息的深度、广度都潜移默化地提升着。又是新的一天，记者的信息来了：蝴蝶对蜜蜂说：你真够小气的，装一肚子甜言蜜语连一句也不舍得给我说。蜜蜂说：哼，还说我呢，你头上顶着那么长的两根天线咋不给我发信息呀！这本来就是搞笑的，正在开班子会的栗红章忙不择意，当成了记者埋怨他不主动发信。他借口上厕所，在走廊里回了信：请原谅，以后我一定主动发信给您！

履行承诺，栗红章作了难。他发现别人手机上有好信息，为了自己日后使用，就抄到日记本上。这次，他像小学生做作业似的，仍选用汉语拼音写着：家和睦，人似仙，潇洒走人间；酒当歌，曲轻弹，霓裳舞翩翩；花儿美，水缠绵，日月彩云间……说实话，栗红章仅知道这些句子很美，有什么意境他就说不出来了。然而，他怀着完成作业的喜悦，发给了那位记者。

　　记者回复得很快，在一大段后面，有几句话很刺激他……爱也是如此，不需要绑架，最好的关系应该是，我与你的相遇，既充满爱又尊重孤独。这条信息，勾起了他对往事的回忆，真的，自己的确孤独！

　　这个"三夏"，栗红章不觉得累，也不觉得忙，尽管农业线很麻烦，但他始终乐观地承受着这枯燥的日子。他被记者发来的信息激励着、温暖着，感到无比幸福。

　　他们的信息什么时候开始变调，栗红章全然不知。

　　秋作物成长得很快，转眼间大田的玉米都长得像喇叭口了，芝麻也开起了粉红色的花。他们之间的短信交流不断升级，如同节节升高的芝麻花。好多短信，栗红章害怕把手机憋坏，就删除了大部分，但有几条他死活也舍不得删去。

　　他们的短信交流题材、体裁都涉及了，从诗词歌赋到童话谜语，虽然不够斯文，但足够栗红章享用。是一条谜语的到来，让栗红章产生了会见对方的冲动，那条谜语是：念念不忘心已碎，二人何时能相会，寒山寺前牧黄牛，口力二字与刀配；双目非林心相许，你若无心先自飞（猜六个字）。

　　这条谜语，折磨了栗红章一夜。起初，他以为是记者在说他和杨小桃的事，再看看想想，拿笔在本子上画画，难为得他几次想放弃。他不甘心，经过苦思冥想，他终于猜对了那六个字，连忙把"今天特别想你"的谜底发给了记者。这次，他不仅有了交上作业的轻快，同时产生了见见记者的冲动。

　　"今天特别想你"让栗红章忘记了那个无声无息、冰冷严酷的杨小桃，他开始琢磨怎样先打听这个记者的底细，然后再约她。栗红章自从有了"大哥大"，就和移动公司营业厅结了缘。他常去缴费，发现所有缴费者只要一报号码，营业员就会问你，机主是×××吧？他已经掌握了这个号码，只需缴上十元、二十元，便可知道那位神秘记者姓甚名谁了。刚有手机时，营业厅要求实名登记，因此，栗红章相信将得到的肯定不是假冒名牌！

　　县秋作物中期管理会议结束后，栗红章就到了营业厅。他说为××××号码缴费时，营业员问他："机主柳小月吗？"他马上像触了电，冤家路窄啊，怎么这个来往信息的人，竟是那个欲置自己于死地的人呢！但他马上镇定了下来，说："是的。她委托我来缴二十元。"栗红章本来想缴十元，反正以后不会再联系了，减少损失是上策。可马上又想，万一以后用上人家，缴十元不是太小气了嘛，人往远处想想，山不转水转呀！

栗红章忐忑不安地走出了营业厅，一种遇到鬼的感觉油然而生。

四十六

　　栗红章读过安徒生童话里那个关于碗的故事，说的是一对年迈的老夫妻，过着十分贫穷的日子，在一个凄凉的深夜老婆对老汉说，这世界上的人家如果过得有吃有穿，肯定会安居乐业，就不会出去做那些犯法违规的事情了。老汉说，穷困潦倒时，什么坏事都可能去做。他们的话让上帝知道了，上帝就派天使下凡把他们接到了一座富丽堂皇的房子里，这里的摆设相当奢华，有一张条桌上扣着一只陶瓷碗，天使临走时告诉他们，无论什么时候什么原因，都不可以看这只碗下扣着的东西，明确告诉他们千万不要打开这只碗，否则他们将什么也没有了。老两口在这里过着吃喝穿戴不愁的日子，渐渐地，他们把房子的各个角落都查看一遍，对那许多摆设也都欣赏过了。只是出于天使的告诫，他们没敢动那只扣着的碗。老两口每天都在这个屋子里，千篇一律地过着日子，渐渐地感到有些腻烦。有一天，老汉说，那只神秘的碗里到底扣着什么秘密，打开看看吧，再不打开我就憋不住了。于是，老两口好奇地打开了那个扣碗。这时，天使来了，他们又回到了过去，眼前的一切没有了，继续过着贫困、萧条的日子。栗红章觉得自己急于想知道互相收发信息的记者是谁，那种精神状态很像那老两口的心态。只是，老两口打开瓷碗后，一切都没有了，一切都回到了从前；他知道对方是谁时，增添了遗憾和失望，甚至还有些许的痛恨。他觉得自己和柳小月冤家路窄，为什么那么多记者、摄像、编导，偏偏遇上了她，偏偏和她缠缠绵绵地信息联系呢？栗红章自打到桐树岭乡任职以来，几乎每一件出了毛病的工作都是柳小月第一时间做的报道，弄得他十分难堪，连缓冲的机会都没有。严家沟群殴、划片收棉花、秸秆禁烧、抗击非典……这些报道对他的杀伤力太严重了，有些几乎要断了他的

前程。然而他太在意那些信息了，语言的柔绵、问候的甜蜜，都是在他困难时、迷茫时，安慰了他、温暖了他，撩拨得他心旌摇动、难以自己。特别是"今天特别想你"的谜底，便是他和她发生化学反应的催化剂。

他情愿这一切至此结束，义无反顾地归还原点。如果不是柳小月，他可能已经拨通了那个号码，和那位无微不至关注他的记者聊上天了。然而，这一切都要烟消云散了。栗红章走出缴费大厅，站在那广场上长长地吸了口气，然后使劲儿地吐了出来。这是他自从和杨小桃进入冷战以来，使用最多的排遣郁闷的方法。移动大楼不远处，鞭炮齐鸣、欢声雷动，扩音器里正播送着《今天是个好日子》这首歌。这时，他的手机震动了，是一条短信来了。"爱不需要轰轰烈烈，也不需要冰冷的战争，更不需要太多的戏剧性。爱情是美丽的余弦曲线，留给人们闪亮的波澜；爱情是几何图形，优秀的段子高手也绘不出绚丽的彩虹。"是柳小月的。栗红章开始极其反感这个号码，更不待见这些曾为之叹服的文字。他排斥她，包括她的一切。他这次并没有回任何文字，想好了的"讨厌，至此为止"的话并没有写出来，沉默也是一种回应。

五六分钟后，信息又来了："天气预报，明天晴天转多云，可你的天气怎么正艳阳高照突然就转阴天啦？不管什么情况，肯定不是我惹你生气了！我发一个笑话，望你云开日出，快快地忘却烦恼和忧愁。一日在课堂上，男老师见一女生在睡觉，便气愤地说，我在上面累得要死，你却在下面无动于衷，一点反应都没有！以后肚子里没货，可别怪老师无能！"

五六分钟，放在半个小时前，栗红章就会觉得那是漫长的等待，自从缴了二十元的话费后，这种漫长就立马不存在了。他不想再等待愧对过自己的人的信息，很滑稽的，多么像一个人狠狠地掴了人一记耳光，接着安慰说马上就不疼了。这条信息，过去他会开怀大笑的，这会儿，他竟觉得十分下流无耻！栗红章这次回了："讨厌，下流信息！"

三分钟以后，信息来了，不厌其烦啊！这次的信息有了呼语：栗红章副乡长，你不要自寻没趣好不好！请听我一句话，鹦鹉学舌的一句话。这几天正播放着电视连续剧《铁血高原》，秦群和夏小月同行时，旁白音中的一句话说得好：和秦群同行的姑娘看似柔弱，内心是很倔强的。柳小月也告诉你栗红章，平时和你信息往来的姑娘也是有志气、有抱负、自强不息的！

栗红章一下子蔫了，仿佛正在路上行走，突然一块石头砸中了他的头部，顿

时晕得失去了方向。栗红章这个人就是这样的简单，善良的心常常使他办出一些违心的事情。本来这件事可以到此皆大欢喜了，你栗红章不愿意和柳小月交往，人家又表态是自强不息的人，没有必要再藕断丝连了。杨小桃当年也提出和他分手，由于他的执着，终于赢得了杨小桃的芳心，完全地投入了他的怀抱，当杨小桃成为自家人之后，他竟然开始吹毛求疵，之后干脆来了个井水不犯河水。面对陌生的柳小月，栗红章强硬的态度开始融化、继而变软。

他不敢说实话，就编了个瞎话发了过去："我刚才被人掏了包，钱包里的钱没了，心里难过！"果然有效，柳小月这次没有发信，打来了电话。问他现在的位置，他说在移动广场；柳小月说她在移动广场西北边，大约五百多米处，今天圣庄园二期工程开盘，她在采访。柳小月安慰他说："只要人没有丢，钱丢了是小事；男子汉，副乡长，钱就能改变你的态度！"柳小月让他马上过去，说她在售房部等，不见不散！年届四旬的栗红章，一个部队出身的汉子，竟然被柳小月温柔的话深深地感动了，而且十分乐意地走向了她。

圣庄园在好几所学校和商场的环卫中，十分像卫星拱卫下的恒星，位置十分优越。这里彩旗猎猎、繁花似锦、气球飞腾、人声鼎沸、鼓乐阵阵，身着统一礼服的姑娘们，正向人群散发着介绍户型的彩页。栗红章挤在人群里，四处寻找着柳小月。他并不认识柳小月，只是在电视报道中，十分愤怒地蔑视过她。售房部前是一个临时搭建的彩门，对联十分醒目：绚丽圣庄园小桥流水绿树花卉四季景观，理想家居地状元榜眼探花进士人才辈出，横批是：状元庄园。

渐渐地，栗红章觉得这里似曾来过，那年山北高人曾向他叔外公刘其昌介绍过这个地方，说这是一块风水宝地。那次他陪同两位叔外公来的，和眼前不同的是，那时这里是两个停了产的工厂，周围还是一望无边的农田。山北高人介绍说，这两个厂区的前身就是亩产吨粮的高产试验田。县里最大的国有企业的老总，有一天路过这里，发现越冬时节的麦田里竟然泛着紫光，那是一种吉祥的兆头。他请来了"山北高人"，果然如此，紫光不时显现，这是一般人不易捕捉到的自然现象，光在这里反射、折射、衍射，多种情况交融后出现的一种景观。再看地形，地势南高北低，西有许由河，北有国道，东有学府。此外，东和南近年还有地方修建的街道，道路在风水先生那里，有时就是流动的河，出现在北汝县城，十分像运送粮草、财富的漕运通道。"山北高人"当即就告诉这位老总，要他抓紧征用这块地皮，把老厂迁过来，保管企业兴旺发达。天底下会看风水的先

生多的是，只是道行深浅不一，有的水深不响，有的半瓶晃当。有个民营企业也看上了这块地方，是另外一个风水先生看的，他没见到紫光，但遇上了祥云。他们来看地块时，隐隐约约地看到一团红云从天而降，到了这里便不见了，大有进入地层的状态。红云当头，就是鸿运当头。民营企业家相中了这块地，他经营过矿山，手头有些积蓄，标准的土豪。有了钱就有了扩张的意思，他想把自己粗大笨的采掘企业转变为高精尖的化工企业，于是就有了从山区走向城市的念头。人们传统的习俗是先入为主，这块地已经被敲定全部让国有企业征用，由于民营企业擅长捷足先登，也善于使用灵活机动的游击战术，就在这块紫气升腾、鸿运当头之地的南部切下三分之一。国有企业办理手续的三十二枚公章盖齐全后，只能征用剩下的不够方正的地块建厂了。不仅老总为此生气，就连下边的副总、科长、车间主任都难以咽下这口气。民营企业家不知天高地厚，很快就在这里建起了七层楼房向国有企业示威。国有企业的老总马上召开职代会，老账新账罗列出来，顺利通过一项决议：建一座十七层大楼。老总是个老党员，当众说了一句话赢得了热烈掌声。老总说："虽然现在允许多种经济成分共存，我没有不同意见，但是，我们一定要看看，社会主义必然能战胜资本主义。这种建筑格局形成后，方家术士不难看出，那座十七层的高楼十分像学识渊博的孔圣人，那些车间、厂房特像七十二弟子，而民营企业家的那座相形见绌的七层楼，此刻就像从家返回正向圣人请罪的弟子颜回。财源茂盛的工业区经过风水之争，已经不适应发展企业，而嬗变成一块文化气息浓重、文曲星降临的家居之地了。"果然，几年后，民营企业设备老化、产能落后、产品滞销、污染严重，资不抵债，在沉默中寿终正寝了。国有企业虽势头强劲、产销两旺，但国家统一整合同类企业，在竞争中被淘汰出局。山北高人说，干什么事都需要天时地利人和，虽然民企有天时之优势，但缺乏地利人和，最后仅有的优势也被拖累了。国企天时地利人和齐备，但时运不佳，气数自然有限。三十年河东三十年河西，如今这些地方，真的成了人居之地、人文之城。

栗红章耳边似乎还回响着"山北高人"的话，还真的有些灵验。售房部门里门外挤满了人，在这种人流如潮的环境中，找到一个人尤其是没有谋过面的人，栗红章觉得就如同去解一道不会做的算术题。他不由得想起桐树岭乡文化站站长不久前遇到的一件事。文化站站长在手机信息聊天中认识了一位叫白雪的聊友，觉得对方很温柔、文雅。他自己署名是文晓佳，发出的信息也很有文化气息。聊

得久了，就互有好感。文化站站长就约白雪见面，地点选的是九都火车站，因为白雪说家在九都郊区。到了火车站，文化站站长想象中有一个美丽的白雪公主在等他。第一次见面，还是夏天，他要白雪打一把花伞在出站口等待，而他拿一本《人间四月天》做暗号。到了九都火车站出站口，他并没看到美女，而是看到了一位在"大河报"字样花伞下的彪形大汉。他马上把《人间四月天》放进了包里，佯装一位匆匆赶路的旅客溜掉了。文化站站长就把这段感情当成笑话讲，他还自豪地说，那彪形大汉肯定把文晓佳这个化名当成了一个女孩子。他毫不掩饰地说，自己把白雪当成了公主。

栗红章这次没有出错。看到一个女的手拿话筒正在采访一个认购了房子的小两口，问："你们为什么在这里看房选房呢？"那男的说："这地方离实验小学、第二中学、重点高中近，方便孩子上学呗！"女的抢着说："这个小区规划合理，花园似的，小桥流水，绿树成荫，还起了一个吉利的名字，圣庄园，谐音是升状元，现在人们都望子成龙，我们也希望孩子长大了考上清华、北大……"女记者很满意地点着头，继续寻找下一位买房的业主。

一直等到女记者跟男摄像分开，她一个人向栗红章走过来，栗红章心里说，这女的就是柳小月。"栗乡长。"那女的笑得很灿烂，声音很大地喊着。"柳记者是吗？"栗红章觉得眼前的柳小月似曾相识，就多看了她两眼。"我叫柳小月，你为啥用那种眼光看我？""没有，我只是觉得你好面熟，好像在哪里见过。""'栗寨台湾工业园'、'刘王庄恒春工业园'我都去了，你那时是个大忙人，各级领导眼中的红人。你不会留意我的，一个县电视台的小记者！"他们聊了一阵子，见圣庄园工地上已经亮起了灯，就异口同声地说了句："不早了。"柳小月说："你今天被掏了包，我今天采访得了红包，我请客给你压压惊。"见栗红章没有反对，就说："那咱们去福地花园的地中海咖啡厅吧？那里环境优美，一对一双的，很浪漫的！"栗红章有些犹豫了，他有些作难，和柳小月一块儿去吧，万一遇上了杨小桃咋解释；不去吧，柳小月态度那么诚恳，他已经对柳小月有了较好的印象。柳小月像洞察一切似的，马上说，机关干部一般不去那个地方，你不会碰到熟人的，放下包袱，走吧！

地中海咖啡厅在圣庄园东北方向，搭上21路公交车，两站就到了。傍晚的福地广场，超越了县城一级的繁华，不仅提前闪烁起多彩的霓虹灯，音乐喷泉也开始了水帘窜起，而且逛夜市喝咖啡吃烧烤的人们已经使这里热闹如昼了。

柳小月招手唤来了服务生，让栗红章点单。栗红章难得时尚过，但不能表现得过于没有见识，就推说自己不擅点东西。其实，他真的叫不出那些咖啡的洋名字。柳小月点了两种咖啡说，栗乡长喝卡布奇诺，她喝睿雅摩卡。平时，栗红章只知道雀巢咖啡，却不知还有这么多洋气的名字。他看着柳小月的脸，觉得这张脸并不是十分洋气，发型也属于直顺发，然而她落落大方的样子让人觉得她见多识广。见栗红章看她，柳小月说："你是不是觉得我像谁？"这时，中央电视台的新闻联播开始了，咖啡厅隐约听得到广场上电视大屏幕发出的声音。栗红章被问得脸红，连忙解释："我听到新闻联播的声音，就觉得你和一个主持人带点像。"柳小月笑了，说："不错，我们台里的人都叫我小萌，我们是不是有点像？"栗红章点点头，应和着，实际上他根本就不知道小萌是谁。边喝咖啡边聊，栗红章觉得柳小月与乡政府里的那些女干部不一样，与杨小桃、栗阳阳也不一样，她好像很斯文。比如，她从不说中央电视台这几个字，而是说CCTV；她不说话筒，也不说麦克风，而是说"陆钩"。

那天结束的时间是八点五十分，咖啡厅里正播放着《致爱丽丝》，栗红章听不懂，只是感到音乐很动听。柳小月把结账叫埋单，和熟人再见只说"拜拜"，见迎面来人也只用"哈喽"打招呼。这些平常不过的细节，到了栗红章眼里，却变成十分高雅的东西了。埋过单，柳小月问栗红章是否"卡拉OK"，栗红章说改日吧。他知道，到那种地方，一杯啤酒几十元，好进难出来啊，他不愿让刚认识的女人看不起。柳小月执意给他钱，让他打车。他感动得要命，一般情况下，男女同行都是男的掏钱，可柳小月，还真的与凡人不同！

那天夜里，栗红章没有回桐树岭，住到了杨小桃给他钥匙的那套房子里。这一夜，他失眠了，脑海里交替地出现着两个女人的影子。

天亮的时候，栗红章收到了柳小月的信息：关闭了一扇窗，打开了另一扇门，人生会遇到很多艰难曲折，只要坚持不懈地追求自己的理想，就一定会有更丰硕的成果。人生有许多拐点，也有很多十字路口，因此，就随之有多重选择。但不论怎样选择，都要牢记我一句话，当一条路走不通时可以换一条路来走。

"神了！"栗红章自己在心里说，"柳小月怎么知道我内心的秘密呢？"他开始佩服这个女人的智慧。

四十七

　　杨小桃和栗红章这对名义上的夫妻，在赌气、后悔、不愿相让、相互惦记、缺乏沟通中，相安无事地过了两三年。这一千多天时间里，他们最有效的靠近还属于杨小桃为了方便远在乡下的栗红章，交给他一把父母小套新房的钥匙，栗红章则是把福利电扇放进房里。他们都忙着自己的事业，彼此间的联系就有些少，本来就没有更多共同的语言。他们也很少见面，似乎已经凉下来的感情，再热起来也要经过一个加温的过程。栗红章当年下决心离开杨小桃时，心里发誓要努力干一番事业，功成名就时难道找不到一个理想的女人，有本书上的一句话一直在鼓励他，"一个成功的男人，身后肯定站着许多漂亮女人！"而杨小桃妖艳的长相里却有一颗极端朴实的心，她没有雄心大志，也没有嫁入豪门风光一世的想法。她当初降格嫁给农民栗红章，就是相中了他的憨厚老实，不是因为栗母刘玉环的出尔反尔、栗红章的反复无常，她坚信自己的婚姻一定是幸福美满的佳话。而如今，他们之间是冷而不战，相互开除床籍以观后效。

　　在山南乡政府那些日子里，除了柳茂存在李凤梧书记提拔离乡后公开刁难过杨小桃外，她一直受到非常特殊的关照，机关里的男人们也从来不敢有觊觎之心。即使知道了栗红章和杨小桃的婚变，鉴于李凤梧的地位，男孩子们有贼心也不敢有贼胆。她调回了北汝县城后，一切都似乎变了。先是有人打探她的隐私，了解她的婚姻状况，还有人主动向她靠近，甚至毫无顾忌地说出极为露骨的话。她小心翼翼地，既然不想再和什么人拍拖，那么远离那些有用心的男人岂不更加清静。她知道，城里的男孩子要比乡下的男孩子更加男人，他们一旦看上了谁，就会不顾一切地去追，宁肯碰一鼻子灰也不会松手，那种执着，那种农村人说的不要脸，足能感动上帝。杨小桃心中的红丝线虽然悠微，但毕竟存在着，红丝线

那端牵着那个老实巴交却又冥顽不化的栗红章，无论从伦理道德还是感情层面上，她都不会去接触任何一个异性，纵然是达官贵人或土豪富翁。

　　杨小桃的麻烦到底还是来了，而且使她防不胜防。北汝县每年都要办县级春晚，节目要县直各单位出，规定每个单位至少要安排两个节目供县委宣传部选择，对于不出节目的单位，取消文明单位称号。于是，各单位都积极响应，职工们也踊跃参与，那文明单位不仅是一种荣誉，还牵扯着所有干部职工的工资待遇。为了使春晚更加精彩，县电视台也模仿上级电视台的做法，提前五个月就开办了"我要上春晚"栏目，全力配合宣传部选人选节目。乡镇企业局七十多人，男三十人，女四十多，局长为了让各位展示才艺，主要目的是选送节目，就在七月一日举办了庆祝建党文艺表演活动。那一次，调到企业局时间不长的杨小桃，一首歌成了全局的歌星。她演唱了《唱支山歌给党听》，之后又在大家热情鼓励下唱了支《绣红旗》。从那天起，局里就把杨小桃作为代表全局上春晚的重点演员。很快，"我要上春晚"节目中，就有了杨小桃靓丽的身影和美妙的歌声。随之，杨小桃就开始莫名其妙地收到一些不署名的礼物，七夕的玫瑰花、祝福电话、聊天信息。鲜花送到办公室好多束，全是无名氏，退回去就很困难，而且那些专业送鲜花的姑娘们，不让她签字，只说一位男士送的，祝您节日愉快。几乎全是这样的祝福，只是玫瑰色彩不很一样。那些电话是打到局办公室的，她一概让人回话：杨小桃不在。那些热情洋溢的信息，她走马观花地读一下就立即删掉了，她不想让这些东西留在手机里。有两拨人很例外，他们带着东西直接找杨小桃，这两拨人的代表不约而同地来到企业局。一个人是王梅，她提着一袋超市小食品，进了企业局逢人就打招呼，说是来看孩子。自从那年闹过婚礼现场之后，王梅也为之后悔，冷静下来才知道自己犯了个大错，那种暴戾行动只能适得其反，惹杨小桃产生逆反心理，即使以后有所转机，也被他们的粗野给逆袭了。王梅和儿子王虎通过北汝电视台"我要上春晚"节目，看到杨小桃的歌曲代表企业局，猜想杨小桃已经回到城里，而且在企业局上班。王梅觉得天赐良机，她就要大显身手。别看王梅农村出身，但自从嫁给那位领导之后，长了见识，也扩大了朋友圈，尤其在县直各单位混得很熟。企业局哪个不认识她？年轻的喊她姨，年长的唤她姐。这些人都成了她的眼线，讨好地告诉她，小桃这边有啥情况我们及时向您汇报。那么多无名氏的花，自然王梅已经知道。王梅送这趟小食品，更加让人们坚信，杨小桃是王家的人。另一个人是企业局下属单位矿山公司的经理孟

四新，这是一个人称野大胆的家伙。三十多岁就担当起二百多人的矿山公司的重任，而且把一个企业搞得活色生香，靠的就是善抓机遇、敢于负债经营。在铝土矿生意最差的时候，他的公司顶住压力借款买下了北汝县北张村、茶亭沟、范家沟、陆寨、石梯坡等八家濒临倒闭的铝土矿，仅过了两年时间，铝土价格成倍翻番，矿山公司开始大量赚钱。过去看不起孟四新，骂他野大胆的人、骂他胡球弄的人，开始倒戈说，这狭小的地方容不下敢想敢干的优秀人才啊，说闲话的家伙们都是目光短浅呀！孟四新也不仅遭遇了事业的挫折，家庭方面也受到了无情打击。而今，虽然公司兴隆，自己也成了北汝县的拔尖人才、明星企业家，但他依旧孑然一身。他好像跟王梅一方竞争似的，在追求杨小桃上针锋相对，气势始终在王梅一拨人之上。只是，孟四新没有亲自出面，公司行政部的人代为办理。

杨小桃的婚姻似乎早被人遗忘了。种种迹象表明，这女孩至今独自一人，上班下班从没见到有人接送，这与单位其他女孩截然不同。上班半年多了，也没有任何男的到企业局找她，栗红章这个人似乎只是一种传说。如果不是单位搞文艺活动，不是北汝县春晚选节目，杨小桃就如同一朵在暗室里独自开放的花，没人发现、没人欣赏，静悄悄地等着凋谢。有一句话叫作酒香不怕巷子深，还有一句话叫作是金子总会发光的。杨小桃终于让那么多人发现了，那些人不论出于什么样的目的，好像都不存在恶意。正是这么多无名氏送来鲜花，让王梅、孟四新再也沉不住气了。王梅送小食品好像故意做给企业局干部职工看，而且每次都大声喧哗，唯恐哪个人不知道她到来似的。孟四新这帮人就更加高调，把小车放在局正门口，然后让司机把署着姓名、电话号码的鲜花、水果篮送给杨小桃。王梅、孟四新他们都没有在企业局见到杨小桃，似乎在大胆行事的同时还忌讳点儿什么。而杨小桃在回避着送花献好心的人们，不论他们居心如何，她一概不予接受，而且心里还骂这些人无聊。她依旧放不下栗红章，只是她不愿表白罢了，她想，自己家的事与别人有多少关系，有什么可炫耀的呢？

王梅从线人那里得知，在众多的追求杨小桃者中，有一个叫孟四新的人，条件很好，有地位、有钱、人高马大，还有很高的人气。王梅随之有了沉重压力，她认为一个栗红章根本不算什么对手，这个孟四新就像半路上杀出的程咬金，最难对付的人终于出现了。王梅就是那种狗窝放不住剩馍的人，回到家中就把这个情况告诉了王虎。王虎从母亲身上继承了脑子简单的基因，又在长辈的娇惯、放纵中养成了做事不予考虑后果，粗鲁、暴戾的品行。听了王梅的话后，他便让那

些"瓜菜"们开始掌握孟四新的车牌号、电话号码和家庭住址，准备给他一个颜色瞧瞧。当天夜里，王虎亲自打电话给孟四新，说："孟经理，听说你很有钱，很有地位，也很爱美人。我明人不说暗话，我叫王虎，外号叫城北侠，没有钱也没有地位，有几个小弟儿们。我听说你对杨小桃动了心，才专门提前告诉你一声，别因为不知情而弄出不愉快。杨小桃六年前就是我的人了，只是因为我城北侠出了点事，至今还没能和她拜堂成亲。不管怎么说，她是我的人，就像当今这个社会动不动就剪彩开工、剪彩通车、剪彩开业一样，我们是没开工、没通车、没开业，但已经剪过彩了。你堂堂一个经理，不会不懂得剪彩的含义吧！"孟四新不是个闲人，不是跟王虎这种下三滥坐下来聊天侃大山的人，但他还是沉住气听完了王虎的大话。之后，不慌不忙地说："你是王虎，还是城北侠，可我为什么就没有听人说过？只听说县城里有个王无赖，打架斗殴、偷鸡摸狗、欺男霸女、无恶不作。我也是坐不改姓行不改名的人，我就是孟四新，企业局矿山公司的经理，我没有外号，有人叫我野大胆。我也告诉你，不论你以前怎么过杨小桃，永远改变不了人家白玉无瑕的形象，也丝毫改变不了她在我孟四新心目中的美好印象。过去归过去，人常走路难免遇到疯狗伤人，打一针狂犬疫苗就会没事的。我也警告你，也请你转告王梅，你们敢再打杨小桃的主意，敢再散布流言蜚语，小心报应！"

王虎听不进这些话，提出挑战，约在北汝河滩里的杨柳林见高低。孟四新干脆就来个不见不散。电话约好五天后的下午，各自带领人马干仗。第二天，王虎又打电话给孟四新，强调："是男人就不要爽约，也不要报警！"这次，孟四新一个字都没有说，他真的讨厌这种家伙。

五天后的那个下午，王虎一行五六十人，分乘十多辆小汽车赶到杨柳林，那些文身美体的"瓜菜"、"虎狼"们，开始摩拳擦掌，十分像体育比赛前的准备活动，以此来显示他们是打斗的行家。到了约定的时间，并不见孟四新团队的动静，王虎很得意，心想孟四新肯定不敢来了，现在好多有钱人都很怪，没钱时不怕苦不怕死不要命，一旦有了钱，就变得瞻前顾后了，孟四新也不例外。正当王虎以为孟四新不敢应战，自己不战而胜时，从杨柳林里"突突突"开出十五辆挖掘机和铲车，出了林子马上排成一行，正对着王虎团伙的一溜小汽车。紧接着，两辆大卡车从林间路上驶过来，每辆卡车上至少站立着三十多人，他们统一服装，迷彩服、安全帽、白手套、黑皮鞋，仪仗队一般。王虎团伙平时打群架，差

不多都是速战速决，先下手为强，实在没遇到过面前这种阵势。相比之下，孟四新的队伍就是现代化的部队，而他们大不了就是土匪武装。平时耀武扬威的王虎一伙，此时感到了大事不妙。他们有了想逃走的念头，只是王虎还没有发话。即使王虎下令撤退，但此时要逃脱绝对不那么容易，十五辆装甲车一样的家伙，足以把这些小汽车一辆辆砸得粉碎或轧成铁皮。那两车迷彩衣很快跳下车又迅速集合成方块队形，有人喊队，按队伍训练的程序报数后，向孟四新报告说集合完毕、请指示。孟四新说，请指挥员按计划行动。这时，汽车的大喇叭响了。"我们今天的打击对象是恶棍王虎，其余人员不抵抗不追究，若遇抵抗，坚决惩处。"随着喇叭声，挖掘机、铲车再次启动，大有冲向小车群的意思。王虎只是一个无赖，又带了一群混混，此刻全部吓呆了。这时，王梅不知从什么地方跑了出来。大声叫嚷着："孟四新，算你厉害行不行！今天你有种，就把老娘我打死！"王梅这么一闹，把孟四新弄得不知怎么处理了，他只好发信号示意下边停止行动。大喇叭又响起来："首恶必办，胁从不问，还不快跑！"王梅也在大声呼喊："虎仔，好汉不吃眼前亏，快走吧！"王虎的车队果然开始溜走了。杨柳林又恢复了平素的安静。一直到了半个小时后，王虎打电话给孟四新："咱们俩的事不到底！"孟四新没有理他，心想，你一个地痞无赖，算个球！孟四新本来就没有打斗的意思，之所以摆出这种阵势，就是要戏弄一下王虎一伙，让他们知道山外有山。孟四新属于那种放下屠刀的过来人，二十岁上下的时候，也有什么都不害怕的勇敢的心，因为打架还住过拘留所。后来矿山上的纠纷，就是用命换来了正常生产秩序，财源滚滚的背后是血泪和辛酸。到了这一步，他孟四新也算是"新哥"了，可以不动手，喝茶抽烟静候小弟兄们凯旋。这次，他亲自坐镇，就是为了不扩大事态，作为一名受过教育的企业经理，他要讲素质，要表现出涵养。总之，他不愿给社会带来负面的影响。

四十八

　　栗红章自认为在桐树岭乡已经站住了脚，不论乡机关同志，还是下边支部书记，都开始贴近他，再没有人把他当作不膻的羊肉对待。然而，他根本想不到，乡党委书记田力才却对他态度冷漠。县级干部那次突然调整，致命地伤害了稳中求进、等待提拔的田力才，他只能"病"了。那个春节，田力才没有出门，但他不仅还操着桐树岭乡的心，还巴望着新任县委书记孟繁文探视他。他失望了。失望带来的怨气，他只能发泄到下级身上。他根本没有想到这栗红章在执掌农业口的第一个春节，就制造了一个动作，改变了以往沿袭多年的做法，把他和乡长摆上了同一位置。在田力才意念里，一个乡、一个镇，家有千口，主事一人，他是书记，就是名副其实的一把手，乡长只是他手下的第一副职。他不允许出现两套班子、两个一把手的事情，平时有人当他面说书记、乡长两个一把手这样的话，肯定要受到严厉批评。栗红章在安排春节礼物时，因为他是第一次，就提议书记、乡长一个层次，当时水管站站长、烟站站长没有人提出不同意见，也没有人说往年的惯例。包括给副乡长、副乡级的安排，给机关同志们的安排，都是他们三人商量好的。这些情况反映到了田力才那里，竟全部成为田力才要惩治栗红章的理由。春天防非典、"三夏"最关键，田力才没有到乡，关键时刻才会到达现场，虽然见过栗红章几次，但他并没有追究栗红章，还鼓励他说辛苦了，农口工作有声有色。对于乡里栗红章冒犯规矩，县里孟繁文没有重视他，这两件事都让他"病"情加重，这种"半病半工作"的状态一直维持到七一前夕，作为乡党委书记，他不能再这样消沉了，要重新振作起来，让孟繁文知道他是资深的党委书记，更是北汝县并不多见的干事创业者。

　　田力才六月二十六日回到乡机关，第一件事就是召见栗红章。党委书记找副

乡长谈话是很自然的，因此，栗红章没有什么思想准备，心想农业线口的各项工作按部就班正常运行，抗击非典虽然有点差错，责任全不在自己，其他问题一点儿没有。田力才脸色不太好，似乎有病在家这一段时间，太阳照射少了，苍白了许多，两鬓的青筋更加显露了。过去，他的青筋只是在发脾气时才出现，而现在态度平静时竟然比过去发怒时还要突出。田力才开门见山地说："红章啊！你自己知道不知道，你已经犯了一个大错误！"栗红章说："抗击非典那事已经澄清事实了，对桐树岭乡没有负面影响。"田力才说："你再想想，年里年外，有没有办了件让人对你刮目相看的事情？"栗红章陷入了沉思，他左想右想，想来想去也没想出自己到底做过哪些让人惊讶的事。他想，是不是那天和柳小月一块喝咖啡的事被谁发现了，传到了田书记那里。自己毕竟是有妇之夫，和一个家庭之外的女人相会，的确摆不上桌面。栗红章说："田书记，我最近只是去过一趟地中海咖啡厅，只喝了一杯咖啡，其他什么事也没干呀！""私生活我不过问，你再想想，哪件事在乡机关产生过不良影响？"田力才提醒着、诱导着。栗红章想，可能是抗非典期间，他带的班上那几个年轻人玩短信聊天，自己也专注于学习收发短信，这件事可能谁跑风漏气反映到田力才那里了。就态度诚恳地说："抗非典值班时，我看到年轻同志玩短信，不仅没有制止，自己反而带头玩，我违犯了工作纪律，确实不对，我情愿做检讨！"田力才迫不及待地说："发短信收短信没有错，你们抗非典值班很负责任，没有错！"田力才提高了声音，像对待一个课堂上不理解老师提问内容的笨学生，干脆说出了答案。"春节前，你自作主张，大搞公款送礼、铺张浪费，严重违犯了上级规定！"栗红章这才明白过来，他解释说："田书记，不是那种情况。春节按照惯例，我们几个商量着办的，没有出格的，这都是人之常情嘛！"田力才火了："啥家伙人之常情，明明是违犯了有关规定！按照惯例？什么惯例？桐树岭乡在你出现之前，什么时候有拿公款送礼、发福利的事情？你管的水管站、烟站这样一搞，其他所站纷纷仿效，整个桐树岭乡的事情就闹大了。你知不知道这件事的危害性？"田力才的一番话，把栗红章质问得张口结舌。他还想再解释点什么，早被田力才挥手的动作制止下去了。田力才手里捏着春节栗红章他们三个送去的现金，顺手往桌子上一扔，又从背后的椅子上拿过两条香烟往桌子上一放，接着又从自己衣袋里拿出一沓子十元一张的钞票，放在了香烟上，严肃认真地说："红章啊，这钱和烟是你们送到我家的，我原封不动地交给你，那几条死鱼我让送给小区保安了，他

们过年不放假挺辛苦的，那条猪腿我让家属拿去慰问环卫工人了，他们是城市的园丁和美容师啊！鱼和猪腿我已算了账，钱我出给你！"栗红章的脸刷地热辣起来，觉得这会儿特别难受。他说："田书记，你这样办就跟打我耳光一样啊！"田力才面容很狰狞，他回了一句："你们那样干，到一个廉洁清正的干部家送礼，不也是打我耳光吗？"听田力才使用了"廉洁清正"这几个字，栗红章恶心得几乎要吐出来。他明明在田力才家里看到他老婆肖白妮把人们送去的猪肉炼成了大缸大缸的油，说能吃到猴年马月；他还看到田力才家客厅里堆放着好多"钻石"、"玉溪"、"中华"、"黄鹤楼"香烟；寒冷的冬天他家杜鹃、君子兰、米兰盛开，橘子树挂着灯笼般的累累果实……栗红章还想起了有人送礼进错了门的传言。见栗红章很难受的样子，田力才说："我们是党培养多年的干部，认识错误、改正错误才能轻装上阵，这次，我把该退的退给你，你把该讨的讨回来，然后统统上缴乡财政。等什么时候上级纪检监察部门追查时，我们已经自查自纠过了，这叫先丑后不丑。不然，挨处分是小事，影响就是大事了，牵连那么多的党员干部，决不是小事呀！"栗红章渐渐地悟出来了，田力才并不是要退回这些东西，他是想让那些和他享受同样待遇的人享受不成，也让杨东升认识到任何礼物都不是好收的！栗红章年前就发现了一个问题，他手下最能支付过节钱款的这两个站，跟他玩了一招，他们俩"明修栈道，暗度陈仓"。在陪同栗红章送礼之后，他们又分别换了个时候，到田力才家、杨东升家送干货。田力才除了跟乡长斗气外，一定觉得栗红章他们一同送的钱物既寒酸又不安全，同时又打击栗红章擅自当家的热情。

栗红章为摊上这桩事十分难过，难过中也想了好多问题，想通了不少道理。田力才让他讨回送出的钱物，明摆着是为他画了一个圈让他钻。这么一讨要，且不说效果如何，单这么一个举动，就足以让他栗红章威风扫地、威望全失。他还要继续在桐树岭混，田力才不能得罪，田力才指示不敢违抗，那乡机关其他领导、广大同志也不能得罪，栗红章心里像猫抓一样，脑子也感到十分疼痛。离开田力才，他进了自己的办公、住宿兼顾的房间，关紧房门、关闭手机，醒了一个白天、睁眼了一个夜晚。鸡叫的时候，他朦朦胧胧地睡着了。他梦见自己回到了栗寨，参加了栗林森操场军演，在鸣放礼炮的响声中，他醒了过来。天早已亮了，栗红章听到有人在猛烈地敲门，接着是有人喊"栗乡长开饭了"！自从春节前他作主给职工每人发了两条鱼后，知足的职工们就开始惦记着他。见他没去饭

厅，就有人来叫醒他。他觉得职工们很好，又觉得自己没法去讨要那不值几块钱的鱼。一连几天，栗红章表现得都很诡异，像幽灵一样，尽可能躲开大家，尤其是害怕见到田力才。

在打开大哥大的有限时间里，他看到了柳小月的信息："章章，我到栗寨采访了，特意去了趟那个后靠山岭前有栗寨河的家，见了两位老人竟不知如何称呼，就亲切地称大叔和姨，聊了几句话，我就被两位老人感动得忘乎所以了。在那里，我尝了栗寨的梨和鲜枣，那种甜美使我感到幸福。我做了自我介绍，斗胆地说我是章章的朋友……"像是在干涸的荒漠里看到了一股清澈的甘泉，栗红章为之振作起来，马上回了短信："月月，栗寨真的很美，有你这位美女记者光临，我相信这里美上加美。家很破旧，我出来后只回过一次，二老是农村人，料理不好家的，脏乱差少不了，包涵为好！""章章、月月"是他们在地中海咖啡屋里约定好的称呼，柳小月说这样随便点儿，也拉近了彼此间的距离。

信息交流之后，栗红章接到了母亲刘玉环的电话，责怪他为什么一天一夜不开手机，急得她心里毛呆呆的，还以为出了什么事。刘玉环说，有个漂亮女孩来家了，人家是记者，朴素大方家常，百里挑一呀。栗红章不停地用"嗯"来回应着。刘玉环不停地问他听见了没有，他还是"嗯"着，他的窗口有两个人影晃动，似乎是侦探他的动态。刘玉环最后强调说："章章，你也不小了，不是一棵树可以吊死人，走了杨小桃，来了柳小月，我看小月要好于小桃几百倍。再说了，这闺女一进门，我就觉得亲切得像在哪里见过一样，有缘呀！咱栗家能遇上这样的好媳妇，那是福气呀！"刘玉环说来说去，就是一句话，要栗红章拽住她，不要放开，一个好媳妇，三代好儿女，柳小月是栗家的。栗红章为了忠孝两全，在单位多，看望父母少，对于刘玉环的千叮咛万嘱咐，只能满口应承。他答应说："人家不一定看上咱的，再说……"不等栗红章说完，刘玉环就抛出一句话："柳小月，一看就知道她以后就是咱栗家的媳妇！千万不要错过这个机会，千万不要作孽啊！"

有好多事情的发生发展，说有多神就有多神，说有多怪就有多怪。柳小月的信息读完后，紧接着就接到了母亲的电话。信息和电话就像一种神奇的力量，突然降临到了栗红章身上。他不再悲观失望，不再自惭形秽，不再被春节送礼的事情困扰了。他脑子里一下子冒出了一个比较妥当的方案。他的头痛完全好了，精神顿时好起来。

春节前他所做的一切，都是他和水管站站长、烟站站长三人研究的方案，事先他认真地听取了他们往年的做法，并没有多少他个人的意志。无非就是让田书记、杨乡长享受了同等待遇，其他副乡级干部多少得到点好处，机关同志只是得到了年年有余（鱼）的祝愿。三人商量、无异议的事情，被田力才全盘掌握，他栗红章没有跑风，那肯定就是他们两人漏气了。田力才给他来了个下马威，想让他在桐树岭乡做一个大家都讨厌的人。栗红章想，你正乡级压我副乡级，我副乡级也可以压他们站所长。他也学着田力才的做法，把两个站长通知到他办公室，然后把田力才退的款和物交给他们。栗红章说："咱们三人年前送出去的钱和东西，田书记这一份已经如数、折价退了出来，还要求所有经咱们手送出去的全都收回来，然后所收回的款全额上缴乡财政！我考虑了一天多，觉得田书记做得没错，咱们三人当时欠考虑，办了一件违反规定的事。咱应该知错就改，我先把我的这一份退给你们，其他领导和同志的你们去收吧！咱们要以实际行动和乡党委、田书记保持一致，这个事，我就拜托你们了。"这下难为住了两位站长，他们面面相觑，半天都没说出一句话。气氛凝结了一会儿，水管站站长说："收上来多少钱是小事，在乡里以后混不成人就成大事了！"烟站站长附和着："一点不差呀！咱以后还要在桐树岭混人呢！"最后，还是烟站站长出了个主意："烟站出一部分钱、水管站出一部分钱，把田力才知道的那个数字凑齐，然后缴到乡财政所，就说这个事按田书记的指示办了，咱们只好吃个哑巴亏了。"烟站站长的意见水管站站长完全同意，至于田力才的钱，他们同意半年后的新春节时新的旧的一并给他。当着栗红章的面，两个人都发了毒誓："谁再嘴贱就让七四八四！"乡里那台牌号不好的车，都被好多人用来发誓。

栗红章感到这件事处理完毕，如同身上的枷锁被解下了一样，感到十分轻快。然而，五天后的上午，一纸县委党校《关于举办副乡级党政干部培训班的通知》，又一次让栗红章处在一种极度不安的心境里。田力才在文件红头上边签了一行字："请栗红章同志参加。"培训班两个半月，两个月理论学习，十五天参观考察。栗红章幼稚地想，七十五天时间虽然不长，但这段时间正是秋作物田间管理的关键阶段，抗旱防汛、烟叶收购都十分重要，他已经积累了经验，这一走七十多天，回来就进入收秋了。他出于一种责任，想找田力才请示一下，能否安排他下一期再参加。到了田力才那里，没等他开腔，人家就好像知道了他的来意，笑容可掬地说："栗乡长，机会难得呀！县里要把你作为培养对象，说明人

眼是秤，组织部门看人很准呀！你要珍惜这个机会，不要过多地考虑乡里的事，一心一意学好理论，不定什么时候就会让你挑大梁的！"栗红章一肚子要说的话，竟然被田力才三言两语给顶了回去。

他参加了这期培训班。他离开桐树岭的第二天，农业口的工作就由张副乡长分管了。张嫂的小喇叭广播说："我的手擀面真的让田书记吃得佩服了！"

四十九

十一年前的七月三日，栗红章成了县委党校培训班的学员。他心情很沉重，觉得自己是被田力才发配和流放了。和其他学员相比就很容易发现，栗红章没有一点快乐和活力，宛如一尊泥塑，老是蹲在教室东北角的那个座位上。党校跟其他学校不同，起码跟栗红章曾经上过的小学、初中不同，这里的老师讲课都显得轻松自在、谈笑风生，下课时留给大家一两道思考题，这就是所谓的作业了。上课时间一般是上午，上课前班主任很认真地点名，下面只要有应声就算是过关了。栗红章发现他前面的有个学员连续变着腔调应了三次，就替其他两名未到的学员应付住了点名。下午的半天，按照安排是自学时间，要求学员们在寝室里阅读培训班发给的读本。还有几天的上午，老师讲一小时的课，留给大家一个半小时的讨论时间。

当点名点到栗红章时，班主任老师还特意抬起头，循声看了看，好像这个学员与众不同，缺少不得似的。栗红章前些年在全县是比较有名气的，他自己并不知道，那时党校教师讲课举的例子，多是栗寨的经济发展、栗寨的村规民约、栗寨的移风易俗等。那时的栗红章虽然教师们没见过面，但都记得这个名字，当然，他称呼"爷爷、奶奶"的往事，也曾在党校的课堂上成为调剂氛围的笑料。这些年，强力发展乡村工业的势头有所趋稳，栗红章早已淡出了人们的话题，新

的风流人物已经成为教师们课堂上引用的重点。但是，历史上的行政村拔尖人才栗红章，依然能够唤回教师们的记忆。培训班有少数人，也曾听说过栗红章其人其事，在老师点名时，自然而然地扭扭头，把好奇的目光指向东北角落。

栗红章的寝室在县委党校六楼，属于顶层。这个寝室摆放着三张双层床，安排五名学员，名字都贴在门上：栗红章、林向东、苗立新、古亮亮、秦晋阳。午饭后的六楼，整个楼层就像一个特大的桑拿室，即使穿简单的裤头背心也会被汗水湿透。因此，下午的自学根本找不到人，眼看就要热死了，谁还有心读书自学呢！其实不是，即使温度适宜，这里也找不到人，大伙都把这个培训作为交友的机会，他们中午都聚在一块喝酒呢。六楼的寝室屋顶，悬挂着一台旧时的全金属吊扇，转起来不仅摇摆得厉害，而且发出"叽叽吱吱"的声音，但有了吊扇，再打开门和窗，空气立刻对流起来，在炎热中给人一种抗暑的信心。栗红章没有什么朋友，那遥远的桐树岭乡本身就十分闭塞，也十分贫穷，交友的资本几乎为零。没有人气的栗红章却有充分的自由，除了上午上课之外，这偌大的六楼似乎成了他的独立王国，他可以在这里走动，在这里苦思冥想，可以在这里透过窗户向远处眺望。楼下是一个农贸市场，中午之前十分嘈杂。十二点之后，车辆的马达声、菜贩的叫卖声，似乎都远去了，留下了静静的摊位，守望着这一片场所。农贸市场不远处，就是那尊广成子的大型雕像。几条宽阔的大道在雕像处交会，然后向四面八方放射，好像这位远古时代的气功大师把和黄帝切磋过的吐纳术，化成条条瑞气向周围扩散着。这时的栗红章，被城市的景象所吸引，觉得心中轻快了很多。

栗红章很守纪律，这种良好的作息习惯来自部队的培养。他坐下来，翻阅着那些教材，虽然读书不多，但他还是能读进去的，特别是身临这个专门的读书环境，他产生了读书的冲动。他很快被那本文学知识读本所吸引，对有些不理解的东西，就反复阅读注释，渐渐地就觉得读书也很快活。到党校培训的第三天下午，他读懂了苏东坡的《水调歌头·明月几时有》，"人有悲欢离合，月有阴晴圆缺，此事古难全。"这些词句对他触动很大，他禁不住又想起了栗寨、部队和桐树岭乡。小时候，在栗寨由于身体条件差经常受气，为了出气说了一句有失尊严的话，更让人看小他，正是这个原因，他很低调。由于他的低调，在别人为参军竞争得不可开交时，好运却向他走来。他实现了年轻人都有的梦想，到军营里当了一名解放军战士。为此，他怀着一颗报效祖国的心，勤奋、踏实、任劳任

怨，首长在他入伍第二年，就让他进了师部教导大队。那可是军官的摇篮，能够到那里学军事、学文化，意味着他的地位会得到晋升，他自己觉得太幸运了。回到连队，他更努力，更埋头苦干。然而，由于自己没有高中学历，考军校不符合条件，在时兴文凭的时候，他终于没有晋升。但首长们并没有忘记他，让他担任了代理排长、司务长，干着干部们的业务。他很满意，总觉得组织待他不薄。为了他有个好的前途，部队培养他入了党，并且在裁员前把他作为军地两用人才，推荐给地方政府。后来，他退伍回到了栗寨。正是因为他的党员身份，在回村不久，乡党委就选拔他出任栗寨的村支书，后来的风风雨雨中，他总是化险为夷、顺风顺水，并且喜出望外地当上了副乡长。这在栗寨也是光宗耀祖的荣誉和地位。他在回乡以后，婚姻也很顺畅，遇到了杨小桃，虽然发生了一些状况，但法律上他们依然是夫妻，并且还有一个值得依靠的妻舅李凤梧。到了桐树岭乡，工作上常出现阴差阳错，但总体上还算顺利。就拿这次跟田力才间发生的事，冷静地想，自己不是没一点毛病，他觉得还是有失有得。他在田力才眼里并不算是十分称职的下属，但他赢得了乡政府机关、七所八站以及各村两委干部的好评，特别是在严家沟水库风景区建设方面，得到了严石柱老人等一批老党员的支持和爱戴。桐树岭乡的好多同志，家中有红白事都会请他到场。他作为乡级领导出现，让这些人家有自豪和骄傲的感觉。他喝着百姓家的酒也很惬意。读着那些培训教材，栗红章开朗了起来。

他上午上课、下午读书的规律在第五天被打破了。那是桐树岭乡机关一个干部的女儿结婚，回门那天男方由一个副局长带队认亲，这个干部觉得最合适的陪客就是栗乡长，这样才能显得门当户对。栗红章也不推让，在上完课就欣然参加了这项活动。也在这天，人们知道了他在党校培训班，人们进县城，或有什么活动就免不了找到他。他也毫不犹豫地参与人们的交往活动。不知道什么原因，自他受到田力才排斥后，他的朋友更多了，喝酒的次数也多了，只是常常让大伙儿灌多。有些酒店里，吃饭时还能唱歌，栗红章就让人播放邓丽君的那首《明月几时有》，还跟着唱"人有悲欢离合，月有阴晴圆缺，此事古难全，但愿人长久，千里共婵娟"。他唱着唱着就高兴了，就忘记了那些不愉快，就觉得自己还是幸福的人。第八天，他收到了柳小月的电话。柳小月说她现在正在桐树岭采访，准备报道一个负面的东西《严家沟水库的诉说》。他说，当下正是用水的季节，几万亩大田玉米急需浇灌，可是水库却放不出来水。傻瓜都知道"玉米是个

大肚汉，能吃能喝又能干"，没有充分的水浇灌，几万亩玉米指望什么丰收，到底是什么最重要，什么才是大局？当初修水库的目的是什么？柳小月在电话里动了感情，义愤填膺的样子竟然又浮现在栗红章眼前。柳小月说："过去有人说，穷山恶水出刁民，我看，越是这些地方，有点权力的人更加敲骨吸髓地占农民的便宜，更没有王法！"栗红章言不由衷地应对着，有些词的意思他并不懂得，但他不愿在柳小月面前服输。柳小月又说："到了桐树岭，才知道你到县委党校学习了；农业生产的关键阶段，主管农业的副乡长被临阵斩首，这是什么玩法！真有点儿山高皇帝远、民少相公多！那田力才自己认为怀才不遇，可他做出的一系列事靠谱吗？"他们谈了好长时间，直到有人喊柳小月录同期声，这才被迫停止。大约过了半个小时，柳小月发给他一条短信："世界上的事，不称心者十之八九，别太悲观，相信黑暗必将过去，金光灿灿的明天一定会到来。想开点儿啊，章章！"

柳小月称他"章章"，令他十分兴奋，他觉得什么叫知音、什么叫体贴、什么叫温暖，柳小月这天的电话内容、信息内容就涵盖了这么多！

这一天，栗红章有些飘飘然的感觉，这是他多少天来少有的。下午拿着读本，字里行间全部成了柳小月的脸庞，那些标点符号仿佛是她的眼睛、鼻子、嘴巴和耳朵。过去，他看书时，总是关掉电话，以免别人干扰他。这会儿，他看不进去东西的时候，竟然想打开电话，盼望着柳小月的短信或者电话。功夫不负有心人，在下午五点半的时候，柳小月的电话来了，先是说那个《严家沟水库的诉说》的专题片已经通过审查，明天将在《北汝焦点》栏目播出。柳小月好像很兴奋，说话带着一种自信和喜悦，完全是胜利者的精神状态。柳小月说五分钟后到党校找他，一块吃大排档。

大排档在北汝的夏季十分流行，柳小月和栗红章选择了风情花园。这里的人很多，跟农村的庙会差不多，稍不注意就会和对面的人撞个满怀。栗红章在这里没有遇上一个熟脸，跟在柳小月身后，很被动地向柳小月的朋友们点头示意，显示自己的礼貌。柳小月的熟人确实多，不是她主动搭讪，就是人家亲切地向她问候。栗红章很不自然，除了担心柳小月的熟人看扁他而妄自菲薄外，还担心遇到杨小桃或者杨小桃的朋友。他毕竟不是一个十分纯净的男人啊，玷污了哪个都是一种造孽啊！

他们选择了一个角落坐下。虽是夏天，但这个露天的风情花园却轻风阵阵，

不知道什么原因，这里还有小气候。栗红章到这种地方为数不多，有点儿刘姥姥进了大观园的表现。他东张西望，又若有所思。这时，有个中年女子走了过来，向柳小月打过招呼后，顺势向栗红章点了点头。栗红章知道人家是用肢体语言向他打招呼，只好微笑着站起来，同时把手指住一个空位说了声："请坐！"那中年妇女笑了，很客气地说她就坐在对面那个位置。那个女的走后，柳小月告诉栗红章，这个女的就是专题部的主任梅惠惠。柳小月说，梅惠惠那天在地中海咖啡厅发现了他们，很反对她跟栗红章交往，说一个女孩子跟一个有妇之夫打交道、谈对象，到头来吃亏的必定是这个女孩。栗红章心想，这个梅惠惠多么阴险，刚才见面还笑嘻嘻地和他打了招呼，背地里却那般地劝说柳小月。从那会儿起，栗红章满脑子都是反叛思想，他要做个样子让世人、让梅惠惠看看，到底结过婚的男人是不是可以信赖的！就是因为柳小月向他传递的梅惠惠的话，让栗红章改变了扭捏的姿态，他大大方方地坐着、无所顾忌地吃着、随心所欲地谈着、旁若无人地展示着自己。

柳小月告诉他，当他又一次到山南乡采访时，专门去了趟栗寨，见到了两位老人。柳小月深情地看着栗红章，说："这一次，我真的好想喊刘姨妈，喊栗叔爸！"栗红章故意问："那你为什么不那样喊呢？"柳小月怪嗔地说："不经你栗乡长同意，我敢那么放肆嘛！"栗红章笑了，开玩笑说："人家说记者都是天不怕地不怕的无冕之王，你怕我个啥！"柳小月说："我问你，你同意我改口吗？"栗红章点点头，很得意的样子。柳小月猛地站起来，借着递肉串的机会，朝他的额头"吧哧"一下。

那天夜里，柳小月把栗红章送到党校楼下，说着"再见"，而他们就是没有分开。接下来，栗红章又送柳小月到电视台，说着"再见"依然没有分开。他们送过来送过去，反反复复好多遍，完全没有劳累的意思。来来往往一直到东方天际出现了鱼肚白，大街上响起环卫工人扫帚的声音，他们才在电视台门口恋恋不舍地分开。

那天凌晨，栗红章收到了柳小月的一条短信，名副其实地短：章章，没有离别苦，哪有再见香！之后是一排字母，栗红章虽然不认得，但他听别人说那是"我爱你"的英语句子。

五 十

　　北汝河滩杨柳林群殴那件事，由于未遂，因此没有什么社会影响。但殴斗双方都明白为什么才闹到剑拔弩张这一步，就像古希腊神话中的战争，完全是美丽的海伦引起的一样。只是，杨小桃并不清楚这惊心动魄的一切。

　　杨小桃内心的平静终于被搅动了。不是因为纷至沓来献花的人们，也不是因为争风吃醋者造成的影响，那林林总总她并不知晓的事情，尽管像该分窝而栖的蜜蜂一样，但她始终固守着自己那颗宁静的心，她不知道的事情不去打听，人们的诡秘言行她也不去猜测。王梅三两天总要出现一次，说话的声音可以使企业局的每间房子听得到。杨小桃习惯了，当别人问王梅是她什么人时，她就会坦然地表示，根本就不认得什么王梅。她心里早已给自己设计了一套方案，如果有人问起栗红章，她就会乐意地摊牌，说那是她的男人；可是多长时间以来，竟然没有一个人这样问她，不由得让她的方案落空。在那么多追她的人中，有一部分是在瞎起哄，县城里好多男孩子，吃饱饭无事，就把给小姑娘送束花、发个信当成营生，宁可什么也没得到，都心甘情愿；还有一部分人，知道她是县委副书记李凤梧的外甥女，日后在前途上大有用场，就怀着这种心理贴近她；至于王梅、王虎一家，也可能是铁石心肠地显示对当年鲁莽的悔意；其他用心良苦的人，出于什么样的动机，肯定不只是凑热闹。可惜，他人的相思之苦，杨小桃不可能思考，也就无从体察，更是无动于衷。让杨小桃在意而且惊讶的，是七月初县里对企业局班子的调整，当那位姓孙的副局长退下来后，矿山公司的孟四新被任命为企业局副局长兼矿山公司经理。这时才有好心的同事告诉杨小桃，说众多的追"星"人中，孟经理是最疯狂的一个。杨小桃不相信，同事发誓说谎是猪狗。同事引用了一句孟经理的话，说他明知山有虎、偏向虎山行，泰山压顶不弯腰，海枯石烂

志不移。杨小桃当即脸色刷地就变红了。她本来想说自己是有家庭的女人，不可能再和哪个人怎么怎么了，但她这种时候讲这些能起什么作用，为什么不早点向外人披露呢？她恨自己过于木讷，毕竟，一个马上就成自己上司的男人，对自己有想法，杨小桃不能不觉得麻烦该来了。她怎样告诉他自己的事情呢？假如他找自己交谈，除了工作，一旦提及其他事情，自己该如何应对呢。

那一夜，杨小桃辗转反侧，觉得自己头上的血管都在发热，头皮也紧得发木发麻。她简单惯了，不想考虑那么多事，不像有些女孩子，过早地显示了成熟。她那年糊里糊涂地跟着同事去了王梅家，毫无防备地遭受了王虎的侵害，那以后她就死掉了跟任何男人再私下会面和交往的心。栗红章的出现，纯属一种意外，毫无准备的状态下，竟然谈了一场轰轰烈烈的恋爱。她和栗红章相识后，被他的忠厚、实诚所撼动，不知不觉地成了当初誓言的叛徒，很甘心情愿地成了栗红章爱情的俘虏。那时候，她认为很幸福、很美满，从而再次狠狠地发了个誓言，今生这是属于她的真恋爱，而且到死也只有这一次。她很珍惜，把恋爱视为生命，后来，栗家包括栗红章面对王梅，面对世俗的压力，对她产生了曲解和动摇，而她只是在外表上进行了反抗。但内心深入，她还是要求自己原谅栗红章，相信总有那么一天，栗红章从灵魂深处到实际表现都会回归。她对栗红章的信心和对栗家的反抗实际是矛盾的统一体，时间、理智是化解矛盾的有效手段。杨小桃的心境是平和的，无论外人眼里怎样看待她，她都不在乎，而十分珍惜心中的那份感情。孟四新像一只突然出现的飞禽猛兽，在她的山林小路上突然出现。她记得在县磷肥厂厂长的办公室里挂着一幅图，图上题写宋代杨万里的句子：意行偶到无人处，惊起山禽我亦惊……因为杨万里的杨和她的杨一样，她才记住了。她觉得，自己在山林无人处，有一只山禽被她惊动，同时山禽也惊动了她。

楼下那位吴副局长家养着几只没顾上宰杀的公鸡，每天还履行着职责，照样扯着嗓门啼叫。杨小桃直到这时，才强迫自己睡，她听别人说睡觉是女人最好的化妆品。

杨小桃在一个莺飞草长的季节里，坐着火车到达了云南瑞丽，她被许多军人前呼后拥地接到了军营里，军营像一座漂亮的花园，甬道两旁都栽植着各种各样的花。那些花都是她从来没见过的，不仅五颜六色，而且形状各异，有的像动物的脸，有的像飞禽的头，更多的像鸡的爪子和鸭的掌。那些草也很有意思，整整齐齐的像人们刻意铺设的地毯，其间有些另类的，也自然组合成了文字一样的东

西，像是人们精心添加的点缀物。这里的环境真好，人更热情，让她感到了人世间的温馨和幸福。她和一位刚刚立了大功的男子成了主角，虽然这是一个集体婚礼的场合，似乎他们俩才是真正的明星。面对镁光灯，面对主持人，杨小桃觉得很不自然，还是那个英雄鼓励她，让她不要紧张。她平静下来后，听到了那首庄重而又浪漫的《婚礼进行曲》，她的脚步踏在那曲子的节点上，向那位英雄走去。这时，场上出现了嘈杂，人群很快裂出一条缝，栗红章从其间钻了出来。栗红章身着崭新的军装，红光满面，英姿飒爽。他快步跨到杨小桃前面，挡住了正行进在婚礼台阶上的杨小桃，使她停住了脚步。舒缓而厚重的音乐，转换成了栗红章的声音："小桃，作为预备役军人，我又回到了部队，这次还立了特等功，说好你会在家耐心等待的，没想到，当我回到北汝向你报喜时，你却和一个陌生男人在千里之外正走向婚礼殿堂！"杨小桃哭了，觉得自己早过了冲动的岁月，为什么还沉不住气，还要再和一个男人结婚呢？杨小桃心里很痛，真的痛不欲生。

她醒过来，妈妈说："孩子是做噩梦了吧？"她擦着泪说："妈妈，我梦见小时候在外公家里，那几个男孩要夺走我的毽子呢！"妈妈说："玩心不退呀！"杨小桃是被妈妈唤醒的，可能是她的哭声惊动了常年卧床的妈妈。这个家很有点与众不同，杨小桃跟外公一家在农村久了，回到县里一直跟爸爸妈妈亲近不起来，自己把自己看成了抱养来的孩子。爸爸妈妈虽然一个半残一个瘫痪，但骨子里的倔强令他们坚强地活着，从不给女儿增添麻烦，因此，好长时间外人都用奇怪的眼光看他们，甚至把他们当成享受民政部门照顾的五保户。随着杨小桃的年龄增大，加之人生中又受到几次打击，渐渐地感悟到真心疼她的只有舅舅和自己的父母。这次工作调到企业局后，她就把工作之外的时间放在了孝敬爸妈身上。人是一种怪物，精神方面的东西太不可思议了。自从杨小桃住到爸妈处开始，好像杨家也随之时来运转。两口子的身体状况突然好转了许多，不能动弹的四肢开始灵活了；瘫痪在床的也开始坐在床上，几次跃跃欲试地要下床。原先的破旧房子，在拆除前换了一套半住房，退休工资也连续提高了好几百块钱。怀旧的话、感恩的话，都不时地从老两口嘴里说出来。说起小桃，两口子好像都忘不了二十九年前的那个梦："他们同时梦见天上的仙女下凡，把一只鲜嫩的桃子送到家里，说王母娘娘念及他们的虔诚和笃厚，就赐给他们最好的礼物。"当年，一个女孩就出生了，文化不深的两口子，都同意给孩子取名字小桃。那是天物

啊，担心孩子跟着他们不方便，就让她跟着提前离休的外公。天赐的女儿，如今失而复得一样地回家孝顺他们，这种天伦之乐使他们获得了最大的幸福。

到了单位，杨小桃发现同事们这天的表现和平常大不一样，基本上是都提前到了单位，就连经常迟到习惯了的那几个人，也例外地比杨小桃早到了。杨小桃有遵守纪律的习惯，平常都是提前十分钟上班，打扫卫生。她牢记着外公教她的几句话："黎明即起，洒扫庭除，要内外整洁。"从山南乡到企业局，她都把这几句话使用在组织纪律上，七点五十分到单位，首先打扫办公室，接着洒扫走廊、楼梯。这天虽然来得不早，但来早的并没有动手打扫，他们好像不知道内外整洁的道理，来早只是为了等待着和新来的领导见面。

按照惯例，凡到企业局履新的局一级领导，上班的第一天都要在办公室主任陪同下，到机关各科室、下属二级机构走一遍，除了熟悉熟悉全面情况便于开展工作，主要是想留下一个谦虚的名声。这种做法，颇有点古时候上任后的"拜宫"，也像江湖上武术界打斗前的作揖。孟四新说他不想打破这种约定俗成的规矩，免得因为自己过于超凡脱俗而挣几张不称职民意票。

没有轮到杨小桃的统计科，她早就感到心口突突地跳起来。不一定要求她说什么话，自己就紧张地想象着孟局长怎么问，她怎么答，越想思想越乱，越乱就更理不出主线了。她想起了磷肥厂厂长办公室的字画，就把孟局长设想成山禽，继而又回想起黎明时的那个梦，她要和一名边防英雄结婚，又偏偏被栗红章发现了。她想，会不会那个边防英雄就和孟局长长得一模一样呢？她想到这里，脸上便热辣起来，她想肯定此刻的脸红得很。正在胡思乱想，办公室主任推开了统计科的门，并随之说了声："孟局长来看望大家！"主任很会掂衣裳襟，他走到哪个科室都这样说，千篇一律又百喊不厌，特像旧时候县衙里的衙役，不停地在县长轿前鸣锣开道。孟局长其实是不用作自我介绍的，之前他曾是企业局的一般干部，干了五六年的矿山公司经理后提升回局里，这里的许多老同志应该都熟悉。像杨小桃这类情况的不多，还有几名近年分过来的大学生，这些人可能不熟悉孟四新的情况，需要接见一下。孟四新之所以不情愿落俗套，正是考虑到他的特殊经历，之所以又入乡随俗，他担心别人骂他翅膀硬了，玩得大了。提拔之前，一个岗位同时有六位同志竞争，包括眼前的办公室主任，孟四新服软的原因就在这里，他知道提拔前是明争，提拔后马上就转为暗斗了。办公室主任介绍说："新局长孟四新。"然后介绍统计科科长吕文轩、副科长曹定、科员杨小

桃。孟四新很大方地和他们握了手，笑着说："你俩是老伙计，杨小桃我也认得，也算是熟人了。以后在一起工作，大家互相凑趣啊！"孟四新言辞十分家常，完全没有读书出身者的文气，但说话的效果并不土气，让人很容易接受。

孟局长走了。杨小桃丝毫也想不起来在哪里见过他，他为什么说也算是熟人呢。他根本不像杨小桃梦见的那位军人，也没有见过面的感觉，完全就是一个陌生人。杨小桃联想到那天有几个同事捎给她的话，更是感到十分蹊跷。从这会儿起，她就关注起这位新来的局长了，不论别人故意讲给她的，还是无意识说的，反正她都喜欢听。

五十一

星期六的傍晚是最难度过的。这一天放在过去，栗红章觉得很平常，可到了县委党校培训以后，开始羡慕其他学员丰富多彩的生活，心里就随之而不平常了。人家从星期一开始，就会算着差几天是星期六，而他最不愿这一天的到来，因为这一天不像在栗寨，也不像在桐树岭，乡村里的人似乎就根本不存在节假日意识，其他学员换着方式换着地点享受着星期六晚上和星期天全天的快乐。于是栗红章就向往着自己能有这种时光。星期六的下午，人们就把出行的小包包放在教室里，盼望着老师早一点把思考题告诉大家。人们走后，偌大的校园里空荡荡的，宿舍楼上只听到自己脚步的回音。栗红章起初曾幼稚地想，两个半月的学习生活很快就过去了，吃点苦、耐点寂寞未尝不可，可是放到实际生活中，他便觉得自己这样做很笨，连苦行僧都不如，苦行僧到头来还可能修炼出名堂，而自己这样做会有什么结果呢？他曾想过到植物园那几十平方米的房子里，夜里观观夜色，或在植物园里走动走动。当这种念头出现时，马上又自生自灭了。那是杨小桃的房子，与自己一点关系都没有，一个男人住进女人家是多么没有尊严的事。

再说，他和杨小桃若即若离的关系，不允许他有觊觎之心。杨小桃给他钥匙，是出于一种大局意识，是出于一种怜悯或同情，自己真的把那个地方作为家，人家就会更觉得你的潦倒。

第五个星期六的傍晚，栗红章鼓足勇气，把自己的沮丧和懊恼在电话里告诉了柳小月。真没想到，柳小月竟埋怨他为什么不早点告诉她，这些小问题很容易解决。电话放下二十分钟，柳小月就过来了。这次柳小月直接上了宿舍楼，没进门就叫喊："热死人了，比汗蒸房还要厉害！"栗红章对柳小月的快速到来很感激，他不知道用什么样的话来安慰柳小月才能表达自己的心情，只好随着她嘟囔："真是的，要热死人的，这天！"实际上，柳小月是一种矫情，说楼内比汗蒸房还热，是显示她的娇嫩和见多识广。栗红章已经习惯了这里的环境，电扇一开，窗子打开空气对流起来并不那么热。他面对柳小月，只能迎合她。

柳小月从手提袋里拿出一小盒草莓，微笑着说："草莓，新摘的，专门慰问党校培训班的优秀学员！"栗红章笑了，说："谢谢小月，你咋知道我爱吃草莓？"其实，栗红章最爱吃的是那种叫"金太阳"、"凯特"、"仰韶"的大杏，并不喜欢草莓，觉得那种味道不好接受。他觉得自己好像变了，在王春翔的指导下，假话虚话会说了。柳小月用手指点住他的额头，说："我柳小月上大学学的新闻，选修的是哲学，《周易》、《八卦》也略知一二，我猜到你已经学会了吃草莓！"柳小月的这句话，似乎无意间戳穿了栗红章的谎言。栗红章顿时尴尬起来，拿到手里的那颗草莓送到嘴边又停了下来。柳小月补充了一句："吃吧，已经洗过了，本来不洗也可以，那是块无公害草莓种植基地，不过，为了对领导干部负责，还是洗了两遍。"栗红章假装斯文地把草莓咬了一个尖，本来他可以一口吃一个的。吃着草莓，他们俩放松多了，柳小月一面拿起一本教材扇着风，一面煞有介事地翻着另外一本书。

那只"吱吱扭扭"响着的吊扇，像一个拉丁舞演员，摆动着，陪伴着他们。柳小月突然想起了什么似的，坐到了栗红章身边，本来他们是对面坐的。柳小月说："红章，我想起个事，敢不敢问你？"栗红章往一边挪了一下身子，他不习惯一个女孩子这么近地贴着自己。栗红章说："只管说，尽管问！"柳小月突然又语塞了似的，张开的口又合拢了。

在栗红章的嗔怪下，柳小月才开口说话，只是增加了个前提，她说："我说错了，你可不能发脾气啊！"柳小月说起栗寨的栗阳阳，很感兴趣的样子。她

说："栗寨村那个团委书记栗阳阳，是一个很阳光的女孩。我上次采访到过她家，觉得她和栗少元关系不咋样，或者说她根本就不喜欢那个男孩。是不是？"柳小月看看栗红章，要他回答。栗红章不是那种爱打听别人隐私的家伙，他真的不清楚年轻人之间的事情，就回答说："不知道！"柳小月接着说："村里人有微词，说栗阳阳心中有个男人，始终放不下，她说自己可以为那男人出生入死，也可以为那男人放弃一切。那男人是谁？"栗红章回答："不清楚。"柳小月说："我做过调查，阳阳放不下的那个男人远在天边、近在眼前。他就是栗红章！你还打马虎眼。"栗红章苦笑着，说："你们记者咋变成了'军统'，还调查别人呢！不过，我可以告诉你，我栗红章和栗阳阳只是一种很纯洁的街坊关系。人家是小女孩，我是个大男人，相差十多岁，怎么可能呢？真有那事的话，岂不是害性命吗？"栗红章自认为他这一番话，足以堵住柳小月的八卦嘴。

片刻的静默后，柳小月说："我比栗阳阳还年轻两岁，你不觉得和我在一起也是在害性命吗？"栗红章被问得像枪哑火了似的。他偷看了柳小月一眼，房顶电灯泡昏淡的光线正流泻在柳小月脸上，可以看到泪水正从眼眶里流下来。栗红章觉得自己哪句话伤害了人家，很不自在地萌发了恻隐之心，他把自己退后的那段距离马上恢复，又掏出纸巾为柳小月擦泪。他的殷勤并没有擦干柳小月的泪。柳小月失声哭了起来，哭得很伤心。栗红章没遇到过这种场面，真有些束手无策了。柳小月哭着使劲儿地抱紧他，怕他逃脱似的。栗红章说："小月，你听我一句，别哭了，你哭得我心里像猫抓似的！"柳小月站起来，到墙角擤了擤鼻子，果然不再哭了。栗红章心里不爽起来，他觉得柳小月不该哭时哭起来，很伤害自己。这会儿，栗红章开始怀疑柳小月精神方面不正常，和这种女人打交道会不会很麻烦的？柳小月看到灯光下栗红章那张苍白的脸，那副忧愁的模样，就说："我不是为自己哭，我是替栗阳阳鸣不平，她多么悲惨，她的苦心用在了一尊石佛上！"栗红章马上又觉得柳小月十分正常，而且十分善良，十分可爱。当柳小月再次贴近他时，他禁不住抱紧了她。这时，他们俩不再抱怨这座大楼的热，比汗蒸房还热。毕竟栗红章是一个有觉悟、有意志的人，他觉得一个大男人这么抱一个女孩很不道德，就主动松开了。这时的柳小月，就像夏天爬在树干上的知了，死死地揪着他的衬衫，使他欲罢不能。

栗红章在柳小月的猛烈进攻下，产生了一种豁出去的念头，既然一个比栗阳阳还小两岁的女孩，不要命地缠着你，那么你要再冷酷地摆脱她，决不是一个血

性男人要做的事。栗红章感到浑身发热，禁不住用自己的嘴对准那正在送过来的柳小月的唇。柳小月的唇是薄薄的，似乎还有些发凉，但它们遇到一起时，又是那样让栗红章感到振奋和喜悦。栗红章并没有真正地经历过男女之事，但冥冥之中有一种意念在指导他下一步该怎么做。他把自己的手从柳小月的后背慢慢地往前滑动，直到碰到那两只令他几乎窒息的东西。柳小月没有其他反应，只是更拼命地吮吸着栗红章的舌尖。突然，有人敲门。这层楼往常是没有人上来的，这天却这么反常，令栗红章感到扫兴。栗红章很严厉地问："干什么？星期五晚上是放假时间，敲什么门？"门外的声音也很大，是个男人，嗓门有些沙哑："有废纸、旧书、旧报没有？""你收破烂的，走错了楼层，二楼三楼有住户！"栗红章说。门外的男人说："我看这房间有灯，想着是有人加班，就过来了！"那人离开时还嘟啦着，脚步还格外响，直到渐渐地消失。这个突如其来的捣乱者，让两位心跳剧烈的人很快平静下来。

栗红章说："多亏是一个收废品的，要是公安局的，那咱俩还要解释半天呢！"柳小月说："栗红章，你还真以为那是收废品的！哪有夜间收东西的？"

他们整理着自己的衣服，柳小月从手提袋里拿出小方镜和梳子，把零乱的刘海弄整齐，而栗红章却坐着没有动，担心柳小月发现他的秘密，裤子湿了，怕人家笑话他禁不住风吹草动。柳小月好像并没有察觉到什么，重新坐到栗红章怀里，看着神情呆滞的栗红章说："红章哥，看你现在的样子真的很可爱！"栗红章此时若有所思，应付着反问："是不是？"栗红章此时确实在想，是刚才那位孟浪的敲门人，解除了他的危机，如果发展下去，说不定真的会出什么后果呢！听到柳小月夸他可爱，他反倒觉得人家是在奉承，就说："小月，说心里话，我比你大十多岁，在别人心里会嘀咕我们是不正常的关系。我这种年纪，又结过婚，外人眼里就是一台破旧的车。而你风华正茂，又是北汝名声很响的记者，找一个年轻小伙子，像崭新的汽车一样的人，去好好谈一场恋爱。那才是正事！"柳小月这次没有哭，只是把双手盖在栗红章的嘴巴上，大声说："我不许你说，胡说八道，我就是觉得你好，旧车破车我喜欢！我告诉你，老皇冠照样赛过新桑塔纳！"栗红章顿时没有更好更有力的话来说服她，只好盯住她的脸。这张脸也是红润的，是粉白而透红的那种，只是鼻子扁平了些，远看还有些美丽，到了跟前便觉得有些俗气。这种时候，栗红章又拿杨小桃和柳小月比较，觉得杨小桃才是他心目中的爱人。然而，他不能说，也没有必要说。

接下来，栗红章和柳小月又说了许多，既有不关紧要的八卦，也有切合自己的感受。栗红章在扯了一阵子后，突然问柳小月："谈过对象没有？"柳小月说，上大学时她是班上最小的，见别的男男女女结伴而行，根本就看不惯，到了单位上班，看见男人就像看到了歪瓜裂枣，没有一点儿感觉。后来，见到了栗红章，才产生了那种念头。栗红章问她，那为什么又多次曝光问题来损自己。柳小月说："那你个笨蛋就不懂了。我们台里凡报道反面典型都有一种目的，要你花钱消灾。要不，一二百个自收自支人员，怎么发工资？我们每月每人都有三千元的创收任务，一靠这样做来完成一部分，二是靠结交朋友，让人家做广告赞助。那天咱见到的那个梅惠惠主任，人家请她就是商量怎样取消负面报道的事！"栗红章听着点着头，突然又问柳小月。"那你报道桐树岭的负面东西，主要是我所负责的工作，为什么从没出面谈经济上的事呢？"

柳小月站起来猛地亲了他额头一下，说："你真是个忠厚老实人。我没有向你要钱，要你个全人比钱不还要贵重嘛！"栗红章突然觉得自己太笨，也觉得当下的年轻人真是太聪明。

栗红章谈了他现在的处境，虽然没有人在工作方面找毛病报道他，可乡党委书记田力才却想方设法和他过不去，总是给他穿小鞋。说着黯然神伤，表现出一种既委屈又无奈的样子。柳小月亲了他一口说："老皇冠"，不用担心，以后我会全力配合你，找他桐树岭点儿麻烦，还田力才一点颜色。

栗红章再次审视着面前的柳小月，觉得她是一个刚正不阿、能够担当的女孩子。于是又一次紧紧地抱住了她。柳小月的手也在滑动着，突然，她大声叫喊起来，像发现了什么惊奇的东西。柳小月说："哥，你刚才哭了？"栗红章十分羞涩地说："我是经受不住诱惑，才……"柳小月说："老皇冠，我知道了，你和我一样，都是没有经历过风花雪月的人。我更珍惜你，爱你一百年！"栗红章虽然不知道什么是"风花雪月"的准确意思，但推测着这个词肯定是"那种事"的意思。

他们搂抱成一团，不知道柳小月此时怎么想，但栗红章却丝毫也没有风花雪月的念头了。

"愁闷恨更长，欢乐嫌夜短。"这句话用在栗红章和柳小月的这个周末之夜，是再合适不过了，远方鸡叫的时候，他们竟异口同声地说："时间过得真快啊，咋着可一夜了！"

那夜之后，柳小月再也不称呼栗红章为"红章"、"栗乡长"，而是改口叫"老皇冠"。栗红章觉得很自豪，那句话激励着她。"老皇冠"赛过新桑塔纳啊！

五十二

杨小桃和栗红章轰轰烈烈地谈了场恋爱，又热热闹闹地结了婚，后又冰冰冷冷地对峙着。这么多年了，杨小桃并没有发现栗红章有什么令她动心的故事。她们企业局的人包括她自己，尽管与孟四新局长没有多少接触，但所有见过他的人，都会惊异地认为这个男人肯定有很多故事。

孟四新出生在北汝县模范山，那里很久之前格外荒凉，山上全是石头，偶有一块土地也非常瘠薄，正常年景粮食产量低得可怜，遇到干旱年份，这里基本绝收。人们祖祖辈辈为吃粮发愁，从而给这里的那座无名山起名馍饭山。后来，这里的年轻人走出去上学的多了，觉得馍饭山的名字太俗气，太让生活在这里的人们掉价，就把"馍饭山"写成"模范山"。言外之意就是宣示人们，这里可是山区学习的榜样，并不是为了吃饭而发愁的地方。果然，改名之后，这地方不仅有了人气，也来了财气。这里的百姓尽管日子过得困难，但教育子孙后代读书方面却成为风尚。自从考试升学安排工作以来，这里差不多每家都有人在外工作。有一年，模范山一位在地区矿业局工作的科长，上山采草药时一镢头刨出一块黑石头，再刨发现半尺土下面全是黑家伙。他把这块石头带到单位化验室，技术员搭眼就认定是临近煤层的那种煤矸石，断言这种矸石下面半米即是肥煤。再后来，一支地质钻探队伍在这里安营扎寨几个月，划出了好几块煤田。肥煤、瘦煤、工业煤、民用煤品种齐全。很快，这里便建起了三家国营煤矿、两家联营煤矿、一家社办煤矿。时间不长，这里名副其实地成为模范山。

只是，这里每年都要出现三五次事故，透水、瓦斯、塌陷，几乎每个矿井都发生过。孟四新亲眼见到自己的村子里，下井的男人相继被矿上的白棺材送回家，在男女老少的哭喊声中埋在土里。他曾想考上煤炭这方面的专门学校，到校奋发读书，将来发明一种机械代替井下的掘进工，让人们再也不伤亡，让更多的家庭永远不失去天伦之乐。

孟四新家庭是这些人家的缩影，大哥大新当年在井下砸断了腿，由于治疗不力，至今还靠双拐行动。二新、三新在那次瓦斯爆炸中双双死于井下。那时，他还在上高中，陪同父亲找到了矿长栗林森。由于那时煤井是栗林森承包，他百般抵赖不愿出钱。孟家遭受这么大的事，当然不会就此罢休，一定要找他讨个说法。当时，栗林森只答应一个死难矿工包赔五千元，还要家属签字画押。孟四新当时就哭起来，想着两位哥哥前一天还健康地活着，下了井就成了黑炭一样的东西，而且一条命就只值五千元人民币。他气得当即拿起一根撑竿，要打死栗林森，说他不补偿到位休想活着离开。哪里知道栗林森是个死猪不怕开水烫的家伙，他先是上前两步，叫嚷着让孟四新打，说打死他这一切都了结了，钱一分也不用包赔了。那时，死难矿工的几十名家属都很激动，都摆出一副不到底的架势。栗林森当众说："我叫栗林森，煤矿承包人，这矿刚生产没见回头钱，就出了这天大的事。你们逼死我，我也只能说，要命有一条，要血有一盆，要钱我没有，要脸我没有……"面对这种为了钱而不要尊严的家伙，死难者家属没了脾气，一部分老弱病家属仰天大哭，像质问老天难道这就是命吗？也有一部分血气方刚的小伙子，不服气，继续抗争，不相信什么命运。最后，就有人冲上去，往栗林森身上打起了闷棍，栗林森随即倒地，一动不动。死难家属来自多个地方，相互间并不认识，不是这场灾难，就不可能聚到一块。见承包人不能动弹，大伙以为闯了大祸，就扔下手中的木棒散了伙。这个矿原属于县里一个单位的集体煤矿，因为经营不善，连年亏损，就承包给了经营煤炭销售生意的栗林森，根本没想到才这么几天，就出了事故。栗林森之所以拿出一副不要脸的样子，是因为他相信身后的单位不可能不出头管这件事。当单位分管领导带人赶到时，栗林森已经倒下，现场他们只发现了一个手持木棍的小伙子孟四新。孟四新被带走关进了拘留所，公安人员询问他是谁下的手，他如实回答说不知道。孟四新就被当成嫌疑人，关进了县公安局后院的地窖子里。

好在，栗林森很快就痊愈了，经鉴定他只是受了轻微伤。栗林森也不确定是

被关的孟四新下的手，于是，七天后孟四新就获得了自由。这场事故最后的处理结果还比较人性化，矿上对每位遇难矿工包赔一万两千元，再给亲属三千元的慰问金。此外，这家单位还答应给遇难矿工年满十八的子女安排到矿上从事井上工作。这次事故最大的受害家庭就是孟四新家，二新、三新一个十九岁、一个十七岁就这样走了。孟四新在这场事故的阴影里，如愿以偿地考取了省矿业学院，立志要发明一种确保人身安全的采矿设备。几年后，他实习又选择了高瓦斯的北汝模范山地区。做梦都没有想到，他又遇到了栗林森，那座出了事故的矿井经过技术改造已成为年产二十万吨原煤的北汝县第十八煤矿。他羞羞涩涩地见到了矿长栗林森，这时的栗林森变了个人一样，衣冠楚楚，举止文雅，黑色西装上衣口袋处别着一支派克水笔。栗林森似乎忘记了几年前的那场事故，更不记得为此蒙冤住过拘留所的孟四新，很热情地称他大学生，还让座给他。孟四新打量了一下矿长办公室，偌大的老板台后边山墙上挂着巨幅山水画《岘山晚秋》，灰蒙蒙的高山绝壁上，一绺野枸杞果点缀着，山半腰的平台上一棵苍老的柿树已经落叶，但红灯笼一般的柿子悬挂着，让人感到亲切可爱。这幅图的取意，据栗林森说是"苍山红运"。老板台的右侧墙壁上，一幅字画在空调扫风时轻微晃动着，这是当代一个书法家的字："林森先生补壁，百里煤海溯源千年森林，××书。"孟四新顿时感到皮麻，当下怎么变成这种情况了，有些文人连一点傲骨都卖了，一个书法界名人，卑躬屈膝地讨好一个挖煤的老板，莫不是为了那点铜臭！升子大的字不识一斗的栗林森也学会了附庸风雅，书架上还放着线装书《资治通鉴》、《三国志》、《全唐诗》、《全宋词》、《辞海》、《辞源》、《说文解字》、《刘伯温星象学》、《王阳明全集》、《曾国藩全书》……栗林森最为关爱的就是放在老板台一端的那只三条腿金蟾，金蟾扁扁的嘴里噙着几个铜做的硬币。栗林森只要经过，都会下意识地摸摸金蟾的屁股。孟四新不知道栗林森摆设金蟾又不停抚摸的含义，只觉得栗林森的矫情和贪婪。栗林森说他是爱惜人才、求贤若渴的人，因此十分欢迎孟四新的到来。栗林森还说，矿上抓安全的副矿长因病请假了，这一块的工作就由孟大学生暂时负责。那个阶段煤炭供不应求，煤矿形势很好，只是安全方面不很乐观，隔三岔五就要传来附近煤矿死人的噩耗。不论哪个煤矿出了问题，所有煤矿都要遭殃，都要跟着停产。栗林森很聪明，他的矿就不停地生产，借口就是巷道积水需要抽，回采的支架需要加固，总是以维修的名义偷着生产。上级规定维修矿井每班不超过三个人，而栗林森的矿维修矿

井即使下去三十人，也只报三个人。他用的工人多为外地人，有时候带班的也认不准班上的工人。当其他矿都停产时，栗林森的煤矿就财源广进，形势一派大好。

栗林森的煤矿原为轻工局、劳动局、民政局三家的煤矿，对外称"三办"矿，后来要求单位与企业脱钩，就改名为"福利"矿，由民政局下属的残联牵头，既免税又不违反政策。煤炭形势不好的时候，这个矿又承包给倒卖煤炭的栗林森经营，他在常年的销煤过程中，建立了一个牢固的销售网络，农民出身的栗林森把他的关系网称为"旱涝保收"田。他的煤到了好多外地单位，过磅的帮他、质检上帮他、财务上帮他，苦心人天不负，从单位的领导到下边的办事员都得过他送的红包，栗林森说这叫有福同享。那年"福利"煤矿出了事故，他本来能够光光彩彩地解决问题，却装了死狗让身后的单位担了责。出事后，他找"山北高人"支招，就改名为"森达"煤矿，当年的承包费很低，每年五万元，在高人指导下，栗林森一下子签了三十年的承包合同，并且在更名过程中成了企业法人代表，煤矿也成为北汝县森达煤矿，归县里直管。"山北高人"说"森达"的含义就是"栗林森兴旺发达"。人的运气虽说是一种迷信概念，但到了栗林森身上，却是实实在在的东西。自他承包了煤矿后，煤价上扬、产量增加、几年没出过三人以上死亡事故。不仅煤矿成为县里的明星企业，栗林森也成了县级劳动模范，人大换届还当上了县人大代表。从此，他基本不在矿上，而是在和各级有点名堂的人交朋友，到处搞赞助活动，为灾区捐款……栗林森身价也随之提升，他有了矿院的硕士学位，好多文化名人为他题词，不少大官和他合影留念。他办公室的那张和军队某首长的合影，按一比一的比例放大，然后放在精致的镜框里挂在煤矿礼堂里。栗林森对职工吹嘘说："他们请门神、敬大神、建山神庙，咱矿上请的是武财神！"

孟四新到煤矿实习，带着一个课题，他要写一篇《地方煤矿的安全现状和对策》，因此就选择了一个不大不小的"北汝县森达煤矿"，真没想到这位先进煤矿的矿长竟是当年的冤家。

孟四新发现北汝县森达煤矿有两大特点：一是重生产轻安全；二是重宣传轻管理。还有个问题他百思不得其解，就是这个煤矿的女工多，而且都在地面，明显的人浮于事。栗林森解释得很有意思，完全不是一个采矿硕士的言论。他说安全生产靠运气，名声在外好办事，女人似水水为财！

孟四新在矿井口发现牵引罐笼的钢丝绳超期超负荷运行，卷扬机的离合器啮合松动，开卷扬机的女孩刚刚十五岁。井下的情况更糟，瓦斯鉴定仪少安放十九个，最关键的拐弯处、掘进处缺得最多，而是大巷道口、通风口这些地方摆放得规范又整齐，如果不仔细检查，还会认为这里的安全达标呢！井下的电工都是兼职，而是多处出现"鸡爪子"和"裸线照明"。矿工在掘进过程中，没有把安全生产放在首位，而是把多出煤多挣钱当成了重中之重。当班的煤师傅，基本上不会听、不会看、不会闻，可能这些人只是干得多了而已。真正的煤师，能听出安全与危险的边界，该收手时就收手；能看得见煤质的变化，从而确定煤层的走向，不会出现盲目冒进的问题；能闻到某种危险的气息，从而能及时发出升井信号……

孟四新被森达煤矿的状况惊呆了。他询问过那个安全副矿长生病的情况，职工说副矿长是被吓出了毛病，他申请购买仪器、配备电工、更新提升设备，矿长一律不批，副矿长怕出了事故坐大牢，就请病假离开了。孟四新在卷扬机棚子下，考试了一下那个小女孩几个安全问题，竟把小女孩问哭了。带着一种疑问和好奇，那天下班后，孟四新蜜蜂引路一样地找到了小女孩的家。小女孩开的门，家中还有一位失明的老太太，让一个小男孩牵着手出来迎接了他。瞎奶奶开门见山，让他坐下后就讲起了家事。瞎奶奶中年就死了男人，男人是在县办矿上下窑，在一次透水事故中死了，老人说男人伤了。她带着唯一的男孩艰难地活着，总算把孩子养大成人，结了婚，生了女儿又生了儿子，老天让善良的老人享受了天伦之乐。模范山这一带没有其他挣钱的出路，只有下井挖煤这种活儿。老人鉴于丈夫事故的原因，无论如何也不让儿子重蹈覆辙，宁肯家境清苦些。儿子有了子女后，就不甘于低收入的日子，他要为子女创造一个好的生活环境，于是就欺骗着母亲到了煤矿。十年过去了，没有出任何事故。正当一家人欢欢喜喜迎接新年的时候，大祸从天而降，井下塌方把老人的儿子掩埋，等挖出来时人已经没有了呼吸。老人哭得死去活来，说自己上辈子做了什么孽，竟得到如此惨重的报应。老人不吃不喝，每天只是流泪不止，后来就什么也看不见了。煤矿后来改名为森达煤矿，事故后，儿媳妇就没有了去向。瞎老太太只能带着两个年幼的孙女孙子，挣扎般地生活着。有年的冬天，上级民政部门访贫问苦，就照顾性地安排小女孩到矿上干一份力所能及的工作，当时说的是让女孩到矿工食堂择菜，主要是体现照顾遇难矿工子弟。可是到了矿上，小女孩就开起了卷扬机，矿长让她把

年龄说大些，以免劳动部门稽查出问题，使用童工是不允许的。瞎子老人叫董王氏，七十二岁；小女孩叫董小北，十五岁；小男孩叫董小西，十三岁。孟四新成人之后，很刚强，真的是流血不流泪。可是那天在瞎老太太家里，他禁不住流泪了。这是他见过、听说过的最可怜的一家人。后来，他几乎不超过三天就去看望这家老小。瞎老太为了生活，还在村子里跟一个算卦的老人学本领，有时在庙会上为人算命，为的是自食其力。孟四新常去董家，就和瞎老太熟识了，他们之间就熟不拘礼、无话不谈了。老人有一天拉住孟四新的手，说为他算算命。孟四新不信看相算命这一套，但他还是接受了老人提议，告诉了她自己的生辰八字。老人先是说他的出身："你家姊妹多，差俩够一桌！"孟四新心里想，两个姐姐三个哥哥加上自己恰好六个，农村人讲一桌八人，那么正对。他告诉老人算对了。瞎老太很高兴，又说："姊妹虽多命太薄，三伤两死一人活。"两个姐姐有年煤气中毒有了后遗症，大新受伤，二新三新死于矿难，只他一人健康地活着。他毫不隐瞒地说："你又算对了！"瞎老太接着说："家境不好出贵人，考上状元有学问；将来必定成大器，到时莫忘瞎婆子！"孟四新想，这瞎老太神了，那年他的确是在县里考了个理科第一名，上了矿业学院。孟四新说："奶奶，我以后就是你家亲戚，等我真的有那么一天，肯定会来看望你一家的！"日子久了，小北、小西就称孟四新哥哥，孟四新也称瞎老太为奶奶。

孟四新在森达煤矿期间，针对现有安全状况进行了初步改善，对事故隐患采取了措施，解决了超负荷问题，重新摆放了监测仪器位置、对井下生产人员的职责进一步明确。当然，产煤的数量也随之减少。那个一向称自己尊重知识、尊重人才的栗林森，突然停止了孟四新的临时职务。那天，孟四新向栗林森汇报了安全生产现状，提出了更新设备、增添设施、明确专职电工等问题。本来就对产量下滑很有意见的栗林森，借机发泄了自己的不满，说孟四新是理论水平有、实际操作差。对于栗林森的指责，孟四新当然不予接受，他提出了辞职，哪知栗林森更傲慢地说："可以呀，现在吧！"孟四新说："现在就现在。此处不留人，自有留人处，哪里的水土都养人！"栗林森张扬惯了，一边摸着金蟾屁股一边说："这社会，两条腿的金蟾不好找，两条腿的人多的是！"

离见习结束还有十二天，孟四新离开了北汝，说要到西藏找他的几个同学。他向瞎奶奶告别，嘱咐小北、小西听奶奶的话，多加保重。因为见习期的工资是县煤炭局发的，按照当时安全副矿长的工资标准，孟四新得到了七千六百元的工

资。这是他得到的第一笔收入，充满了屈辱的收入。他拿着这些钱，去了西藏。那是地球上海拔最高的地方。

孟四新想，马上要就业了，就业是人生的新起点。他去西藏，就是去寻找一个最高的地方，珠穆朗玛、阿里、日喀则、拉萨……在那里作为起点，象征着人生有远大理想，有最高的境界。他在高原的一家理发店里理了发，寓意是"从头开始"。他在好几座寺院里，都亲眼见到了那些虔诚的信教人，手拿转经轮，捐钱购买酥油，然后顶礼膜拜、五体投地。他也在人群中默默发誓："今生要为人民大众谋福祉，不管到哪里，荒漠、沙滩，即使不能把它们变为绿洲，但起码要植出一片美丽的新绿！"

企业局不是一个忙碌的单位，和它们职能重叠或交集的还有轻工局、经贸局。不忙的单位干部职工都有很多的空闲时间，可以谈天论地唠八卦。在孟四新任职之前，这里的人们都在谈论头天晚上看过的电视连续剧的情节，那时正播放《大玉儿》。自从局人事安排洗牌后，大家把讨论的重点转移到了孟四新身上，仿佛他就是最新最火爆的电视连续剧。

当然，杨小桃也是一位电视剧铁粉。

五十三

党校培训班的学员，不断翻新着课外活动的内容，就连讨论问题也变换着层出不穷的花样。老师在时，大家就讨论经济形势、政治生态，老师不在时，最新的手机短信，尤其是惊艳段子便成了交流内容。后来，又议论起北汝县的人文名胜，主要是观光景点。每个人都介绍自己所在乡镇的亮点，县直单位的就介绍名人趣事。轮到栗红章了，他就介绍了桐树岭乡严家沟的景区。

上年栗红章主管严家沟旅游度假区的开发，尽管半途而废，但对他本人来说

还是收获很大。他记住了上报旅游资源材料上的一湖两峰三基地四大景五小景，于是介绍起情况来不用打稿就侃侃而谈且振振有词。他向同学们介绍了一湖，严家沟水库是一座中型水库，库容一千多万方，由于水库处在桐树岭乡严家沟村，就取名严家沟水库。现在虽然按小型水库管理，但实际上它属于国家级中型水库。栗红章把那年水库竣工验收时，一位专家掉进水库差点牺牲，当地政府漠不关心，人家就有意识把一个沟岔没有计入，合计时差两方没有达到中型水库标准。因落水的是专家组组长，他不表态，其他几位也不敢坚持真理。于是，他们违心地在小型水库竣工验收合格意见书上签了字。水库三面环山，绿树成荫，花草如织，蜂飞蝶舞、猴跳狐奔、莺歌燕翔……栗红章简直是在朗诵课文。他介绍说，每年春暖花开时，水面上白光粼粼、碧波荡漾、鱼跃浅底、野鹜飞翔，游人划着小船，禁不住放声歌唱……

有个临时支部委员叫任来峰，他似乎有些耐不住性子，总嫌栗红章啰唆，不停地催促着往下说。其他学员都听得津津有味，还有点沉醉景区的意思。

栗红章介绍说，水库就是一湖，两峰是紫云峰和红云峰，二峰隔湖相望，像两尊巨型金刚守护着这一带，为百姓带来安康吉祥。讲到三基地，栗红章先讲了个严家沟阻击战的故事，把共产党的游击队联合地方民兵狙击日军石井少佐部的过程绘声绘色地描述给大家。这次战斗的情况是严石柱讲给他的，他兴奋地又增添了虚构色彩，使战斗经过更具吸引力。栗红章小时候看过不少小人书，《铁道游击队》、《鸡毛信》、《狼牙山五壮士》、《黄继光》、《敌后武工队》、《烈火金刚》、《董存瑞》、《小商桥》、《挑滑车》等，他几乎能全部复述出来。他还听自己爷爷和石柱爷爷讲过北汝县地方武装和抗日名人的事迹，双枪女侠马清秀、拉杆子起家的师长戴民权、土匪头子黄万镒、焦道生、杜老四、平文正、王金元等。栗红章把这些人的个别细节也引用过来。连耐不住性子的任来峰也听得入了迷。这个战斗故事，引出了一个青少年教育基地。另外两个基地，一个是仰韶杏生产基地，春天满山遍野杏花开放，夏天叶绿杏黄，美景甜果吸引着各地游客；另一个是美术家写生基地，大专院校、美术家协会正在建设对外开放的教学基地，关于四大景五小景，栗红章介绍得相对简练，他用了四句话介绍这九景："九头狮子白玉桥，不见木头八方庙；百花齐放不是春，千掌齐鸣一道壕。"

栗红章讲得大家鸦雀无声，秩序比党校的讲师上课还要好。女副局长范晓音

说："栗乡长是真人不露相；正像那两句诗说的，'平时看不见，偶尔露峥嵘'啊！"栗红章也觉得这次介绍严家沟风景区，他占用了大家两个半小时的时间，也是他当上桐树岭乡副乡长以来最畅所欲言的一次。栗红章很兴奋，仿佛又回到了当栗寨村支书的岁月。

培训班经党校领导批准，下周安排一天的社会实践活动，专门考察严家沟旅游度假风景区开发建设情况。栗红章俨然一跃成了培训班里可圈可点的人物，他抑制不住自己内心的喜悦。午饭后，他接到了柳小月的电话，是向他报告一条重要信息：桐树岭乡政府又要上负面头条了。栗红章也不知道这个电话对他是喜还是忧，虽然在气头上他没有反对柳小月的报复行为，但是当平静下来时，又觉得暴露桐树岭乡负面东西并不是一件他情愿去干的事。栗红章毕竟还是桐树岭乡的领导，是一名县管干部，跟田力才有矛盾冲突并不代表跟乡政府有矛盾冲突。他很严肃地问柳小月，到底桐树岭发生了什么事，负面报道后有多大的消极影响。柳小月说："不关你的事，也不抹黑多数干部，桐树岭发生的事很有代表性，负面报道体现了记者的忠诚和敬业。怎么了？"栗红章说："不怎么，我想知道是哪方面的事。"柳小月说："那好吧，你听着！"

柳小月在县电视台是出了名的"小辣椒"，好多问题她敢直面，采写的新闻或者专题很有特点，电视观众喜欢她的报道，有个问卷调查结果表明，百分之四十多的人准时看《北汝新闻》，主要是看柳小月的报道。她的新闻播出后，往往会产生两种反映，老百姓拍手称颂，县直有关单位或县领导则认为不妥，影响安定团结的大好形势。电视台台长很犯难，把柳小月换到制作室吧，马上就有群众打电话质问台长，说你们那个最好的记者，最能反映百姓呼声的那个小女孩怎么啦？就凭你们现在的节目，真的没啥看头儿！让她采写新闻吧，领导部门和领导就会批评台长，说你们每年都有大学新闻系的学生，可为什么安排一个戳窟窿的记者长期制造麻烦呢？台长只好说："我知道了，先找她谈谈，咱总不能一棍子把人夯死，她转变思想了就保留，不换脑子就换人！"电视台也搞部门保护，他们也不想伤害自己的同志，尤其是认真负责而有争议的同志。现在的群众很有觉悟，他们通过多种渠道，掌握有多个部门的通信方式。别看信访局门口的公示栏里公开了那么多领导的电话号码，真正和他们主动联系的群众并不多，因为办不了什么事。而柳小月只是一名记者，每天却能收到很多有新闻价值的手机短信或电话，有些鸡毛蒜皮的事情也有人反映。打电话的人认为柳小月能替他们

说话，或者能推动有些久拖不决问题的了结。柳小月的新闻线索又多又准确。近期，有群众反映现在的基层干部开会选日子、出行看时辰、电话选号码，甚至求神拜佛、烧纸晋香，完全没有了无神论者的风范。柳小月正在收集素材，打算作一个"坚定理想信念、克服迷信思想"的小专题。恰好在关键时刻，桐树岭乡一名党员打电话反映了乡政府新近发生的事。电话说，最近乡政府为了改善办公条件、提高办事效率，为副乡长们新配备了两辆面包车。为了车牌号，两位副乡长动起粗来，两个人都住了医院。

柳小月通过调查，实拍了几辆车的号牌，分别采访了杨晓光副乡长和张立功副乡长。情况是这样的，乡里原来那辆 7484 牌的旧车，长期没人坐，怕爸死妻死就卖掉了。坐过那辆车的刘副书记，碰巧死了父亲也死了妻子，大家议论是车牌的问题，就宁肯坐三轮车也不坐小轿车，干脆把它贴了封条。后来，田力才开了班子会，提出卖掉烧机油的伏尔加，添上春节期间退回来的礼金款，换两台像样的面包车。他在会上强调，今后一律不得在车牌上瞎议论，挂什么牌子坐什么车，分给谁啥就坐啥！车买回来，挂了 1603 和 1607 的号牌。本来是 1603 和 1604 这两个牌子，办公室主任担心那个 1604 不好分配，就请车托吃了饭，多花五十元钱调成了 1607。人家车托还解释说，1603 是一路领先的意思，1607 是一路领起。办公室主任根据副乡长在文件的排序，把 1603 车分给了张乡长，把 1607 分给了杨乡长。张乡长在家怕老婆，很想要那辆 1607 的车，1607 就是一路领导妻的谐音。而杨乡长年轻气盛，渴望有朝一日越过张副乡长，就同意换成了一路领先。杨副乡长有了车，就私自开车拉着妻子儿子和老丈母逛街，由于技术不过硬，在一个转弯处就被撞翻了。不算严重，在北汝县专营店里钣金喷漆定定位就好了。那家 4S 店的学徒工闲着没事，看着车牌挑逗杨副乡长说："伙计，你这次车祸，不怪别的，就怪这车牌，你看，1603 就是一路零散呀，这次没零散就是好造化啦！"修好车，杨副乡长就立马赶到乡政府，大骂张立功是王八蛋，用心毒辣想害死人。张副乡长本来没有恶意，没想到这家伙开车炫耀出了车祸，就说："你不小心出了问题，怪你没长眼，不能怨别人！"张嫂也出来助阵，说杨晓光要饭吃背皮包穷烧。三骂两吵，事态就升了级，口水战变成了全武行。

听了柳小月的话，栗红章觉得没有什么问题，有些干部对风水、相面和数字已经迷信到了无可救药的地步。报道一下，敲敲警钟，让他们醒悟，虽然面子上

不好看，但良药苦口利于病，忠言逆耳利于行。栗红章说："小月，你做得对，我支持你！"柳小月笑了，电话里笑得很爽朗。她笑完，又用嘴打个响梆，说："老皇冠，谢谢你，I love you！"

又到了周末，不过这个星期天由于改换了活动内容，大家都无比快活。到桐树岭严家沟风景区考察已经在原定的日程向后挪了一天，学员们呼吁说不能再拖了。于是早晨七点钟，任来峰提前约好的大巴就开到党校门口，机器轰鸣、凉气开放，已经在等候学员们乘坐了。任来峰是商业局副局长，分管饮食服务公司，依他的安排，早餐他负责准备，午饭就在严家沟吃，晚上回城大伙在地中海国际酒店联欢，前提是每位学员拿二百元现金，他负责出具考察食宿发票。任来峰考虑问题很周到，时时刻刻为自己的部下着想，五十人的早餐费就是五百多元，饮食服务公司外餐部一大早就至少赚了三百块，职工们能不拥护他们的任局长？

北桐公路古代曾是驿道，据说那些为杨贵妃飞马运送荔枝的马队就从此经过。改朝换代后，这条路就被冷落了，而今虽是县乡公路，但比田间小道也没有好多少。人大代表提案交了多次要求修路，但受限于地方财政拮据，每年只是在政府工作报告中提提而已，听说最近已经列为年度县政府要办的十件实事。大巴车在这条路上就是跑不起来，有些路段比那些拉石头的拖拉机速度还慢。上午十点钟，大巴终于进入了严家沟风景区，栗红章前几天就把考察这件事告诉了严石柱。在大巴拐弯的地方，严石柱一家和严家沟村两委会的人已经在夹道欢迎了。严俊民不在，严石柱说安排严俊民到水库漂鲢子了，他要让领导们尝尝货真价实的严家沟鲢鱼。

栗红章在分管景区开发的那短暂的日子里，首先把青少年德育教育基地做了部署，委托严家沟两委会尽可能收集当年阻击战的资料已经见到了成效。培训班学员走进严石柱家窑洞时，一眼就能看到桌子上摆放着生锈弹壳、大刀和旧钢盔，还有当年的请战书等，更多的是"文化大革命"中的红宝书、工农兵挂图和毛笔字条幅，群众家里珍藏的图片、照片等，都给人一种十分亲切的感受。此外，严俊民拿出了自己在工艺美术汝瓷学校掌握的知识和技术，利用严家沟特有的白黏土，制作出几十位游击队、县大队和民兵的泥塑人物，还有石井等几个日军和汉奸的丑恶塑像，暂时存放在严家偏边的窑洞里。一旦青少年教育基地开放，这些泥塑按照阻击战的实际情况，有序地摆放在展览室里，到时，那将是别开生面的景点啊。学员们一致觉得，严家沟这个教育基地，有创意、有活力、吸

引人。由于栗红章提前把阻击战的故事讲述过了，他们在询问严石柱一些事情后，就提出看其他几处景点。看了九头狮子白玉桥和八方庙后，严俊民就招呼大家吃午饭。一鱼三吃是主菜，外加六七种野菜盘，主食是小米饭。严家沟的家庭饭店不少，别看都挂着"酒楼"、"饭庄"、"大排档"招牌，实际上没有一家可以一次接待五十多人。严石柱搞了十几个平顶土堆，每堆土上放一块方板，就垒成了十几张饭桌，凳子是从学校里借的。饭菜摆上后，严石柱致了辞，他说："欢迎各位领导来到严家沟大队，今天中午吃一顿农家饭，鱼是自己抓的，菜是社员们采的，小米是自家地里长出来的，燃料是山里的柴禾，就连桌子也是拼凑的，当年严家沟老百姓接待八路军、解放军都是这样弄的。有点简单，大家担待啊！俗话说，无酒不成宴席，咱严家有土法炮制的果子酒，是用山里的野果子酿制成的，肯定不如茅台、五粮液、剑南春好，但咱喝的不是酒，是一种感情。"严石柱提议大家端起面前的碗，干吧。午饭间，严家沟两委会的干部热情敬酒，让培训班的学员们感动万分。在宾馆、酒楼吃腻了的学员们，被严家沟的午饭征服了，他们忘记了这次活动是考察实践活动，而把农家饭菜野果酒当成了活动的主要内容。在饭局的左前方，就是严家沟水库，对外叫严家沟湖，每年夏天都吸引着好多外地游客来此游泳戏水，这个星期天也不例外。湖面上漂浮着花花绿绿的泳装，是外地女孩们在泅渡。彩色的泳装增添着湖面的魅力，尖厉的叫喊声更让人想入非非，仿佛昔日七仙女下凡就是到了这里。任来峰不知是喝多了酒，还是被湖面的景致迷惑了，他坚持着要去游泳，并邀请同来的女学员参加。人们拉不住他，就任他去了，反正大家都酒足饭饱了。学员们都相信任来峰的水性，相信他说的游左右两岸三个来回都不知道累的话。任来峰果敢地一跃跳进水里，果然游得很熟练。正当大家叫好时，他喊了一声："不好，抽筋了！"就开始原地不动下沉了。严家沟的群众好多懂水性会游泳的，在严石柱和村干部的召唤下，像一群野鸭子"扑扑通通"地扎猛子捞人。严俊民的小划子也赶到了出事地点。半个小时后，人们捞出了任来峰，把奄奄一息的他拖到岸上。老百姓好像掌握了大量的抢救措施，先是挤压排水，不知从哪里牵来一头牛，把任来峰仰面放在牛背上，在牛的缓缓走动中，任来峰吐着黄水。各种措施都在他身上使用着，一直到了下午四点，任来峰终于醒了过来，大家这才松了口气。如果任来峰真的死了，这期培训班的学员就肯定遭殃，追究责任是肯定的。任来峰苏醒后，又露出一副玩世不恭的模样，说自己刚才到龙宫里逛了一圈，豪华的建筑、美丽的宫

女，让他流连忘返。任来峰自知丢了脸面，又不甘谦虚，说了声感谢大家帮忙。他本来想说感谢大家施救，但虚荣心还是让他把语句做了改变。不管怎么说，只要任来峰没死，大家都感到十分宽慰。

不过，这天的实践活动，就因为任来峰的溺水而提前结束了。回到县里，大家为了庆幸任来峰的大难不死，接受了他的提议，到地中海酒楼快乐起来。席间，任来峰即兴作了一首打油诗："闻说严家沟风景好，我看严家沟是个鸟；不是栗红章来忽悠，任来峰去看是小舅！"大家见任来峰情绪不错，就和了一首："严家沟风光真是好，山光水色百姓厚道；要不是大家齐施救，保不住淹死他小舅！"那晚，栗红章醉了，不停地叫嚷："我要忽悠人是小舅！"

这件事后来还是被党校查处了，栗红章、任来峰每人写一份书面检查，全体学员受到了集体诫勉谈话。

五十四

在栗红章和培训班学员们考察严家沟风景区的那个星期天，杨小桃接受了孟四新的宴请，不过这次接受宴请的是局机关全体同志。

有句老话是"人闲生余事"，这次孟四新的宴请就属于一件余事，因局机关闲人而生的余事。自打孟四新当了副局长兼矿山公司经理起，局机关的工作人员就围绕他作为话题，像讨论电视连续剧那样，天天都有新的内容。出身、上学、实习、外出打工、世界屋脊理发、从头开始、温州卖煤、宁波卖铁、一大桶金、罗曼史、退耕还林、荒山造林、矿山公司……一直到杨柳林械斗。据说上述东西多数经过添油加醋，有褒有贬。孟四新就成了传奇人物，或者说是一个有缺点的英雄。

时间长了，大家和孟四新接触多了，又觉得这个领导特别家常，完全谈得上

- 269 -

是领导阶层的另类人物。于是，就想和他打交道。机关人员知道他手下的公司很肥，相信他本人也是那种讲排场、好潇洒那种人，就议论说哪天让他请大家撮一顿。

有这种想法的人不在少数，议论多了，孟四新就得到了情报，并且大大方方地发出口头请柬。他强调说："既然是我请客，那么大家都不得缺席，上上下下都要参加，我待见大团结！"本来不想参与这种俗气活动的杨小桃，只好也和大伙儿保持一致了，她不想让别人评论她不合群。

杨小桃不愿参加这类活动，还有一条原因就是害怕别人端酒让她。北汝县城端酒是很诚恳的，那是友情的表白，端酒者都会说自己端的不是酒，是心情和态度，那么喝酒的人应该也是喝的态度和心情。她真的不会喝也不敢喝，几年前唯一一次喝了酒，她觉得心里难过，就痛哭流涕地诉说人生的苦恼。光哭还不算，她吐得一塌糊涂，自己觉得连胃液和胆汁似乎都吐了出来。这次副局长兼矿山公司老总设宴，饭局中端酒给各位，别人都欣然喝下，自己却有所顾忌，推拖着不喝，人家会留下什么印象呢？再者，她总觉得孟四新和自己中间似乎有一种说不清的影子在游走，有点像《早春》诗上"草色遥看近却无"的味道。人们议论杨柳林群殴，孟四新是针对王虎一伙的，局大门口和王梅顶撞着送东西的事，都有意无意地把她拖下了水。杨小桃有时候也怀疑自己多虑了，或许孟四新对自己并没有一点意思。淡定下来后，她在心里想，人家是领导，咱是下属，尊重上级是一种本能，多心就不对了。但是，她还是害怕孟四新端酒给她。

杨小桃的顾忌并不是她的无端想象，完全是企业局多年形成的积习。局机关的人除了杨小桃没经历过，其他人都深有感受。局里的一把手多数来自上级机关，平级调动而来，上任当天有接有送，自然免不了要表示点心意，那么宾馆酒楼撮一顿就成为必修课。之后，为了调动大家干事创业热情，新任局长就会高调请全体同志到那些不算奢华的地方共进酒宴。副职多为科室或下属二级单位提拔而来，他们为了克服"水土不服"或"高原反应"，就会谦虚地宴请各位，十分像街头小把戏开场时，主演谦卑地向各位看客拱手致意。久而久之，这种请客似乎约定俗成，成了新任职者的必修内容。孟四新不仅懂这里的规矩，也听到了下面的呼声，在局机关以及下属单位人们的心目中，他才是最财大气粗的范儿。

这天，不同一般的是，八点上班，八点一刻就有两辆大巴在局门口等候了。人们奇怪，疑惑地相互看看，心里在问："今天咋的啦，尚不到中午，孟四新就

拉大家去酒店,这家伙就是另类?"

孟四新在两辆大巴上分别装上遥控音响,两车共享播音服务。这天,人们出于一种企望,而齐聚一堂。局长和他的副手们坐在第一辆车前部,身后坐着一般同志,而科室长和二级机构负责人则悉数坐在后一辆车上。载着一百多号人的大巴从砚山路出发,局长向大伙讲了日程安排:"作为企业局干部职工,大家都有责任和义务深入下属单位和企业,了解实际情况,解决实际问题,为我们企业局的健康发展作出应有贡献!今天的行动路线是:一、走进北汝县资源丰富的模范山;二、参观矿山公司;三、看一户矿工家庭;四、孟总安排大家就餐。"

车上的百十号人有三分之二对这个安排感到吃惊,或者说不想去,但出于对模范山的好奇,就没有议论什么。模范山的矿藏资源尤其是煤炭资源,曾经是县财政的顶梁柱,即使煤炭形势下行,但其他矿产品呼之而出,很快补上了缺口。尽管这样,好多花过模范山钱的人,并不了解模范山的前世今生。汽车出了北汝县城,沿着那条百里经济长廊,前进了一个半小时,就开始进入山区。这里的路大都是煤矸石或矿渣铺成,深灰色的道路,像一根沧桑陈旧的飘带,在山间缠绕着。大巴开始爬坡,司机打喇叭踩油门,还不时地通过麦克风提醒各位系好安全带。大巴在盘第二旋的时候,孟四新拿起了话筒,他告诉大家这个山峰是模范山的主峰,和五十里外的那座岘山对峙观望。岘山海拔九百八十七米,模范山主峰海拔九百八十七米,有人称这两座山是兄弟山,这个高峰是姊妹峰。发展经济年代的人们,特别是开矿打窑挣了钱的土豪们,很喜欢七和八,八是发,七是起飞。模范山开发以后,富了好多人,有人就议论得益于九八七的七。孟四新边说边给大家壮胆,说大家不用担心,这条盘山路是请公路专家测量设计的,反复论证过多次,施工过程中全部由专业监理部门把关的,而施工单位就是我们矿山公司的天路施工公司。孟四新告诉大家,这条盘山路总长为七公里七七,当前还处于开挖土石方阶段,峰顶的停车场还没有推开,各位有兴趣五个月后再来,那时我们将行进在全新的水泥路面上,那时山顶餐饮、娱乐等功能将应有尽有。大巴爬得越高,大家就越发担心,车的内侧是矗立的陡壁,外侧是灰蒙蒙的深沟。百十多人中多数都没有到过这种地方,惊恐得说不出话来,尽管孟四新已经给大家不停地宽心壮胆,然而在盘旋中他们还是禁不住吓得闭紧双眼。

好在七公里多的盘旋路在三十多分钟就走完了,两辆大巴并排停在了山顶那块刚刚削平的场地上。人们并不像上车时那般踊跃,车停稳五分钟了,还有人惊

魂未定地赖在座位上。那些提前下车的人们，表现得和往日判若两人，他们有的呕吐、有的随便找块地方就方便起来。

停车处紧挨着还有一片平地，一块纸箱片做成的牌子上歪歪斜斜地写着"观景平台注意安全"八个字。孟四新和局班子几个人捷足先登。接着，科长、主任到一般工作人员陆续走上观景台。俯瞰山下，沟壑纵横，小山包相连，这时太阳正好穿越云层，照耀着模范山这一带。那些早已废弃的小煤窑的井架或倾斜或倒下，还有的小三角红旗正在风中摆动。那些小山包附近，依旧矗立着已经不冒烟的烟囱，那是当年土法炼焦的工厂。

孟四新手指山下，对大伙说："当年模范山这一带车来攘往，机器轰鸣，白天一派繁荣景象，夜间处处灯火辉煌，简直称得上沸腾的大山。三十年河东三十年河西，繁华过后是冷清，这些年随着煤炭市场疲软，价格直线下滑，加上这里的煤资源枯竭，模范山已经今非昔比了。"

孟四新停顿了一下，看了看左边那几个正在交头接耳的女孩。他十分讨厌那些不懂得什么叫尊重的人。孟四新重新面对山下，挥舞一下手臂说："这莽莽模范山，素称'百里煤海'，每个山包，道道沟坎，都有故事。我们平时只是看到了那些衣冠楚楚者吃喝玩乐，并不了解有些土豪挨打受气坐班房的窘态。在这里打煤窑、开铁矿、挖铝石坑的人，百分之三十发了财，百分之二十致了富，还有百分之二十混了肚子圆，剩下的混得比要饭的也不强。但是，他们中大多数有了钱，吃了、玩了、赌了、嫖了，风光八面、盛气凌人，到头来人人都可以写个传记。时代在发展，那些进城买门面房收房租的虽然为数不少，更多的进城坐吃山空，有人已经登报要转让门面房，出售花园洋房。此一时，彼一时，农民说得好'能看贼吃饭，别看贼挨打！'"

孟四新朝右边乜斜一眼，说："不瞒大家说，我本人也托了改革开放政策的福，也沾了不少模范山的光。也可以说，我是百分之三十中的一员，或者说是其中的排头兵。路上一个老兄悄悄问我，当年挖铝石坑挣了多少钱，我可以公开告诉大家，我的公司净利润是两亿八。当然，这个公司是我自己的。当年，我在矿大尚未毕业时，曾买断了模范山南部的一万亩荒山和两千亩山包上的薄地，那时候县里有文件，每亩荒山卖五元钱，每亩薄地一百元。所谓荒山，就是别人把地下的煤挖了，上边就撂荒了；大队生产队都干起了煤炭加工、煤炭运输业，就看不见那些靠天收薄地的几十斤产量了。跟我签协议，大家喜气洋洋的，还有

人说，'终于找到一个冤大头！这地送给别人也不要，他竟然掏钱购买！'生产队、大队、乡里到县里，一路绿灯，红压压地盖了三十多枚章只用了两天时间。"

孟四新在兴致勃勃之后，马上陷入了情绪低沉，几乎要哽咽了。他不得不停顿下来，想听听人们的议论，结果没人议论，大家鸦雀无声地等待着他的演讲。他轻轻地咳了一下，并没有异物影响发声，只是一种习惯，就像古汉语的发语词"若夫"。

"当年买地的款全是我和校友们在银行贷的，那时的二三十万元是一笔惊人的数字。这些都发生在我去西藏之后，也是从头开始的一个项目。欠账就要还钱，还钱就要想法去赚。毕业那年，工作没有马上找到，恰好有个师姐家里开了个物资公司，需要人帮忙。我就报了名，有同学还怀疑我和师姐是否拍拖了。我没考虑那么多，就去了宁波，在师姐家的公司里当采购。当时我心里很纠结，自己学的是选矿，怎么干起了选物资，是不是有些不务正业？"

孟四新边说边把目光朝左右扫视了一遍，是要察看一下大家的情绪，以便决定是否再展开，没想到他的目光恰好和杨小桃早在等待的目光交集了，使他马上感到一股热流进入身体。他接着说："后来，我的心事就打消了，想到在模范山实习时，一个煤矿的土豪矿长栗林森，曾几乎要开除我，说现在的世界上两条腿的蛤蟆难找，两条腿的人到处都有。我赌着气，干得很卖力。物资公司是一家集团公司，它的分公司遍布浙江十多个地方，经营的范围也五花八门，当然除了国家禁止的东西。我负责北煤南调和钢材购销，公司老板是师姐的父亲，我们称他叔叔。叔叔鼓励我，看准的、吃透的，要放开手脚，大胆干一把。那年北方的煤炭市场疲软，而温州、丽水需要煤炭，特别是金华到温州没有铁路，我就让模范山联营车队送十万吨煤两万吨炭到温州。同时，发现国际金融危机，经济下行的迹象明显，最切实有效的手段是用国内需求来激活，新一轮的物资尤其是建材市场马上要升温，我请求老板给我一个亿的资金机动权，我从国内二十多家钢厂营销公司购买了九千万元的钢材。翻过年头，钢材涨价百分之三十五，我三个月单此一项为老板赚了三千万元的税后纯利润。煤炭的利润也在千万元以上，那年六月，老板奖励我一千万元。当时，我哭了，不敢要，觉得太多了。最主要的是我想起了模范山，想起了那里贫穷的人们。老板为我办了张金卡，还可以透支。我向老板请假了，实际上是辞职，我无法直接说，无法说模范山里有我的魂儿。我

回到模范山，就聘请了一千人，男女老少、残疾人一律不嫌弃，上山植树造林，每人每天一百元，比下煤窑的工人挣得也不少。"

"那一千多人，工资也不是个小数字！"有人议论着。孟四新点点头说："单从发工资这个角度说，的确不少。不过，那时候我手里有一千多万元，在那时应该说底气十足。老百姓中有人有了收益还说闲话。有人说我可能在南方干了杀人越货的事，就暴发了，还有人说我是捡到了金子一类的东西。栗林森在森达矿业集团的会上还骂我不知天高地厚。总之，人们都认为我脑子出了问题。不过，那年上级来了政策，要求每个山区县完成荒山造林十万亩，每亩一次性补助一百六十元；每县完成退耕还林两万亩，每亩补贴三百二十元，连补八年。这次，我又干到了点子上。算一下账，除了苗木、人工、基础设施投资，我们还有不小的结余款。而且，我的挖坑机、护林房、道路等，还能多年发挥效益。这一下，说风凉话的人都一下子哑了火。"

"运气差的人步子大了赶上穷，步子小了穷赶上；运气好的人摔倒了还能拾到一块黄金……"有人在说人的运气，夸孟四新的运气好。孟四新说："不是我个人有什么能耐，主要是赶上了好的时候，有好政策，有这方面的条件，有热心的老百姓，这就是古人说的天时地利人和。"

太阳还在东南方向，阳光从人们的身后照射过来，然后洒向模范山的百峰千峦，荒山造林和退耕还林的几个山包，郁郁葱葱，成为模范山的亮点。太阳到了人们头顶才是正午，大家都知道离午餐还有一个多小时，也就耐心地听着孟四新的介绍。在这偌大的山岭上，再任性的人也只能服从大伙儿，于是大家都保持着很有耐心的姿态。

孟四新感触很深地告诉大家："当年不是那个土豪刺激了我，不是我亲眼看见那么多的家庭悲剧，说不定我会选择一个单位，轻轻松松地生活着，端着铁饭碗，没有风险，没有成功，也没有失败。我在一本书上看到这么几句话，假若天上永远有一个太阳挂着，没有夜晚的话，人类也就不会去发明电灯，创造黑暗中的光明；如果不是地球有四季变化，有风雨雪雹，人类不会建筑房屋、制造防御用具。我在模范山的经营像滚雪球一样，越来越具规模，战略思路越拓越宽。于是，传言也像这山顶风一样，一阵一阵地席卷而来。说我的师姐一家扶持我，目的就是要我们成亲。那次师姐一家来模范山看我，很想让我出山再次去浙江，说那边更有发展前景。我舍不得模范山，没去。不巧，那天师姐下山崴了脚，摔

倒了，就有人传师姐为了我跳崖了。我永远堵不住那些闲来无事者的嘴。我可以坦白地告诉大家，我师姐的丈夫在深圳，是一家合资企业的老总，人家风光得很！"

孟四新似乎察觉到自己讲得太多了，就马上从自我标榜的嫌疑中挣脱出来。他把身体转了四十多度，指着山下那一个接一个的山包，说："各位领导、各位同事，大家往那边看。这些山包形成的状态十分像当年红军二万五千里长征走过的路。看那是井冈山——遵义——雪山——草地——六盘山——宝塔山……矿山公司现在正致力于一个乘小火车一日游，激情梦幻红色游项目。现在已经有二百名矿山设备机修厂的退休工人正在加工制造小火车车厢和轨道。这是今天我们最后要视察的内容。"

"现在，这昔日的'百里煤海'繁华的模范山已经没有了当年的光环，冷冰冰静悄悄的，那些国营的、私营的、联营的煤炭企业都撤了，只剩下还没有力量入住城镇的老住户。或许那些土豪们、所谓的有钱人此刻正在城镇的住宅里花天酒地。他们认为这莽莽模范山永远成为废墟，不可能有所作为了呢！"孟四新又有些激动。"我整天在想一个人的力量是微乎其微的，可能改变不了世界，但他应该为改变世界而努力。虽然他不可能改变整个荒漠，但他却可以在荒漠上植一片绿洲！"

"有人说我这个人多事，交往了各种层面的人，也参与了不少下三滥才会干的事情。就在前不久，在杨柳林还发生了械斗未遂的事情。对于这些历史问题，我不想说什么，党有党纪，国有国法，我上学出身，肯定懂得遵守党纪国法的道理。下面咱们一块儿去看望一户人家，也可以说是我的亲戚家。"

快中午的时候，大巴车停在了矿山公司博爱救助中心院内。救助中心东北角就是曾经红极一时的北汝县森达煤炭集团公司旧址，那里已经看不到过去的影子，当年贴着马赛克的楼房外墙，裂开的缝隙纵横交错，远远地就能看清"沉陷区危险"五个大字。孟四新让大家不要下车，坐在车里便能了解到这里的大致情况。这个救助中心里收养着三十多个孤寡老人和不能自立的矿工子女。这里十一点钟开饭，随着哨响，服务人员从宿舍里带出救助人员。孟四新老远就认出了小北、小西和瞎子奶奶，小西向大巴跑过来，边跑边喊着"四新哥哥"。小西后边，衣衫不整的小北也跑起来，大声地唱着"虫儿飞，虫儿飞"，始终就这三个字。而在服务人员跟前，瞎奶奶也重复地叫喊着："森达煤矿，你个畜生！你个

畜生！"孟四新说："这个院子里的大多数，失去了亲人，或者受到了精神和身体上的伤害。那个唱虫儿飞的女孩叫小北，今年十八岁，得精神病已经三年了。那个瞎子是她的奶奶，那个小男孩是她弟弟。据说，她过去能唱好多歌，后来就只会唱这三个字了。"

最让企业局机关干部职工感到惊奇的是矿山公司机械修造厂。这里的三座钢构厂房，里面二百多名工人正在干活。钢轨车间工人们正把一根根三十多米长的工字钢，整整齐齐地装上汽车，说要运往"井冈山"站。车厢车间已经做成了十多节客车，还有三十多节的半成品正在焊接。"吃吃"的电焊声中，道道弧光让人睁不开眼。大伙马上避开，进入整形烤漆车间，新做成的游览列车漂亮极了……

孟四新说："人是最重要的资源，有技术的人是无价资源。这些在煤矿干机修的工人，当煤矿废弃时，他们也一个个被抛弃了。现在，他们在这里实行的是保底工资加计件奖励，每月都可得到八千多元。矿山公司负责解决他们的后顾之忧，实际上只是向社会保障部门缴五金等。"

参观完矿山公司，已经是十一点多了。两辆大巴把一百多人拉到了北汝县最豪华的酒店——地中海国际大酒店。没有下车就赢得了异口同声的赞叹："啊——派气！"

那天中午的酒席，孟四新按接待外商的标准安排，酒水是飞天茅台酒。

杨小桃一路上都在想，这个孟四新并没有多少让人讨厌的地方，是一个很正直、很有眼光和非常善良的人。这次到模范山，杨小桃有了新的发现，首先是关于孟四新师姐的传说是捕风捉影的，其次是杨柳林群殴的事对他来说是一种常态，是打抱不平，并不是争风吃醋……

坐在宴会圆桌上，看到同事们都那样开心，山吃海喝，开始时很反感。她只是拿起筷子，心不在焉地动几下，应应场景。她十分无力，胃里也不舒适。正要提前离开，孟四新和局长过来敬酒，说感谢各位对矿山公司的支持。

敬到杨小桃那里，孟四新向局长提出了要求，想请杨小桃到救助站帮帮董小北，她每天"虫儿飞虫儿飞"的。杨小桃那次在县电视台的比赛中，这首歌还获了奖，或许杨小桃和小北交往多了，还能让这女孩恢复点神志呢！听到要让自己去帮助一个受过伤害的小女孩，杨小桃很兴奋，不会喝酒的她，居然拿起了酒杯。

杨小桃喝得多了，兴奋了。在大家散场后，她竟然唱起了《虫儿飞》："天上……"唱完，杨小桃说她马上要去找董小北，教她唱《虫儿飞》。

五十五

又是周末。这个周末比前几个周末要冷静无数倍。

党校培训班任来峰溺水差点身亡，回来后又大吃大喝，这两件事搅在一起，在北汝县造成了很不好的影响。任来峰、栗红章为此都挨了批评，并且分别写了《悔过书》，当他们面说是写出深刻检查，其他几十名同学都在课堂上受了批评，组织上说这是诫勉谈话。

这个事发生之后，人们似乎冷静了许多，那些周末必参加活动的人也像聋哑了似的，不再提外出游玩的事情了。受伤害最重的要算是栗红章了，他左想右想、千思万想都想不通，自己只是介绍了严家沟风景区的情况，只是在那里为同学们安排了一顿农家饭，只是因为任来峰的冲动，出了一点问题，让自己为此事承担责任，写《悔过书》贴在校园里，是不是党校领导、组织部门领导小题大做了？没有什么不良后果，值得这样做吗？是不是组织方面吃柿子拣软的捏呢？越想越没劲，越想越生气，栗红章觉得此时的自己好像身体被什么东西掏空。他没有了周末的孤寂，也没有了找人玩的要求，一个人待在宿舍楼里，觉得满脑子都是想不完的问题。

傍晚的时候，栗红章收到了柳小月的短信。"亲爱的（英文）章：又是周末，很渴望与你团圆，因一个专题正在制作，我不可随意离开。一台机器，好几组节目在轮流，离开了别人会夹塞，夹塞了我的节目就要推迟安排，等于说本周的工作任务没完成。很想你，只好和你同享昨晚的温馨梦境吧。昨晚我梦见和你一起，在北汝河杨柳林，看到别人成双成对，有的新婚燕尔，有的激情热恋，有

的初次约会，但他们都那么热烈、奔放。于是，你我就很快融入这种氛围。我说冷，你就抱紧我。我说爱你，你就亲吻我。后来，你我竟忘记了是在公共场所，无所顾忌起来……醒后，我才发现这是一个梦，然而让我幸福得几乎昏厥。要不是天快亮了，我一定去找你，让梦想成真！我爱你（英文）！"栗红章不懂英语，但对柳小月的呼语和落款看得多了，悟出了肯定是那种意思，就觉得十分高雅和亲切。

他的回信很简单，柳小月曾表扬他的明快，其实是他复杂不起来，缠绵不起来。栗红章回复：可爱的月月，看了信我很激动，我也在夜里做了这种梦，差点又哭出来。有点脸红，但心里觉得梦境老美。你忙吧，我在宿舍想你！

栗红章等待着柳小月的再次来信，在等待的间隙，他再次咀嚼似地看着柳小月的信。越看越激动，渐渐地忘记了这一周来的郁闷和不快，渐渐地进入那种兴奋的境界。他觉得自己浑身充满了力量，充满了欲望。

柳小月在半个小时后又来了短信，依旧是英文称呼。正文是："今天红河谷发大水了，来势汹涌，退潮需要一个星期，到时，我正好也没了任务压力，就去找你，实现咱们的梦想。睡吧，宝贝，睡不着就想想我！马上轮到我们了。亲你，密司特章章！"栗红章曾经问柳小月，什么叫密司特，柳小月说是"先生"的英文。

那天夜里，栗红章想了好多梦想成真的方案。这种设想方案过程中，他曾想到了杨小桃，觉得对不起她。很快，他又觉得杨小桃和自己渐行渐远，已经处于远水不解近渴的状态了。想着就心理平衡了，就专注于柳小月了。

六七天的日子竟然那么快就到了，栗红章觉得像做梦一般，心里有美梦，日子就过得快活。他觉得自己比任来峰抗压能力强，这六七天，任来峰像得了鸡瘟的鸡，无精打采的，而自己比平时要精神饱满、意气风发。不了解情况的人，一定会认为栗红章无心无肺，受了批评还没有感觉呢！

星期五的傍晚，栗红章先给柳小月发了短信。他认为发短信比打电话理智，不论柳小月是开会、是工作，还是和人聊天，都不受什么影响，别人又不会发现什么秘密。信依然不长："密司柳，红河谷退潮了吧？关于梦的事，你没忘吧！密司特栗。"柳小月告诉他，称女同志为密司，他就想跟着洋气洋气，甚至在落款处也把自己洋气成"密司特栗"。

柳小月在二十分钟后回了信："可以密司柳，不可以密司特栗！哈哈。按既定方针办，宿舍见。没有草莓，有伊丽莎白香瓜！等着，密司特栗。"

北汝全城都亮起路灯的时候，党校这座沉寂的宿舍楼才隐隐约约有了脚步声。栗红章高度集中的听觉，传导给大脑兴奋的信息。栗红章起身，想给柳小月一个拥抱。柳小月有天抱怨他不浪漫，没有电影上的男人的激情，傻得老帽儿似的！柳小月说她喜欢激情四射的男人，她渴望罗曼谛克。栗红章对上课的内容记得不清，但对柳小月的只言片语都能毫不含糊，并且力争落实在行动上。

柳小月像混沌里的幽灵，仅仅晃动了一下，就出现在宿舍门口。本来已经张开双臂的栗红章，看到一手拎包一手提香瓜的柳小月，只好又松弛下来，他不想为了浪漫又落下冒失孟浪的把柄。柳小月进门就一脸阴沉地说，今晚很扫兴，遇见鬼了。栗红章说咋那么倒霉呢，他说在这座楼上住了快俩月，觉得没有什么不净，怎么就突然有鬼呢。柳小月说："你个木瓜，这种鬼专找女人！"柳小月说她二十多岁了，又不是丑得太很，肯定有男人追的。她说党校就有个青年教师给她发信示好，被她拒绝，这家伙不死心，经常在电视台的楼下转来转去。有次还邀请她喝咖啡，柳小月说这家伙相当厚脸皮，碰了钉子仍不悔改。柳小月说："那天晚上快半夜了，有人敲门收废品，敢断定就是这家伙捣的鬼！刚才，他拦着我，说让我到他办公室坐一坐。我说不认识他，请他让开。这才上了楼！"栗红章如饮醍醐，这个宿舍楼还这么复杂，多亏那天晚上有所收敛，否则将出现严重后果呢！栗红章问柳小月："那咱咋办，到哪里聊天呢？"他本来想说"圆梦"，到了嘴边又变成了"聊天"。柳小月说："我想得最多的是自己有个家，哪怕是租来的房子，那空间、那世界才属于自己。在公共宿舍、在宾馆酒店，那都是很不干净、很不安全、很容易闹出丑闻的地方。就拿这宿舍楼来说吧，那个鬼如果给联防队员打个电话，今晚肯定有人来提奸，丢人不说还要受罚款，明天你我都成了另类的新闻人物。那鬼还会收到几百元特情费，这个世界，什么人都有，什么事都有。那些在宾馆、饭店被抓的，都是有人举报。现在是热天，公园里、河边、路边、庄稼地里，都时常有男女被抓住，联防队员很勤奋，他们抓一次现行，就会得到一次奖赏，他们的工资待遇是自收自支！"

柳小月几乎否定了所有场合，让栗红章发起愁来。栗红章一向佩服柳小月，认为她不仅知识丰富，头脑灵活，而且考虑问题周全，为此他不知不觉地让她牵住了鼻子。两人看着那几个白胖的伊丽莎白香瓜，都沉闷起来。被柳小月引导、激发多日的栗红章，最担心被他佩服的女人嫌弃，嫌弃他是窝囊废，骂他不是男

人，就情欲、性欲熏心地想到了杨小桃那套房子。栗红章说："有一套杨小桃家的房子，我拿有房门钥匙，不知合不合适？"柳小月问是新房、旧房，还是婚房。栗红章说是没人住过的新房。柳小月说："好。这房子虽然是杨小桃家的，但你们还没离婚，理应也有你的一半，你的三分之一！"栗红章头脑发热，就说是的。柳小月情绪高涨起来，说："咱去吧，不是你的房子，胜似你的房子！"

北汝县城的街道上，穿梭着好多黄色的面包出租车和蒙上帆布篷的三轮车。栗红章和柳小月选择了三轮车，覆盖得相当严实，根本不会被人发现。

在杨小桃的房子里，柳小月一点儿也不怯场，仿佛她就是这里的家庭主妇，洗瓜、削皮、切瓜，然后装进盘子。他们两个像一对夫妻，大大方方地吃着、说着，你喂我、我喂你，不时发出笑声。这可能就是柳小月描绘的属于自己的天地。他们没有了羞涩，也没有了斯文，都有圆梦的冲动。柳小月讲了一个关于同事的故事，说同事的丈夫在县直机关当秘书，晚上加班写材料，几乎每天都是十点半以后回家。同事是电视台的勤杂工，每天都很有规律地上班下班。丈夫回家时，她早就进入梦乡了。他们有了一个男孩七岁，睡在他们中间。他们的家属房是单身职工宿舍改造的，每个房间的山墙都没有全垒住，上半截是相通的，只是顶部用苇席棚了起来。谁家说话、做事，邻居都听得清清楚楚。同事的丈夫写材料兴奋了，回到家中仍是兴奋，就挑逗妻子。他们俩知道儿子大了，就主动一人睡一头，不想让七岁的孩子受不良影响。那天夜里，同事的丈夫不停地搔妻子的脚。起初，妻子不介意，就把脚挪挪位子，认为可能自己脚放过了界限。可是，丈夫依然搔，而且力度不断加大。同事在瞌睡中生气了，就问："咋着哩？搔啥哩？"丈夫十分恼火，又不便说明原因，就大声说："木瓜货！"他俩开心地笑起来，之后，就偎依在一起。柳小月说："章章，我木瓜吗？"栗红章说："我搔你脚了？"

两人在神使鬼差中，走进那间放着单人床的房间，这里没有双人床……

再说杨小桃，这段时间忙上又加忙。她作为局里的援助人员，专门被派往模范山博爱救助中心，专门辅导董小北唱歌。那个受伤害的董小北，在她精心帮助和辅导下，不仅唱歌有了进步，已经能唱两段了，而且精神也好转多了，只是杨小桃每天要摆脱她就成了新问题。董小北对杨小桃有了依赖，几乎时时刻刻要缠绕着她。如果不采取点手段，杨小桃每天就离不开救助中心。她不能住到那里，父母亲需要她，"我要上春晚"也有她的时间安排。杨小桃就是这种人，不该掺

和的事情，绝对不多过问；一旦承诺过的事情，千方百计也要做好。这次孟四新提议，组织上安排她到模范山救助中心，没想到董小北那么缠着她，也没想到瞎奶奶那么啰唆。最让她为难的是，瞎奶奶给她看相，说："你这闺女老是好，找个女婿是领导；你这女孩心肠软，女婿有钱千百万……"起初，她认为瞎奶奶是逗她乐，说得多了就听出点味儿，这瞎奶奶是要为她做月老，领导、千百万都是有所指。杨小桃不好意思，又不能批评瞎奶奶，这里的老少都需要救助的，任她的意吧。

这天晚上，小北非要拽着让她住下，小桃真的家里有事，使了好多法子都难以挣脱。好不容易等到小北服了安定药片，不大一会儿睡着了，杨小桃这才坐上矿山公司那辆专门让她使用的车。到了县城，街上行人已经稀少了，植物园钟楼上的钟表已经指向十一点。她无意间抬头望了望那扇天天夜里漆黑的窗户，发现竟然亮着，瞬间又黑了。她揉了揉眼睛，仔细地看着，灯关了又开，开了又关，连续好几次。她心想，栗红章这是在闹什么戏法，是在捉蚊子还是逮老鼠？换在平常，她可能径直走过去回家了，因为两位老人还惦记着她。可能是因为在救助中心时，瞎奶奶的话刺激了她，或者是小北这天的进步让她兴奋，总之她心情很好。心情好的人，就爱好奇，杨小桃也不例外。她心里一热，就想上楼看个究竟。到了房门口，她没有马上开门，要听听屋里的动静，免得惊了老鼠让栗红章白费工夫。她贴紧自己的房门，意外地听到了一个女人的声音。

是栗红章和一个女人在说着笑着，肆无忌惮。杨小桃十分不满，又不便马上敲门，万一人家是亲戚、同事在研究什么事，打扰人家多不明智。

房里的栗红章和柳小月完全不知道已经"兵临城下"，依旧扮演着主人公的角色。栗红章几乎没有做过男女之事，似乎缺乏荷尔蒙的刺激。柳小月就千方百计地诱导他，让他产生感觉。柳小月说当下不仅年轻男女把云雨之事看得像家常便饭，就是上了年纪的人也表现得很开放。她说前不久到温泉疗养医院采访，听说那里的好几对老年男女，都是丧了偶的。医院考虑这些人老态龙钟，不可能做什么其他事情，就把他们安排得比较随便，以便相互照顾。让女的在里间，男的住套间，他们都没有抵触，日子长了，男的就主动向女的说，为了方便咱们合铺吧，女的点点头，他们就睡在一张床上。柳小月说完，笑着说栗红章："你连那疗养院老人都不如，就那还要圆梦！"可能是柳小月的话刺激了栗红章，他像被人松开了的弹簧，腾地跳了起来，把柳小月按在床上，然后，就关了灯。

栗红章说他有后顾之忧，万一杨小桃来了怎么办，柳小月说不可能。栗红章在紧张中开始迈出了人生的第一次。而柳小月紧闭双眼，催促他别斯文。由于心里不踏实，他们在短短的时间内就停止下来。柳小月说栗红章一个男人这么爱哭，动不动就泪奔了，还说要栗红章赔她。柳小月把一团染红的纸拿给栗红章看，意思是告诉他自己往日的清白。

这时，钥匙开门的声音把栗红章吓得心脏都缩小了。他好在是反锁了门，要不还要被人家捉现行呢。他知道是杨小桃来了，天知道为什么这么巧，他只带柳小月到这里来第一次呀！杨小桃发现门被反锁了，就使劲儿敲门，还叫嚷着："开门，开门！"

门开了，杨小桃简直疯了似的冲进来，又冲进那个放了床的房间。见柳小月还躺在床上，衣服还没有穿，杨小桃气不打一处来地揪住她，问她什么人，敢到我家来疯。

等柳小月穿好衣服坐在沙发上，杨小桃问她是谁。柳小月说："我现在是栗红章的朋友，以后就是他的妻子！"杨小桃说："我现在就是他的妻子，是合法夫妻，你们是不正当男女关系！"柳小月笑了，之后说："你们是夫妻，是名不副实，栗红章不爱你，他爱的是我，柳小月！"杨小桃气得要哭，问栗红章："不争气的栗红章，我给你机会，希望你能想通，没想到你这样放肆。今天你必须说清，你要真的爱这个女人，我不拦你。你立即把房门钥匙掏出来，你可以背上你的电扇，让这个女人提着茶叶和白糖，去过你们的幸福生活！"

栗红章愣在那里，像墙角那个衣架，他真的不知道怎么决定才好，看看杨小桃，又看看柳小月。柳小月这时来了劲儿，拉起栗红章就走，边走边说："是男人就净身出户，电扇就送给这女人作纪念了。"栗红章在柳小月的推搡下走了出来。他们身后传来了杨小桃把电扇扔出门外，把糖和茶叶扔向楼梯的声音。

楼下的风吹过来，初秋的后半夜的风稍微带点儿凉意，栗红章被风一吹，顿时清醒了许多。柳小月责备他没有男人的霸气和硬气，没想到他这样没用，这样软弱可欺。栗红章批评柳小月太强势，他说："咱在人家的房子里，光棍不吃眼前亏。我们俩和杨小桃的关系，就如同老鼠和猫，老鼠应该躲避猫，而不是和猫对抗。"柳小月说："你说的是屁话！"

这时，栗红章的电话响了，是杨小桃发来的信息："栗红章，你们一家人都嫌我不纯洁，因此，我们才冷战了这么长时间。你想想，你纯洁吗？我恶心你，希望你永远在我眼前消失，和那个女的过你们的日子吧！"

柳小月看了信息，很轻松、很自在，淡然地说："会的，面包会有的，房子会有的，幸福也会有的。"

五十六

北汝县东南塔山方向响起了闷雷，县城被阴沉笼罩着，没有一丝风，天比这年的任何时候都热。又是周末，栗红章独自待在这座六层楼里，电扇开到三挡，门窗都打开了，仍没有感到有空气对流。听到远方的雷声，他就像听到了某种希望。他渴望下雨，要不这又闷又热的天真的想让人窒息。他的内心就如同这闷热难受的天，或者说更加严重。他一周来就被枯燥、郁闷、压抑折磨着。白天上课，他眼前总出现那天夜里的情形，尤其是杨小桃那犀利的目光。这一周是学习市场经济理论，他只记住了公平、规范和竞争这几个词。很快地，这几个词都用在自己身上，他觉得自己待人接物是公平的，你敬我一尺，那么我就敬你一丈；规范就是遵守一种大家认可的规则，放在哪里都不违背原则，他认为自己好像在这方面存在不足；竞争就是一种比拼、竞赛，竞争就是力争上游，为夺取胜利而努力，杨小桃和柳小月两人就是竞争对手。别的同学都在紧张地记着笔记，他也在记，当老师拿起他的笔记本时，连他自己都脸红了。他在一页纸的左边从上到下写着杨小桃、杨小桃，右边从上到下写着柳小月、柳小月，好像讲市场经济的课堂上只讲了她们俩。老师把笔记本放下，瞪了他一眼。栗红章觉得这眼神很复杂，有鄙薄、歧视，还有忌恨、嫉妒。他马上怀疑这家伙就是追逐柳小月的鬼，就是那天晚上收废品的人。上午听课、下午讨论的规矩没有改变。他上午听课，就想那天晚上发生的事，就检讨自己的毛病，主要是不"规范"问题。下午讨论，培训班的学员很机智灵活，老师不在时，他们就谈天论地、就东拉西扯。透

过窗户发现老师的身影时，就开始翻开《市场经济理论读本》，一人念大伙听，老师最多坐上三五分钟就满意地走开了。他们也很清楚，管得多了会落坏名，睁只眼闭只眼才能赢得好评，都是单位的副职，好歹也算是领导干部。白天，栗红章还将就着能过去，到了晚上，特别是夜深人静时，就老是不能入睡。他睁开眼，就似乎能看到杨小桃和柳小月在面前晃动，闭上眼，脑子里全让她们占满了。累了，偶尔睡着了，梦境也成了她们。

那天晚上之后，栗红章一点儿也没有恨杨小桃。杨小桃发给他仅有的那条短信依旧留在手机上，他不时地看看、想想，觉得短信很可贵。接下来，他就客观地把杨小桃展示出来，不胖不瘦、不高不低的身材，白皙而细嫩的皮肤，黑中带黄的头发，双眼皮大眼睛，鼻梁挺拔，红润的面颊上一笑就露出两个可爱的酒窝，她有城市姑娘的出身，有城市家庭的背景，但没有城市姑娘的娇气和矫情……她是完美的。

那天晚上之后，他渐渐地对自己过往的一切有些后悔，特别是对柳小月产生了不满和讨厌。起初，他是崇拜文化人、尊重学问和知识才交往了柳小月，然而在一种潜移默化中，两人的关系发生了不在预期的变化。特别是发展到偷偷摸摸、失去尊严，根本不是他想要的那种关系。那晚事情发生后，柳小月的态度还那么强势，仿佛理直气壮、理所应当，这更让他不满意。他从来没听说过老鼠在猫面前还那么张扬！在夜里烦躁时，他又为柳小月画了一张像：瘦骨嶙峋的身架，黄蜡般的肤色，还繁星一样地患着牛皮癣，相貌更是极其普通，单眼皮下是一双小而无神的眼睛，鼻梁平得几乎要塌陷。她几乎没有笑容，好像谁都亏欠着她什么似的。栗红章曾经以为，那些有知识、有学历的人，可能都是这样。那晚之后，他把杨小桃和柳小月重新做了比较，觉得柳小月是完败者。

栗红章盼着下雨，雨下来后就会凉爽一些，然而只听到沉闷的雷声，根本没有下雨的意思。他觉得这种时刻更令人难受。难受时，他就拿着笔和党校发的笔记本，用力写着"栗红章你是大笨蛋，栗红章你是大坏蛋"，一遍又一遍，一张又一张地写。他觉得这样写着，心情相对要好一些。

后来，栗红章在烦躁的夜里，就反复读杨小桃的短信："栗红章，你们一家人都嫌我不纯洁，因此，我们才冷战了这么长时间。你想想，你纯洁吗？我恶心你，希望你永远在我眼前消失，和那个女的过你们的日子吧！"读完再读，读着读着，就把这个短信一字不落地背会了。栗红章小时候，在学校里最怕背书，老

师偏让他们背，还要求学生单独向老师背，每次他都是最后一个过关的学生。当他背会这封短信时，他好像悟出了一个道理，凡事都要认真去做，专心致志去做，背书也是这样。接下来，栗红章就默写这条短信，觉得很有意思，起码能使自己狂躁不安的心得以短暂平复。

时间过得飞快，又是一个星期，别人都认为光阴似箭、岁月如流，而栗红章则不以为然，他心里想的是时间停滞、度日如年。不论栗红章怎样认为，时间还是无情地向前展开。这段时间，杨小桃没有信息给他，他最害怕的就是杨小桃哪天发信约他，"咱们到民政局离婚吧！"柳小月也没有短信，更没有电话，有点泥牛入海无消息的味道。其实，这种状况对栗红章来说，也不是什么坏事，既然讨厌她，那么就全当没有她。他很担心柳小月说："面包会有的，房子会有的，幸福生活会有的！"这种空话他不爱听，听了只能使他别扭，栗红章刚学了那段哲学名言，"外因是变化的条件，内因是变化的根据，外因通过内因而起作用……"栗红章坚定不移地相信，面包房子的实现，自己是内因。

时间的烙印就是四季变换，天渐渐地有了凉意，栗红章已经到这里学习近两个月了。自从出了那晚的事之后，他虽然外表上还故意振作着精神，但内心受到了难以表白的打击。朋友们见到他，基本上都会说："红章，你真用功啊，自从你进了培训班，都瘦了一大圈啦！"栗红章笑笑，心里想，你们不知道我心里才瘦呢！朋友们有事，还要请他出场，桐树岭那边的干部、群众办红白喜事，也会请他出席捧场，因为他在朋友圈、桐树岭乡都算是可以排上号的"大官"啊！这种时候，他自己也承认自己"膻不膻是块羊肉"，应该参加。而每次参加酒宴，他几乎都在众人敬酒中不知不觉地喝高，喝高了就寻找一个僻静的地方思过。九月初，那是一个朋友家待米面客，大家恭贺朋友喜得千金。栗红章想到自己的状况，就在劝酒中喝多了，或许酒不醉人人自醉，朋友还说红章今天并没有多喝啊！他耳朵重听、目光呆滞，尽管嘴里说不醉，而实际是已经步履维艰了。他怕朋友们送他回家，别人过去不胜他，而现在城里都有了家，而他一向名声在外，至今却无家可归。他谎说家离这儿不远，想步行回去，已经习惯了，这是一种锻炼。他一个人走着，顺着那条仓库路，走过了养鸡场，就到了那块产业化菜地，人称那是千亩萝卜示范方。他们培训班的学员曾跟随老师来过，说是实地教学，听"出口萝卜公司"的老总介绍情况。这里的萝卜与本地萝卜不同，主要是脆甜，可与水果比美。栗红章面前的萝卜，已经到了即将收获的时候，横看、竖

看，那个个长相雷同、精神饱满的萝卜，像接受首长检阅的士兵，整整齐齐地排列着、站立着，间距、侧距，没有一点儿缺点和漏洞，每个萝卜都有一个不可侵犯的位置。栗红章看着看着，就哭了。他心里难过，觉得自己连地里的萝卜都不如，萝卜还有一块属于自己的领地，而自己呢，连一个属于自己的挡风遮雨的家都没有。他哭过之后，就意外地清醒了。他又回到了党校宿舍，这天晚上他反复写的字是："面包会有的，房子会有的！"

党校培训进行到最后半个月。学校特意安排他们到兰考县考察学习，题目是"缅怀人民公仆业绩，做焦裕禄式好干部"。他们参观了焦裕禄事迹展览馆，在焦桐跟前合了影，每人都在《倡议书》上签了名。功夫不负有心人，栗红章的签名赢得了学员们的称赞，那都是写"栗红章大坏蛋"的成果。离开兰考，有人提议到了这里不容易，应该看看铁塔、参观参观相国寺、龙亭，主要考察一下包公祠，还要做包公式的纪检干部。学员们的愿望实现了，心里很高兴。到了吃饭时间，大家一致推荐到"开封第一楼"吃包子。在这里，不仅吃灌汤包，还聆听了包子店师傅的介绍。只见这位师傅，手拿一个包子，横拉竖拽，又捏又拉又扯，使包子变成了长包子、扁包子、圆包子、大包子、小包子，但始终都有包子的模样。栗红章看着师傅表演，心里又难过起来。他觉得自己活得不如一个包子，包子在外力作用下，依然是有模样的包子，而自己在经受了折磨和挫折后，就几乎不成形。那天，他吃了几个包子就再也吃不下了。半夜回到党校宿舍，他重复写着"我不如包子"！

到了培训的最后阶段，栗红章情绪慢慢地开始好起来。星期四晚上，党校组织培训班到北汝影剧院观看"庆祝北汝县城西立交桥胜利竣工文艺表演"。在《汝瓷之都》美妙的乐曲中，舞台帷幕徐徐拉开，主持人捏着裙袂健步登场，在简明流利的开场白之后，她邀请县委副书记李凤梧致词。李凤梧已今非昔比，西装革履，满面春风，在深深地鞠躬后，发表了热情洋溢的致辞。演出随之开始，第一个节目是县水利局的歌剧《绣红旗》，第二个节目是文化局的合唱《茉莉花》，第三个节目是企业局选送的歌曲《虫儿飞》。主持人宣布演唱者杨小桃、董小北，栗红章还以为自己听错了。等神采奕奕的杨小桃和董小北登场后，他坚信那个最靓丽的姑娘正是杨小桃。在浑厚悠扬的器乐伴奏下，两人深情地唱起来：

黑黑的天空低垂，

亮亮的繁星相随，
虫儿飞虫儿飞，
你在思念谁？
天上的星星流泪，
地上的玫瑰枯萎……

栗红章的思绪随着歌声回到了山南乡政府。在那里的三楼打印室，他第一次听到这首歌，就中魔似的被震撼了。当时他无法直言喜欢这首歌，而是表现出对杨小桃精神状况的疑虑，因为他听信了柳茂存的话。他后来就循着这歌声，交往了杨小桃。后来，由于爱屋及乌，他就更喜欢这首歌。坐在偌大的影剧院里，他再次听到杨小桃唱这首歌时，仿佛已经不是歌，而是回荡在他灵魂深处的警钟。他无法平静，影剧院里并不热，然而他却出了好多汗。那天的节目里，有台湾残疾人歌手郑智化，有北京来的张也、白冰、毛阿敏等。按说，郑智化的《水手》是他最好的心灵鸡汤，那几句重复唱的"……他说风雨中这点痛算什么，擦干泪，不要怕，至少我们还有梦……"更是他精神上的瑜伽。然而，他一句也没有听进去。接下来的毛阿敏唱的"不管东北风，还是西南风，都是我的歌"，都很振奋人心，而他依旧萎靡不振地陷入《虫儿飞》的情结中。使栗红章再度进入观众角色的，是杨小桃的诗朗诵《女人如歌》……

不沾酒的女人长有酒窝，
给三分漂亮增添七分美色；
不张扬的女孩也有传说，
对平凡世界渲染着神奇碧波。
无论是丸子头、麻花辫，
还是高马尾、波浪卷，
折射出的影子交集成童话王国：
晴天丽日里的嵯峨，
阴风怒号中的绰约……
女人如歌，
忘却褪色的轻蔑，

淡化远逝的碧波，

远离轻柔的颤抖，

告别心灵的枷锁……

扬起启航的风帆，

驶向梦想的银河，

酒窝荡漾出美景，

奋进是女人的歌！

　　激情澎湃的诗句，在杨小桃的演绎下，竟然成为一条奔泻的河流，成为一首振聋发聩的歌。栗红章禁不住落泪了，不知哪句敲打住了他。

　　白雪、张也，每人唱完后，全场就响起雷鸣般的掌声，而栗红章却全然不觉。他在品味着不喝酒的女人却有酒窝……

　　在一阵掌声中，杨小桃又出场了。她这次唱的是电影《白狐》的主题歌：

我是一只修行千年的白狐，

千年修行千年孤独，

夜深人静时，

可有人听见我在哭？

灯火阑珊处，

可有人看见我跳舞？

我是一只等待千年的狐，

千年等待千年孤独，

滚滚红尘里谁又种下了爱的蛊？

茫茫人海中谁又喝下了爱的毒？

我爱你时，

你正一贫如洗寒窗苦读，

离开你时，

你正金榜题名洞房花烛！

能不能为你再跳一支舞？

我是你千百年前放生的白狐，

你看衣袂飘飘、衣袂飘飘，

海誓山盟都化作虚无！

能不能为你再跳一支舞？

只为你临别时的那一次回眸，

你看衣袂飘飘、衣袂飘飘，

天长地久都化作虚无！

舞台上的杨小桃，白色的舞裙、白色的鞋子，美丽的脸庞上略施粉黛，发髻上珍珠闪亮，演唱中真情的泪水缓缓流出了眼眶。她犹如一只美丽善良的白狐，深切地感染着几千名观众。栗红章的感情世界崩溃了，他的心里涌出一股又一股咸涩的浪潮，泪水便随之夺眶而出。

演出也是在《难忘今宵》中结束，谢幕时的场面，栗红章没有什么印象了，自己怎么回到了宿舍，他也是恍恍惚惚的，像夜游的精神病患者。那个夜晚，他没有任何睡意，尽管初秋的风轻柔凉爽，特别适宜睡觉。他又拿起笔，在笔记本上使劲儿地写着："白狐，白狐，美丽的白狐！"写了一遍又一遍，他觉得永远也写不够。他面前一直闪烁着白狐的影子，还有刘玉环、栗建社深更半夜捉拿白狐的情形。栗红章又生起父母的气，觉得他们俩也是欺负、虐待白狐的刽子手。

五十七

党校培训班的最后几天，学员们都觉得日子太快，尽管初来学习时大家都抱怨时间太长，两个半月时间应该压缩一半，然而当大家沉浸在学习的兴趣中之后，反倒又觉得延续一个月才更为合理。人们还在美好的幻想和期待中，转眼就到了九月十五日，这天是学员们结业、学校要举行一个典礼的日子。就连那些平

时不太讲究，有些邋邋遢遢的个别学员，这天也特意打扮了一番。谁都知道，结业这天县委领导，起码组织部部长要参加，通常党校的校长是县委副书记或组织部部长兼任，平时不到党校来，这里有一套完整的班子履行职责，到了学员结业时，作为校长的县委领导必到，个人朱红的印章盖在结业证上，不跟学员见面实在有愧。两个多月的培训，对学员来讲，那至少也算是一个小小的资本，×年×月在县委党校培训，总比那些没有任何培训记录者要牛气许多。

栗红章做梦都没有想到，他获得了优秀学员称号，而且是压倒多数当选。当然，他也想过，可能是那次为了大伙玩得开心，让学员们在严家沟享受了贵宾待遇，大家对他心存感念。就是因为任来峰的意外落水，不仅搅得大家没有尽兴，还让栗红章挨了处分，大伙儿一直觉得对不住栗红章。可能是这个原因，当党校按照惯例每期都推出两名优秀学员时，栗红章和临时支部书记当仁不让地当选了。结业典礼很简单，县委副书记讲话勉励各位把学到的理论知识用在实际工作上，力争做一名优秀的基层干部。栗红章满脑子自己的事，他要马不停蹄地回桐树岭乡，向田力才报到，接受一项重要工作，当下又进入"三秋"大忙时节，乡里也到了最关键的阶段。于是，典礼结束，栗红章就拎起行李。

热情的学友们用车把栗红章送到汽车站，大家一而再地叮嘱他以后多联系，说培训班结业了，但伙计们的友情一定要继续下去。栗红章非常感动地说："咱们的通讯录，就是最好的联络办法，欢迎大家有时间到桐树岭乡玩啊！"栗红章没有想到，当初他最看不惯的几个学员，到了结业的日子都成了他最好的朋友。他觉得这次培训，收益很多，有了好多县直单位的朋友。人有悲欢离合，最使他为之神伤的，是他可能永远失去了杨小桃，那个白狐一般的女人。

那天，田力才没有在乡机关，说是他的一个同学从国外回来了，在省会举办一个同学派对。第二天，栗红章见到了田力才，趁着他情绪蛮好，就提出上班和分工的事。田力才笑得很开心，表扬栗红章有大局意识、有单位意识，说其他人党校结业后都会跑出去玩几天，或者回到老家围着老婆孩子快活几天。田力才说没想到栗红章这么快就回来了，至于分工的事情，不好处理，这种时候大家都正干得热火朝天，叫谁停下来都不合适。他劝栗红章放心地休息吧，实在没事感到无聊时，可以到村里转转，或者回栗寨歇歇。栗红章的一腔热血到了田力才这里，竟被他几句话给冷却了。田力才说他有事要办，让栗红章回自己办公室休息。他当时真的无奈无语，觉得自己遇到了这种领导，倒了大霉。

　　正在这时，他的电话响了，号码显示是柳小月的。他不想接听，觉得那天晚上之后，柳小月好像已经蒸发，一个电话一个信息都没给他，他发誓不再和这种人打交道。电话像一个执着的人，不停地响着，断了继续，不达目的誓不休。栗红章终于经不住铃声的纠缠了，接听了。柳小月说："红章，听说党校培训班结业了，想着你会回栗寨一趟的。可你，现在在哪？"栗红章马上回答："在桐树岭乡。"柳小月说："我现在就在栗寨家中，让妈跟你说！"

　　栗红章马上就纳闷起来，这时候她为什么在栗寨，为什么不称呼姨而是称呼妈呢？果然是刘玉环的声音，她问红章为什么不回家一趟，工作再忙也不能不关心自己的事情。栗红章因为"白狐"的事对父母有成见，觉得他们是破坏自己婚姻的罪魁祸首，就暗自生他们的气。一听说柳小月在家里，就更是气不打一处来了。他质问刘玉环："柳小月去咱家干吗？"刘玉环批评他说："干吗？你干的好事，养胎！"栗红章的头一下子大了，从没听说过十天八天时间就需要养胎的女人，况且那天夜里做事十分潦草，至今他还稀里糊涂，怎么会有胎呢！他马上说："不可能，没有的事！"刘玉环生气了，耳机里的声音有些气急败坏、声嘶力竭："你妈最讨厌你这种男人，敢做不敢为！说明白啊，咱可不能昧着良心做人，咱可不能当陈世美！你要不同意不愿意，我们就当一回你的家，柳小月这事就算订死了！"本来，田力才没有给栗红章安排工作，栗红章马上产生了回栗寨的念头，自古忠孝不能两全，既然当下他不能在岗位尽忠，那么他一定要回栗寨尽孝。然而，当他知道柳小月在栗寨，而且莫名其妙地养胎时，他立刻打消了回栗寨的念头。这时候，他对柳小月更加反感、更加陌生，怀疑起她葫芦里到底在卖什么药。栗红章明确地告诉刘玉环，他不会回栗寨，永远都不想见到那个柳小月。刘玉环在电话中骂起来："你个没良心的章章，良心让狗吃了！"

　　过了大约二十分钟，栗红章收到了柳小月的短信："密司特章章，佛说，百年修得同船渡，千年修得共枕眠。我和你那天夜里的事，绝对是来之不易，是上苍的安排，是前世今生修得的正果。要让缘分延续下去，就要珍惜曾经拥有过的相遇、相爱、相知、相依、相惜……"

　　栗红章当即回复柳小月："你是邪教，你是魔鬼，不可能不可能！稍息吧！"

　　柳小月似乎并不生气，过了五六分钟，回了条短信给栗红章："密司特阿章，你怎么了？你要有充分的心理准备，敢于承担在追寻幸福过程中所遭受的种

种压力和不测。我已经准备好了！你的柳小月。"

栗红章依旧恼火，没有回复她，只是在心里说："你是卖膏药的骗子！"他们栗寨就有一个人，常年在外串街游巷卖膏药居然挣了不少钱，在栗寨村第一个建起三层楼房。有一回，栗红章陪刘玉环到九都治腿疼病，恰好在火车站广场见到了他。他当时正被里三层外三层地包围着，苦口婆心地宣传着他的膏药"一贴好"。他说："本人姓栗叫文挺，祖孙三代是医生；祖传秘方一贴好，包治百病见奇效；不信你就试一试，腰痛腿痛都能治……"他在栗寨时叫三娃，不知什么时候改成文挺，多年不见，昔日穿撅肚棉袄的人，而今早已西装革履了。刘玉环执意要买一贴膏药试试，于是就在人堆里往前挤。那膏药三娃要十元钱一贴，凡围观的人几乎每人都在举起的手里晃动着十元一张的钱。三娃见熟人来买膏药，故意说："亲戚朋友也要排队，一手交钱一手拿货！"人们交了钱拿了药，纷纷离开，这一场表演三娃又成功谢幕。这时，他走到刘玉环跟前，说："婶子，我是不想让您花冤枉钱，这膏药您就不用买了。这是我在黄油里掺和了薄荷油，让人觉得很爽，过后根本不治病，还有可能让黄油弄脏衣服！"栗红章从那以后，就十分反感说假话的人，骂他们是卖膏药的。

对家庭的反感虽然由来已久，但真正对家庭的叛逆却是因柳小月的介入而开始。既然不愿回栗寨，在县城已无处可去，那么，栗红章就只能滞留在桐树岭乡政府大院了。田力才排斥他，乡机关很多人又相当势力，都在表面上远离着他。那个深秋、初冬和寒冬，栗红章只能没事找事地到村子里，帮助村里做一些事情，诸如化解纠纷、调解矛盾等。农村人依旧实诚地对待栗红章，觉得他是党委政府的人，值得信任。于是，他出面调解的问题，大都收到好的效果。不少农家办理红白喜事，还会深情地请他参加，认为这是一种体面。而栗红章凡请几乎必到，觉得自己农民出身，和农民亲密无间是起码本色。过去就一直这样坚持，得到了很高的赞誉，这段时间以来，自己并没有更多的工作去做，就更加亲民。久而久之，栗红章就在桐树岭乡老百姓那里出了名，如果有人搞民意测验，他肯定是桐树岭老百姓最为拥护的。能主动出面为老百姓化解矛盾，从不回避矛盾和问题，这在那时本来就是很少见的干部作风，加之与百姓打成一片，为不少平民家庭增添风光，就更加难能可贵了。栗红章在桐树岭老百姓眼中、心里，就是最好的领导干部。老百姓并不知道他受的委屈和排斥，认为他这种好的作风是乡党委政府联系群众专项教育活动的成果呢！

　　不少时候，栗红章就是在那种仗义、亲民、纯朴的精神支撑下，不知不觉地喝高了酒。喝高了酒的栗红章，深知自己的几斤几两，一般情况下，不会醉醺醺地回到乡机关，他会拐一个角落缓冲一下，待状态恢复后再回到机关院子。他不想让人看到他萎靡不振的样子，也不愿别人议论他借酒消愁，更不能让个别讨好田力才的人打小报告说他玷污了领导的形象。有时候，在群众家出来，看看西天太阳还高，他就会往严家沟去，找严石柱老人聊聊天，听听老人家的教诲，或者帮助严俊民干点杂活。

　　天气渐渐地进入了隆冬，这是农村最闲的时候。但栗红章却感觉不到，他依然被村干部请、被老百姓喊，如同一个忠实的消防队队员在119电话的驱使下，精神饱满地出现在最关紧的现场。那天是严东村的哑巴家独子订婚，亲家给他们出了个怪异的难题，说他们家如果能请来乡领导到场，这场婚事就依着他们办，否则就说明他们家为人不是很好。哑巴是当年的副村长，因为在夏天缴完公粮，身子正热跳进水库，当时因抽筋溺水，经抢救虽保住了性命，却落下了哑巴的后遗症。哑巴呜哩呜啦地请乡领导出面，昔日那几个曾吃喝不论的领导朋友，都说事多脱不了身。后来，还是把栗红章弄来了，一顿农家酒席就成就了这桩好事。为了表达内心的敬意，哑巴为栗红章斟了满满一碗酒，示意说领导的酒他可以不喝、村干部的酒他可以不喝，但残疾人的这杯酒他一定得喝。出了哑巴家，天色已晚。沿着那条弯弯曲曲的山路，栗红章走了很长一阵子，觉得这天的路出奇地长，怎么也走不到尽头。一直到了他实在走不动的时候，隐约看到不远处萤火虫般的光点，他才觉得自己在一个岔路口走错了路，进入了那块叫三不管的地方。这里鸡鸣闻三县，都管都不管。据说清末民初，这里发生了一起命案，尸体在北汝县和中岳县交界处，准确地说是横尸中岳县。那时的中岳县令是个滑头，他虽然到了现场，但无心办案，就喝斥报案百姓说："你们谎报案件，这死者明明死在北汝县境，为什么骗本县令说死在中岳县境呢！"那报案人哀求说："老爷，的确躺尸的地方属于咱中岳县的地盘啊！往这边两尺才是人家北汝县。"中岳县令恼羞成怒，三步并作两步地到了尸体跟前，狠狠地踢着尸体，边踢边说："让本县仔细看看，他到底死在哪里！"县令三五脚就把死者的身体改变了方向，脚虽然还在中岳县，可尸体的三分之二已经进入北汝县了。待报案人再看尸体时，的确不敢再强硬地申辩了。中岳县令拂袖而去，还留下一句话："不在我中岳县境，本老爷实在无法深管哇！"

　　栗红章躺下休息，发现那萤火虫光是有人在吸烟，同时还听到轻轻的咳嗽声。接下来，栗红章隐隐约约地看到，这个吸烟人还牵着一头牛。那人吸罢烟，牵着牛继续赶路。这时的栗红章，不知什么原因，头脑一下子清醒了。他马上想起了近段时间发生在桐树岭乡好几个村的事情。那些山区的农民，几乎每家都养有牛和驴，这些牛和驴除了用来耕地，还被用来套车拉水。可是入冬以来，好几个村都出现了耕牛被盗的问题，丢了牛的家庭简直像塌了天，他们哭诉着"这是要我们一家人的命啊"。乡里派出所、联防队连夜突击办案并加强防范，可是这种丢牛的现象仍时有发生。栗红章想，这种三不管地带，很可能就是让犯罪分子钻空子的地方。半年前，计划生育春季活动，几个县凡出现超生问题也在这一带，行政区域的限制，中岳县不管北汝县，北汝县不管大营县。邻邦县就成了"避难所"和"防空洞"。栗红章头脑有些发热，想马上拿下眼前的这个牵牛人。他加快步伐，脚步呼呼带风。谁知那牵牛人的脚步也很利落，似乎走惯了这种小路。栗红章把当年在部队练成的五公里越野跑的功夫拿了出来，很短时间就超越了那牵牛人。谁知那人丢下牛就溜，栗红章一个箭步冲上去，将那家伙抓住。那人眼看无法逃脱就"扑通"跪下，说快过年了家里有老有小过不去年，只好出来弄"长绺"。栗红章听说过，盗牛人有自己的黑话，把远距离盗牛叫"长绺"，近距离叫"短绺"。知道这家伙正是盗牛犯，栗红章见对方态度实在就放松警惕，说让那家伙到桐树岭派出所自首。那人支吾着好像有话要说，突然从地上摸起一块石头向栗红章砸过来。栗红章猛地歪了下脑袋，石头击中了他的下巴。见那人乘机逃跑，栗红章随之追上去。这个人走山路的功夫令栗红章望之兴叹、自愧不如，无奈他捡起一块砂礓石，山路边很多这种东西，向那人投去。栗红章曾是全团手榴弹投掷季军，这回发挥了作用，竟然击中了这个家伙。那人应声倒地，一动也不动了。东方天际已经出现了大面积的石灰白，是严家沟水库里鱼肚般的颜色。远远近近不仅有一拨又一拨的鸡鸣，还夹杂着那种"二槽"猎狗的吠声，栗红章知道此时离天亮已经很近了。他拨通了乡派出所的电话，报告了刚才发生的事情，但确切的位置他死活也没法说清。

　　……一个盗牛团伙被顺藤摸瓜地摧毁了。人们在敲锣打鼓鸣放鞭炮的氛围中，把一面面锦旗送到乡政府和派出所，并没有人知道那晚发生在山路上的惊魂故事。

　　年终县委考核县管干部，要求每人都要严肃认真、实事求是地向组织写出述

职报告。栗红章十分犯难，这一年他没有具体分工，没能履行一个副乡长应有的职责。他抱着对事业、对组织负责的态度。在这年的述职报告中写了两件事：一是获得党校培训班优秀学员称号；二是夜擒盗牛贼。述职大会上，他像在讲一个故事，博得了与会者带有揶揄的掌声。过后，乡党委会议要求他改写述职报告，田力才说述职报告不是小学生作文，抓一个偷牛的能作为副乡长的政绩？

这年的春节，栗红章很例外地在严石柱家里度过。他很不好意思，说打搅严爷爷了。严石柱说不客气，当年受批判的老干部在困苦中也在严家沟过年过节，老农民能干啥，能给别人帮啥忙？

栗红章没有分管部门，连巴结田力才的物质基础也没有，到县里的部门沟通也找不出合适理由。他只能静养似的待在严石柱家。农家新春的鞭炮声响起的时候，他禁不住想起了栗寨、想起了童年、想起了部队、想起了风风雨雨的这些年，想着想着就泪流满面了。之后，他告诫自己战士流血不流泪，要求自己不能消沉，一定要振作精神，路在脚下，靠自己去走！

五十八

九年前的春节，栗红章虽然得到了严家百般呵护和厚爱，但他还是有些许的失落。他脑子似乎比以往任何时候都清醒，因此也使他想了很多事情。严石柱说当年许多伤病员都被他掩护起来，在这里休养疗伤，后来那些挨批斗的老干部们也来到严家沟得到过帮助，在此度过艰难时光。那种军民、干群鱼水情似的关系，严石柱讲起来目光炯炯、神采飞扬。栗红章觉得他自己也像一位负伤的战士，养伤来到了严石柱家。真的，好多次他遇到困难、碰到麻烦时，都是严大爷的一声问候、一阵劝解或者一番工作，使他解除烦恼、放下包袱，精神抖擞地投入工作中。他有一种意念，冥冥之中觉得严家沟这个地方很有灵气，这里的多数

农民身上依然保存着传统的正气和义气。特别是严石柱老人的家庭简直就是严家沟的缩影。栗红章想着想着就被感染了，隐隐地感到一股暖流在身上涌动。之后，他又想桐树岭乡政府的人，田力才、杨东升、张副乡长、杨副乡长，接着就转移到柳小月、杨小桃和栗寨的人身上，想着想着就禁不住不寒而栗。一个人不让开展工作，有劲儿而使不上，英雄无用武之地绝对不是好现象。他认为白白地活着，拿着工资不干活，那不等同于寄生虫吗？他也不情愿在严石柱家里待着，即使人家一家人不把他当外人，但越是这样心里就越过意不去。现实又使他无可奈何，地方毕竟不是部队、不是厂矿，部队和厂矿一年四季不会停伙食的。而桐树岭乡就是另外的情况了，春节放假国家规定、县委政府两办发文从除夕开始到正月初六结束，桐树岭乡实际上从祭灶那天就已经安排值班了，春节值班一直到正月十七。值班按上级规定有补助费，田力才为了解决张副乡长的家庭收入低的问题，实际上是为了弥补平时在张嫂家吃手擀面的亏欠，就把值班的任务下达给张副乡长一家。上级有人查岗，或者通知什么事情，接电话的张嫂就说自己是办公室工作人员，问到哪个领导在乡里，回答很爽朗，"我们张乡长"。机关同志都对此举表示满意，说大年下再到乡里值班让人扫兴，老骡子老马还要歇十五十六呢！张副乡长也感恩戴德，在家歇着还能领到两千多的补助费，这跟天上掉馅饼差不多。田力才在年终会议上讲得很鼓舞人，值班很辛苦，有劳张乡长啦。因此，机关就散了伙一样，最为之难过的就是栗红章，别人都以为他老婆在县直机关，县城有家，放了假是享福的，并没有人知道放了假他竟成了无家可归之人。家丑不外扬，他从未对别人流露过自己的婚姻不幸，即使在喝醉了酒的时候，也装出一副男子汉大丈夫的硬汉形象。年后，在严石柱家，当脑海沉浮着杨小桃和柳小月时，他的精神简直要崩溃了。

栗红章不知道自己近年来算不算变成熟了，反正遇到烦心事时，自己总会劝解自己，想不通的就不去想，想到伤心处就刹车往快乐处想，遇到棘手事情就正反两方面想，一句话，改掉了年轻时走直胡同不会拐弯的思维方式。当认为自己孤苦伶仃寄宿在严大爷家时，眼看要忧伤了，马上就想到自己还有许多去处。比如张副乡长家就是一个较好的选择，放假会上田力才还强调说，一旦哪位同志有特殊情况，或者需要加班加点时，机关伙房放假了，但可以到张乡长家吃，记住账，年后乡财政报销。栗红章很明白，人家张副乡长以及张嫂还是欢迎他的。张副乡长的妻子自从上年春节后，随着机关干部职工对栗红章态度的转变也转变

了。她曾好几回请栗红章到她家吃手擀面，都让他找理由谢绝了。栗红章并不是因为她八卦嘴而回绝，也不是因为她之前散布过贬低自己的言论而耿耿于怀，是有点害怕她。她的胸太威胁人，那大波晃动起来，简直使人心跳加快。有人说张嫂属于超D罩杯，是那种被形容为波霸的女人。乡机关吃过她手擀面的人中，就有人绘声绘色地说，有一次张嫂正弯腰擀面条，孩子叫嚷着要吃奶，张嫂为了不误擀面，就让孩子爬在她肩上，然后掏出奶子往肩上一甩，孩子就"吧唧吧唧"地吃起来。当时大家都不好意思地捂嘴笑了。张嫂还批评大家没出息，少见多怪。她说："没生过孩子的女人长的是金奶银奶，主贵；生过孩子的女人长的是猪奶狗奶，不主贵！"田力才一向表现得正人君子一般，但在张嫂家吃饭多了，闲话也随之不断，最为流传的是田力才到张家吃饭，主要是为了看她的咪咪。一年四季，除了十冬腊月，其他时间张嫂都会让她的风景点充分展现。尤其是夏天，她好像选不来适当的胸罩，只好任其摆动。她不怎么讲究，不是工作人员，却常在办公楼里走动。栗红章曾透过她那稀薄的衬衫，被那对茄子般的咪咪震撼过。当张嫂请他吃饭时，他推辞了。张嫂说他看不起农村人，他说绝对不是。张嫂问那为啥，他竟然无言以对了。栗红章说，可能真的是自己少见多怪，一个半老女人竟然使自己心跳不已！要不是张嫂的咪咪常使他听到自己的心跳声，他早就去张嫂家吃手擀面了，或者这个春节他可能就去蹭饭的。当上副乡长后，栗红章学着批评和自我批评，躺在严石柱家那张曾经睡过八路军、解放军、老干部的旧床上，不自觉地就在脑海里开起了生活会。他觉得，在家庭问题上，自己应承担主要责任，在工作问题上，田力才则吃柿子拣软的捏，自己的责任很小。鞭炮声虽然不那么紧密，但从没间断过，似乎一阵阵掌声，夸赞他思考问题剖析问题全面而深刻。

春节是个有人情味的时段，它不仅在节令上辞旧迎新，而且在人们的心灵里也有转换的思维，再不动脑子的人，在鞭炮声中也会受到灵魂的触动。尤其是那个田力才，就有些夜不成寐、浮想联翩了。他在回首自己没有得到公正待遇的时候，也反思别人在他手里是否得到应有的公正待遇。他首先想到的是栗红章，觉得人家心地并不复杂，自己却像耍猴一样地捉弄人家，越想就越感到愧对人家。在一块儿共事，是一种缘分，铁打的营房、流水的兵，这样不公正地对待一个实诚人，损人又不利己，何苦呢？田力才很清楚栗红章和县委副书记李凤梧的关系，按照常理他会通过优待栗红章来讨好李凤梧。但是，他田力才不是那种按常

理出牌的人。他是想通过打压栗红章给李凤梧点颜色，想让李凤梧出面求他刀下留情，从而让李凤梧欠他一个人情，日后在他晋升问题上能得到李凤梧的关照。这样明修栈道暗度陈仓的办法，也是官场里投桃报李作派的一个变种。然而，田力才失算了，无论他如何收拾栗红章，李凤梧从不出面说情。李凤梧这种出牌方式也有些违背常理，竟然弄得田力才骑虎难下。田力才在新春的爆竹声中醒了过来，就再也没有了睡意。他开始反省自己，主要是有关和副乡长栗红章关系方面存在的情况，发现自己有些过分了。他并没有尊重一个同志，特别是努力干活的同志。他有些后悔，觉得对不住栗红章，打算在新年开始时找个机会缓和一下彼此之间的关系。

机会真的就来了，而且顺理成章，不用表演也不用策划。市里一年一度的劳模表彰大会，也是县一级的三级干部会议，通知各乡镇正月十六报到，要求乡机关七所八站的负责人、副乡级以上干部、各行政村党支部书记村主任全部参加。田力才计划着，待会议结束，让栗红章乘坐自己的车一块返桐树岭，路上征求他新年的想法，然后在乡党政扩大会议上为他分工，或者让他继续分管农业和农村的工作。

会议热烈隆重，一派团结奋进、欣欣向荣的氛围。桐树岭乡虽然没有什么新亮点，但县委领导强调了"近抓烟叶远抓旅游中期要抓苹果石榴"的桐树岭思路，这让桐树岭乡与会者心花怒放，仿佛已经成为北汝县的一面旗帜。分组讨论时，县委书记孟繁文、副书记李凤梧坐镇，俨然把桐树岭乡当成了振兴经济的重点。田力才在发言中，特意把栗红章开发严家沟的思路披露了出来，还多次把栗红章的作用成倍放大。被边缘、受压抑的栗红章一下子前嫌全释，被感动得热血沸腾。

会后，关于代表团返桐树岭如何乘车时，田力才提出让栗红章坐一号车。乡里的公车被编成一号、二号，书记是一把手当然是一号车，乡长是二把手，必然是二号车，副书记的、常务副乡长的依次类推。能够坐上一号车，栗红章为之兴奋。当然，下午散会一般都要等次日才回工作岗位，尤其是节日氛围未尽，人们都习惯带上家人逛街，乡下来的基层干部还要趁机观赏县城里的节日之夜，或看焰火、或看大戏、或看灯展。县里的安排也十分人性化，让与会人员推迟一天退房，并且次日继续供应早餐。栗红章和田力才同一房间，说不定田力才根本就不知道，反正他是回家住宿的。栗红章不用为住宿的事情发愁，独自一人的房间只

要关了门，就不担心有人问他为什么不回家的事情。乡党办主任很机灵，只反复告诉栗红章不要关闭手机，田书记迟早返桐树岭再通知他。次日早餐刚结束，栗红章就接到电话，说田书记已经在宾馆门口等他了。栗红章开门上车时，见车上坐了三个人，党办主任、田力才，还有一个是宣统委员。田力才坐在前排，副驾驶员位置上。栗红章已经习惯了地方领导坐车的位置了，坐车方面部队和地方也有差别，首长一般不坐前面副驾驶位置的，那里往往坐的是警卫员、通信员或者文书，而地方上尤其是乡一级，书记乡长偏偏就坐在那里。栗红章上车后，先行上车的三个人纷纷向他点头示意，之后继续着他们的谈话。栗红章没有影响他们，也很文明地点头回应。许多时候，正在讨论什么事，或者正在说秘密话的人们，发现有人到来，就立马使谈话主题戛然而止，或者故意把主题转移，取而代之的是一些鸡毛蒜皮、不痛不痒的内容，这种搪塞、应对外人的事情，栗红章早已司空见惯。对于这几位乡政府同事的光明正大之举，栗红章十分感激，认为他们没有小看自己，也没有把自己当外人。一号车走上龙山大道，要去接财政所长，栗红章听说过财政所长就住在那条大道中段的望岳新区。车上几个人继续聆听着田力才的话，不知为什么、也不知什么时候，他们谈论起干部的成长问题。田力才说自己一直赶着背集，说十年前送二百元的礼，他就可以留在省里的大机关，山大松鼠大，轻轻松松混个正处，可惜那时手里没有二百元，农村孩子没有经济支柱，只能仰卧着尿尿，流到哪里是哪里。田力才感叹着说，到了县里，赶上干部年轻化知识化，自己没花钱就当上了副科级领导，很快又当上了乡长。那时候，只要送出去一台彩电，一千五百多块钱，就能当上副县长，只可惜自己没有攒够两千元。有老有小，一月工资往往是老鳖背磨盘，圆上圆。白妮没有工作，需要他养活。后来，白妮也能挣钱了，自己工资也涨了，可是一台彩电已经不行了，没有两万块钱门儿也没有。现如今，有了两万块钱，行情已经涨到十万了。田力才讲着脸就通红，一副义愤填膺的样子，弄得党办主任、宣统委员十分同情又无合适语言安慰，只能"唏嘘"着点头。此时的栗红章因为坐上一号车而激动、因田力才的遭遇而感动，真的很想说几句给田力才宽心的话，但张了张嘴又重新合上了。他本来想说现如今清正廉洁的干部不多，田力才就属于这一类，一定会得到上级重用的。话到嘴边，他突然又觉得，再感动、再激动也不能信口开河。他到桐树岭乡工作前，知道田力才在地区的会议上出言不慎受到批评才从大乡滑落到小乡穷乡；到了桐树岭之后，亲眼见他们家过年把几十个猪后腿炼成

油装在好几个截缸里；送礼送错引起了邻居的辱骂，应该说田力才不算是清正廉洁好干部，特别是上年过年，因为收的部分礼物和乡长同一档次就十分不满，栗红章为此还受到了追责……越想越别扭，栗红章觉得巴结领导也应该有个分寸，决不能违背良心，自己在部队多年牢记的就是忠诚勇敢。他鼓励自己说，刚才做得对，要继续发扬啊！车拐进望岳新区时，栗红章突然又想起了王春翔当年嘱咐他的话，要学会甜言蜜语，要学会巴结人。于是栗红章就想到机会适当时，他也说几句田力才书记喜欢的称赞话。他想，这年头领导干部闲言碎语最多的是男女关系问题，可田力才这方面还相对少些，尽管有人议论说他到张副乡长家吃手擀面，主要是想多看一眼张嫂的大咪咪，但那只能是流言蜚语，即使看到解了眼馋，也不违犯党纪政纪。接上财政所长，栗红章觉得车上人齐了，就开始歌颂田力才。栗红章说："现在的领导，我看田书记最正派，他除了白妮嫂子外，肯定没有糟蹋过第二个女人。有人屁股坐着桑塔纳，怀里抱着十七八，可咱田书记除了抱嫂子，其他的连气也没闻过。是不是？"栗红章问大家，此时鸦雀无声，他又看看田力才，发现田力才满脸通红，不知是害羞还是疚愧。栗红章真算得上一个实诚之人，他只认为自己出发点是好的，根本没有过多地思考自己话说出来后的实际效果。见到大家都沉默不作声时，还觉得是自己说话的力度不够，就想着继续加大分量。一号车路过县环境建设局时，栗红章又说："听说白妮嫂子就在这里边上班，单位不错，可是木局长太猖狂，特别是对女人更是野蛮，老少不嫌、黑白不论、美丑通吃！"栗红章看看大家，似乎大家都在认真听，就接着说："田书记，你人好不一定别的男人都好，对嫂子可得多关心，要她一定要有防狼猪的准备……"一号车过了四知堂路口，田力才突然大声喝道"停车"。之后，他让栗红章"滚下去"。栗红章满脸土灰地下了车，还听见田力才大声骂着："一个神经蛋！"

就这样，本来年后有望改变命运的栗红章，又被无情地抛弃在四知堂大道上。他知道，四知堂的四知是：天知、地知、你知、我知。

五十九

正月十七是个不错的天气，太阳忠于职守地挂在天上，按部就班地移动着。上年的八月十五皓月当空，没有云遮月，因此就没有正月十五雪打灯的情况。这年的春灯节对于城里人来说，十分欢乐祥和，但对于全县三分之二还多的农村人而言，则免不了阵阵隐忧。天旱无雨并不是很好的兆头，麦盖三层被方能枕着油馍睡，那么半层被也没盖上的漫长冬季，对于三山五陵两分川的农业县来讲，意味着新一年要抗旱夺收成啊！春节已经过完，原本已经结束了在严家沟"养伤疗病"的栗红章，当晚又继续住在了严石柱家里。他想，自己是党员领导干部，一定要做一些事情，不论田力才待不待见他，他觉得是战士就不应该离开战场，当年在部队常喊的口号就是轻伤不下火线，现在自己并没有伤，只不过心里有些痛，没有事情就找事情做。那天下午两点多，他就到了严石柱家，主动提出为青少年德育教育基地建设做点事。他开始携手严石柱把战争年代的遗物分类编排，然后按次序摆放到位。原本该严俊民干的活儿，一下子全交给了栗红章，严石柱说红章干得更细致。实际情况是，严俊民划着船载着省里的水利专家排查严家沟水库病况了，小道消息传说内部参考上有篇文章，反映严家沟这座中型水库常年失修基本失去了防洪抗旱的功能，省里领导在内参上批了字，要求主管部门抓紧抓实抓好这件事，切实使民心工程发挥应有作用。严俊民的小船上放着三条腿仪器，一个人看一个人算，还有个人在记录，他也说不清这三条腿的东西是什么。严俊民对栗红章说，只知道专家们叫啥全站仪，还说坝轴线、坝高什么的，不知道为什么输水洞堵塞了，修修还这么费劲儿，光测量、勘察就好几天。严俊民走后，栗红章接替了他的工作。有事情干，栗红章就感觉到充实，心里就十分得劲儿。他觉得在严家沟要比乡机关称心得多，在那里压抑，特别是没有分工，自己

就是一个木偶，连德育教育基地里的泥塑都不如。

在严家沟帮严石柱干点事，或者说为北汝县、桐树岭乡的德育教育基地干点事，栗红章很开心。但这种开心好像只属于白天，到了夜里，栗红章就睡得朦朦胧胧，而且还断断续续。他又开始做梦，做的往往是开车上坡，车竟然坏了，随即就往后溜，溜到悬崖边上他就被惊醒，摸摸心口全是汗水。再不然，他就梦见自己拉了一车人，男女老幼好多个，顺着一段下坡路行走，车的刹车总是不好使唤，踩好几下仍不起作用，于是车翻进沟里，他自己也被压在下面马上就要死去。这种梦醒后，他就再也无法入睡。他开始想自己这些年的事情，想和杨小桃的邂逅、想男孩子一样的栗阳阳、想半路上杀出的柳小月，想着想着就难过起来。这种时候，他马上告诫自己，伤心难过折磨的只是自己，而那些有良心的没良心的当事人或许一点儿也不会同情他。接着他就想当前的事，就检讨自己的问题。早晨，他为了巴结田力才，竟然好心操到驴肝肺，无意中又把人家给得罪了，就被人家无情地赶下车。在四知堂路上，他遇到了二号车、三车号，相信这些车也发现了他。因为他被安排到一号车上，别的车就不敢再拉他，即使知道他是被赶下了车就更不敢拉他。在桐树岭乡，田力才的话掷地有声，同情归同情，但实际行动就必须站在田力才一边。栗红章越想越憋屈，觉得自己真的很窝囊。

严家沟的深夜很静，月光透过窗棂上的小洞照进来，正好落在栗红章的脸上。后半夜的顺沟风呼呼叫着，不时吹动着严家当院里塑料水桶，发出轻微的"铛铛"声。山沟里不知道是哪种野鸟已经开始"哽哽"地叫起来，随后便有了村民家公鸡的啼鸣。越是失眠，就越是有人打搅，栗红章记忆最深刻的一句话就是"树欲静而风不止"。谁家的羊跑出了圈，在严石柱家墙外拼命地叫，还有"咣啷咣啷"的牛铃声、人的脚步声，之后便是狗的狂吠。好不容易得到了短暂的静寂，栗红章的手机又响起来。他后悔自己为什么竟忘了关机，一个失势的人，肯定不会有喜讯传来。好在，这种信息提醒只是"唧、唧"几下。柳小月的信息此时此刻到来，并没有让他产生反感，反倒觉得新奇。他们已经半个多月没有联系了，此刻的她是在栗寨，还是在县城？那阵子关于养胎的事曾使他十分排斥她，隔了一段时间这件事又成了他心中的神秘"灯谜"。正月十六晚上，轻工局有一条灯谜是"十月怀胎，答一植物"，当时他就想到了柳小月养胎之事。柳小月的信息说："章章，密司特红章，不管此刻你在哪里，也不管此刻你心中还

有没有当初的温度，我都要告诉你，我十分爱你……我已经离开了栗寨，在省会乘上了向北的列车，'哐咚哐咚'的声音，不停地敲击着我的心扉，使我的思绪飞到了你的身边。动车是驶往首都北京的，既然我在北汝遭到了种种不公待遇，与其留在北汝县仰人鼻息，不如我出来看看，天下那么广阔，肯定有我的一席之地，特别是北京，那里面临奥运会的良机，需要大量的人，我想自己一定能找到用武之地。请相信，栗寨的炊烟、栗寨的河水，永远是我心中亘古不变的乡愁。我记牢了栗阳阳的话：不论到什么地方、什么时候，都不要跟红章哥拜拜，因为他是世界上最优秀、最善良的男人……"

北汝县的文化宣传部门发现柳小月失踪，是在她的两篇报道获奖的通知下达之后。县级电视台的记者采写的专题能够引起省级的重视，而且获得最有价值专题报道奖在北汝县是空前的。颁奖的仪式很隆重，规格也颇高，中央电视台和省委宣传部的领导出席并为有关单位和记者颁奖。这种有光环的会议，北汝县的相关领导不会错过，镁光灯下抱着匾牌和上级领导握手合影，风光无限兴奋无比。对于柳小月不能到会，县广电局领导已经提前吹风，说柳小月重度感冒咳嗽发烧……

柳小月给北汝县带来的不仅是荣誉，还带来了可观的经济效益。为了引导党员干部崇尚科学远离迷信，上级拨三百万元专项资金建北汝县图书馆；关于严家沟水库，经专家鉴定，该水库为病险水库，主管部门下达除险加固资金一千二百万元。名利双收，令北汝县的相关领导反思以前的偏激作法，肯定了柳小月主要是广播电视部门的工作。尽管桐树岭乡挨了舆论批评，当时田力才发起过反映柳小月资产阶级自由化思想的攻势，但事过境迁以后，大家都认为自己当时不够理性。然而，此时的北汝人怀念柳小月的时候，却找不到了她的行踪。

最对柳小月产生怀疑的，莫过于栗寨的刘玉环。她抱着对柳小月的期望，想让她在栗寨静心养胎的时候，柳小月却在正月十六上午悄悄离开了栗寨。这个消息还是栗阳阳告知的，她说柳小月担心自己离开会伤害两位老人，但工作人员不能老停留在家里面，自古忠孝不能两全。为了不刺激胎儿，柳小月说她只能选择不打招呼离开这个方式了。栗阳阳通报情况后，刘玉环开始检查柳小月在家这段日子的遗物，主要是打扫卫生。在打扫过程中，刘玉环检查了柳小月前不久扔在篓子里的卫生巾，发现了并不愿看到的问题。顿时，刘玉环蒙了，朦胧中知道自己被柳小月骗了。刘玉环认为这是一种报应，是她错怪儿子栗红章、折磨儿媳杨

小桃带来的报应。此时，她最需要向人倾诉这种痛苦，可又找不到适当的人，本来栗红章就应该是首要人选，然而她怎么好意思向他开口呢？自己酿的苦酒，就独自饮下去吧，活该这样。整个正月十六夜里，她没有合一下眼，正月十七她少气无力地躺在床上，一粒米也没有下肚。而栗建社也只能围在床前，说几句安慰也不是、劝说也不是的不疼不痒的话。大半生了，他就是这样一个小事糊涂、大事不清楚的人，屁颠虫一样地尾随着刘玉环。正月十八黎明，刘玉环来了精神，把在院子里打扫卫生的栗建社叫过来，把她酝酿了一夜的想法说给他。栗建社没有理由否定她，明知道刘玉环是给他安排工作任务，在她出门后，让他管好家里的猪、鸡和狗猫。

刘玉环进了县城，要寻找"山北高人"，他是老百姓心中的神仙。县城的三轮车五块钱费用就把她拉到了山北高人家。下了车，刘玉环惊呆了，这哪里是家，临街的五层楼上镶嵌着"易卜阁"三个大字，门口的霓虹灯广告牌上滚动着一条条雷人的广告词："欲问天宫今昔曲，易卜阁里悲欢歌；天文地理动与静，喜怒哀乐幽和冥；前世今生多少事，山北高人细数说；莫道人生路不平，坎坷曲径成通途；易卜阁里走一遭，柳暗花明运转好……"门前排起长长的队伍，十分像大医院里挂专家号。刘玉环想，这哪里是山北高人的住处，简直就是医院。排在队伍最后，刘玉环的心马上平静下来，心里说，从一定意义上讲，这里就是医院，家里出了事、工作出了差、在外遇到麻烦事，就是有了毛病，像人的身体出了毛病找医生开药方，人们来这里也是让山北高人找找毛病，然后指点迷津，从而过上正常的生活。刘玉环把山北高人类比成了专家名医，来这里就是求到一服治病良药，想着想着心里就充满了期待，精神随之振作了许多。排队期间，有几个人跟她攀谈，问了她好多话。她都如实说了，那几个人随后也排在队伍里，完全是求医看病的姿态。耐心等到下午两点多，刘玉环才算挂上了号，帷幕里有人问她求助什么事，刘玉环不假思索，脱口而出："看孩子的婚姻！"不到一分钟，一张打印好的单子就到了刘玉环手中，她觉得这就是神奇，只有神仙才能这么快就给出诊断单子。她识字不多，对单子上的句子是什么意思也不理解。正当她犯愁时，就有个年轻女孩走近她，让她到那间房子里买一炷三百元的高香，然后点着插在香炉，静心等待高人通知。刘玉环老老实实地照姑娘的吩咐去落实。落实完，她开始想如今求人看命运也那么像医院里的程序，挂号、开处方、买药、听医生吩咐服用方法。她基本能读下来那个单子上的字，就轻声念起来《蝶

恋花·解蟑螂婚姻困惑》：

> 风雨摧杨偏遇柳，
> 直杨曲柳摇摆寨前后，
> 欲向高人问缘由，
> 桃刚月柔迷离久；
> 郁闷蟑螂被玩猴，
> 迷津旅途黄雀在身后；
> 新春十六月儿亮，
> 桃花不开絮不扬！

　　刘玉环不知道蟑螂捕蝉黄雀在后的典故，只认得蟑螂，也见过黄雀，她问自己这蟑螂黄雀关咱啥球事？这时，那个姑娘提醒她说："高人见她的时间到了！"山北高人只问刘玉环儿子的名字，刘玉环说他叫栗红章，栗寨的。山北高人肯定知道栗红章，七八年前这个名字比较响亮，为了显示高人的神秘，他并没有说其他多余的话，就直接讲起了《蝶恋花》。高人说，"你儿子婚姻中遇到过三个女人，其中相克的两个，一个涉及杨，一个连着柳，我说对了你点头就行。不要激动，有一个册子里记载着很多东西，只不过功夫不到的人是看不到的，另外，有些东西只可意会不可言传，因为天机不可泄漏，否则是要出大事的。"刘玉环点头，表示自己听明白了。山北高人说，"你儿子本来跟姓杨什么桃是天作之合，可惜栗寨阴风浩荡，同时山瘠地薄，容不下人家；后来你儿子勾搭上了姓柳的女子，该女子春风婀娜，智勇双全，你们一个农耕家庭，养不起下凡的文曲星。"山北高人发现刘玉环面色灰白，知道她心里压力很大，就停顿一下，解释起"蟑螂"来，"你儿子叫红章，作为杨、柳的男朋友，就该尊称'章郎'，他实际上就是一个蟑螂命，单子干脆直接写成蟑螂了。关于黄雀，是指他身后还有比较强大的势力，或者是职务比他高的人，都有可能随时打败他……"在山北高人解读这页纸的整个时间段，刘玉环佩服得五体投地，不住地点头。

　　正月十九的早上，栗红章正在想那些稀奇古怪的梦，刘玉环打来电话，把请山北高人的事情说成是她做了一个梦。她说梦见一位白胡子老人，告诉她说："你家栗红章上了一个姓柳女人的当，人家像耍猴一样地玩弄了栗红章。另外，

有个官位高的人一直在欺负栗红章。""章章，这会不会是仙人下凡帮助咱们？那老人很慈祥的样子，就像电影上的神仙，咱可不能不信呀！"刘玉环最后说："我一辈子攒的三十几万块钱，都叫这个柳小月拿走了，她说到县城的地中海、圣庄园、江山一号买房子，还说让咱们全家都住进去。你想想，人家说怀了咱家的孩子，不应该给人家买房子吗？想想办法，她既然没有给咱生孩子，那钱咱也不能白给她！"

栗红章心里很乱，根本顾不上和母亲谈论这些后事。他相信柳小月不是骗子，也不是谋财害命的那种人，就安慰刘玉环说放心吧，以后专门处理这事。栗红章刚刚又读了柳小月的短信，心里还有些暖洋洋的，因此母亲的叮嘱他只是心不在焉地搪塞着。

严俊民帮助专家测量水库的事情已经结束，他们几个都投入品德教育基地建设中，没几天时间，文物资料整理、泥塑安放、展馆布局就有点像样了。栗红章禁不住高兴起来，在不被田力才重视的情况下，他总算做了一些力所能及的事情，也为日后的风景名胜区建设打下一些基础。然而，这种高兴只那么一小会儿，他就被一个短信弄得沮丧起来。杨小桃发来短信，提出跟他离婚，信只一句话："栗红章，咱们离婚吧！"这句话就像晴天霹雳，恰恰落在他的头顶。他站在那里，觉得有些摇晃，觉得周围的房子、身边的树都在旋转。严俊民眼疾手快，一个箭步冲上来扶住了即将倒地的栗红章，说栗乡长这几天辛苦了，说着就把他背进屋里让他上床休息。

栗红章神志有些恍惚，这时的脑子就像一个张开的洞口，许许多多的东西都涌进来。他真不知道应该先接纳哪些事情，那么多、那么零乱、那么复杂，简直使他难以承受。迷蒙中，好像有一个胡须头发都是白色的老人，挂着拐杖站在他跟前，亲切地呼唤他孩子，说："孩子，人生无常，悲喜交加，祸不单行啊！孩子，你要珍惜自己，留得青山在，不愁没柴烧……"老人走远了，好像一道白光，霎时就到了云天。

栗红章记住了四个字，祸不单行，然而此刻这四个字，竟是那么沉重。

六　十

　　栗红章有军人的意志和毅力，很快从接连的打击中挺立起来。他回答杨小桃，等春耕生产和三夏过后，就专门进城解决个人的问题。他本来是推托一下，还幻想着去努力挽救这场即将无疾而终的婚姻。但他却没有想到，杨小桃答应了，而且答应得十分干脆。回信依然是那么简练："同意。"

　　栗红章似乎就是如有神助的那种福星，正当他情绪低落时，除了自我安慰外，严家人也给了他极大的精神支撑，桐树岭好多村子的干部都打电话邀请他去，说新年又有新发展思路。他并不孤单，也很快消除了烦恼。更令他兴奋的是鹰山地委新来的副书记来北汝县视察，竟然专门问了他栗红章的近况。这位副书记分管纪检监察和信访工作，在一封举报田力才假公济私的信中，知道了栗红章的情况，也知道栗红章近年来受到排斥的事情。这位副书记就是金之述，当年栗红章闹笑话称其为"爷爷"的那位副行长。山不转水转，如今是直管北汝县的地区领导，他一句话比当年的圣旨还要厉害。金副书记在过问栗红章时，当然也听到了负面的反映，那个从省直到北汝任副书记的汪群，就站在了田力才一边，说栗红章农村干部出身，连个述职报告也不会写。汪群早些年不在北汝，对栗红章辉煌的历史并不了解，更不知道金之述和栗红章的特殊关系，就贬低栗红章。哪知金之述也很任性，非要看栗红章上年的述职报告。虽然栗红章的述职报告有些像作文《一件小事》，但这件小事却牵出了一宗大案，金副书记就肯定说这个述职报告没有空话大话和套话，是一个值得推广的文章。说到底，金副书记就是要北汝县的领导答应要公正对待一个务实的干部。汪群当即代表县委表态，保证在最近安排好栗红章的工作。金副书记走后，由于田力才的软抵硬抗，并没有马上把栗红章安排到位。在田力才意念中，这封反映他问题的举报材料，就是栗红章

写的，因此更加仇视他。其实，桐树岭乡机关，表面上莺歌燕舞、波澜不惊，但早已杂音四起、暗流涌动了。四年一换届，前两年都很平稳，三年之后矛盾暴露已经成为常态，但是栗红章没有什么欲望，也不和人记仇，怎么会告发田力才呢？况且，田力才明明知道，栗红章连自己的述职报告都不会写。然而，金副书记这次视察，好像专门为栗红章而来，又不能不使田力才产生怀疑。

终于有了机会，县委会议上研究，鉴于严家沟水库除险加固工作十分重要、时间紧迫，必须强化领导，就成立了县委县政府严家沟水库除险加固领导小组，县委副书记汪群兼任组长，县水利局局长、财政局局长、发改委主任兼副组长，成员涉及二十二个县直单位和两个乡镇。同时，按规定还要成立严家沟水库除险加固建设管理局具体负责工程的实施，汪群任局长、田力才任副局长、杨东升任常务副局长，为了落实金副书记的指示精神，任命栗红章为管理局安全保卫组组长。理由是他责任心强，善于与坏人坏事做斗争。不管怎么安排，栗红章都接受，他觉得一个党员、一个干部，要干事不能偷懒，要对得起自己的光荣称号，要对得起国家发给的俸禄。

严家沟水库除险加固建设管理局的第一次会议，是汪群主持召开的，主要任务是明确分工和强调纪律。在会议正式开始前，汪群先找栗红章个别谈话。汪群先给了栗红章一个下马威，说："红章啊，我汪群可是直性子人，打开窗子说亮话吧，你可不要接受不了呀！换换人决不会这样和你谈话的，现在闲人这么多，多个少个没有什么不一样，缺了谁地球都继续转，严家沟水库照样除险加固，干脆不用你就到底了！但我看过你的《述职报告》，觉得你还有点儿正义感和责任心，勇于和违法犯罪人作斗争，就让你发挥优点，到建管局负责一方面的工作。"汪群只字没提地委副书记金之述来北汝县指导工作的事，把使用栗红章说成了自己的施舍。他接着说："你可不要翘尾巴，要知道你是有争议的干部，要多考虑自己的缺点和错误，反思自己为什么将近一年没有履行职责！在建管局要夹起尾巴做人，踏踏实实办事，不该知道的不要打听，不该说的话要闭嘴不说，领导交办的事情要无条件服从，坚决干好！"汪群的下马威之后，又是一番拉拢。他说："田力才书记为什么不用你，听说你说话掉板，办事不长眼，喝酒两三碗。你想想，你的条件比谁都好，妻舅当着县委副书记，马上就是县长，可他为什么不关照你？一句话，烂泥扶不上墙！我这人就不同了，用你是信任你，知道你蛮拼的，够哥们儿义气的！但你不要感激我，只要干好工作就行！"汪群一

番话，让栗红章不感激也不行。他想，人说千里马常有而伯乐不常有，汪群副书记就是活生生的伯乐。对于汪群有的话，栗红章并不十分认可，办事不长眼啊、喝酒两三碗啊，实在是道听途说，自己不憨不傻，绝对不会办那种违反原则的事，另外，关于妻舅李凤梧，汪群只知其一不知其二，甚至不懂什么是昨日黄花。栗红章不计较这些，只要安排工作，他觉得就是给了他用武之地，心里只想了一句话："出水才看两腿泥！"

会议正式开始，田力才主持。他先考勤点名，念了三十一个人的名字，个个答"到"或"有"，似乎带有军事化的色彩。田力才向大家介绍了汪群的情况，说汪群是当下北汝县委最具潜力的下派干部，是一位见多识广、胸襟开阔、作风严谨、清正廉洁的好领导。田力才在一番介绍之后，讲了建管局会议的宗旨和会议的重要性，接下来就让大家鼓掌欢迎汪群书记作指示。汪群站了起来，微笑着露出当门的两颗大牙，然后弯下腰给大家鞠了深深一个躬，算是对大家掌声的答谢。汪群不愧是省直机关的下派干部，讲话与众不同，说今天讲三句话，六个字：紧迫、担当、安全。他把紧迫这两个字展开说，是汛期将至、工程艰巨、燃眉之急、刻不容缓。说这些时，他着重参照了上级业务部门的通知精神，穿插着讲了县委县政府领导的批示。讲担当这两个字时，他讲了好多建管局同志的职责，包括素质要求。栗红章感到很奇怪的是，刚才他们俩谈话的内容，汪群当着大家的面再度讲了出来，只是没有把栗红章抖漏出来，而是用"不少人"这三个字。仿佛这次除险加固如同唐僧西天取经，使用的助手都是曾经犯过错、有争议的人一样，他把这次用的工作人员说成是需要实际行动考验的人。要求大家既要有担当，又要守纪律，主要是组织纪律和保密纪律，下级服从上级，管好自己嘴巴不许乱说，多干少说，不该说的坚决不说，做有担当的好同志。关于安全，汪群讲得很原则，主要是三句话：工程安全、资金安全、干部安全。工程安全强调工程科认真负责，通过招标筛选出有实力的施工队伍、负责任的监理队伍，严把质量关，把严家沟水库的除险加固工程干成固若金汤的工程。关于资金安全，他强调说国家拿出巨资很不容易，都是纳税人的血汗钱，是民脂民膏，好钢要用在刀刃上，不得有任何滥用资金或使用不当的情况出现。他对签字敲得最响，没有他的批准和签字，财务人员一律不得擅自作主动用资金。干部安全实际是资金安全的一部分，他要求全体人员要干干净净，手莫伸，伸手必被捉。他希望工程是优质的，人员是清白的。汪群的讲话，从掌声中开始，又在掌声中结束。田力才

说："汪书记讲话有针对性、政策性、鼓动性和操作性，希望大家散会后，抓紧写出心得体会，并要求建管局办公室把大家的心得体会张贴到宣传栏里，让上级、让兄弟单位到此，就能看到我们积极向上的正能量、蓬勃进取的新形象！"

按照防汛要求，每年的四月十五日进入汛期，六月一日进入主汛期，主汛期前在建工程必须竣工或进入度汛阶段。而严家沟水库的施工要求比较具体，二月十五日前成立建管局，二月二十五日前发布工程招标公告，三月二十五日招标完毕，三月底前施工单位进场，主汛期来临前必须竣工。因为主要是加固大坝和处理输水洞堵塞问题，工程相对简单。汪群在会后就马不停蹄地选好了工程招标代理公司，是省会一家叫"阳光灿烂工程咨询公司"，据说是国家一级代理公司。他们对招标工作轻车熟路，比上级要求的时间提前一天就把"招标文件"挂上指定的网站上。汪群副书记说"不把招标工作做好就对不起组织，对不起北汝人民"，因此要求施工单位必须具备国家一级建设资质，监理单位必须具备国家二级以上监理资质，同时要求上述单位必须有同类工程的建设和监理经历。这些条件，让地级和县级那些企图投亲靠友干工程的施工单位一下子傻了眼。不具备施工资质条件的施工单位，以及那些具备三级资质以下的施工队，不一定没有弄到合格资质参与投标的本领。北汝县的施工队幕后都有非常有实力的人物，他们很清楚那些一级资质的企业根本不需要承揽两千万以下的工程项目，超过亿元的工程他们还干不完呢！小施工队就利用这种机会，借用他们的资质，只不过按要求上缴一定比例的管理费而已。当严家沟水库除险加固这个一千多万元造价的工程公告之后，握有二级三级企业资质的后台们一下子慌了，他们根本没有想到杀鸡还要用牛刀，只好设法联系大企业了。汪群是从大单位下来的，曾经沧海，相信县一级的人在很短时间内拿到一级资质参与投标，基本上是天方夜谭。他说自己是为了堵塞那些乱跑门子、私拉关系、让上级乱打招呼的漏洞，才玩出这么一招。汪群的自信来源于他对县乡人员水平的评估。但他忽视了一点，这个北汝县虽属县级，但这儿也曾是人类的摇篮，八千年前就有祖先在此居住，东周时为王畿之地，故宫博物院里收藏有这儿出土的好多件稀世珍宝，士大夫、宰相、国务总理等这里都出过。这里还是全国五十个重点产煤县之一，煤炭资源丰富、肥煤瘦肥齐全，其他矿产资源也极丰富，这里还是历史上南粮北盐集散地。在漫长的商品经济活动中，造就了一批又一批头脑灵活、经营有术、富甲一方的商贾巨头。汪群以及许多外籍人士低估北汝人，主要原因是忽略了对这里历史的了解。

一般情况下，谁小看了这里人，谁会付出代价的。

当公告发布后一小时，北汝已经有七个幕后操盘人联系上了握有一级资质的水利工程企业。只是这次真的让他们很失望、很恼火、很没面子，基本上所有的一级企业资质早在一天前，也就是公告发布之前，就有了合作伙伴。他们既然弄不到资质，肯定参与不了投标，等于说这个县级比较可观的工程只能放弃了。然而，凡是想显显身手的人们，哪一个也不是等闲之辈，他们干不成工程，就一定要弄清是哪些人这么神通广大，能提前掌握重要信息，抢先一步拔了头筹。这些没有资格的几个人在一起喝了一场失败酒，席间就推测是谁借走了资质，是谁这么牛。结果他们推出了那个叫"黑桃四"的人，说他自从汪群来到北汝，就开始离群索居，像个屁颠虫似的追紧汪群。这七个人有些羡慕嫉妒恨，都有戳穿把戏看笑话的想法，只是在酒桌上没有明言。这次招标被安排到一个执法部门的培训中心，汪群事先还发出请柬，邀请公检法、纪检监察、财政、审计、物价、水利等十多个单位参加监督，还破例地邀请了严家沟村的群众代表参加。那天上午九点整，招标会议开始，一切都按规定进行，关闭通信工具，不许大声喧哗，氛围酷似法庭升堂。这次竞标的是六家一级水工企业，名字听起来都让人振奋："环球水电工程有限公司"、"白山黑水水利电力有限公司"、"宇宙水利工程第一工程局"、"五洲水利工程建筑公司"、"雨顺风调水利工程建设集团"、"大河水建工程公司"。每家公司都把一摞子投标书整整齐齐地摆放在主席台下第一排，等待当众启封。主持人当众宣读了各自的投标价，很有意思：宇宙998.1万元，环球999.5万元，白山黑水1002万元，五洲1005万元，雨顺风调1011万元，大河1000万元。接下来是等待，评标专家小组在一大间房子里开始工作，不时传出争论的声音。下午三点二十分，有关人员宣布了评标结果，前三名企业依次为：五洲水利工程建筑公司、雨顺风调水利工程建筑公司、环球水电工程有限公司。投标会议结束了，与会的监督部门、有关代表除了集中吃了一顿饭外，都议论说觉得这种参与就像坐过山车。汪群副书记两颗门牙一露，笑着说和大家感觉一样。

严家沟水库除险加固工程作为县政府该年度为民办理的十件大事之一，在三月三十一日上午十一时举行了盛大的开工典礼。彩旗飘扬、标语醒目、机声轰鸣、爆竹阵阵、人山人海、欢声雷动，县四大班子领导为工程开工剪彩，施工单位项目负责人表态，桐树岭乡田力才作为业主表态，县委副书记、严家沟水库建

管局长汪群讲话。那个场面、那种氛围让人们终生难忘，大家为之振奋着，第一次见到国家大公司这么派气，人们坚信主汛期到来之前工程竣工毫无疑问。

然而，从第三天开始，那些大型机械、大型装载车辆，头戴安全帽的队伍便看不见了，只有那些旗帜、那些横幅在迎风招展。第五天，这里来了一支十多人的施工队，拉着农村建房时用的搅拌机，手扶拖拉机拉着炊事用具，摩托三轮车拉着施工队员来到了工地。他们主要是做输水洞疏通改造的，似乎人员素质还不错，只说是先头部队，大批人员近日到达。栗红章问他们的五洲公司多少人，干过哪些工程，这些人说多得很，数不清的，小浪底、葛洲坝、幸福渠、大山沟水库胡侃一气。次日，汪群便打来电话，批评栗红章狗拿耗子多管闲事，让他管好严家沟水库工程的安全保卫，其他事不要多管。

多少有点施工经验的队伍，就应该先熟悉图纸，然后再按照施工要求分步骤施工。要修复输水洞，首先应围堰，抽干输水洞附近的水，然后挖出多年沉淀、淤积、抛进的杂物和人们有意识放置的石块，再更换落后锈死的启闭机械。然而，这个不太专业的建筑施工队，第二天就被叫停了围堰。水库承包人拿着一份与水管站签订的五十年期限的养鱼合同，坚决要求施工队先包赔损失，然后再围堰。由于养鱼网箱离大坝太近，由于近年干旱缺雨，水库水位严重下降，多次降到死库容界限，只剩下可怜的保坝水。而养鱼人就把网箱放在坝跟前，即使只剩下死库容也能保障养鱼挣钱。由于养鱼户要价太高，小施工队无力承受，性急中说出了不该说的秘密。他说这活从"黑桃四"那里接过时，就只有小百万元，连包赔养鱼钱都不够。养鱼户态度强硬，不包赔就休想围堰。工程从此停了下来，一直到汪群、田力才前来视察，说上级马上来督导，无论如何要保证正常施工。这次，汪群给栗红章下放了一些权力，除了安全保卫，还要协调好企业和养鱼户的关系。一句话，不能停工。四月十五日的防汛期到了，工程进度差不多还是零。为了展现进度，又一支施工队进驻严家沟，他们是负责坝坡护砌的。他们带来了两台推土机，用了五天时间把大坝原先的迎水面砌石全部推走，又把背水面的草皮全部铲掉。接下来，他们开始收购砌石、联系新草皮。水库有了大动作，建管局向县里、向上级报告的进度就十分喜人，到场职工六十人，动用大型机械七台，完成土石方一千二百多方。相比之下，输水洞工程成了问题。汪群站在一堆黄土般的大坝上，表扬大坝护砌工程雷厉风行，大见起色，又批评输水洞工程踏步不动、影响整体形象。要求先进的快马加鞭、再创奇迹，落后的知耻后勇、

迎头赶上。那一次，汪群还用了换脑筋这个词，要求输水洞施工队要换脑子，不换脑子就换人。时间过得很快，马上进入了五月，输水洞工程队在这个时候的确换了脑筋，他们大胆地迈出了很不专业的一步。不用围堰，不再与养鱼户纠缠，他们直接在大坝上动了手，从坝顶开始，把大坝截断，把输水洞挖开，垂直清理杂物，之后再建输水洞。由于当年修建大坝时使用的土办法，人工夯实、羊群踩踏，大坝十分坚挺，工人说开挖着镢砍不动。施工队调来挖掘机，还有那种叫炮锤的玩意儿，昼夜不停地挖着锤着。五月二十六日下午，才算把堵塞了的输水洞暴露了出来。五月二十七日那天是个星期日，有位水利工程师来严家沟串亲戚，无意间走到了工程现场。他发现了这两个方面的严重问题，当时就指出这样施工十分危险，一个大坝被推土机弄成一堆黄土，这边又被拦腰截断。如果近期来一场暴雨，有溃坝的危险。施工队根本听不进专家的话，还骂人家精神有问题。后来有人把专家的话讲给了汪群，汪群说："你们听建管局的！"

五月底，农民说到了焦麦炸豆的时候，在严家沟施工的队伍中，百分之九十的人是农民，他们要回家收麦子。活就停下来了。由于严家沟水库天天向上报进度，汪群的人事关系好，整个施工中并没有上级部门前来督查。一直到了六月十日，农民们收了庄稼才来到工地。但又出现了新问题，一是护砌石块运不来，大家只能等待，施工队头子会成本核算，就让大家先栽植背水坡草皮。之后，砌石依然没有送到场，大坝护砌工程就暂时停工放假。输水洞工程还算顺利，清理工作完毕，只等新购买的启闭机进场了，只是大坝的整体变成了一座大型假山，二百多米长的黄土堆、十多米的新壕沟，完全没有了往日大坝的模样。汪群对严家沟水库除险加固工程很在心，过不了三天就要来一次，每次都要带上田力才和水管站站长张洪昭，每次都能见到坚守岗位的保卫科科长栗红章。由于是县委副书记亲自抓的工程，县里的职能部门就不好意思管那么多，何况这又是一座早已下放到乡里的水库。汪群每次来工地，总是给栗红章安排许多事情，协调工程队立即大干快上，或者让他去红石山协调石块的供应。栗红章每项都抓了落实，但收获基本是零。

栗红章接触了多方面的人以后，产生了很强烈的感觉。现在的人，似乎良心都让狗吃了，生意场上不是正规买卖，而变成了趁火打劫。卖石块的了解到这严家沟大坝用量大、工期急、原来的坝坡砌石已经毁掉，面临着十分危险的境地。于是就大幅度提高石块价格，变原来的一百元一方为一百九十元一方。成本提

高，施工队肯定不干，他们也有苦处，憋久了就发泄出来，说日他们娘的，要工程遇上吸血鬼，他们吃肉，把骨头给了俺；干工程又遇上打劫的，材料一直往上涨。他们也憋住气，和石料场比耐力，故意内紧外松不理睬石块的事。更加可怕的还是劳动力，原来到这里干活的农民全走了。除了施工队老板为了省钱连续放短假的原因，还有外边的工程队不断到这个工地上高薪招人。这里的工人每天工钱八十元，还要工程竣工结算。而其他地方的每天一百二十元，一天一结。人走光了，只剩下建管局保卫科的两个人，其实只有栗红章一个。另外一个是监理公司的临时工，人家嫌严家沟太远太寂寞，正是谈对象的季节，说是回家一趟马上就来，这一走就是半月。眼看工程就半拉子放在这里，汪群这时才有了火燎眉毛的紧迫感。六月二十八日，汪群又来到坝上，这一次带给栗红章一个喜讯，还发给栗红章一份文件。"经建管局班子研究，报请县委、县政府批准，任命栗红章同志为严家沟水库除险加固建设管理局常务副局长，负责日常工作……"栗红章像旧时候的官员一样，恭恭敬敬地双手接旨。不同的是，他向汪群反映了他掌握的真实情况。汪群说："困难问题哪里都有，但我们只要下功夫，办法总比困难多，解决问题的出路也是有的，要是我们只会怨天尤人，或者不主动出击，那么我们这些党员干部就是失职就是渎职！"严厉之后，汪群又露出了两颗大门牙，笑着拍了拍栗红章的肩膀，说："栗乡长，别人都评价你是福星，常常会化险为夷，这次就看你的造化了！"栗红章张了张嘴，本来想说：我尽力吧，但终于没有勇气说出来。他心里不平衡，刚才汪群一句一个我们，不是在批评哪个人哪个单位，而是在批评他栗红章啊！

坝上只剩下栗红章时，他仰脸看看天，蔚蓝的天空中点缀着朵朵白云，又是一个晴朗的日子。此刻，他把化险为夷的希望全寄托在老天那里，祈祷老天在工程竣工前不要下雨，尤其不要下暴雨。在远处的严家沟河下游，有人在击打排鼓、燃放爆竹，轰隆轰隆雷一般地响着，干旱中的农民正在祈雨。他们此时应该是大片大片地跪在地上，面对袅袅升腾的香烟，齐声呼唤着："老天爷啊，您救救我们这一方百姓吧，已经三年五季没有下透雨了，您开恩下一场痛快的吧，库满河平时，我们再来还愿！"栗红章多次看老百姓祈雨的宏大场面，想象着他们此时正在呼唤，正五体投地爬在大路上，就禁不住心酸起来。此时，他听到有人咳嗽，抬头看到严石柱来了。严石柱说："红章，我总觉得刚才那个汪群不像正经人啊！一副汉奸样子！"栗红章心里存在着对汪群的感激之情，还牢牢记着他

的知遇之恩，他没有迎合石柱大爷，而是把话题引开了。栗红章说："柱爷，山下的人们都在放鞭炮打鼓敲锣祈雨，能行不能？"严石柱说："久旱必有一涝，不祈雨老天爷也会下的，他还念着这一方百姓呢！"栗红章不作声了，内心的压力越来越大。严石柱却无所顾忌地骂起来："过去的领导干部下乡进村能住下来，研究情况解决问题，那叫驻村驻队。现在的坐着小车吃溜来了，吃溜走了，不知道老百姓唱的啥，骂的啥，像丁丁（蜻蜓）点水，看这水库看这坝，来一场大水不出事都难。日他娘还龇着俩大门牙笑哩！快哭了！"

栗红章奇怪，为什么严石柱对汪群这类人如此反感，而且恨之入骨。那次工程招标，人家还笑着恭恭敬敬地给群众代表敬酒呢。

六十一

七月初的桐树岭乡又热又闷，一改往年山区夏风习习、凉爽可人的常态，习惯于到此避暑的人们，无不发出失望的叹息。严石柱家的那条混血"黑背"无精打采地卧倒在大门口的皂角树下，舌头耷拉出嘴，还不住地喘息着，完全是一副苟延残喘的模样。那些往常成群结队在场院里觅食捉虫的土鸡，也失去了轻俏或顽皮的活力，不再争食、不再追逐，公鸡也不再寻欢。最喜欢坐在水库边沿享受顺沟风的人们，此刻规规矩矩地蜷缩在自家小院里，摇动着蒲扇，朝胸口使劲儿扇着，似乎失去了说话聊天的兴趣，选择了"心静自然凉"的独处。这种时候，最不识时务的便是那些寿命短暂的知了，依旧无忧无虑、争分夺秒地唱着它们千篇一律的破歌。

站在大坝上，依旧听到严家沟河下游焦躁的鼓乐和鞭炮声，之后便是人们沉闷的呐喊。即使不那么清晰，栗红章也完全清晰地翻译出那些杂乱呐喊的语句："至高无上的老天爷啊，你可怜可怜我们这一方百姓，赶紧下一场透雨，救救这

些老百姓吧，他们已经五季没有丰收了，可怜可怜吧……"

农家出身的栗红章，在部队接受了深刻的爱民教育。他参与过抗洪救灾、也参与过抗旱保苗，还参加过"三夏"期间的"虎口夺粮"，对农民的愿景有着深切的理解。因此，听到远方的祈雨呐喊，他的心好像被擂鼓手的锤子狠狠地击打着。他坐不住了，就给建管局局长汪群打电话，而汪群似乎并不那么着急，相比之下，他们之间情绪就彻底成了"皇上不急太监急"。他提醒汪群水库大坝的形势很严峻，不敢再拖了。而汪群也言辞激烈，说形势不严峻成立建管局干吗，拖着的问题难道只怨局长，要你们这些副局长、常务副局长当模特吗？栗红章立刻觉得吃了没趣，就自责起来。在他哑火时，汪群便安慰他说："北汝县的真正雨季是七下八上，就是说七月下旬和八月上旬是发洪水的要害阶段，只要七月二十日前工程竣工，就不会出现问题的。"栗红章想，汪群对防汛还持乐观态度呢，在思考问题上他很像小学生算算术，扳着手指加几减几。自然界的东西不是算术，也不是理论，自然灾害是冥冥之中潜在的一条猛兽，不定什么时候就会挣断铁索、冲出牢笼，穷凶极恶地冲将出来。栗红章既焦急又害怕，摆在面前的事情的确不是闹着玩的。

栗红章的脑海里出现了一个惨烈的场面，一天深夜，突然电闪雷鸣、狂风怒号、暴风骤雨、山洪暴发、库溢河满……他禁不住汗流浃背、心跳加快，很快就感觉浑身发抖，不寒而栗。栗红章是一个不懂文字的人，此刻竟端坐在建管局办公室（这是在严家沟水库管理所院内搭建的临时房子），构思着应对方案，他不想因为自己工作不力而出现重大问题，给国家和人民群众造成不应有的损失。关于如何预警、如何组织防汛队伍、如何采用最有效的措施挡住洪水，确保严家沟水库安全度汛。他先是在一张白纸上画出一幅防汛工作流程图，需要人力的地方画上人身，在需要沙石料的地方画上石块和沙堆，在需要土的位置画上土堆，然后在坝顶部输水洞的地方画上编织袋，标上一千字样，是说要准备好一千个编织袋，准备装土装石块和沙子用。栗红章理出的防洪思路好多条，自己觉得有筋有骨非常清晰而且简明实用，但他实在不好意思马上向汪群汇报，刚吃无趣没多长时间。他怕汪群对他产生犯贱的印象，人怕没脸、树怕没皮，刚刚给你栗红章一顶常务副局长的帽子，你就跃跃欲试地轻飘起来！他把自己的积极性压了压，再次静下心来，把流程图写成文字。

写文章跟考虑思路完全不能衔接起来，思考着容易，动手写就犯难，他画出

的图层次清晰，但写成的文章就成了一盘糊涂棋。费了好大劲儿，他的一篇防汛文章写透明了，然而又觉得拿不出手。他把文章藏进衣袋，担心有人进来看到这么一篇小材料，那么多的错别字，还有北斗星般的墨点，连个标点符号也是一逗到底，肯定会讽刺他身为副乡长水平这么差，让他仅有的面子立马丢尽。人贵有自知之明，为了文化水平的事，他长期纠结着、自卑着，看见有文化的人、能言善辩的人、会写文章的人就打心眼里佩服。认识柳小月、深交柳小月，就是从这种心理开始，然后发展到失去控制、信马由缰的地步。突然间，他脑子里闪现出柳小月的影子，此刻竟是那么亲切、那么可爱，来得如此及时，那种厌烦和抵触竟然荡然无存。他想，柳小月呀柳小月，若是你在北汝县，那么我一个电话就把你当救兵一样搬来，帮我完成一个令人刮目相看的防洪方案。这种幻想只存在了几秒钟，就匆匆溜掉了，留给栗红章一种远水不解近渴的缺憾。

　　北汝地方灵同时也邪，说谁骂谁谁就出现。恰巧就在栗红章幻觉中出现柳小月的影子时，柳小月就打来电话，让栗红章意外极了。柳小月心里好像很沉重，开口说话后就有了哭声。这和她在北汝期间的强悍劲儿比较起来，简直是脱胎换骨。栗红章从小懦弱，但到了部队以后就练就了健康的体魄，见别人未见面或未张嘴就声泪俱下很不高兴。但面对一个女孩子，他还是忍住火气劝她先别哭，有啥事呢。柳小月说："一个人在外，心里常常不愉快，有一种《隋唐演义》里秦琼到罗成家串亲的感觉，此处纵然风光好，还须思乡一片心，换成别人可能乐不思蜀呢！"柳小月一句话，两个典故，马上就把栗红章征服了，有文化的人真的值得敬仰啊！栗红章说："小月，别哭，有啥话就说出来吧！虽然你一个人在北京，但多少人想着你，其实你并不孤单！""我知道，"柳小月说，"只是我经常触景生情，难免悲凉。"柳小月停顿了一下，接着又说："我们三个人租一间房子，租金高不害怕，就是害怕这两个人。她们都非常另类。一个是邢台的，叫小雪，人很白静，但抽烟抽得要命。我们房间经常是烟雾缭绕，我真担心哪天被PM2.5害死！"柳小月又停了一会儿，电话那端传来她擤鼻子的声音。之后又说："另一个女孩叫张兰兮，是江浙一带人，傲得很，好像她就是娘娘，我们是伺候她的宫女，整天只见她吊着那张讨账者的脸。真的，我好担心她哪天杀了我们！"栗红章这才接上一句话："她敢！"柳小月说："为此，我到处打听楼盘，遇到合适价位的，我就把妈给的钱拿出来，先买一小套搬进去，等你有兴趣时也来这里，咱们的孩子将来也上个北京户口，上学就业都比北汝机会多，关键

- 317 -

是能接受全国最优质的教育！"柳小月又哭了，哽咽着说："我不堪设想孩子的事，想起来就难过，我真的对不起栗家，那些天在栗寨住，本想有个圆满结果，谁知真的笨，怀上的东西没了，这家伙只长得像豆瓣酱的豆那么大。"栗红章不想听她说这些半真半假的话，就说："留着青山在，不愁没柴烧！"说完又觉得自己说的不是心里话，信口开河了。那边柳小月认真地说："也是。我想我会做到有柴烧呢！"……

汪群打来电话，要他通知建管局全体同志，七月六日下午来建管局集合开会，另外水库受益村的支部书记或村主任列席参加。在通知会议的半个多小时里，柳小月又连发两条短信。短信说："我们栏目组有个东北男的死不要脸，他厚着脸皮对我说，当下北京这边时兴那种没有婚姻的家庭生活，或者叫性伙伴，他说一个人孤单会缩短生命，两个人快活会延长寿命，起码能保持健康的体魄，好吓人啊，我当时就一头冷汗！"

第二条是："密司特红章，I love you。我常常收到那个无赖的短信。他信中说：'柳，你爱的人远在天边，爱你的人却在眼前，与其望眼欲穿，不如同枕共眠。'我不会答应他，因为我不会忘记阳阳的话，永远都不要与红章哥拜拜，他忠厚诚实，是世界上最好的男人。真的，我不会忘恩负义！"

两条短信看完，栗红章心里好像遭劫了一样，十分空虚、十分无奈。他想可能是自己前生遭了什么罪，犯了什么错，今世必须得到精神上的不安宁，报应吧。他马上又想到水库的严峻形势，柳小月的事情就变得不那么关紧了。

中午的时候，严家沟一位老人喝多了酒闯进水库管理所。进了门就高喊着："喜马拉雅山不算高，泰山压顶不弯腰；七十老人严清许，就要闯你建管局！"栗红章在严石柱家见过他，人很直爽，两个儿子一个参军、一个在盛泽镇打工，自己和老伴说享受不了城市生活，还是严家沟好，空气新鲜，自由自在。严清许是严家沟里条件最好的，他自己也承认手里有不少剩票子。他这几年染上酗酒的毛病，不喝则已，逢喝必醉，醉了就骂社会上的丑陋现象，就骂乡水管站把严家沟水库卖给外地人养鱼了。严清许并不知道栗红章在值班，骂着问："哪个龟孙在值班？老子来了也不倒杯茶！"骂了几句没有反应，他就又唱又骂："现在干部像捕鱼鸟，吃饱捞够船上跑；白天上班寻不见，晚上影子也难找；老大一个建管局，无人搭理严清许！"栗红章担心严清许酗酒砸坏东西，就出来见他。喝醉的人十有八九都存在着清醒的部分，看见栗红章，严清许眼翻了翻看着他，又从

冒沫的嘴里蹦出一句话：“你是好人，桐树岭乡政府的好人，其他人都是贪污犯！”

栗红章请严清许进屋坐下，然后给他沏了一杯茶，说让他喝点茶醒醒酒。严清许坐下又站起来，趔趄着走到一个稍大的桌子前，一把抓住那个有照片的牌子。那是汪群的上岗牌子，建管局的人员每人一块，放在桌上接受监督。汪群副书记来自大机关，他把许多大机关的东西都带到下边。他说：“钱花到哪儿哪儿美，牌子一摆，让人一看便知道你的职责！”其实，很少有人来这里的，施工队有事，一般不在这里见他，那是不能暴露的火力，在县城酒店里又雅致又安全。但他作为建管局局长，牌子也不能不摆，花费除险加固资金几万元建的临时房子，不发挥作用多不像话。他说：“要求同志们做到的，领导要率先做到！”他的牌子很讲究，除了贴有照片，注有职务、责任外，还有一副对联，“清正廉明”四个字在头顶，如同横批。左边是：“为官一任两袖清风”，右边是：“除险加固造福一方”。严清许举着牌子说：“我真想摔了它。看上方写的、左右写的，很像是神明在用巴掌左边扇他一耳光，右边打他一耳刮子！”

栗红章把会议通知完了。严清许还在闹，闹得很意识流，没有主题，好像不是针对汪群一个人，凡他认为不地道的都骂。

六十二

天热得出奇，已是连续三天这样热了。人们说要再热下去，不要说庄稼了，连人都要被热死。桐树岭乡的山山岭岭，依旧弥漫着老百姓祈雨的鞭炮声、锣鼓声，没有锣鼓的就把自家的脸盆拿出来敲，之后便是一阵一阵的呐喊：“老天爷呀，睁开眼看看吧，这一方百姓多么可怜、多么虔诚，您可怜可怜他们，来一场透雨，救救他们的命吧！”

在祈雨的呼天唤地声中，一个与之对应的紧急会议却在桐树岭乡召开了。未雨绸缪无可厚非，久旱必有一涝，县委副书记汪群亲自召开了这个会议。这个会议原定在严家沟水库管理所召开，但由于会场不够宏伟气派，就改在了乡政府三楼会议室。这里不仅大方派气，会场氛围容易体现，而且凉气开放还能避免中暑问题。汪群不喜欢那种没有气势的会议，开会就是提振人们士气的，三五个人小打小闹能起什么作用。因此，他随行还带来了电视台、报社、宣传部、文化局、摄影家协会等部门的几十位记者或工作人员。他要让全县人民都知道，严家沟水库的防洪度汛工作有条不紊地进行着，让广大干群坚信这座水库一定能安全度过汛期，让小道消息成为谎言。

会议改在桐树岭乡政府会议室召开还有一个不便向外透露的原因，那天酗酒的严清许大闹建管局的事，早就传到了汪群那里。尽管栗红章很想保住这个密，然而汪群、田力才早放了眼线，这里发生的一切都如同被监控设施拍照了似的，第一时间就被汪群看到和听到。汪群想，如果正在开会，突然闯入会场几个不速之客，散布一些非正能量的言论，那肯定是一件糟糕的事情。因此，他和田力才敲定，这个会议就安排到桐树岭乡的会议室召开。

会标依然是新宋体字，红底白字十分亮丽，"北汝县严家沟水库安全度汛誓师大会"十几个字如同跳动的音符，不仅显眼，而且让人振奋。主席台左右对联般的条幅也很鼓舞人，右边是"居安思危紧急动员杜绝临渴掘井"，右边是"未雨绸缪强化队伍确保万无一失"。会场周围的标语更加大器、彰显组织者决心和智慧。"戒骄戒躁防患于未然"、"群策群力众志成城"、"千里之堤毁于蚁穴"、"克服侥幸心理"、"消除麻痹思想"、"加快施工进度，确保十日内圆满竣工"、"安全生产重于泰山，人民利益高于一切"、"宁叫累死牛，不许挡住车"、"生命不息工程不止"、"打一场漂亮的人民战争"……

誓师会由田力才主持。栗红章宣读了自己起草修订经汪群审阅批准的《严家沟水库安全防汛方案》，两个施工单位的代表发言，严家沟村、严东村、严北村、严南村、严西村的支部书记或村主任就组织防汛抗洪应急队伍，准备急需物资作了与县、乡保持高度一致的表态发言。最后，在田力才鼓动下，全场报以热烈的掌声欢迎汪群副书记作指示。汪群不负众望，做了题为《宁可信其有，不可信其无，以临战的姿态和必胜的信念，确保严家沟水库安全度汛》的讲话。汪群说："今天上午，我们开了一个很好的大会，做了三件事。一是出台了水库安全

度汛的方案，这个方案是由建管局起草，经县乡领导审查通过的。会后，大家要认真贯彻，强力实施，使方案的每个细节都落到实处。二是施工单位表明了态度，在七下八上的关键汛期到来之前，坚决竣工，以确保水库安全度汛。三是建立了组织，严家沟水库周边的行政村，表示以主人公的姿态，急水库之所急，想水库之所想，好钢用在刀刃上，在紧要关头把能征善战的精锐队伍拉出来，保证召之即来、来之能战、战之能胜。今天会议的氛围很好，充满了信心和干劲，是一个团结的会议和鼓劲的会议。听了大家的发言，我很受感动，我坚信有在座同志们的共同努力，有县委政府的坚强领导，有桐树岭乡党委、政府的大力支持，今年的水库度汛一定会取得胜利。"汪群在掌声中，又对真抓实干做了强调，要求施工单位明天八点就进驻工地，加班加点，确保七月二十日之前顺利竣工。汪群讲完后，露出了两颗麻将牌一样的门牙，笑了笑，喝了口水，完全是一副胜券在握的状态。

田力才画蛇添足地对会议的贯彻落实讲了三点。他说："一要立即召开会议，贯彻汪群书记的讲话精神。汪群书记的讲话高屋建瓴，站得高看得远，语重心长，有很高的理论性和广泛的实用性，同时具有很强的可操作性，大家贯彻落实好，就一定会取得胜利。二要对各自的表态发言负责，说到做到不放空炮，切实做到划铁留痕、掷地有声。三天以后乡党委政府要对各村的行动情况组织检查，奖优罚劣，奖勤罚懒，决不迁就。三要筹备好队伍演练，平时多流汗，战时少流血，参加会议的五个村一定要把应急队伍组织好，要点名造册，人员落实到位，确保关键时刻拉得出、冲得上，速战速决。"田力才在一番让大伙不耐烦的说教之后，又安排了让大家十分高兴的事情。他说："为了鼓励士气，今天中午由施工方做东，在北汝县兴华楼酒店摆设一个出师前的酒会，这是为大家壮行！"

北汝县兴华楼酒店是一家合资酒店，在众多人心目中，这里很神秘，项目很多，都曾经望而兴叹过，因此人们认为能够在这种场合喝上一杯感到是一种荣耀。因此，会议散后，就乘坐施工队备好的车辆准时赶到那里。乡下人有一种情绪，视酒为强化友谊的桥梁，能坐在一起喝酒的都是弟兄们。平时那些高高在上的领导不会找他们喝酒，他们就一致认为当官的看不起乡下人；而栗红章恰恰相反，他就能和村里的干部平等相待，不摆架子不设圈，自然而然就成为他们心目中的兄弟。到兴华楼喝酒，他们本意要集体齐轰栗红章，因为好长时间没有和栗

乡长伸指头了。令村干部失望的是，栗红章向汪群、田力才请了假，说要办一件私事。本来，这场酒席可能因为栗红章的缺席而草草收场的。大家没有料到，汪群、田力才却出现了，而且一个个为大家敬酒。酒这种东西很怪，不喝便罢，一旦喝开头，那么很难自觉地停止下来。汪群按北汝的老传统"先喝为敬"，他一口气喝完六杯酒，按理就该给每人敬四杯。一个领导喝下那么多，作为农村玩泥圪垯的干部岂有不喝之理，就连那些县直单位斯斯文文的干部，也是无怨无悔地喝尽四杯。前有车后有辙，田力才也按照汪群的作法，喝六端四。汪群和田力才都是喝酒有度的人，在敬完一圈后，他们又拿起一杯酒，说是和大家共同干一杯，严家沟水库的事就拜托了。汪群、田力才离开时，号召大家要尽兴，还特意交代施工队把大家打发如意。

大家的兴致就像一桶纯净的酒精，被火苗点燃后，就熊熊燃烧起来。一个倒下，又一个倒下，大家都摇晃着、趔趄着，但没有一个人求饶，仍然大声叫嚷着拿酒。那晚上喝的是郎牌特曲，虽不是特别高档，但是能说得过去。每喝一瓶，施工队的头头就会震颤一下子，仿佛被抽筋似的。那一瓶酒就是一吨水泥啊，他能不心疼吗？一直到大家闹够离场，施工队头头说："天呀，这随便一闹腾，三十吨水泥就没了！"这群人在兴华楼里还和一个文化人发生了冲突，那人姿态很高，受到冲撞并没立即发火，而是微笑着全当啥事没有发生。直到这些如狼似虎的人们离开了，他才说："人生本是痴，不悟不成佛，不疯不成魔！这些人都成魔了！"这个人是山北高人，他在兴华楼参加一个宴会，要为一个港商预测生意前景。

与兴华楼酒店的狂欢相比较，桐树岭一带沉闷而死寂。白天为祈雨而疲惫的人们，可能是顾不上夏夜酷热，在郁闷无望中进入梦乡，他们把所有的希望都寄托在新的一天。然而，气象站总是把一个个无雨的预报告诉大家，等于否定了人们一天天祈雨的虔诚。没有希望地生活是苍白的，苍白地活着像没有任何动力，这个沉闷而死寂笼罩下的夜晚，人们反常地睡得格外踏实。

严石柱被一阵奇异的蛙叫声唤醒了。那争吵不休般地蛙群和鸣，可以用鬼哭狼嚎来形容，比当年日本鬼子进村时，人们发出的哀叫还要让人难受。严石柱走出房门，院子里早已是蛙群一片无立脚之地了。举头看天，昏苍苍的夜空中，有五六条黑色的影子，如同五六条巨龙躺卧在那里。这种天象，严石柱五十多年前曾经见识过。那年，这一带遭受了严重洪灾。严石柱并不相信风水先生讲的轮回

一类的东西，也不敢保证这样的天象一定会带来灾难。但他对蛙类聚集、拼命叫喊的现象却很警觉，他认为动物的反常举动很可能是一种预兆。这种预兆不论是福是祸，他都应该通知村里人做好防范。他唤醒了严俊民，让他马上通知村支书。他蹚着蛙群径直找到栗红章，哪知栗红章就没有睡，好像他也发现了反常。水库管理所院子里，也成了蛙的会场。栗红章拿上傍晚才买回来的"两响雷子"，这是会议上明确过的报警信号，只要连响六声就是有了情况，各村的应急抢险队伍就直奔严家沟水库大坝。坝顶上也爬满了蛙，夜里看不清楚，那些大点的，可能就是蟾蜍。借着手电光，严石柱和栗红章还看到了蛙群中还混有老鼠。这些平时很少结伴的小生灵，却在这个晚上联合在一起，并朝着一个方向运动。"两响雷子"发出了震耳的巨响，六声巨响在严家沟上空回荡着，相信这一带的人们都能在梦中被惊醒。栗红章坚信应急队伍即将到来，即使出现紧急情况也能应对。

严家沟一带的夜空，像一个变幻莫测的巨型万花筒，瞬间就展现出多种形态。刹那间，黑沉沉的高空天幕上，五龙并驾齐驱，眨眼间又转换成碧波荡漾的万顷湖面；有时候正乌云滚滚，马上又白浪滔滔，之后又形成宏伟壮观的堡垒；有时候呈现着墨绿林海，转眼间就转变成起伏山峦，紧跟着一座让人恐怖的城郭便映入眼帘……

栗红章在部队长了很多见识，特别是对看云识天气一直记忆犹新。比如"天上云成堡，不久雨来到"。再比如"天上现城郭，地上水成河"。"亮一亮下三丈"就更不在话下了……总之，这种千变万化的天幕，让栗红章脑海里沉淀的知识一下子激活并泛起了。他下意识地感到，马上要出情况了，老天是讲义气的，预先已经用天体语言告诉人们，大动作马上开始。栗红章十分焦急，盼望着会议上确定的那些应急防洪队伍快速建起来，马上进入临战状态。栗红章在部队时，曾多次参与防洪救灾行动，几百人的队伍像闪电一样按照时间要求敏捷地进入阵地，面对汹涌洪水展现出军人的必胜姿态，堵缺口、垒天井、筑坝墙……取得过一次又一次的胜利。这天夜里，在这孤零零的大坝上，面对险恶的迹象，栗红章想起部队生活，顿时心里暖和起来，那种战胜灾害的信心、力量就油然而生。栗红章让严石柱到严家沟唤人，让严俊民把那条小船弄过来放在启闭机那里。严俊民说无论怎么呼喊，都没能把醉倒的村长唤醒，只能扫兴来到坝上。栗红章自己去请养鱼的那几个人，心想人多力量大，即使应急队伍来晚了，这些人足以抵挡

一阵子。

突然，天幕上裂开了一道大缝，露出了金灿灿的道路，一直通到好远的地方，接着无比震撼的巨响，让人感到整个严家沟都在晃动。雷声一阵一阵的，由远而近，又由近而远。那养鱼人竟然不起床，说大坝安危与他们没有关系。栗红章火了，说："大坝如果垮了，你们的鱼会全部冲走，如果没有大坝，你们那几个破网箱能圈住鱼吗？"那几个人还不起床，栗红章干脆就冲进去掀了他们的毛巾被。

严石柱回来了，一同到坝上的有严清许、光棍严治根，还有个哑巴严光有。栗红章带回三个人，是养鱼承包人雇佣的工人。这样，十个人的防洪队伍就在火线上成立了。严石柱说："人不算少，当年我和老栗带了六个人，守在紫云岭上，挡住了日本鬼子三十多人的进攻。"雷电的闪光把大坝映照得像白天一样，只是瞬间又黑暗下来。借着雷电光亮可以看到大坝上刚才还像河里卵石一样多的小生灵们，全部连爬带滚地逃跑完了。严石柱说："今晚的总指挥是栗乡长，大家都要无条件地服从他。大家只要团结一心，没有不胜利的理儿！"栗红章让大伙抓紧把沙石块装进编织袋里，这些编织袋有严石柱、严清许家装粮食的袋子，还有养鱼人的化肥袋子。化肥袋子是栗红章刚才花三十元钱买养鱼人的。自从有了县里成立的建管局，水库管理所把准备防汛物资的事也省略了，把汛期值班的制度也取消了，而汪群的准备就是这次的防洪安全度汛会议。栗红章没有怨天尤人，只是感叹着为什么恶劣天气不是出现在七下八上的时间。

随着几声震天动地的雷响，风猛烈地铺天盖地而来，接着雨水无情地倾泻起来，整个严家沟混沌一团。同时，天地间似乎有一种怪物在喧嚣，用呼啸来形容根本不够劲儿。栗红章马上让大家把沙石袋摆放在那几个没有一点护砌的地方，然后令养鱼人把塑料棚布张贴在大坝的迎水面，压上石块以备挡水用。风大雨急，他们好几次都没有张贴成功。最危险的一次，大风把塑料棚布连同那个瘦小养鱼人掀到丈余的高度，幸亏有大棚布这个"降落伞"才安全着地。大约这样子十多次，几个人才把挡水棚布安放完毕。在狂风暴雨中，大家说不出话，只能用手势来表达意见。大坝遮挡之后，留下两个养鱼人坚守，主要防备个别地方出现被大风卷起的问题。其余人员全部集中到启闭机的位置，因为这个缺口太可怕了。这时，水库的水位已经开始快速上涨，再有一尺就超出那个施工队挖开的缺口了。人们开始用小船、用沙石袋垒砌着缺口，随着水涨，缺口也在提高。

　　严家沟水库控制流域面积一百三十八平方公里，多为山坡丘陵，植被一般，多为土石裸露，特点很明显，涵养雨水的能力很差，很容易形成径流，遇到暴雨，瞬间就汇集成河。滚滚的山洪以不可阻挡之势咆哮而来，最远的水流三十分钟就能进入水库，加上近前的水流，一个小时就能使这里河平库满。这次，水流暴涨的严家沟河疯了似的，冲毁了河床、掀倒了老树，即将吞噬这一带的田块和房屋。

　　由于输水洞这个缺口比溢洪道低许多，洪水耐不住性子从溢洪道走，它们把力量都集中到最低处。八个人使出浑身解数，搬石块、扛沙袋，和洪水竞赛着速度。严石柱发怒了，声音居然压住了洪水声，他说："当年他和老栗就是像今夜这么紧张，那是枪林弹雨，面对着一群侵略者。"严清许也说："现在是和平年代，有个别领导干部比日本鬼子还坏，日他娘，我看见汪群就能想到当年的汉奸！"人们说着话，似乎增添着力量。严石柱说："汪群、田力才这些人，比当年的汉奸还要阴险，他们就是混到革命队伍中的害群之马，说人话、办鬼事！"一个黑褐色的浪卷了过来，差一点越过他们的防线。洪水越来越大。严石柱握着那把钢锨，像怒目圆睁的金刚，面对着穷凶极恶的洪水，说："要是放在那年代，我早就一锨拍扁了汪群的头，国家给了一千多万，他们就给施工队二三百万元……"又一个黑浪卷了过来，把小船打翻了一个滚，好在小船又挺住了。小船现在已经成为一道屏障，有了它，人们才有机会在船后垒石填土，升高防线。

　　严家沟的咆哮声，山体坍塌声不绝于耳，狂风暴雨后劲很足似的。坝上的十个人，村民、干部、养鱼人，团结得一个人似的，他们此刻没有怨言，没有泄气，不分彼此，心里全都充满着胜利的希望。洪水继续进犯，人们又一次打退它。好多个回合，人都是胜利者。有一阵子，汹涌而来的水势好像被征服了，明显涨速慢了。严清许说："咱们唱一首老歌吧，日他娘的，现在年轻人唱的歌咱听不懂也学不会，没球意思，还是老歌美。"说着，他竟唱了起来："下定决心，不怕牺牲，排除万难去争取胜利。"严石柱、养鱼人、栗红章都跟着唱起来。歌声铿锵有力、激越豪迈，几乎压倒山洪暴发的怒吼。突然，严石柱说："小心，脚下动了……"那是施工队回填不久的坝基，终于经不住洪水的剧烈冲涮，塌了、毁了……

　　人们带着胜利的喜悦，一下子被突然坍塌弄得没有了知觉。

　　狂风暴雨什么时候停止的，没人知道。天亮后，汪群第一个到了严家沟。他

没有听到过桐树岭一带老百姓常说的老话：无利不起早，不吃盐不发渴，但他的确一夜没有合眼，脑子里尽是严家沟水库的事。他幻想着这里应该安然无恙，自己站在坝上讲话呢。没有见到他的应急队伍，只看到坝毁人亡的惨烈场面。当他看到那个手持钢锹、怒目直视他的金刚时，一下子瘫软在泥沼里……

六十三

天亮后不久，太阳就从桐树岭东坡上很快地升在高空中，微笑着面对暴雨过后的广大山村。没有了往日祈雨时的锣鼓声、鞭炮声和人们声嘶力竭的呐喊声，似乎那种喧闹已经成为历史的一页被掀了过去，偌大面积的桐树岭乡一带，好像并没有发生任何事情。然而，严家沟的人们从沉寂的清晨开始，就含着泪水哀叹着发生在这里的灾害。偶尔，谁家桀骜不驯的顽童在叫嚷："我要去抓鱼，看那鱼还在蹦哩！"

汪群面前，是一座溃掉一半的大坝。昔日碧波荡漾的严家沟水库，曾被人们昵称为严家沟湖，而今成为一大片沼泽似的泥滩。那些到水库觅食的小鸟、鱼鹰和一些叫不出名字的飞禽，不知从什么地方集会般地飞了过来，在沼泽里寻找着它们的美餐。汪群不敢朝坝的下游看，那里有两具尸体，不知什么原因挺直地站立着，那是严石柱和严清许。他们像两尊金刚、怒目圆睁，一个手拿钢锹、一个抱着一块石头，还像在继续抢险。汪群真没想到，这种叫作"雹线过境"的天气居然来得这么突然，又如此剧烈。他也没想到，刚刚组建的防洪抢险突击队竟这么经不起考验，坝已经垮塌了，却没有见到任何突击队员的影子。

太阳继续升高着，光芒照射在严家沟这块偏僻的山村里，使角落一般的地方显得美丽而庄重。汪群感到身后增加了好多人，那是陆陆续续赶来抢险的各路人马。面对严家沟水库的惨状，他们只能默默地站在那里。那情、那景、那人、那

场面，可以表述为庄严肃穆……

人们并不知道这个"霫线过境"之夜有多少人参与了这场惨烈的大坝抢险战斗，那还保留一半的大坝迎水坡上的大棚布，还有坝顶堆放的沙土袋，见证了坚守阵地的事实，即使那决口的启闭机处，至少也留有人们和洪水搏斗的痕迹……

陆续赶到现场的还有上级领导、武警官兵。面对衣衫不整、满身污泥的汪群，他们给予了赞赏的目光。无疑，指挥这次抢险活动的是建管局的局长、常务副局长，只是常务副局长栗红章此刻不知在哪里，暂时属于失联。

人们在无奈的遗憾和叹息中，开始清理溃坝后的现场。在建管局的门口，人们看到了报警而燃放的"两响炮"的三个空筒，那是按会议要求鸣放的六响报警信号。在建管局的办公桌抽屉里找到了栗红章的手机，还是那个当年的大哥大。

手机很快转交给严家沟水库溃坝重大事故联合调查组，作为现场提取的物证。同时提取的物证还有建管局历次会议的记录本，以及栗红章起草的防洪护坝方案底稿。严家沟水库溃坝的次日凌晨，北汝县就成立了以县委书记为组长、县长为第一副组长、纪委书记为副组长的"严家沟水库溃坝重大事故联合调查组"，组员涉及县直十九个单位和桐树岭乡政府。调查组在现场拍摄了图片和视频，在严石柱、严清许的尸体处，公安、民政等部门还进行了特别拍照。

在能够提取到的资料搜集后，救援队伍开始了行动，他们要搜寻失联的栗红章和严俊民等。临近中午时，人们在启闭机的位置找到了严俊民，他被一根涵管死死地压在下面，已经没有了人的模样。下一步继续搜寻栗红章和其他人员，究竟有多少人参与了昨夜的抢险，没有人能说清。汪群装模作样地问田力才："你们乡、你们严家沟村，还有多少人参与了行动？"田力才摇了摇头，但又非常镇定地说："天黑、风大、雨急，不知道都是哪些人参加行动。但可以保证，还有人！"田力才回答得很有意思，连汪群都为之惊讶。

的确，在下午三点，人们又在启闭机位置找到了一个人，手里握着一个捕鱼的网袋。由于无人认识，或者即使认识也装作不认识，救援队就暂定该死者为养鱼户。

搜救工作仍在进行，一直到了傍晚，又发现五位死者，仍不见栗红章。这时栗寨已经来人，栗建社、刘玉环到达现场，提出的第一个条件就是活要见人、死要见尸。陪同他们的还有栗阳阳，她沉默着从水库溃坝之处看起，一直把目光伸向严家沟的下游，干涸多日的河床已经注满了水，阳光照耀下的河面波光粼粼。

夜幕降临了，暴风骤雨过后的严家沟格外静谧。初到这里的人们，听到夜鸟的鸣叫，尤其是猫头鹰的叫声，都有一种不寒而栗的感觉。听到鸟叫，刘玉环就痛哭起来。栗阳阳为她宽心说："姨，说不定红章哥还活着呢，他是福星，一定会平安无事的！"然而，栗阳阳自己也禁不住落泪了，这种情况下，洪水如猛兽，不可能放过任何一个阻拦它的人。

那天夜里，联合调查组召开了紧急碰头会，研究了栗红章手机上的一条信息。那是柳小月发的："亲爱的章章，你现在在哪里？此刻我是悲喜交加，喜大于悲。我终于在北京这个大都市里，寻觅到了属于我们的家，你什么时候来，这个家就始终在欢迎你。虽然我们没有力量买到三环内的房子，但这个地方不似三环胜似三环，坐地铁到东四惠桥，转乘公交往青年路方向，右边有个小区就是，它叫华纺易城。我们的属于三期，马上交付。那些钱基本够了，你我再努点力，问题就解决了。不用再向妈要钱了，她也不容易。这就是喜，天大的喜！悲的是，我又想起了那个小豆瓣一样的东西，他要是还存在，那该多好啊，生下来就是北京户口！可惜、可叹、可怜、可悲，都是我柳小月的错啊！章章，那个家伙又给我发信骚扰，有房子的女人，在北京就是个魅力女人，会招来大批垂涎三尺的男人，他们会疯狂地发起一次又一次的攻势。不过，你放心，我记着阳阳的话：……永远不要和红章哥拜拜，他是世界上最善良的男人……如雷贯耳、警钟长鸣。悲喜中，我只能说，我爱你，胜过自己的生命！"

联合调查组大多数成员都觉得这条短信很有深度和广度，很能说明一些事情。或许，或许这次溃坝是天灾加人祸！或许，或许这起溃坝重大事故中，存在着严重的腐败问题。

汪群作为严家沟水库除险加固建设管理局的局长，对这起重大事故负有不可推卸的责任。为此，他神情紧张，情绪低落，已经在良好的心理素质之外，出现了惶惶不可终日的反常现象。联合调查组的会议没有邀请他参加，对外说汪书记太辛苦太累，实际上是对他的所作所为有了怀疑。当栗红章手机上出现这封短信时，有人第一时间告诉了汪群。汪群判断栗红章必死无疑，就暗自高兴。加上操控施工单位的"黑桃四"逃之夭夭，他就可以告诉调查组，栗红章作为县管干部，又是建管局常务副局长，实际上掌握着这里的大权。从那天晚上开始，汪群那两颗洁白的门牙又在人们面前显露了出来，谈笑风生的样子让人们觉得，他是一位廉洁清正的领导干部，在这一起溃坝的重大事故中不应当承担责任。

第二天一大早，栗阳阳就离开了严家沟水库，她顺着严家沟河往前走去。她知道，严家沟河的尽头是北汝河，北汝河往东是沙颍河，沙颍河流入淮河，淮河流入长江……她一定会顺河找下去，不管路途多远，也不管时间多么漫长。

那天中午，抗洪护坝誓师会议以后，施工队请与会者到县城"兴华楼大酒店"喝酒吃饭，栗红章没去。他要去实践自己的承诺，和杨小桃一块到民政局办理了离婚手续。杨小桃旋即就请假去了西藏，她很相信孟四新的话，到最高的地方作为起点，一切从头做起，会有好运的！她在贡嘎机场的出口处，加入了"雪域高原"旅行团队。拉萨河边不时看到黑色的牦牛，它们在草地上或狂奔或追逐或低头啃草，简直是一幅美丽的画卷。那天夜里，她睡不着觉，就翻阅那本仓央嘉措喇嘛的诗集，一直到天亮。第二天，她觉得头晕，就昏昏沉沉地在大巴车上睡着了，导游以为她是高原反应，还推荐她使用"红景天"，还让她买袋氧气。她拒绝了，只有她自己知道这并不是高原反应。大巴到江孜的时候，她收到了一封短信，是栗阳阳发过来的，说是严家沟水库出现了重大事故，死亡九个人，栗红章失联。杨小桃和栗红章好像有一种心理感应，凡是夜里失眠就会有情况发生。在他们相爱的日子里，很应验的。而现在，虽然离婚了，又相距这么遥远，但是还……她十分感念西藏这块神奇的地方，复活了他们已逝的感应。同时，杨小桃又惦念起栗红章来，想着想着就禁不住潸然泪下。杨小桃找到导游，请她联系一辆返回拉萨的旅游车，说自己高原反应太厉害，再坚持下去会出大事的。导游很热情，不停地电话联系着他们的旅行社，中午的时候终于盼来了一辆返回拉萨的大巴。

杨小桃无心思在西藏逗留，她把"从头开始"的神话叫停了。她重新来到了贡嘎机场，订好了返程的机票，心里翻腾着好几种滋味。她在心里，默默地背诵着昨晚才读过的诗句：

……唯独那个努力而不幸的人，
却依然幸运地一步步死去。
好多年了，
你一直在我的伤口中幽居，
我放下过天，放下过地，
却从未放下过你……

　　杨小桃问自己，难道这就是一个女人的"从头开始"？飞机起飞了，崇山峻岭、雅鲁藏布江、羊宗庸措湖，顷刻都成了记忆。她想起了格桑花，雪域高原最美丽的花。然后，她继续在心里背诵着：

　　用一朵落花商量我们的来世，
　　然后用一生的时间奔向对方。
　　……

卷后语

　　元宵节的黎明由远而近响起了喜庆的爆竹，《桐树岭》正是在这个时候写上了句号。兴奋之余，作者感念起对《桐树岭》给予大力支持的汝州市委宣传部、文联、水利局、杨楼镇的领导。同时，无比感谢福地地中海风情苑、江山一号美墅、圣庄园为作者燃起的灵感……

　　《桐树岭》表现了众多正直、担当的干部和忠厚、善良的农民，作者与他们有着血浓于水的深情厚谊。特别感谢刘太斌、梁天宏、闫全义、李小江先生对《桐树岭》作者的厚爱和帮助！

　　姜公庙的钟声飘荡在美丽的紫云湖景区，初生的太阳把《桐树岭》照耀得更加绚丽辉煌。

作　者

2016 年 2 月 22 日